Ziel erfasst

Tom Clancy
und Mark Greaney

Ziel erfasst

Thriller

Aus dem Amerikanischen von
Michael Bayer

Weltbild

Die amerikanische Originalausgabe erschien 2011 unter dem Titel *Locked On*
bei G. P. Putnam's Sons, New York.

Besuchen Sie uns im Internet:
www.weltbild.de

Genehmigte Lizenzausgabe für Verlagsgruppe Weltbild GmbH,
Steinerne Furt, 86167 Augsburg

Übersetzung: Michael Bayer
Umschlaggestaltung: Jarzina kommunikationsdesign, Holzkirchen
Umschlagmotiv: © Composing: Thomas Jarzina unter Verwendung von Motiven von
www.istockphoto.com, der USAF (Foto © MSgt Cecilio Ricardo)
Gesamtherstellung: GGP Media GmbH, Pößneck
Printed in the EU
ISBN 978-3-95569-024-3

2017 2016 2015 2014
Die letzte Jahreszahl gibt die aktuelle Lizenzausgabe an.

1

Die Russen nennen ihren Kamow-50-Kampfhubschrauber Tschornaja Akula – den Schwarzen Hai. Der Name passt, denn er ist wendig und schnell und erlegt seine Beute effizient und wirksam.

Zwei dieser Schwarzen Haie tauchten kurz vor Tagesanbruch plötzlich aus einer Nebelbank auf und schossen mit zweihundert Knoten nur zehn Meter über dem harten Talboden durch die mondlose Nacht. Sie flogen in enger Formation und hatten ihre Positionslichter ausgeschaltet. Sie folgten im Tiefstflug einem trockenen Flussbett, das sich dreißig Kilometer nordwestlich von Argwani, dem nächsten größeren Dorf hier im westlichen Dagestan, durch die Berge schlängelte.

Die gegenläufig rotierenden Koaxialrotoren des Ka-50 zerschnitten die dünne Gebirgsluft. Durch diese einzigartige Doppelrotor-Konstruktion war ein Heckrotor überflüssig. Dies machte die Hubschrauber schneller, weil mehr Motorkraft in den Schub und Vortrieb geleitet wurde. Außerdem waren sie weniger anfällig gegenüber Bodenfeuer, da sie dadurch einen Gefahrenpunkt weniger aufwiesen, der bei einem Treffer zu einem verheerenden Systemausfall führen konnte.

Diese Eigenschaft machte den Schwarzen Hai zusammen mit einigen weiteren redundanten Systemen – einem selbstversiegelnden Treibstofftank und einer zum Teil aus Verbundwerkstoffen wie Kevlar bestehenden Zelle – zu einer außerordentlich robusten Kampfmaschine, die darüber hinaus absolut tödlich war. So waren auch die beiden Hubschrauber auf dem Weg zu ihrem Ziel in Russlands nördlichem Kaukasus voll aufmunitioniert. Jeder von ihnen hatte vierhundertfünfzig 30-mm-Geschosse für seine Unterrumpf-Maschinenkanone an Bord. Dazu kamen noch vierzig ungelenkte Luft-Boden-Raketen, Kaliber 80 mm, die von außen liegenden Rohrstartbehältern abgefeuert wurden, und ein Dutzend AT-16 – lasergesteuerte Panzerabwehrlenkwaffen, die an zwei externen Pylonen unter den Stummelflügeln hingen.

Die beiden Ka-50 waren »Notschnij«-(Nacht)-Modelle, die schon allein durch ihre schwarze Farbe in der Dunkelheit kaum zu erkennen waren. Als sie sich jetzt ihrem Ziel näherten, verhinderten nur die Nachtsichtgeräte der Piloten, ihre ABRIS-Moving-Maps-Navigationssysteme und ihr FLIR (Forward-Looking Infrared Radar), dass die Hubschrauber auf die steilen Felswände auf beiden Talseiten oder den Talboden prallten oder in der Luft miteinander kollidierten.

Der Führungspilot überprüfte die Zeit bis zum Erreichen des Ziels und rief dann in das Mikro seines Headsets: *»Sjem minut!«* Sieben Minuten.

»Ponjal« – Verstanden –, kam die Antwort aus dem Schwarzen Hai hinter ihm.

Das Dorf, das sieben Minuten später in Flammen aufgehen würde, lag noch in tiefem Schlaf.

In einer Scheune mitten in einer Gebäudegruppe auf der felsigen Anhöhe über dem Tal lag Israpil Nabijew auf seinem Strohlager und versuchte zu schlafen. Er steckte den Kopf in den Mantelkragen und verschränkte die Arme fest um seinen Brustgurt. Sein dichter Vollbart schützte seine

Wangen ein wenig, aber seine hervorstehende Nasenspitze war schutzlos der Kälte ausgesetzt. Seine Handschuhe hielten die Finger warm, aber ein stetiger kalter Luftzug blies ihm die Ärmel bis zu den Ellenbogen hoch.

Nabijew war ein Stadtkind. Er stammte aus Machatschkala an der Küste des Kaspischen Meeres. Er hatte zwar schon in unzähligen Scheunen, Höhlen, Zelten oder Erdgräben unter freiem Himmel genächtigt, war jedoch in einem Wohnplattenbau mit Strom, fließendem Wasser, Toiletten und einem Fernseher aufgewachsen, Annehmlichkeiten, die er im Moment schmerzlich vermisste. Doch er beklagte sich nicht. Er wusste, dass diese Inspektionstour nötig war. Es gehörte zu seinen Aufgaben, alle paar Monate die Runde zu machen und seine Truppen reihum zu besuchen, ob ihm das nun passte oder nicht.

Wenigstens musste er nicht alleine leiden. Tatsächlich ging Nabijew *nirgendwo* alleine hin. Fünf Mitglieder seiner Sicherheitstruppe froren mit ihm in dieser eiskalten Scheune. Er hörte in der Dunkelheit ihr Schnarchen und roch ihre Körper und das Waffenöl ihrer Kalaschnikows. Die anderen fünf Männer, die ihn aus Machatschkala hierher begleitet hatten, hielten zusammen mit der Hälfte der einheimischen Kämpfer draußen Wache. Sie saßen hellwach mit dem Gewehr im Schoß vor der Scheune. Nur die Kanne mit heißem Tee, die ständig nachgefüllt wurde, spendete ihnen von Zeit zu Zeit etwas Wärme.

Israpils eigenes Gewehr lag als letztes Mittel der Selbstverteidigung in Griffweite. Es handelte sich um eine AK-74U, eine Variante der altehrwürdigen, aber immer noch hocheffizienten Kalaschnikow, die sich durch einen verkürzten Lauf auszeichnete, was zu einer höheren Feuerrate führte. Als er sich zur Seite rollte, um dem unangenehmen Luftzug zu entgehen, tastete er mit der Hand nach deren Plastikgriff, zog sie näher an sich heran und drehte sich dann auf den Rücken. Mit den schweren Stiefeln an seinen Füßen, dem Pistolengurt um die Hüfte und dem an seinen Oberkörper geschnallten Brustgurt voller Gewehrmagazine war es verdammt schwer, eine einigermaßen bequeme Stellung zu finden.

Eigentlich hielt ihn jedoch nicht die Unbequemlichkeit dieser Scheune und seiner Ausrüstung, sondern vor allem die ständig nagende Sorge vor einem Angriff wach. Israpil wusste sehr wohl, dass die Russen es auf ihn abgesehen hatten. Sie hielten ihn für den zukünftigen Kopf des Widerstands, für die Zukunft seines Volkes, und zwar nicht nur die Zukunft des islamischen Dagestans, sondern die Zukunft eines islamischen Kalifats im Kaukasus.

Nabijew war ein erstrangiges Ziel Moskaus, da er fast sein ganzes bisheriges Leben gegen dessen Repräsentanten gekämpft hatte. Bereits im Alter von elf Jahren hatte er damit begonnen. Seinen ersten Russen hatte er 1993 in Bergkarabach mit gerade einmal fünfzehn Jahren getötet. Seitdem hatte er in Grosny, Tiflis, Zchinwali und Machatschkala noch viele andere zur Strecke gebracht.

Jetzt war er mit nicht einmal fünfunddreißig Jahren zum militärischen Führer der dagestanischen radikalislamischen Organisation Jamaat Shariat, der »Islamischen Rechtsgemeinschaft«, aufgestiegen, wobei er Kämpfer vom Kaspischen Meer im Osten bis nach Tschetschenien, Georgien und Ossetien im Westen anführte, die alle für dasselbe Ziel kämpften: die Vertreibung der fremden Invasoren und die Errichtung der Scharia.

Inschallah – so Gott will – würde Israpil Nabijew schon bald seinen Traum erfüllen und alle islamischen Organisationen des Kaukasus vereinen.

Die Russen hatten also recht. Er *war* die Zukunft des Widerstands.

Auch seine eigenen Leute wussten das, was sein hartes

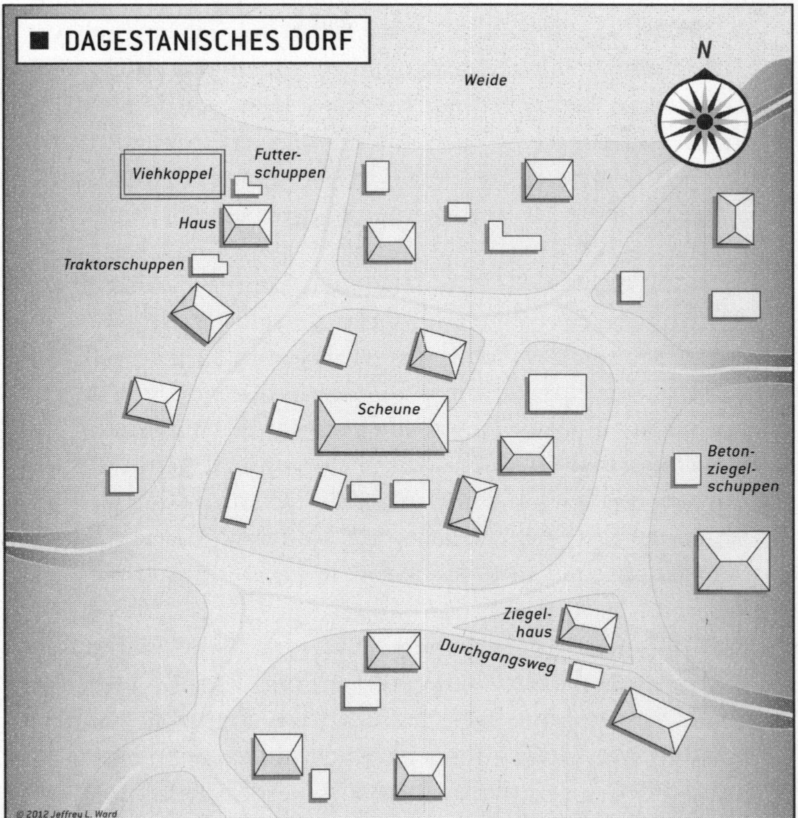
DAGESTANISCHES DORF
N
Weide
Viehkoppel
Futter-
schuppen
Haus
Traktorschuppen
Scheune
Beton-
ziegel-
schuppen
Ziegel-
haus
Durchgangsweg
© 2012 Jeffrey L. Ward

Leben etwas erleichterte. Die zehn Soldaten in seiner Sicherheitstruppe würden genauso wie die dreizehn Kämpfer der örtlichen Argwanizelle voller Stolz ihr Leben für Israpil hingeben.

Erneut wuchtete er seinen Körper herum, um sich vor dem unangenehmen Luftzug zu schützen und wenigstens noch etwas Ruhe zu finden, wobei er jedoch seine Waffe nicht aus der Hand ließ. *Man muss es nehmen, wie es kommt,* dachte er. Er hoffte, dass zumindest vor Tagesanbruch keiner seiner Männer sein Leben für ihn opfern musste.

Israpil Nabijew glitt in den Schlaf hinüber, während auf der Anhöhe über dem Dorf der erste Hahn krähte.

Das Krähen des Hahns unterbrach den Funkspruch des Russen, der einige Meter von dem großen Vogel entfernt im hohen Gras lag. Er wartete ein paar Sekunden, bis der Hahn zum dritten Mal gekräht hatte, dann brachte er seine Lippen wieder an das Funkgerät heran, das an seinem Brustgurt festgemacht war. »Alpha-Team an Aufklärung. Wir sehen euch und schließen in einer Minute zu euch auf.«

Es gab keine gesprochene Antwort. Das Scharfschützenteam war gezwungen gewesen, bis auf zehn Meter an einen Ziegelschuppen heranzurücken, um ihr Ziel weitere hundert Meter vor ihnen ins Blickfeld zu bekommen. So nahe am Gegner würden sie auf keinen Fall sprechen, nicht einmal flüstern. Der vorgeschobene Beobachter drückte nur zwei Mal auf seine Sendetaste. Die beiden Klicks bestätigten, dass er die Botschaft des Alpha-Teams empfangen hatte.

Auf der Anhöhe hörten acht Mann die beiden Klicks und rückten daraufhin langsam durch die Dunkelheit vor.

Alle acht gehörten zusammen mit den zwei Scharfschützen zu den bewaffneten Kräften des russischen Federalnaja

Sluschba Besopasnosti, des »Föderalen Dienstes für die Sicherheit der Russischen Föderation«, wie der aus dem KGB hervorgegangene russische Inlandsgeheimdienst jetzt hieß. Sie waren sogar Teil des Alpha-Direktorats des Zentrums für Spezialoperationen des FSB. Als absolute Elitetruppe aller russischen Speznaz-Einheiten waren die Mitglieder der Alpha-Gruppe Experten auf dem Gebiet der Terrorismusbekämpfung, Geiselbefreiung, des Häuser- und Straßenkampfs und einer ganzen Reihe weiterer tödlicher Fertigkeiten. Sie waren allesamt Spezialisten im Gebrauch von Feuer- und Stichwaffen sowie Sprengstoffen und im Nahkampf. Dieses Alpha-Team bestand aus hartgesottenen Profikillern, die sich lautlos durch das Gelände bewegten und verdeckt operieren konnten.

Die ganze Nacht waren die Russen langsam vorgerückt, wobei die gespannte Aufmerksamkeit all ihrer Sinne niemals nachließ. Ihr Eindringen war perfekt gelungen. Auf dem sechsstündigen Weg zu ihrem Zielpunkt hatten sie nichts als Wald gerochen und außer Tieren nichts Lebendiges gesehen: Kühe, die im Stehen schliefen oder unbeaufsichtigt auf Weiden grasten, Füchse, die aus dem Wald herauskamen und wieder darin verschwanden, und sogar Steinböcke, die sich hoch oben durch den nackten Fels bewegten.

Dagestan war ihnen nicht fremd, die Operationen im benachbarten Tschetschenien waren da weitaus vertrauter. Offen gesagt, gab es dort einfach mehr Terroristen, die getötet werden mussten, als in Dagestan, obwohl die Jamaat Shariat alles unternahm, um mit ihren muslimischen Brüdern im Westen gleichzuziehen. In Tschetschenien gab es mehr Berge und Wälder, während die Hauptkonfliktzonen in Dagestan in den Städten lagen. Allerdings bildete das heutige »Omega«, das heutige Ziel, die Ausnahme von dieser Regel. Bewaldete Felshöhen umgaben eine eng beieinanderliegende Ansammlung von Gehöften, verbunden durch unbefestigte Wege, in deren Mitte eine Rinne verlief, durch die das Regenwasser zum Fluss weiter unten ablaufen konnte.

Die Soldaten hatten ihr Dreitagegepäck einen Kilometer weiter hinten abgelegt und trugen jetzt nur noch das am Körper, was für den Kampf nötig war. Jetzt versuchten sie, unsichtbar zu bleiben, und robbten auf allen vieren über die Weide direkt oberhalb des Dorfes und danach jeweils zu zweit über eine Viehkoppel. Sie passierten ihr Scharfschützenteam am Rand der Ansiedlung und schlichen dann zwischen den Gebäuden hindurch, einem Futterschuppen, einem Klohäuschen, einem Einfamilienhaus und einem aus Ziegeln errichteten Traktorschuppen mit Wellblechdach. Dabei hatten sie jede Ecke, jeden Weg und jedes dunkle Fenster mit ihren Nachtsichtgeräten fest im Blick.

Sie trugen AK-105-Gewehre und Hunderte von zusätzlichen 5,45x39-mm-Patronen in flachen Magazinbrustgurten, die es ihnen erlaubten, sich flach auf den Boden zu legen, um sich vor den Augen eines Wächters oder feindlichem Beschuss zu verbergen. Ihre grünen Feldjacken und gleichfarbigen Schutzwesten waren schlammverschmiert, mit Grasflecken übersät und von geschmolzenem Schnee und dem Schweiß durchnässt, den sie trotz der Kälte bei ihrem anstrengenden Vormarsch vergossen.

An ihren Gürteln hingen Holster mit russischen Varjag-MP-445-Pistolen, Kaliber 9 mm. Einige trugen daneben noch schallgedämpfte 5,45-mm-Pistolen, um eventuelle Wachhunde mit einem 45-Grain-Hohlspitzgeschoss in den Kopf schlagartig ruhigzustellen.

Sie fanden den mutmaßlichen Aufenthaltsort ihrer Zielperson und bemerkten dabei Bewegungen vor der Scheune. Wachen! In den danebenliegenden Gebäuden würde es sicher noch mehr geben. Einige waren bestimmt auch noch wach, obwohl ihre Aufmerksamkeit in dieser frühen Morgenstunde sicher nicht mehr die größte war.

Sie umgingen den Zielbereich in einem weiten Bogen, wobei sie zuerst eine Minute lang mit dem Gewehr in den Armbeugen auf ihren Ellbogen krochen, um sich dann zwei weitere Minuten auf Händen und Knien vorwärtszubewegen. Ein Esel wurde unruhig, ein Hund bellte, und eine Ziege meckerte, was jedoch alles für den frühen Morgen in einem Bauerndorf nichts Ungewöhnliches war. Schließlich verteilten sich die acht Soldaten in vier Zweiergruppen entlang der Rückseite des Gebäudes, wobei jede ein vorherbestimmtes Schussfeld abdeckte. Hilfreich war, dass ihre russischen Gewehre mit einem amerikanischen holografischen Laservisier der Firma EOTech ausgerüstet waren. Die Männer visierten sorgfältig durch ihr rotes Fadenkreuz die ihnen zugewiesenen Fenster, Türen oder Gebäudedurchgänge an.

Dann, und erst dann, flüsterte der Teamführer in sein Funkgerät: »Sind in Stellung!«

Ein gewöhnlicher Angriff auf einen Terroristenstützpunkt hätte ganz anders ausgesehen. Die Alpha-Truppe wäre mit großen Mannschaftstransportpanzern oder Hubschraubern angerückt. Flugzeuge hätten das Dorf mit Raketen angegriffen, während die Teams von ihren Schützenpanzern abgesprungen wären oder sich von den Transporthubschraubern abgeseilt hätten.

Aber das hier war kein gewöhnlicher Einsatz. Sie hatten den Auftrag, ihre Zielperson – wenn irgend möglich – lebend zu fangen.

Laut FSB-Quellen kannte der Mann, hinter dem sie her waren, die Namen, Aufenthaltsorte und Verbindungen praktisch aller dschihadistischen Führer in Dagestan, Tschetschenien und Inguschetien. Bekam man ihn in die

Finger und konnte seine Kenntnisse »abschöpfen«, dann könnte der islamistischen Sache ein annähernd tödlicher Schlag versetzt werden. Die acht Mann, die jetzt fünfundzwanzig Meter von der Rückseite des Zielgebäudes entfernt in der Dunkelheit kauerten, sollten dabei als Sperreinheit jeden Ausbruch der Muslime verhindern. Die eigentlichen Angreifer näherten sich gleichzeitig zu Fuß von Westen her durch das Tal. Laut Operationsplan sollten sie die Zielperson in die Falle hinter der Scheune treiben.

Der Operationsplan der Alpha-Gruppe beruhte auf deren Kenntnis der Taktiken, die die Aufständischen hier im Kaukasus gewöhnlich anwandten. Wenn sie von überlegenen Kräften angegriffen wurden, versuchten die jeweiligen Anführer sofort zu entkommen. Dabei waren die Dagestaner und Tschetschenen auf keinen Fall Feiglinge. Nein, Mut besaßen sie sogar im Überfluss. Aber ihre Anführer mussten auf jeden Fall geschützt werden. Die Fußsoldaten nahmen dabei Stellungen in vorgeschobenen Gebäuden und durch Sandsäcke geschützten Bunkern ein, um von dort aus den Angreifern Widerstand zu leisten. Ein einzelner Mann konnte dabei mit einer einzigen Waffe eine ganze Eingreiftruppe so lange aufhalten, bis der Anführer und seine persönliche Wachmannschaft in die umliegenden, unwegsamen Berge geflohen waren, die sie wahrscheinlich genauso gut kannten wie die Körperformen ihrer Geliebten.

Die acht Mann der Speznaz-Sperreinheit warteten also in der Dunkelheit, kontrollierten ihren Atem und Herzschlag und bereiteten sich darauf vor, einen einzigen Mann zu fangen. Jeder von ihnen trug in der Kartentasche seiner ballistischen Schutzweste eine beige Laminatkarte mit einem Porträt Israpil Nabijews.

Wenn diese russischen Spezialtruppen einen Mann fangen würden, dessen Gesicht mit diesem Foto übereinstimmte, stand sein weiteres Schicksal fest.

Sollte das Gesicht des Gefangenen dagegen nicht dem des Gesuchten entsprechen, wäre das für den entsprechenden Mann noch verhängnisvoller, denn die Russen wollten nur eine einzige Person in diesem Dorf lebend in ihre Gewalt bringen.

2

Die Hunde reagierten zuerst. Das Knurren eines großen Kaukasischen Schäferhunds wurde von den anderen Tieren im ganzen Dorf aufgenommen und beantwortet. Allerdings hatte sie nicht der Geruch der Russen alarmiert, denn die Speznaz-Männer hatten ihn mit Chemikalien und mit Silberfasern gefütterter Unterwäsche maskiert, die alle Körpergerüche überdeckten. Vielmehr konnten die Hunde die Bewegungen der Männer spüren. Und plötzlich bellten so viele, dass sie sich das Schicksal ersparten, mit den 5,45-mm-Pistolen ruhiggestellt zu werden.

Die dagestanischen Wachen vor der Scheune schauten sich um. Ein paar leuchteten gelangweilt mit ihren Taschenlampen in die Dunkelheit hinein. Einer schrie die Hunde an, sie sollten endlich die Schnauze halten. Als sich das Gebell und Geheule zu einem Höllenlärm steigerte, sprangen die Wachleute auf und brachten ihre Gewehre in Anschlag.

In diesem Augenblick erfüllte das Donnern der Hubschrauberrotoren das Tal.

Israpil wurde aus dem Schlaf gerissen und sprang auf, bevor er noch ganz wach war und ihm bewusst wurde, was genau ihn aufgeweckt hatte.

»Russische Hubschrauber!«, schrie jemand, obwohl das

in diesem Augenblick schon jedem klar war. Auch Nabijew hörte jetzt das rhythmische Pochen der Rotoren. Außer den Russen hatte hier in der Gegend keiner Hubschrauber. Israpil wusste, dass ihnen nicht mehr viel Zeit blieb. Sofort gab er den Befehl zur Flucht. Der Anführer seiner Sicherheitstruppe befahl über Funk der Argwanizelle, mit ihren Panzerfäusten ins Freie vorzurücken, um dort den anfliegenden Maschinen entgegenzutreten. Danach wies er die beiden Fahrer an, ihre Pick-ups vor den Eingang der Scheune zu fahren.

Israpil war jetzt endgültig hellwach. Er entsicherte seine kurzläufige Kalaschnikow und stellte sich mit der Waffe an der Schulter ans Tor der Scheune. Er wusste, dass der Lärm der Helikopter noch eine weitere Minute durch das Tal schallen würde, bevor die Russen tatsächlich über ihnen auftauchen würden. In den letzten beiden Jahrzehnten hatte er es oft genug mit russischen Kampfhubschraubern zu tun gehabt.

Dreißig Sekunden später erschien der erste Pick-up vor dem Eingang der Scheune. Ein Wachmann öffnete die Beifahrertür und sprang dann selbst auf die hintere Ladefläche. Zwei weitere öffneten das Scheunentor.

Israpil trat als Dritter ins Freie. Er hatte in der frühmorgendlichen Luft noch keine zwei Schritte zurückgelegt, als plötzlich ganz in der Nähe der Überschallknall von Gewehrfeuer zu hören war. Zuerst glaubte er, dass einer seiner Männer blindlings in die Dunkelheit schießen würde, aber als ihm heißes, nasses Blut direkt ins Gesicht spritzte, erkannte er seinen Irrtum. Eine seiner Wachen war getroffen worden. Aus der aufgerissenen Brust sprudelte das Blut hervor. Der Mann geriet ins Taumeln und fiel zu Boden.

Israpil duckte sich und rannte los. In diesem Moment fing das Schießen jedoch erst richtig an. Ein wahrer Geschosshagel durchschlug Blech und Glas des Pick-ups.

Der Militärkommandeur der Jamaat Shariat sah auf der Straße Mündungsfeuer, das aus Richtung einer fünfundzwanzig Meter weiter oben liegenden Wellblechhütte kam. Der Muslim auf der Ladefläche richtete sich auf und schoss nur ein einziges Mal zurück, bevor er vom Pick-up in die schlammige Abflussrinne mitten auf der unbefestigten Straße hinunterfiel. Der Beschuss ging ununterbrochen weiter. Nabijew erkannte, dass es sich um mehrere Kalaschnikows und ein einziges russisches leichtes PPM-Maschinengewehr handelte. Als er sich umdrehte, schlugen ihm die Funken der Kupfermantelgeschosse, die in die steinerne Wand der Scheune einschlugen, um die Ohren. Er duckte sich noch tiefer und prallte auf zwei seiner Wachleute, die er sofort in die Scheune zurückschob.

Gemeinsam rannten sie durch das dunkle Gebäude an den beiden an der Westwand angebundenen Eseln vorbei auf ein großes rückwärtiges Fenster zu, als sie plötzlich eine Explosion erstarren ließ. Nabijew lief zur Außenwand hinüber und linste durch den breiten Riss, dessen Zugluft ihn die ganze Nacht regelrecht gefoltert hatte. Über dem Tal hatten kurz vor dem Dorf zwei Kampfhubschrauber Angriffsstellung eingenommen. Ihre Umrisse waren noch schwärzer als der schwarze Himmel, bis beide eine Raketensalve aus seinen Pylonen abfeuerten. Plötzlich waren die metallischen Kampfmaschinen hell erleuchtet, während Flammenstreifen an der Spitze von weißen Wölkchen auf das Dorf zurasten und eine gewaltige Explosion ein einhundert Meter weiter westlich gelegenes Gebäude erschütterte.

»Schwarze Haie!«, rief er in den dunklen Raum hinein.

»Zur Hintertür!«, schrie ihm einer seiner Männer zu und rannte los. Nabijew folgte ihm, obwohl er bereits wusste, dass er umzingelt war. Niemand würde kilometerweit durch die Gegend robben, um diesen Ort anzugreifen, wie es die Russen getan hatten, und es dann versäumen, ihm den Fluchtweg abzuschneiden. Trotzdem blieb ihm keine andere Wahl. Die nächste Raketensalve konnte die Scheune treffen und ihn und seine Männer zu Märtyrern machen, ohne ihnen die Möglichkeit zu geben, einige Ungläubige ins Jenseits mitzunehmen.

Die Russen auf der Rückseite der Scheune lagen immer noch lautlos in Deckung, ohne sich zu rühren. Die vier Zweiergruppen warteten geduldig, während die Angreifer auf der anderen Seite weiter vorrückten und die Schwarzen Haie mit ihren Raketen Tod und Verderben über das Dorf brachten.

Zwei Mann der Alpha-Gruppe hatten den Auftrag, die Sechs-Uhr-Position abzusichern und auf alle Mudschaheddin oder bewaffneten Zivilisten zu achten, die eventuell durch das Dorf auf die Anhöhe emporsteigen würden. Allerdings war ihnen die direkte Sicht auf einen kleinen Ziegelschuppen versperrt, der südöstlich der am weitesten im Osten platzierten Speznaz-Kämpfer lag. Plötzlich erschien in einem dunklen offenen Fenster der Lauf einer Repetierbüchse und zielte auf den nächsten Russen. Gerade als sich die Hintertür der Scheune öffnete, ging ein Schuss los. Das Geschoss traf die Stahlplatte auf dem Rücken des Alpha-Gruppen-Manns, der durch die Einschlagswucht kopfüber zu Boden geschleudert wurde. Sein Partner wirbelte herum und erwiderte das Feuer. Der Schusswechsel warnte die Rebellen, die gerade die Scheune verließen, dass sie drauf und dran waren, in eine Falle zu laufen. Alle fünf Dagestaner stürmten daraufhin durch die Tür ins Freie und feuerten mit ihren Kalaschnikows in alle Richtungen, ohne in der Dunkelheit den Feind sehen zu können.

Ein Stück Kupfer, das völlig verdrehte Bruchstück eines 7,62-mm-Geschosses, das als Querschläger von einem Stein auf dem Boden abgeprallt war, traf einen Speznaz-Soldaten direkt in den Hals, durchschlug seinen Adamsapfel und durchtrennte seine Halsschlagader. Er fiel nach hinten, fasste sich an die Kehle und wand sich zuckend im Todeskampf. In diesem Augenblick trat für die Spezialtruppe die Gefangennahme der Zielperson erst einmal in den Hintergrund. Die Männer schossen aus allen Rohren auf die Terroristen, während weitere Mudschaheddin aus der Hintertür der steinernen Scheune herausstürmten.

Als die Russen zu schießen begannen, schützte der Anführer von Nabijews Sicherheitstruppe seinen Chef mit dem Körper. Nur Sekunden später war sein Oberkörper von 5,45-mm-Geschossen durchsiebt. Selbst als noch einige andere von Nabijews Kämpfern tot zusammenbrachen, hörte dessen Truppe nicht auf zu feuern, während ihr Anführer verzweifelt zu fliehen versuchte. Er warf sich auf die Seite, rollte auf dem Boden von der Scheunentür weg und stand dann wieder auf, um mit seiner AK-74U in die Nacht hineinzuschießen. Er leerte sein ganzes Magazin, während er dicht an der Scheunenwand entlanglief, um dann in einem dunklen, engen Durchgang zwischen zwei langen Wellblech-Lagerschuppen zu verschwinden. Er hatte das Gefühl, nicht allein zu sein, wollte aber auf keinen Fall seine Geschwindigkeit verringern, indem er nach hinten sah. Er rannte immer weiter. Dabei wunderte er sich, dass er den Kugelhagel,der seine Männer niedergemäht hatte, unbeschadet überstanden hatte. Bei seiner Flucht stieß er an die beiden Wellblechwände und geriet ins Stolpern. Seine Augen waren auf die Öffnung zwanzig Meter vor ihm fixiert. Mit den Händen nestelte er ein frisches Gewehrmagazin aus seinem Brustgurt. Sein Gewehr, dessen Lauf durch das Dreißig-Schuss-Dauerfeuer glühend heiß geworden war, dampfte in der kühlen Morgenluft.

Als er das Magazin einführte und seine Kalaschnikow durchlud, verlor er zum dritten Mal das Gleichgewicht. Er fiel auf die Knie, und dabei glitt ihm seine Waffe fast aus den behandschuhten Händen. Er konnte sie gerade noch auffangen und kam dann wieder auf die Beine. Am Ende der Lagerschuppen hielt er schließlich an und schaute um die Ecke. Es war niemand zu sehen. Hinter ihm war weiterhin automatisches Gewehrfeuer zu hören, und das Donnern der Explosionen hallte von den Talwänden wider, wobei ihm jede Salve mehrmals hintereinander in die Ohren drang, weil die Schallwellen durch das Dorf wanderten.

Das Funkgerät am Schulterriemen seines Brustgurts quäkte. Seine über das Gebiet verstreuten Männer nahmen zueinander Kontakt auf. Er achtete nicht darauf und rannte weiter.

Etwas weiter den Abhang hinunter flüchtete er sich in ein brennendes Ziegelhaus. Eine russische Rakete war durch das Dach geschlagen und hatte die Einrichtung in Brand gesetzt. Irgendwo hier mussten auch Leichen liegen, aber er hatte keine Zeit, sich näher umzusehen. Er lief zu einem offenen Rückfenster hinüber und sprang hinaus ins Freie. Dabei blieb er mit dem Fuß am Fensterrahmen hängen und fiel kopfüber hinaus. Mit Mühe rappelte er sich auf. Durch das Adrenalin, das durch seinen Körper gepumpt wurde, bekam er nicht einmal richtig mit, dass er in den vergangenen dreißig Sekunden viermal gestürzt war.

Bis es ihn erneut erwischte.

Hundert Meter von der steinernen Scheune entfernt, knickte mitten auf einem unbefestigten Durchgangsweg auf gerader Strecke sein rechtes Bein weg. Israpil stürzte zu Boden, vollführte eine vollständige Rolle vorwärts und landete schließlich auf dem Rücken. Es kam ihm überhaupt nicht in den Sinn, dass ihn die Russen von der Scheune her angeschossen haben könnten. Er spürte keinen Schmerz. Als er jedoch wieder auf die Beine zu kommen versuchte, geriet er mit der Hand an den Oberschenkel, der sich glitschig anfühlte. Als er nachschaute, bemerkte er, dass Blut aus einem gezackten Loch im abgetragenen Baumwollstoff herausfloss. Jetzt nahm er sich die Zeit, sich das Ganze genauer anzusehen. Das dunkle Blut glänzte im Licht eines etwas weiter unten stehenden, lichterloh brennenden Pickups. Im Schenkel direkt über dem Knie klaffte eine Wunde. Inzwischen war seine Tarnhose bis hinunter zum Stiefel blutgetränkt.

Irgendwie schaffte er es trotzdem wieder auf die Beine. Als er einen Schritt nach vorn machen wollte, wobei er sein Gewehr als Krücke benutzte, stand er plötzlich im hellsten, heißesten weißen Licht, das er je erlebt hatte. Der Strahl kam direkt vom Himmel. Es war der Scheinwerfer eines zweihundert Meter vor ihm schwebenden Schwarzen Hais.

Israpil Nabijew wusste, dieses Licht bedeutete, dass die Ka-50 gleichzeitig auch eine 30-mm-Kanone auf ihn gerichtet hatte. In ein paar Sekunden würde er also zum *Schahid,* zum Märtyrer, werden.

Es erfüllte ihn mit Stolz.

Er atmete tief durch und wollte gerade sein Gewehr auf den großen Schwarzen Hai richten, als ihm jemand den Schaft einer AK-105 an den Hinterkopf schlug und alles in Israpil Nabijews Welt schwarz wurde.

Das Erwachen war schmerzhaft. Ihm tat der Kopf entsetzlich weh. Tief in seinem Hirn fühlte er einen dumpfen Schmerz, während sich die Oberfläche seiner Kopfhaut anfühlte, als versetzte ihr jemand tausend kleine Stiche. Auf seinem rechten Schenkel hatte man einen Druckverband angebracht, der den Blutfluss aus seiner Wunde stoppte. Seine Arme waren nach hinten verdreht, und seine Schultern fühlten sich an, als ob sie sich jeden Moment ausrenken würden. Seine Handgelenke hatte man mit kalten eisernen Handschellen aneinandergekettet. Schreiende Männer stießen ihn herum, als man ihn auf die Füße zog und gegen eine Steinmauer presste.

Eine Taschenlampe leuchtete ihm ins Gesicht. Er zuckte vor dem hellen Lichtschein zurück.

»Sie sehen alle gleich aus«, meldete sich eine russische Stimme hinter dem Licht. »Stellt sie alle in eine Reihe.«

Israpil merkte, dass er sich immer noch in dem Dorf auf der Höhe befand. In der Ferne hörte er weiterhin sporadisches Schießen. Die Russen räumten wohl endgültig auf.

Vier weitere Überlebende der Jamaat Shariat mussten sich jetzt an der Wand neben ihm aufstellen. Israpil Nabijew wusste ganz genau, was die Russen hier taten. Diese Speznaz-Männer hatten den Befehl, ihn lebend zu fassen. Mit dem Schmutz, dem Schweiß und den Bärten auf ihren Gesichtern hatten sie jedoch Schwierigkeiten, den Gesuchten in diesem Dämmerlicht zu identifizieren. Israpil schaute die anderen an. Zwei waren Mitglieder seiner Sicherheitstruppe, zwei andere kannte er nicht. Sie gehörten offenbar zur Argwanizelle. Sie alle trugen wie er schulterlanges Haar und einen dichten Vollbart.

Die Russen stellten die fünf Männer nebeneinander Schulter an Schulter an der kalten Steinmauer auf und hielten sie mit ihren Gewehrläufen in Schach. Eine behandschuhte Hand packte den ersten Dagestaner an den Haaren und zog seinen Kopf in die Höhe. Ein weiterer Alpha-Gruppen-Kämpfer richtete eine Taschenlampe auf den Mudschaheddin. Ein Dritter hielt eine laminierte Karte mit dem Foto eines bärtigen Mannes neben das Gesicht des Rebellen.

»Njet«, sagte ein Russe.

Sofort erschien der schwarze Lauf einer Varjag, Kaliber 9 mm, im Licht. Jemand betätigte den Abzug. Es folgten ein Lichtblitz und ein lautes Krachen, das in dem engen Häuserdurchgang widerhallte, und der Kopf des bärtigen Terroristen wurde nach hinten gerissen. Er sank zusammen und hinterließ auf der Mauer hinter sich Blut, Knochensplitter und Gehirnmasse.

Das laminierte Foto wurde jetzt neben den zweiten Aufständischen gehalten. Erneut wurde der Kopf des Mannes in eine Position gezogen, in der sein Gesicht klar zu erkennen war. Er blinzelte im hellen, weißen Strahl der Taschenlampe.

»Njet.«

Die automatische Pistole tauchte auf und schoss ihm in die Stirn.

Der dritte bärtige Dagestaner war Israpil. Eine behandschuhte Hand zog ihm ein verfilztes Haarbüschel von den Augen und entfernte etwas Schmutz aus seinem Gesicht.

»Nj... Moschet bytj« – Vielleicht –, sagte die Stimme. Dann: »Ich glaube, er ist es.« Eine kleine Pause. »Israpil Nabijew?«

Israpil gab keine Antwort.

»Ja ... er ist es.« Die Taschenlampe wurde gesenkt und ein Gewehr richtete sich auf die beiden Jamaat-Shariat-Rebellen links von Israpil.

Bumm! Bumm!

Die Männer wurden gegen die Mauer geschleudert und fielen dann nach vorne zu Israpils Füßen in den Schlamm.

Einen kleinen Augenblick stand Nabijew allein vor der Mauer, dann packte ihn ein Russe am Genick und zog ihn in Richtung eines Hubschraubers, der gerade auf einer Viehweide etwas weiter unten im Tal landete.

Die beiden Schwarzen Haie schwebten immer noch über dem Dorf. In unregelmäßigen Abständen zerschossen sie mit ihren Kanonen ganze Gebäude und töteten Mensch und Tier gleichermaßen. Dies würde noch ein paar Minuten so weitergehen. Dabei würden sie jedoch nicht jede lebendige Seele auslöschen. Dies würde mehr Zeit und Aufwand erfordern, als sie aufbringen wollten. Sie taten jedoch ihr Bestes, um das Dorf systematisch zu zerstören, das den Anführer der dagestanischen Widerstandsbewegung bei sich aufgenommen hatte.

Nabijew wurde jetzt bis auf die Unterwäsche ausgezogen und durch den lauten und heftigen Abwind der Rotoren eines Mi-8-Transporthubschraubers den Abhang hinuntergetragen. Die Soldaten hoben ihn hinein und ketteten ihn mit Handschellen an die Innenwand der Kabine. Links und rechts von ihm setzten sich zwei schmutzige Soldaten der Alpha-Gruppe, die schwarze Skimasken trugen. Ein letztes Mal konnte er durch die offene Kabinentür nach draußen sehen. Während die Dämmerung allmählich die rauchgeschwängerte Luft im Tal erhellte, legten die Speznaz-Agenten die Leichen von Nabijews toten Kameraden nebeneinander auf den Boden und fotografierten mit Digitalkameras deren Gesichter. Dann nahmen sie mit Stempelkissen und Papier ihre Fingerabdrücke.

Die Mi-8 hob ab.

Der Speznaz-Mann rechts von Nabijew lehnte sich zu ihm hinüber und schrie ihm auf russisch ins Ohr: »Angeblich warst du die Zukunft deiner Bewegung. Gerade bist du zu deren Vergangenheit geworden.«

Israpil lächelte. Als der Speznaz-Unteroffizier das sah, rammte er ihm sein Gewehr in die Rippen. »Was ist daran so lustig?«

»Ich habe gerade daran gedacht, was mein Volk alles unternehmen wird, um mich zurückzubekommen.«

»Vielleicht hast du recht. Vielleicht sollte ich dich gleich hier und jetzt töten.«

Israpil lächelte erneut. »Jetzt denke ich an alles, was mein Volk zu meinem Gedächtnis tun würde. Du kannst einfach nicht gewinnen, russischer Soldat. Du kannst nicht gewinnen.«

Die blauen Iriden des Russen schauten durch die Augenschlitze der Skimaske den Gefangenen eine geraume Zeit an, während die Mi-8 immer mehr an Höhe gewann. Schließlich schlug er Israpil wieder mit seinem Gewehr in die Rippen und lehnte sich dann mit einem Schulterzucken an die Kabinenwand zurück.

Als der Hubschrauber aus dem Tal herausstieg und in Richtung Norden weiterflog, stand das Dorf unter ihm in hellen Flammen.

3

Der Präsidentschaftskandidat John Patrick Ryan stand allein im Männerumkleideraum einer Highschool-Turnhalle in Carbondale, Illinois. Seine Anzugsjacke hing neben ihm an einem Garderobenständer. Er trug eine burgunderrote Krawatte, ein leicht gestärktes cremefarbenes Abendhemd mit doppelten Manschetten und eine frisch gebügelte dunkelgraue Anzughose.

Er nahm einen Schluck aus einer Tafelwasserflasche und hielt ein Handy an sein Ohr.

Plötzlich klopfte jemand ganz sanft, fast entschuldigend an die Tür, die sich gleich darauf öffnete. Eine junge Frau mit Headset beugte sich hinein. Hinter ihr erkannte Jack die linke Schulter seiner leitenden Secret-Service-Agentin Andrea Price-O'Day. Darüber hinaus bevölkerten noch zahlreiche andere Leute den Gang zur voll besetzten Turnhalle, wo eine lärmende Menge johlte, rhythmisch in die Hände klatschte und die blecherne Lautsprechermusik zu übertönen versuchte.

Die junge Frau sagte: »Wir sind fertig, wenn Sie es sind, Mr. President.«

Jack lächelte höflich und nickte. »Ich bin gleich da, Emily.«

Emily zog ihren Kopf zurück, und die Tür schloss sich wieder. Jack hielt weiterhin sein Handy ans Ohr, hörte allerdings nur die Mailboxansage seines Sohnes.

»Hi, dies ist der Anschluss von Jack Ryan jr. Sie wissen, was Sie jetzt tun müssen.«

Es folgte der obligatorische Piepton.

Jack sr. versuchte möglichst lässig und unaufgeregt zu klingen, was jedoch seiner wahren Stimmungslage ganz und gar nicht entsprach. »He, Kleiner. Lange nichts von dir gehört. Ich habe mit deiner Mutter gesprochen, und sie hat mir gesagt, du seist beschäftigt und musstest deine heutige Verabredung zum Essen mit ihr absagen. Ich hoffe, dass bei dir alles in Ordnung ist.« Er machte eine Pause und fuhr dann fort: »Ich bin im Moment in Carbondale. Später am Abend fahren wir weiter nach Chicago. Ich werde den ganzen morgigen Tag dort sein. Am Abend werde ich mich dann mit Mom in Cleveland treffen, wo am Mittwoch die Debatte stattfindet. Okay ... Ich wollte mich nur mal wieder melden. Ruf mich oder Mom an, wenn du kannst, okay? Bye.« Ryan legte auf und warf das Handy auf ein Sofa, das man zusammen mit dem Garderobenständer und ein paar weiteren Möbelstücken extra für ihn in die provisorische Garderobe gestellt hatte. Jack wollte sein Mobiltelefon selbst im Vibrationsmodus keinesfalls in die Tasche stecken, damit er es nicht versehentlich zum Rednerpult mitnahm. Wenn ihn dort nämlich jemand anrufen würde, wäre er in Schwierigkeiten. Diese Ansteckmikrofone fingen nämlich noch das kleinste Geräusch auf. Zweifellos würde die ihn begleitende Pressemeute hinterher der ganzen Welt mitteilen, dass er seine Blähungen nicht unterdrücken könne und deshalb für die Führerschaft des mächtigsten Landes der Welt völlig ungeeignet sei.

Jack schaute in den bodenlangen Spiegel, den man zwischen zwei amerikanische Fahnen gestellt hatte, und zwang sich ein Lächeln ab. Früher war ihm das automatisch und ohne Anstrengung gelungen. Cathy hatte ihn jedoch neulich darauf hingewiesen, dass er in letzter Zeit seine gewohnte »Jack-Ryan-Coolness« vermissen ließ, wenn er über die Politik seines Gegners, Präsident Ed Kealty, redete. Daran musste er vor der Debatte noch unbedingt arbeiten, wenn er mit Kealty selbst auf einer Bühne sitzen würde.

Heute Abend hatte er miese Laune. Diese musste er unbedingt abschütteln, bevor er das Podium betrat. Er hatte mit seinem Sohn, Jack jr., seit Wochen nicht mehr geredet und in der ganzen Zeit nur ein paar kurze, belanglose E-Mails ausgetauscht. Das passierte von Zeit zu Zeit. Ryan sr. wusste, dass er während seiner Wahlkampftour nur schwer zu erreichen war. Aber seine Frau Cathy hatte ihm vor ein paar Minuten erzählt, dass Jack sich nicht von seinem Job loseisen konnte, um sie an diesem Nachmittag in Baltimore zu treffen, und das beunruhigte ihn ein wenig.

Obwohl an Eltern, die mit ihren erwachsenen Kindern in Kontakt bleiben wollten, sicherlich nichts Ungewöhnliches war, hatten der Präsidentschaftskandidat und seine Frau durchaus Gründe zur Sorge, da sie beide wussten, womit ihr Sohn seinen Lebensunterhalt verdiente. Nun, musste Jack sr. denken, zumindest *er* wusste mehr oder weniger, was sein Sohn tat. Seine Frau wusste es ... in gewissem Maße. Vor einigen Monaten hatten sich Vater und Sohn mit Cathy zusammengesetzt, um es ihr genau zu erklären. Sie wollten sie über Jack jr.s Aufgaben als Analyst und Agent eines »inoffiziellen« Spionagedienstes unterrichten, der von Senior selbst gegründet und vom früheren Senator Gerry Hendley geleitet wurde. Das Gespräch hatte gut begonnen. Aber der gestrenge Blick von Dr. Cathy Ryan brachte die beiden Männer bald so aus dem Konzept, dass sie nur noch etwas von geheimen nachrichtendienstlichen Analysen stammelten. Es klang jetzt, als ob Jack jr. seine Tage an einem Schreibtisch verbrächte und Computerdateien auf der Suche nach verbrecherischen Finanzhaien und Geldwäschern überprüfte, eine Arbeit, deren einzige Gefahr Papierschnittwunden und das Karpaltunnelsyndrom waren.

Wenn es nur so wäre, dachte Jack sr., als eine neue Welle von Magensäure in seiner Speiseröhre brannte.

Nein, dieses Gespräch mit seiner Frau war nicht allzu gut verlaufen, musste Jack sr. hinterher zugeben. Seitdem hatte er das Thema noch einige Male anzuschneiden versucht. Er hoffte, er hatte Cathy eine Ahnung davon vermitteln können, dass ihr Sohn an echten Geheimdienstoperationen teilnahm. Tatsächlich hatte es jedoch auch jetzt eher so geklungen, als ob Ryan jr. gelegentlich in europäische Hauptstädte reiste, dort mit Politikern und hohen Beamten dinierte und danach auf seinem Laptop Berichte über ihre Unterredungen verfasste, während er teuren Burgunder schlürfte und CNN schaute.

Was soll's, dachte Jack. *Was sie nicht weiß, macht sie nicht heiß.* Und wenn sie es doch wissen sollte? *Gott bewahre!* Solange Kyle und Katie noch daheim waren, hatte sie genug um die Ohren, ohne sich auch noch um ihren sechsundzwanzigjährigen Sohn Sorgen machen zu müssen, oder?

Jack sr. beschloss, dass es *seine* und nicht Cathys Bürde sein würde, sich um Jack jr.s Beruf Sorgen zu machen, eine Belastung, die er aber für den Moment abschütteln musste.

Jetzt galt es erst einmal, die Wahl zu gewinnen.

Ryans Stimmung besserte sich etwas. Was seinen Wahlkampf betraf, sahen die Dinge ziemlich gut aus. Laut der letzten Pew-Umfrage führte Ryan mit dreizehn Prozentpunkten, während Gallup ihn elf Punkte vor seinem Opponenten sah. Die größten Fernsehsender hatten ihre eigenen Umfragen veranstaltet. Bei allen drei war der Vorsprung etwas niedriger. Dies lag wahrscheinlich an irgendeiner Selektionsverzerrung, mit der sich sein Wahlkampfleiter

Arnold van Damm und dessen Leute noch nicht näher befasst hatten, da Ryan so weit vorne lag.

Jack wusste jedoch, dass das Rennen bei den Wahlmännern wie üblich viel enger war. Er und Arnie spürten beide, dass ein guter Auftritt während der nächsten Debatte dem restlichen Wahlkampf zumindest bis zur allerletzten Kandidatendiskussion neuen Schwung verleihen würde. Gewöhnlich wurden die Abstände zwischen den Kandidaten im letzten Monat enger. Die Meinungsforscher nannten das den Labor-Day-Effekt, da diese Annäherung der Umfragewerte gewöhnlich am Labor Day, also dem ersten Montag im September, begann und sich danach bis zum Wahltag fortsetzte, der in den USA immer der erste Dienstag im November war.

Statistiker und Experten gaben für dieses Phänomen unterschiedliche Gründe an. Bekamen Wähler, die die Seiten gewechselt hatten, jetzt kalte Füße und kehrten zu ihrem ursprünglichen Kandidaten zurück? Gab es im Sommer noch mehr unabhängiges Denken als im Herbst, wo die Antworten auf die Meinungsumfragen ernstere Konsequenzen hatten? Traten, je näher der Wahltermin rückte, durch die Rund-um-die-Uhr-Berichterstattung über den Favoriten auch dessen Patzer und Ausrutscher deutlicher zutage?

Ryan selbst teilte in dieser Frage die Ansichten Arnies. Tatsächlich gab es auf diesem Planeten nur wenige Menschen, die mehr über Wahlkämpfe wussten als Arnie van Damm. Für diesen war das Ganze eine einfache Angelegenheit der Mathematik. Für den vorne liegenden Kandidaten sprachen sich bei den Umfragen mehr Leute aus als für den zurückliegenden. Wenn also zehn Prozent der Wähler im letzten Monat der Kampagne ihre Meinung wechselten, verlor der Kandidat, der ursprünglich mehr Anhänger hatte, notwendigerweise auch mehr Wählerstimmen.

Das war also ein simples mathematisches Phänomen, vermutete Ryan, und nichts sonst. Aber eine solch einfache Mathematik war für die Fernsehmoderatoren oder die politischen Blogs, die sieben Tage die Woche rund um die Uhr ihre Meinung im Internet zum Besten gaben, natürlich völlig uninteressant. Aus diesem Grund entwickelte Amerikas Schwafel-Klasse ständig neue Verschwörungstheorien und Erklärungsmuster.

Ryan stellte die Wasserflasche ab, zog sein Jackett an und machte sich auf den Weg zur Tür.

Hoffentlich, dachte er, war Jack jr. heute nur ausgegangen, um sich zu amüsieren. Vielleicht hatte er sogar ein Rendezvous mit einem ganz besonderen Mädchen.

Ja, überzeugte sich Senior selbst. *Ganz bestimmt steckte nichts anderes dahinter.*

Der sechsundzwanzigjährige Jack Ryan jr. spürte auf seiner rechten Seite eine Bewegung, drehte sich blitzschnell weg und wich auf diese Weise der Messerklinge aus, die sich gerade in seine Brust bohren wollte. Gleichzeitig zog er noch während der Drehung seinen linken Unterarm nach oben, fasste den Angreifer mit der Rechten am Handgelenk und drückte dessen Hand nach hinten. Dann rammte er seinen Körper mit aller Macht in die Brust seines Gegners und brachte ihn dadurch zu Fall.

Jack griff sofort nach seiner Pistole, aber der andere Mann packte im Fallen Ryan am Hemd und zog ihn dadurch mit sich nach unten. Jack jr. war es nicht mehr möglich, seine Pistole aus dem Gürtelholster zu ziehen. Als sie beide zusammen auf dem Boden aufkamen, wusste er, dass er diese Gelegenheit verpasst hatte.

Er musste also den Kampf ab jetzt nur mit den Händen weiterführen.

Der Angreifer griff Jack an die Kehle und drückte ihm die

Fingernägel in die Haut. Erneut musste Jack diese Bedrohung mit einer heftigen Armbewegung abwehren. Sein Gegner sprang aus seiner sitzenden Position zuerst auf die Knie und dann auf die Füße. Ryan war jetzt unter ihm und dadurch höchst verwundbar. Als einzige Option blieb ihm nur noch seine Pistole. Dazu musste er sich jedoch auf die linke Hüfte rollen, um sie aus dem Holster ziehen zu können.

Während er diese Bewegung ausführte, hatte der Angreifer allerdings seine eigene Waffe aus dem hinteren Hosenbund gezogen und schoss jetzt Ryan fünfmal in die Brust.

Der Einschlag der Geschosse verursachte einen stechenden Schmerz.

»Verdammt!«, schrie Jack.

Ryan schrie jedoch nicht so sehr wegen dieser Schmerzen, sondern aufgrund des frustrierenden Gefühls, diesen Kampf verloren zu haben.

Wieder einmal verloren zu haben.

Ryan riss sich die Schutzbrille von den Augen und setzte sich auf. Der andere reichte ihm die Hand und half ihm wieder auf die Beine. Danach steckte Jack seine Pistole ins Holster. Beide hatten eine Airsoft-Version der Glock 19 benutzt, die mit Druckluft Plastikprojektile verschoss, deren Einschlag entsetzlich wehtat, die jedoch keinerlei Verletzungen hinterließen.

Auch sein »Angreifer« nahm nun seinen Augenschutz ab und hob das Gummimesser vom Boden auf. »Entschuldige die Kratzer, alter Junge«, sagte der Mann. Trotz seines heftigen Atems war sein walisischer Akzent nicht zu überhören.

Jack hatte gar nicht hingehört. »Zu langsam!«, wetterte er über sich selbst, wobei sich das während des Handgemenges ausgeschüttete Adrenalin mit seinem schlimmen Frust vermengte.

Der Waliser blieb im Gegensatz zu seinem amerikanischen Schüler völlig ruhig, als ob er gerade eben nur in einem Park die Tauben gefüttert hätte. »Nimm's leicht. Versorg deine Wunden und komm dann zurück, damit ich dir erklären kann, was du falsch gemacht hast.«

Ryan schüttelte den Kopf. »Sag es mir gleich jetzt!« Er war wütend auf sich. Die Kratzer an seinem Hals sowie die Blutergüsse und Schrammen überall auf seinem Körper waren im Moment seine geringste Sorge.

James Buck wischte sich eine dünne Schweißschicht von der Stirn und nickte. »Also gut. Zuerst einmal, deine Annahme stimmt nicht. Mit deinen Reflexen ist alles in Ordnung. Das bezweifelst du ja, wenn du davon sprichst, du seist zu langsam. Tatsächlich ist deine *Aktions*geschwindigkeit gut. Sogar besser als gut. Dein Körper bewegt sich ausgesprochen schnell, und deine Wendigkeit, Geschicklichkeit und Athletik sind beeindruckend. Das Problem ist jedoch deine *Denk*geschwindigkeit. Du bist zögerlich und unsicher. Du denkst über deine nächsten Schritte nach, während du eigentlich automatisch und instinktiv handeln solltest. Außerdem bietest du einem aufmerksamen Beobachter kleine unbewusste Hinweise, woran du denkst, und gibst somit deine nächsten Aktionen im Voraus bekannt.«

Ryan neigte den Kopf zur Seite, und Schweiß tropfte von seinem Gesicht. »Kannst du mir ein Beispiel geben?«

»Ja. Zum Beispiel bei unserem letzten Kampf. Deine Hand zuckte während des Handgemenges zweimal in Richtung Hüfte. Deine Pistole war unter deinem Hemd und deinem Hosenbund gut verborgen, aber du hast ihre Gegenwart verraten, indem du zuerst daran gedacht hast, sie zu ziehen, dann aber deine Meinung geändert hast. Hätte dein Angreifer nichts von dieser Waffe gewusst, wäre er einfach zu Boden gefallen, um dann wieder aufzustehen.

Ich wusste jedoch von deiner Pistole, weil du es mir durch deine Aktionen ›erzählt‹ hast. Als ich zu Boden fiel, wusste ich, dass ich dich mit nach unten ziehen musste, um dir keinen Raum zu lassen, sie aus dem Holster zu reißen. Ergibt das für dich einen Sinn?«

Ryan seufzte. Es ergab einen Sinn, wenngleich James Buck natürlich in Wirklichkeit von der Pistole unter Ryans T-Shirt wusste, da er sie ihm ja selbst vor der Übungseinheit übergeben hatte. Trotzdem räumte Ryan ein, dass ein unglaublich gerissener Gegner möglicherweise durch kleine Hinweise seine Absicht erraten könnte, nach einer an seiner Taille verborgenen Waffe zu greifen.

Scheiße, dachte Ryan. Sein Feind müsste eigentlich fast hellseherische Fähigkeiten haben, um dies mitzubekommen. Aber aus genau diesem Grund verbrachte Ryan einen Großteil seiner Abende und Wochenenden mit Ausbildern, die der Campus für ihn engagiert hatte. Er sollte lernen, wie man mit diesen unglaublich gerissenen Gegnern fertigwurde.

James Buck war ein ehemaliges Mitglied des britischen SAS und der Rainbow-Truppe. Neben anderen grausamen und blutigen Fertigkeiten war er ein absoluter Fachmann für den Nahkampf mit bloßen Händen oder Stichwaffen. Der Direktor des Campus, Gerry Hendley, hatte ihn höchstpersönlich eingestellt, um Ryan diese Fertigkeiten beizubringen.

Ein Jahr zuvor hatte Ryan Gerry Hendley mitgeteilt, dass er neben seinen Analysen für den Campus auch an weiteren Feldoperationen teilnehmen wolle. Er hatte danach mehr Gelegenheiten dazu bekommen, als ihm lieb war. Er hatte sich dabei zwar gut geschlagen, verfügte jedoch nicht über den gleichen Ausbildungsstand wie die anderen Agenten in seiner Organisation.

Er wusste es, und Hendley wusste es, und sie wussten

auch, dass die Trainingsoptionen etwas beschränkt waren. Der Campus existierte ja offiziell gar nicht. Er war keine Behörde der US-Regierung, deshalb stand jede formelle Ausbildung durch das FBI, die CIA oder das US-Militär jenseits jeder Diskussion.

Aus diesem Grund hatten Jack, Gerry und der Operationsleiter des Campus, Sam Granger, beschlossen, nach anderen Wegen zu suchen. Sie wandten sich an die altgedienten Campus-Außenagenten John Clark und Domingo Chavez und entwickelten mit ihnen zusammen einen Ausbildungsplan für den jungen Ryan, der ein striktes Training vorsah, dem er sich mindestens ein Jahr lang in seiner Freizeit unterziehen musste.

Diese harte Arbeit hatte sich wirklich ausgezahlt. Jack jr. war weit besser geworden, auch wenn das Training selbst oft frustrierend war. Buck und andere wie er machten so etwas ja bereits ihr ganzes Erwachsenenleben lang und hatten entsprechende Erfahrungen gesammelt. Ryan verbesserte sich zweifellos immer weiter, aber besser zu werden hieß noch lange nicht, Männer wie James Buck besiegen zu können. Es bedeutete nur, weniger oft zu »sterben« und Buck und die anderen zu größeren Anstrengungen zu zwingen, wenn sie ihn besiegen wollten.

Buck hatte wohl die Enttäuschung auf Ryans Gesicht bemerkt, denn er klopfte ihm verständnisvoll auf die Schulter. Der Waliser konnte manchmal wirklich grausam und gemein sein, aber bei anderen Gelegenheiten war er freundlich, wenn nicht sogar väterlich. Jack wusste nicht, welche der beiden Persönlichkeiten seine »echte« und welche nur »vorgeschoben« war oder ob gar beide notwendige Bestandteile seines Trainings, also eine Art Zuckerbrot und Peitsche, waren. »Kopf hoch, alter Junge«, munterte ihn Buck auf. »Du hast seit Trainingsbeginn große Fortschritte gemacht. Du besitzt die körperlichen Voraussetzungen, die du für diese Arbeit brauchst, und du bist klug genug, um alles Nötige zu lernen. Wir müssen nur unsere Arbeit fortsetzen und deine technischen Fähigkeiten und deine Kampfmentalität weiter aufbauen. Du kannst es inzwischen mit neunundneunzig Prozent der Typen da draußen ohne Schwierigkeiten aufnehmen. Aber das restliche Prozent, das sind die richtigen Bastarde. Wir werden also nicht aufhören, bis du auch für diese Kerle absolut bereit bist, einverstanden?«

Jack nickte. Bescheidenheit und Demut waren zwar nicht gerade seine Stärke, dafür verstand er es hervorragend, ständig Neues zu lernen und sich zu verbessern. Er war klug genug, um zu wissen, dass James Buck recht hatte, obwohl Jack überhaupt nicht wild darauf war, auf dem Weg zur Vervollkommnung noch ein paar Tausend Mal den Hintern versohlt zu bekommen.

Jack setzte seine Schutzbrille wieder auf. James Buck versetzte ihm spielerisch mit der flachen Hand einen kleinen Hieb an den Kopf. »So ist es recht, Junge. Bereit zu einer weiteren Runde?«

Jack nickte erneut, dieses Mal jedoch mit weit größerer Begeisterung. »Klar doch. Auf geht's!«

4

Trotz der starken ägyptischen Mittagshitze wimmelte es in Kairos Khan-el-Khalili-Basar nur so von Menschen, die ein gutes Mittagessen einnehmen wollten oder auf der Suche nach einem Schnäppchen waren. Garköche grillten ihre Fleischstücke, deren schweres Aroma die ganze Luft erfüllte. Er mischte sich mit dem Duft nach gebrannten Bohnen aus den Kaffeehäusern und dem Rauch der Wasserpfeifen, die durch die engen gewundenen Durchgänge zogen, ein wahres Labyrinth aus Läden und Verkaufsbuden. Inmitten der Straßen, Gassen und engen überdachten Passagen des Basars, der sich über einen Großteil der Altstadt erstreckte, standen ehrwürdige Moscheen und die Treppenhäuser und Sandsteinmauern uralter Gebäude.

Diesen Suk gab es bereits im 14. Jahrhundert, und zwar als Karawanserei, als weiter, offener Hof, in dem die Karawanen auf ihrem Weg auf der Seidenstraße die Nacht verbringen konnten und ihre Führer eine Herberge fanden. Jetzt vermischten sich auf diesem Markt das Uralte und das Hochmoderne auf fast schwindelerregende Weise. Mitten in den engen Durchgängen feilschten Kaufleute in der landestypischen Galabija, der uralten ägyptischen Männerkleidung, während daneben andere Ladeninhaber in Jeans und T-Shirts auf Kundschaft warteten. Die blechernen Rhythmen der traditionellen ägyptischen Musik schallten aus den

Kaffeehäusern und vermengten sich mit dem Techno aus den Ladengeschäften der Stereo- und Computerverkäufer. Zusammen bildeten sie eine Melodie, die dem Summen von Insekten geglichen hätte, wenn es da nicht die getöpferten und mit Ziegenhaut bespannten Handtrommeln und die synthetischen Backbeats aus den Lautsprechern gegeben hätte.

Händler verkauften alles, von handgefertigten Silber- und Kupferwaren, Schmuck und Teppichen bis zu Fliegenpapier, Gummisandalen und »I ♥ Egypt«-T-Shirts.

Durch die Passagen und Gänge drängte sich ein buntes Völkergemisch aus Schwarzen und Weißen, Arabern, Westlern und Asiaten. Mitten unter ihnen eine Gruppe von drei nahöstlich aussehenden Männern: ein beleibter Silberhaariger, flankiert von zwei jüngeren muskulösen Kerlen. Ihr Schritt war gemächlich und entspannt. Sie fielen eigentlich nicht besonders auf, aber jeder auf diesem Basar, der sie länger beobachtete, würde sicherlich bemerken, dass im Gegensatz zu den anderen Marktbesuchern ihre Augen ständig nach links und rechts wanderten. Gelegentlich schaute einer der jüngeren Männer beim Gehen über die Schulter nach hinten.

Auch in diesem Moment drehte sich der rechts gehende Mann blitzschnell um und musterte die Menge in dem Gässchen hinter ihnen genau. Er nahm sich die Zeit, die Gesichter, Hände und anderen Eigenheiten von jedem, den er dort sah, genau zu überprüfen. Dann drehte er sich wieder nach vorne und schloss zu den beiden anderen auf.

»Nur drei gute Kumpel auf einem Mittagsspaziergang.« Der Funkspruch ertönte aus einem kleinen, fast unsichtbaren Ohrhörer, der im rechten Ohr eines Mannes verborgen war, der sich gerade fünfundzwanzig Meter hinter der Dreiergruppe aufhielt. Es handelte sich um einen Westler in schmutzigen Bluejeans und einem weiten blauen Leinenhemd, der vor einem Restaurant stand und so tat, als ob er die handgeschriebene französische Speisekarte auf dessen Tür lesen würde. Es war ein etwa dreißig Jahre alter Amerikaner mit kurzen dunklen Haaren und einem struppigen Bart. Als er den Funkspruch hörte, drehte er den Kopf von der Speisekarte weg und schaute an den drei Männern vor ihm vorbei in einen staubigen Bogengang hinein, der vom Suk wegführte. Dort lehnte sich ein Mann so tief in dessen kühlen Schatten an eine Sandsteinwand, dass nur seine dunklen Umrisse zu sehen waren.

Der junge Amerikaner hielt sich den Ärmelaufschlag seines Hemds vor den Mund, als ob er eine lästige Fliege vom Gesicht wischen wollte. Tatsächlich sprach er in ein verborgenes Mikrofon hinein. »Du sagst es. Gottverdammte Stützen der Gesellschaft.«

Der Mann im Schatten löste sich jetzt von der Wand und trat auf die Gasse hinaus. Er ließ die Dreiergruppe an sich vorbeigehen und folgte ihr dann ganz langsam nach. Beim Gehen hielt er sich seinerseits die Hand vors Gesicht. Der Amerikaner im blauen Leinenhemd hörte jetzt in seinem Ohrhörer den folgenden Funkspruch: »Okay, Dom, ich bleibe an ihnen dran. Du wechselst zur Nachbarstraße hinüber, überholst die Zielperson und rückst zum nächsten festgelegten Zielpunkt vor. Ich melde mich, wenn er zwischendrin anhalten sollte.«

»Er gehört dir, Sam«, sagte Dominic Caruso, als er nach links abbog und die Gasse durch einen seitlichen Durchgang verließ, der auf die größere Al-Badistand Road führte. Hier wandte er sich nach rechts und drängte sich, so schnell es ging, durch die Fußgänger, Fahrräder und Motor-Rikschas hindurch. Er musste unbedingt vor die Zielperson gelangen.

Dominic Caruso war jung, fit und besaß eine verhältnismäßig dunkle Gesichtsfarbe. Diese drei Eigenschaften hatten ihm in den letzten Tagen bei der Überwachungsoperation hier in Kairo sehr genützt. Durch seine Haut- und Haarfarbe fiel er in einer Bevölkerung nicht weiter auf, die vorwiegend dunkelhaarig war und einen olivfarbenen Teint aufwies. Seine Fitness und relative Jugendlichkeit war vor allem deswegen hilfreich, weil das Subjekt ihrer Überwachung etwas war, was man in Dominic Carusos Metier als »hartes« oder »wehrhaftes Ziel« bezeichnete. Mustafa el-Daboussi, der silberhaarige Achtundfünfzigjährige mit seinen beiden muskelstrotzenden Leibwächtern, war der Grund, weswegen Dom in Kairo war, und Mustafa el-Daboussi war ein Terrorist.

Man musste Dominic nicht erst daran erinnern, dass Terroristen nur selten achtundfünfzig Jahre auf dieser Erde verweilten, wenn sie nicht ständig vor möglichen Verfolgern auf der Hut waren. El-Daboussi war gewieft darin, sich allen Arten von Überwachung zu entziehen, er kannte dieses Straßengewirr wie seine Westentasche, und er hatte hier in der Regierung, der Polizei und den Geheimdiensten gute Freunde.

Er war wirklich ein äußerst »hartes« Ziel.

Caruso war jedoch seinerseits auch nicht gerade ein Anfänger in diesem Spiel. Dom war einen Großteil des letzten Jahrzehnts irgendeinem Mistkerl auf den Fersen gewesen. Er hatte mehrere Jahre als Spezialagent für das FBI gearbeitet, bevor ihn der Campus zusammen mit seinem Zwillingsbruder Brian angeheuert hatte. Brian war im Jahr zuvor während eines verdeckten Einsatzes in Libyen getötet worden. Dom war dabei gewesen und hatte seinen Bruder in den Armen gehalten, als er starb. Als Dominic danach zum Campus zurückkehrte, war er noch wilder entschlossen, die harte, gefährliche Arbeit zu erledigen, an die er von ganzem Herzen glaubte.

Er umkurvte jetzt einen jungen Mann, der Tee aus einem

großen Krug heraus verkaufte, den er sich an einem Lederriemen um den Hals gehängt hatte. Dom legte einen Zahn zu. Er musste unbedingt vor der Zielperson an deren nächstem »Entscheidungspunkt« ankommen, einer vierarmigen Kreuzung, die ein paar Hundert Meter weiter südlich lag.

In der Basargasse folgte Carusos Partner Sam Driscoll währenddessen den drei Männern durch die gewundenen Passagen, wobei er immer auf den gebotenen Abstand achtete. Wenn er seine Zielperson verlieren würde, wäre das nicht weiter schlimm, da Dom Caruso ja auf dem Weg zum nächsten festgelegten Zielpunkt war. Sollte el-Daboussi zwischen Sams und Doms Positionen verschwinden, würden sie nach ihm suchen. Sollte er ihnen tatsächlich völlig durch die Lappen gehen, würden sie ihn später an dem von ihm angemieteten Haus wiederfinden. Die beiden Amerikaner waren eher dazu bereit, ihre Zielperson zu verlieren, als das Risiko einzugehen, ihren Mann oder seine Leibwächter auf sich aufmerksam zu machen.

El-Daboussi hielt vor einem Juweliergeschäft an. In der verstaubten Glasvitrine direkt hinter dem Eingang hatte etwas offensichtlich seine Aufmerksamkeit erregt. Sam ging noch ein paar Meter weiter und hielt dann im Schatten eines Leinwandzelts an, unter dem einige junge Verkäuferinnen billiges Plastikspielzeug und anderen Touristenkitsch verkauften. Während er darauf wartete, dass seine Zielperson endlich weiterging, drückte er sich noch tiefer in den Schatten. Er versuchte, möglichst wenig Aufmerksamkeit zu erregen. Da näherte sich ihm ein junges Teenager-Mädchen im Tschador und lächelte ihn an. »Sir, wollen Sie eine Sonnenbrille?«

Scheiße.

Er schüttelte nur den Kopf, das Mädchen begriff sofort und ging schnell weiter.

Sam Driscoll hatte die Fähigkeit, die Leute mit einem einzigen Blick einzuschüchtern. Er war ein ehemaliger Ranger, der zahlreiche Einsätze in der arabischen Wüste und darüber hinaus hinter sich hatte. Der Campus hatte ihn auf Empfehlung von Jack Ryan sr. angeworben. Driscoll war von Juristen des Justizministeriums aus dem Militärdienst gejagt worden, die dabei jedoch auch nur den Willen der Kealty-Regierung erfüllt hatten, die Sam unbedingt abschießen wollte. Bei einem Einsatz direkt hinter der pakistanischen Grenze hatte er für Kealtys Geschmack einfach zu viele Tote hinterlassen.

Driscoll hätte jederzeit zugegeben, dass er die bürgerlichen Rechte dieser Scheißkerle von Terroristen verletzt hatte, als er ihnen jeweils ein 10-mm-Hohlspitzgeschoss in ihre Gehirnschalen gejagt hatte. Aber soweit es ihn betraf, hatte er damit nur seinen Job erledigt und nicht mehr getan, als für diesen Einsatz absolut nötig war.

Das Leben ist eine Schlampe, und am Ende gehst du drauf.

Als Jack sr. allerdings die Affäre mit Driscoll öffentlich machte, ließ das Verteidigungsministerium die ganze Sache fallen. Ryans Empfehlung und die Tatsache, dass sich John Clark bei Gerry Hendley persönlich für ihn einsetzte, führten dazu, dass Sam vom Campus eingestellt wurde.

Mit seinen achtunddreißig Jahren war Sam Driscoll um einiges älter als sein Partner bei diesem Einsatz, Dom Caruso. Obwohl Sam in ausgezeichneter körperlicher Verfassung war, forderte dieses etwas höhere Alter dennoch seinen Tribut. Es zeigte sich in seinem grau werdenden Bart, den tiefen Falten um die Augen und einer lästigen alten Schulterwunde, die an jedem einzelnen Morgen beim Aufwachen schmerzte. Die Verletzung stammte von einem Feuergefecht, als sie nach dem Einsatz in Pakistan mit dem Hubschrauber herausgeschleust werden sollten. Die Kugel aus der AK eines Heiligen Kriegers hatte den Felsen direkt vor Driscolls Feuerstellung getroffen und dabei einen Gesteinssplitter herausgeschlagen, der in den Oberkörper des Rangers eingedrungen war.

Im Moment hatte er seine Schulter jedoch völlig vergessen. Die Steifheit und das taube Gefühl verflogen regelmäßig bei längeren Bewegungen und Anstrengungen. Die stundenlange Verfolgungsjagd durch die Kairoer Altstadt hatte ihm heute genug von beidem verschafft.

Dabei war die Sache noch lange nicht zu Ende. Als Driscoll aufblickte, bemerkte er, dass el-Daboussi sich wieder in Bewegung gesetzt hatte. Sam wartete noch einen Moment, dann trat er auf die Basargasse hinaus und heftete sich an die Fersen des silberhaarigen Terroristen.

Eine Minute später blieb Sam erneut stehen, als seine Zielperson ein gut besuchtes *Kahwa* betrat, ein belebtes Kaffeehaus, wie es sie überall in Kairo gab. Männer saßen auf Stühlen um kleine Tische herum, die auch vor dem Lokal mitten auf der Marktgasse standen. Die Gäste spielten Backgammon und Schach und rauchten Wasserpfeifen oder Zigaretten, während sie starken türkischen Mokka oder duftenden grünen Tee tranken. El-Daboussi und seine Männer gingen an den Tischen im Freien vorbei und verschwanden in der Tiefe des dunklen Raumes.

Sam sprach leise in sein im Ärmelaufschlag verborgenes Mikro. »Dom, bist du da?«

»Ja«, hörte Driscoll in seinem Ohrhörer als Antwort.

»Die Zielpersonen haben angehalten. Sie sind in einem Kaffeehaus in der …«

Sam suchte die Mauern und Wände der engen Marktgasse nach einem Schild ab. Überall in diesem Teil des Suks sah er Läden und Verkaufsstände, aber kein Schild zeigte ihm seine genaue Position an. Sam konnte sich in den abgelegenen Bergen Pakistans weit besser orientieren als hier in Kairos Altstadt. Er wagte einen kurzen Blick auf seine Karte, um seinen genauen Aufenthaltsort festzustellen. »Okay, wir sind gerade von der Midan Hussein nach links abgebogen. Ich glaube, wir sind immer noch nördlich der Al-Badistand. Ich bin also etwa fünfzig Meter von dir entfernt. Sieht so aus, dass unser Kerl und seine Gorillas sich eine Weile hinsetzen und plaudern wollen. Wie wär's, wenn du hierherkommst und wir uns die Überwachung wieder teilen?«

»Bin schon unterwegs.«

Während Sam auf seinen Kollegen wartete, ging er zu einem Lampenladen hinüber und betrachtete aufmerksam in dessen Auslage eine gläserne Leuchte. In ihrer großen Kristallkugel konnte er wie in einem Spiegel den Eingang des *Kahwa* beobachten. Er würde es also merken, wenn seine Zielperson das Lokal verließ. Stattdessen betraten jedoch aus der entgegengesetzten Richtung noch drei weitere Männer das *Kahwa*. Etwas an dem Aussehen des Anführers der kleinen Gruppe erregte Driscolls Aufmerksamkeit. Er schlenderte langsam zum Eingang hinüber und schaute hinein, als ob er nach einem Freund suchen würde.

Im hinteren Teil des Kaffeehauses saßen Mustafa el-Daboussi und seine Männer mit dem Rücken zur Wand an einem Tisch direkt neben dem Neuankömmling und seinen Begleitern.

»Interessant«, murmelte Sam, während er sich wieder ein paar Meter vom Eingang entfernte.

Eine Minute später erschien Dom in der Gasse und stellte sich neben Sam, während beide Männer die Waren eines winzigen Kiosks durchstöberten. Driscoll beugte sich über den Verkaufstisch und zog aus einem Stapel Jeans ein Paar heraus, als ob er sie sich genauer anschauen wollte. Er flüsterte seinem Partner zu: »Unser Junge hat gerade ein Geheimtreffen mit einem Unbekannten.«

Dom reagierte nicht. Er wandte sich nur einer billigen Schaufensterpuppe zu, die vor dem Ladengeschäft stand, und tat so, als ob er das Preisschild der Weste betrachten würde, die die Puppe trug. Dabei schaute er an der lebensgroßen Gestalt vorbei in das Café auf der anderen Straßenseite hinein. Driscoll trat von hinten ganz nah an ihn heran. Dom flüsterte: »Das wurde aber auch Zeit. Wir warten ja bereits seit Tagen darauf.«

»Wohl wahr. Lass uns einen Tisch in dem Café da drüben suchen. Vielleicht können wir ein paar Aufnahmen von diesen Clowns machen. Die schicken wir dann Rick. Wäre doch gelacht, wenn dessen Computergenies sie nicht identifizieren können. Der eine ganz hinten scheint der Anführer zu sein.«

Eine Minute später saßen die beiden Amerikaner im Schatten unter einem Sonnenschirm in einem Café gegenüber des *Kahwa*. Als eine Kellnerin im Tschador an ihren Tisch kam, übernahm sehr zu Sam Driscolls Überraschung Dom die Bestellung. *»Kahwaziyada«,* sagte er mit einem höflichen Lächeln und deutete auf sich und Sam.

Die Frau nickte und ging weg.

»Möchte ich überhaupt wissen, was du gerade bestellt hast?«

»Zwei türkische Kaffee mit einer Extraportion Zucker.«

Sam zuckte die Achseln und dehnte das verfestigte Narbengewebe seiner Schulterwunde mit einer langsamen, langen Nackenrolle. »Klingt gut. Ich könnte etwas Koffein vertragen.«

Der Kaffee kam, und sie nippten daran. Sie schauten nicht zu ihrer Zielperson hinüber. Wenn seine Leibwächter überhaupt etwas wert waren, würden sie ganz bestimmt die Westler erst einmal genau im Auge behalten, die da auf der anderen Gassenseite saßen. Wahrscheinlich galt das jedoch nur für die ersten paar Minuten. Wenn Sam und

Dom so taten, als würden sie sie vollkommen ignorieren, würden el-Daboussi, seine Männer und die drei Neuankömmlinge sie für zwei einfache, ungefährliche Touristen halten, die auf ihre Frauen warteten, die gerade im Suk Teppiche kauften.

Obwohl Sam und Dom derzeit eine nicht ganz ungefährliche Operation durchführten, genossen sie es doch, hier im Freien zu sitzen und in der Sonne einen Kaffee zu schlürfen. In den letzten paar Tagen hatten sie erst nach Einbruch der Dunkelheit abwechselnd ihren Unterschlupf verlassen. Die restliche Zeit verbrachten sie in einer Einzimmerwohnung, die direkt gegenüber dem schicken ummauerten Anwesen lag, das sich el-Daboussi im feinen Zamalek-Viertel gemietet hatte. Tage- und nächtelang hatten sie dieses mit ihren Ferngläsern beobachtet, dessen Besucher fotografiert und dabei Lamm mit Reis in solchen Mengen gegessen, dass sie beides inzwischen nicht mehr sehen konnten.

Trotzdem wussten Sam und Dom wie auch ihr Unterstützerteam daheim im Campus-Hauptquartier, dass diese Arbeit immens wichtig war.

Mustafa el-Daboussi war zwar in Ägypten geboren, hatte jedoch die letzten fünfzehn Jahre in Pakistan und im Jemen gelebt und dort für den Umayyad Revolutionary Council gearbeitet. Inzwischen befand sich der URC in ziemlicher Auflösung, nachdem sein Anführer plötzlich verschwunden war und ihm die CIA und andere Nachrichtendienste schwere Schläge versetzt hatten. El-Daboussi war daraufhin nach Hause zurückgekehrt, wo er angeblich für die neue Regierung in Alexandria irgendeine unbedeutende Schreibtischtätigkeit ausübte.

Der Campus hatte jedoch erfahren, dass dies nicht die ganze Wahrheit war. Jack Ryan jr. war auf Grundlage aller verfügbarer Geheimdienstdaten die Liste mit den bekannten URC-Leuten durchgegangen, um herauszufinden, wo sie sich gerade aufhielten und was sie jetzt taten. Dies war gar nicht so einfach gewesen, hatte jedoch zur Erkenntnis geführt, dass MED, wie man Mustafa el-Daboussi im Campus nannte, von Mitgliedern der Muslimbruderschaft, die in einigen Teilen Ägyptens die politischen Zügel in der Hand hielt, einen reinen Scheinjob zugewiesen bekommen hatte. Weitere Nachforschungen ergaben, dass MED in Wirklichkeit zwei Trainingscamps in der Nähe der ägyptischen Grenze zu Libyen leitete. Laut geheimen CIA-Unterlagen sollte dort der ägyptische Geheimdienst die libyschen Zivilmilizen zu einer schlagkräftigen Truppe formen.

So mancher in der CIA und *jeder* im Campus hielt dies jedoch für eine Lüge. MEDs Vergangenheit zeigte, dass er sich nur für die Unterstützung des Terrors gegen Ungläubige interessierte. Für die Ausbildung einer Heimatschutztruppe in Nordafrika war er der absolut falsche Mann.

Als der Campus eine verschlüsselte E-Mail eines Mitarbeiters von MED auffing, aus der hervorging, dass sich el-Daboussi eine ganze Woche lang in Kairo mit ausländischen Kontaktleuten treffen würde, die ihm bei seinen neuen »Unternehmungen« helfen sollten, handelte Operationschef Sam Granger sofort. Er schickte Sam Driscoll und Dominic Caruso nach Ägypten, wo sie jeden fotografieren sollten, der MED in seinem gemieteten Anwesen besuchte, in der Hoffnung, eine genauere Vorstellung davon zu erhalten, was in diesen Lagern wirklich vor sich ging.

Während die Amerikaner an ihrem Tisch saßen und sich den Anschein von gelangweilten Touristen gaben, unterhielten sie sich über den türkischen Mokka, den sie gerade tranken. Sie stimmten darin überein, dass er unglaublich köstlich war, obwohl sie sich beide noch gut daran erinnerten, wie sie bei ihrer ersten Begegnung mit diesem Getränk auch den bitteren Kaffeesatz am Boden der Tasse mitgeschlürft hatten.

Während sie sich ihrem Mokka widmeten, vergaßen sie jedoch nie den Grund ihrer Anwesenheit. Abwechselnd schauten sie in den dunklen Raum auf der anderen Seite der Gasse hinein. Zuerst wagten sie nur kurze, verstohlene Blicke. Nach einer Minute erkannten sie, dass sie sich keine Sorgen machen mussten. Keiner der sechs Männer schenkte ihnen auch nur die geringste Beachtung.

Dom zog sein Sonnenbrillenetui aus der Tasche seiner Jeans und legte es auf den Tisch. Er klappte es auf und entfernte das Schutztuch und die Fütterung der Innenseite des Etuideckels. Jetzt wurde ein winziger LED-Bildschirm sichtbar, der das Bild wiedergab, das eine Zwölf-Megapixel-Kamera aufnahm, die im Boden des Etuis versteckt war. Über sein Handy sandte er ein Bluetooth-Signal an die Kamera. Mithilfe dieses Signals konnte er deren Zoom so weit erhöhen, bis der LCD-Monitor ein perfekt gerahmtes Bild der sechs Männer an den beiden Tischen zeigte. Während el-Daboussi und seine beiden Schergen *Schischa* rauchten und sich mit den drei Männern am Nachbartisch unterhielten, nahm Caruso mit seiner unschuldig auf ihrem Tischchen liegenden Geheimkamera Dutzende von Fotos auf, wobei er den Foto-Button seines Handys als Auslöser benutzte.

Während sich Dom auf seine Arbeit konzentrierte und dabei alles tat, um genau diese Konzentration zu verhehlen, sagte Sam: »Diese neuen Typen sind vom Militär. Der große Kerl in der Mitte ist ihr Kommandeur.«

»Woran willst du das denn erkennen?«

»Ich war selbst Soldat, und ich war *kein* Kommandeur.«

»Stimmt.«

Driscoll fuhr fort: »Ich kann nicht einmal genau sagen, woher ich das weiß, aber er ist wenigstens ein Oberst, wenn nicht sogar ein General. Darauf würde ich mein Leben verwetten.«

»Er ist jedenfalls kein Ägypter, das steht fest«, sagte Dom, während er sein Kameraetui wieder in die Hosentasche steckte.

Driscoll bewegte seinen Kopf keinen einzigen Zentimeter. Stattdessen studierte er den nassen, rauen Bodensatz seiner Mokkatasse. »Er ist Pakistaner.«

»Das war auch meine Vermutung.«

»Wir haben jetzt deren Bilder, wir sollten unser Glück nicht überstrapazieren«, sagte Sam.

»Einverstanden«, antwortete Dom. »Ich habe es auch allmählich satt, anderen Leuten beim Essen zuzuschauen. Lass uns selbst etwas mampfen gehen.«

»Lamm mit Reis?«, fragte Sam missmutig.

»Besser. Ich habe am Metro-Eingang ein McDonald's gesehen.«

»Also ein McLamb. Das klingt gut.«

5

Jack Ryan jr. steuerte morgens um 5.10 Uhr seinen Hummer auf den für ihn vorgesehenen Stellplatz auf dem Parkgelände von Hendley Associates. Er hatte Mühe, aus dem großen Fahrzeug zu steigen. Seine Muskeln schmerzten, und seine Arme und Beine waren voller kleiner Schnittwunden und blauer Flecken.

Er hinkte durch den Hintereingang des Gebäudes. So früh zu kommen war ihm eigentlich zuwider, vor allem wenn man bedachte, wie zerschlagen er sich heute Morgen fühlte. Aber er hatte wichtige Arbeiten zu erledigen, die nicht warten konnten. In diesem Augenblick waren vier Agenten im Außeneinsatz. Obwohl er sich wirklich wünschte, dort draußen bei ihnen sein zu können, wusste Ryan, dass es seine Pflicht war, ihnen die besten und aktuellsten Informationen zu beschaffen, die ihnen ihre harte Arbeit wenn nicht einfacher, so doch wenigstens nicht härter und schwerer machten als nötig.

Er ging am Sicherheitsmann am Empfangstisch in der Lobby vorbei, der im Gegensatz zu Jack zu dieser entsetzlich frühen Stunde erstaunlich wach und munter zu sein schien.

»Morgen, Mr. Ryan.«

»Hi, Bill.« Normalerweise trudelte Ryan nicht vor acht Uhr ein. Zu diesem Zeitpunkt hatte Bill, ein pensionierter Stabsfeldwebel der Militärpolizei der US-Luftwaffe, seinen

Posten bereits an Ernie übergeben. Obwohl Ryan Bill erst ein paar Mal begegnet war, erschien er ihm wie geschaffen für diesen Job.

Jack jr. fuhr mit dem Aufzug nach oben, schlurfte müde durch den dunklen Flur, stellte seine lederne Kuriertasche in seiner Box des Großraumbüros ab und ging zur Küche hinüber. Dort schaltete er die Kaffeemaschine an und holte aus dem Kühlschrank einen Eisbeutel, den er in letzter Zeit verdächtig oft benötigt hatte.

Während der Kaffee aufgebrüht wurde, schaltete er seinen Computer ein und machte die Tischlampe an. Außer Jack, einigen IT-Jungs, die vierundzwanzig Stunden rund um die Uhr arbeiteten, der Analyse- und Übersetzungsgruppe, die in drei Schichten tätig war, und dem Sicherheitsmann im Erdgeschoss würde das Gebäude zumindest eine weitere Stunde lang noch weitgehend leer sein. Jack setzte sich, hielt sich das Eis ans Kinn und legte den Kopf auf den Schreibtisch.

»Scheiße«, murmelte er.

Fünf Minuten später holte sich Ryan einen Becher aus dem Küchenschrank, füllte ihn mit der kochend heißen schwarzen Flüssigkeit und humpelte zurück zu seinem Schreibtisch. Am liebsten wäre er wieder nach Hause gefahren und hätte sich ins Bett gelegt, aber das kam natürlich überhaupt nicht infrage. Das Training, das Ryan regelmäßig nach Dienstschluss absolvierte, ging ihm zwar allmählich an die Substanz, aber er wusste, dass er dabei nie in echter Gefahr war. Das galt allerdings nicht für seine Kollegen draußen im Einsatz! Deshalb war es seine Pflicht, ihnen zuzuarbeiten und sie so gut es irgend ging zu unterstützen.

Das Werkzeug dafür war sein Computer, oder genauer, die Daten, die die Parabolspiegel und der Antennenwald auf dem Dach von Hendley Associates aus dem Äther fischten und die dann von den Codeknackern und einem Großrechner entschlüsselt wurden. Allmorgendlich ging Jack auf Datenfang. Dabei durchforstete er den Datenverkehr der CIA in Langley, der National Security Agency in Fort Mead, des National Counterterrorism Center im Liberty Crossing Campus in McLean, des FBI in Washington und einer Reihe anderer Dienste. Es stellte sich heraus, dass es an diesem Morgen besonders viele Daten waren. Ein Großteil waren Nachrichten, die Langley aus befreundeten Nationen übermittelt worden waren. Speziell wegen dieses Materials war Ryan heute auch so früh gekommen.

Jack loggte sich zuerst in die Executive-Intercept-Transcript-Datei der NSA ein. Die XITS oder »Zits«, wie sie gewöhnlich genannt wurde, würde ihn über alle wichtigen Vorgänge und Ereignisse aufklären, die hereingekommen waren, seit er gestern um achtzehn Uhr seine Arbeitsstelle verlassen hatte. Als sich sein Bildschirm mit Daten zu füllen begann, ging er im Geist noch einmal durch, was an diesem Tag zu erledigen war. Das Operationstempo, das OPTEMPO, hier im Campus hatte sich in den letzten paar Wochen so sehr erhöht, dass Jack jeden Morgen die Entscheidung immer schwerer fiel, womit er seinen Arbeitstag beginnen sollte.

Die vier Campus-Agenten im Außeneinsatz waren in zwei Teams aufgeteilt. Jack jr.s Cousin Dominic Caruso arbeitete mit dem Ex-Army-Ranger Sam Driscoll zusammen. Sie waren in Kairo, um einen Operateur der Muslimbruderschaft zu überwachen, von dem Jack und die anderen Analysten im Campus annahmen, dass er ein gewaltiges Gefahrenpotenzial darstellte. Nach Erkenntnissen der CIA hatte er in Westägypten Ausbildungslager aufgebaut und kaufte jetzt Waffen und Munition von einer Quelle in der ägyptischen Armee. Danach … Nun, genau das war das Problem. Niemand hatte bisher herausgefunden, was genau er mit diesen Lagern, den Waffen und den Kenntnissen vorhatte, die er sich in den letzten zwei Jahrzehnten in Diensten des URC und anderer Terrorgruppen angeeignet hatte. Sie wussten nur, dass er, seine Camps und seine Gewehre in Ägypten waren.

Jack seufzte. Sollte das Ägypten nach Mubarak doch noch zu einer chaotischen »Feuer frei«-Zone werden?

Die amerikanischen Medien verkündeten ständig, dass die Veränderungen im Nahen Osten Ruhe und Frieden befördern würden, aber Ryan, der Campus und viele Fachleute in der ganzen Welt hielten es für eher wahrscheinlich, dass sie stattdessen dem Extremismus neue Möglichkeiten eröffneten.

Für einen Großteil der amerikanischen Journalisten waren Leute, die so etwas dachten, bestenfalls Pessimisten, schlimmstenfalls jedoch nationalistische Eiferer. Ryan hielt sich für einen Realisten. Aus diesem Grund rannte er auch nicht auf die Straße hinaus, um diesen schnellen Wandel zu preisen.

Auf jeden Fall waren die Extremisten in Bewegung. Seit dem Verschwinden des Emirs vor fast einem Jahr wechselten Terroristen überall auf der Welt ihre Unterschlupfe, Loyalitäten, Tätigkeiten und nicht zuletzt Gastländer.

Eines hatte sich jedoch nicht geändert. Das Zentrum der gesamten dschihadistischen Bewegung war weiterhin Pakistan. Bereits vor dreißig Jahren waren alle frischgebackenen Dschihadisten des Planeten dorthin geströmt, um gegen die Russen zu kämpfen. Jeder junge Mann der islamischen Welt bekam dort direkt nach der Pubertät eine Waffe und ein Expressticket ins Paradies in die Hand gedrückt. Allen, die jünger waren, bot man einen Platz in einer Koranschule an, wo sie etwas zum Essen und Anziehen erhielten sowie das Gefühl vermittelt bekamen, Teil einer heiligen Gemeinschaft zu sein. Man brachte ihnen nichts außer extremistischen Glaubensvorstellungen und kriegerischen Fertigkeiten bei. Diese waren jedoch gut dafür geeignet, die Kinder nach Afghanistan zu schicken, um dort gegen die Russen zu kämpfen. Da sie nur dieses Kriegshandwerk kannten und die ihnen in der Koranschule beigebrachte Pflicht zum Heiligen Krieg weiterhin ernst nahmen, hatten sie nach dem Sieg über die Russen nicht sehr viele andere Optionen.

Als die Sowjets aus Afghanistan abzogen, war es deswegen unausweichlich, dass Hunderttausende bewaffneter und zorniger Dschihadisten die pakistanische Regierung vor äußerst schwierige Probleme stellten. Gleichzeitig war es ebenso unausweichlich, dass diese bewaffneten und zornigen Dschihadisten das Vakuum ausfüllten, das nach dem Abzug der Sowjets in Afghanistan entstanden war.

So begann die Geschichte der Taliban, die al-Qaida eine sichere Zufluchtsstätte boten, was vor über einem Jahrzehnt zur Intervention westlicher Koalitionstruppen in diesem Land geführt hatte.

Ryan schlürfte seinen Kaffee und versuchte dabei, seine Gedanken wieder auf die gegenwärtigen Aufgaben zu konzentrieren und die übergreifenden geopolitischen Verhältnisse, die hinter allem standen, erst einmal außer Acht zu lassen. Wenn sein Dad wieder im Weißen Haus saß, würde der sich darum kümmern müssen. Sein Sohn musste sich dagegen mit den vergleichsweise winzigen alltäglichen Auswirkungen all dieser großen Probleme befassen. Zum Beispiel für Sam und Dom irgendeinen Bastard identifizieren. Sie hatten ihm per E-Mail eine weitere Reihe von Bildern geschickt, die alle durchgeschaut werden mussten. Darunter waren auch einige, die den unbekannten Pakistaner zeigten, der sich am Tag zuvor mit el-Daboussi getroffen hatte.

Ryan leitete die E-Mail an Tony Wills weiter, den Analysten, dessen Bürobox direkt neben seiner lag. Tony würde versuchen, die Person zu identifizieren. Jack musste sich im Moment auf das andere Einsatzteam konzentrieren, das aus John Clark und Domingo Chavez bestand.

Ding und John waren im Augenblick in Europa, in Frankfurt, und dachten über ihr weiteres Vorgehen nach. In den letzten beiden Tagen hatten sie eine Überwachungsoperation vorbereitet. Sie galt einem Al-Qaida-Banker, der für einige Treffen nach Luxemburg reisen sollte. Aus irgendeinem Grund hatte er jedoch seinen Flug aus Islamabad in letzter Minute abgesagt. Die Campus-Agenten wussten nicht so recht, was sie jetzt tun sollten. Jack entschied sich daher, an diesem Morgen den Hintergrund der europäischen Banker näher zu erforschen, mit denen sich der URC-Mann hatte treffen wollen. Er hoffte dadurch neue Spuren zu finden, denen seine Kollegen in Europa nachgehen konnten, bevor sie ihre Rückreise antraten.

Aus diesem Grund war Jack auch viel früher als gewöhnlich zur Arbeit erschienen. Er wollte nicht, dass sie nach ihrer Rückkehr nichts vorzuweisen hatten. Es war seine Verantwortung, ihnen diejenigen Informationen zu verschaffen, die sie brauchten, um die bösen Jungs aufzuspüren. In den nächsten Stunden tat er alles, um ein paar dieser Kerle für sie zu finden.

Er durchforschte das XITS und ein besonderes Softwareprogramm, das der Campus-IT-Chef Gavin Biery entwickelt hatte. Gavins Aufspürprogramm untersuchte Datenstränge ganz nach den Wünschen der Campus-Analysten. Damit konnten sie einen Großteil des Nachrichtenmaterials herausfiltern, das sie für ihre gegenwärtigen Projekte nicht benötigten. Für Jack war dieses Programm ein Geschenk des Himmels.

Ryan öffnete mit Mausklicks eine Reihe von Dateien. Dabei wunderte er sich über die Zahl der wertvollen nachrichtendienstlichen Berichte, die gegenwärtig von den US-Verbündeten übermittelt wurden.

Dies deprimierte ihn ein wenig, allerdings nicht, weil er etwas dagegen gehabt hätte, dass die Erkenntnisse weitergegeben wurden, sondern weil dies zurzeit eine reine Einbahnstraße war, da nichts Entsprechendes zurückfloss.

Für einen Großteil der US-Geheimdienstler war es ein empörender Skandal, dass Präsident Edward Kealty und die von ihm ernannten Geheimdienstführer mit ihrer Politik in den vergangenen vier Jahren die Fähigkeiten der Vereinigten Staaten eingeschränkt hatten, allein und selbstständig andere Staaten auszuspionieren. Kealty und seine Leute hatten den Schwerpunkt der Informationsgewinnung verändert. Sie verließen sich nicht mehr auf die bewährten amerikanischen Spionagedienste, sondern darauf, dass die Nachrichtendienste fremder Nationen der CIA die entsprechenden Informationen lieferten. Wie Kealty ganz richtig erkannt hatte, war dies politisch und diplomatisch sicherer, obwohl der Abbau der amerikanischen Spionagedienste die Sicherheit des eigenen Landes in jeder anderen Hinsicht verringerte. Die Regierung hatte den Einsatz von Undercover-Agenten in verbündeten Ländern weitgehend eingestellt, und die CIA-Agenten in US-Botschaften in Übersee wurden mit so vielen Regeln und Vorschriften konfrontiert, dass es ihnen fast unmöglich war, ihrer gewohnten Arbeit nachzugehen.

Die Kealty-Regierung hatte mehr »Offenheit« und »Transparenz« auch beim National Clandestine Service versprochen, der nach eigener Beschreibung »der geheime Arm der CIA« war. Jack jr.s Vater hatte daraufhin in einem Gastkommentar für die *Washington Post* in einer das Amt des Präsidenten respektierenden Form Ed Kealty höflich aufgefordert, er möge doch einmal die Bedeutung des Wortes *geheim* im Wörterbuch nachschauen.

Die von Kealty ernannten Geheimdienstchefs verzichteten so weit wie möglich auf die Erkenntnisgewinnung aus menschlichen Quellen vor Ort und legten stattdessen den Schwerpunkt auf SIGINT, das Auffangen und Analysieren von elektronischen und Funksignalen. Spionagesatelliten und Drohnen waren eben in diplomatischer Hinsicht weit sicherer, weswegen diese Technologien stark ausgebaut wurden. Natürlich waren die altgedienten HUMINT-Agenten der CIA über diese Entwicklung überhaupt nicht glücklich. Sie gaben berechtigterweise zu bedenken, dass Drohnen zwar die Scheitel feindlicher Köpfe auf einzigartige Weise zeigen konnten, wohingegen vor Ort tätige Agenten oft aufzudecken vermochten, was *in* diesen Köpfen vorging. Aber die Verfechter der »human intelligence« wurden von vielen als Dinosaurier angesehen, und ihre Argumente wurden ignoriert.

Was soll's, dachte Ryan. *In ein paar Monaten führt Dad wieder das Kommando.* Dessen war er sich sicher, und er hoffte stark, dass der Schaden in der Amtszeit seines Vaters wieder rückgängig gemacht werden konnte.

Er schob diese Gedanken beiseite und konzentrierte sich wieder auf seine Arbeit. Als er durch die Informationen klickte, die sich in der vergangenen Nacht angesammelt hatten, achtete er besonders auf die Nachrichten aus Europa.

Moment mal. Hier war etwas Neues. Ryan öffnete eine Datei, die sich im Posteingangsordner eines Analysten des OREA befand, des Office of Russian and European Analysis der CIA. Jack überflog zuerst deren Inhalt. Aber dann erregte etwas sein Interesse, weswegen er die entsprechende Meldung Wort für Wort noch einmal las. Anscheinend informierte jemand vom französischen Inlandsgeheimdienst DCRI einen Kollegen bei der CIA, dass eine »Person von Interesse« an diesem Nachmittag auf dem

Pariser Flughafen Charles de Gaulle eintreffen werde. Das war an und für sich noch keine große Sache und hätte Jack nicht zu weiteren Nachforschungen veranlasst, wenn da nicht dieser Name gewesen wäre. Die französische Quelle, so hieß es, gebe Anlass zur Vermutung, dass die entsprechende Person jener Mann sei, den die Franzosen nur als Omar 8 kennen würden und der als Rekruteur für den Umayyad-Revolutionsrat tätig sei. Er werde heute Nachmittag um 13.10 Uhr in einer Air-France-Maschine aus Tunis ankommen. Dort würden ihn örtliche Verbindungsmänner abholen und in eine Wohnung im Departement Seine-Saint-Denis unweit des Flughafens bringen.

Für Jack sah es so aus, dass die Frenchies nicht viel über diesen Omar 8 wussten. Sie vermuteten, dass er für den URC arbeitete, aber sie waren offensichtlich nicht sonderlich an ihm interessiert. Auch die CIA wusste kaum etwas über ihn, so wenig, dass der Analyst des OREA sich bisher nicht die Mühe gemacht hatte, die Mail zu beantworten oder die Botschaft an die Pariser CIA-Station weiterzuleiten.

Während weder die CIA noch die DCRI nähere Kenntnisse über diese »Person von Interesse« hatten, wusste Jack Ryan jr. alles über Omar 8. Seine Informationen stammten dabei aus erster Hand. Saif Rahman Yasin, alias der Emir, hatte die Identität von Omar 8 im vergangenen Frühjahr während seines Verhörs durch den Campus »preisgegeben«.

Verhör? Nein … Es war Folter. Ehrlicherweise konnte man es nicht anders bezeichnen. Aber wenigstens in diesem Fall war die Folter wirksam gewesen, effektiv genug, dass sie jetzt wussten, dass Omar 8 in Wirklichkeit Hosni Iheb Rokki hieß. Effektiv genug, um zu erfahren, dass er ein dreiunddreißigjähriger Tunesier war, und effektiv genug, um herauszufinden, dass er kein einfacher Rekruteur des URC, sondern ein wichtiger Unterführer in der Operationsabteilung dieser Organisation war.

Jack fand es sehr seltsam, dass dieser Kerl nach Frankreich einreiste. Er hatte Rokkis Akte so wie die aller bekannten Mitspieler in allen größeren Terrororganisationen viele Male gelesen. Der Bursche war nicht dafür bekannt, außer für Kurzreisen nach Tunis den Jemen oder Pakistan jemals zu verlassen. Aber jetzt flog er doch tatsächlich unter einem bekannten Tarnnamen nach Paris.

Äußerst seltsam.

Jack hatte diese kleine Informationsperle jetzt richtig wach gemacht. Nein, Hosni Rokki war in der internationalen Terrorwelt kein großer Fisch. Gegenwärtig konnte man nach der ungeheuren Niederlage, die der Campus dem URC versetzt hatte, nur noch einen URC-Mann als ernsthaften Mitspieler auf internationaler Ebene betrachten. Der Name dieses Mannes war Abdul bin Mohammed al-Qahtani, der Kommandeur der Operationsabteilung der Organisation.

Ryan würde für nähere Hinweise auf al-Qahtani alles geben.

Rokki war zwar kein al-Qahtani, aber dass er sich jetzt so weit von seinem normalen Operationsgebiet entfernte, war auf jeden Fall höchst interessant.

Aus einer Laune heraus öffnete Jack auf seinem Desktop einen Ordner, der Unterordner über jeden einzelnen Terroristen, Terrorverdächtigen, Mittelsmann usw. enthielt. Dies war nicht die Datenbank, die bei den Nachrichtendiensten gebräuchlich war. Fast alle Bundesbehörden benutzten das sogenannte TIDE, das Terrorist Identities Datamart Environment. Auch Ryan hatte natürlich Zugang zu dieser riesigen Terrordatensammlung, fand sie jedoch viel zu unhandlich. Außerdem enthielt sie viel zu viele unwichtige Personen, die ihn in keiner Weise interessierten. Mithilfe des TIDE hatte er sich jedoch seine eigene

Datenbank aufgebaut, die er scherzhaft Schurkengalerie nannte. Darin waren nur ganz spezifische Informationen über spezifische Personen enthalten. Die meisten restlichen Daten seiner Schurkengalerie hatte er selbst zusammengetragen, wenngleich die übrigen Analysten hier im Campus einige Kleinigkeiten dazu beigetragen hatten. Es war eine Riesenarbeit gewesen, aber die ganze Anstrengung hatte sich bereits viele Male bezahlt gemacht. Sehr oft musste Jack seine Schurkenliste jedoch gar nicht mehr konsultieren, da er sich bei der Erstellung des Ordners den Großteil der Informationen eingeprägt hatte. Er gestattete sich erst, etwas davon zu vergessen, wenn der Tod der entsprechenden Person von mehreren verlässlichen Quellen bestätigt worden war.

Da Rokki jedoch kein Rockstar war, erinnerte sich Ryan nicht an alle Angaben über diesen Mann. Deshalb klickte er auf Hosni Rokkis Ordner, schaute sich die Fotos an und blätterte die Datensammlung durch, wobei sich bestätigte, was er bereits wusste. Nach Kenntnis aller westlichen Geheimdienste war Rokki zuvor noch nie in Europa gewesen.

Danach öffnete Jack den Ordner mit den Angaben zu Mohammed al-Qahtani. Er enthielt nur ein einziges Foto. Es war zwar bereits ein paar Jahre alt, aber die Auflösung war gut. Jack machte sich gar nicht erst die Mühe, das Datenblatt über diesen Kerl zu lesen, da er es selbst verfasst hatte. Vor der Verhaftung und hochnotpeinlichen Befragung des Emirs hatte kein westlicher Geheimdienst irgendetwas über al-Qahtani gewusst. Nachdem der Emir dessen Name und Rolle in der Organisation preisgab, hatten sich Ryan und die anderen Campus-Analysten darangemacht, die Geschichte des Mannes Stück für Stück zusammenzufügen. Jack selbst hatte dieses Projekt geleitet. Allerdings war er darauf nicht allzu stolz, da sie innerhalb eines Jahres nur ganz wenige Informationen zusammengetragen hatten.

Al-Qahtani war immer kamera- und medienscheu gewesen, aber nach dem Verschwinden des Emirs schien er sich regelrecht in Luft aufgelöst zu haben. Nachdem sie endlich wussten, wer er war, war er wie vom Erdboden verschwunden. Im ganzen letzten Jahr blieb er im Untergrund, bis der Campus-Analyst Tony Wills vor einer Woche auf einer dschihadistischen Website eine verschlüsselte Nachricht fand, in der behauptet wurde, al-Qahtani habe zu Vergeltungsmaßnahmen gegen europäische Länder, vor allem Frankreich, aufgerufen, weil diese Gesetze gegen das Tragen von Burkas und Kopftüchern erlassen hätten.

Der Campus hatte diese Information – natürlich verdeckt – an alle Nachrichtendienste weitergeleitet.

Ryan fügte jetzt die einzelnen Puzzleteile zusammen. Der Operationschef des URC ruft zu Anschlägen in Frankreich auf, und eine Woche später taucht ein Unterführer der Organisation in diesem Land auf, offensichtlich, um sich dort mit anderen zu treffen.

Das Ganze war dürftig. Gelinde gesagt, äußerst dürftig. Bestimmt nicht etwas, weswegen Ryan Agenten in dieses Gebiet schicken würde. Unter normalen Umständen würden er und seine Mitstreiter nur einige Zeit die französischen Geheimdienstberichte und die CIA-Station in Paris im Auge behalten, um zu sehen, ob sich während Hosni Rokkis Europaaufenthalt irgendetwas ergab.

Doch wie gesagt, zurzeit hielten sich Clark und Chavez in Frankfurt auf, nur einen Katzensprung von der französischen Hauptstadt entfernt. Außerdem hatten sie alles dabei, was sie für eine Überwachungsoperation benötigten. Sollte er sie also nach Paris schicken, um etwas über Rokkis Bewegungen oder Kontakte zu erfahren? *Ja*. Mein

Gott, darüber musste man nicht lange nachdenken. Immerhin war hier ein URC-Kämpfer unterwegs. Der Campus sollte wirklich herausfinden, was er vorhatte.

Jack griff nach dem Telefon und gab einen Zweizahlen-Code ein. In Frankfurt war es jetzt kurz nach zwölf Uhr.

Während er auf die Verbindung wartete, hob Jack seinen langsam dahinschmelzenden Eisbeutel auf und hielt ihn sich an sein schmerzendes Genick.

John Clark meldete sich nach dem ersten Klingelton. »Hi, John, hier ist Jack. Es hat sich etwas Neues ergeben. Es wird euch sicher nicht vor Begeisterung die Stiefel ausziehen, aber es sieht doch halbwegs vielversprechend aus. Wie wäre es mit einem kleinen Abstecher nach Paris?«

6

Am Highway 67, hundertsechzig Kilometer südlich von Denver, Colorado, lag auf einer Ebene im Schatten der Rocky Mountains ein 2,6 Quadratkilometer großes umzäuntes Gelände mit Gebäuden und Wachtürmen.

Sein offizieller Name war Florence Federal Correctional Complex (Bundesstrafanstalt Florence). In der Nomenklatur der Bundes-Strafvollzugsbehörde wurde es als United States Penitentiary Administrative Maximum Facility, kurz: ADX Florence, bezeichnet.

Das Bureau of Prisons (BOP) teilte seine hundertvierzehn Gefängnisse in fünf Sicherheitsstufen ein, wobei das ADX Florence ganz allein an der Spitze der Liste stand. Das *Guinness-Buch der Rekorde* bezeichnete es als sicherstes Gefängnis der Welt. Tatsächlich war es Amerikas Höchstsicherheitsstrafanstalt, in der die gefährlichsten und tödlichsten Gefangenen einsaßen.

Zu den Sicherheitsmaßnahmen gehörten Laser-Lichtschranken, Bewegungsmelder, Nachtsichtkameras, automatische Türen und Tore, mehrreihige Elektrozäune, Wachhunde und schwer bewaffnete Wächter. Noch nie war jemand aus dem ADX Florence ausgebrochen. Es ist sogar unwahrscheinlich, dass jemals jemand aus einer *Zelle* dieses Gefängnisses ausbrechen konnte.

So schwer es jedoch war, aus dem »Alcatraz der Rockies«

*heraus*zukommen, so schwer war es auch, erst einmal dort *hinein*zukommen. Gegenwärtig gab es in Florence weniger als fünfhundert Gefangene, während in den US-Bundesgefängnissen insgesamt mehr als zweihunderttausend Gefangene inhaftiert waren. Die meisten gewöhnlichen Bundesgefangenen würden leichter in Harvard als in Florence aufgenommen werden.

Neunzig Prozent der Insassen des ADX Florence waren Männer, die man aus anderen Gefängnissen dorthin gebracht hatte, weil sie eine Gefahr für ihre Mithäftlinge und Wärter darstellten. Die restlichen zehn Prozent waren äußerst prominente Gefangene oder solche, die als spezieller Risikofaktor galten. Sie waren vorwiegend in den Zellenblöcken für den »Normalvollzug« untergebracht, wo sie dreiundzwanzig Stunden am Tag in Einzelhaft verbrachten. Es war ihnen jedoch ein »nicht-körperlicher« Kontakt zu ihren Mitgefangenen und über Besuche, Post und Telefonanrufe mit der Außenwelt gestattet.

So saßen zum Beispiel der Unabomber Ted Kaczynski, der Attentäter von Oklahoma City Terry Nichols und der Bombenleger bei den Olympischen Spielen in Atlanta Eric Robert Rudolph in der »Normalvollzugsabteilung D« ein. Weitere Häftlinge im Normalvollzug waren der mexikanische Drogenbaron Francisco »El Titi« Arellano, der Mafia-»Underboss« der Lucchese-Familie Anthony »Gaspipe« Casso und der FBI-Verräter Robert Philip Hanssen, der zwei Jahrzehnte lang amerikanische Staatsgeheimnisse an die Sowjetunion und danach an Russland verkauft hatte.

Die H-Einheit war restriktiver, die Häftlinge hatten noch weniger Kontakte und mussten sich den sogenannten SAMs unterwerfen, den »Special Administrative Measures« (»Sonderverwaltungsmaßregeln«), wie die US-Strafvollzugsbehörde die Bestimmungen für die Unterbringung und den

Umgang mit den besonders schweren Fällen nannte. Im gesamten Bundesgefängnis-System unterlagen nur ganze sechzig Insassen diesen SAMs, von denen mehr als vierzig Terroristen waren. Der Schuhbomber Richard Reid verbrachte viele Jahre im H-Trakt, bis er wegen guter Führung und seiner gerichtlichen Eingaben in den D-Trakt verlegt wurde. Weitere Insassen des H-Trakts waren der »blinde Scheich« Omar Abdel-Rahman und der »zwanzigste 9/11-Terrorist« Zacarias Moussaoui. Ramzi Yousef, der Anführer der Terrorzelle, die im Jahr 1993 die Bombe im World Trade Center gelegt hatte, verbrachte seine Zeit je nach seinen ständig wechselnden Launen und seinem Betragen abwechselnd im H-Trakt und in noch restriktiveren Gefängnisabteilungen.

Die Männer in der H-Einheit durften täglich nur eine Stunde einzeln in einem Betonhof, der wie ein leerer Swimmingpool aussah, frische Luft schnappen, wobei sie sich jedoch erst einer Leibesvisitation unterziehen mussten und danach in Handschellen und Fußfesseln von zwei Wachmännern dorthin eskortiert wurden, von denen einer ständig die Fesseln und der andere einen Schlagstock in der Hand hielt.

Dabei war die H-Einheit noch nicht einmal der Höchstsicherheitstrakt. Dies war die Z-Einheit, die »Ultramax«-Disziplinareinheit, in der die bösen Jungs über ihre Verfehlungen nachdenken »durften«, wenn sie irgendeine ihrer SAM-Regeln verletzt hatten. Hier drin gab es keinen Hofgang und keine Besucher. Selbst die Wärter beschränkten den Kontakt auf ein Minimum.

Bemerkenswerterweise hatte jedoch selbst dieser Z-Trakt eine Sonderabteilung, in die man nur die Schlimmsten der Schlimmen schickte. Sie hieß Range 13. Gegenwärtig waren darin drei Gefangene untergebracht.

Ramzi Yousef saß hier, weil er gegen seine SAM-Regeln in

der Z-Einheit verstoßen hatte, in der er wiederum wegen Verstoßes gegen die SAM-Regeln in der H-Einheit einsaß.

Tommy Silverstein, ein sechzigjähriger Berufsverbrecher, der bereits im Jahr 1977 wegen bewaffneten Raubs verurteilt wurde, war schon vor langer Zeit hier eingewiesen worden, nachdem er in einem anderen Hochsicherheitsgefängnis zwei Insassen und einen Wärter umgebracht hatte.

Ein dritter männlicher Gefangener war einige Monate zuvor von vermummten FBI-Agenten eingeliefert worden, nachdem eine Range-13-Zelle vom Rest dieser Abteilung abgetrennt worden war. Von der neuen Zelle wussten nur die Leute etwas, die in der Range 13 ihren Dienst verrichteten. Bisher hatten nur zwei von ihnen das Gesicht des Neuankömmlings zu Gesicht bekommen. Er wurde nicht von BOP-Beamten, sondern einer Sondereinheit der Geiselrettungstruppe des FBI bewacht, die aus schwer bewaffneten und gepanzerten Paramilitärs bestand, die ihren einzigen Gefangenen rund um die Uhr durch eine Glastrennwand beobachteten.

Die FBI-Männer kannten die wahre Identität des Häftlings, sprachen aber niemals darüber. Sie und die wenigen Range-13-Bediensteten, die überhaupt etwas von diesem seltsamen Arrangement wussten, bezeichneten den Mann hinter Glas nur mit seiner Registriernummer 09341-000.

Der Gefangene 09341-000 besaß keinen Zwölfzoll-Schwarzweißfernseher, wie er den meisten anderen Häftlingen erlaubt war. Er durfte seine Zelle auch nicht verlassen, um sich in dem kleinen Betonhof die Beine zu vertreten.

Niemals.

Die meisten Insassen durften einmal die Woche einen fünfzehnminütigen Telefonanruf tätigen, vorausgesetzt sie zahlten ihn aus ihrem Treuhandkonto des Gefängnisbanksystems.

Der Gefangene 09341-000 besaß weder Telefonprivilegien noch ein solches Treuhandkonto.

Er durfte weder Post noch Besucher empfangen, noch hatte er Zugang zu der psychologischen Betreuung und den Bildungsdienstleistungen, die den anderen Gefangenen zur Verfügung standen.

Der Raum, der seine gesamte Welt darstellte, maß 2,15 x 3,65 Meter, also 7,8 Quadratmeter. Das Bett, der Tisch und der im Boden verankerte Stuhl bestanden aus Gussbeton. Außer einer Kombination aus Toilette und Waschbecken, die so konstruiert war, dass sie automatisch das Wasser abstellte, wenn man es zu lange laufen ließ, gab es keine anderen Einrichtungsgegenstände.

Eine zehn Zentimeter breite Fensteröffnung in der Rückwand der Zelle hatte man auf eine Weise vermauert, dass der Insasse weder nach draußen schauen konnte noch natürliches Licht bekam.

Der Gefangene 09341-000 war der isolierteste Gefangene Amerikas, wenn nicht sogar der ganzen Welt.

Es war Saif Rahman Yasin, der Emir, der Führer des Umayyad-Revolutionsrats, der als Hauptdrahtzieher für den Tod Hunderter von Menschen verantwortlich war, die bei einer Attentatsserie in Amerika und anderen westlichen Nationen ihr Leben verloren hatten. Vor allem stand er hinter einem Angriff auf den Westen, bei dem leicht das Hundertfache dieser Zahl hätte getötet werden können.

Der Emir erhob sich nach dem Morgen-*Salat* von seinem Gebetsteppich und setzte sich wieder auf die dünne Matratze auf seinem Betonbett. Er schaute auf den weißen Kalender, der auf dem Tisch direkt neben seinem linken Ellenbogen lag, und sah, dass heute Dienstag war. Man hatte ihm diesen Kalender gegeben, damit er seine Schmutzwäsche zur richtigen Zeit in die elektrisch betriebene Stahlklappe legte. Yasin wusste, dass er dienstags seine Wolldecke zum Reinigen abgeben musste. Er rollte sie brav und pflichtbewusst zu einer festen Rolle zusammen und ging an seiner stählernen Waschbecken-und-Toiletten-Einheit und seiner Dusche vorbei, die nach einer gewissen Zeit automatisch das Wasser abstellte, sodass er nicht den Abfluss verstopfen und damit seine Zelle unter Wasser setzen konnte.

Ein weiterer Schritt brachte ihn zu dem Fenster mit der Klappe. Dort schauten ihn zwei Männer mit schwarzen Uniformen, schwarzen Panzerwesten und schwarzen Skimasken durch das Plexiglas unverwandt an, vor der Brust eine entsicherte MP5-Maschinenpistole.

Sie trugen weder Namensschilder noch irgendwelche Rangabzeichen.

Nur ihre Augen waren zu sehen.

Der Emir hielt ihren Blicken eine ganze Weile stand, obwohl beide mehrere Zentimeter größer waren als er. Ihre Gesichter waren dabei nicht mehr als sechzig Zentimeter voneinander entfernt. Alle drei Augenpaare strömten Hass und Missgunst aus. Ein Maskierter musste auf der anderen Seite des schalldichten Glases etwas gesagt haben, da zwei weitere maskierte und bewaffnete Männer, die an einem Tisch im hinteren Teil des Überwachungsraums saßen, dem Gefangenen jetzt den Kopf zuwandten. Einer betätigte den Schalter auf einer Konsole. In der Zelle des Emirs war jetzt ein lautes akustisches Signal zu hören. Gleichzeitig öffnete sich unterhalb des Fensters eine kleine Klappe. Der Emir ignorierte das Ganze und setzte den Anstarr-Wettbewerb mit seinen Wächtern fort. Ein paar Sekunden später hörte er ein weiteres Signal. Kurz darauf kam die verstärkte Stimme des am Tisch sitzenden Mannes aus einem Lautsprecher, der in die Zellendecke oberhalb des Betonbettes eingelassen war.

»Legen Sie Ihre Decke in die Klappe.«

Der Emir rührte sich nicht.

Und noch einmal: »Legen Sie Ihre Decke in die Klappe.«

Der Gefangene zeigte keinerlei Regung.

»Letzte Gelegenheit.«

Jetzt erst folgte der Emir der Aufforderung. Er hatte eine kleine Widerstands-Show veranstaltet, was unter diesen Umständen schon als Sieg zu werten war. Die Männer, die ihn in den ersten Wochen nach seiner Gefangennahme in ihrer Gewalt hatten, waren schon lange verschwunden. Seitdem testete Yasin immer wieder die Entschlossenheit und Standhaftigkeit seiner Wächter. Er nickte langsam und legte seine Decke in die Klappe, die sich sofort wieder schloss. Auf der anderen Seite holte einer der beiden direkt vor dem Fenster stehenden Wächter sie heraus, entrollte sie, überprüfte sie genau und trug sie dann zum Wäschekorb. Er ging jedoch an diesem vorbei und warf die Wolldecke in einen Plastikmülleimer.

Der Mann am Tisch sprach jetzt wieder in das Mikrofon hinein: »Du hast gerade deine Decke verloren, 09341-000. Provozier uns nur weiter so, du Arschloch. Wir lieben dieses Spiel und können es jeden einzelnen verdammten Tag spielen.« Die Übertragung endete mit einem lauten Klick, während der große Wärter zum Glas zurückkehrte und sich wieder neben seinen Partner stellte. Schulter an Schulter standen sie jetzt regungslos da und starrten durch die Augenlöcher ihrer Masken den Mann auf der anderen Seite des Fensters an.

Der Emir wandte sich ab und kehrte zu seinem Betonbett zurück.

Er würde diese Decke vermissen.

7

Die fünfundzwanzigjährige Melanie Kraft erlebte gerade eine außergewöhnlich schlechte Woche. Die Sachbearbeiterin hatte erst vor zwei Jahren ihr Studium an der American University in Washington mit einem Bachelor im Fach »Internationale Studien« und einem Master in amerikanischer Außenpolitik abgeschlossen. Zusammen mit der Tatsache, dass sie in ihrer Teenagerzeit als Tochter eines Air-Force-Attachés fünf Jahre in Kairo gelebt hatte, machte sie das zu einer geeigneten Kandidatin für einen Job bei der CIA. Dort arbeitete sie im Direktorat für Nachrichtenbeschaffung in der Abteilung für Analysen über den Nahen und Mittleren Osten und Nordafrika, wo sie vor allem als Ägyptenspezialistin galt. Ms. Kraft war hochintelligent und ehrgeizig. Deshalb widmete sie sich über ihre Alltagspflichten hinaus gelegentlich anderen, weiterführenden Projekten. Aber genau diese Bereitschaft, sich mit übergreifenden Dingen zu befassen, drohte jetzt eine Karriere zu beenden, die erst vor zwei Jahren begonnen hatte.

Melanie war es gewohnt zu gewinnen. In den Sprachkursen in Ägypten, als Star ihrer Highschool-Fußballmannschaft und während ihres Grundstudiums stand sie ständig in der ersten Reihe und hatte immer exzellente Noten. Ihr Fleiß und ihre harte Arbeit verschafften ihr die Anerkennung der Professoren und danach ausgezeichnete Beurteilungen bei der CIA. Ihr gesamter Erfolg hatte jedoch heute vor einer Woche schlagartig ein vorläufiges Ende genommen, als sie ihrem Vorgesetzten eine wissenschaftliche Abhandlung vorlegte, die sie in ihrer Freizeit verfasst hatte. Der Titel lautete: »Eine Einschätzung der politischen Rhetorik der Muslimbruderschaft im Englischen und in Masri«. Sie hatte dazu neben den englischsprachigen alle in ägyptischem Arabisch (Masri) verfassten Websites durchkämmt, um den wachsenden Widerspruch zwischen den öffentlichen Beziehungen der Muslimbrüder mit dem Westen und ihrer heimischen Rhetorik aufzuzeigen. Es war ein brisantes Dokument, dessen Ergebnisse jedoch gut durch Quellenangaben abgesichert waren. Sie hatte monatelang ihre Abende und Wochenenden damit verbracht, falsche Profile arabischer Männer zu kreieren und zu benutzen, um Zugang zu den passwortgeschützten islamistischen Internetforen zu bekommen. Sie hatte in diesen virtuellen »Cyber-Cafés« das Vertrauen zahlreicher Ägypter gewonnen, die mit ihr die Ansprachen der Muslimbrüder in den Koranschulen in ganz Ägypten diskutierten und ihr sogar erzählten, dass Abgesandte der Muslimbruderschaft in andere Länder der islamischen Welt reisten, um sich dort mit bekannten Radikalen auszutauschen.

Dies alles kontrastierte sie dann mit der netten, liebenswürdigen Fassade, die die Bruderschaft gegenüber dem Westen aufgerichtet hatte.

Nachdem sie ihre Abhandlung beendet hatte, wollte sie sie ihrem Supervisor übergeben. Dieser schickte sie jedoch damit weiter zur Abteilungsleiterin Phyllis Stark. Phyllis las den Titel, nickte kurz und warf das Paper auf ihren Schreibtisch.

Dies war für Melanie eine große Enttäuschung. Sie hatte zumindest ein wenig Begeisterung vonseiten ihrer Chefin erwartet. Als sie zu ihrem eigenen Schreibtisch zurückkehrte, hoffte sie, dass ihre mit viel Zeit und Fleiß erstellte Arbeit wenigstens nach oben weitergeleitet werden würde.

Zwei Tage später wurde ihr dieser Wunsch erfüllt. Mrs. Stark *hatte* die Arbeit weitergereicht, jemand *hatte* sie gelesen, und jetzt bestellte man Melanie Kraft in einen Konferenzraum im dritten Stock. Dort erwarteten sie ihr Supervisor, ihre Abteilungsleiterin und ein paar Anzugträger aus dem sechsten Stock, die ihr unbekannt waren.

Von Anfang an war klar, worum es bei diesem Treffen ging. Der Gesichtsausdruck und die Körpersprache der Männer am Konferenztisch zeigten Melanie, noch bevor sie sich hinsetzte, dass sie in Schwierigkeiten war.

»Miss Kraft, was wollten Sie mit dieser besonderen Form von Schwarzarbeit erreichen? Was haben Sie damit bezweckt?«, fragte sie ein Mann aus dem sechsten Stock namens Petit, der seinen Job seinen politischen Verbindungen verdankte.

»Bezweckt?«

»Versuchen Sie mit Ihrer kleinen Seminararbeit, sich hier für eine bessere Stellung ins Gespräch zu bringen, oder wollten Sie sie nur herumreichen, damit Sie sich, wenn Ryan die Wahl gewinnt und seine eigenen Leute hier hereinbringt, gleich richtig positionieren und Pluspunkte sammeln können?«

»Nein.« Auf so etwas wäre sie nie gekommen. Normalerweise hatte ein Regierungswechsel auf jemand wie sie überhaupt keine Auswirkungen. »Ich habe nur unsere Texte über die Bruderschaft gelesen und dachte, ich könnte einige abweichende Daten zusammentragen. Es gibt Informationen aus frei verfügbaren offenen Quellen, die ich auch in allen Fällen in meinen Anmerkungen kenntlich gemacht habe und die auf eine negativere …«

»Miss Kraft. Wir sind hier nicht auf der Uni. Ich werde Ihre Fußnoten nicht durchsehen.«

Melanie gab darauf keine Antwort, machte sich allerdings auch nicht länger die Mühe, ihre Arbeit zu verteidigen.

»Sie haben Ihre Grenzen überschritten, und dies zu einer Zeit, in der dieser Dienst aufs Äußerste polarisiert ist«, fuhr Petit fort.

Kraft glaubte nicht, dass es in der CIA solche Gegensätze gab. Wenn überhaupt, beschränkte sich diese Polarisierung auf den sechsten Stock, wo die Graubärte, die wahrscheinlich bei einer Niederlage von Kealty ihren Job verlieren würden, mit den Graubärten in Konflikt standen, die bei einem Wahlsieg Ryans in eine bessere Position aufrücken würden. Diese Welt hatte mit ihrer eigenen kaum etwas zu tun. Sie hätte eigentlich erwartet, dass Petit das genauso sah.

»Sir, es war nicht meine Absicht, hier in diesem Gebäude Unruhe zu stiften. Ich konzentrierte mich nur auf die Verhältnisse in Ägypten und die Informationen, die …«

»Haben Sie an diesem Paper gearbeitet, während Sie eigentlich Ihre täglichen Berichte erstellen sollten?«

»Nein. Ich habe es nur zu Hause verfasst.«

»Wir könnten eine Untersuchung eröffnen, ob Sie dabei irgendwelches vertrauliches oder geheimes Material verwendet haben …«

»Sämtliche Informationen in dieser Abhandlung stammen aus frei verfügbaren Quellen. Meine fiktiven Internet-Identitäten beruhten nicht auf tatsächlichen CIA-Legenden. Ehrlich gesagt, hätte ich mit den Nachrichten, die täglich auf meinem Schreibtisch landen, dieses Paper gar nicht erarbeiten können.«

»Sie sind der festen Ansicht, dass die Muslimbruderschaft nur eine Bande von Terroristen ist.«

»Nein, Sir. Das ist nicht das Fazit meiner Untersuchung. Das Ergebnis lautet vielmehr, dass deren Rhetorik in der englischsprachigen Welt im Gegensatz zu den Verlautbarungen steht, die dieselbe Organisation auf Masri herausgibt. Ich glaube nur, dass wir einige dieser Websites aufmerksamer verfolgen sollten.«

»Tun Sie das?«

»Ja, Sir.«

»Und Sie glauben, wir sollten das tun, weil es hier irgendwelche tragfähigen Befunde gab, oder glauben Sie, wir sollten das tun, weil ... weil Sie einfach der Ansicht sind, das wir das tun sollten?«

Sie wusste nicht, was sie darauf antworten sollte.

»Junge Dame, die CIA ist keine Politik gestaltende Organisation.«

Melanie wusste das. Diese Abhandlung sollte jedoch nicht die US-amerikanische Außenpolitik gegenüber Ägypten in eine bestimmte Richtung steuern, sondern der offiziellen Sicht eine abweichende Meinung entgegensetzen.

»Ihr Job ist es, die Informationsprodukte zu liefern, die man Ihnen aufgetragen hat«, fuhr Petit fort. »Sie sind kein Mitglied des für die geheime Informationsgewinnung verantwortlichen Clandestine Service. Sie haben Ihre Kompetenzen überschritten, und das auf eine höchst verdächtige Weise.«

»Verdächtig?«

Petit zuckte die Achseln. Er war Politiker, und als solcher nahm er an, dass jeder andere über politische Machenschaften genauso dachte wie er. »Ryan führt in den Umfragen. Melanie Kraft führt – zugegebenermaßen in ihrer Freizeit – ihre eigene verdeckte Operation durch und kommt dabei zu Ergebnissen, die ganz zufällig die Ryan-Doktrin stützen.«

»Ich … ich weiß nicht einmal, was die Ryan-Doktrin ist. Ich interessiere mich nicht für …«

»Vielen Dank, Miss Kraft. Das ist alles.«

Sie kehrte völlig gedemütigt in ihr Büro zurück, war aber immer noch zu verwirrt und wütend, um zu weinen. Das tat sie erst abends in ihrem kleinen Apartment in Alexandria. Dort fragte sie sich auch zum ersten Mal, wie sie auf die Idee kommen konnte, dieses Paper zu verfassen.

Selbst auf ihrer niedrigen Hierarchiestufe und mit ihrem beschränkten Blick auf das große Ganze erkannte sie, dass die CIA-Leute, die ihre Position der Politik zu verdanken hatten, die nachrichtendienstlichen Berichte und Analysen auf eine Weise gestalteten, dass sie den Wünschen des Weißen Hauses entsprachen. War ihr Paper vielleicht doch ihr eigener, kleiner, störrischer Versuch, sich gegen diese Tendenz zu stemmen? Als sie in dieser Nacht über das Treffen im dritten Stock nachdachte, gab sie zu, dass dies wahrscheinlich der Fall war.

Melanies Vater war Oberst in der Armee und hatte ihr ein starkes Pflicht- und Persönlichkeitsgefühl eingeimpft. Schon früh verschlang sie die Biografien großer Männer und Frauen, meist solcher, die im Militär oder der Regierung tätig gewesen waren. Durch diese Lektüre erkannte sie, dass niemand zu außergewöhnlicher Größe aufstieg, nur weil er ein »guter Soldat« war. Nein, die wenigen Männer und Frauen, die sich von Zeit zu Zeit, und nur wenn es nötig war, gegen das Establishment stellten, hatten letzten Endes Amerika groß gemacht.

Melanie Kraft hatte bisher nur den einzigen Ehrgeiz gehabt, aus der breiten Masse als Gewinnerin hervorzustechen. Jetzt lernte sie, wozu ein solches Hervorstechen führen konnte. Herausstehende Nägel wurden nicht selten wieder reingehämmert.

Sie saß in ihrer Großraumbüro-Box, nippte an einem

Eiskaffee und schaute auf ihren Bildschirm. Ihr Supervisor hatte ihr am Tag zuvor mitgeteilt, dass ihre Untersuchung aus dem Verkehr gezogen worden war, nachdem sie Petit und andere im sechsten Stock in der Luft zerrissen hatten. Phyllis Stark hatte ihr kurz darauf wütend erzählt, dass der stellvertretende Direktor der CIA Charles Alden höchstpersönlich ein Viertel des Papers gelesen hatte, bevor er es in den Papierkorb warf und fragte, warum zum Teufel die Frau, die es verfasst hatte, immer noch für die Agency tätig war. Ihren Freunden in der Abteilung für Analysen über den Nahen und Mittleren Osten und Nordafrika tat sie zwar leid, aber sie wollten natürlich keinesfalls ihre Karriere für sie aufs Spiel setzen. Tatsächlich betrachteten sie das Ganze als den Versuch ihrer Kollegin, sie auf der Karriereleiter zu überholen, indem sie in ihrer freien Zeit eigene Nachforschungen anstellte. Sie wurde zum Büro-Paria, der von allen geschnitten wurde.

Mittlerweile dachte sie daran zu kündigen. Vielleicht fand sie einen Job irgendwo in der Verkaufsbranche, der ihr etwas mehr einbrachte als ihr gegenwärtiges mäßiges Regierungsgehalt. Aber sollte sie wirklich eine Organisation verlassen, die sie liebte, nur weil diese Zuneigung im Moment nicht erwidert wurde?

Melanies Telefon klingelte, es handelte sich um eine externe Nummer. Sie stellte ihren Eiskaffee auf den Tisch und nahm den Hörer ab. »Melanie Kraft.«

»Hi, Melanie. Hier ist Mary Pat Foley vom NCTC. Rufe ich zu einem ungelegenen Zeitpunkt an?«

Melanie schüttete beinahe den Rest ihres Kaffees über ihre Computertastatur. Mary Pat Foley war in der amerikanischen Geheimdienstgemeinschaft eine Legende. Sie genoss einen überragenden Ruf, und es war unmöglich, den Einfluss zu überschätzen, den sie aufgrund ihrer Karriere auf die US-Außenpolitik und auf die Akzeptanz der Frauen bei der CIA gehabt hatte.

Melanie hatte Mrs. Foley noch nie persönlich getroffen, obwohl sie seit ihren Studientagen an der American University mehr als ein Dutzend Mal Vorträge von ihr gehört hatte. Erst neulich hatte Melanie an einem Seminar teilgenommen, in dem Mary Pat CIA-Analysten die Arbeit ihres National Counterterrorism Center geschildert hatte.

Melanie stotterte verwirrt: »Ja, Ma'am ...«

»Ich *rufe* also zu einem ungelegenen Zeitpunkt an?«

»Nein, nein, Entschuldigung. Ihr Anruf kommt keineswegs ungelegen.« Der jungen Analystin gelang es, ihrer Stimme trotz ihrer Emotionen einen professionellen Ausdruck zu verleihen. »Was kann ich für Sie tun, Mrs. Foley?«

»Ich wollte Sie einfach mal anrufen. Ich habe Ihre Abhandlung gelesen.«

»Oh.«

»Sehr interessant.«

»Danke ... Wieso?«

»Was für eine Reaktion haben Sie von den Graubärten im sechsten Stock bekommen?«

»Nun«, sagte Melanie und suchte verzweifelt nach den richtigen Worten. »Ehrlicherweise muss ich zugeben, dass ich eine gewisse Ablehnung erfahren habe.«

Mary Pat wiederholte das Wort ganz langsam: »Ablehnung.«

»Jawohl, Ma'am. Ich hatte zwar eine gewisse Zurückhaltung von diesen Leuten erwartet ...«

»Kann ich das so auffassen, dass man Ihnen einen Tritt in den Arsch versetzt hat?«

Melanie Krafts Mund stand einen Moment lang weit offen. Schließlich schloss sie ihn wieder und war dabei so verlegen, als ob Mrs. Foley neben ihr in ihrer Großraum-Box gesessen hätte. Schließlich stammelte sie eine Antwort. »Ich … Ich würde sagen, mein Paper hat mir eine saftige Abreibung eingebracht.«

Es gab eine kurze Pause. »Also, Ms. Kraft, ich meinerseits fand Ihre Studie wirklich brillant.«

Ein Augenblick herrschte Stille. Dann kam ein überraschtes »Danke«.

»Ich habe ein Team beauftragt, Ihren Bericht, Ihre Folgerungen und Ihre Zitate durchzuarbeiten und nach Informationen zu suchen, die für unsere Arbeit hier relevant sind. Tatsächlich habe ich sogar vor, die Studie zur Pflichtlektüre für meine Mitarbeiter zu machen. Über den Bezug zu Ägypten hinaus zeigt sie, dass ein Problem in ganz neuem Licht erscheint, wenn man es aus einem anderen Blickwinkel betrachtet. Ich versuche, dies meinen Leuten hier immer wieder nahezubringen, deshalb kommen mir solche konkreten Beispiele aus der Praxis sehr gelegen.«

»Ich fühle mich geehrt.«

»Phyllis Stark kann von Glück sagen, dass Sie für sie arbeiten.«

»Danke.« Melanie wurde gerade bewusst, dass sie sich nur ein ums andere Mal bedankte. Sie konzentrierte sich so sehr darauf, nichts zu sagen, was sie später bereuen würde, dass sie nichts anderes herausbrachte.

»Wenn Sie je daran denken sollten, sich beruflich zu verändern, kommen Sie einfach mal zu einem Gespräch vorbei. Wir sind immer auf der Suche nach Analysten, die nicht davor zurückschrecken, durch das Aufzeigen nackter, harter Tatsachen die Pferde scheu zu machen.«

Plötzlich fand Melanie Kraft ihre Sprache wieder. »Hätten Sie in dieser Woche irgendwann Zeit für mich?«

Mary Pat lachte. »O Gott. Ist es so schlimm?«

»Alle tun so, als ob ich Aussatz hätte, obwohl ich in diesem Fall wohl wenigstens ein paar Genesungswünsche bekommen würde.«

»Verdammt. Kealtys Leute bei Ihnen sind wirklich eine einzige Katastrophe.«

Melanie Kraft gab keine Antwort. Sie hätte Foleys Bemerkung eine volle Stunde lang untermauern können, aber sie hielt lieber den Mund. Das wäre unprofessionell gewesen. Außerdem wollte sie sich auf keine politischen Bemerkungen einlassen.

»Okay«, fuhr Mary Pat fort. »Ich möchte mich wirklich mit Ihnen treffen. Sie wissen, wo wir sind?«

»Ja, Ma'am.«

»Rufen Sie meine Sekretärin an. Diese Woche bin ich ziemlich ausgebucht, aber Anfang nächster Woche könnten Sie einmal vorbeikommen, um mit mir zu essen.«

»Vielen Dank« war wieder alles, was Melanie herausbrachte. Sie legte auf.

Zum ersten Mal seit einer Woche wollte sie weder heulen noch mit der Faust gegen eine Wand schlagen.

8

Es war Nacht, und es regnete. John Clark und Domingo Chavez saßen in ihrem Ford-Minivan und beobachteten den Wohnblock. Beide Männer hatten die rechte Hand, in der sie ihre SIG-Sauer-Pistolen hielten, auf die Oberschenkel gelegt. Sie wollten ihre Waffen nicht zu deutlich zeigen, sie jedoch im Bedarfsfall sofort einsetzen können. In der linken Hand hielt Clark ein Wärmebild-Binokular und Chavez eine Kamera mit einem starken Teleobjektiv. Auf dem Boden unter dem Beifahrersitz lag eine Plastiktüte voller zerdrückter Plastikkaffeebecher und Kaugummipapiere.

Obwohl sie die Waffen gezogen hatten, wollten sie sie möglichst nicht einsetzen, höchstens zur eigenen Verteidigung. Dabei mussten sie sich wahrscheinlich kaum vor dem Terroristen und seinen Kumpanen in Acht nehmen, die in einer Wohnung im dritten Stock dieses Gebäudeblocks Unterschlupf gefunden hatten. Nein, die eigentliche Gefahr war das Viertel selbst. Zum fünften Mal in den vergangenen vier Stunden ging eine Gruppe von etwa einem Dutzend düster dreinschauender junger Männer an ihrem Fahrzeug vorbei.

Chavez hörte kurzfristig auf, durch das Teleobjektiv seiner Canon auf den beleuchteten Eingang des Wohnblocks zu starren, und wandte seine Aufmerksamkeit der Gruppe zu. Er und Clark beobachteten sie im Rückspiegel, bis sie in der Regennacht verschwunden war. Chavez rieb sich die Augen, schaute sich in alle Richtungen um und grunzte: »Das hier ist bestimmt nicht das Paris der Postkarten.«

Clark lächelte und steckte seine Pistole wieder in das Schulterholster unter seiner Segeltuchjacke. »Der Louvre ist weit weg.«

Sie waren in den *Banlieues,* den äußeren Vororten von Paris. Der Unterschlupf befand sich in einer Sozialbausiedlung in der Gemeinde Stains im Departement Seine-Saint-Denis. In dieser speziellen *Banlieue* lebten vorwiegend Mieter mit geringem Einkommen, viele von ihnen Einwanderer aus Marokko, Algerien und Tunesien.

Überall in Seine-Saint-Denis gab es solche Siedlungen, aber die beiden Amerikaner hatte es heute Nacht in eine der rausten verschlagen. Auf beiden Seiten der Straße standen heruntergekommene, graffitibeschmierte Mietskasernen. Jugendgangs durchstreiften das Viertel. Aus den langsam vorbeifahrenden Autos dröhnte nordafrikanische Rap-Musik. Neben ihrem Van huschten fette Ratten durch die mit Müll übersäten Rinnsteine und verschwanden in den Gullys.

Bereits früher am Tag hatten die beiden Amerikaner bemerkt, dass der örtliche Postbote einen Helm trug. Die jungen Leute hier machten sich offensichtlich einen Spaß daraus, ihm aus ihren Wohnungsfenstern irgendwelche Gegenstände auf den Kopf zu werfen.

Außerdem hatten sie die ganze Zeit in diesem Viertel kein einziges Polizeiauto gesehen. Es war hier offensichtlich auch für Streifenwagen viel zu gefährlich.

Der Lack des Ford Galaxy, in dem Clark und Chavez saßen, war abgenutzt und verkratzt und die Karosserie zerbeult und verrostet. Fenster und Windschutzscheibe waren jedoch noch völlig intakt und so dunkel getönt, dass die Insassen des Vans kaum zu erkennen waren. Normalerweise würden Fremde, die in einer solchen Straße so lange am Straßenrand parkten, von den Bewohnern behelligt werden. Deshalb hatte sich Clark in dem billigen Autoverleih in Frankfurt für dieses Fahrzeug entschieden. Er war sich sicher, dass sie in ihm nicht allzu sehr auffallen würden.

Trotzdem bestand natürlich immer die Gefahr, dass jemand den Wagen genauer unter die Lupe nehmen und merken würde, dass er nicht aus dieser Gegend stammte. Dann könnten die Mitglieder der örtlichen Jugendbanden auf die Idee kommen, den Wagen zu umzingeln, seine Fenster einzuschlagen und ihn abzufackeln. In diesem Fall müssten Clark und Chavez natürlich sofort das Feld räumen und könnten den Unterschlupf des Terroristen nicht länger beobachten.

Die Amerikaner parkten hinter dem Wohnblock. Sie nahmen an, dass die Terrorzelle zumindest so viel von ihrem Handwerk verstand, dass sie das Gebäude nicht auf der Vorderseite betreten und verlassen würde. Dort lag ein viel befahrener Boulevard, auf dem eine weit größere Gefahr bestand, von irgendjemand bemerkt zu werden.

Natürlich wussten Clark und Chavez, dass sie ihr Zielobjekt mit einem einzigen Fahrzeug nicht lückenlos überwachen konnten. Sie entschieden sich stattdessen, möglichst jeden zu fotografieren, der es betrat oder verließ. Aus diesem Grund hielt Chavez eine Canon EOS 5D Mark II mit einem gewaltigen 600-mm-Superteleobjektiv samt anmontiertem Einbeinstativ griffbereit, mit der er unglaublich detaillierte Aufnahmen von allen Leuten machen konnte, die im beleuchteten rückwärtigen Eingangsbereich des Gebäudes auftauchten.

So hilfreich diese Fotos auch sein mochten, würden die beiden darüber hinaus realistischerweise nur recht wenig erreichen können. Um alle Zugänge zu diesem Objekt abzudecken, wäre eine Überwachungstruppe von wenigstens vier Fahrzeugen und acht Beobachtern nötig. Eine mobile Observationseinheit müsste in einer Stadt wie Paris mindestens aus sechs mit jeweils zwei Mann besetzten Fahrzeugen bestehen, wenn man es mit einer solchen Zielperson wie Hosni Iheb Rokki zu tun hatte, die sicherlich auf dem Gebiet der Überwachungsabwehr sehr erfahren war.

Chavez und Clark hatten Rokki bisher noch nicht gesehen. Sie waren sich jedoch ziemlich sicher, dass er sich in dieser konspirativen Wohnung aufhielt. Ryan hatte diese Adresse vom französischen Inlandsgeheimdienst abgeschöpft. Außerdem waren ihnen ein paar junge, kräftige Männer aufgefallen, die um die Mietskaserne herum eine Art Sicherheitskordon bildeten, wahrscheinlich keine Mitglieder des URC, sondern einer lokalen Gang, die angeheuert worden waren, ihn zu alarmieren, wenn die Polizei oder irgendwelche verdächtige Personen herumschnüffeln würden.

Kurz nach Einbruch der Dunkelheit hatte sich Chavez die Kapuze seiner Hoodie-Jacke über den Kopf gezogen, war aus dem Minivan ausgestiegen und hatte zu Fuß eine halbe Stunde lang die Gegend erkundet, wobei er den Wohnblock in weitem Bogen umkreiste. Er spazierte über einige Parkplätze, kam an einem Spielplatz vorbei, der gegenwärtig offensichtlich vor allem von Klebstoffschnüfflern und Heroinspritzern aufgesucht wurde, und durchquerte das Erdgeschoss einer vierstöckigen Parkgarage. Danach kehrte er zum Ford Galaxy zurück.

Nachdem er wieder eingestiegen war, fragte ihn Clark: »Wie ist die Lage?«

»Hinter dem Gebäude stehen immer noch die gleichen drei oder vier Mann. Auch am Vordereingang lungern vier Kerle herum.«

»Noch was?«

»Ja. Wir sind nicht die Einzigen, die sich für diese Wohnung interessieren.«

»Nicht?«

»Ein beigefarbener viertüriger Citroën. Auf dieser Straßenseite, auf dem Parkplatz hinter dem Gebäude hier links. Ein Fahrer und eine Beifahrerin. Beide schwarz und in den Dreißigern.«

»Beschatter«, sagte Clark. Chavez hätte sie andernfalls nicht erwähnt.

»Ja. Sie waren zwar ziemlich unauffällig, aber sie haben von dort eine direkte Sicht auf Rokkis Wohnung. Da wir die Einfahrt dieses Parkplatzes die ganze Zeit im Auge hatten, müssen sie bereits dort gestanden haben, als wir ankamen. Ja, das sind definitiv Überwacher. Von welchem Verein stammen die deiner Ansicht nach?«

»Ich tippe auf die DCRI. Wenn ich recht habe, stehen da noch ein paar weitere Autos rum. Sie haben wahrscheinlich einen Überwachungsring gebildet, aber ich bezweifle, dass wir uns in dessen Innern befinden. Sie können näher heranrücken, da sie nicht alle ständig ihre Augen auf die Zielwohnung richten müssen. Sie stehen auf den Parkplätzen und alarmieren sich gegenseitig über Funk, wenn sich etwas rührt. Ich bin froh, dass die Franzosen diese Kerle beobachten. Hoffentlich nehmen sie diesen Rokki hops und schütteln ihn kräftig durch, um zu schauen, was dabei herausfällt.«

»Träum weiter, John. Doch nicht die Franzosen. Die CIA hätte das vielleicht getan, bevor Kealty ihr verbot, die armen Terroristen zu hart ranzunehmen.«

»Achtung!«, sagte John plötzlich. Von links hinten näherten sich zwei Schlägertypen ihrem Fahrzeug. Beide Männer verlangsamten ihre Schritte und linsten in den Van hinein. Die getönten Scheiben machten John und Ding natürlich nicht unsichtbar. Clark starrte seinerseits die beiden jungen Nordafrikaner eine ganze Zeit lang unverwandt an.

Schließlich gingen sie weiter.

Clarks stahlharter Blick hatte wieder einmal den Sieg davongetragen. Sie waren jedoch auch auf einen anderen Ausgang vorbereitet gewesen. Die beiden amerikanischen Spione arbeiteten vor jeder Operation eine glaubwürdige Tarngeschichte aus, die ihre Anwesenheit an einem bestimmten Ort »erklärte«. Beide Männer hatten über die Jahre so viele Rollen gespielt und oft bereits auf dem Hinflug geübt, dass sie inzwischen wie gut ausgebildete Schauspieler agierten.

Sollte sie bei dieser Operation die Polizei, ein Sicherheitsdienst oder eine schwer bewaffnete Drogenbande aus diesem Viertel aus dem Fahrzeug zerren, war ihre Tarnerzählung so einfach wie plausibel. Clark und Chavez waren angeblich amerikanische Privatdetektive, die die Wohnung einer Frau überwachten, die das Apartment eines reichen Amerikaners im Quartier Latin ausgeräumt hatte. Laut dieser Geschichte verdächtigte ihr Auftraggeber seine Putzfrau, Wertgegenstände entwendet zu haben, die sie jetzt in ihrer Wohnung als Hehlerware verkaufte.

Natürlich würde das Ganze keiner näheren Untersuchung standhalten, aber in neunzig Prozent der Fälle nahm man ihnen eine solche Story ohne Weiteres ab.

Plötzlich gingen in der Wohnung im dritten Stock des zweihundert Meter entfernten schäbigen Gebäudes nacheinander alle Lichter aus. Clark schaute mit seinem Feldstecher durch den Regen.

»Es ist erst halb elf. Gehen die schon ins Bett?«

»Vielleicht.«

Wenige Augenblicke später raste ein Renault-Van an ihnen vorbei. Er fuhr direkt vor den Eingang des Zielgebäudes und hielt an.

»Vielleicht auch nicht«, meinte Chavez, brachte seine Kamera auf dem Einbeinstativ in Anschlag und fokussierte sie auf den beleuchteten Bereich neben dem Hintereingang.

Nach einer weiteren Minute trat ein Mann aus der Eingangshalle des Gebäudes, ging zur Wandleuchte neben der Tür hinüber und schraubte deren Glühbirne heraus. Schlagartig wurde es dunkel.

»Scheißkerl«, murmelte Chavez.

Clark schaute weiterhin durch sein thermisches Fernglas und verfolgte die weißglühenden Umrisse des Mannes, als dieser zur Straße weiterging und die Hand des Renault-Fahrers schüttelte. Dann sprach er in ein Handy hinein. Bald darauf kamen vier weitere hell leuchtende Umrisse aus der Hintertür der dunklen Mietskaserne.

Chavez hatte seine Kamera beiseitegelegt und hielt sich jetzt ein Wärmebild-Monokular vors Auge. Die vier Männer trugen Aktentaschen und zogen Rollkoffer hinter sich her.

»Kannst du Rokki identifizieren?«, fragte Chavez.

»Durch diese Wärmebildgeräte ist das kaum möglich«, sagte Clark. Er sah nur, dass die vier alle Anzug und Krawatte trugen.

Der Fahrer des Vans und der Typ, der die Glühbirne herausgeschraubt hatte, halfen ihnen jetzt, die Koffer und Taschen in den rückwärtigen Teil des Lieferwagens zu laden. Als sie die Heckklappe öffneten, ging die Innenbeleuchtung an. Es war zwar immer noch nicht hell genug, um aus dieser Entfernung Fotos zu machen, aber die beiden Amerikaner konnten jetzt zumindest die Männer und ihr Gepäck besser erkennen.

»Sind das Louis-Vuitton-Taschen?«, fragte Chavez, während er durch das Hochleistungsobjektiv seiner Kamera schaute.

»Von so etwas habe ich keine Ahnung«, gab Clark zu.

»Patsy hat mich in London volle zwei Stunden lang Handtaschen anschauen lassen. Ich bin mir ziemlich sicher, dass sie dasselbe Design hatten. Selbst für Handtaschen muss man oft über tausend Dollar bezahlen. Wie viel müssen dann erst diese großen Rollkoffer gekostet haben.«

Die vier Männer kletterten in den Van und schlossen die Tür, und das Innenlicht ging wieder aus.

»Der Lange könnte Hosni Rokki sein, aber ich bin mir nicht sicher«, sagte Clark.

»Wer immer sie auch sind, sie scheinen zum Charles-de-Gaulle-Flughafen fahren zu wollen.«

»Vielleicht«, erwiderte Clark. »Aber es wäre doch reichlich seltsam, wenn Hosni extra hierherkommt, um sich mit diesen drei Typen zu treffen, und dann sofort wieder heimfliegt. Ich glaube, da läuft etwas ganz anderes.«

»Zu dieser nachtschlafenden Zeit können wir sie kaum verfolgen, ohne aufzufallen«, gab Chavez zu bedenken. »Wenn diese Scherzkekse nur ein wenig von ihrem Handwerk verstehen, werden sie uns entdecken. Wir bräuchten mehrere Fahrzeuge, um uns bei ihrer Beschattung ständig abwechseln zu können.«

Clark schaute zur Einfahrt des Parkplatzes hinüber, auf dem Chavez während seiner Erkundungsrunde das Überwachungsteam bemerkt hatte. »Vielleicht haben wir die ja. Wenn die Franzosen die Zielperson tatsächlich beschatten, steht bestimmt auch eine mobile Verfolgungseinheit bereit. Vielleicht können wir uns dieser einfach als eine Art Trittbrettfahrer anschließen.«

»Wie stellst du dir das vor?«

»Wir halten uns zurück, lassen die Zielperson vorausfahren und richten unsere ganze Aufmerksamkeit auf die DCRI-Fahrzeuge. Wenn wir das geschickt anstellen, können wir ihnen folgen, ohne selbst entdeckt zu werden.«

»Wir verfolgen also die Verfolger.«

»Richtig. Einverstanden?«

Chavez nickte. »Klingt gut.«

Der Renault-Van mit dem Fahrer und den vier Anzugträgern fuhr auf die Straße hinaus und kam Chavez und Clark entgegen. Die Amerikaner ließen ihn vorbeifahren. Sie starteten nicht einmal den Motor, sondern packten in aller Ruhe ihre Ausrüstung zusammen und warteten, bis der Lieferwagen etwa fünfundsiebzig Meter hinter ihnen nach links abbog.

Beide wussten ganz genau, was als Nächstes passieren würde.

»Also gut«, sagte Chavez gelassen. »Mal schauen, wer heute bei der DCRI zur Nachtschicht eingeteilt wurde.«

Einen Augenblick lang war es in dieser dunklen Straße völlig ruhig. Plötzlich schalteten kurz hintereinander drei Fahrzeuge ihre Scheinwerfer ein: Ein alter viertüriger Toyota, der auf dem Parkplatz vor dem nächsten Gebäude rechts von ihnen stand, ein schwarzer Subaru-Kombi auf der anderen Straßenseite, gute hundert Meter von Rokkis verlassener Wohnung entfernt, und ein weißer Citroën-Kleinlaster, der vierzig Meter vor Clark und Chavez vor einem Wohnblock gewartet hatte. Alle drei Fahrzeuge fuhren jetzt auf die Fahrbahn hinaus und bogen dann in drei verschiedene Straßen ab, die jedoch alle nach Süden führten.

Nur Sekunden später preschte ein beigefarbener Citroën aus einem Parkplatz heraus und raste in dieselbe Richtung wie die anderen Autos. Dann war es wieder dunkel und still.

Clark hatte ihren Ford noch immer nicht angelassen, sondern trommelte mit den Fingern aufs Lenkrad.

Ding war zuerst etwas verwirrt, dann begann es ihm zu dämmern. »Das sah für den französischen Geheimdienst ziemlich amateurhaft aus. Sie wären nicht alle auf einmal auf diese Weise losgefahren. Irgendwo muss da noch einer von ihnen stehen.«

»Genau«, bestätigte Clark. »Da gibt es noch ein Absicherungsfahrzeug. Jemand, der in diesem Moment die Straße hier beobachtet.« Er machte eine Pause. »Wo würdest du dich hinstellen, Ding?«

»Das ist einfach. Ich mag diese Parkgarage, durch die ich vorhin gekommen bin. Wenn ich ohne allzu große Schwierigkeiten hineingelangen könnte, würde ich mich auf die erste obere Parkebene stellen. Von dort aus könnte ich die Straße und Rokkis Wohnung beobachten.«

Exakt in diesem Moment, dreißig Sekunden nachdem das letzte Überwachungsfahrzeug in der Dunkelheit verschwunden war, gingen genau auf dieser ersten Parkebene zwei Scheinwerfer an. Es war ein viertüriges Coupé. Keiner der beiden Amerikaner erkannte mehr als die Motorhaube, die Windschutzscheibe und die hellen Lichter, als der Wagen zurückstieß, umdrehte und dann die Ausfahrtrampe hinunterfuhr, die auf den Boulevard hinausführte.

John Clark ließ den Motor an und fuhr los.

»Gut durchschaut«, sagte Chavez.

»Auch ein blindes Huhn findet mal ein Korn.«

»Wohl wahr.«

9

Sie schlossen zu dem Citroën auf. Als sie festgestellt hatten, dass es sich bei ihm um das Deckungsfahrzeug handelte, das die mobile Überwachungseinheit nach hinten absicherte, ließen sie sich einige Autolängen zurückfallen. Der Citroën stand in Funkkontakt mit dem Rest der Gruppe. Die Verfolgungsfahrzeuge vor ihm übernahmen abwechselnd die Rolle des sogenannten Führungsfahrzeugs, wie man den Wagen direkt hinter Rokkis Renault-Van nannte. Andere Autos und Kleinlaster rasten auf Parallelstraßen in dieselbe Richtung, um im Bedarfsfall Lücken in der Verfolgerkette aufzufüllen.

Die beiden Amerikaner hielten ihrerseits ständig Ausschau nach eventuellen weiteren Fahrzeugen der französischen Sicherheitstruppe, die sie vorhin vor der beobachteten Wohnung vielleicht nicht bemerkt hatten.

Eine Zeit lang vermuteten sie, dass sich ein brauner Bäckereilieferwagen an der Verfolgung beteiligen würde. Er wechselte ständig die Spur und schien alle Bewegungen des beigen Citroëns zu imitieren. Schließlich bog er jedoch auf die Zufahrt zu einer Großbäckerei ein und hielt vor einer Verladerampe an.

Als Nächstes fiel ihnen ein schwarzes Suzuki-Motorrad auf, das von einem Mann in schwarzer Lederkluft und mit einem schwarzen Helm gelenkt wurde. Motorräder waren für solche Verfolgungsoperationen auf verstopften Großstadtstraßen ideal. Zwar tauchten immer wieder andere Motorräder auf, aber die Suzuki hatten sie bereits ein paar Minuten nach dem Verlassen ihrer Beobachtungsposition bemerkt. Sie beschlossen, sie im Auge zu behalten.

Bereits nach fünf Minuten bekamen Chavez und Clark eine Antwort auf die Frage, ob ihre Zielperson auf dem Weg zum Flughafen war, als das Verfolgungsfahrzeug auf der Autoroute du Nord nach Süden weiterfuhr.

»Der Flughafen liegt in der anderen Richtung«, sagte Clark. »Wir sind auf dem Weg in die Stadt.«

»Für ein blindes Huhn funktionierst du eigentlich ganz gut.«

Clark nickte. Er bemerkte, dass der Citroën plötzlich nach vorne davonzog. »Anscheinend tauschen sie gerade das Deckungsfahrzeug aus.«

Sekunden später tauchte der weiße Kleinlaster aus einer Seitenstraße auf. Clark und Chavez folgten ihm in einigem Abstand.

Die schwarze Suzuki beteiligte sich an keinem dieser Positionswechsel. Sie fuhr weiterhin ein Stück vor John und Ding in Richtung Paris. Offensichtlich gehörte sie nicht zu der DCRI-Einheit.

Als die Prozession die Stadtgrenze von Paris erreichte und in das 18. Arrondissement einfuhr, begann es heftig zu regnen. Sie bogen zuerst nach Osten und kurz darauf wieder nach Süden ab. Nach einigen Minuten erhöhte der Kleinlaster plötzlich seine Geschwindigkeit und verschwand in der Dunkelheit. Gleichzeitig bog ein schwarzer Honda aus dem Parkplatz eines Schnellrestaurants auf die Straße ein und fuhr in dieselbe Richtung wie Clark und Chavez.

»Das muss das Auto aus der Parkgarage sein«, meinte Chavez.

Clark nickte. »Diese Leute sind verdammt gut. Wenn wir nicht wüssten, dass sie hier sind, würden wir sie nie bemerken.«

»Ja, aber es wird immer schwerer für sie – und für uns –, je näher wir der Stadtmitte kommen. Ich wünschte, wir hätten einen Anhaltspunkt, wohin Rokki unterwegs ist.«

Fast wie aufs Stichwort musste der Honda hinter einem Mercedes abstoppen, der gerade aus der Tiefgarage eines Luxusapartmenthauses herauskam. Da John auf der linken Spur fuhr, war der Weg vor ihm mit Ausnahme der schwarzen Suzuki frei. Er wechselte also ohne Hast die Spur und ordnete sich einige Wagen hinter dem Honda ein, um diesen nicht überholen zu müssen. Dabei bemerkte er, dass sich auch die Suzuki hinter den Honda zurückfallen ließ. Offensichtlich wollte sie unbedingt hinter dem Deckungsfahrzeug der DCRI bleiben.

Die beiden Amerikaner waren aufgrund ihrer langjährigen Erfahrung auf solche Manöver eingestellt. »Scheiße«, rief Chavez, »dieses Motorrad gehört ja *doch* zum Verfolgerteam.«

»Dieser Typ ist jedoch nicht halb so geschickt wie seine Kumpel«, sagte Clark.

»Glaubst du, er hat uns bemerkt?«

»Nein. Er hält vielleicht nach irgendwelchen Überwachungsabwehrfahrzeugen Rokkis Ausschau, aber der muss mindestens einen halben Kilometer vor uns sein. Deshalb glaube ich nicht, dass wir aufgeflogen sind.«

Im 9. Arrondissement wechselte das Deckungsfahrzeug der Überwachungseinheit dreimal in schneller Folge. Chavez hatte es vorausgesehen. Je mehr Ampeln und Stopp-Schilder die Entfernung zwischen dem Verfolgerteam und der Zielperson verkürzten und je mehr Gebäude und Autos die direkte Sichtverbindung zu Rokkis Fahrzeug behinderten, desto härter wurde es für die Verfolger, an diesem dranzubleiben, ohne von den Terroristen entdeckt zu werden. Anscheinend versuchten sie diese Aufgabe durch ständige Positionswechsel zu lösen, an denen sich nur der Suzuki-Fahrer nicht beteiligte. Dieser fuhr weiterhin direkt vor Clark und Chavez her, als ob er den Befehl erhalten hätte, unter allen Umständen hinter dem jeweiligen Deckungsfahrzeug zu bleiben.

Tatsächlich gab es drei Arten von Überwachungsabwehrmaßnahmen, technische, passive und aktive. Die technische Überwachungsabwehr wurde mit elektronischen Geräten durchgeführt. So konnte die Zielperson etwa versuchen, mithilfe von Funkscannern den Kurzstrecken-Funkverkehr ihrer Verfolger abzuhören. Diese Form der Überwachungsabwehr wurde jedoch immer seltener angewandt, da heutzutage der verschlüsselte Digitalfunk die Regel war, dessen Signale ohne Spezialgeräte und eine Menge Zeit nicht mehr aufgefangen werden konnten.

Die passive Überwachungsabwehr war am leichtesten anzuwenden. Sie erforderte nur die ständige Aufmerksamkeit und die guten Augen der Zielpersonen. Außerdem sollten sie ungefähr wissen, mit welchen Fahrzeugarten und Methoden sie es zu tun haben würden. Die Insassen des Renaults würden sicherlich zu solchen passiven Überwachungsabwehrmaßnahmen greifen, also ständig nach potenziellen Verfolgern Ausschau halten. Allerdings waren diese passiven Maßnahmen auch am leichtesten auszuhebeln. Wenn die Verfolger über genug Fahrzeuge verfügten, konnten sie diese ständig so geschickt austauschen, dass keines von ihnen dem Zielfahrzeug lange genug nahe kommen musste, um dessen Verdacht zu erregen.

Zur aktiven Überwachungsabwehr gehörten alle Aktionen, die die Überwachungseinheit auffliegen lassen konnten. Wenn der Renault zum Beispiel plötzlich und unvermittelt rechts ranfahren würde, müssten die Verfolger entweder anhalten oder ihn überholen. Beides könnte ihre Mission gefährden. Wenn der Renault durch ruhige Seitenstraßen, kleine Gassen oder sogar quer über Parkplätze fuhr, könnten ihn seine Verfolger unmöglich weiter beschatten, ohne dessen Aufmerksamkeit zu erregen.

Aber dies waren nicht einmal die wirksamsten aktiven Maßnahmen, mit denen die Überwachungsmannschaften rechnen mussten. Dies sollte die DCRI-Einheit im 8. Arrondissement herausfinden.

»Achtung!«, rief Chavez, als der DCRI-Subaru-Kombi direkt vor ihnen ganz stark abstoppte und dann in eine enge Gasse einbog. Für ein derart abruptes Manöver des Deckungsfahrzeugs konnte es nur einen einzigen Grund geben. Dessen Insassen hatten gerade über Funk erfahren, dass ihr Zielfahrzeug urplötzlich gewendet hatte und jetzt seinen Verfolgerautos direkt entgegenkam.

Ein solch plötzlicher Richtungswechsel war für ein Team auf dem Weg zu einer verdeckten Mission gar nicht einmal so ungewöhnlich. Der Renault hatte jedoch zuvor keinerlei derartige Tricks angewandt, damit die DCRI-Leute in Sicherheit gewiegt und sie jetzt auf dem falschen Fuß erwischt.

Clark und Chavez hielten jedoch nicht an, da sie sich sonst dem DCRI-Team oder sogar dem Zielfahrzeug selbst offenbart hätten, dessen Scheinwerfer jetzt hundert Meter vor ihnen auftauchten.

Clark fuhr einfach weiter, ohne die Spur zu wechseln oder die Geschwindigkeit zu verringern. Er wendete nicht einmal den Kopf, als das Zielfahrzeug an ihnen vorbeibrauste. Als er an der Avenue Hoche ankam, fuhr er in Richtung Südwesten weiter.

»Schau mal, wer da ist«, rief Chavez plötzlich. Die schwarze Suzuki fuhr immer noch direkt vor ihnen her. »Der hätte doch inzwischen genug Zeit gehabt, umzudrehen und sich an Rokkis Fersen zu heften.«

Clark nickte. »Außer er gehört gar nicht zu den Franzosen. Er gehört zu Rokki. Er hat nach möglichen Verfolgern Ausschau gehalten.«

»Das ist ein URC-Mann?«

»Sieht so aus.«

»Er muss gesehen haben, wie das Deckungsfahrzeug plötzlich abgebogen ist.«

»Auf jeden Fall. Die DCRI ist aufgeflogen.«

»Meinst du, die setzen ihre Verfolgung trotzdem fort?«

»Denen stehen doch mindestens fünf Fahrzeuge zur Verfügung, wenn nicht sogar mehr. Sie setzen jetzt eben die ein oder zwei Autos ein, an denen der Renault vorhin nicht vorbeigekommen ist. Allerdings dürften Rokki und seine Leute inzwischen kurz vor ihrem Bestimmungsort sein.«

Eine Minute später erreichten die beiden Amerikaner die Avenue des Champs-Élysées. Der ortskundige Clark war sich sicher, dass der Renault-Van an genau dieser Kreuzung vorbeikommen musste. Tatsächlich, da war er ja. Sie reihten sich in den langsam rollenden starken Verkehr ein und folgten dem Lieferwagen mit gehörigem Abstand. Gleichzeitig vermieden sie es, in ihren Rückspiegeln nach DCRI-Fahrzeugen Ausschau zu halten. Gut ausgebildeten Geheimdienstprofis würde ein Auto bestimmt auffallen, in dem zwei Männer ständig in den Rückspiegel schauten.

Plötzlich verließ der Renault die Champs-Élysées. Nach ein paar weiteren Richtungsänderungen, die offensichtlich potenzielle Verfolger verwirren sollten, bog er auf die von Bäumen gesäumte Avenue George-V ein. Als das Zielfahrzeug vor ihnen langsamer wurde, sagte Clark: »Anscheinend sind wir da.«

Chavez schaute auf das GPS seines iPhones.

»Direkt vor uns auf der rechten Seite liegt das Four Seasons George V.«

Clark pfiff durch die Zähne. »Das Four Seasons? Ganz

schön protzig für einen URC-Unterführer und seine drei Handlanger.«

»Allerdings.«

Tatsächlich hielt der Renault-Van ein paar Autolängen vor dem Luxushotel am Straßenrand an. Gerade als Clark an ihm vorbeifuhr, stieg ein Mann aus, spannte seinen Schirm auf und ging zum Hoteleingang hinüber.

Clark bog nach rechts in eine Seitenstraße ein und hielt an. »Schau mal nach.«

»Bin schon unterwegs«, sagte Chavez, sprang aus dem Galaxy und betrat das Hotel durch einen Personaleingang.

Clark fuhr langsam um den ganzen Häuserblock herum. Als er zum Personaleingang zurückkehrte, wartete dort bereits Chavez im Regen. Er stieg wieder ein und erzählte: »Ein Typ hat gerade eingecheckt. Die Reservierung lautete auf den Namen Ibrahim. Zwei Nächte. Ich habe die Zimmernummer nicht mitbekommen, aber ich habe gehört, wie der Empfangschef einem Hoteldiener auftrug, sie zu ihrer Suite zu führen. In diesem Moment kam auch der Rest der Gruppe herein. Sie hatten das ganze Gepäck dabei, das sie vorhin eingeladen haben.«

»Konntest du Rokki identifizieren?«

»Klar doch. Es war der Typ mit dem Schirm. Er sprach französisch. Ein schlechtes Französisch, aber das ist ja das einzige, das ich kenne.«

Sie fuhren nach Westen zur Avenue Pierre-1er-de-Serbie hinüber. Clark schüttelte verwundert den Kopf. »Also ein URC-Kämpfer holt drei Typen und eine Menge Ausrüstung im Ghetto ab und bringt alles in eine Luxussuite im Four Seasons.«

Chavez schüttelte ebenfalls den Kopf. »Eine solche Suite muss doch pro Nacht fünftausend Dollar kosten. Ich kann nicht glauben, dass der URC ausgerechnet hier absteigt, außer …«

Clark nickte und ergänzte den Satz: »Außer es ist Teil einer Operation.«

Chavez seufzte. »Diese Jungs planen einen Anschlag.«

»Vielleicht schon morgen. Die konspirative Wohnung in Seine-Saint-Denis war nur der Bereitstellungsraum. Die eigentliche Aktion geht von hier aus. Wir haben nicht viel Zeit.«

»Ich wünschte nur, wir hätten eine Ahnung, was ihr Ziel sein könnte.«

»Von hier aus können sie überall in Paris zuschlagen. Wir könnten sie einfach nur beobachten, bis sie tätig werden, aber das wäre viel zu riskant. Je nachdem, was in diesen Koffern und Taschen ist, könnte Hosni Rokki die unterschiedlichsten Anschläge planen. Vielleicht will er eine hochrangige Persönlichkeit ermorden, die im Four Seasons wohnt, oder er will die US-Botschaft mit MGs beschießen. Vielleicht will er aber auch Notre-Dame in die Luft jagen.«

»Wir könnten den Franzosen einen Tipp geben.«

»Ding, wenn wir wüssten, welches Ziel sie haben und wo dieses liegt, könnten wir die richtigen Leute alarmieren. Diese könnten dann die gefährdeten Personen in Sicherheit bringen oder zumindest die möglichen Anschlagsorte räumen lassen. Aber den Franzosen einfach erzählen, dass ein paar zwielichtige Gestalten in einer ganz bestimmten Suite abgestiegen sind? Nein … Das bringt nichts. Sie werden keinen Zwischenfall provozieren und die Rechte von niemand verletzen wollen. Deshalb werden sie nur ein paar vorsichtige Erkundigungen in diesem Hotel anstellen …«

Ding spann diesen Gedankengang weiter. »In der Zwischenzeit rücken diese Bastarde mit ein paar Sprengschnüren und einer Menge Semtex aus und jagen den Eiffelturm samt allen, die ihn gerade besuchen, in die Luft.«

»Genau. Die DCRI beschattet sie ja bereits. Wir müssen die Lage einfach so akzeptieren, wie sie ist.«

»Und wenn wir sie selber hopsnehmen würden?«

Clark dachte darüber nach. »Es stimmt, eine solche Gelegenheit bot sich uns seit dem Emir nicht mehr. Ryan meint zwar, dass Rokki selbst kein so großes Licht ist, aber wenn er im Auftrag von al-Qahtani handelt, weiß er bestimmt mehr über diesen als wir.«

»Sollen wir ihn uns also schnappen?«

»Das wäre großartig. Wir könnten seinen Anschlag vereiteln, die anderen Typen seiner Zelle töten und ihn selbst dann zu einem kleinen, netten Gespräch einladen …«

Chavez nickte. »Ich mag die Idee. Aber es bleibt uns dazu nicht allzu viel Zeit.«

»Eigentlich überhaupt keine. Ich rufe gleich an. Wir brauchen etwas Hilfe, wenn wir das durchziehen wollen.«

10

Jack Ryan jr. hielt sich einen Eisbeutel ans Gesicht. Gerade hatte er einen Ellbogenstoß auf die Oberlippe abbekommen. James Bucks »Tut mir leid, alter Junge« verbesserte seine Stimmung in dem spartanischen Trainingsraum auch nicht unbedingt. Er wusste, dass dieser »zufällige« Stoß mit voller Absicht ausgeführt worden war.

Buck führte gerade seine Einmannversion des Guter-Bulle-böser-Bulle-Spiels auf. Diese Strategie sollte Jack jr. ständig auf Trab halten. Jack selbst erkannte das. Und es funktionierte dennoch. In der einen Minute lobte Buck seinen Schützling über den grünen Klee, und in der nächsten ging er ihm von hinten an die Gurgel.

Menschenskind, dachte Jack. *Das ätzt wirklich.* Aber er wusste auch, dass genau dieses Training seinem Kopf wie seinem Körper beibrachte, auf unvorhergesehene Bedrohungen richtig zu reagieren. Er war klug genug, um zu begreifen, dass er irgendwann später, wenn alle Prellungen geheilt sein würden, mit Dankbarkeit an James Buck und seine »gespaltene« Persönlichkeit zurückdenken würde.

»Es gibt keinen fairen Kampf, mein Junge. Wenn einer der Kämpfer fair kämpft, wird der Kampf nicht lange dauern. Der üblere Bastard gewinnt immer.«

Ryan merkte, dass er die schmutzigen Tricks des ehemaligen SAS-Manns mehr und mehr übernahm. Noch vor ein paar Wochen hatte er seinen Ausbilder mit Geraden und

Haken aus dem Box-Lehrbuch bekämpft. Heute zog er ihn oft an der Kleidung, verdrehte ihm den Arm oder schlug ihm sogar auf den Adamsapfel.

Ryans Körper war von Kopf bis Fuß voller blauer Flecken, seine Gelenke waren so oft verdreht und überdehnt worden, dass sie entsetzlich schmerzten, und über sein Gesicht und seinen Rumpf zogen sich zahlreiche Kratzwunden.

Zwar hatte er von den etwa hundert Kämpfen gegen Buck nur ein paar gewonnen, aber er merkte inzwischen doch, dass er sich im vergangenen Monat stark verbessert hatte.

Ryan war reif und klug genug, um zu begreifen, was hier vor sich ging. Buck hatte nichts Persönliches gegen ihn. Er machte nur seinen Job, und dieser bestand eben darin, ihn so lange niederzuzwingen, bis er sich auf geeignete Weise dagegen wehren konnte.

Und er erledigte seinen Job ausgesprochen gut, musste Jack zugeben.

»Noch mal!«, rief Buck und kam langsam über den Teakholzboden auf seinen Schüler zu. Ryan legte in aller Eile den Eisbeutel auf den Tisch und bereitete sich auf eine weitere Runde vor.

Jemand rief aus dem Büro der Kampfschule herüber: »James? Ein Telefongespräch für Ryan.«

Buck hatte bereits in Konzentration auf den bevorstehenden Angriff die Augen zu Schlitzen verengt. Als ihn die Störung aus seiner Kampfvorbereitung riss, blieb er stehen und drehte sich zu dem Mann im Büro um. »Was, verdammt noch mal, habe ich Ihnen über Telefonanrufe während des Trainings gesagt?«

Jacks Körper spannte sich an. Sein Trainer war nur drei Meter entfernt. Zwei schnelle Schritte, und er wäre in Armreichweite. Ryan stand kurz davor, sich genau in diesem Moment der Unaufmerksamkeit auf seinen Ausbilder zu stürzen. Es wäre zwar eine ziemlich miese Aktion gewesen, aber Buck selbst hatte ihn immer wieder aufgefordert, derartige Vorteile sofort auszunutzen.

»Es ist Hendley«, meldete sich die Stimme aus dem Büro.

Der Waliser seufzte. »In Ordnung. Geh ran, Ryan«, sagte er, als er sich wieder dem jungen Amerikaner zuwandte.

Ryans Körper entspannte sich. *Verdammt.* Dieses Mal hätte er Buck ganz bestimmt kalt erwischt. Der Blick, den ihm dieser gerade zuwarf, zeigte, dass dies sein gewiefter Ausbilder sehr wohl mitbekommen hatte. Überrascht wurde dem Lehrmeister bewusst, dass sein junger Schüler ihm nur eine halbe Sekunde später eine schreckliche Abreibung verpasst hätte.

James Buck lächelte anerkennend.

Ryan sammelte sich und wischte sich mit dem Handrücken etwas Blut von der Nase. Als er ins Büro hinüberging, versuchte er zu verbergen, dass ihm Bucks letzter Tritt in seine Kniekehle immer noch entsetzlich wehtat. Er war sich sicher, dass der Ex-SAS-Mann dies sonst bei ihrem nächsten Kampf gnadenlos ausnützen würde.

»Ryan«, meldete er sich am Telefon.

»Jack, hier ist Gerry.«

»Hi, Gerry.«

»Sie müssen sofort nach Paris fliegen. Die Gulfstream wartet auf dem Washingtoner Internationalen Flughafen auf Sie. Ihre Ausrüstung ist bereits an Bord. Im Flugzeug finden Sie eine Mappe mit Ihren Papieren, ein paar Kreditkarten, etwas Bargeld und weiteren Instruktionen. Fahren Sie, so schnell es geht, dorthin.«

Ryan verzog keine Miene. Innerlich fühlte er sich jedoch wie ein Schuljunge, den man bereits im Februar in die Sommerferien schickt. »Geht in Ordnung.«

»Chavez wird Sie später anrufen. Zusammen werdet ihr dann ein paar Ausrüstungsgegenstände durchgehen, die er angefordert hat.«

»Verstanden.« *Paris,* dachte Ryan. *Besser geht es kaum.*

»Jack, noch etwas.«

»Ja, Gerry?«

»Dieses Mal geht es hart auf hart. Sie gehen nicht dorthin, um irgendwelche Analysen zu erstellen. Clark wird Sie auf geeignete Weise einsetzen.«

Jack wurde klar, dass er jeden Gedanken an schöne Mädchen und schicke Cafés sofort vergessen sollte. *Konzentriere dich auf deine Aufgaben.*

»Ich verstehe«, sagte er. Er reichte Buck den Hörer. Der Brite hörte eine ganze Weile zu. Jack erschien er in diesem Moment wie ein Löwe, dem gerade eine Gazelle entwischte.

»Ich komme wieder«, sagte Ryan und machte sich zur Umkleidekabine auf.

»Ich warte auf dich, Jungchen. Du solltest bis dahin besser dein Knie ausheilen, denn mein Stiefel wartet nur darauf, auf diesem Schwachpunkt zu landen.«

»Toll«, murmelte Jack, als er den Trainingsraum verließ.

Dom Caruso und Sam Driscoll saßen auf zwei Pritschen, die sie direkt ans Fenster ihrer Einzimmerwohnung im Kairoer Zamalek-Viertel gestellt hatten. Sie nippten an einem türkischen Mokka, den Sam in einem Kupferkännchen auf dem Herd aufgebrüht hatte, und beobachteten das ummauerte Anwesen auf der gegenüberliegenden Anhöhe.

Den ganzen Abend hatte el-Daboussi nur einen einzigen Besucher empfangen. Caruso hatte ein paar Fotos von dessen Wagen, einem S-Klasse-Mercedes, gemacht, auf denen vor allem das Kennzeichen deutlich zu sehen war, und sie an die Analysten im Campus gemailt. Diese hatten ihm ein paar Minuten später mitgeteilt, dass das Auto auf einen hochrangigen ägyptischen Parlamentsabgeordneten zugelassen war, der bis vor neun Monaten als Mitglied der Muslimbruderschaft im saudi-arabischen Exil gelebt hatte. Jetzt war er wieder heimgekehrt, um sich an der Regierung seines Landes zu beteiligen. Das war alles schön und gut, dachte Dom, wenn man davon absah, dass er jetzt offensichtlich mit einem bekannten früheren URC-Ausbilder kungelte, der sich zuvor in Al-Qaida-Lagern in Afghanistan, Pakistan, Somalia und dem Jemen herumgetrieben hatte.

Scheiße, murmelte Caruso vor sich hin und sagte dann laut: »He, Sam. Ich schaue mir gerade einen amerikanischen Fernsehsender an. Sie sagen, die Muslimbrüder wollten nur Demokratie und gleiche Rechte für die Frauen. Wie passt das zu ihren mitternächtlichen Treffen mit berüchtigten Dschihadisten?« Seine Stimme nahm einen sarkastischen Ton an.

»Ja«, bestätigte Sam mit gespielter Naivität. »Ich war mir auch sicher, dass die Muslimbrüder makellose Demokraten sind.«

»Wohl wahr«, sagte Dom. »Irgendein Spinner auf MSNBC hat vorhin behauptet, die Muslimbrüder seien vielleicht früher Terroristen gewesen, jetzt seien sie jedoch eher mit der Heilsarmee in den Vereinigten Staaten vergleichbar. Es handele sich um eine religiöse Wohlfahrtsorganisation.«

Sam sagte nichts.

»Kein Kommentar?«

»Als du MSNBC gesagt hast, habe ich nicht weiter zugehört.«

Dom lachte.

Carusos Thuraya-Hughes-Satellitentelefon piepte. Er schaute automatisch auf die Uhr, als er antwortete. »Ja?«

»Dom, hier ist Gerry. Wir müssen Sie von dort abziehen. Clark und Chavez brauchen Hilfe in Paris.«

Caruso war überrascht. Er wusste zwar, dass Clark und Chavez eine Operation in Europa durchführten, aber sein letzter Informationsstand war, dass ihre Zielperson nach Islamabad zurückgeflogen sei.

»Was ist mit Sam?«, fragte Dom. Driscoll schaute ihn von seiner Liege auf der anderen Seite des winzigen dunklen Raums interessiert an.

»Sam auch. Die benötigen in Paris genau die Unterstützung, die ihr beide ihnen leisten könnt. Ryan fliegt gerade über den großen Teich. Er hat alles dabei, was ihr braucht.«

Caruso brach diese Mission nur sehr ungern ab. Immerhin hatten sie den Typen, der sich im Basar mit el-Daboussi getroffen hatte und den Driscoll für einen pakistanischen General hielt, noch nicht identifizieren können. Er wäre gerne noch so lange geblieben, bis die Campus-Informatiker diesem Gesicht einen Namen zugeordnet hatten. Trotzdem sagte er kein Wort. Wenn ausgerechnet John Clark und Ding Chavez Hilfe benötigten, musste sich dort drüben in Europa gerade etwas sehr Ernstes zusammenbrauen.

»Wir sind schon unterwegs.«

11

Jack Ryan jr. saß auf dem Chefsessel des Geschäftsjets, der mit tausend Stundenkilometern in vierzehntausend Meter Höhe durch die dünne Luft fünfundsechzig Kilometer südöstlich von Gander, Neufundland, flog.

Er war der einzige Passagier. Die drei Besatzungsmitglieder – die Pilotin, der Erste Offizier und eine Flugbegleiterin – ließen ihn in Ruhe einen Ordner durchlesen, der auf einem ledernen Flugsessel für ihn bereitgelegen hatte.

Während er die Unterlagen durcharbeitete, nippte er an einem kalifornischen Cabernet und stocherte von Zeit zu Zeit geistesabwesend in einer Wurstplatte herum.

Vor ihm stand sein Laptop. Außerdem hielt er sich einen Großteil der Zeit den Hörer seines Sitztelefons ans Ohr, um mit Clark in Paris und verschiedenen Operations- und Geheimdienstleuten des Campus daheim in Maryland zu sprechen. Er konnte sich auch ganz kurz mit Driscoll austauschen, der gerade zusammen mit Caruso auf den Start des Flugzeugs wartete, das sie von Kairo nach Paris bringen sollte.

Ryan würde für diesen Teil seiner Nachtarbeit etliche Stunden benötigen. Aber er würde ohnehin während dieses Transatlantikflugs keinen Schlaf finden. Er musste nämlich unter Clarks und Chavez' telefonischer Anleitung alle Ausrüstungsgegenstände überprüfen, die der Campus hatte einladen lassen, damit sie sofort nach seiner Ankunft in Frankreich einsetzbar waren.

Auf jeden Fall durfte er nicht vergessen, seinen Vater und seine Mutter anzurufen. Er war in letzter Zeit so beschäftigt gewesen, dass er ein Essen mit seiner Mutter, seinem Bruder Kyle und seiner Schwester Katie hatte absagen müssen, als seine Mom sich einmal kurz zu Hause von der Wahlkampftour ihres Mannes erholt hatte.

Während er wieder einmal an seinem Cabernet nippte, gab er zu, dass er eigentlich durchaus zu diesem Essen hätte kommen können. Der wirkliche Grund für seine Absage in letzter Minute war die riesige rote Schnittwunde auf seinem Nasenrücken gewesen. Seitdem hatte er jedoch tatsächlich Zehnstundenschichten im Büro einlegen müssen und hinterher noch drei oder vier Stunden in Bucks Kampfstudio trainiert. Danach war er todmüde zurück in sein Apartment in Columbia, Maryland, gefahren, hatte sich in eine Badewanne voller Epsom-Salz gelegt, eine Dose Budweiser hinuntergeschüttet und sich dann auf sein Sofa plumpsen lassen.

Der Jet überflog gerade die Ostküste Neufundlands und würde bei dieser Geschwindigkeit noch vor Sonnenaufgang in Europa ankommen. Ryan hatte sich in den letzten zwanzig Minuten den Plan des 8. Pariser Arrondissements einzuprägen versucht, in dem das George V lag. Es hätte Tage gedauert, alle Einbahnstraßen und breiten Boulevards und Avenuen auswendig zu lernen, aber er musste sich in diesem Viertel zumindest so weit auskennen, dass er die ihm zugedachte Rolle spielen konnte. Clark hatte ihn zum Fahrer des Teams bestimmt. Da die Gruppe jedoch so klein war, würde er zweifellos auch noch andere Aufgaben erfüllen müssen.

Vielleicht würde er dazu auch seine Glock 23, Kaliber .40, benötigen, die man im Flugzeug für ihn deponiert hatte.

Als Nächstes studierte Jack den Grundriss und den Raumplan des Hotels selbst. Als er kurz darauf auf den Bildschirm an der Kabinendecke schaute, zeigte ihm dessen bewegliche Karte, dass er frühmorgens um 5.22 Uhr in Paris landen würde.

Jack nippte an seinem Wein und bewunderte wieder einmal die perfekt eingerichtete Kabine. Der Jet war immer noch neu, und er konnte sich an dessen Schönheit und Funktionalität einfach nicht sattsehen.

Dieses neueste Spielzeug des Campus war eine Gulfstream G550, ein zweistrahliges Geschäftsflugzeug mit extrem großer Reichweite. Es erfüllte für den immer noch im Aufbau befindlichen »inoffiziellen« Geheimdienst äußerst wichtige Aufgaben. Seit der Gefangennahme und dem Verhör des Emirs hatte sich ihre Operationsgeschwindigkeit auf atemberaubende Weise erhöht. Während sie zuvor eher eine Art Hinrichtungskommando gewesen waren, hatten sie sich jetzt zu einem echten Nachrichtendienst gewandelt. Die fünf Außenagenten, die Führungsmannschaft und selbst einige der Analysten reisten mit immer größerer Regelmäßigkeit durch die ganze Welt, um Zielpersonen zu überwachen, Spuren zu verfolgen oder anderen nachrichtendienstlichen Aufgaben nachzugehen.

In neunzig Prozent der Fälle waren dazu kommerzielle Flüge absolut ausreichend. Gelegentlich mussten Hendley und sein Operationschef Sam Granger jedoch einen Mann oder eine ganze Gruppe äußerst schnell von ihrer Heimatbasis in Washington/Baltimore an einen weit entfernten Ort schicken, gewöhnlich um eine Zielperson auszukundschaften, die sich nur ganz kurz dort aufhielt. Sicherlich flogen von den drei Flughäfen Washington Dulles, Ronald Reagan Washington National und Baltimore Washington International täglich Dutzende von Verkehrsmaschinen in alle Weltgegenden ab. Diese Linienflüge hatten jedoch einen gewichtigen Nachteil. Der reinen Flugzeit musste man gelegentlich drei bis zwölf Stunden hinzuzählen, die man mit dem Durchlaufen der Zoll- und Sicherheitskontrollen, dem Warten auf gewöhnliche oder verspätete Anschlussflüge oder anderen Widrigkeiten verbrachte. Diese Verzögerungen konnten dringende Missionen durchaus gefährden. Deshalb hatte Gerry Hendley nach einem Privatjet gesucht, der den Bedürfnissen seiner Organisation entsprach. Er richtete einen Ad-hoc-Ausschuss ein, der alle Erfordernisse eines solchen Flugzeugs zusammentragen sollte. Dabei war das Geld nicht der entscheidende Faktor. Trotzdem wies Hendley den Ausschuss immer wieder darauf hin, dass sie den Endpreis der Maschine bei ihren Überlegungen im Auge behalten sollten.

Nach einigen Wochen und vielen intensiven Besprechungen stellte die Gruppe Gerry ihre Ergebnisse vor. Legte man die erforderliche Geschwindigkeit, Größe und Reichweite zugrunde, kamen mehrere Ultralangstreckenjets der Firmen Bombardier Aerospace, Embraer und Gulfstream Aerospace infrage. Aus diesen wählten sie dann die neue Gulfstream 650 als dasjenige Flugzeug aus, das für ihre Bedürfnisse am besten geeignet war.

Hendley war zwar bewusst, dass es auch die teuerste aller infrage kommenden Maschinen war, aber er musste ebenfalls anerkennen, dass ihre Vorzüge eigentlich unschlagbar waren. Als er jedoch nach einer solchen 650 zu suchen begann, tat sich eine neue Schwierigkeit auf. Jeder Kauf dieser brandneuen Maschinen erregte sofort große Aufmerksamkeit, was der Campus auch in diesem Fall möglichst vermeiden wollte. Hendley und der Ausschuss entschieden deswegen, sich mit einer Gulfstream Aerospace G550 zu »begnügen«, einem Modell, das noch nicht einmal zehn Jahre alt und immer noch ein Spitzenprodukt war. »Sich begnügen« war deshalb auch ein unpassender

Ausdruck, wenn man bedachte, dass es sich dabei immer noch um das *zweit*luxuriöseste und *zweit*modernste Flugzeug in dieser Klasse handelte. Sofort wurden still und leise auf dem entsprechenden Markt die Fühler ausgestreckt.

Bereits zwei Monate später tauchte die richtige Maschine auf. Sie war sieben Jahre alt und hatte zuvor einem texanischen Finanzhai gehört, der jetzt im Gefängnis saß, weil er für das mexikanische Juárez-Kartell gearbeitet hatte. Als die US-Behörden die Besitztümer des Finanziers versteigerten, benachrichtigte ein Freund aus dem US-Justizministerium Gerry von der Auktion. Hendley war äußerst erfreut, dass er das Flugzeug jetzt für einen weit geringeren Preis als auf dem offenen Markt erstehen konnte.

Der Campus wickelte den Kauf über eine Briefkastenfirma auf den Caymaninseln ab. Danach wurde die Maschine zum Internationalen Flughafen Baltimore-Washington (BWI) überführt und der Obhut eines dortigen Flughafen-Dienstleisters übergeben.

Als Gerry und seine Kollegen das Flugzeug in Augenschein nahmen, waren sie sich sicher, ein echtes Schnäppchen gemacht zu haben und jetzt einen herausragenden Jet zu besitzen.

Mit ihrer Reichweite von über zwölftausend Kilometern konnte die G550 mit nur einem einzigen Tankstopp an jeden Ort der Welt fliegen und bis zu vierzehn Personen äußerst bequem befördern. Die beiden Rolls-Royce-Turbinen sorgten für eine Reisegeschwindigkeit von 0,85 Mach.

Bei diesen Langstreckenflügen standen den Passagieren in der Kabine sechs Ledersessel, die in ein komplett flaches Bett verwandelt werden konnten, zwei lange Sofas hinter den Sitzen und alle möglichen Hightech-Kommunikationsgeräte zur Verfügung. Dazu gehörten Flachbildschirm-Satellitenfernseher, ein Breitband-Multilink-Anschluss über

Nordamerika, dem Atlantik und Europa, zwei Honeywell-Funksysteme und ein Magnastar-C2000-Funktelefon.

Einige eingebaute Besonderheiten sollten den Jetlag der Passagiere vermindern. Dies war für Hendley besonders wichtig, da er seine Männer häufig auf gefährliche Einsätze schicken musste, ohne dass sie sich zuvor an ihre neue Umgebung gewöhnen konnten. Die großen, hohen Fenster ließen mehr natürliches Licht ein als reguläre Verkehrsmaschinen oder sogar andere Spitzengeschäftsflugzeuge. Dies verringerte die physiologischen Auswirkungen eines langen Flugs. Darüber hinaus frischte die Klimaanlage von Honeywell Avionics alle neunzig Sekunden hundert Prozent des Sauerstoffs auf und reduzierte damit die Gefahr von Luftkeimen, die die Campus-Agenten auf ihren Missionen schwächen könnten. Der Kabinendruck entsprach dem eines Verkehrsflugzeugs, das mehr als tausend Meter tiefer flog als die G550, was ebenfalls dem Jetlag nach der Landung entgegenwirkte.

Hendleys Freund aus dem Justizministerium hatte ihm noch etwas anderes erzählt. Der ehemalige Besitzer war häufig nach Mexico City geflogen, um dort Taschen voller US-Dollar an Bord zu bringen und in Geheimfächern zu verstecken, die er sich von kolumbianischen Ingenieuren überall in der Maschine hatte einbauen lassen. Das Geld nahm er dann über die Grenze nach Houston mit. Dort wurde es an mexikanische Handlanger des Juárez-Kartells verteilt, die das Bargeld abzüglich eines kleinen Prozentsatzes zu Western-Union-Büros in ganz Texas brachten. Dort überwiesen sie es zurück auf mexikanische Bankkonten. Dieses »gewaschene« Geld wurde dann von diesen Banken überallhin geschickt, wo es die Drogengangster gerade brauchten. Die *Narcos* konnten sich damit in Südamerika Rauschgift besorgen, in der ganzen Welt Beamte und Polizisten bestechen, von Militärs Waffen kaufen und sich selbst mit den feinsten Luxusgütern beschenken.

Gerry hatte den Erläuterungen dieses Geldwäscheprozesses höflich zugehört, obwohl er über legale und illegale weltweite Geldbewegungen weit mehr wusste als sein Gegenüber. Wirklich interessant fand er dagegen diese Geheimfächer in seinem neuen Jet. Nach dessen Ankunft im Regionalflughafen Baltimore suchten ein Dutzend Beschäftigte des Campus und eine Wartungsmannschaft des Flughafenbetreibers eineinhalb Tage lang nach diesen Verstecken.

Sie fanden im ganzen Flugzeug Fächer ganz unterschiedlicher Größe. Obwohl die meisten Leute glauben, dass die Frachträume aller Jets unter dem Kabinenboden liegen, befindet sich der Laderaum der meisten kleineren Privatflugzeuge wie etwa der Gulfstream G550 im Heck unter dem Leitwerk. Unter dem Kabinenboden verlaufen dagegen normalerweise die hydraulischen und elektrischen Leitungen. Die kolumbianischen Ingenieure hatten jedoch unter den Wartungsplatten im Boden Geheimfächer eingebaut, in die immerhin jeweils vier kleine vollbepackte Rucksäcke hineinpassten. In der Flugzeugtoilette fanden sie hinter der Wandplatte, an der der klappbare Toilettensitz angebracht war, ein großes rechteckiges Geheimfach. Mit einem einfachen Schraubenzieher konnte man die Platte innerhalb von sechzig Sekunden entfernen. Selbst unter dem Abflussrohr hatten die Kolumbianer eine Nische gelassen, die einen Rucksack aufnehmen konnte. Das Ganze war glücklicherweise so raffiniert konstruiert, dass es die Funktion der Toilette nicht behinderte. Das Team fand in der ganzen Maschine hinter Wandplatten und Wartungszugängen noch weitere zehn kleinere Fächer. In einigen dieser Verstecke konnte man gerade einmal eine Pistole unterbringen. In andere passte eine Maschinenpistole mit eingeklappter Schulterstütze samt einigen Ersatzmagazinen hinein.

Alles in allem fand die Wartungsmannschaft perfekte Verstecke mit einem Gesamtvolumen von beinahe dreihundert Kubikdezimetern. Der Campus konnte darin jederzeit eine ganze Menge brisanter Ausrüstungsgegenstände in alle Teile der Welt befördern, ohne Aufsehen zu erregen. Dazu gehörten Pistolen, Gewehre, Sprengstoffe und Überwachungsgeräte, bei deren Anblick jeder Zollbeamte auf diesem Planeten einen Anfall bekommen hätte, sowie Dokumente und Geld, also alles, was Gerry Hendleys Männer für ihre Arbeit benötigten.

Hendley heuerte eine dreiköpfige Crew an, ehemalige Soldaten, die vom Campus genau überprüft worden waren. Der Chefpilot war zuvor bei der Air Force, was nicht weiter erstaunlich war. Eher schon die Tatsache, dass es sich um eine Pilotin handelte. Captain Helen Reid, fünfundfünfzig Jahre alt, war eine frühere B1-B-Bomberpilotin, die nach ihrer aktiven Dienstzeit bei Gulfstream angeheuert hatte. Obwohl sie als Testpilotin bei der Entwicklung der G650 mitgewirkt hatte, schien sie es nicht als »Zurückstufung« zu empfinden, jetzt eine G550 zu fliegen. Ihr Erster Offizier hieß eigentlich Chester Hicks, aber jeder nannte ihn nur nach seinem Rufzeichen »Country«, da sein Akzent seine Herkunft aus dem ländlichen Süden der USA verriet. Tatsächlich stammte er aus Kentucky. Früher hatte er beim Marine Corps sowohl Drehflügler als auch Starrflügelflugzeuge geflogen. In den letzten sechs Jahren seiner Dienstzeit hatte er auf dem Marinefliegerstützpunkt in Corpus Christi junge Piloten am B-12-Huron-Multi-Engine-Flugzeug ausgebildet. Nach seiner Pensionierung flog er ein Jahrzehnt lang G500- und G550-Gulfstreams.

Es war für die fünf Außenagenten des Campus eine Riesenüberraschung, als Hendley sie im letzten Juni zum ersten Mal zu einem Flug in der neuen G550 mitgenommen hatte. Sie waren zum BWI gefahren und dort durch das Tor des Flughafendienstleisters Greater Maryland Charter Aviation Services auf das Vorfeld eingebogen. Der Besitzer der Firma war ein enger Freund Hendleys. Er würde zusammen mit seinen Mitarbeitern dafür sorgen, dass das Campus-Flugzeug möglichst wenig auffiel und allen etwaigen Untersuchungen entging.

Auf diesem ersten Flug hatte Gerry seine Männer zuerst Captain Reid und Country und danach ihrer Flugbegleiterin vorgestellt.

Adara Sherman war eine höchst attraktive fünfunddreißigjährige Frau mit kurzen weißblonden Haaren und hellgrauen Augen, die hinter einer strengen Brille hervorlugten. Sie trug eine blaue Uniform ohne Rangabzeichen und zog ihr Jackett niemals aus.

Sherman hatte neun Jahre in der Navy verbracht. Sie sah aus, als ob sie auch nach ihrer aktiven Dienstzeit ihr Körpertraining nicht vernachlässigt hätte.

Sie war höflich und professionell, während sie die Männer durch die Kabine führte. Insgesamt dauerte der Flug eine Stunde. Dabei drehten sie einen weiten Kreis, führten eine Touch-and-Go-Landung in Manassas durch und kehrten danach zum BWI zurück.

Als Jack jetzt hoch über dem Atlantik an seinem Wein nippte, dachte er an diesen Tag zurück und musste kichern. Als Adara Sherman während des Starts gerade außer Hörweite war, hatte Gerry Hendley die drei Junggesellen in der Kabine gezielt angesprochen. »Wir spielen jetzt ein Wortassoziationsspiel, Gentlemen. Unsere Flugbegleiterin heißt Adara Sherman. Ich möchte, dass Sie bei ihrem Anblick an *General* Sherman und, was Sie selbst betrifft, an das von diesem zerstörte Atlanta denken. Verstanden?«

»Unsere Beziehung sollte also rein geschäftlich bleiben«, antwortete Sam mit einem leichten Lächeln.

»Genau.«

Caruso nickte folgsam, während Jack protestierte: »Sie kennen mich doch, Gerry.«

»Das tue ich, und Sie sind ein guter Mann. Aber ich weiß auch noch, wie es sich anfühlt, wenn man sechsundzwanzig ist. Ich belasse es jetzt dabei, okay?«

»Ich verstehe. Die Flugbegleiterin ist eine Flugverbotszone.«

Alle Männer waren in Lachen ausgebrochen, während Adara sich losschnallte, um ihren Passagieren Kaffee zu servieren. Sofort senkten Dom, Sam und Jack jr. die Augen und schauten leicht nervös ostentativ in die andere Richtung. Clark, Chavez und Hendley kicherten.

Adara wusste zuerst nicht, warum die Männer lachten, konnte es sich jedoch schnell zusammenreimen. Man hatte den Junggesellen gerade eingetrichtert, dass sie nicht angemacht werden durfte. Sicherlich war das für alle das Beste. Als sie sich eine Minute später über den Tisch beugte, um nach einem Handtuch zu angeln, rutschte ihr Jackett etwas nach oben. Jack und Dom gestatteten sich beide einen schnellen Blick, schließlich war das in ihrer DNA kodiert. Beide Männer erkannten eine kleine Smith and Wesson mit einem Edelstahlverschluss und einem Ersatzmagazin in einem Holster, das hinten in ihrem Rock steckte.

»Sie trägt eine Pistole«, sagte Caruso anerkennend, als sie in der Bordküche verschwunden war.

Hendley nickte nur. »Sie ist auch für die Sicherheit des Flugzeugs zuständig. Das ist nicht ihre einzige Waffe.«

Jack musste beim Gedanken an Sherman und ihre Bewaffnung erneut lächeln. Er schaute auf die Uhr. An der Ostküste der USA war es gerade halb elf. Er griff nach dem Telefon und wählte die Handynummer seiner Mutter.

»Ich hatte gehofft, heute noch etwas von dir zu hören«, begrüßte sie ihn.

»Hi, Mom. Es tut mir leid, dass ich so spät anrufe.«

Cathy Ryan lachte. »Morgen früh habe ich keinen Krankenhausdienst. Ich bin mit Dad in Cleveland.«

»Das bedeutet, dass du zeitig aufstehen und dich schön machen musst, um danach mitten im morgendlichen Hochbetrieb in einem Schnellrestaurant Dutzende Hände zu schütteln, stimmt's?«

Sie lachte laut auf. »Du hast es fast getroffen. Wir besuchen eine Fließbandfabrik, aber zuvor frühstücken wir mit der Presse hier im Hotel.«

»Klingt nach Spaß.«

»Es macht mir nichts aus. Und sag deinem Vater nur nicht, dass ich dir das erzählt habe, aber ich glaube, ihm macht es mehr Spaß, als er zugeben würde. Na ja, wenigstens ein Teil davon.«

»Ich glaube, du hast recht. Wie geht es denn Katie und Kyle?«

»Denen geht es gut. Sie sind zu Hause geblieben. Sally passt ein paar Tage auf sie auf. Du solltest sie einmal besuchen, wenn du mal etwas Zeit hast. Ich würde dir gerne Dad ans Telefon holen, damit er dir Hallo sagen kann, aber er trifft sich gerade mit Arnie unten im Konferenzraum. Kannst du noch ein paar Minuten warten?«

»Mm, leider nein. Ich werde ihn später anrufen.«

»Wo bist du?«

Jack atmete langsam aus, dann sagte er: »Um ehrlich zu sein, sitze ich gerade im Flugzeug und fliege über den Atlantik.«

Sofort hakte sie nach: »Wohin?«

»Nichts Aufregendes. Nur eine Geschäftsreise.«

»Weißt du, wie oft mir dein Vater genau diese Antwort gegeben hat?«

»Wahrscheinlich, weil es meistens stimmte. Du musst dir keine Sorgen machen.«

»Bist du sicher?«

Jack jr. wollte gerade »Versprochen« sagen, verzichtete jedoch darauf. Er hatte sich eigentlich vorgenommen, seine Mutter nicht zu belügen. Ihr zu versichern, dass sie sich keine Sorgen machen müsse, grenzte bereits an eine Lüge. Er musste diese nicht noch durch ein solches Versprechen verschlimmern. Er hatte keine Ahnung, was ihm bevorstand. Er wusste nur, dass er zu einer Gruppe von fünf bewaffneten Männern gehörte, die drei andere Bewaffnete töten und einen weiteren gefangen nehmen wollten.

»Ich mache mir Sorgen, Jack«, sagte Cathy. »Ich bin eine Mutter, es gehört zu meinem Job, mir Sorgen zu machen.«

»Mir geht's gut.« Er wechselte ganz schnell das Thema: »Ist Dad zur Debatte morgen Abend bereit?«

Zweifellos hatte seine Mutter sein Ablenkungsmanöver bemerkt. Sein Vater hatte ihm oft erzählt, dass sie regelmäßig alle seine Täuschungsmanöver durchschaut hatte. Er musste zugeben, dass es bei ihm jetzt genauso war.

Dieses Mal ließ sie es ihm jedoch durchgehen. »Ich glaube schon. Er kann alle wichtigen Fakten und Zahlen jederzeit abrufen. Ich hoffe nur, dass er seine Hände im Zaum hält und Ed Kealty nicht irgendwann eine scheuert. Bei dieser Debatte sitzen die beiden Kandidaten direkt nebeneinander an einem Tisch. Das Ganze soll dadurch nicht ganz so formell, sondern eher wie ein freundliches Geplauder wirken.«

»Ich erinnere mich, dass Dad mit mir darüber gesprochen hat. Kealty wollte sich zuerst auf dieses Format gar nicht einlassen, hat dann jedoch seine Meinung geändert, weil er in den Umfragen hinten liegt.«

»Das stimmt. Arnie glaubt, dass dies deinem Vater die Gelegenheit geben wird, seine warme, herzliche Seite zu zeigen.«

Bei dieser Vorstellung mussten beide herzhaft lachen.

Plötzlich erschien Adara Sherman mit einem kleinen Krug Wasser. Jack schüttelte mit einem höflichen Lächeln den Kopf, vermied es jedoch, ihr direkt in die Augen zu blicken, weil er Angst hatte, dies könnte falsch aufgefasst werden. Als sie zur Bordküche zurückging, wollte er ihr eigentlich hinterherschauen. Allerdings gab es in der Kabine so viele spiegelnde Oberflächen, dass er befürchtete, sie könnte seine verstohlenen Blicke bemerken. Deshalb beugte er sich weiterhin angestrengt über seinen Laptop.

»Okay, Mom. Ich mache wohl besser jetzt Schluss. Du solltest dir vor dem Pressegespräch morgen früh noch etwas Schönheitsschlaf gönnen.«

»Mache ich. Und du pass auf dich auf, okay?«

»Versprochen.« Dieses Versprechen konnte er zweifellos halten. Er hatte keine Lust darauf, am morgigen Tag einen finalen Schuss abzubekommen.

Mutter und Sohn legten auf, und Jack jr. kehrte zu seiner Arbeit zurück. Der Tagesanbruch rückte immer näher und bis dahin gab es noch eine Menge zu tun.

12

Helen Reid begann kurz nach fünf Uhr morgens den Landeanflug auf den Flughafen Paris-Le Bourget. Direkt vor ihrer Gulfstream landete gerade ein weiterer Geschäftsjet, eine Falcon 900EX, auf der Start- und Landebahn 07/25. Neunzig Sekunden später war die G550 an der Reihe.

Kapitänin Reid ließ die Maschine zu einer großen, gelb eingefassten Standfläche direkt an der Rampe rollen, die als Zollbereich ausgewiesen war. Dort blieb sie stehen, hielt die Türen jedoch noch geschlossen, wie es die Zollbestimmungen verlangten. In der Zwischenzeit machte Jack jr. sein Gepäck zur Inspektion bereit. Adara hatte telefonisch dafür gesorgt, dass ein Zollbeamter sie bereits erwartete. Tatsächlich klopfte es nach einigen Minuten an die Tür. Ein völlig verschlafen wirkender Mann kam an Bord, schüttelte Jack die Hand und schaute nur ganz kurz in eine von Ryans Taschen. Danach stempelte er die Pässe und überflog die Flugzeugpapiere. Insgesamt dauerte es nur zwei Minuten, bis er die Erlaubnis erteilte, auf dem in der Nähe liegenden Gelände eines Flughafen-Dienstleisters zu parken.

Der Zollbeamte rief ihnen allen noch ein schläfriges *Adieu* zu und verschwand in der Dunkelheit.

Fünf Minuten später hatte die Maschine ihre endgültige Parkposition eingenommen. Als Adara die Kabinentür erneut öffnete, wartete draußen bereits Dominic Caruso, der selbst gerade erst eingetroffen war. Er begrüßte Ms. Sherman und lud dann zusammen mit Jack die vier schweren Rucksäcke aus, in denen ihre Ausrüstung verpackt war, und brachte sie zu ihrem Ford Galaxy.

Die Gulfstream-Crew ging zum Büro des Dienstleisters hinüber, um dafür zu sorgen, dass der Jet aufgetankt und die Sauerstoffspeicher wieder aufgefüllt wurden. Danach würden sie so lange im Jet warten, bis sie vom Campus den Auftrag bekamen, Frankreich wieder zu verlassen. Dabei spielte es keine Rolle, ob das drei Stunden oder drei Tage dauern würde.

Als Dominic und Jack das Flughafengelände verließen, mussten sie keinerlei Sicherheitssperren passieren, geschweige denn ihr Gepäck oder ihre Papiere vorzeigen. Wenn man verbotene Waren oder Schmuggelgut durch die ganze Welt befördern will, gibt es tatsächlich keinen besseren Weg als ein Privatflugzeug.

So früh am Morgen dauerte die Fahrt vom Flughafen zu ihrer konspirativen Wohnung nur fünfzehn Minuten. Jack jr. hatte das Apartment am Tag zuvor besorgt, nachdem er Ding und John von Frankfurt nach Paris beordert hatte. Zu dieser Zeit hätte er sich noch nicht vorstellen können, dass er nur neunzehn Stunden später selbst dort ankommen würde.

Die Männer stellten den Minivan vor der Wohnung ab. Als sie die Rucksäcke auszuladen begannen, gesellten sich Driscoll und Chavez zu ihnen, um ihnen zu helfen. Keiner sprach dabei ein Wort. In dem kleinen möblierten Apartment stellten sie das Gepäck auf dem Boden ab und schlossen die Tür. Erst jetzt machten sie das Licht an.

Im Schein einer einfachen metallenen Deckenlampe reichte John Clark Ryan eine Tasse Kaffee und nickte ihm dabei mit einem schiefen Lächeln zu. »Junge, Junge, du siehst ja wirklich beschissen aus. Buck hat dich wohl ganz schön durch die Mangel gedreht, was?«

»Ja. Ich habe eine Menge gelernt«, antwortete Jack, während er das heiße Koffeingetränk in sich hineinschüttete.

»Ausgezeichnet. Hier liegen ein paar Croissants von gestern, und im Kühlschrank haben wir noch etwas Schinken und Käse.«

»Ich habe keinen Hunger.«

»Du bist wohl schon im Flugzeug beköstigt worden?«

»Das sind die kleinen Annehmlichkeiten unseres Jobs.«

»Verdammt richtig. Okay, dann können wir ja gleich anfangen. Also aufgepasst!« Clark stellte sich vor dem Fernseher auf, während die vier anderen sich eine Sitzgelegenheit in dem modern eingerichteten Wohnzimmer suchten.

Clark schaute immer wieder auf einen Notizblock, während er redete. »Bevor wir unsere Ausrüstung überprüfen, gehen wir erst einmal die Operation durch. Unser Plan ist in aller Kürze folgender: Ich habe uns ein Zimmer direkt über und ein weiteres direkt neben Rokkis Suite gemietet. Wir werden von mehreren Zugangspunkten aus blitzschnell zuschlagen, während sie gerade gemütlich ihren Morgenkaffee schlürfen.«

»Du hast zwei Zimmer im George V gemietet? Gerry wird über die Hotelrechnung begeistert sein«, sagte Ryan und kicherte.

Clark lächelte zufrieden. »Er weiß es bereits, und wir werden dafür keinen müden Heller berappen. Die Zimmer waren bereits für heute Nacht gebucht worden. Aber Gavin Biery hat sich in das Reservierungssystem des Hotels gehackt und die existierenden Reservierungen auf andere Zimmer umgebucht. Bei unseren eigenen Buchungen gab er eine Kreditkartennummer an, die einem Kerl in Islamabad gehört, der von saudischen Finanzgrößen stammendes Geld auf Al-Qaida-Konten verschiebt. Laut Gavin wird es so aussehen, als ob die Reservierungen am Hotelempfang geändert worden wären. Der Campus taucht bei dieser ganzen Transaktion kein einziges Mal auf. Der einzige vage Hinweis, auf den irgendwelche Fahnder stoßen könnten, ist diese Kreditkarte, die sie zu einem Al-Qaida-Mitglied im Mittleren Osten führen wird. Unser eigener Angriff auf den URC wird deshalb wie eine Auseinandersetzung zwischen diesen beiden Terrororganisationen aussehen.«

»Gute Arbeit«, sagte Dom anerkennend.

John lächelte. »Letzten Endes sind wir eben hervorragende Unruhestifter.« Die anderen zwangen sich ein müdes Lachen ab.

»Biery wird die Sicherheitskameras im ganzen Hotel in dem Moment lahmlegen, wenn wir durch dessen Eingangstür treten. Hinterher wird es so aussehen, als hätte sie jemand innerhalb des Hotels ausgeschaltet.«

»Erstaunlich«, sagte Jack.

»Ja, Biery ist wirklich ein Ass. Im Übrigen weiß er das auch.«

Dann wurde Clark wieder todernst. »Ding und ich werden den Ablauf der Operation gleich im Einzelnen darlegen. Zuvor müssen wir jedoch noch über eine bedeutende Komplikation sprechen.«

Die drei Neuankömmlinge beugten sich gespannt nach vorne.

Jetzt übernahm Chavez das Wort. »Der französische Inlandsgeheimdienst DCRI beschattet den Typen, den sie nur als Omar 8 kennen, seit seiner Ankunft aus Tunis. Als er und seine Männer gestern Nacht ihre konspirative Wohnung im Departement Seine-Saint-Denis verließen, verfolgte sie das Überwachungsteam bis in die Pariser Stadtmitte. Dort hatten die Franzosen allerdings etwas Pech. Rokki ließ einen Motorradfahrer nach möglichen Verfolgern Ausschau halten. Wir sind uns zu neunzig Prozent sicher, dass dieser das Deckungsfahrzeug der DCRI entdeckt hat.«

Jack zuckte zusammen. »Die französischen Geheimdienstler sind also aufgeflogen?«

»Sieht so aus, aber sie selbst scheinen das nicht einmal zu wissen. Sie setzten ihre Verfolgung bis zum Four Seasons fort. Jetzt überwachen sie Rokki vom Hôtel de Sers aus, das in der Avenue um die Ecke liegt. Dort haben sie ein Zimmer mit direkter Sicht auf Rokkis Suite bezogen. Ich nehme an, sie setzen eine Laserabhöranlage ein, bis sie eine bessere Wanze platzieren können.«

Sam musterte den Plan des 8. Arrondissements. »Wow, die DCRI ist ihnen wirklich dicht auf die Pelle gerückt.«

»Zu dicht, glauben wir«, sagte Clark. »Wenn sie direkte Sichtverbindung zu Rokki haben und dieser weiß, dass er überwacht wird … wir müssen wohl von der Annahme ausgehen, dass die URC-Zelle die französischen Agenten in deren Zimmer im anderen Hotel entdeckt hat.«

»Was wissen wir über die DCRI?«, fragte Sam. »Verstehen die ihr Handwerk?«

»Die sind sogar verdammt gut«, erwiderte Clark. »Wir haben bei Rainbow öfter mit ihnen zusammengearbeitet. Aber sie sind wie die Beamten unseres guten alten FBI. Wenn du irgendwo in Frankreich Ermittler, Überwachungsmannschaften oder Verbrecherjäger brauchst, dann solltest du sie rufen. Wenn es sich dagegen um eine Gruppe von Attentätern handelt, die sich mitten in Paris auf ihren Anschlag vorbereiten, dann geht es nicht mehr nur um Überwachungsmaßnahmen … und dann sind sie völlig überfordert. Normalerweise tragen sie nicht einmal Waffen!«

»Könnte der URC nicht einfach abhauen, wenn er weiß,

dass er aufgeflogen ist?«, wollte Sam wissen. »Könnte er sein Vorhaben nicht abblasen und die Stadt verlassen?«

Dieses Mal antwortete Jack Ryan. »Unter normalen Umständen schon. Das würden wir von ihnen erwarten. Aber der URC macht gerade äußerst schwierige Zeiten durch. Seit dem Verschwinden des Emirs haben sie tatsächlich äußerst gewagte Aktionen durchgeführt. Unserer Meinung nach ist Rokki hier, weil sein Boss al-Qahtani auf die französische Regierung wegen einiger Maßnahmen sauer ist, die er für islamfeindlich hält. Rokki möchte seinen Chef sicher auf keinen Fall enttäuschen. Sollte er erkennen, dass das DCRI-Team tatsächlich nur aus einem Hotelzimmer voller Überwachungsleuten mit Mikrofonen und Kameras besteht, würde das ihn und seine Handlanger wohl kaum groß abschrecken.«

»Wissen wir eigentlich, was Rokki plant?«

»Wir haben keine Ahnung. Wir können nur mit Gewissheit sagen, dass es irgendwo hier in der Gegend stattfinden wird – und zwar heute, wenn wir nichts dagegen unternehmen.«

Jetzt meldete sich Dom zu Wort. »Du kennst mich, ich bin immer für einen guten Kampf mit diesen Arschlöchern zu haben, aber warum alarmierst du nicht einfach die örtlichen Behörden, dass der URC hier ist und die Männer entdeckt hat, die ihn überwachen sollen? Wir könnten einem Jungen zwanzig Euro in die Hand drücken, damit er bei der DCRI anklopft und ihnen mitteilt, dass sie aufgeflogen sind.«

»Weil wir vier die beste Chance haben, Rokki hier und jetzt zu stoppen«, entgegnete Clark. »Außerdem brauchen wir ihn lebend. Dies ist für uns eine einmalige Gelegenheit, etwas über Abdul bin Mohammed al-Qahtani herauszufinden. Immerhin handelt es sich bei diesem um den letzten echten Anführer des URC.«

Jeder im Raum nickte.

»Okay«, fuhr Clark fort. »Und jetzt zum Operationsplan. Jungs, wir haben fast ein ganzes Jahr lang kein Blut mehr vergossen.« Er schaute auf die Uhr. »In etwa drei Stunden wird sich das ändern.«

Ryans Herz begann rasend schnell zu pochen. Er sah sich im Zimmer um und fragte sich, was die anderen wohl gerade fühlten. Nur Dom zeigte ein kleines bisschen Aufregung. Driscoll, Chavez und Clark sahen dagegen aus, als ob sie in einem Starbucks einen Kaffee trinken und dabei das Kreuzworträtsel der *Sunday Times* lösen würden.

In den nächsten zwanzig Minuten erklärte Chavez jedem seine Aufgaben während der folgenden Operation. Er benutzte dabei sein Notizbuch, in das er zuvor kleine Planskizzen gekritzelt hatte. Er und Caruso würden in der Suite im dritten Stock, die direkt über der von Rokki lag, drei lange Seile an einen Verankerungspunkt binden. Am ehesten kamen dabei die Eisenrohre infrage, die zur Toilette im Hauptbadezimmer führten. Dom und Ding würden zwei Seile an sich selbst befestigen und das dritte vom Balkon zu Sam hinunterlassen, der im Zimmer direkt neben Rokkis Suite darauf wartete. Der würde es an einem Nylongurt befestigen, den er zuvor angeschnallt hatte.

Clark würde das Hotel durch den Haupteingang betreten. Zuvor würde er Gavin Biery in Maryland per SMS anweisen, die Kameras abzuschalten. Danach würde er schnell und ruhig zum zweiten Stock hinaufsteigen und sich auf den Gang vor Rokkis Tür stellen. In diesem Moment würde Sam Driscoll am Seilgurt hängend zum Badezimmerfenster der Rokki-Suite hinüberschwingen. Wenn das Badezimmer unbesetzt war, würde er dort einzudringen versuchen. Wäre es belegt, würde er sich an der Außenwand entlang zum Schlafzimmerbalkon vorarbeiten, um von dort aus in die Suite zu gelangen. Als Waffe würde ihm dabei eine schallgedämpfte Glock 23 dienen. Seine Aufgabe war es jedoch, Hosni Iheb Rokki lebend zu ergreifen. Dafür stand ihm ein treibgasgetriebener Betäubungsmittelinjektor zur Verfügung.

Noch während Sam über dem Hotelhof hing, würden sich Chavez und Caruso mit dem Seil auf Rokkis Wohnzimmerbalkon hinunterlassen. Mit ihren kurzläufigen MP7A1-Maschinenpistolen würden sie Hosni Rokkis Handlanger ausschalten. Gleichzeitig würde John Clark durch die Zimmertür in die Suite eindringen. Neben einer schallgedämpften SIG-Sauer-Pistole hatte er ebenfalls einen Kohlendioxid-Betäubungsmittelinjektor dabei.

Ryan würde als Fahrer unten im Ford Galaxy auf sie warten und notfalls seine Kollegen warnen, wenn irgendwelche Polizeikräfte auftauchen sollten. Sollte es einer der vier Tangos doch noch auf die Straße schaffen, würde er diesen aufzuhalten versuchen.

Nach dem erfolgreichen Ende des Überfalls würden sie den ohnmächtigen Rokki in einen übergroßen Rollkoffer stecken und mit diesem das Hotel in aller Ruhe durch die Eingangstür verlassen. Ryan würde sie alle zu ihrer konspirativen Wohnung zurückfahren. Mit etwas Glück würden sie neunzig Minuten nach dem Beginn der gesamten Aktion von Paris-Le Bourget abheben.

Als Chavez geendet hatte, stand Clark auf und meinte: »Irgendwelche Fragen? Kommentare? Bedenken?«

Tatsächlich beschäftigte Jack ein Problem. »Wenn die DCRI die Suite beobachtet, wird sie dann nicht auch den gesamten Einsatz mitbekommen?«

Chavez schüttelte den Kopf. »Von ihrer Position aus haben sie nur direkten Sichtkontakt zum südwestlichen Eckfenster. Die Balkone auf der Nordseite über dem Hof, durch die wir eindringen werden, können sie nicht einsehen. Sie werden Sam, Dom und Ding also nicht entdecken. Sollten die Franzosen jedoch tatsächlich die Suite mithilfe eines Lasermikrofons abhören, werden sie ganz bestimmt etwaige Geräusche mitbekommen. Wir werden uns also dort drinnen nur mit Handzeichen verständigen.«

Caruso legte den Kopf schief und sagte: »Das ist eine recht komplizierte Operation, Mr. C. Da kann ganz schön viel schiefgehen.«

Clark nickte und machte ein ernstes Gesicht. »Wem sagst du das, Junge. Das ist eben das Problem bei solchen Einsätzen mitten in der Stadt. Diese Jungs einfach auszuschalten wäre schon schwierig genug, aber einen von ihnen lebend zu fangen erhöht die Gefahren exponentiell. Stößt dir etwas Spezifisches sauer auf?«

Dom schüttelte den Kopf. »Nein. Der Plan gefällt mir. So sollten wir es machen.«

Clark nickte. »In Ordnung. Rokki und seine Männer haben sich für halb neun eine Kanne Kaffee und eine Kanne Tee auf ihr Zimmer bestellt. Wir werden um Viertel vor neun losschlagen. In einer Stunde brechen wir von hier auf.«

Danach hatte jeder von ihnen ein paar Minuten Zeit, um sich vorzubereiten. Sam und Ryan kontrollierten ihre schallgedämpften Glock-Pistolen, Kaliber .40, und deren Schalldämpfer. Dom und Ding überprüften ihre Maschinenpistolen. Als sie die Schalldämpfer aufschraubten, verlängerte sich die Länge ihrer Waffen auf das Doppelte. Trotzdem waren sie immer noch kompakt, leicht und gut ausbalanciert.

Als Nächstes war die übrige reichhaltige Ausrüstung an der Reihe: Ablassseile, verschlüsselte Mobiltelefone mit stimmenaktivierten Bluetooth-Headsets, Schockgranaten und kleine Hohlladungen zum Aufsprengen von Türen oder ganzen Wänden.

Tatsächlich wollten sie keine Rauch- oder Schockgranaten einsetzen, und auch die Wände des Four Seasons mussten sie nicht erst aufsprengen. Chavez hatte jedoch auch diese Ausrüstungsgegenstände beim Campus bestellt, für den Fall, dass ihr Plan fehlschlagen und sie dann schnell improvisieren mussten.

Clark ging in die Küche hinüber und holte dort einige Sachen aus einem Rucksack heraus, den Ryan aus den Staaten mitgebracht hatte. Kurz darauf ließ er sie alle in die Küche kommen.

Er hatte etwas auf den Tisch gelegt, das wie fünf kleine schwammige Gummistücke aussah.

»Was ist denn das?«, fragte Sam erstaunt. Er nahm eines dieser Dinger in die Hand. Es fühlte sich an wie ein gummiartiger getrockneter Klebstoff.

Clark griff jetzt selbst nach einem dieser schwammartigen Gebilde. »Wir haben keine Zeit für lange Erklärungen, deshalb werde ich es euch jetzt vorführen.« Er drehte sich um, fummelte einige Sekunden mit dem Gegenstand herum und beugte sich dann so tief hinunter, dass ihn die anderen nicht mehr sehen konnten. Driscoll schaute seine Kollegen an, aber keiner hatte die geringste Ahnung, was das alles sollte.

Dann richtete sich Clark wieder auf und drehte sich um. Sam Driscoll schnappte hörbar nach Luft. Johns Gesichtszüge hatten sich völlig verändert. Seine Backenknochen waren plötzlich viel ausgeprägter, seine Nase kantiger, sein eckiges Kinn hatte sich deutlich gerundet und die tiefen Falten um Mund und Nase waren fast völlig verschwunden. Nachdem er ihn einige Sekunden lang verblüfft angestarrt hatte, merkte Sam, dass das Gesicht nicht natürlich aussah. Eigentlich erschien es sogar irgendwie seltsam und fremdartig. Wäre er jedoch auf einer belebten Straße an ihm vorbeigegangen, wäre ihm das vielleicht gar nicht einmal aufgefallen. Vor allem hätte er John Clark auf keinen Fall erkannt.

»Mein lieber Mann«, rief Driscoll. Auch die anderen drückten ihre Verwunderung aus.

»Ich habe so etwas für jeden von euch dabei. Wie ihr hören könnt, verändert es nicht eure Stimme oder eure Fähigkeit zu sprechen. Es füllt nur hohle Gesichtspartien aus und strukturiert eure Züge auf eine Weise um, dass ihr nicht mehr erkennbar seid. Es ist eine Art Schlauch, der an beiden Seiten offen ist, sodass eure Haare nicht bedeckt werden. Auch eure Ohren bleiben frei. Deshalb können wir weiterhin unsere Bluetooth-Kopfhörer benutzen. Und jetzt solltet ihr sie alle einmal ausprobieren.«

Die Männer setzten ihre Masken auf, wie kleine Jungen, die sich mit einem neuen Spielzeug vergnügen. Dabei war es gar nicht so einfach, sich diesen Schlauch so über den Kopf zu ziehen, dass die Augenlöcher an der richtigen Stelle lagen. Während sie angestrengt die Masken zurechtzuziehen versuchten, redete Clark weiter: »Diese Dinger sind auf keinen Fall perfekt. Sie sind unbequem und lassen sich nur schwer aufsetzen. Außerdem seht ihr mit ihnen ziemlich schräg und unheimlich aus, als ob eine Schönheitsoperation schiefgegangen wäre oder ihr ein Alien von einem anderen Planeten wärt. Sie sollen vor allem die Gesichtserkennungssoftware täuschen und unsere Gesichter so weit verändern, dass wir nach begangener Tat auch von möglichen Augenzeugen nicht mehr wiedererkannt werden können.« Clark schaute sich im ganzen Zimmer um und kicherte. »Jack, du siehst ja immer noch ziemlich gut aus. Ding, Amigo, ich muss dir leider sagen, dass dir das Ganze überhaupt nicht steht.«

Die Männer schauten sich jetzt gegenseitig an und lachten, was ihnen allen in dieser unglaublich angespannten Situation besonders guttat. Sie stellten sich dann Schulter an Schulter vor einen Wandspiegel.

»Sie erfüllen schon ihren Zweck, aber ich muss noch

eine Menge üben, damit ich dieses Ding ohne Schwierigkeiten überziehen kann«, sagte Dom. »Wenn ich das nämlich in aller Eile erledigen muss, sieht es gar nicht schön aus.«

»Das gilt für uns alle«, bestätigte Clark. »Wir nehmen diese Dinger zwar für alle Fälle mit, aber wenn es schnell gehen soll, werden wir wie üblich gewöhnliche Skimasken tragen. Nur wenn etwas schiefgehen sollte und wir uns davonschleichen müssen, werden wir diese Gummimasken aufsetzen. Man sollte sie auch nie ohne Sonnenbrillen tragen. Die meisten Gesichtserkennungsalgorithmen nutzen den Abstand zwischen beiden Augen als wichtigstes Identifizierungsmaß. Sonnenbrillen sind deshalb das beste Mittel, um eine solche Identifizierung zu verhindern. Ich möchte deshalb, dass ihr dieses Haus niemals ohne Sonnenbrillen verlasst. Die Masken könnt ihr dann im Bedarfsfall später aufziehen.«

13

Um 8.30 Uhr saß Ryan allein am Steuer des Ford Galaxy. Er hatte den Wagen gegenüber dem Hotel auf der anderen Seite der breiten Avenue George-V geparkt. Er behielt dabei den Eingang, die Straße und die Gehsteige ständig im Auge.

Es war ein heller, klarer Morgen. Aus diesem Grund würde seine dunkle Sonnenbrille auch nicht weiter auffallen, wenn er einmal aussteigen musste. Er trug einen leichten Parka mit Reißverschluss und hatte die schwarze Skimaske wie eine Strickmütze aufgesetzt, sodass er sie sich im Bedarfsfall schnell über die Augen ziehen konnte.

Der Rest des Teams hatte das Fahrzeug vor fünf Minuten verlassen. Clark schlenderte jetzt einen Block nördlich von Ryan die Straße entlang. Er trug eine Sonnenbrille, einen Mobiltelefonkopfhörer, einen dunkelgrauen Anzug und eine Aktenmappe. Er sah aus wie jeder andere Mann mittleren Alters, der auf dem Weg zu einem Frühstückstreffen im 8. Arrondissement war.

In Wirklichkeit war er jedoch ganz und gar nicht wie jeder andere. In seiner Mappe lagen ein leichtes kamelfarbiges Sakko und eine dunkle Perücke, die er innerhalb von Sekunden aufsetzen konnte. In seiner rechten hinteren Hosentasche steckten seine Gesichtsverzerrungsmaske und eine Drahtgestellbrille. Der winzige Ohrhörer in seinem rechten Ohr war mit einem verschlüsselten Handy in seiner rechten Vordertasche verbunden, das in einen sprachaktivierten Modus geschaltet war, der ihm das Telefonieren erlaubte, ohne einen Knopf drücken zu müssen. Darüber hinaus konnte er durch das Drücken einzelner Knöpfe auf seinem Handy entscheiden, ob er mit einzelnen Teammitgliedern oder mit allen zusammen sprechen wollte.

In der Innentasche seines Jacketts steckte ein treibgasgetriebener Betäubungsmittelinjektor, der genug Ketamin enthielt, um einen erwachsenen Mann innerhalb von Sekunden bewusstlos zu machen. In einem kleinen Lederholster, das im Bund seiner dunkelgrauen Hose verborgen war, steckte eine SIG Sauer P220, SAS-Kompaktmodell, Kaliber 9 mm. Die Pistole verfügte über einen Gewindelauf, auf den er den Schalldämpfer schrauben konnte, den er in seiner linken Vordertasche trug.

Nein, John Clark gehörte wirklich nicht zu den gewöhnlichen Männern, die an diesem Morgen in Massen das 8. Arrondissement bevölkerten.

»Ding an John«, hörte Clark jetzt Chavez' Stimme in seinem Ohrhörer.

»Ich höre.«

»Dom und ich sind jetzt in der Suite über der von Rokki. Bisher keine Schwierigkeiten. Wir sind in fünf Minuten einsatzbereit.«

»Gut.«

»Sam an John.«

»Ich höre.«

»Ich bin im Zimmer neben der Zielperson. Ich hänge mich ein, wenn Chavez das Seil herunterlässt.«

»Roger.«

»Jack an John.«

»Ich höre.«

»Vorne ist alles klar. Keine Polizisten auf dem Gehsteig

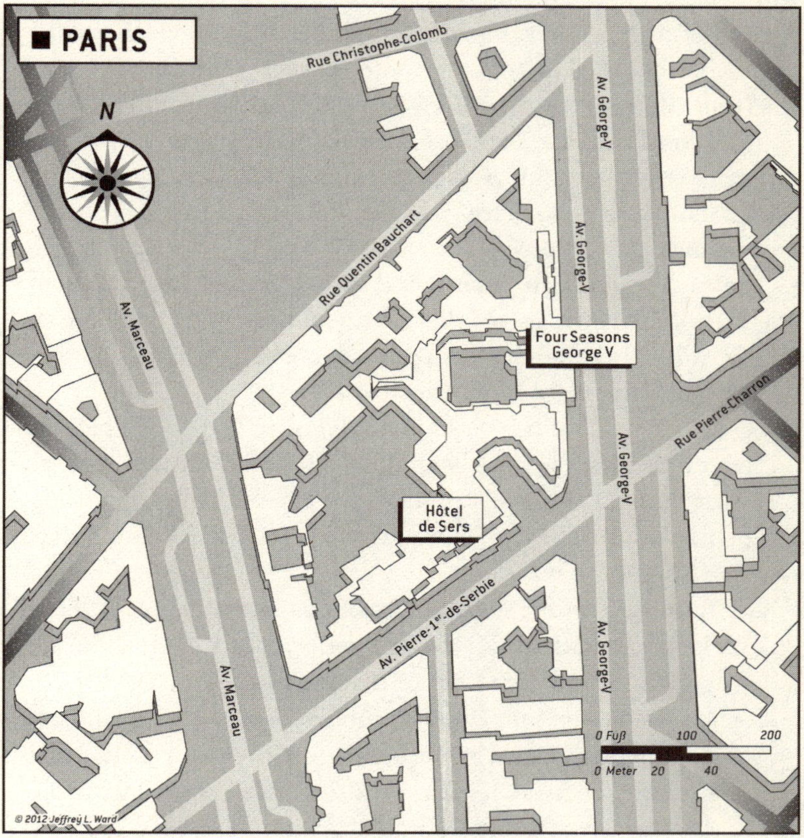
PARIS
Rue Christophe-Colomb
N
Av. George-V
Av. George-V
Rue Quentin Bauchart
Av. Marceau
Four Seasons
George V
Rue Pierre-Charron
Av. George-V
Hôtel
de Sers
Av. Pierre-1er-de-Serbie
Av. George-V
Av. Marceau
0 Fuß
100
200
0 Meter
20
40
© 2012 Jeffrey L. Ward

und keine Streifenwagen auf der Straße. Alles sieht gut aus.«

»Okay.«

Jack schaute noch einmal zum Hotel hinüber und atmete tief durch, um seine Nerven zu beruhigen. Nach seinen bisherigen Erfahrungen wusste er, dass sich die nächsten fünf Minuten wie eine Ewigkeit anfühlen würden. Er legte den Kopf auf die Kopfstütze seines Sitzes und versuchte, ganz entspannt und ruhig zu erscheinen. Gleichzeitig beobachtete er jedoch aufmerksam alles, was um ihn herum passierte. Die Fenster des Galaxy waren getönt, deshalb hatte er eigentlich auch keine Angst, jemand aufzufallen. Trotzdem vermied er alle hastigen Bewegungen für den unwahrscheinlichen Fall, dass doch ein Passant auf ihn aufmerksam werden würde.

Gerade fuhr ein kleiner weißer Polizeiwagen vorbei. Im ersten Moment wollte Jack John alarmieren, unterließ es dann jedoch. Er wusste, dass die Pariser Polizei routinemäßig durch diese Straße patrouillierte. Kein Grund also, sich Sorgen zu machen.

Tatsächlich fuhr der Streifenwagen inmitten des starken Verkehrs in Richtung Norden weiter. Ryan behielt ihn im Auge, bis er aus dem Blickfeld verschwand.

Als er wieder zum Hotel hinüberschaute, blockierte ihm ein großer schwarzer Mercedes Sprinter kurzzeitig die Sicht. Im nächsten Moment fuhr der Kastenwagen über die Kreuzung der Avenue George-V/Avenue Pierre-1er-de-Serbie, um dann direkt an der Ecke vor einem Friseursalon anzuhalten. Ryan ließ den Blick wieder zum gegenüberliegenden Trottoir hinüberwandern. Er beobachtete, wie sich John Clark inmitten einer großen Fußgängergruppe dem Hoteleingang näherte.

Ryan lauschte dem Funkverkehr zwischen den anderen Männern seines Teams, während er durch die drei Rückspiegel und die getönten Autofenster weiterhin die gesamte Umgebung beobachtete. Clark meldete, alle Sicherheitskameras des Four Seasons seien abgeschaltet. Sekunden später verschwand John in der luxuriösen Hotellobby.

Ryan wäre jetzt gerne bei den anderen gewesen, aber er kannte die Bedeutung seiner eigenen Rolle. Jemand musste den Wagen fahren und nach freundlichen oder feindlichen Kräften Ausschau halten, die den Erfolg der Operation gefährden könnten.

Andererseits war er sich im Moment nicht sicher, auf wen genau er besonders achten musste. Sicherlich auf alle Polizisten, die das Hotel betreten würden. Er und Clark hatten die schwache Möglichkeit erörtert, dass die französische Polizei zur falschen Zeit anrücken könnte, um Rokki zu verhaften. Außerdem konnten jederzeit weitere URC-Kämpfer auftauchen. Jack hatte sich die Gesichter Dutzender von Terroristen aus seiner Schurkengalerie eingeprägt. Aus dieser Entfernung würde es ihm jedoch schwerfallen, einen von ihnen zu erkennen, wenn dieser keine Kalaschnikow in der Hand hielt und keine Bombenweste trug.

Trotzdem war er sich bewusst, wie wichtig seine Rolle bei diesem Einsatz war, wenngleich er sich manchmal nur als kleiner Fahrer fühlte.

Zum zwanzigsten Mal in den letzten paar Minuten schaute Jack im Rückspiegel nach, ob sich von Süden her Polizisten zu Fuß dem Hotel näherten. *Nein.* Dann lehnte er sich zum Rückspiegel auf der Beifahrerseite hinüber, den er so eingestellt hatte, dass er damit den Gehsteig jenseits der Kreuzung einsah.

Auch dort waren keine Polizisten zu sehen.

»Noch drei Minuten«, sagte Clark. »Alle Einheiten melden in neunzig Sekunden Bereitschaft.«

Ryan richtete die Augen wieder einmal zuerst auf den Innen- und danach auf den Außenspiegel. *Warte mal.* Eine

Sekunde später drehte er sich blitzschnell um und schaute durch das Rückfenster des Minivans.

Der große schwarze Mercedes-Kastenwagen, der vor einer Minute an ihm vorbeigefahren war, stand immer noch vor dem Friseursalon, aber seine Seitentüren standen jetzt offen, und mehrere Männer kletterten heraus.

Drei, vier ... fünf Kerle, alle dunkelhaarig und mit dunklem Teint. Einer von ihnen schob die Wagentür zu. Der Mercedes fuhr los, nutzte eine Lücke im Verkehr aus, um blitzschnell umzudrehen, und bog nach links in die Avenue Pierre-1er-de-Serbie ein.

Die fünf Männer hatten dunkelblaue Overalls an und trugen kleine Werkzeugtaschen. Sie sahen wie irgendwelche Handwerker aus. Sie überquerten an der Kreuzung die Straße. Zuerst glaubte Jack, sie würden auf den Haupteingang des Hotels zugehen. Tatsächlich gingen sie jedoch die Avenue Pierre-1er-de-Serbie hinunter, wo Ryan sie nicht weiter beobachten konnte. Er wusste jedoch, dass dort der Personaleingang des Four Seasons lag.

Jack konnte unmöglich eine solche Gruppe von Unbekannten das Hotel betreten lassen, ohne sich zu vergewissern, dass sie nichts Übles im Schilde führten. Er sprang deshalb aus dem Minivan, raste zur Kreuzung zurück und schaute die Avenue Pierre-1er-de-Serbie hinauf. Dort sah er gerade noch, wie der letzte Mann in einem Eingang verschwand. Es war jedoch nicht der Personaleingang des Four Seasons, sondern der Haupteingang des Hôtel de Sers!

Genau dort war das Team des französischen Inlandsgeheimdiensts abgestiegen, um Rokkis Suite im Nachbarhotel zu überwachen.

»Noch neunzig Sekunden«, hörte er jetzt Clarks Stimme in seinem Ohrhörer. Danach meldeten alle anderen Agenten ihre Bereitschaft.

»Hier Sam. Bin in Stellung. Ich schwinge mich in fünfzehn Sekunden über den Hof.«

»Hier Domingo und Dominic. Sind in Stellung.«

Ryan überquerte die Avenue George-V. Er wollte sehen, wohin die Männer in den blauen Overalls unterwegs waren. Etwas an ihnen erschien ihm seltsam, ob nun ihr Auftreten, ihre zielstrebigen Schritte oder das Verhalten ihres Fahrers.

In diesem Moment funkte ihn Clark an. »Ryan, hörst du uns?«

»Ähm … ja. Ryan ist in Stellung.« Das war zwar nicht ganz richtig, aber er würde auf keinen Fall die Operation stoppen, nur weil er etwas im Nachbarhotel überprüfen wollte.

»Hier Clark. Bin in Stellung.«

Währenddessen kämpfte sich Ryan auf dem Weg zum Hôtel de Sers durch die Fußgängermassen hindurch. Als er dort ankam, trat er durch die Tür und schaute sich in der halbdunklen Lobby um. Die fünf Männer standen an der Rezeption. Ihre Werkzeugtaschen hatten sie sich über die Schulter gehängt. Der Portier überreichte ihnen gerade eine Art Plakette, die sie an ihre Overalls hefteten.

Scheiße, musste Ryan denken. Vielleicht *war* mit ihnen alles in Ordnung. Vielleicht wollten sie wirklich nur die Fenster putzen.

»Noch fünfundvierzig Sekunden«, meldete sich jetzt Clark.

Ryan wollte gerade den Rückzug antreten, als er plötzlich erstarrte.

Seine Lederschuhe quietschten auf dem Marmorboden, als er sich wieder umdrehte.

Er schaute noch einmal die fünf Männer an und konzentrierte sich vor allem auf einen von ihnen.

Seine Augen weiteten sich. »Das gibt's doch nicht«, murmelte er vor sich hin.

Jack Ryan jr. ging ganz langsam zur Tür zurück und auf die Straße hinaus. Dort holte er sein Handy aus der Jackentasche und änderte den Übertragungskanal, sodass nur noch Clark seine Nachricht hören konnte.

»Noch dreißig Sekunden«, flüsterte dieser auf dem offenen Netz. Gegenwärtig musste er sich bereits auf dem Gang direkt vor Rokkis Suite aufhalten.

»John.«

»Ja?«, meldete sich Clark.

»Abdul al-Qahtani ist hier.«

Nach einer kurzen Pause fragte Clark: »*Wo* hier?«

»Im Hôtel de Sers. Er steht gerade mit vier anderen Männern in der Lobby. Sie haben Taschen dabei und bekommen gerade Angestelltenplaketten ausgehändigt.« Plötzlich bemerkte Ryan auf der anderen Straßenseite den großen Mercedes Sprinter. Er parkte dreißig Meter westlich des Hotels in zweiter Reihe. Der Fahrer saß hinter dem Lenkrad. »Ein weiterer Mann sitzt vor dem Hotel in einem Lieferwagen.«

»Haben sie es auf die DCRI-Einheit abgesehen?«, fragte Clark.

»Ich … ich weiß es nicht«, antwortete Ryan. Er hätte sich jetzt am liebsten hingesetzt, darüber nachgedacht und die Lage analysiert, wie er es daheim im Campus-Hauptquartier getan hätte. Er saß jedoch nicht am Schreibtisch in seinem Büro, sondern befand sich an vorderster Front. Hier musste er sich vor allem auf seinen Instinkt verlassen. »Ja«, sagte er schließlich. *Was sonst könnten sie hier vorhaben?*

Clark zögerte keine Sekunde. Seinen nächsten Funkspruch sandte er über alle Kanäle. Er sprach schnell, aber unaufgeregt und gelassen. Selbst unter extremem Stress blieb er immer der perfekte Profi. »Den Einsatz sofort abbrechen. Dom und Ding sollen sich sofort zum Hôtel de Sers um die Ecke begeben. Ryan hat al-Qahtani entdeckt. Er wird wahrscheinlich von einem Mordkommando begleitet, das gerade auf dem Weg in den dritten Stock ist, um das DCRI-Team in Zimmer 301 zu überfallen. Greift euch so viel von euren Sachen, wie ihr könnt, und kommt möglichst schnell dorthin. Ryan beobachtet die Tangos.«

»Verstanden«, bestätigte Chavez. »Wie viele neue Typen?«

»Ryan sagt fünf, plus einem Fahrer, der immer noch in einem Lieferwagen vor dem Hotel sitzt. Ich werde selbst in etwa drei Minuten dort sein.«

»Wir werden vier, höchstens fünf Minuten brauchen«, sagte Chavez.

Jetzt meldete sich auch Sam. Seine Stimme klang angespannt. Immerhin hing er gerade an einem Seilgurt drei Stockwerke über dem Hof des Four Seasons, etwa fünf Meter von seinem Balkon entfernt. Er würde sich also zur Außenmauer hinüberschwingen müssen, um sich an ihr entlang zurück in sein Zimmer zu tasten. »John, ich werde eine ganze Zeit brauchen, bis …«

»Ich weiß, Sam. Wenn du es zurückgeschafft hast, räume einfach unsere beiden Zimmer aus und bring die ganze Ausrüstung hinunter zu unserem Wagen.«

»Roger«, bestätigte Sam. Obwohl er nichts dafür konnte, hatte er das Gefühl, sein Team im Stich zu lassen. Nach einer kurzen Pause sagte er: »Viel Glück.«

Chavez und Caruso zogen sich sorgfältig ihre Gummimasken übers Gesicht und passten ihre Ohrhörer an. Das Ende des Seils, das immer noch an ihnen festgemacht war, schlangen sie sich in mehreren Windungen um den Hals. Darüber hängten sie ihre Maschinenpistolen Heckler & Koch MP7.

Um diese seltsame Aufmachung zu tarnen, schlüpften sie in ihre Regenparkas. Danach schulterten sie jeder einen Bodybag, in dem sich Ersatzmunition, eine Pistole sowie Rauch- und Schockgranaten befanden, und eilten aus dem Zimmer.

Es fehlte ihnen die Zeit, sich über die restliche Ausrüstung auf dem Bett Gedanken zu machen, ganz zu schweigen von dem Seil, das auf den Balkon hinausging und an dem immer noch Driscoll hing. Sie mussten so schnell wie möglich die drei Stockwerke hinunterhasten, um die Ecke ins Nachbarhotel und dort zur DCRI-Suite im dritten Stock hinauf.

Sie verließen das Zimmer, eilten den leeren Gang entlang und dann so schnell wie möglich die Treppe hinunter, ohne allzu viel Aufsehen zu erregen.

»Wir sind unterwegs«, meldete Chavez.

14

Ryan war inzwischen ins Hôtel de Sers zurückgekehrt. Die fünf Terroristen waren offensichtlich vom Hotelmanager eingewiesen worden. Jetzt führte sie ein Angestellter durch eine Personaltür. Ryan ging zum Haupttreppenhaus hinüber. Er stieg in eher gemächlichem Tempo die Stufen empor, bis man ihn nach dem ersten Treppenabsatz von der Lobby aus nicht mehr sehen konnte. Danach begann er, in den dritten Stock hinaufzuhasten.

Während des Aufstiegs sprach er in sein Headset: »John … soll ich die örtliche Polizei rufen?«

Clarks Stimme klang, als ob er sich gerade in der Lobby des Four Seasons aufhalten würde. »Um ein Spezialeinsatzkommando kommen zu lassen, reicht die Zeit nicht. Normale Streifenpolizisten würden dagegen von diesen Terroristen einfach abgeschlachtet werden. Dabei könnten sogar unschuldige Hotelgäste zu Schaden kommen.«

»Verstehe«, sagte Ryan, der gerade den zweiten Stock erreicht hatte.

Im dritten Stock zog er seine Glock aus dem Hosenbund unter seinem Jackett, schraubte den Schalldämpfer auf den Pistolenlauf und öffnete dann die Tür, die vom Treppenhaus in den Etagenflur führte. Der Gang war nur schwach beleuchtet und viel enger, als er erwartet hatte.

Er schaute nach, welche Nummer das nächstgelegene Zimmer hatte. 312.

Scheiße.

Er flüsterte in sein Mikrofon. »Ich stehe jetzt im Gang. Ich habe den Personalaufzug im Blick, der etwa dreißig Meter von mir entfernt ist. Das Zimmer der DCRI liegt direkt neben dem Aufzug. Bisher noch keine Anzeichen von den Tangos. Ich werde jetzt die DCRI-Leute alarmieren.«

»Auf keinen Fall, Ryan«, sagte Clark. »Wenn du in diesem Gang überrumpelt wirst, stirbst du.«

»Ich werde mich beeilen.«

»Hör mir jetzt gut zu, Jack. Du wirst dich al-Qahtani und seinen Männern *nicht* entgegenstellen. Bleib, wo du bist.«

Ryan antwortete nicht.

»Ryan, bestätige meinen letzten Funkspruch.«

»John, die Leute von der DCRI haben keine Waffen. Ich werde es nicht zulassen, dass al-Qahtani sie alle tötet.«

Jetzt war Carusos Stimme zu hören. Nach den Geräuschen zu urteilen, war er in aller Eile auf dem Gehweg unterwegs. Er sprach mit leiser Stimme. »Hör auf Clark, Cousin. Die Chancen stehen fünf zu eins, dass das Ganze für dich schlecht ausgeht. Deine Glock wird sich wie eine Wasserpistole anfühlen, wenn diese Penner mit ihren Schnellfeuergewehren aus dem Aufzug stürzen. Bleib im Treppenhaus, und warte auf die Kavallerie.«

Ryan zog sich zwar ins Treppenhaus zurück, aber seine Nasenflügel zitterten, als er sich zu seinem Einsatz bereitmachte. Er konnte nicht einfach so dastehen und zuschauen, wie direkt vor seinen Augen Menschen massakriert wurden.

Am anderen Ende des langen Gangs erklang die Aufzugklingel.

Im Zimmer 301 waren sechs Beamte der Direction Centrale du Renseignement Intérieur stationiert, die in zwei Teams aufgeteilt waren. Drei Mann fläzten sich auf den beiden Betten im Schlafzimmer, lasen die Morgenzeitung, tranken Kaffee und rauchten Zigaretten. Die drei anderen standen oder saßen um einen Tisch herum, den sie vor die offene Balkontür gerückt hatten. Die Entfernung zwischen ihm und dem Balkon betrug jedoch immer noch mindestens drei Meter. Auf dem Tisch standen zwei Laptops und eine Laser-3000-Abhöranlage, die auf ein Dreibeinstativ montiert war. Der Halbleiterlaserstrahl, der von einem schachtelähnlichen Gerät emittiert wurde, schoss durch eine kleine Öffnung in der Schiebeglastür des Balkons hindurch, überwand die freie Fläche zwischen den beiden Hotels und wurde vom Panoramafenster der Ecksuite des Four Seasons reflektiert, um danach zum DCRI-Zimmer im Hôtel de Sers zurückzukehren. Hier wurde der Strahl auf einen am Laser-3000-Gerät angebrachten Empfänger projiziert, der die Fluktuationen des Strahls interpretierte, die durch die Vibrationen des Fensters hervorgerufen wurden, und diese in erkennbare Sprache umwandelte.

Trotzdem war diese Überwachungsoperation alles andere als perfekt. Da die Vorhänge des Zimmers von Omar 8 immer zugezogen waren, konnten sie nicht in die Suite hineinschauen und nur mit Unterbrechungen ganz schwache Stimmen auffangen. Allerdings bestätigte das Gerät, dass Omar 8 und seine Kumpane sich immer noch darin aufhielten. Sollten sie es einmal verlassen, würde das eine Dreimann-Team der DCRI in die Four-Seasons-Suite eindringen und dort effektivere Wanzen verstecken, während das zweite Team die ganze Aktion von ihrer hiesigen Beobachtungsstation aus überwachen würde.

In der Zwischenzeit tranken sie einen Kaffee nach dem anderen, rauchten und schimpften über die amerikanische

Regierung. Noch vor einigen Jahren wären sie bei einer solchen Operation von der CIA unterstützt worden. Omar 8 gehörte angeblich dem URC an. Die Vereinigten Staaten interessierten sich zweifellos für alle leitenden URC-Angehörigen, vor allem wenn diese mit jungen Männern im besten Kampfesalter und Zighunderten Kilo Gepäck in westlichen Hauptstädten auftauchten. Sicherlich hatte der URC viele Drohungen gegen die Franzosen ausgestoßen, von denen die letzte erst vor einer Woche aufgefangen worden war. Aber sie hatten Frankreich noch nie angegriffen, ganz im Gegensatz zu den Vereinigten Staaten, wo sie vor nicht allzu langer Zeit Hunderte von Menschen umgebracht hatten. Die verdammte amerikanische Botschaft lag keine zwei Kilometer von hier entfernt. Warum waren *les Américains* also jetzt nicht hier, um sie mit Informationen, Ausrüstung und Personal zu unterstützen?

Les Américains, murmelten die DCRI-Leute, während sie die Ecksuite im Nebenhaus überwachten. Sie waren sich einig, dass diese auch nicht mehr das seien, was sie einmal waren.

Die Aufzugtür im dritten Stock des Hôtel de Sers öffnete sich. In dreißig Meter Entfernung brachte Jack Ryan jr. halb von der Treppenhaustür verdeckt im Dämmerlicht seine schallgedämpfte Glock in Anschlag.

Ein einzelnes Zimmermädchen schob einen Rollwagen voller Handtücher und Abfalleimer aus dem Personalaufzug heraus. Niemand folgte ihr. Jack ließ die Pistole sinken und zog sich ins Treppenhaus zurück, hielt dessen Tür jedoch mit der Schuhspitze offen.

Er stieß einen lautlosen Seufzer der Erleichterung aus. Das Zimmermädchen hatte das Eintreffen der Terroristen, wenn auch nur um etwa eine Minute, verzögert. Sie würden bald hier sein. Sie schob ihren Wagen langsam den Gang entlang, ohne sich irgendeiner Gefahr bewusst zu sein.

In diesem Augenblick hörte er zwei Männer mit schnellen Schritten die Treppe emporsteigen. Gleichzeitig meldete sich Chavez über Funk. »Wir kommen jetzt rauf, Ryan. Nicht feuern!«

»Roger.«

Als Nächstes war Clark zu hören. »Ding, ich bin im Hauptaufzug. Werde in spätestens sechzig Sekunden bei euch sein. Könnt ihr, du und Dom, über das Zimmer 401 auf den Balkon von 301 gelangen?«

Chavez und Dom rannten an Ryan vorbei weiter nach oben. Ihre Gesichter waren aufgrund ihrer Gummimasken verzerrt und nicht zu identifizieren. Chavez rief Ryan noch zu: »Spitzenmäßig! Wir werden jetzt eine Schnellversion unserer ursprünglichen Planung durchführen können.«

»Ihr müsst euch schwer beeilen«, rief Ryan ihnen nach.

Jetzt meldete sich wieder Clarks Stimme. »Ryan. Ich brauche dich unten in der Lobby.«

Jack konnte nicht glauben, was er da hörte. »Was?«

»Du musst den Van holen. Sam hat keine Autoschlüssel. Du hast sie. Wenn dies hier vorbei ist, müssen wir sofort verschwinden. Außerdem wartet da draußen immer noch ein Tango im Wagen. Wenn er hereinkommen sollte, musst du ihn unbedingt aufhalten.«

Ryan begann zu protestieren. Er musste flüstern, weil das Zimmermädchen nur noch ein paar Meter von ihm entfernt war. Sie klopfte an eine Tür, öffnete sie und verschwand in dem Zimmer. »John, das muss ein Witz sein! Ich beobachte den Gang, ich kann den anderen Deckung geben …«

»Ryan, ich werde mich nicht mit dir streiten! Du gehst jetzt sofort in die Lobby runter!«

»Jawohl, Sir«, knirschte Jack und begann, die Treppe hinunterzusteigen. »Verfluchter Mist!«

Ding Chavez erreichte kurz vor Dominic den vierten Stock. Beide Männer ließen noch im Laufen ihre Regenparkas zu Boden fallen, brachten ihre Maschinenpistolen in Anschlag und wickelten sich das Seilende vom Hals. Als Chavez am Zimmer 401 ankam, rammte er seine Schulter so hart in die Tür, dass diese aus dem Schloss sprang und in den Raum hineinfiel. Er selbst stürzte zu Boden. Caruso hüpfte über ihn und richtete seine HK auf das Bett.

Dort nahm gerade ein Ehepaar mittleren Alters sein Frühstück ein und schaute dabei Fernsehen.

»Was zum Teufel ...!«, protestierte der Mann mit einem starken englischen Akzent. Die Frau begann laut zu schreien.

Caruso ignorierte die beiden. Er rannte direkt zum Balkon und öffnete die Schiebetür. Chavez hatte sich wieder aufgerappelt und folgte ihm auf dem Fuß. In aller Eile warfen sie ihre Seile in die Tiefe und befestigten den Metallkarabiner an deren einen Ende an dem schweren Eisengeländer des Balkons.

Genau in diesem Moment meldete sich Clark. Er sprach mit einer seltsam aufgekratzten und fröhlichen Stimme und mit einem unverkennbar britischen Akzent. »Ich wurde etwas aufgehalten, Liebling. Ich werde in einer Minute bei dir sein. Fang schon einmal ohne mich mit dem Frühstück an.«

Die Männer auf dem Balkon wussten jetzt, dass sie allein handeln mussten. Clark steckte immer noch im Aufzug. Offensichtlich war er von Zivilisten umgeben. Sie hatten keine Zeit, auf ihn zu warten.

Sie hielten ihre HK-Maschinenpistolen in der einen Hand und erfassten mit der anderen das Seil. Dann kletterten sie über das Balkongeländer. Zuletzt sahen sie noch, dass das englische Ehepaar inzwischen in seiner Panik aus dem Zimmer geflohen war.

Dom und Domingo warfen sich einen kurzen Blick zu. Als Chavez nickte, lehnten sich beide nach hinten. Vier Stockwerke unter ihnen rollte der Verkehr unbeirrt über die Avenue Pierre-1er-de-Serbie. Die beiden Amerikaner stießen sich mit beiden Füßen vom Balkon ab. Sie schwebten über eine Sekunde in der Luft, bevor sie sich auf den Balkon unter ihnen schwangen.

Dort blendete sie zunächst die Sonne, die sich in den gläsernen Balkontürscheiben spiegelte. Dann sahen sie durch eine schmale Öffnung im Innern des Zimmers drei der sechs DCRI-Männer. Einer stand auf der anderen Seite der Glastür, keine zwei Meter von den Amerikanern entfernt. Er hielt eine Kaffeetasse und eine Zigarette in der Hand. Zwei weitere Geheimdienstbeamte saßen hinter einem Tisch in der Mitte des Zimmers. Das Schlaf- und das Badezimmer waren von Chavez' und Carusos gegenwärtigem Standort aus nicht einsehbar. Hinter dem Tisch mit der Abhöreinrichtung führte ein schmaler Gang zur Zimmertür.

Natürlich waren die drei Franzosen völlig geschockt, als sie die bewaffneten Männer auf ihrem Balkon bemerkten. Der Schock vergrößerte sich noch, als die beiden Amerikaner die Seile abwarfen und ihre Waffen in Anschlag brachten.

Caruso und Chavez machten einen Ausfallschritt nach vorne und nahmen eine leicht geduckte Schussposition ein. Gerade als Chavez *»Dégagez«* – Macht Platz! – rief, brach direkt hinter den entsetzt dreinschauenden Franzosen ein nahöstlicher Terrorist mit der Schulter die Zimmertür auf.

15

John Clark war gezwungen gewesen, im zweiten Stock zwei chinesische Geschäftsleute mit physischer Gewalt aus dem Aufzug zu drängen. Sie hatten ihn ignoriert, als er sie im Erdgeschoss bat, eine andere Kabine zu benutzen, sie hatten ihn wütend angeschrien, als er sie aufforderte, den Aufzug zu verlassen, und selbst als er sie mit seiner Pistole bedrohte, hatten sie ihn nur völlig verblüfft angesehen. Schließlich schob er sie blitzschnell aus der Kabine und drückte den Türschließknopf, um allein weiter nach oben fahren zu können.

Jetzt kam er endlich im dritten Stock an. Er hatte den Schalldämpfer auf seine SIG-Pistole geschraubt, die er jetzt in Anschlag hielt. Er wusste, dass al-Qahtani und seine Männer inzwischen im Etagenflur sein mussten, wenn sie nicht sogar schon in das Zimmer 301 eingedrungen waren. Er wusste auch, dass seine eigene Ankunft auf dieser Etage im Voraus durch die Aufzugklingel und ein Blinklicht über der Aufzugtür angekündigt worden war.

Das Ganze konnte man also nicht gerade als ein verdecktes gewaltsames Eindringen bezeichnen.

Als sich die Türen öffneten, beugte er sich aus dem Aufzug heraus und schaute mit der Pistole auf Augenhöhe nach rechts. Sofort feuerte eine ungedämpfte vollautomatische Maschinenpistole eine Salve in die Aufzugkabine. John ließ sich flach auf deren Boden fallen und drückte nur ganz kurz mit der Spitze seines Schalldämpfers auf den Tür-offen-Knopf, um die Aufzugtür am Schließen zu hindern.

Er hatte gerade noch sehen können, wie die Terroristen die Tür zum Zimmer 301 einschlugen. Sie benutzten Škorpion-Maschinenpistolen, eine kleine, handliche Waffe, die pro Minute achthundertfünfzig 7,65-mm-Geschosse abfeuern konnte. Nur ein Mann schaute in Clarks Richtung. Er hatte offensichtlich den Auftrag, jeden niederzumähen, der aus dem Aufzug treten wollte. John hatte den Überdruck der Überschallgeschosse gespürt, die sein Gesicht nur um Zentimeter verfehlt hatten. Jetzt steckte er im Aufzug fest.

Eine weitere Salve durchschlug die Kabine, während er sein Gesicht auf den kalten Boden drückte. Das Geräusch der Waffe hörte sich an, als ob jemand ein Blatt Papier direkt vor einem Mikrofon zerreißen würde, das an die Verstärkeranlage einer Heavy-Metal-Band angeschlossen war.

Al-Qahtani und seine Männer schossen zuerst. Ding hörte das Feuer aus automatischen Waffen, als er gerade den Finger um den Abzug seiner HK krümmte. Die Franzosen im Hotelzimmer reagierten erstaunlich schnell. Die beiden Männer am Tisch warfen sich auf den Boden, und der Mann mit dem Kaffee und der Zigarette drehte sich von den Schützen auf dem Balkon weg und duckte sich, als er das Aufbrechen der Tür und das Gewehrfeuer in seinem Rücken hörte. Ding erkannte im Türrahmen die Umrisse eines bewaffneten Tangos und gab durch das Glas der Balkontür einen Doppelschuss auf ihn ab. In die Brust getroffen, drehte sich der Mann um hundertachtzig Grad, seine Škorpion glitt ihm aus den Händen und wickelte sich an ihrem Gewehrgurt um seinen Hals, als er zu Boden sank.

Die Splitter der zerschossenen Balkontür spritzten in

alle Richtungen. Dominic Caruso trat eine auf Hüfthöhe übrig gebliebene Glasscherbe aus dem Türrahmen, bevor er selbst in das Zimmer eindrang. In diesem Moment richtete der zweite Terrorist seine Maschinenpistole auf einen DCRI-Agenten. Dom stoppte ihn jedoch mit zwei gezielten Schüssen in die Stirn.

Der Schädel des Mannes explodierte, und sein Blut ergoss sich über die Eingangswand. Der dritte Attentäter warf sich jetzt auf den Boden und versuchte, die Körper seiner beiden toten Landsleute als Deckung zu benutzen. Die Franzosen im Schlafzimmer versuchten, sich aus der Schusslinie zu bringen. Sie schlüpften unter die Betten oder krochen ins Badezimmer. Keiner verstand so richtig, was sich da vor ihren Augen abspielte. Aber sie hatten immerhin mitbekommen, dass die beiden Männer auf dem Balkon auf ihrer Seite waren und ihnen helfen wollten.

Der dritte Eindringling an der Zimmertür hatte inzwischen das gesamte Magazin seiner Škorpion leer geschossen. Er rollte sich auf die Seite, um nachzuladen. Seine Kumpane draußen auf dem Gang schossen derweil wahllos ins Zimmer, um ihm Deckung zu geben. Caruso und Chavez drückten sich an die Wand, um diesem Feuerhagel zu entgehen. Chavez führte jetzt die sechs Franzosen ins Badezimmer. Ein DCRI-Mann hatte einen Schuss durch die Hand bekommen. Caruso legte sich auf den Boden vor den Betten und rollte sich auf die rechte Schulter, um den Tangos ein möglichst schmales Schussfeld zu bieten. Er feuerte kurze, gezielte Salven aus seiner HK ab. Ein Mann auf dem Gang wurde dabei in beide Beine getroffen und brach direkt vor der Zimmertür zusammen.

Seine letzte Kugel schoss Dom dem verwundeten Mann direkt ins Gesicht.

»Muss nachladen!«, rief er Chavez zu. Dieser stieg über ihn drüber, beugte sich um die Schlafzimmerecke in Richtung der Zimmertür und feuerte eine Salve von 4,6-mm-Geschossen auf die Angreifer. Drei Kugeln schlugen in Gesicht und Hals des Mannes ein, der gerade in die Suite eindringen wollte. Er taumelte nach hinten. Aus seiner Schlagader spritzte das Blut wie eine Fontäne in die Luft.

Jetzt war nur noch ein Tango übrig, der sich jedoch wieder auf den Gang zurückgezogen hatte, sodass er von Chavez im Moment nicht ausgeschaltet werden konnte.

Dom hatte nachgeladen und sicherte die Tür, während Chavez ein frisches Magazin in seine Waffe einführte. Noch während er seine HK durchlud, sprach er in sein Headset-Mikrofon: »Der eine da draußen gehört dir, John. – John?«

John Clark antwortete nicht. Er wollte nicht das geringste Geräusch machen, während er aus der offenen Aufzugtür spähte. In gebückter Stellung hielt er seine SIG Sauer mit ausgestreckten Armen auf Augenhöhe in Anschlag.

Mit Ausnahme der beiden Leichen, die im Eingangsbereich des Zimmers 301 lagen, war der Gang absolut leer. *Verdammt noch mal, wohin war der letzte Terrorist verschwunden?*

Die Tür zur Suite rechts neben ihm öffnete sich plötzlich, und ein Asiate lugte heraus. Clark erkannte sofort, dass er keine Gefahr darstellte. Er nahm seine linke Hand von der Pistole und gab dem Gast ein Zeichen, er solle sich in sein Zimmer zurückziehen und die Tür schließen. Der Asiate befolgte diese »Bitte« sofort.

Als John seine Aufmerksamkeit wieder dem Etagenflur vor ihm zuwandte, bemerkte er links von sich auf der anderen Gangseite kurz vor der DCRI-Suite eine Bewegung. Eine Tür öffnete sich, und eine blonde Frau trat langsam heraus, um deren Hals ein Mann seinen Arm geschlungen hatte.

Als sie draußen auf dem Gang stand, erkannte er, wer

sie da von hinten festhielt. Es war Abdul bin Mohammed al-Qahtani, der operative Kommandeur des Umayyad-Revolutionsrats. In seiner rechten Hand hielt er eine schwarze Škorpion-Maschinenpistole, deren Laufmündung er der Frau ans Kinn drückte.

Die Dame war in den Fünfzigern. Clark hielt sie für eine Schwedin, konnte es aber nicht sicher sagen. Sie schluchzte, und Wimperntusche floss ihr übers Gesicht, als sie voller Angst die Augen zusammenpresste.

Clark trat nun vollends auf den Gang hinaus und visierte den Mann vor ihm über Kimme und Korn an. Dann sprach er leise und ruhig in sein Ohrhörer-Mikrofon: »Bleibt im Zimmer und macht euch zum Abzug bereit. Ich bin gleich bei euch.«

Die blonde Frau öffnete jetzt die Augen. Schwarze Tränen liefen ihr über die Wangen. Sie blinzelte die Nässe weg und bemerkte den bewaffneten Mann, der sechs Meter vor ihr im Gang stand. Ihre Augen weiteten sich, und ihr rosa Gesicht wurde noch röter.

Al-Qahtani wirkte kaum weniger angespannt als seine Geisel. »Bleiben Sie zurück, oder ich töte sie«, rief er auf arabisch. Er trat einen Schritt nach hinten und zog die blonde Frau dabei mit sich.

»Natürlich«, antwortete Clark auf arabisch und überraschte al-Qahtani, weil er dessen Muttersprache sprach. »Ich stelle mich Ihnen nicht in den Weg. Was wollen Sie?«

Der Araber gab keine Antwort, sondern starrte die Gestalt mit dem entstellten Gesicht nur fassungslos an. Wer war dieser Mann? Wie kam er hierher? Gehörte er zu den anderen, die gerade alle seine Männer getötet und seine Operation vereitelt hatten?

»Ich höre«, sagte Clark mit ruhiger Stimme. »Ich höre Ihnen zu, mein Freund. Sagen Sie mir, was Sie möchten, aber tun Sie dieser Frau bitte nicht weh.« Während er sprach, hielt er die Waffe weiterhin auf den URC-Kommandeur gerichtet.

Al-Qahtani erholte sich etwas, als ihm klar wurde, dass er die Lage weiterhin kontrollierte. Er zog die Blondine mit dem Arm noch enger an sich heran, bis ihrer beider Wangen aneinanderstießen. Dabei presste er seine Maschinenpistole weiterhin an ihr Kinn. Er wusste nicht, wer dieser Mann war, aber dessen Hauptanliegen schien die Sicherheit dieser Frau zu sein. »Ich will, dass sich alle zurückziehen! Aus dem Weg!«, schrie al-Qahtani. Er zog die blonde Frau nach hinten in Richtung Personalaufzug. Ihre hohen Absätze schleiften auf dem Teppich, bis ihr die Reibung die Schuhe von den Füßen zog. »Ich möchte, dass alle Polizisten das Hotel verlassen, dass das Treppenhaus geräumt wird und ein Auto vor dem Hoteleingang auf mich wartet.«

Clark nickte, richtete aber weiterhin seine Waffe auf ihn. »Natürlich! Natürlich. Kein Problem. Nur tun Sie ihr nicht weh! Das ist nicht nötig. Ich werde Ihnen einen Wagen besorgen. Aber wohin soll der Sie fahren? Brauchen Sie einen Hubschrauber oder ein Flugzeug? Wir können dafür sorgen, dass man Sie zum Flughafen oder zum Bahnhof bringt. Wenn Sie wollen, können Sie …«

In diesem Augenblick betätigte John Clark den Abzug seiner SIG 220 und jagte Abdul bin Mohammed al-Qahtani eine Kugel durch die rechte Augenhöhle. Sie durchtrennte die Medulla oblongata des Mannes und schleuderte ihn nach hinten in den Personalaufzug.

Die Leiche kam auf dessen kalten Metallboden auf, noch bevor Clarks 9-mm-Patronenhülse auf dem Teppich des Etagenflurs landete.

Die Škorpion-Maschinenpistole prallte von der Wand ab und fiel al-Qahtani direkt vor die Füße.

Die Frau schaute Clark eine ganze Weile an, bevor sie

sich mit der Hand an der Wand neben ihr abstützte und ganz langsam einen Schritt nach vorne trat.

Clark senkte seine Pistole, eilte auf sie zu und fing sie auf, als sie in Ohnmacht fiel. Er ließ sie ganz sacht auf den Teppich hinuntergleiten und rannte dann zum Zimmer 301 zurück.

Während dies alles passierte, stand Jack Ryan auf dem Treppenabsatz zwischen dem Erdgeschoss und dem ersten Stock. Von dort aus konnte er einen Teil der Lobby überblicken, ohne von den Hotelangestellten am Empfang bemerkt zu werden.

Als die Schießerei begann, rannten Gäste aus den höheren Stockwerken an ihm vorbei die Treppe hinunter. Einige schrien, andere blieben ruhig, aber alle versuchten so schnell wie möglich den Gefahrenbereich zu verlassen.

Ryan blieb unbeirrt auf seinem Treppenabsatz stehen.

Er hatte die wenigen Funksprüche seiner drei Kameraden mitgehört und konnte sich deswegen ein ungefähres Bild der Lage machen. Zuletzt hatte er mitbekommen, dass sie alle Terroristen ausgeschaltet hatten. Er wartete darauf, dass Clark ihm jeden Moment den Auftrag erteilen würde, den Minivan zu holen.

Die nächste Funkmeldung kam jedoch nicht von Clark, sondern von Driscoll. »Sam für Ryan, hörst du mich?«

»Ich höre dich.«

»Ich bin im Van.«

»Okay, ich komme raus.«

»Hör zu! Der schwarze Mercedes Sprinter steht jetzt vor dem Hotel. Der Fahrer läuft gerade zum Eingang, als ob er etwas ganz Dringendes zu erledigen hätte.«

Jack schaute in die Lobby hinunter. Nichts. Auch das Treppenhaus war leer, kein Gast lief mehr an ihm vorbei nach unten. Er stieg in den ersten Stock hinauf und beobachtete von dort aus den Treppenabsatz, den er gerade verlassen hatte. Er zog seine Glock aus dem Holster, verbarg sie jedoch zwischen seiner rechten Hüfte und der Wand.

Jetzt ertönte Clarks Stimme in seinem Ohrhörer: »Jack, dieser Kerl gehört dir.«

»Verstanden.« Er machte sich bereit, den Mann auf der Treppe abzufangen. Dann schoss ihm jedoch ein Gedanke durch den Kopf. Was, wenn der Typ schnurstracks zum Gästeaufzug in der Lobby läuft? Oder in den Personalbereich, um dort den Personalaufzug zu nehmen? *Scheiße.* Jack würde ihn verpassen, und der Tango könnte seine Teamkollegen im dritten Stock überfallen, ohne dass diese darauf gefasst waren.

Jack lief in aller Eile wieder hinunter in die Lobby, um sich einen Überblick zu verschaffen.

Kurz bevor er das Erdgeschoss erreichte, kam ihm von unten ein großer bärtiger Mann entgegen, der dermaßen in Eile war, dass er voll in Ryan hineinrannte. Beide Männer verloren das Gleichgewicht. Beim Fallen spürte Jack, wie sich ihm der Pistolengriff in der Hand des Bärtigen in die Rippen bohrte, während ihm seine eigene Waffe aus den Fingern glitt.

Zusammen purzelten die beiden Männer die untersten Treppenstufen hinunter und rollten in die Lobby hinaus.

Ryan erkannte jetzt, dass der andere Mann der Fahrer von al-Qahtanis Mercedes Sprinter war. Am Ende ihres gemeinsamen Sturzes landete der Terrorist auf Jack. Als er ausholte, um dem Amerikaner ins Gesicht zu schlagen, stieß ihm Ryan mit aller Macht seine Handfläche gegen das Kinn und schob ihn dann von sich herunter.

Ryan wollte gerade zu seiner Pistole, die ein ganzes Stück über den glatten Marmorboden geschlittert war, als al-Qahtanis Fahrer sich blitzschnell auf die Knie rollte, den Dreipunktstand, die aggressive Startposition der amerikanischen Footballspieler, einnahm und sich auf Ryan stürzte. Dieser konnte ihm nicht mehr ausweichen. Er ließ sich rückwärts zu Boden fallen, packte seinen Angreifer am Jackett und zog ihn zu sich herunter.

Der kräftige Araber rollte sich jedoch sofort wieder auf die Knie und startete einen neuen Angriff. Dieses Mal sprang Jack jedoch rechtzeitig auf die Füße, trat einen Schritt beiseite und schlug dem Fahrer seine rechte Handfläche mit voller Wucht an den Kopf.

Der URC-Terrorist fiel zu Boden. Der Schlag gegen seinen Schädel hatte ihn benommen gemacht.

Jetzt war Jack im Vorteil. Er sprang dem Mann auf den Rücken, packte ihn an den Haaren und schlug seinen Kopf mit aller Kraft auf die Marmorfliesen, einmal, zweimal … Beim dritten Mal waren die Halsmuskeln des Terroristen völlig erschlafft, sodass der Schädel beim ungebremsten Aufprall hörbar brach. Das unheimliche Geräusch hallte in der leeren Lobby wider.

Ryan zögerte einen Moment und versuchte vergeblich, wieder zu Atem zu kommen. Immer noch am Rande der Hyperventilation stieg er von dem toten Terroristen herunter und hob seine Pistole vom Boden auf. Er steckte sie sich wieder ins Holster und überprüfte seinen Ohrhörer. Erstaunlicherweise war er immer noch an seinem Platz.

»Hier ist Ryan. Der Tango ist ausgeschaltet.«

»Verstanden. Bist du okay?« Es war Clark.

Ryan nickte sich selbst zu, hielt eine Sekunde die Luft an, um wieder normal atmen zu können, und sagte: »Ich hole den Van. Ich bin in zwei Minuten da.«

Als er zum Ausgang hinüberging, stürmten plötzlich einige uniformierte Polizisten mit gezogenen Pistolen ins Hotel. Jack trat zur Seite, hob die Hände und kauerte sich dann wie ein entsetzter, in Panik geratener Tourist nieder. Draußen standen neben dem schwarzen Mercedes Sprinter mehrere Streifenwagen. Die Fahrzeuge waren leer, ihre Besatzungen waren gerade auf dem Weg zum Treppenhaus an ihm vorbeigeeilt. Ryan rannte vors Hotel und sprach in sein Headset: »Achtung, Jungs! Acht Polizisten steigen gerade die Haupttreppe hinauf. Ihr müsst euch einen anderen Ausgang suchen!«

»Okay«, antwortete Clark. »Ich bin bei Ding und Dom. Wir werden eine Lösung finden. Mach dich bereit, uns aufzulesen!«

16

Neunzig Sekunden später schoss Domingo Chavez mit seiner Heckler & Koch MP7 eine verschlossene Metalltür aus den Angeln, die auf das Hoteldach führte. Die drei Männer traten in die freie Luft hinaus, während von unten auf der Straße das Geheul von Polizeisirenen heraufschallte. Sie standen auf einem Flachdach.

Die einzige Richtung, die ihnen von hier aus offenstand, um das Hotel zu verlassen, war der Nordwesten. Dort mussten sie zwei große Apartmenthäuser aus dem Anfang des 20. Jahrhunderts überwinden. Deren Ziegeldächer waren jedoch steil und von ganz unterschiedlicher Höhe und Neigung und boten nur einige schmale Durchgänge. Das Nachbargebäude war dazu noch eine Etage höher als das Hotel. Sie waren gezwungen, erst einmal ein enges Steintreppchen emporzusteigen.

Dabei war ihnen die französische Polizei dicht auf den Fersen. Chavez übernahm die Führung und wies Dom und John erst einmal an, sich ihre schwarzen Skimasken über das Gesicht zu ziehen. Sie rissen sich zuvor die Gesichtsverzerrungsmasken herunter, die sie bei ihrer Flucht nur behindert hätten.

Während sie fünf oder sechs Stockwerke über den Straßen von Paris über die Dächer hasteten, kletterten und schlitterten, war vom Dach des Hôtel de Sers hinter ihnen lautes Geschrei zu hören. Sie wussten jetzt, dass sie entdeckt worden waren.

Clark rief über die Schulter Caruso zu: »Verschaff uns mit einer Rauchgranate etwas Deckung!«

Dom griff in den Bodybag auf seinem Rücken, schnappte sich eine Granate und zog den Stift heraus, legte sie neben die senkrechte Verglasung eines Scheddaches und rannte weiter. Aus einem Ende strömte jetzt hellroter Rauch. Die Nebelwolke breitete sich aus, wurde noch dichter und deckte ihren Rückzug.

Sie rutschten auf dem Hosenboden die steile Seite eines Mansarddachs hinunter und kletterten über eine niedrige Mauer auf das nächste Gebäude hinüber. Plötzlich schauten sie fünf Stockwerke in einen wundervollen Garteninnenhof hinunter. Einzelne Gesichter starrten die maskierten, bewaffneten Männer aus den Luxusbüros in den oberen Etagen an. Einige drehten sich blitzschnell um und rannten davon, andere bestaunten sie weiterhin mit großen Augen, als ob es sich um einen Kriminalfilm im Fernsehen handeln würde.

Chavez, Clark und Caruso hasteten weiter in Richtung Nordwesten. Dreißig Sekunden später hörten sie das rhythmische Pochen von Hubschrauberrotoren. Ihnen fehlte die Zeit, danach Ausschau zu halten. Sie mussten dieses Dach so schnell wie möglich verlassen.

Schließlich gelangten sie zum Ende des flachen Teils eines Mansarddaches. Unter ihnen verlief fünf Stockwerke tiefer die Rue Quentin Bauchart, eine zweispurige Straße, die den Gebäudeblock nach Norden hin abschloss. Es gab keinen offensichtlichen Weg nach unten, kein gut verankertes Abflussrohr, und auch an dem Architekturschmuck auf der Fassade konnte man nicht herunterklettern. Nur ein großes Mansardenfenster ragte drei Meter unter ihnen aus dem Steilsatteldach heraus.

Sie saßen in der Falle. Die Rufe hinter ihnen wurden immer lauter.

Die drei Männer knieten sich an der Dachkante nieder. Das Sirenengeheul, das von der Avenue George-V herüberdrang, hatte inzwischen unglaubliche Ausmaße angenommen. Inzwischen waren bestimmt fünfzig Einsatzfahrzeuge eingetroffen. Auf der Straße unter ihnen waren jedoch noch keine Polizisten zu sehen. Die Rue Quentin Bauchart grenzte ja nicht direkt an das Hotel. Allerdings war es sicher nur noch eine Frage der Zeit, bis auch diese Straße von Polizeikräften abgesperrt werden würde.

»Was ist direkt unter uns, Ding?«, fragte John, da Chavez den besten Blick über die Dachkante hatte.

»Sieht wie Wohnungen aus. Dort könnten sich Zivilisten aufhalten, aber das lässt sich unmöglich sagen.«

Caruso und Chavez wussten, worauf er anspielte. In Doms Tasche befanden sich kleine Sprengkörper. Sie könnten damit ein Loch ins Dach sprengen und in das Gebäude hineinklettern, um dann ganz bequem die Treppe hinunterzulaufen. Natürlich würden sie dies nicht tun, wenn sich unter ihnen Menschen aufhielten. Es gab nur einen Weg, um dies herauszufinden.

Dom sprang auf. »Ich weiß, was wir tun können. John, stell dich hinter diesen Kamin.« Caruso zog seine HK von der Schulter und löste den Riemen aus ballistischem Nylon von der Waffe. Er zog an dem Riemen, um ihn auf die volle Länge zu bringen, wickelte sich das eine Ende mehrmals um das rechte Handgelenk und gab das andere Ende Ding. Dieser packte es und hielt sich mit der anderen Hand am eisernen Dachgeländer fest. Clark zog sich hinter den Kamin zurück. Ding kniete sich direkt an der Dachkante nieder. Dom Caruso kletterte über das Geländer und glitt mit den Füßen voraus langsam das steile Steindach hinunter, während Chavez ihn von oben mit dem Nylonriemen absicherte. Glücklicherweise war dieser so lang, dass Dom es bis zu dem Mansardenfenster schaffte. Die Männer hörten jetzt das Geräusch von splitterndem Glas, als Caruso mit seinem Gewehr das Fenster einschlug. Ding konnte derweil den Riemen nur mit großer Mühe festhalten. Er schnitt ihm in die Hand, das Gelenk und den Unterarm. Trotzdem lockerte er nicht seinen Griff. Nach ein paar weiteren Schlaggeräuschen spürte er, wie sich der Riemen stark nach links bewegte. Plötzlich war dann jedes Gewicht verschwunden.

Caruso musste jetzt in der Wohnung direkt unter ihnen sein. Das war zwar ein Fortschritt, aber Clark und Chavez wussten nicht genau, was nun folgen würde. Caruso hatte sich vorhin nicht einmal die Zeit genommen, ihnen sein Vorhaben genau zu erklären. Zehn Sekunden später hörten sie jedoch seine Stimme in ihren Ohrhörern.

»Okay, ich bin in der Mansardenwohnung. Sie ist leer. Ich werde euch mit diesen Ladungen ein Loch sprengen. Ding, stell dich neben John. Haltet den Kopf in Deckung, ihr beiden!«

Clark nickte zustimmend, schaute jedoch gleichzeitig besorgt über die Schulter. Er hörte Stimmen auf dem Dach. Die Polizisten hatten sich durch den Nebel nur kurz aufhalten lassen und kamen jetzt immer näher. Sie mussten dabei nur den Spuren folgen, die die Amerikaner in Form von zerbrochenen Steinen und Ziegeln hinterlassen hatten. Sie waren zwar immer noch auf dem Jugendstil-Nachbargebäude, würden jedoch spätestens in einer Minute hier auftauchen.

Sekunden später schleuderte eine laute Explosion auf der anderen Seite des Kamins Rauch, Dachziegel und Holz in die Luft. Noch während diese Trümmer auf sie herunterregneten, rannten Clark und Chavez zu der Dachöffnung hinüber und schauten hinein. Als sich der Rauch verzogen hatte, sahen sie, wie Caruso eine Kommode über den hölzernen Wohnungsboden direkt unter das Loch schob. Clark half Chavez, auf das Möbelstück hinunterzusteigen. Unten angekommen, drehte sich Chavez um und half seinem Partner herunter.

Gerade als er den Arm von Clark erfasst hatte, krachte ein Pistolenschuss. Chavez duckte sich instinktiv. Gleichzeitig spürte er, wie etwas in Clarks Körper einschlug. Er wurde herumgeworfen und fiel in das Loch hinunter. Er und Chavez stürzten beide von der Kommode und rissen Dominic Caruso mit zu Boden.

»Scheiße!«, rief Chavez. »Bist du verletzt, John?«

Clark kämpfte sich bereits wieder auf die Beine. Er hatte offensichtlich Schmerzen und hob den Unterarm, um seinen Partnern sein blutverschmiertes Sakko zu zeigen. »Nicht weiter schlimm. Mir geht's gut«, rief er. Caruso und Chavez wussten jedoch aus ihrer jahrelangen Erfahrung mit Feuerwaffen, dass Clark gegenwärtig überhaupt nicht einschätzen konnte, wie schwer er verletzt war.

Trotz allem hatte Caruso die Polizisten oben auf dem Dach nicht vergessen. Er holte eine Schockgranate aus seinem Bodybag, zog den Stift heraus und warf sie in hohem Bogen in Richtung der anrückenden Männer. Er hoffte, dass die französischen Polizisten im ersten Moment glaubten, sie würden von den flüchtenden »Gangstern« beschossen.

Die Granate explodierte mit ohrenbetäubendem Getöse direkt neben dem Kamin, und die drei Campus-Agenten stürmten aus der Mansardenwohnung und hasteten eine Wendeltreppe zum Erdgeschoss hinunter.

Chavez gab unterwegs über sein Headset-Mikrofon Ryan die nötigen Anweisungen: »Jack, wir kommen raus, Erdgeschoss eines Apartmenthauses, etwa dreihundert Meter nordwestlich des Hôtel de Sers. In dreißig Sekunden.«

»Verstanden. Ich bin dort. Hinter mir nähern sich Sirenen aus der Avenue Marceau. Die George-V ist voller Polizei.«

»Egal«, sagte Chavez, während er und seine beiden Kollegen die Treppe hinunterstürmten. Dieses Problem stellte sich ihnen erst in sechzig Sekunden, darüber konnte er sich jetzt noch keine Gedanken machen.

Als die drei Amerikaner auf die Straße hinausliefen, warteten Jack und Sam dort bereits in ihrem weinroten Galaxy. Die Türen standen offen. Als die drei hineinschlüpften, bogen hinter ihnen gerade die ersten Polizeiwagen in ihre Straße ein. Driscoll half Clark in den Wagen und begann sofort, dessen blutigen Arm zu untersuchen.

Obwohl die Streifenwagen keine fünfzig Meter hinter ihm waren, hatte Ryan die Geistesgegenwart, nicht allzu schnell in Richtung Avenue George-V zu fahren. Sie kamen an einer Sprachschule und einem Restaurant vorbei, wo die Kellner gerade auf dem Trottoir Bistrotische fürs Mittagessen aufstellten. Einige Leute auf dem Gehsteig starrten ihren Van an, als sie an ihnen vorbeifuhren. Vielleicht waren sie herausgekommen, um nach der Ursache der Sirenen Ausschau zu halten. Vielleicht hatten sie auch die Geschehnisse auf dem Dach mitbekommen oder gesehen, wie die Männer aus dem Gebäude gestürmt waren. Bisher hatte jedoch noch niemand Alarm geschlagen.

Jack wusste, dass er nicht bis zur Avenue George-V vorfahren konnte, da es dort von Polizisten nur so wimmelte, die bestimmt eine Straßensperre eingerichtet hatten. Stattdessen verlangsamte er das Tempo, bis er im Rückspiegel sah, dass die Polizeiwagen hinter ihnen vor dem Wohngebäude anhielten, aus dem sie gerade gekommen waren. Erst jetzt beschleunigte er und bog nach links in falscher Richtung in eine Einbahnstraße ein.

Da er sich sicher war, dass wenigstens ein Streifenwagen

dieses Manöver mitbekommen hatte, trat er jetzt das Gaspedal bis zum Anschlag durch. Gleichzeitig beugte er sich zur Windschutzscheibe vor, um so viel von der Straße mitzubekommen wie möglich. Von vorne kamen ihm natürlich ständig Autos entgegen, an denen er geschickt links oder rechts vorbeisteuerte. Nach einigen Sekunden bog er nach rechts in die Rue de Bassano ein, unglücklicherweise ebenfalls entgegen der Einbahnstraße. Trotzdem steigerte er immer noch die Geschwindigkeit. In letzter Sekunde konnte er einem entgegenkommenden Taxi ausweichen, musste dafür jedoch ein Stück über den engen Gehsteig fahren. Die Fußgänger flüchteten in Panik in die Hauseingänge oder auf die Fahrbahn. Trotzdem hätte Ryan einen voll erwischt, wenn er nicht ein paar geparkte Autos gestreift hätte. An einer Kreuzung standen ein paar Angestellte vor ihrem russischen Restaurant. Kurz vor ihnen lenkte Jack den Van wieder auf die Fahrbahn hinaus, musste dazu jedoch durch eine säuberlich am Straßenrand aufgestellte Reihe von Mietfahrrädern hindurchpreschen. Kurz hinter dem Louis-Vuitton-Flagshipstore erreichte er glücklicherweise die breiten Champs-Élysées.

Zum ersten Mal seit anderthalb Minuten fuhr er wieder in die gleiche Richtung wie der Verkehr, und zum ersten Mal seit etlichen Minuten hörten die Männer keine heulenden Polizeisirenen mehr.

Als sich Jack den Schweiß von der Stirn wischen wollte, merkte er, dass er immer noch seine Gummimaske trug. Er musste seine dunklen Haare nach hinten streichen, um etwas Luft an sein schweißüberströmtes Gesicht zu lassen.

»Wohin jetzt?«, fragte er die Männer auf dem Rücksitz.

Clarks raue Stimme zeigte den andern, welche Schmerzen der ehemalige Navy SEAL hatte. Trotzdem blieb seine Stimme ruhig und fest: »Zur konspirativen Wohnung«, sagte er. »Wir brauchen eine neue Fahrgelegenheit. Wir können nicht mit dem meistgesuchten Auto Frankreichs zum Flughafen hinausfahren.«

»Verstanden«, sagte Ryan und drückte einen Knopf auf dem GPS, das ihn nun zu ihrer Stützpunktwohnung führen würde. »Wie fühlst du dich?«

»Alles in Ordnung«, erwiderte Clark.

Sam Driscoll, der Clark vorhin untersucht hatte und jetzt auf die Wunde drückte, um den Blutfluss zu stoppen, beugte sich zu Ryan vor und flüsterte: »Mach, so schnell du kannst.«

Adara Sherman stand in der Eingangstür der Gulfstream. Mit einer Hand hielt sie eine HK-UMP-Maschinenpistole, Kaliber .45, hinter ihrem Rücken verborgen. Sie beobachtete, wie eine viertürige Limousine auf das Flughafenvorfeld einbog, vor der Maschine haltmachte und fünf Männer ausstiegen. Vier von ihnen hatten Rucksäcke geschultert, während John Clark den Arm unter seinem blauen Sportsakko in einer provisorischen Schlinge trug. Selbst aus der Entfernung fiel ihr sein aschfahles Gesicht auf.

In aller Schnelle ließ sie ihre Blicke über das Flughafengelände wandern. Als alles ruhig blieb, eilte sie zurück in die Maschine, um das nötige Verbandsmaterial zu holen.

Als die fünf Männer eingestiegen waren, wurde Clark in aller Eile verbunden, da man jeden Augenblick einen Zollbeamten erwartete. Während Adara John in ein sauberes Jackett half, zogen sich die anderen Männer frische Anzüge und Krawatten an, die man in der Garderobe der Gulfstream für sie bereitgelegt hatte. Zuvor hatten sie ihre Einsatzkleidung und Ausrüstung in einem Geheimfach unter einer Wartungsplatte im Kabinenboden deponiert.

Einige Minuten später kam eine Zollbeamtin an Bord. Sie öffnete zwei Aktenmappen, die den »Geschäftsmännern« gehörten, schaute kurz hinein und fragte dann den bärtigen Herrn, ob es ihm etwas ausmachen würde, einmal kurz seinen Koffer zu öffnen. Als dieser ihrer Aufforderung folgte, warf sie nur einen kurzen Blick auf die gebrauchten Socken und den schmutzigen Trainingsanzug. Der ältere Herr hinten auf dem Sofa fühlte sich nicht wohl. Sie wollte ihn deshalb nicht weiter stören, sondern verglich nur sein Gesicht mit dem Foto in dem Pass, den ihr einer seiner jüngeren Angestellten gereicht hatte.

Am Ende schaute die Zollbeamtin noch die Papiere der Pilotin durch, dankte allen Anwesenden und wurde von der Flugbegleiterin zur Tür gebracht. Als sie gegangen war, wurde diese in aller Eile geschlossen. Sekunden später verließ die Maschine den gelb eingefassten Zollbereich an der Flughafenrampe.

Kapitänin Reid und der Erste Offizier Hicks brachten die Gulfstream fünf Minuten später in die Luft. Noch während sie im Steigflug waren, hatte Sherman die Blutung von Clarks Arm gestoppt. Bevor die Maschine eine Höhe von dreitausend Metern erreichte, hatte sie ihm einen Infusionsschlauch in den Handrücken eingeführt, durch den jetzt Antibiotika langsam in seinen Blutkreislauf tropften, um jede Infektion zu verhindern.

Als Country das Anschnallzeichen in der Kabine ausgeschaltet hatte, eilte Chavez nach vorn, um nach seinem Freund zu schauen. »Wie geht es ihm?«, fragte er in besorgtem Ton.

Sherman schüttete gerade Antiseptika in die Wunde und untersuchte die beiden Schusslöcher, aus denen die klare Flüssigkeit das Blut entfernte. »Er hat ziemlich viel Blut verloren und muss während des Flugs liegen bleiben, aber die Kugel ist glatt durch ihn hindurchgegangen, und er kann seine Hand ohne Probleme bewegen.« Sie schaute ihrem Patienten ins Gesicht. »Sie kommen wieder völlig in Ordnung, Mr. Clark.«

John Clark lächelte sie an. »Ich hatte gleich das Gefühl, dass Gerry sie nicht eingestellt hat, um Erdnüsse herumzureichen«, sagte er mit schwacher Stimme.

Sherman lachte. »Ich war neun Jahre lang Marinesanitäterin.«

»Das ist ein harter Job. Waren Sie bei den Marines?«

»Ich war vier Jahre im Nahen und Mittleren Osten. Ich habe dort eine Menge weit schlimmerer Wunden gesehen als die Ihre.«

»Da bin ich mir sicher«, sagte John.

Inzwischen hatte Caruso die Bordküche aufgesucht. Jetzt kam er zurück und hielt ein Whiskyglas in der Hand, das bis obenhin mit Johnnie Walker Black Label gefüllt war. »Was glauben Sie?«, fragte er Sherman. »Kann ich ihm eine Dosis von diesem Stoff hier verabreichen?«

Sie schaute Clark an und nickte. »Meiner professionellen Meinung nach sieht Mr. C. so aus, als ob er einen Drink brauchen könnte.«

Die Gulfstream flog über den Ärmelkanal und verließ kurz nach elf Uhr morgens in einer Flughöhe von elftausend Metern den französischen Luftraum.

17

Obwohl man ihm jedes einzelne seiner neunundsechzig Jahre ansah, war Nigel Embling kein Schwächling. Mit seiner Größe von eins dreiundneunzig und einem Gewicht von hundertdreizehn Kilogramm verfügte er neben seinem klugen Köpfchen noch über ein beträchtliches Maß an Kraft. Als er jetzt seine Augen öffnete, erkannte er jedoch sofort seine äußerst missliche Lage und hob die Hände, um zu zeigen, dass er keinen Kampf riskieren würde.

Er war aufgewacht, als man ihm in die Ohren geschrien, mit Taschenlampen in die Augen geleuchtet und mit Pistolen vor dem Gesicht herumgefuchtelt hatte. Obwohl er natürlich überrascht und besorgt war, geriet er nicht in Panik. Als Bewohner des pakistanischen Peschawar wusste er genau, dass er in einer Stadt voller Verbrecher und Terroristen lebte, in der auch die Vertreter der Staatsgewalt und der Polizei vollkommen korrupt waren. Als er jetzt den Schlaf endgültig abschüttelte, fragte er sich, zu welcher dieser drei Kategorien die Leute gehörten, die ihn heute Morgen aufgeweckt hatten.

Man warf ihm Kleider aufs Bett. Er zog sein Nachthemd aus und zwängte sich in die Kleidung, die seine Angreifer für ihn bestimmt hatten. Danach zerrten sie ihn durch das Schlafzimmer, die Treppe hinunter ins Erdgeschoss und in Richtung Eingangstür.

Mahmud, Emblings Hausdiener, ein Waisenkind, kniete mit dem Gesicht zur Wand auf dem Boden. Er hatte den Fehler begangen, sich einem Bewaffneten entgegenzustellen, der die Eingangstür eingetreten hatte. Seine Tapferkeit musste Mahmud bitter bezahlen. Der Angreifer trat ihm mit dem Stiefel ans Kinn und rammte ihm seinen Gewehrlauf in den Rücken. Dann befahl man dem armen Jungen, sich mit dem Gesicht zur Wand hinzuknien, während man Embling aus dem Bett holte. In einem Urdu, dem ein eigentümlicher holländischer Akzent beigemengt war, schrie Embling jetzt die Gewehrträger an und schimpfte sie wegen ihrer Behandlung des Jungen wie kleine Kinder aus. Danach forderte er Mahmud mit tröstenden Worten auf, zum Nachbar hinüberzulaufen. Der werde ganz gewiss nach seinen Prellungen und Kratzern sehen. Er versprach dem vollkommen verstörten Jungen, dass er sich keine Sorgen machen müsse und dass er selbst schnell wieder zurückkehren werde.

Draußen auf der dunklen Straße dämmerte ihm, was hier eigentlich vor sich ging. Direkt vor dem Haus parkten zwei schwarze Geländewagen, deren Marke und Modell vor allem bei den Agenten des Inter-Services Intelligence Directorate beliebt war. Neben ihnen standen vier weitere Männer. Sie trugen zwar Zivilkleidung, waren jedoch mit großen HK-G3-Sturmgewehren, der Standardwaffe der pakistanischen Streitkräfte, ausgerüstet.

Jetzt war sich Embling sicher, dass er gerade vom ISI, dem pakistanischen Militärgeheimdienst, abgeholt wurde. Das war in keinerlei Hinsicht eine gute Nachricht. Er wusste genug über dessen Methoden, um sich ziemlich sicher zu sein, dass ihm jetzt wohl mindestens eine Kellerzelle und eine ziemlich heftige Befragung drohten. Trotzdem war das immer noch unendlich besser, als von den Tehrik-i-Taliban, dem Haqqani-Netzwerk, der al-Qaida, dem URC, Lashkar-e-Omar, den Quetta-Shura-Taliban, dem Nadeem-Kommando oder einer der anderen Terrororganisationen entführt zu werden, die bis an die Zähne bewaffnet die Straßen von Peschawar unsicher machten.

Nigel Embling war ein früheres Mitglied des britischen Auslandsgeheimdienstes. Er wusste deshalb, wie man mit anderen Geheimdienstlern reden musste. Die Vorstellung, dies tun zu müssen, während man ihm die Finger brach oder seinen Kopf in einen Eimer eiskaltes Wasser tunkte, gefiel ihm zwar nicht im Geringsten, aber er wusste, dass das immer noch einem Raum voller Dschihadisten vorzuziehen war, die ihm mit einem stumpfen Schwert den Kopf abhacken wollten.

Die G3-Träger, die auf dem Rücksitz des Geländewagens Embling auf beiden Seiten einfassten, sagten kein Wort, während sie durch die leeren Straßen der Stadt fuhren. Embling machte sich gar nicht erst die Mühe, ihnen irgendwelche Fragen zu stellen. Antworten würde er nur dort erhalten, wohin sie ihn gerade brachten. Diese Männer waren nur Mitglieder der Aufgreifmannschaft. Man gab ihnen einen Namen, ein Foto und eine Adresse und schickte sie dann los, den entsprechenden Menschen zu holen, als ob man sie auf dem lokalen Markt Tee und Kuchen besorgen ließe. Sie waren hier, weil sie gut schießen konnten und anderen Menschen mit Begeisterung in den Hintern traten. Sie kannten ganz bestimmt keine Antworten auf die Fragen, die Embling gerade bewegten.

Aus diesem Grund blieb er ruhig und konzentrierte sich auf den Weg.

Das Hauptquartier des ISI in Peschawar lag in den westlichen Vororten in der Nähe der Khyber Road. Wären sie dorthin unterwegs gewesen, hätten sie nach links auf die Grand Trunk Road einbiegen müssen. Stattdessen fuhren sie in die nördlichen Vorstädte weiter. Embling nahm an, dass man ihn in einen der unzähligen geheimen Unterschlupfe des Geheimdienstes brachte. Der ISI unterhielt in der ganzen Stadt zahlreiche konspirative Treffpunkte, die in normalen Privatwohnungen oder kommerziellen Büros untergebracht waren. Dort konnten sie zu weit robusteren Methoden greifen, als es im offiziellen Hauptquartier möglich gewesen wäre. Der Verdacht des Briten wurde bestätigt, als sie vor einem verdunkelten Bürogebäude hielten. Zwei Männer mit Funkgeräten und Uzi-Maschinenpistolen kamen aus der Glastür heraus, um die Fahrzeuge in Empfang zu nehmen.

Ohne ein einziges Wort führten sechs Männer Nigel Embling ins Gebäude und dort eine enge Treppe hinauf. Man brachte ihn in einen dunklen Raum. Er erwartete eigentlich, sich in einer kalten, ungemütlichen Verhörzelle wiederzufinden. Als jemand die Leuchtstofflampe anmachte, sah er jedoch, dass es ein abgenutztes, kleines Büro war mit ein paar Stühlen und einem Schreibtisch, auf dem ein PC und ein Telefon standen. Die Wände waren voller pakistanischer Militärbanner und Armeeabzeichen. Es hingen dort sogar gerahmte Fotos von Mitgliedern der pakistanischen Cricket-Nationalmannschaft.

Die Bewaffneten setzten Embling auf einen Stuhl, nahmen ihm die Handschellen ab und verließen den Raum.

Embling war überrascht, dass man ihn hier in diesem kleinen, aber nicht einmal unbehaglichen Büro alleine zurückließ, und schaute sich um. Einige Sekunden später trat hinter ihm ein Mann ins Zimmer, ging um Emblings Stuhl herum und setzte sich an den Schreibtisch. Er trug die hellbraune Uniform der pakistanischen Armee, aber auf seinem grünen Armeepullover gab es keinerlei Abzeichen, die seinem Gegenüber offenbart hätten, mit wem er es hier zu tun hatte. Embling konnte nur erkennen, dass der Mann Ende dreißig war, einen kurz geschnittenen

Kinn- und Oberlippenbart trug und eine rötliche Gesichtsfarbe aufwies. Seine schmale randlose Brille hatte er halb auf seine kantige Nase hinuntergeschoben.

»Mein Name ist Mohammed al-Darkur. Ich bin Major beim Inter-Services Intelligence Directorate.«

Nigel wollte den Major gerade fragen, warum man ihn für diese Begegnung aus dem Bett gerissen und durch die halbe Stadt gefahren hatte, als al-Darkur ihn direkt ansprach.

»Und Sie, Nigel Embling, *Sie* sind ein britischer Spion.«

Nigel lachte. »Danke, dass Sie gleich auf den Punkt kommen, aber Ihre Informationen sind nicht ganz korrekt. Ich bin Holländer. Sicher, meine Mutter stammt aus Schottland, das technisch gesehen zum britischen Empire gehört, aber ihre Familie hielt sich eher für …«

»Ihre Mutter stammt aus England, aus Sussex«, unterbrach ihn al-Darkur. »Ihr Name war Sally, und sie starb im Jahr 1988. Ihr Vater hieß Harold und stammte aus London. Er starb neun Jahre vor Ihrer Mutter.«

Embling hob seine buschigen Augenbrauen, sagte jedoch kein Wort.

»Es bringt nichts, mich anzulügen. Wir wissen alles über Sie. In der Vergangenheit haben wir Sie immer wieder beschattet. Wir kennen Ihre Verbindung zum britischen Secret Service.«

Embling verzog keine Miene, sondern ließ nur ein leises Kichern hören. »Sie packen das hier völlig falsch an, Major Darkur. Ich werde Ihnen sicher nicht erzählen, wie Sie Ihren Job erledigen sollten, aber unter einem Verhör stelle ich mir etwas anderes vor. Sie sollten ein paar Lehrstunden bei einigen Ihrer Kollegen nehmen. Ich habe in all den Jahren als Gast Ihres liebenswerten Landes in einigen ISI-Kerkern gesessen. Ihre Organisation hat mich bereits der unterschiedlichsten Dinge verdächtigt, als Sie wahrscheinlich noch in den Windeln lagen. Ich sage Ihnen jetzt, wie Sie das anstellen müssen. Zuerst sollten Sie mich ein wenig in die Mangel nehmen, etwa mich mit kaltem Wasser …«

»Sieht das hier wie ein ISI-Folterkeller aus?«, unterbrach ihn al-Darkur.

Embling schaute sich um. »Nein. Tatsächlich sollten Ihre Vorgesetzten Sie zur Nachschulung schicken. Sie schaffen es ja nicht einmal, für eine einschüchternde Atmosphäre zu sorgen. Hat der ISI keine Raumgestalter, die Ihren Räumlichkeiten hier einen perfekten, klaustrophobischen Horror-Look verpassen könnten?«

»Mr. Embling, das hier ist kein Vernehmungszimmer. Das ist mein Büro.«

Nigel musterte sein Gegenüber mehrere Sekunden lang. Dann schüttelte er langsam den Kopf. »Sie haben also offenbar wirklich keine Ahnung, wie Sie Ihren Job erledigen müssen, Herr Major.«

Der Pakistaner lächelte. Er gedachte wohl, den Sticheleien des alten Mannes mit freundlicher Nachsicht zu begegnen. »Sie wurden heute abgeholt, weil eine andere Abteilung des ISI verlangte, Sie und andere in unserem Land lebende verdächtige Ausländer einem Verhör zu unterziehen. Außerdem habe ich den Befehl, danach für Ihre Ausweisung zu sorgen.«

Wow, dachte Embling. *Was zum Teufel geht hier vor?* »Nicht nur mich? Alle hier lebenden Ausländer?«

»Viele. Nicht alle, aber viele.«

»Und aus welchem Grund schmeißt man uns raus?«

»Es gibt dafür keinen Grund. Nun … Ich nehme an, ich soll einen finden.«

Embling kommentierte dies nicht. Er war von dieser Nachricht immer noch völlig überrascht. Noch mehr erstaunte ihn jedoch, wie freimütig sich ihm dieser Mann offenbarte.

Al-Darkur fuhr fort: »Es gibt Elemente in meiner Organisation und in der Armee als Ganzes, die einen entsprechenden Geheimbefehl erlassen haben. Allerdings sollte der nur in Zeiten schwerer innerer Unruhen oder im Krieg gelten, um in diesen Ausnahmesituationen die Gefahren durch ausländische Spione und Lockspitzel zu verringern. In unserem Lande gibt es jedoch ständig innere Unruhen, das ist nichts Neues. Und wir stehen nicht im Krieg. Aus diesem Grund halte ich die rechtlichen Hintergründe dieser Maßnahme für ziemlich zweifelhaft. Aber tatsächlich kommen sie damit durch. Unsere Zivilregierung weiß überhaupt nichts vom Ausmaß und den näheren Umständen dieser Operation, und das gibt mir schwer zu denken.« Al-Darkur zögerte einen Moment. Zweimal begann er zu sprechen, hörte jedoch sofort wieder auf. Schließlich sagte er: »Dieser neue Erlass sowie andere Dinge, die sich in den letzten Monaten in diesem Dienst ereignet haben, lassen mich vermuten, dass einige hochrangige Kollegen von mir einen Staatsstreich gegen unsere Zivilregierung planen.«

Embling hatte keine Ahnung, warum ihm dieser Geheimdienstoffizier, den er überhaupt nicht kannte, dies alles erzählte. Vor allem, wenn er wirklich annahm, dass er ein britischer Spion war.

»Ich habe Ihren speziellen Fall an mich gezogen, Mr. Embling. Ich habe dafür gesorgt, dass meine Männer Sie abholen und hierherbringen.«

»Und weswegen in aller Welt haben Sie das getan?«

»Weil ich Ihrer Nation meine guten Dienste anbieten will. Mein Land macht gerade schwierige Zeiten durch, und es gibt Kräfte in meiner Organisation, die das Ganze noch schwieriger machen. Ich glaube, Großbritannien könnte denen von uns helfen, die … wie soll ich sagen, nicht diese Art von Wandel anstreben, auf den viele im ISI hinarbeiten.«

Embling blickte den Mann auf der anderen Seite des Schreibtischs lange an. Dann sagte er: »Es sei mir eine Frage gestattet: Warum findet dieses Gespräch ausgerechnet hier statt?«

Al-Darkur lächelte über das ganze Gesicht. Dann antwortete er in seinem angenehmen singenden Tonfall: »Mr. Embling. Mein Büro ist der einzige Ort in diesem Land, wo ich absolut sicher sein kann, dass keiner unser Gespräch abhört. Das heißt nicht, dass es in diesem Raum keine Wanzen gäbe, natürlich gibt es die. Aber sie stehen allein mir zur Verfügung, und ich kann die jeweilige Tonaufzeichnung jederzeit löschen.«

Jetzt musste Embling lächeln. Er liebte nichts mehr als ein kluges praktisches Denken. »Für welche Abteilung arbeiten Sie?«

»Das JIB.«

»Es tut mir leid, ich kenne diese Abkürzung nicht.«

»Doch, das tun Sie, Mr. Embling. Ich kann Ihnen meine Unterlagen über die Kontakte zeigen, die Sie in der Vergangenheit mit anderen Mitgliedern des ISI hatten.«

Der Brite zuckte die Achseln. Er entschloss sich, seine vorgetäuschte Unwissenheit aufzugeben. »Das Joint Intelligence Bureau«, sagte er. »Bestens.«

»Meine Aufgaben führen mich oft in die FATA.« Die »Federally Administered Tribal Areas«, die Stammesgebiete unter Bundesverwaltung, waren eine Art Niemandsland entlang der Grenze zu Afghanistan und dem Iran, wo die Taliban und andere islamistische Organisationen die einzige echte Ordnungsmacht darstellten. »Ich arbeite dort mit den meisten regierungsfreundlichen Milizen zusammen, den Khyber Rifles, den Chitral Scouts und der Kurram Militia.«

»Ich verstehe. Und die Abteilung, die mich aus dem Land werfen möchte?«

»Der eigentliche Befehl kam auf dem üblichen Dienstweg, aber ich glaube, dass General Riaz Rehan dahintersteckt, der Chef der Joint Intelligence Miscellaneous Division. Die JIM ist für die Auslandsspionage zuständig.«

Embling wusste sehr wohl, wofür die JIM zuständig war, aber er ließ es sich trotzdem von al-Darkur noch einmal erzählen. Das rege Gehirn des Engländers ging währenddessen rasend schnell alle Möglichkeiten durch, die ihm dieses Treffen eröffnete. Er wollte sich noch nicht auf etwas Konkretes einlassen, aber er wollte unbedingt weitere Informationen haben. »Herr Major. Ich bin jetzt etwas ratlos. Ich bin zwar kein englischer Agent, aber wenn ich einer wäre, würde ich mich keinesfalls in einen hässlichen Machtkampf innerhalb des pakistanischen Geheimdiensts einmischen wollen. Wenn es einen Zwist zwischen Ihnen und der Joint Intelligence Miscellaneous Division gibt, ist das Ihr Problem und nicht das von Großbritannien.«

»Es *ist* Ihr Problem, da sich Ihr Land bereits für eine Seite entschieden hat. Das war jedoch ein Riesenfehler. Rehans JIM wird von den Briten und den Amerikanern in großem Umfang unterstützt. Sie haben Ihre Politiker um den Finger gewickelt und zum Narren gehalten. Ich kann das beweisen. Wenn Sie mir einen inoffiziellen Kanal zu Ihrer Regierung verschaffen, werde ich meine Behauptungen untermauern, und Ihr Dienst wird es sich danach dreimal überlegen, bevor er jemand in der JIM künftig noch vertraut.«

»Major, bitte denken Sie daran. Ich habe nie behauptet, dass ich für den britischen Geheimdienst arbeite.«

»Nein, das haben Sie nicht. *Ich* habe das.«

»Stimmt. Ich bin ein alter Mann, ein pensionierter Import/Export-Kaufmann.«

Al-Darkur lächelte. »Dann sollten Sie Ihren Ruhestand aufgeben und vielleicht ein paar Geheimdiensterkenntnisse aus Pakistan exportieren, die für Ihre Nation nützlich sein könnten. Im Gegenzug könnten Sie etwas Unterstützung durch den MI6 importieren, die meinem Land helfen würde. Ich versichere Ihnen, dass Ihr Land im pakistanischen Geheimdienst noch nie einen solch strategisch günstig platzierten Partner hatte wie mich, der bereit ist, alles zu tun, was unsere gemeinsamen Interessen befördert.«

»Und was ist mit mir? Wenn man mich aus Pakistan hinauswirft, werde ich kaum hilfreich sein können.«

»Ich kann Ihre Ausweisung monatelang verzögern. Heute fand ja nur die erste Vernehmung statt. Ich werde jede Phase dieses Prozesses aufs Äußerste in die Länge ziehen.«

Embling nickte. »Major, ich muss Ihnen doch noch eine Frage stellen. Wenn Sie sich so sicher sind, dass es in Ihrem Geheimdienst von General Rehans Informanten nur so wimmelt, wie können Sie dann all diesen Männern vertrauen, die für Sie arbeiten?«

Al-Darkur lächelte erneut. »Bevor ich dem ISI beitrat, diente ich in der SSG, der Special Services Group, der Eliteeinheit der pakistanischen Armee. Meine Männer gehören ebenfalls zur SSG. Es sind Angehörige meiner früheren Einheit, der Zarrar-Kompanie, einer Antiterror-Kommandotruppe.«

»Und stehen sie loyal zu Ihnen?«

Al-Darkur zuckte die Achseln. »Sie stehen zu dem Konzept, nicht von einer Straßenbombe in die Luft gejagt zu werden. Im Übrigen teile ich diese Einstellung.«

»Ich auch, Herr Major.« Embling streckte dem Offizier die Hand entgegen, und dieser schüttelte sie. »Es ist schön, mit einem neuen Freund solche Gemeinsamkeiten zu haben.« Diese Aussage war eine reine Sache der Höflichkeit. Natürlich traute keiner der beiden Männer in diesem Raum dem anderen.

Zwei Stunden später saß Nigel Embling an seinem eigenen Schreibtisch, trank Tee und trommelte mit den Fingern auf einer abgenutzten ledernen Schreibunterlage.

Sein Morgen war, gelinde gesagt, interessant gewesen. Es kam nun mal nicht so häufig vor, dass man aus dem Schlaf gerissen wurde, um einem hochgestellten Geheimdienstmann vorgeführt zu werden.

Sein Hausdiener Mahmud, dessen Kopf ein hässlicher dunkelroter Bluterguss zierte, brachte seinem Herrn einen Teller, auf dem einige *Suji-ka-Halwa*-Schnitten lagen, ein Dessert aus Kokosmehl, Joghurt und Grieß. Er hatte sie aus dem Nachbarhaus mitgebracht, als Embling vom ISI wieder nach Hause gebracht worden war. Embling biss gedankenverloren in eine süße Schnitte.

»Danke, Junge. Warum gehst du heute Nachmittag nicht mit deinen Freunden Fußball spielen? Du hattest heute bereits einen langen, schweren Tag.«

»Vielen Dank, Mr. Nigel.«

»Ich danke *dir,* mein junger Freund, dass du heute Morgen so tapfer warst. Du und deine Spielkameraden werden in nicht allzu langer Zeit dieses Land hier erben. Ich bin mir sicher, dass man dann einen solch guten und tapferen Mann brauchen wird, zu dem du zweifellos heranwachsen wirst.«

Mahmud hatte keine Ahnung, wovon sein Dienstherr gerade sprach, aber er hatte sehr wohl verstanden, dass er ihm den Nachmittag freigab, damit er mit seinen Freunden kicken konnte.

Als der kleine Hausdiener gegangen war, aß Embling seine Schnitten und trank seinen Tee. Er machte sich große Sorgen. Was sollte er tun, wenn sie ihn tatsächlich ausweisen würden? Er wollte keinesfalls in einen Machtkampf innerhalb des pakistanischen Geheimdiensts hineingezogen werden. Außerdem machte ihm die Vorstellung Kopfzerbrechen, diesen Major al-Darkur ausforschen zu müssen, ob er wirklich der war, für den er sich ausgab, oder ob er nicht doch zu den unangenehmen Kräften in diesem Land gehörte.

Trotzdem war Emblings Hauptsorge im Moment höchst praktischer Natur. Anscheinend hatte er gerade einen Spion für ein Land angeheuert, das er gar nicht repräsentierte.

Er hatte seit Jahren keine direkte Arbeitsbeziehung mit London mehr, obwohl ihn einige der alten Hasen im Legoland, wie der Spitzname des SIS-Hauptquartiers an der Themse lautete, von Zeit zu Zeit anriefen, um sich über die eine oder andere Angelegenheit zu erkundigen.

Vor einem Jahr hatten sie seinen Namen sogar an einen amerikanischen Dienst weitergegeben, dem er dann bei einem kleinen Einsatz hier in Peschawar geholfen hatte. Diese Yanks waren wirklich erstklassig gewesen. Sie gehörten zu den besten Feldagenten, mit denen er jemals zusammengearbeitet hatte. Wie waren noch einmal ihre Namen? Genau, John Clark und Ding Chavez.

Embling hatte seine kleine Zwischenmahlzeit beendet und säuberte sich die Finger mit einer Serviette. Er hatte eine Entscheidung getroffen. Wenn sich al-Darkur als sauber herausstellte, würde er ihn als Agenten führen, ohne ihm zu enthüllen, dass er dessen Informationen vorerst gar nicht weiterleitete.

Wenn Embling dann über etwas Wichtiges und gut Dokumentiertes verfügte, würde er ganz bestimmt auch einen Kunden dafür finden.

Der gewichtige Engländer trank den Rest seines Tees und lächelte über die Kühnheit seines Plans. Eigentlich war er sogar ziemlich lächerlich.

Aber warum in Herrgotts Namen sollte er es nicht probieren?

18

Jack Ryan sr. stellte sich vor einen bodenlangen Spiegel, der an der Wand zwischen zwei Garderobenschränken angebracht war. Die heutige Präsidentschaftsdebatte in der Case Western Reserve University in Cleveland fand im Emerson-Sportzentrum, auch als Veale Center bekannt, statt, dessen Halle ein riesiges Publikum aufnehmen konnte. Es war zu merken, dass hier normalerweise Basketball gespielt wurde. An der Wand der Umkleidekabine, die man heute für den Präsidentschaftskandidaten in eine Garderobe umgewandelt hatte, hingen großformatige Aufnahmen von Spartans-Spielern. Im danebenliegenden Waschraum, der jetzt ganz allein für Ryan bestimmt war, gab es sage und schreibe ein Dutzend Duschen. Er brauchte keine von ihnen. Er hatte bereits im Hotel geduscht.

Die heutige Debatte zwischen ihm und Kealty war die zweite der drei, auf die sich die beiden Parteien geeinigt hatten. Auf dieser hatte vor allem Jack bestanden. Die zwei Kandidaten würden nebeneinander an einem Tisch sitzen, und ein einziger Moderator würde ihnen Fragen stellen. Das Ganze sollte nicht ganz so formell und steif wie sonst üblich sein. Kealty hatte das zuerst abgelehnt, da es ihm nicht »präsidial« genug erschien, aber Jack war hart geblieben, und sein Wahlkampfleiter Arnie van Damm hatte sich in langen Hinterzimmerverhandlungen durchgesetzt.

Das Thema heute Abend war die Außenpolitik. Jack wusste, dass er Kealty auf diesem Gebiet voraus war. Die Umfragen zeigten es, und auch Arnie war dieser Meinung. Trotzdem war Jack ziemlich angespannt. Er schaute zum x-ten Mal in den Spiegel und trank noch einen Schluck Wasser.

Eigentlich mochte er diese allzu kurzen Momente der Einsamkeit. Cathy hatte die Garderobe gerade eben verlassen und war auf dem Weg zu ihrem Sitz in der ersten Reihe. Ihre letzten Worte klangen ihm noch in den Ohren, während er sich im Spiegel betrachtete.

»Viel Glück, Jack. Und vergiss nicht, ein fröhliches Gesicht aufzusetzen!«

Neben Arnie und seiner Redenschreiberin Callie Weston war Cathy in diesem Wahlkampf seine engste Vertraute. Sie diskutierte mit ihm nur selten über Politik, außer wenn es um Gesundheitsfragen ging. Aber sie hatte ihren Mann bei Hunderten von Fernsehauftritten genau beobachtet und gab ihm immer wieder Ratschläge, wie er sich ihrer Meinung nach in der Öffentlichkeit darstellen sollte.

Cathy selbst hielt sich für diese Rolle ideal geeignet. Niemand auf der Welt kannte Jack Ryan besser als sie. Wenn sie ihm in die Augen schaute oder dem Klang seiner Stimme lauschte, wusste sie genau, wie er sich fühlte, wie es mit seinen Energiereserven stand oder auch ob er sich einen Nachmittagskaffee genehmigt hatte, den sie ihm auf gemeinsamen Reisen eigentlich nicht erlaubte.

Normalerweise war Jack ausgesprochen telegen. Er wirkte natürlich und überhaupt nicht steif. Er kam als der Mann rüber, der er tatsächlich war: ein anständiger, intelligenter Kerl, der zugleich einen starken Willen besaß und hoch motiviert war.

Gelegentlich bemerkte Cathy jedoch auch Dinge, die ihm nicht gerade halfen, den Zuhörern seinen Standpunkt deutlich zu machen. Vor allem fand sie es nicht gut, dass sich Jacks Gesicht jedes Mal verfinsterte, wenn er über eine politische Entscheidung oder einen Kommentar Kealtys sprach, mit denen er nicht übereinstimmte – was praktisch auf alles zutraf, das aus dem Weißen Haus kam.

Vor einiger Zeit hatte sie sich an einem der seltenen Abende, an denen sich ihr Mann daheim kurz von den Wahlkampfstrapazen erholte, zu ihm aufs Bett gesetzt und dabei fast eine Stunde lang die TV-Fernbedienung nicht aus der Hand gegeben. Das wäre für Jack Ryan selbst dann die Hölle gewesen, wenn seine Visage nicht auch noch in allen Sendungen aufgetaucht wäre, die sie aufgenommen hatte. Für einen Mann, der es nur schwer ertrug, im Fernsehen sein Gesicht sehen oder seine Stimme hören zu müssen, war das eine wahre Tortur. Aber Cathy war unerbittlich. Mithilfe ihres Videorekorders schaltete sie von einer Pressekonferenz zur nächsten, von tiefgründigen Interviews mit den bekannten Moderatoren der großen Fernsehanstalten zu spontanen Kurzgesprächen mit Schülerreportern in irgendwelchen Einkaufszentren.

Auf jedem dieser Clips veränderte sich Jack Ryans Gesichtsausdruck, wenn Kealty oder seine Politik erwähnt wurden. Dabei verzog er nicht einmal verächtlich das Gesicht. Nach Jacks Ansicht hätte er dafür eigentlich eine Medaille verdient, wenn man bedachte, wie empört er über jede wichtige Entscheidung war, die die Kealty-Regierung in letzter Zeit gefällt hatte. Trotzdem konnte er nicht leugnen, dass Cathy recht hatte. Wann immer ein Interviewer eine Entscheidung Kealtys ins Gespräch brachte, verengten sich Jacks Augen und spannten sich seine Kinnmuskeln erkennbar an. Oft schüttelte er ein einziges Mal heftig den Kopf, als ob er nein sagen wollte.

Cathy spulte dann das Video zu einer Szene zurück, die Jack auf einem Barbecue in Fort Worth zeigte. Er hielt dabei in der einen Hand einen Papierteller mit einem Stück Ochsenbrust und einem Maiskolben und in der anderen einen Eistee. Eine Kameracrew von C-SPAN, dem amerikanischen Parlamentsfernsehen, die ihm die ganze Zeit gefolgt war, hatte dann das Gespräch mit einer Frau mittleren Alters eingefangen, in dem diese sich über Kealtys Vorhaben ausließ, die Öl- und Gasindustrie noch weiter zu regulieren.

Als die Frau über die wirtschaftlichen Schwierigkeiten klagte, die ihre Familie gegenwärtig durchmachte, spannten sich Jacks Kinnmuskeln an, und er schüttelte den Kopf. Erst danach drückte seine Körpersprache Mitgefühl aus. Diese erste wütende Reaktion führte ihm Cathy noch einmal vor Augen, indem sie genau in diesem Moment den Pausenknopf drückte und seinen Gesichtsausdruck in einem Standbild festfror.

Während sie beide so auf dem Bett saßen, wollte Jack Ryan die Stimmung etwas auflockern. »Man sollte mir wenigstens teilweise zugutehalten, dass mir in dieser Situation die Bohnen nicht wieder hochgekommen sind, die ich gerade gegessen hatte. Wir haben immerhin über die zunehmende bürokratische Gängelung unserer Wirtschaft gesprochen.«

Cathy lächelte, schüttelte jedoch den Kopf. »Wenn dir die Leute etwas *teilweise* zugutehalten, wird dich das dieses Mal nicht ins höchste Amt unseres Landes bringen, Jack. Du bist auf der Gewinnerstraße, aber du hast noch nicht gewonnen.«

Jack nickte. Er gab sich geschlagen. »Ich weiß. Ich werde daran arbeiten, versprochen!«

Und tatsächlich. Gerade jetzt im Umkleideraum der Case Western Reserve University arbeitete er daran. Vor dem Spiegel versuchte er ein fröhliches Gesicht aufzusetzen, während er gleichzeitig an die Familie dieser armen Frau dachte, die in einem wirtschaftlichen Umfeld keine Arbeit finden konnte, das allmählich die gesamte Industrie erstickte.

Hoch das Kinn, ein leichtes Nicken, entspannte Augen, kein Zwinkern.

Igitt, dachte Jack. *Das wirkt richtig unnatürlich.*

Er seufzte. Nicht zum ersten Mal sah er ein, dass diese unnatürliche Wirkung bedeutete, dass Cathy recht hatte und er eigentlich nur Gesichter schnitt, seitdem er seinen Hut in den Ring geworfen hatte.

Er hatte allerdings die Sorge, dass eine Diskussion über Außenpolitik mit dem leibhaftigen Kealty eine gewaltige Herausforderung für seine Selbstbeherrschung werden könnte.

Jack probierte noch einmal sein fröhliches Gesicht aus. Er musste daran denken, dass Cathy diese Debatte in der ersten Reihe beobachten würde.

Er lächelte auf unnatürliche Weise den Spiegel an. Und noch einmal. Und noch ein drittes Mal.

Erst das vierte Lächeln wirkte echt. Er musste beinahe lachen. Er konnte es kaum unterdrücken. Ein erwachsener Mann, der vor einem Spiegel steht und Gesichter zieht.

Er prustete endgültig los. Die Politik war in letzter Konsequenz eine verdammt lächerliche Angelegenheit.

Jack Ryan sr. schüttelte den Kopf und ging zur Tür. Noch ein letzter langer Seufzer, ein letzter Vorsatz, dass er heute sein fröhliches Gesicht aufsetzen würde, und er drehte den Türknopf.

Draußen auf dem Gang setzten sich seine Leute in Bewegung. Andrea Price-O'Day stellte sich genau hinter seine Schulter. Der Rest seines Sicherheitsteams bildete um ihn herum eine Diamantformation und geleitete ihn auf die Bühne.

»Swordsman ist unterwegs«, sprach Price-O'Day in ihr Ansteckmikrofon.

19

Ed Kealty und Jack Ryan traten aus entgegengesetzten Seiten auf die Bühne, die in helles Scheinwerferlicht getaucht war. Sie wurden mit höflichem Applaus begrüßt. Das Publikum bestand aus Studenten, Pressevertretern sowie Bürgern, die sich irgendwie Karten beschaffen konnten. Die beiden Kandidaten trafen sich in der Mitte. Vor Jacks innerem Auge tauchte ganz kurz das Bild zweier Boxer auf, die vor dem Kampf ihre Handschuhe aneinanderschlagen. Stattdessen schüttelten sie sich nur höflich die Hand. Ryan lächelte, begrüßte den andern mit »Mr. President« und nickte ihm zu. Kealty nickte zurück und schlug Ryan mit der rechten Hand auf die Schulter, während sich beide Männer zum runden Tisch begaben.

Ryan wusste, dass Ed Kealty in diesem Moment am liebsten ein Springmesser in der Hand gehabt hätte.

Die beiden Kontrahenten setzten sich an den kleinen Konferenztisch. Vor ihnen saß der *CBS-Evening-News*-Moderator Joshua Ramirez, ein jugendlich aussehender Fünfzigjähriger, der sein Haar zurückgegelt hatte. Seine modische Brille spiegelte das glänzende Scheinwerferlicht wider und blendete Ryan auf unangenehme Weise in den Augen. Eigentlich mochte Jack Ramirez sogar. Er war klug und umgänglich, wenn die Kameras ausgeschaltet waren, und ziemlich professionell, wenn sie liefen. CBS hatte Ryan während seiner ersten Präsidentschaft nicht gerade freundlich behandelt, und auch in diesem Wahlkampf unterstützten sie Kealty. Josh Ramirez war dabei jedoch nur ein Fußsoldat in ihrer Armee, wenn nicht sogar ein Handlanger, und Ryan war ihm deshalb nicht böse.

Die Presse hatte Ryan bereits so ausdauernd in die Mangel genommen, dass er es nicht mehr persönlich nahm. Einiges, was die Medien über ihn gesagt und geschrieben hatten, war jedoch ein übler Angriff auf seine Person gewesen. So hatte man ihm vorgeworfen, er habe den älteren Menschen ihr Geld gestohlen oder er nehme den Schulkindern ihr Mittagessen weg.

Jack Ryan, Sie sind ein übler Mensch … aber das ist nicht persönlich gemeint.

Ist schon gut.

Ramirez war jedenfalls nicht so schlimm wie einige andere. Die Medien standen in diesem Wahlkampf im Allgemeinen auf Kealtys Seite. Vor einigen Wochen hatte ein Teilnehmer einer Kealty-Versammlung in Denver die Frechheit besessen, den Präsidenten der Vereinigten Staaten zu fragen, wann dessen Meinung nach die Benzinpreise so weit sinken würden, dass er sich mit seiner Familie wieder eine Autoreise leisten könne. Kealtys Wahlkampfmanager hatten bestimmt aufgestöhnt, als dieser über diese Frage eines schlichten Manns aus dem Volk nur den Kopf schüttelte und ihm vorschlug, sich doch einfach ein Hybridauto zu kaufen.

Weder die großen Zeitungen noch die Fernsehsender hatten dieses Zitat je gebracht. Ryan bezog sich am nächsten Morgen in einer Elektromotorenfabrik in Allegheny, Pennsylvania, darauf, als er anmerkte, Kealty habe wohl vergessen, dass eine Familie, die sich keinen vollen Benzintank leisten könne, wohl kaum das Geld habe, sich ein neues Auto zu kaufen.

Als Jack fünf Minuten später in seinen Geländewagen stieg, um die Fabrik zu verlassen, hatte Arnie van Damm nur den Kopf geschüttelt. »Jack, du hast gerade einen großartigen Spruch geäußert, den allerdings nie jemand außer diesen Leuten in der Fabrik hören wird.«

Arnie hatte recht. Keiner hatte später darüber berichtet. Van Damm hatte Ryan auch vorausgesagt, dass die Mainstream-Medien einen eventuellen sprachlichen Lapsus Ed Kealtys nie gegen diesen verwenden würden. Sollte Jack jedoch jemals bei einer unpassenden oder falschen Bemerkung erwischt werden, würde sie ihm die ganze Presse gnadenlos um die Ohren hauen.

Das linksliberale Vorurteil der amerikanischen Medienlandschaft war eben eine Naturtatsache wie Regen und Kälte. Ryan akzeptierte das, ließ sich davon jedoch nicht weiter beeindrucken.

Ramirez eröffnete die Debatte, indem er die Regeln erklärte. Es folgte eine kleine Geschichte über die Streitereien seiner Grundschulkinder, die er mit der mehr oder weniger witzigen Bemerkung abschloss, dass die beiden vor ihm sitzenden erwachsenen Männer sich ganz bestimmt »gut benehmen« würden. Dann stellte der Moderator die ersten Fragen.

Er begann mit Russland, ging über China zu Mittelamerika über und behandelte dann die Beziehungen der Vereinigten Staaten zu ihren weltweiten Verbündeten und zur NATO. Ryan und Kealty sprachen bei ihren Antworten den CBS-Moderator direkt an. Sie vermieden jeden offenen Streit und stimmten sogar bei einigen Themen überein.

Der internationale Terrorismus kam erst im zweiten Teil der neunzigminütigen Debatte zur Sprache. Ramirez lieferte Kealty eine Steilvorlage, indem er als Erstes einen kürzlich erfolgten Drohnenangriff im Jemen ansprach, bei dem ein Al-Qaida-Kämpfer getötet wurde, nach dem wegen des

Bombenattentats auf einen Nachtklub in Bali gefahndet worden war.

Kealty versicherte dem amerikanischen Volk, dass er nach seiner Wiederwahl seine Zuckerbrot-und-Peitsche-Politik fortsetzen werde. Er werde sich mit jedem, ob Freund und Feind, an einen Tisch setzen, der zu Verhandlungen mit Amerika bereit sei. Gleichzeitig werde er Amerikas Feinde vernichten, wenn sie sich solchen Verhandlungen verweigerten.

Ramirez wandte sich jetzt an Ryan: »In Ihrem Wahlkampf versuchen Sie sich als ein Kandidat zu präsentieren, der für Amerikas Kampf gegen seine Feinde der beste Mann wäre. Allerdings gab es in Ihrer Präsidentschaftszeit weniger gezielte Tötungen hochrangiger Terroristen als während Präsident Kealtys erster Amtszeit. Sind Sie bereit zu akzeptieren, dass Ihnen der Titel des erfolgreichsten Terroristenjägers nicht länger zusteht?«

Ryan nahm einen Schluck Wasser. Er merkte, wie sich links von ihm Kealty ganz leicht zu ihm hinüberbeugte, so als wollte er betonen, wie wichtig ihm die Antwort auf diese Frage sei. Jack konzentrierte sich jedoch nur auf Ramirez und sagte: »Zweifellos haben Präsident Kealtys Drohnenangriffe ein paar führende Terroristen ausgeschaltet, insgesamt jedoch nur wenig für den erfolgreichen Krieg gegen den Terrorismus geleistet.«

Kealty lehnte sich in seinem Stuhl zurück und tat mit einer Handbewegung diese Aussage als völlig widersinnig ab.

»Wie kommen Sie darauf?«

»Wenn ich in meinen fünfunddreißig Jahren im öffentlichen Dienst eines gelernt habe, dann das, dass fundierte Informationen der Schlüssel zu einer guten Entscheidungsfindung sind. Wenn wir uns schon die Mühe machen, irgendeinen Terroristenführer aufzuspüren, in dessen Kopf sich ungeheuer wertvolle Informationen befinden, sollten wir ihn nur dann in die Luft sprengen, wenn es gar nicht anders geht. Ein unbemanntes Flugobjekt ist eine wichtige Waffe, aber nur eine von vielen Waffen, ein Werkzeug, das wir meiner Meinung nach viel zu oft einsetzen. Wir müssen die harte Arbeit ausnutzen, die unsere Soldaten und Geheimdienstleute erledigen mussten, um die Zielperson erst einmal aufzuspüren, und dann müssen wir uns bemühen, diese Zielperson abzuschöpfen.«

»Sie abschöpfen?«, fragte Ramirez erstaunt. Er hatte wirklich nicht erwartet, dass Ryan die Strategie der gezielten Tötungen durch Drohnen infrage stellen würde.

»Jawohl. Abschöpfen. Anstatt den Mann umzubringen, müssen wir herausfinden, was er weiß, wen er kennt, wo er gewesen ist, wohin er unterwegs war, was er plant und was es sonst noch zu wissen gibt.«

»Und wie wird ein Präsident Jack Ryan dies anstellen?«

»Unsere Geheimdienste und unser Militär sollten die Genehmigung erhalten, diese Leute, wenn möglich, in Gewahrsam zu nehmen, und wir sollten auf die Regierungen, die diesen Leuten Unterschlupf gewähren, Druck ausüben, damit sie sie dingfest machen und uns übergeben. Wir müssen unseren Streitkräften und den Truppen unserer Verbündeten, unserer *wahren* Verbündeten, dazu die Mittel und die politische Unterstützung verschaffen. Genau das hat Präsident Ed Kealty versäumt.«

»Und wenn wir sie dann haben?« Zum ersten Mal während dieser Debatte mischte sich Kealty ungefragt in die Gesprächsführung ein und richtete sich dabei auch noch direkt an Ryan. »Was schlagen Sie denn vor? Ihnen Bambussprossen unter die Fingernägel zu bohren?«

Joshua Ramirez wedelte ganz leicht mit dem Finger. Allein damit konnte er jedoch Kealty bestimmt nicht dazu bewegen, die Regeln der Debatte einzuhalten.

Jack ignorierte Kealty, beantwortete jedoch dessen Frage. »Viele behaupten, man könne solche Leute nur durch Folter zum Reden bringen. Ich habe die Erfahrung gemacht, dass das nicht stimmt. Natürlich ist es manchmal schwierig, unsere Feinde davon zu überzeugen, dass es besser ist, sich uns zu offenbaren. Man kann ihnen zum Beispiel Privilegien und Rechte versprechen, die sie selbst keinem Gefangenen einräumen würden. Dabei spielt es für ihre Organisationen keine Rolle, ob wir sie freundlich behandeln. Sie werden unsere eigenen Leute foltern und töten, wann immer sie sie in die Finger bekommen.«

»Sie behaupten, es gebe Mittel und Wege, um Informationen aus unseren Feinden herauszuholen«, sagte der CBS-Moderator. »Wie wirksam sind die denn?«

»Eine berechtigte Frage, Josh. Ich kann hier auf die Verfahrensweisen nicht näher eingehen, die in meiner Zeit in der CIA und als Präsident angewandt wurden, aber ich kann Ihnen versichern, dass wir weit mehr Informationen von Terroristen bekommen haben, als es bei der Taktik meines Gegenübers, Leute aus sechstausend Meter Höhe abzuschießen, gegenwärtig der Fall ist. Tote reden nicht, wie es so schön heißt.«

Ramirez drehte sich halb zu Kealty um, bevor der Präsident seine Gegenrede begann. »Josh, mein Kontrahent würde unnötigerweise amerikanische Leben riskieren, indem er unsere Kids in der Armee an die gefährlichsten Orte der Welt schickt, nur um eventuell einen gegnerischen Kämpfer vernehmen zu können. Ich versichere Ihnen, dass solche Verhöre unter einem Präsidenten Jack Ryan ganz bestimmt nicht den Regeln der Genfer Konvention entsprechen würden.«

Das konnte Ryan natürlich nicht so stehen lassen. Er vergaß sein freundliches Gesicht, achtete jedoch darauf, Kealty auf keinen Fall anzuschauen. Stattdessen konzentrierte er sich auf die störenden Spiegelungen auf Joshua Ramirez' Brille. »Zuerst einmal betrachte ich unsere Männer und Frauen in den Streitkräften als genau das, als Männer und Frauen. Viele von ihnen sind jung, weit jünger als Präsident Kealty und ich, aber ich scheue mich, sie als Kids zu bezeichnen. Zweitens sind diese Männer und Frauen, die in den Eliteeinheiten unseres Militärs und unserer Geheimdienste mit der zugegebenermaßen gefährlichen und schwierigen Aufgabe betraut wurden, unsere Feinde draußen vor Ort zu fangen, absolute Profis. Sie haben sich bisher schon regelmäßig großen Gefahren ausgesetzt, nicht zuletzt in Verfolgung der Politik meines Kontrahenten, die uns meiner Meinung nach überhaupt nicht weitergebracht hat.« Jetzt blickte er mit einem höflichen Nicken zu Kealty hinüber. »In dieser Hinsicht haben Sie vollkommen recht, Mr. President, das ist eine gewaltige Pflicht, die wir diesen Männern und Frauen aufbürden« – er wandte sich wieder Ramirez zu –, »aber sie sind für diesen Job bis zum letzten Mann und der letzten Frau die absolut Besten auf der ganzen Welt. Sie wissen, dass ihre schwere Aufgabe das Leben von Amerikanern rettet. Sie kennen ihre Pflicht, eine Pflicht, die sie freiwillig auf sich genommen haben und an die sie glauben. Ich habe den allergrößten Respekt vor unseren UAV-Crews.« Er machte eine kleine Pause. »Entschuldigung, vor unseren Drohnen-Crews. Diese Unbemannten Luftfahrzeuge sind ein unglaubliches Gerät, das von unglaublichen Menschen gesteuert wird. Trotzdem bin ich der Meinung, dass wir strategisch gesehen ein größeres Gewicht auf die Informationsgewinnung legen sollten. Ich glaube nicht, dass die Regierung Kealty auf diesem Gebiet genug tut.«

Ramirez wollte eigentlich etwas sagen, aber Ryan sprach unbeirrt weiter: »Joshua, Ihr Sender hat vor einiger Zeit aus Russland gemeldet, dass der russische FSB den Anführer der mörderischsten Rebellenorganisation im Kaukasus gefangen genommen hat. Es wird niemand im Publikum hier überraschen, dass ich kein großer Fan der jüngsten russischen Politik bin.« Ryan lächelte, als er das sagte, obwohl sein Gesicht weiterhin angespannt blieb. »Vor allem, wenn es um den Umgang mit ihren eigenen Leuten im Kaukasus geht. Aber indem sie diesen Mann, Israpil Nabijew, gefangen genommen haben, statt ihn zu töten, können sie möglicherweise eine Menge über seine Organisation erfahren. Dies könnte das Blatt in dieser Region wenden.« Jack Ryan machte eine Pause und zuckte die Achseln. »Solche neuen Entwicklungen könnten wir auch im Nahen und Mittleren Osten brauchen, wie mir jeder im Saal bestätigen wird.«

Viele im Publikum klatschten.

Ramirez wandte sich wieder an Kealty. »Sie haben für eine Erwiderung dreißig Sekunden Zeit, Mr. President, dann müssen wir zu einem neuen Thema übergehen.«

Ed Kealty nickte und lehnte sich in seinem Stuhl zurück. »Jetzt kommt etwas, das Sie nicht allzu oft hören, Josh. Tatsächlich stimme ich meinem Kontrahenten zu. Wir brauchen etwas, was, wie er es nannte, das Blatt dort wendet. Ich wollte dies heute Abend eigentlich nicht enthüllen, aber das Justizministerium hat mir vorhin sein Einverständnis gegeben. Ich werde deshalb diese Gelegenheit nutzen, um zu verkünden, dass unsere Strafverfolgungsbehörden in Zusammenarbeit mit dieser Regierung kürzlich Saif Rahman Yasin, besser bekannt als ›Emir‹, gefangen genommen haben.«

Kealty wartete, bis sich die Überraschung im Publikum etwas gelegt hatte, dann fuhr er fort: »Yasin hat hier in unserem Land Dutzende von Amerikanern getötet. Weltweit ist er für den Tod von Hunderten von Amerikanern und Angehörigen anderer Nationen verantwortlich. Er befindet sich jetzt auf US-amerikanischem Boden in US-amerikanischem Gewahrsam. Ich glaube, wir werden bereits in den nächsten Stunden ein Foto von ihm veröffentlichen, das meine Angaben bestätigen wird. Ich möchte mich dafür entschuldigen, dass ich dies bisher nicht enthüllt habe, aber Sie können sich bestimmt vorstellen, auf wie viele Sicherheitsbedenken wir hier Rücksicht nehmen mussten und wie viele Dinge hier zu beachten waren. Deshalb haben wir auch etwas gewartet …«

Die dreißig Sekunden waren längst um, aber Ed Kealty fing gerade erst an.

»… bis wir die Sache veröffentlicht haben. Josh, ich werde jetzt nicht alle Einzelheiten über Yasins Gefangennahme, seine Haftbedingungen und seinen gegenwärtigen Aufenthaltsort erörtern können, dies würde die Sicherheit der tapferen Männer und Frauen gefährden, die an dieser Operation beteiligt waren. Ich kann jedoch bestätigen, dass ich lange mit dem Justizminister über diesen Fall gesprochen habe und wir beide Mr. Yasin so schnell wie irgend möglich vor Gericht bringen wollen. Wir werden ihn wegen der Verbrechen anklagen, die er hier in den Vereinigten Staaten in Colorado, Iowa, Utah und Virginia begangen hat. Justizminister Brannigan wird festlegen, wo der Prozess stattfinden wird, aber es wird auf jeden Fall in einem dieser vier Staaten sein.«

Jack Ryan behielt einen kühlen Kopf. Er lächelte sogar ganz leicht und nickte angenehm überrascht. *Freundliches Gesicht, Jack,* befahl er sich immer wieder. Er hatte gewusst, dass dieser Tag kommen würde. Er wusste, dass der Emir in Haft war. Zuerst hatte er vermutet, dass seine Gefangennahme aus Sicherheitsgründen geheim gehalten werde, wie es Ed Kealty gerade behauptet hatte. Aber Arnie van Damm war sich von Anfang an sicher gewesen, dass Kealty den Emir auf Eis hielt, bis er ihn im Wahlkampf zu seinem Vorteil einsetzen konnte. Damals, vor vielen Monaten, hatte Jack seinem Wahlkampfmanager nicht geglaubt. Er hatte Arnie nur für noch zynischer gehalten als gewöhnlich.

Das hatte sich jetzt geändert. Van Damm hatte klipp und klar vorausgesagt, dass Ed Kealty den Emir in einer Debatte, wahrscheinlich der zweiten oder dritten, aus dem Ärmel ziehen werde.

Jack hätte jetzt gerne nach rechts geschaut und Blickkontakt mit Van Damm aufgenommen. Er brauchte seine gesamte Willenskraft, um dies nicht zu tun. Er wusste, dass dieser »Blick« von den Medien, die auf Kealtys Seite standen, ausgeschlachtet werden würde. Die *New York Times* würde morgen mit der Schlagzeile aufmachen: »Ryan schaut sich nach Hilfe um.«

Wenn sie diese Schlagzeile nicht sogar schon gebracht hatten. Es war schwer, sich an alle Negativmeldungen zu erinnern.

Ryan blieb also ganz ruhig sitzen. Er hatte sich sogar Präsident Kealty zugewandt, als ob er von der ganzen Sache zum ersten Mal hören würde. Innerlich stöhnte er über die Behauptung, dass Eds Regierung an der Ergreifung des meistgesuchten Mannes der Welt beteiligt gewesen sei. Ryan hatte keinen Zweifel, dass die improvisiert wirkende Art, wie Kealty die ganze Sache hier eingebracht hatte, pure Absicht war.

Ryan konzentrierte sich auf sein Pokergesicht, während er über die Gefangennahme des Emirs nachdachte. Es musste jetzt etwa zehn Monate her sein, dass der Campus ihn in Nevada geschnappt hatte. Ryan hatte jedoch keine Ahnung, welche Rolle sein Sohn bei Yasins Ergreifung gespielt hatte. Bei der eigentlichen Aktion vor Ort war er bestimmt nicht dabei gewesen. Nein, daran waren wohl Chavez, ganz sicher Clark und wahrscheinlich auch Jacks Neffe Dominic beteiligt gewesen. Dabei hatte der arme Junge damals gerade erst seinen eigenen Bruder verloren!

Trotzdem konnte es Jack sr. immer noch nicht fassen, dass sein Sohn an der Ergreifung des Emirs beteiligt war. Sicher, sein Ältester hatte sich verändert, und er tat es immer noch. Er war jetzt ein erwachsener Mann. Das war zu erwarten gewesen, obwohl Jack sr. diese Tatsache überhaupt nicht gefiel. Aber seine Rolle bei der Gefangennahme …

»Möchten Sie einen Kommentar dazu abgeben, Mr. President?«

Ryan schreckte hoch und tadelte sich selbst, dass er zur absolut falschen Zeit seine Gedanken hatte wandern lassen. Jack bemerkte ein schwaches Lächeln auf Ramirez' Gesicht, wusste jedoch, dass es die Kameras nicht eingefangen hatten. Jede Kamera in diesem Gebäude war jetzt auf Ryan gerichtet. Himmel, eine Einstellung zeigte bestimmt sogar das Innere seiner Nasenlöcher, so dicht wie sie an ihn heranzoomten. Er fragte sich, ob er etwa gerade wie ein vom Scheinwerferlicht geblendetes Reh aussah. Die Presse würde ihm das morgen unter die Nase reiben. Wenn er jetzt nicht richtig reagierte, konnte das seinen Wahlchancen schaden.

Fröhliches Gesicht, Jack. »Nun, das sind ganz gewiss fantastische Neuigkeiten! Meine aufrichtigen und tief empfundenen Glückwünsche gelten …«

Ed Kealty richtete sich in seinem Stuhl auf.

»… den großartigen Männern und Frauen unseres Militärs, unserer Polizei und unserer Geheimdienste. Außerdem möchte ich allen ausländischen Nationen und Behörden danken, die dazu beigetragen haben, diesen schrecklichen Menschen zu fassen.«

Jack konnte in Ramirez' Brille sehen, dass Kealty ihn jetzt finster anblickte.

»Das ist ein großer Tag für Amerika, aber ich betrachte es auch als wichtige Weichenstellung für unser Land. Wie Sie gerade gehört haben, planen Präsident Kealty und seine Regierung, dem Emir vor einem Bundesgericht den Prozess zu machen. Damit bin ich nun ganz und gar nicht einverstanden. Sosehr ich unser Rechtssystem respektiere, bin ich doch der Meinung, dass dessen Regelungen unseren Bürgern und all jenen vorbehalten bleiben sollten, die es nicht als ihre Lebensaufgabe betrachten, gegen die Vereinigten Staaten von Amerika Krieg zu führen. Yasin in den Zeugenstand zu rufen ist keine Gerechtigkeit. Es wäre sogar in höchstem Maße ungerecht.

Unser Krieg gegen den Terror befindet sich im Moment an einem wichtigen Scheideweg. Wenn Präsident Kealty die Wahlen im November gewinnt, werden der Umayyad-Revolutionsrat, seine Helfer und alle mit ihm verbundenen Organisationen in den nächsten Jahren über eine großartige Plattform verfügen, um ihre kruden Vorstellungen der ganzen Welt mitzuteilen. Der Emir wird diese Gerichtsverhandlungen für seine Hasspredigten nutzen und die Prozesse zu einer Theaterveranstaltung umwandeln, in deren Mittelpunkt er und seine Sache stehen. Außerdem wird er die Quellen und Methoden unserer Geheimdienste offenlegen und dadurch immensen Schaden anrichten. Und Sie, meine Damen und Herren Steuerzahler, werden die vielen Millionen Dollar berappen müssen, die die erhöhten Sicherheitsmaßnahmen in unseren Bundesgerichten kosten werden.

Wenn Sie das alles für eine gute Idee halten … wenn Sie es für eine gute Sache halten, dem Emir diese Gelegenheit zu geben … nun, dann muss ich leider sagen, dass Sie besser für meinen Kontrahenten stimmen sollten.

Wenn Sie das jedoch für eine schlechte Idee halten, wenn Sie glauben, dass der Emir sich vor einem *Militär*gericht verantworten sollte, wo er mehr Rechte haben wird als jeder Gefangener, den er oder Leute wie er je gemacht haben, dabei aber doch nicht dieselben Rechte wie jeder gesetzestreue, steuerzahlende amerikanische Bürger genießt … dann hoffe ich, dass Sie für mich stimmen werden.«

Ryan zuckte ganz leicht die Achseln und schaute Josh Ramirez direkt ins Gesicht.

»Josh, ich mache hier keine Wahlversprechen. Man wirft mir in vielen Zeitungen und Nachrichtensendungen, auch der Ihren, vor, dass ich meine Erfahrungen und meinen Charakter in den Mittelpunkt meines Wahlkampfs stelle und mich weniger darauf konzentriere, was ich irgendwann später zu tun gedenke.« Er lächelte. »Ich halte die meisten Amerikaner für ziemlich klug. Sie haben erkannt, dass Wahlversprechen im Allgemeinen nicht eingehalten werden. Ich war immer der Meinung, ich sollte Amerika zeigen, wer ich bin, wofür ich stehe und woran ich glaube. Und wenn ich dann noch als ein Mann rüberkomme, dem man vertrauen kann, werden mir bestimmt einige Leute ihre Stimme geben. Wenn es dann für den Wahlsieg reicht, großartig. Und wenn nicht, nun … Amerika wird sich für den entscheiden, den es für den Besten hält, und damit kann ich gut leben.

Trotzdem *werde* ich hier und heute ein Wahlversprechen abgeben.« Er schaute direkt in die Kamera. »Wenn Sie mich ins Weiße Haus wählen, werde ich mich sofort nach meiner Rückkehr von der Vereidigung vor dem Kapitol an den Schreibtisch in der Pennsylvania Avenue 1600 setzen und als buchstäblich erste Amtshandlung Saif Yasins Überstellung an die Militärjustiz anordnen.« Er seufzte. »Sie werden sein Gesicht nie im Fernsehen sehen oder seine Stimme oder die seines Anwalts im Radio hören. Er wird einen fairen Prozess und eine gute Verteidigung erhalten, aber alles wird abgeschirmt und nicht öffentlich stattfinden. Einige mögen dies ablehnen, aber ich habe bis zum Wahltag noch sechs Wochen Zeit. Ich hoffe, dass Sie es mir nicht verdenken, wenn ich Sie davon zu überzeugen versuche, dass dies für die Vereinigten Staaten von Amerika das Beste ist.«

Viele im Publikum applaudierten, viele taten es nicht.

Kurz darauf war die Debatte zu Ende. Kealty und Ryan schüttelten sich für die Kameras noch einmal die Hand, dann küssten sie ihre Ehefrauen direkt vor dem Podium.

»Wie war ich?«, flüsterte Jack Cathy ins Ohr.

Dr. Cathy Ryan strahlte über das ganze Gesicht, als sie zurückflüsterte: »Ich bin so stolz auf dich. Du hast die ganze Zeit ein fröhliches Gesicht gezeigt.« Sie küsste ihn noch einmal und sagte dann mit einem Grinsen: »Ich mag es, wenn du auf mich hörst.«

20

Newport, Rhode Island, lag am Südende der Aquidneck-Insel, etwa fünfzig Kilometer südlich von Providence. Neben der Naval Station Newport, einer alten Marinebasis der US-Navy, gab es dort mehr Gebäude aus der Kolonialzeit als in irgendeiner anderen amerikanischen Stadt. Außerdem standen dort noch etliche Herrenhäuser aus dem 19. und frühen 20. Jahrhundert, die sich einige der damals reichsten Industrie- und Finanzmagnaten hatten bauen lassen. John Jacob Astor IV, William und Cornelius Vanderbilt, Oliver Belmont und Peter Widener, der Mitgründer von U.S. Steel und American Tobacco, errichteten während des Gilded Age nach dem amerikanischen Bürgerkrieg auf der damals absolut angesagten Insel palastartige Sommerhäuser.

Die meisten Milliardäre waren inzwischen verschwunden. Ihre prächtigen Häuser gehörten heute Trusts und Familienstiftungen oder waren Museen. Ein paar Superreiche waren aber immer noch in Newport zu Hause. Der betuchteste Bewohner der Insel lebte in einem Anwesen direkt am Meer. Es lag in der Bellevue Avenue, nur drei Blocks von der katholischen St. Mary's Cathedral entfernt, in der im Jahr 1953 die Hochzeit von John F. Kennedy und Jacqueline Bouvier stattgefunden hatte.

Der Name des Hauseigentümers war Paul Laska. Er war siebzig Jahre alt und gegenwärtig laut dem *Forbes*-Magazin der viertreichste Amerikaner. Politisch war er der Meinung, dass eine zweite Amtszeit Ryans wahrscheinlich das Ende der Welt einleiten würde.

Im Moment saß er allein in seinem prächtigen Palais und schaute sich im Fernsehen an, wie Jack Ryan am Ende der Debatte seine Frau küsste. Dann stand er auf, stellte den Fernseher ab und ging in sein Schlafzimmer. Sein gealtertes, sonst so blasses Gesicht war jetzt rot vor Wut. Auch seine hängenden Schultern zeigten, wie es um seine Gemütsverfassung stand.

Er hatte fest darauf gehofft, dass Ed Kealty bei der heutigen Debatte das Blatt wenden würde. Laska hatte es deswegen erwartet, weil er seit geraumer Zeit etwas wusste, das bis vor dreißig Minuten fast niemand auf der Welt gewusst hatte.

Dem alternden Milliardär war bekannt, dass der Emir in US-Gewahrsam war. Diese Information hatte ihn auch nie den Mut verlieren lassen, als sich Ryans Vorsprung in den Meinungsumfragen im Sommer und im Frühherbst nicht verringert hatte. Er hatte angenommen, dass Eds »bedeutende Enthüllung« während der zweiten Präsidentschaftsdebatte endlich die abgedroschene Phrase beerdigen würde, Jack Ryan sei der »Antiterror-Kämpfer« unter den beiden Kandidaten. Wenn man danach in den wichtigsten Staaten ein paar Wochen lang einen harten Wahlkampf führen würde, könnte Kealty den Vorsprung Ryans ganz bestimmt einholen und diesen bis zum Wahltag sogar überflügeln.

Als Laska jetzt seine Hausschuhe auszog und ins Bett stieg, war ihm bewusst, dass ihn seine Hoffnung getrogen hatte.

Irgendwie hatte Jack Ryan diese verdammte Debatte doch noch gewonnen, obwohl Kealty sein Kaninchen aus dem Hut gezaubert hatte.

»Hovno!«, rief er in das kalte, dunkle Haus hinein. Das war tschechisch und bedeutete »Scheiße«. Beim Fluchen fiel Paul Laska immer in seine Muttersprache zurück.

Paul Laska wurde als Pavel Laska in Brünn in der heutigen Tschechischen Republik geboren. Er wuchs hinter dem Eisernen Vorhang auf, hatte aber durch dieses Missgeschick keine besonderen Nachteile. Sein Vater war ein angesehenes Parteimitglied. Der junge Pavel konnte deswegen in Brünn und Prag gute Schulen besuchen und danach an den Universitäten von Budapest und Moskau studieren.

Nach seinem Studienabschluss in Mathematik kehrte er aus der damaligen Sowjetunion in die Tschechoslowakei zurück, um nach dem Vorbild seines Vaters eine Banklaufbahn einzuschlagen. Als guter Kommunist machte er in dem sowjetischen Satellitenstaat schnell Karriere. Trotzdem unterstützte er im Jahr 1968 die liberalen Reformen des Generalsekretärs Alexander Dubček.

Ein paar kurze Monate lang empfanden Laska und andere Dubček-Anhänger die tschechoslowakische Abkopplung von Moskau als Erfolg. Sie waren immer noch Kommunisten, vertraten jetzt jedoch die Interessen ihres Landes. Sie wollten mit den sowjetischen Methoden brechen und tschechische Lösungen für tschechische Probleme finden. Natürlich mochten die Sowjets diesen Plan überhaupt nicht, und zahlreiche KGB-Agenten strömten nach Prag, um die dortige Partei zu bekämpfen und zu unterwandern.

Pavel Laska und eine radikale Freundin wurden zusammen mit einem Dutzend anderer Reformer bei einem Protestmarsch aufgegriffen und vom KGB verhört. Beide wurden geschlagen. Die Freundin wurde ins Gefängnis gesteckt. Irgendwie gelang es Laska jedoch, wieder mit der Führung des Prager Frühlings zusammenzuarbeiten. Dann kam die Nacht im August 1968, als die Panzer des Warschauer Pakts nach Prag rollten und die Reformbewegung auf Befehl Moskaus zermalmten.

Im Gegensatz zu vielen seiner politischen Freunde wurde er nicht verhaftet oder gar getötet. Er kehrte zu seiner Bank zurück, emigrierte jedoch bald darauf in die Vereinigten Staaten. Später würde er immer wieder erzählen, dass er damals nur die Kleider, die er am Leib trug, und seine Träume mitgenommen habe.

Tatsächlich waren seine Träume in Erfüllung gegangen.

Im Jahr 1969 ging er nach New York, um an der NYU zu studieren. Nach seinem Studienabschluss stieg er erneut ins Bank- und Finanzgeschäft ein. Erst hatte er ein paar gute, dann ein paar hervorragende Jahre, und bereits Anfang der Achtziger war er einer der reichsten Männer an der Wall Street.

Er erwarb zwar zahlreiche Immobilien einschließlich seiner Wohnsitze in Rhode Island, Los Angeles, Aspen und Manhattan, doch gaben er und seine Frau in den Achtzigerjahren den Großteil ihres Geldes für wohltätige Zwecke aus. Sie unterstützten die Reformer in Osteuropa, die genau den Wandel durchführen wollten, der ihnen während des Prager Frühlings nicht gelungen war. Nach dem weltweiten Ende des Kommunismus gründete Paul das Progressive Nations Institute, das in autoritären Ländern in der ganzen Welt einen Wandel von unten befördern sollte. Außerdem finanzierte er rund um den Globus Entwicklungsprojekte, von Initiativen für sauberes Wasser in Zentralamerika bis zu Minenräum-Aktionen in Laos.

In den späten Neunzigern richtete Laska sein Interesse vermehrt auf seine Wahlheimat. Er hatte schon lange das Gefühl, dass das Amerika *nach* dem Ende des Kalten Kriegs nicht besser war als die Sowjetunion *vor* dessen Ende. Für ihn traten die Vereinigten Staaten im Rest der Welt mit brachialer Gewalt auf. Sie waren eine Bastion des Rassismus und der Bigotterie. Jetzt, da es die Sowjetunion nicht mehr gab, steckte er Milliarden Dollar in den Kampf gegen amerikanische Übel, wie er sie verstand. Daneben spekulierte er jedoch weiter erfolgreich in dem kapitalistischen Heiligtum, das als New Yorker Börse bekannt war. Den Rest seiner Zeit verbrachte Laska damit, die Feinde des Kapitalismus mit seinem Geld zu unterstützen.

Im Jahr 2000 gründete er die Progressive Constitution Initiative, eine linksliberale politische Aktionsgruppe, die gleichzeitig eine Anwaltskanzlei war, und engagierte für sie die besten und klügsten radikalen Juristen und Rechtsanwälte, die in der Bürgerrechtsorganisation ACLU, der akademischen Welt und in privaten Anwaltsbüros zu finden waren. Es war die Hauptaufgabe dieser Organisation, neben Bundesstaaten und Gemeinden vor allem die US-Regierung zu verklagen, wenn diese ihrer Meinung nach ihre Macht missbraucht hatten. Sie verteidigte all jene, die von den Vereinigten Staaten strafrechtlich verfolgt wurden, und wurde bei allen Todesurteilen auf Staats- oder Bundesebene tätig.

Seit dem Tod seiner Frau vor sieben Jahren lebte Laska allein mit seiner Dienerschaft und seiner Leibwache. Trotzdem waren seine stattlichen Wohnhäuser alles andere als einsame Orte. Er veranstaltete rauschende Feste, an denen progressive Politiker, Aktivisten und Künstler sowie wichtige ausländische Persönlichkeiten teilnahmen. Das Progressive Nations Institute saß im Zentrum Manhattans und die Progressive Constitution Initiative in der Hauptstadt Washington, aber das Zentrum des übergreifenden Laska'schen Glaubenssystems war das Anwesen in Newport. Es war nicht übertrieben, wenn manche Leute behaupteten, an Paul Laskas Swimmingpool sei mehr progressive Gelehrsamkeit versammelt als in den meisten linksliberalen Denkfabriken.

Sein Einfluss beschränkte sich jedoch nicht auf seine Organisationen oder seine Gartenpartys. Seine Stiftung finanzierte viele linke Websites und Medienerzeugnisse. Dazu gehörte unter anderem eine vertrauliche Internet-Tauschbörse, auf der linke Journalisten Ideen austauschen und gemeinsam über eine bündige fortschrittliche Botschaft nachdenken konnten. Paul finanzierte, manchmal offen, manchmal verdeckt, viele Radio- und Fernsehsender im ganzen Land. Als Gegenleistung waren sie angehalten, positiv über ihn und seine Anliegen und Initiativen zu berichten. Schon mehrmals wurde einem Sender zeitweise oder auf Dauer der Geldhahn zugedreht, wenn seine Berichterstattung nicht mit den politischen Überzeugungen des Mannes übereinstimmte, der ihn unter der Hand finanzierte.

Seit fünfzehn Jahren steckte er bedeutende Summen in Ed Kealtys Wahlkämpfe. Viele Polit-Junkies behaupteten sogar, dass Paul Laska zum großen Teil für Kealtys Erfolge verantwortlich sei. In Interviews tat er diese Behauptungen mit einem Achselzucken ab, privat machten sie ihn jedoch wütend. Kealty hatte ihm nicht einen Großteil seines Erfolgs zu verdanken. Er hatte ihm seinen *gesamten* Erfolg zu verdanken! Laska hielt Kealty für einen gut frisierten Dummkopf, aber einen Dummkopf mit den richtigen Ideen und Verbindungen. Deshalb unterstützte er ihn schon seit vielen Jahren.

Natürlich wäre es unfair, die politischen Überzeugungen des milliardenschweren Einwanderers in einer einzigen Überschrift zusammenzufassen, aber die *New York Post* hatte das tatsächlich in ihrem Bericht über eine Rede getan, die Laska auf einer Spendenwerbeversammlung Kealtys gehalten hatte. Im typischen Stil dieses New Yorker Boulevardblattes hatten sie in zentimetergroßen Lettern die Schlagzeile gedruckt: »Laska an Ryan: Du kotzt mich an!« Nur Stunden nach dem Erscheinen der Zeitung wurde Ryan fotografiert, wie er lächelnd vor der Kamera posierte und dabei die Zeitung in einer »Dewey schlägt Truman«-Pose hochhielt.

Laska wollte dem nicht nachstehen und ließ sich ebenfalls mit dieser Zeitung fotografieren. Das Foto war jedoch ein Beispiel für Laskas humorlosen Stil. Er hielt die Zeitung ohne ein Lächeln mit ausdruckslosem Blick in die Kamera, seine Augen eingerahmt von einer eckigen Brille auf einem eckigen Kopf.

Dieser Aufnahme fehlte natürlich die unbeschwerte Note von Ryans Foto.

Tatsächlich hasste Laska Jack Ryan aus tiefstem Herzen. Anders ließen sich die Gefühle nicht beschreiben, die er für diesen Mann hegte. Für Laska war Ryan die perfekte Verkörperung all dessen, was an Amerika übel und falsch war. Ein ehemaliger Offizier, ein ehemaliger Chef der gefürchteten und verhassten CIA, vor allem jedoch ein ehemaliger Geheimdienstagent, dessen weltweite Übeltaten man unter den Teppich gekehrt und durch eine Legende ersetzt hatte, aufgrund deren ihn die Narren im tiefsten Mittleren Westen für eine Art rauen, sympathischen Beschützer hielten.

Nach Laskas Meinung war Ryan dagegen ein übler Charakter.

Paul hatte während Ryans erster Präsidentschaft schwer gelitten, und er hatte Ed Kealty in seinem Wahlkampf gegen Ryans Handlanger und Befehlsempfänger Robby Jackson unterstützt. Als Jackson, der in den Meinungsumfragen meilenweit führte, kurz vor der Wahl ermordet wurde, gelangte Kealty quasi kampflos in das Präsidentenamt. Doch er war nicht der Retter, den die Progressiven erhofft hatten. Er hatte zwar bei Themen, die den Linken besonders am Herzen lagen, im Kongress einige Erfolge erzielt.

Was jedoch Laskas Hauptanliegen anging, etwas an der rücksichtslosen Durchsetzung der amerikanischen Macht im In- und Ausland durch die US-Regierung zu ändern, hatte sich Kealty als nicht viel besser als sein Vorgänger erwiesen. Er hatte mehr Raketen auf Staaten abgefeuert, mit denen Amerika nicht im Krieg lag, als jeder andere Präsident vor ihm. Außerdem hatte er an Bundesgesetzen, die die persönliche Freiheit einschränkten und illegalen Hausdurchsuchungen und Beschlagnahmungen sowie Überwachungsmaßnahmen Vorschub leisteten, zu Paul Laskas Enttäuschung nur kosmetische Änderungen vorgenommen.

Nein, der Tschechoamerikaner war mit Ed Kealty nicht zufrieden. Trotzdem war er zehnmal besser als jeder Republikaner, der gegen ihn antreten würde. Deshalb hatte Laska bereits kurz nach Kealtys Amtsantritt damit begonnen, dessen Wiederwahl mit großen Summen sicherzustellen.

Diese Investitionen gerieten jedoch in Gefahr, als Ryan seinen Hut in den Ring warf. Als Ryan im Frühsommer gestärkt aus dem republikanischen Wahlparteitag herauskam, sah die Sache bereits dermaßen schlecht aus, dass Laska Kealtys Wahlkampfmanager mitteilte, dass er seine Spenden für den hart bedrängten demokratischen Amtsinhaber zurückschrauben werde.

Er sagte es zwar nicht laut, aber die Botschaft war klar: Ed war ein hoffnungsloser Fall.

Kealty und seine Leute reagierten sofort. Bereits am nächsten Morgen flog Laska mit seinem Jet von Santa Barbara nach Washington, die Einladung zu einem persönlichen Dinner mit dem Präsidenten in der Tasche. Nach seiner Ankunft wurde er ohne Aufsehen ins Weiße Haus gebracht. Über den Besuch würde es keinerlei Aufzeichnungen geben. Dann setzte sich Kealty mit dem ehrenwerten linkslastigen Königsmacher zu Tisch.

»Paul, im Moment sieht es vielleicht nicht ganz so gut

aus«, sagte der Präsident zwischen zwei Schlucken edlen Burgunders, »aber ich habe noch einen einmaligen Trumpf in der Hinterhand.«

»Wird es diesmal wieder einen Mordanschlag geben?«

Kealty wusste, dass Laska keinerlei Humor besaß, sodass diese Frage tatsächlich ernst gemeint sein musste. »Um Himmels willen, Paul!« Kealty schüttelte heftig den Kopf. »Nein! Ich hatte nichts zu tun mit … Ich meine … Sie sollten nicht einmal …« Kealty brach ab, seufzte und ließ es dabei bewenden. »Ich habe den Emir in Gewahrsam. Wenn die Zeit reif ist, ziehe ich ihn aus dem Ärmel und werde damit Jack Ryans idiotischer Behauptung ein für alle Mal ein Ende bereiten, dass ich den Terrorismus nicht genügend bekämpfe.«

Laska hob seine buschigen Augenbrauen. »Wie haben Sie ihn erwischt?«

»Es spielt keine Rolle, wie ich ihn erwischt habe. Wichtig ist, *dass* ich ihn habe.«

Paul nickte langsam und nachdenklich. »Was werden Sie mit dem Emir tun?«

»Das habe ich Ihnen doch gerade erzählt. Kurz vor dem Wahltag – mein Wahlkampfmanager Benton Thayer hält die zweite oder dritte Debatte für den besten Zeitpunkt – werde ich dem ganzen Land verkünden, dass …«

»Nein. Ich spreche von seinem Prozess. Wie werden Sie ihn für seine angeblichen Taten belangen?«

»Oh.« Kealty wedelte mit der einen Hand in der Luft, während seine andere mit der Silbergabel ein saftiges Stück Prime-Rip-Steak aufspießte. »Justizminister Brannigan möchte ihm in New York den Prozess machen. Ich werde dem wahrscheinlich zustimmen.«

Laska nickte. »Ich glaube, genau das sollten Sie tun. Und Sie sollten der Welt eine Botschaft senden.«

Kealty legte den Kopf schief. »Welche Botschaft?«

»Dass Amerika endlich wieder das Land der Gerechtigkeit und des Friedens geworden ist und es hier keine Pseudogerichte mehr gibt.«

Kealty nickte langsam. »Sie möchten, dass Ihre Stiftung ihn verteidigt, habe ich recht?«

»Das ist der einzige Weg.«

Kealty nickte und nippte an seinem Wein. Er hatte also etwas, was Laska wollte. Einen hochkarätigen Fall, bei dem die US-Regierung der Gegner war. »Das kann ich arrangieren, Paul. Ich werde zwar von der Rechten beschossen werden, aber das juckt mich nicht die Bohne. Auch auf der Linken werden wir wahrscheinlich auf mehr Ambivalenz stoßen, als mir lieb ist, aber niemand auf unserer Seite des Ganges wird allzu sehr dagegen protestieren.«

»Ausgezeichnet«, sagte Laska.

Kealtys Ton änderte sich jetzt etwas, da er nicht mehr mit dem Hut in der Hand vor Laska sitzen musste. »Natürlich wissen Sie, was ein Sieg von Ryan für diesen Prozess bedeuten würde. Ihre Progressive Constitution Initiative würde bei einem Militärgericht in Gitmo keine Rolle spielen können.«

»Ich verstehe.«

»Ich kann das also nur arrangieren, wenn ich gewinne. Und selbst mit dieser großen Enthüllung, die ich für die Kandidatendebatte plane, werde ich nur gewinnen, wenn Sie mich weiterhin unterstützen. Kann ich auf Sie zählen, Paul?«

»Sie übertragen meinen Leuten die Vertretung für den Emir, und ich werde weiter hinter Ihnen stehen.«

Kealty grinste über beide Ohren. »Großartig.«

Paul Laska lag im Bett und dachte an diese Unterredung im Weißen Haus zurück. In den folgenden Monaten hatte Laskas PCI-Anwaltsteam in Zusammenarbeit mit dem

Justizministerium alle kniffligen Rechtsdetails bereinigt. Nachdem nun die Nachricht von seiner Gefangennahme heraus war, würden Laskas Leute sofort damit beginnen, die Verteidigung des Emirs vorzubereiten.

Während Paul dem Ticken der Standuhr in der Ecke seines dunklen Schlafzimmers zuhörte, konnte er nur noch daran denken, dass Ryan dies alles verhindern würde, wenn er zum Präsidenten der Vereinigten Staaten gewählt wurde.

Wenn und nicht *falls*, sagte sich Laska.

Hovno. Verdammter Ed Kealty. Der konnte nicht einmal eine Debatte gewinnen, in der er die beste Nachricht zu verkünden hatte, die das Land seit Jahren gehört hatte.

Scheißkerl!

Paul Laska entschloss sich in diesem Moment, für diesen Versager Ed Kealty keinen müden Cent mehr auszugeben.

Nein, ab jetzt würde er seine Gelder und seine Macht nur noch für eine einzige Sache einsetzen: Die Vernichtung John Patrick Ryans entweder vor seiner unvermeidlichen Wahl ins Oval Office oder während seiner Präsidentschaft.

21

Am Tag nach dem Einsatz in Paris saßen alle Beteiligten im Konferenzraum im achten Stock von Hendley Associates in West Odenton, Maryland. Die fünf Männer waren immer noch müde von der Operation, hatten jedoch vor dieser Einsatznachbesprechung daheim immerhin ein paar Stunden schlafen können.

Clark hatte aufgrund der Medikamente länger geschlafen als die anderen. Im Flugzeug hatte ihn Adara Sherman mit so vielen Schmerzmitteln vollgepumpt, dass er bis zur Landung außer Gefecht gesetzt war. Gerry Hendley und Sam Granger hatten ihn höchstpersönlich am Flughafen abgeholt und in die Privatpraxis eines Chirurgen gefahren, den Hendley in Baltimore für genau solche Fälle engagiert hatte. Tatsächlich musste Clark dann gar nicht operiert werden. Der Arzt war voller Lob für diejenigen, die die Verletzung gesäubert und verbunden hatten.

Er hatte natürlich keine Ahnung, dass den Patienten eine Frau verarztet hatte, die im Irak und in Afghanistan mehr als genug Schusswunden gesehen hatte, von denen die meisten weit schlimmer waren als das Loch von einem 9-mm-Geschoss, das von Clarks Elle abgeprallt war. Die Röntgenaufnahme zeigte eine einfache Haarfraktur des Knochens. Hendleys Chirurg musste Clark dann nur noch einen abnehmbaren Gipsverband und eine Schlinge anlegen und ihm eine ordentliche Dosis Antibiotika verabreichen. Am Schluss wurde er wieder einmal zu absolutem Schweigen verpflichtet.

Hendley und Granger fuhren Clark nach Hause, wo Johns Frau Sandy, eine pensionierte Krankenschwester, und seine Tochter Patsy, selbst eine Ärztin, auf ihn warteten. Sie schauten noch einmal nach seiner Wunde und ignorierten dabei seine Proteste, es gehe ihm gut, und seine Klagen, er habe es satt, dass man ständig an dem medizinischen Klebeband zog, das seinen Verband festhielt. Schließlich konnte John noch ein paar Stunden schlafen, bevor er selbst zur morgendlichen Einsatznachbesprechung ins Campus-Hauptquartier fuhr.

Gerry Hendley betrat als Letzter den Konferenzraum, zog seinen Mantel aus und hängte ihn über den Stuhl am Kopfende des Tisches. Er ließ einen langen Seufzer hören und sagte: »Meine Herren, ich für meinen Teil sehne mich nach den Tagen der Giftkugelschreiber zurück.«

Bei den ersten Tötungsmissionen des Campus hatten die Agenten Succinylcholin-Stifte benutzt, die ein äußerst effizientes Mittel waren, um jemand ohne großes Aufsehen ins Jenseits zu befördern. Drehte man an dem Kugelschreiberknopf, fuhr eine Spritzenspitze heraus. Dann musste man nur noch an der Zielperson vorbeispazieren und ihr dabei blitzschnell den Tötungsstift in den Hintern stechen. In fast allen Fällen konnte der Angreifer danach einfach unerkannt weitergehen, während die Zielperson selbst sich erst einmal nur fragte, was sie denn da gestochen hatte.

Einige Augenblicke später erlitt die Zielperson einen Herzanfall und starb. Ihre eventuellen Begleiter beugten sich über sie und hatten keine Ahnung, wie das geschehen konnte. Sie hatten keine Ahnung, dass der Mann, der da verzweifelt nach Luft rang, vor ihren Augen ermordet worden war.

Das Ganze war schnell und sauber, und genau darauf hatte Gerry angespielt. Gegen einen Herzanfall konnte man nicht kämpfen. Niemand zog eine Pistole oder ein Messer, denn das Opfer bekam ja überhaupt nicht mit, dass es angegriffen worden war.

»Es wäre doch zu schön, wenn es immer so gehen würde«, seufzte Gerry.

Als Nächstes erzählte jeder Agent, was er getan und was er gesehen hatte und was er jetzt im Nachhinein darüber dachte. Das dauerte einen Großteil des Vormittags. Am Ende waren sie sich einig, dass sie alle mit Ausnahme einiger kleinerer Kritikpunkte äußerst gut und professionell auf die Änderung des Einsatzplans in letzter Minute reagiert hatten.

Außerdem stimmten sie alle darin überein, dass sie trotz John Clarks Armverletzung großes Glück gehabt hatten.

Der Operationschef des Campus Sam Granger hatte während der gesamten bisherigen Unterredung kaum etwas gesagt. Schließlich war er nicht vor Ort gewesen. Als die fünf Außenagenten jedoch geendet hatten, stand er auf und wandte sich an den ganzen Tisch: »Wir sind jetzt alles durchgegangen, was passiert ist. Jetzt ist es Zeit, über die möglichen negativen Auswirkungen und Folgen der Operation zu reden. Ihr Jungs habt zwar die DCRI-Beamten gerettet und einen bekannten Terrorführer und fünf seiner Männer ausgeschaltet, aber das würde das FBI nicht daran hindern, Hendley Associates mit einer Razzia zu beglücken, wenn es erfährt, dass wir in die Sache verwickelt waren.«

Caruso und Driscoll, die immer alles am leichtesten nahmen, mussten lächeln. Granger fuhr fort: »Ich habe die Presseberichte über diese Ereignisse verfolgt. Es wird bereits darüber spekuliert, dass die französischen Geheimdienstler bei einer bewaffneten Auseinandersetzung zweier Terrororganisationen zwischen die Fronten geraten sein könnten. Allerdings hat bisher niemand berichtet, dass die DCRI-Leute von plötzlich aufgetauchten unbekannten Bewaffneten gerettet wurden. So beschissen euch eure immer komplizierter werdende Operation vorgekommen sein mag, für die DCRI war das Ganze noch weit verwirrender. Sie haben nur mitbekommen, dass schwer bewaffnete Männer in ihr Hotelzimmer eingebrochen sind und dort aufeinander geschossen haben. Ich kann mir nur schwer vorstellen, was sie sich dabei gedacht haben.«

Sam zeigte auf Rick Bell, den Analysechef des Campus. »Glücklicherweise muss ich das nicht. Rick hat seinen Analysten aufgetragen, herauszufinden, was die französischen Behörden über die ganze Angelegenheit wissen oder zu wissen glauben.«

Rick stand auf. »Die DCRI und die Kriminalpolizei ermitteln beide. Dabei hat die DCRI jedoch den Ermittlern der Polizei nicht erlaubt, ihre Agenten vor Ort zu vernehmen. Die Kripo kommt deshalb mit ihren Ermittlungen nicht voran. Die DCRI weiß zwar, dass es hier zwei unterschiedliche Gruppen von Akteuren gegeben hat und es sich nicht um eine einzelne Zelle handelte, deren Mitglieder in Streit gerieten und aufeinander schossen. Mehr als das haben sie jedoch auch noch nicht herausgefunden, aber sie werden auf jeden Fall noch tiefer bohren.

Dass sie ihre Ermittlungen fortsetzen, ist die schlechte Nachricht, aber wir haben nichts anderes erwartet. Aber es gibt auch eine gute Nachricht. Was die Videoüberwachung angeht, scheint ihr Jungs auf der sicheren Seite zu sein. Es gibt nur ein paar unscharfe Aufnahmen von weit entfernten Straßenkameras. Man sieht Jack, wie er auf dem Weg zum Hôtel de Sers die Avenue George-V überquert, und John, wie er das Four Seasons betritt und kurz darauf wieder herauskommt. Später biegen dann Ding und Dom mit ihrer Ausrüstung unter den Parkas um die Ecke. Allerdings besitzt selbst die beste Gesichtserkennungs-Software der Welt nicht die Algorithmen, die nötig wären, um die Verzerrungsmasken und die Sonnenbrillen herauszurechnen, die ihr Gott sei Dank auf eurem Einsatz getragen habt.«

Rick setzte sich, und Sam Granger ergriff wieder das Wort: »Natürlich kann es durchaus sein, dass einige Touristen mit ihrem Handy eine Nahaufnahme von euch gemacht haben. Sollte dies passiert sein, so sind solche Bilder jedenfalls bisher noch nicht aufgetaucht.«

Einige im Zimmer nickten, aber keiner sagte ein Wort.

Jetzt war erneut Rick an der Reihe. »Okay. Jetzt sollten wir über das reden, was ihr Jungs verhindert habt. Laut einem abgehörten Gespräch zwischen französischen Sicherheitsbeamten hatten al-Qahtani und seine Männer insgesamt fünfhundert Schuss Munition dabei. Sie hatten keine Schalldämpfer auf ihre Maschinenpistolen geschraubt. Diese Bastarde wollten ein Massaker veranstalten und sich dann den Fluchtweg freischießen. Ihr habt sechs Geheimdienstbeamten und wahrscheinlich noch weiteren zwanzig Polizisten und Zivilisten das Leben gerettet.«

»Was ist mit Rokki?«, fragte Chavez.

»Er ist verschwunden. Hundert Polizeisirenen haben dafür gesorgt.«

»Ich bin der Meinung, dass Hosni Rokki und seine Männer nur als Ablenkung dienen sollten«, sagte Granger. »Sie sollten dort gar keinen Terroranschlag verüben. Sie waren nicht da, weil sie über das Burka-Verbot wütend gewesen wären. Meiner Meinung nach hat sie al-Qahtani nur nach Paris beordert, damit sie die französischen Sicherheitskräfte so weit aus der Deckung locken, dass al-Qahtani und die echte Terrorgruppe, die sich bereits vor Ort befand, sie identifizieren und töten könnten.«

»Verdammt«, rief Ryan. »Ich habe uns überhaupt erst in diese Bredouille gebracht, weil ich John und Ding Rokki hinterhergeschickt habe.«

»Ich bin froh, dass du das gemacht hast«, erwiderte Clark. »Wenn wir nicht dort gewesen wären, hätte das schlimme Folgen gehabt. Kurzfristig hast du einige unschuldige Leben gerettet. Langfristig ... verdammt, diese DCRI-Agenten werden vielleicht eines Tages die Welt retten. Ich bin froh, dass sie das jetzt immer noch machen können.«

»Wenn man's so nimmt«, sagte Ryan mit einem Schulterzucken. Das ergab Sinn.

Gerry Hendley wandte sich wieder an Granger: »Ihr Fazit, Sam?«

»Mein Fazit lautet ... ihr Jungs habt das gut gemacht. Aber trotzdem darf so etwas nicht noch einmal passieren. Ein Feuergefecht auf den Straßen einer europäischen Hauptstadt, und das vor den Augen von Kameras, Zeugen, Polizisten und Zivilisten! Deshalb haben wir den Campus nicht geschaffen. Mein Gott, das hätte in einer absoluten Katastrophe enden können.«

Jack Ryan jr. war in den letzten vierundzwanzig Stunden in Hochstimmung gewesen. Er war der Meinung gewesen, dass mit Ausnahme von Clarks verletztem Arm alles perfekt gelaufen war. Nur dass Rokki und seine Männer entkommen konnten, war ein kleiner Wermutstropfen. Selbst Johns Verwundung stellte sich dann ja als nicht allzu schwer heraus. Irgendwie hatte Sam Granger das alles jetzt in die richtige Relation gebracht. Nun war sich Jack nicht mehr so sicher, ob er und sein Team wirklich so großartig gewesen waren. Stattdessen fragte er sich, ob sie nicht einfach nur großes Glück gehabt hatten. Sie waren auf einer Rasierklinge geritten und dann doch nicht heruntergefallen. Es gibt also so etwas wie Glück, erkannte

Jack. Dieses Mal war es ihnen günstig gewesen. Das nächste Mal ließ es sie vielleicht im Stich.

Als sie das Treffen für eine Mittagspause unterbrachen, bat Hendley Ryan noch ein paar Minuten dazubleiben. Auch Chavez und Clark blieben im Konferenzraum.

Jack jr. dachte, er bekomme jetzt den Kopf gewaschen, weil er sich während des Einsatzes mit Clark gestritten hatte, als dieser ihn aufgefordert hatte, sich auf keinen Kampf einzulassen und sofort in die Lobby hinunterzugehen. Seitdem hatte er eigentlich auf eine solche Abreibung gewartet. Wenn John auf dem Heimflug nicht verletzt und ruhiggestellt gewesen wäre, hätte er Jack wohl schon im Flugzeug die Leviten gelesen.

Überraschenderweise hielt ihm Gerry jedoch keinen Vortrag, wie wichtig es sei, Befehle zu befolgen. Tatsächlich hatte er etwas ganz anderes vor. »Jack, es hat uns alle beeindruckt, wie hart Sie in den vergangenen Monaten trainiert haben. Andererseits sind wir nur eine recht kleine Organisation, und bei dem gegenwärtigen gestiegenen Operationstempo kann ich keinen einzigen Tag auf Sie verzichten. Ich werde Sie deshalb für eine gewisse Zeit von Ihrem Training abziehen.«

»Gerry, ich weiß, dass …«

Hendley wollte Ryans Einwände mit einer Handbewegung stoppen, aber in diesem Moment mischte sich Chavez ein.

»Gerry hat recht. Wenn wir eine größere Organisation wären, könnten wir unsere Agenten auch einmal eine Zeit lang zum Training abstellen. Was du da tust, verdient den allergrößten Respekt, und ich weiß, dass es dir eine Menge gebracht hat. In Paris hast du jedoch gezeigt, dass du inzwischen fest zu unserem Team gehörst. Wir alle brauchen dich da draußen.«

Chavez' Meinung war Jack jr. enorm wichtig, aber er

hatte trotzdem das Gefühl, dass er noch mehr Erfahrung benötigte. Mit seinen sechsundzwanzig Jahren hielt er es auch für unwahrscheinlich, dass er sich bei seinem Training ernsthaft verletzen könnte. »Jungs, ich weiß eure Anerkennung zu schätzen. Wirklich. Ich glaube nur …«

Jetzt meldete sich Clark zu Wort. »Den Rest deiner Ausbildung wirst du auf unseren Einsätzen absolvieren.«

Ryan sagte nichts mehr und nickte. »Okay.«

Als die vier Männer den Konferenzraum verließen, schloss Ryan auf dem Gang zu Clark auf. »He, John. Hast du einen Moment Zeit?«

»Klar. Worum geht es?«

»Macht es dir etwas aus, wenn wir in dein Büro gehen?«

»Nicht, wenn du uns beiden einen Kaffee holst.«

»Ich rühre dir sogar den Zucker um, damit du mit deiner einen Hand nicht den ganzen Kaffee über den Schreibtisch schüttest.«

Fünf Minuten später schlürften die beiden in Clarks Büro ihr Koffeingetränk. Clark hatte seinen verletzten Arm aus der Schlinge genommen und samt Gipsverband auf die Schreibtischplatte gelegt.

»John«, begann Ryan. »Als du mich angewiesen hast, zur Lobby hinunterzugehen, hätte ich das nicht infrage stellen dürfen. Ich hatte unrecht, und es tut mir leid.«

Clark nickte. »Ich war schon ein paar Mal in ähnlichen Situationen. Ich weiß, was ich tue.«

»Natürlich. Ich dachte nur …«

Der Ältere unterbrach ihn. »Denken ist gut. Dein Nachdenken hat uns auf Rokkis Spur gesetzt, sodass wir unseren französischen Kollegen helfen konnten. Als du den verdächtigen Lieferwagen gesehen hast, hat uns dein Nachdenken zum richtigen Ort geschickt. Dein Nachdenken hat einer Menge Menschen das Leben gerettet. Ich werde dir niemals sagen, dass du mit dem Denken aufhören sollst.

Aber ich *werde* dir sagen, wann es Zeit ist, den Mund zu halten und Befehle zu befolgen. Wenn jeder macht, was er selbst gerade für richtig hält, wenn die Kugeln zu fliegen beginnen, werden wir nicht als verschworene Einheit operieren können. Manchmal wirst du vielleicht den Befehl nicht mögen, den man dir gibt, manchmal mag er dir sogar unsinnig erscheinen. Trotzdem musst du tun, was man dir befohlen hat. Wenn du eine Zeit lang beim Militär gedient hättest, würdest du das ganz automatisch tun. So musst du mir einfach vertrauen.«

Ryan nickte nur. »Du hast recht. Ich habe mich von meinen Emotionen überwältigen lassen. Das wird nicht mehr vorkommen.«

Jetzt nickte Clark und lächelte.

»Was ist los?«, fragte Jack.

»Du und dein Dad.«

»Was ist mit meinem Dad?«

»Ihr seid euch wirklich ähnlich. Ich könnte dir Geschichten erzählen …«

»Mach doch!«

Aber der Ältere schüttelte nur den Kopf. »Du musst nicht alles wissen, Junge.«

Jetzt musste auch Jack lächeln. »Irgendwann und irgendwie werde ich diese Geschichten schon noch aus dir oder aus meinem Dad herausholen.«

»Deine beste Gelegenheit wäre der Rückflug über den Atlantik gewesen. Miss Sherman hatte mich so mit Schmerzmitteln vollgepumpt, dass ich ganz schön durch den Wind war.«

Ryan lachte. »Ich habe meine Chance verpasst. Ich hoffe, ich bekomme eine andere, ohne dass man dich zuvor anschießen muss.«

»Ich auch, mein Junge.« Clark schüttelte den Kopf und kicherte. »Ich bin schon schlimmer getroffen worden, aber das war das erste Mal, dass ich eine Kugel von einem Polizisten abbekommen habe, der einfach nur seine Pflicht erfüllen wollte. Wenn überhaupt, muss ich auf mich selbst sauer sein.«

Clarks Telefon auf dem Schreibtisch zwitscherte. Er hob ab. »Ja? Klar, ich schicke ihn runter. Ich auch? Okay, wir sind gleich da.« Clark schaute Ryan an, als er auflegte. »Tony Wills will uns in deiner Box sprechen.«

22

Tony Wills saß in seiner Box, die direkt neben der von Ryan lag. Neben ihm saß Gavin Biery, der IT-Chef des Campus. Auf Ryans Stuhl wartete Dom Caruso auf seinen Cousin. Sam Driscoll lehnte an der Trennwand zwischen den beiden Boxen. Davor standen der Operationschef Sam Granger und der Analysechef Rick Bell.

»Ist das hier eine Überraschungsparty?«, fragte Ryan. Caruso und Driscoll zuckten die Achseln. Sie wussten auch nicht, warum Tony Wills sie heruntergerufen hatte.

Wills grinste sie fröhlich an. Er forderte sie alle auf, sich um seinen Bildschirm zu versammeln. »Es hat eine Weile gedauert, vor allem weil uns der Einsatz in Paris dazwischenkam, aber auch wegen der schlechten Qualität der Fotos. Jetzt hat uns unsere Gesichtserkennungs-Software jedoch endlich Informationen über den Kerl geliefert, der sich neulich in Kairo mit Mustafa el-Daboussi getroffen hat.«

»Cool«, sagte Dom. »Wer ist es?«

»Gavin«, sagte Wills. »Sie sind dran.«

Biery wechselte mit Wills den Platz. »Nun, die Software hat für den Mann in Kairo zwei Treffer ausgespuckt.« Er tippte etwas in die Computertastatur ein. Auf der einen Hälfte des 22-Zoll-Bildschirms erschien eines der Fotos, die Dom mit seiner verdeckten Kamera in der Kairoer Karawanserei geschossen hatte.

Gavin ergriff wieder das Wort. »Laut Gesichtserkennung gibt es eine dreiundneunzigprozentige Wahrscheinlichkeit, dass dieser Kerl hier ...«, er klickte auf seine Maus, »... dieser Typ ist.« Neben Doms Foto erschien jetzt das Bild eines Mannes. Es war das pakistanische Passfoto eines gewissen Khalid Mir. Er trug eine Brille mit runden Gläsern und einen sauber gestutzten Bart. Er sah jedoch einige Jahre jünger aus als auf dem Foto aus Kairo.

»Er hat sich ziemlich verändert, aber ich glaube, es ist derselbe Mann«, sagte Caruso.

»Tatsächlich?«, sagte Wills. »Also dann ist es Khalid Mir, alias Abu Kashmiri, ein bekannter Kämpfer der Lashkar-e-Taiba drüben in Pakistan. Die sind wirklich übel, und Khalid Mir war einer ihrer Anführer.«

»War?«

Ryan kam Wills mit der Antwort zuvor: »Er wurde angeblich vor etwa drei Jahren in Pakistan bei einem von Kealty angeordneten Drohnenangriff getötet. Damals begann die LeT gerade, ihre Kämpfer auch gegen westliche Ziele einzusetzen. Vorher war sie eine rein kaschmirische Terrororganisation, die einzig gegen Indien kämpfte.«

Dom Caruso drehte sich um und schaute Ryan an. »Nichts für ungut, jr., aber solltest du nicht eigentlich alle diese Typen sofort erkennen, wenn du sie siehst?«

Jack zuckte die Achseln. »Wenn dieser LeT-Typ gegen Indien kämpfte und vor drei Jahren starb, passte er nicht gerade in mein Raster von Terroristen, die dem Westen gefährlich werden können.«

»Das klingt plausibel. Entschuldigung.«

»Keine Ursache.«

Granger schaute jetzt Driscoll an. »Sam? Sie sagen ja gar nichts. Dom hält ihn für den Mann, den Sie in Kairo gesehen haben.«

Dom antwortete für seinen Partner. »Sam hielt den Typ damals für einen hohen Offizier.«

Driscoll nickte. »Ich war mir sicher, aber diesem Foto nach müsste es derselbe Mann sein.«

Gavin Biery lächelte. »Sie haben ihn also für einen hohen Offizier gehalten? Nun, laut der Gesichtserkennungs-Software gibt es eine neunundneunzigprozentige Wahrscheinlichkeit, dass Sie recht haben.« Er klickte noch einige Male auf seine Maus. Khalid Mirs Passfoto verschwand. An seiner Stelle erschien das körnige Foto eines Mannes in olivgrüner Uniform, der gerade mit einigen Papieren unter dem Arm und einer Aktenmappe eine Straße überquerte. Dieser Mann sah älter aus als Khalid Mir auf seinem Passfoto und hatte ein fülligeres Gesicht.

Driscoll nickte heftig. *»Das* ist der Typ aus Kairo.«

»Das gibt's doch nicht«, murmelte Sam Granger. »Wer ist es, Tony?«

»Das ist Brigadegeneral Riaz Rehan.«

»General in welcher Armee?«

»Der pakistanischen. Gegenwärtig ist er auch Direktor der Joint-Intelligence-Miscellaneous-Abteilung des ISI. Tatsächlich ist er trotz seines hohen Rangs und seiner wichtigen Geheimdienststellung eine schattenhafte Figur. Außer diesem ist kein Foto von ihm bekannt.«

»Moment mal«, warf Clark ein. »Wenn das da der Typ aus Kairo ist, könnte er dann mit Khalid Mir identisch sein?«

»Das könnte sein«, sagte Biery, ohne es näher zu erklären.

Tony Wills schaute ihn tadelnd an. »Gavin, wir haben darüber geredet. Keine dramatischen Effekte, bitte.«

Biery zuckte mit den Schultern. »Verdammt. Uns IT-Leuten gönnt man auch nie ein bisschen Spaß. Okay, es verhält sich folgendermaßen: Beide Bilder, das des ISI-Typs und das des LeT-Typs, sind in der Datenbank erfasst, die die CIA seit Langem für die Gesichtserkennung benutzt. Sie sind jedoch nie miteinander abgeglichen worden.«

»Warum nicht?«, fragte Clark.

Gavin schien froh zu sein, dass jemand diese Frage stellte. »Weil die Gesichtserkennungs-Algorithmen keinesfalls perfekt sind. Sie funktionieren besser, wenn die zu vergleichenden Gesichter aus demselben Winkel und mit denselben Lichtwerten fotografiert wurden. Durch die Vermessung der Abstände zwischen wichtigen Gesichtsmerkmalen wie Augen und Ohren bestimmt die Software eine statistische Wahrscheinlichkeit, ob es sich um dasselbe Gesicht handelt. Wenn es jedoch zu viele Anomalien gibt, weil etwa die Fotos von unterschiedlicher Auflösung sind oder sich einer der Abgebildeten bei der Aufnahme etwas bewegt hat, geht die Übereinstimmungswahrscheinlichkeit steil nach unten. Wir können diese äußerlichen Diskrepanzen bis zu einem gewissen Grad ausgleichen, indem wir zum sogenannten aktiven Erscheinungsmodell greifen, das nicht mehr die Form des Gesichts, sondern nur noch dessen Textur als Vergleichsbasis benutzt.«

Dom Caruso hob abwehrend die Hand. »Es tut mir leid, Gavin, aber wir müssen in zehn Minuten wieder oben sein. Könnten Sie sich nicht etwas kürzer fassen?«

»Dom, geben wir ihm noch eine Minute, okay?«, sagte John.

Dom nickte, und Biery sprach jetzt Clark direkt an, als ob die anderen Männer gar nicht mehr im Raum wären. »Wie dem auch sei, Khalid Mirs Passfoto und das Bild von Riaz, wie er in Peschawar die Straße überquert, sind zu unterschiedlich, als dass sie die gegenwärtige Gesichtserkennungs-Software miteinander verbinden könnte. Es gibt zu viele Abweichungen in Bezug auf den Aufnahmewinkel, die Lichtverhältnisse und die Kameraausrüstung, die für die Aufnahmen benutzt wurde. Außerdem trägt Rehan auch noch eine Sonnenbrille. Das ist zwar für die neueren Softwareprogramme kein solches Problem mehr wie für die früheren Versionen, aber hilfreich ist es auch nicht gerade. Also diese beiden Bilder« – er fuhr mit dem Cursor zwischen den beiden älteren Aufnahmen auf dem Monitor hin und her – »passen nicht zusammen.« Dann bewegte er den Cursor zu dem Foto hinüber, das vor drei Tagen in Kairo aufgenommen wurde. »Aber beide Bilder stimmen mit diesem Foto überein, da es genug Merkmale der beiden anderen in sich vereint. Es steht also sozusagen genau in der Mitte.«

»Also zeigen alle drei Aufnahmen definitiv denselben Mann?«, fragte Chavez.

Biery hob ganz leicht die Schulter. »Definitiv? Nein. Wir verwenden diesen Begriff nicht gern, wenn wir über mathematische Wahrscheinlichkeiten sprechen.«

»Okay, und wie hoch ist die Wahrscheinlichkeit?«

»Zu neunundneunzig Prozent handelt es sich bei dem Typ in Kairo, dem General und dem Toten um ein und denselben Mann.«

Alle Augenbrauen im Zimmer gingen schlagartig nach oben. Ryan sprach für die ganze Gruppe: »Heilige Scheiße!«

»Das kann man wohl sagen«, bestätigte Wills. »Wir haben gerade erfahren, dass ein bekannter Terrorist der LeT nicht nur nicht tot ist, sondern eine Abteilung des pakistanischen Militärgeheimdienstes leitet.«

Granger fügte hinzu: »Dieser Abteilungschef des ISI, der ein LeT-Kämpfer ist oder war, trifft sich jetzt mit einem bekannten Terroristen in Kairo.«

»Ich renne jetzt wohl offene Türen ein«, sagte Dominic, »aber wir müssen unbedingt mehr über diesen Rehan erfahren.«

Granger schaute auf die Uhr. »Also, das war die produktivste Mittagspause, die wir seit Langem hatten. Gehen wir in den Konferenzraum zurück.«

Einen Stock höher informierte Granger Hendley über

die neue Entwicklung. Ab jetzt ging es in dem Treffen nicht mehr um den Einsatz in Paris, sondern um Tony Wills' und Gavin Bierys Entdeckung.

»Das ist eine äußerst wichtige Sache«, sagte Hendley. »Trotzdem sind das alles nur vorläufige Erkenntnisse. Ich möchte deshalb nichts überstürzen und nichts an die CIA, den MI6 oder irgendeinen anderen Geheimdienst durchsickern lassen, was nicht hundertprozentig belegt ist. Wir müssen mehr über diesen ISI-General herausbekommen.«

Alle waren derselben Meinung.

»Und wie stellen wir das an?«, fragte Hendley.

Ryan sprach als Erster. »Wir wenden uns an Mary Pat Foley. Das National Counterterrorism Center dürfte so viel über die Lashkar-e-Taiba wissen wie kaum jemand sonst. Wenn wir mehr über Khalid Mir herausfinden, bevor er Riaz Rehan wurde, können wir vielleicht eine Verbindung zwischen den beiden herstellen.«

Hendley nickte. »Wir haben Mary Pat Foley schon eine Weile keinen Besuch mehr abgestattet. Jack, warum rufen Sie sie nicht an und führen sie zum Essen aus? Danach können Sie sie nach Liberty Crossing zurückbringen und ihr die Verbindung zwischen Mir und Rehan darlegen. Ich wette, sie findet das äußerst interessant.«

»Ich rufe sie noch heute an.«

»Okay. Erzählen Sie ihr jedoch nichts von unseren Quellen und Methoden.«

»Klar.«

»Und Jack? Was immer Sie tun, erwähnen Sie nicht, dass Sie gerade aus Paris zurückgekehrt sind.«

Der ganze Konferenzraum brach in ein müdes Gelächter aus.

23

Der Mietwagen der einundsechzigjährigen Judith Cochrane war mit einem fest eingebauten GPS ausgerüstet, das sie jedoch für die fünfundsechzig Kilometer lange Fahrt überhaupt nicht brauchte. Sie kannte den Weg von Colorado Springs zur Adresse State Highway 67, Nr. 5880, da sie ihn schon oft zurückgelegt hatte, um Klienten zu besuchen.

Ihr gemieteter Chrysler bog von der South Robinson Avenue ab und hielt vor dem ersten Tor des ADX Florence an. Die Wachen kannten sie zwar mittlerweile, kontrollierten jedoch trotzdem sorgfältig ihre Dokumente und ihren Ausweis.

Es war für einen Anwalt gar nicht so einfach, einen Klienten in Florence zu besuchen. Es war jedoch noch weit schwieriger, einen Klienten zu besuchen, der im H-Trakt untergebracht war. Einen Range-13-Gefangenen von Angesicht zu Angesicht zu treffen war fast unmöglich. Cochrane und die Progressive Constitution Initiative bereiteten zwar gerade eine gerichtliche Klage vor, die diesen Zustand ändern sollte, aber im Augenblick blieb ihr nichts anderes übrig, als die Regeln des Höchstsicherheitsgefängnisses zu befolgen.

Als regelmäßige Besucherin des ADX Florence war Judith gut vorbereitet. Sie hatte heute in ihrer Handtasche nichts Wertvolles dabei, weil sie diese in einem Schließfach deponieren musste. Außerdem hatte sie auf Laptop und Handy verzichtet, weil man ihr beides sofort abgenommen hätte. Sie trug bequeme Schuhe, da sie auf ihrem Weg vom Verwaltungstrakt zur Zelle ihres Klienten Hunderte Meter durch lange Gänge und überdachte Außenpassagen zu Fuß gehen musste. Sie hatte für diese Gelegenheit einen besonders konservativen Hosenanzug angezogen, damit ihr der Gefängnisdirektor den Zugang nicht mit der vorgeschobenen Begründung verweigern konnte, sie sei zu aufreizend gekleidet.

Sie wusste, dass sie mehrere Röntgenmaschinen und Ganzkörper-Scanner durchlaufen musste. Aus diesem Grund hatte sie die Gefängnisordnung für Besucher befolgt und heute Morgen keinen Bügel-BH angezogen.

Sie fuhr am Wächterhäuschen vorbei und eine lange hohe Mauer entlang. Auf der Ringstraße in Richtung Süden musste sie noch einige weitere automatische Tore passieren. Auf ihrer langsamen Fahrt kam sie an unzähligen Wachttürmen, Männern mit Schrotflinten und Maschinenpistolen, Deutschen Schäferhunden und Sicherheitskameras vorbei. Schließlich bog sie in den großen, nur halb vollen Parkplatz vor dem Verwaltungstrakt ein. Hinter ihr stiegen jetzt an der Parkplatzeinfahrt eine Reihe hellgelber, hydraulisch betriebener Eisenspitzen aus Schlitzen im Beton empor. Sie würde erst wieder herausfahren können, wenn es ihr die Wachleute gestatteten.

Eine Gefängniswärterin holte sie von ihrem Wagen ab. Zusammen betraten sie durch eine Reihe von Sicherheitsschleusen das Verwaltungsgebäude des Gefängnisses. Dabei wechselten die beiden kein einziges Wort. Die Wärterin bot der viel älteren Frau auch nicht an, ihre Tasche zu tragen oder ihren kleinen Rollkoffer zu schieben.

»Ein wunderschöner Morgen«, sagte Judith Cochrane, als sie einen blitzsauberen weißen Flur entlanggingen.

Die Wärterin ignorierte ihren Kommentar und setzte ihren Weg unbeirrt fort.

Die meisten Wärter im ADX Florence hielten nicht viel von Anwälten, die die hier eingesperrten Verbrecher verteidigten. Cochrane war das egal. Sie konnte ihr Gepäck selbst schleppen. Außerdem zog sie seit Langem den Kontakt zu den Insassen von Hochsicherheitsgefängnissen dem zu ihren Wächtern vor, die ihrer Meinung nach sowieso nur ungebildete Schlägertypen waren.

Ihre Weltsicht war so düster und unbarmherzig wie einfach. Gefängniswärter, Soldaten, Polizisten und bewaffnete Bundesagenten waren alle vom selben Schlag. In ihrer Welt waren sie die Schurken.

Nach ihrem Jurastudium und ihrer Anwaltszulassung in Kalifornien wurde Judith Cochrane vom Zentrum für Verfassungsrechte engagiert, einer gemeinnützigen Rechtshilfeorganisation, die sich um Fälle von Bürgerrechtsverletzungen kümmerte. Nach ein paar Jahren trat sie in eine Privatkanzlei ein, wo sie an einigen bedeutenden Fällen beteiligt war. Unter anderem war sie Mitglied des Anwaltsteams, das Patty Hearst in ihrem Bankraubprozess verteidigte.

Danach war sie viele Jahre für den ACLU und für Human Rights Watch tätig. Als Paul Laska die Progressive Constitution Initiative gründete, holte er sie persönlich zu seiner gut finanzierten linksliberalen Rechtshilfeorganisation. Er brauchte sie jedoch nicht lange zu überreden. Cochrane war von einer Stelle begeistert, in der sie sich ihre Fälle selbst aussuchen durfte. Kurz nach Gründung der Organisation fanden die Anschläge vom 11. September 2001 statt. Judith Cochrane und ihre Mitarbeiter hatten danach düstere Vorahnungen. Sie wussten, dass die amerikanische Regierung bald eine Hexenjagd beginnen würde, bei der sich Christen und Juden gegen die Muslime stellen würden.

Mehr als ein halbes Jahrzehnt wurde Cochrane in Hunderte von Fernsehsendungen eingeladen, um sich über die Übel und Versäumnisse der US-Regierung auszulassen. Gleichzeitig war sie jedoch immer noch unermüdlich für ihre Klienten tätig.

Als jedoch Ed Kealty zum Präsidenten gewählt wurde, erlosch ganz plötzlich das Medieninteresse an Judith Cochrane. Sie war überrascht, dass die Sender sich viel weniger um die Bürgerrechte zu kümmern schienen, seitdem Kealty und seine Leute das FBI, die CIA und das Pentagon leiteten, als sie es während Ryans Amtszeit getan hatten.

Immerhin hatte Cochrane jetzt genug Zeit, um sich um ihre Fälle zu kümmern. Sie war unverheiratet, kinderlos, und ihre Arbeit war ihr Leben. Sie hatte viele enge persönliche Beziehungen zu ihren Klienten aufgebaut. Allerdings würden diese niemals zu mehr als einer gewissen emotionalen Nähe führen, da fast alle ihre Klienten durch Plexiglasfenster und Eisengitter von ihr getrennt waren.

Im übertragenen Sinne war sie mit ihren Überzeugungen verheiratet. Und genau diese Überzeugungen führten sie jetzt in dieses Höchstsicherheitsgefängnis, um sich mit Saif Yasin zu treffen.

Man brachte sie in das Büro des Direktors. Dieser schüttelte ihr die Hand und stellte sie einem großen Afroamerikaner in einer gestärkten blauen Uniform vor. »Das ist der Leiter der H-Einheit. Er wird Sie zur Range 13 und dem FBI-Kommando bringen, das Ihren Gefangenen bewacht. Tatsächlich ist der Gefangene 09341-000 rechtlich gesehen nicht in unserem Gewahrsam. Wir sind nur die Beherbergungseinrichtung, wie man so schön sagt.«

»Ich verstehe. Vielen Dank«, sagte sie, während sie dem Uniformierten die Hand gab. »Wir werden uns noch häufiger sehen.«

Der Einheitsleiter antwortete in geschäftsmäßigem Ton: »Ms. Cochrane, es ist nur eine Formalität, aber wir haben unsere Vorschriften. Könnte ich einmal Ihre Anwaltszulassung sehen?«

Sie holte sie aus ihrer Handtasche und reichte sie ihm. Der Einheitsleiter überprüfte sie und gab sie ihr zurück.

»Für diesen Häftling gibt es Sonderregeln. Ich nehme an, dass Sie eine Kopie seiner Sonderverwaltungsmaßregeln sowie die Richtlinien für Ihre Treffen mit ihm besitzen?«, sagte der Direktor.

»Ich habe beide Dokumente dabei. Im Übrigen lasse ich gerade ein Anwaltsteam unsere Antwort auf diese Maßnahmen vorbereiten.«

»Ihre Antwort?«

»Ja. Wir werden in Kürze Klage gegen Sie einreichen, aber das wissen Sie wahrscheinlich bereits.«

»Also … ich …«

Cochrane lächelte dünn. »Keine Angst. Heute verspreche ich, mich an Ihre SAMs zu halten.«

Der Einheitsleiter war völlig verwirrt und wusste nicht, was er sagen sollte. Der Gefängnisdirektor kannte dagegen Judith Cochrane lange genug, um sich von ihr nicht aus der Ruhe bringen zu lassen, egal, was sie sagte oder was sie ihm vorwarf. »Wir wissen das zu schätzen. Ursprünglich dachten wir daran, Sie über eine Videoverbindung mit ihm sprechen zu lassen, wie wir es sonst bei den Insassen unserer Sonderabteilung zu tun pflegen, aber der Justizminister hat uns mitgeteilt, dass Sie sich geweigert haben, so etwas auch nur in Betracht zu ziehen.«

»In der Tat, das habe ich getan. Dieser Mann sitzt in einem Käfig, ich verstehe das. Aber ich muss mit ihm eine Beziehung aufbauen, wenn ich meinen Job machen soll. Ich kann nicht auf einem Fernsehschirm mit ihm kommunizieren.«

»Wir bringen Sie zu seiner Zelle«, sagte der Einheitsleiter. »Sie können mit dem Gefangenen mittels einer direkten Telefonlinie sprechen. Sie wird nicht abgehört. Das hat der Justizminister persönlich angeordnet.«

»Sehr gut.«

»Wir haben Ihnen einen Tisch vor die Zelle gestellt. Wie bei einer Anwalt/Klient-Besucherzelle gibt es dort eine Trennwand aus kugelsicherem Glas. Es wird also genauso ablaufen, als ob Sie sich mit einem Ihrer anderen Klienten im Besucherzentrum treffen würden.«

Sie unterzeichnete einige Papiere, vor allem die Vorschriften, die das Justizministerium und das Bureau of Prisons zusammengestellt hatten, in denen genau festgelegt wurde, worüber sie und der Gefangene sprechen durften. Soweit es sie betraf, hielt sie das alles für Schwachsinn, aber sie unterschrieb, um endlich mit der Verteidigung des Mannes beginnen zu können.

Sie würde sich später darum kümmern, und sie würde diese Bestimmungen auch verletzen, wenn es im Interesse ihres Klienten lag. Verdammt, sie hatte das Bureau of Prisons schon oft genug verklagt. Sie würde sich von denen doch nicht vorschreiben lassen, wie sie ihren Klienten vertrat.

Sie und der Einheitsführer verließen das Verwaltungsgebäude und gingen unter einer gedeckten Passage zu einem anderen Flügel des Gefängnisses hinüber. Erneut wurde sie durch Sicherheitsschleusen geführt und musste einen Röntgen-Scanner passieren, wie man sie vom Flughafen her kennt. An der Tür auf der anderen Seite erwarteten sie zwei mit Gewehren bewaffnete Männer, die schwarze Panzerwesten und schwarze Skimasken trugen.

»Ach du meine Güte! Ist das alles wirklich nötig?«, rief sie aus.

Der Einheitsleiter blieb an der Tür stehen. »Genau hier

an der Schwelle zur Range 13 endet mein Verantwortungsbereich. Ab jetzt stehen Sie in der Obhut des FBI, das diesen Anbau verwaltet, in dem Ihr Häftling untergebracht ist.« Er hielt ihr höflich die Hand hin, und sie schüttelte sie, ohne ihn richtig anzuschauen. Dann wandte sie sich ab, um den Bundesbeamten zu folgen.

Das FBI eskortierte sie in den Sondertrakt hinein. Sie deponierte ihre Handtasche in einem Schließfach an der Wand eines blendend weißen Raums und musste dann durch einen weiteren Ganzkörper-Scanner gehen. Dahinter reichte man ihr einen Notizblock und einen einzelnen Markierstift mit extra weicher Spitze. Man führte sie durch zwei Sicherheitstüren, die durch Videokameras überwacht wurden. Jetzt befand sie sich in einem Vorraum außerhalb der erst kürzlich veränderten Zelle. Vor ihr standen vier weitere bewaffnete Mitglieder des HRT, der Geiselrettungstruppe des FBI.

Der Kommandeur des SWAT-Teams sprach mit einem starken Brooklyner Akzent. »Sie kennen die Regeln, Ms. Cochrane. Sie sitzen auf dem Stuhl an diesem Tisch und sprechen übers Telefon mit Ihrem Klienten. Wir stehen die ganze Zeit direkt vor der Tür und können Sie über die Videoüberwachungsanlage beobachten. Es gibt jedoch hier in diesem Raum und in der Gefangenenzelle kein Mikrofon.« Er reichte ihr ein kleines Gerät, das wie ihr Garagenöffner aussah. »Das ist der Panikknopf«, erklärte er. »Der Häftling könnte dieses Glas selbst mit einem schweren Maschinengewehr nicht durchschießen, also gibt es nichts, worüber man sich Sorgen machen müsste. Sollte er jedoch irgendetwas tun, das Sie beunruhigt, drücken Sie einfach auf diesen Knopf.«

Cochrane nickte. Sie hasste diese arroganten Männer mit ihren menschenverachtenden Regeln, ihren abscheulichen Hasswaffen und feigen Masken. Trotzdem war sie Profi genug, um Freundlichkeit vorzutäuschen. »Wunderbar. Vielen Dank für Ihre Hilfe. Ich bin sicher, dass alles gut gehen wird.«

Sie drehte dem Sicherheitsmann den Rücken zu und schaute sich im Raum um. Sie bemerkte das Fenster, durch das man in die Zelle hineinschauen konnte. Davor hatten sie einen Rolltisch gestellt, auf dem ein Telefon stand. Trotzdem war sie nicht zufrieden. »Meine Herren, es sollte in diesem Plexiglas einen Durchreicheschlitz geben, falls ich ihm ein Dokument zum Lesen oder Unterschreiben geben möchte.«

Der HRT-Kommandeur schüttelte den Kopf. »Es tut mir leid, Ma'am. Es gibt zwar eine Stahlklappe, durch die wir ihn mit Essen und Kleidung versorgen, aber die ist während Ihres Besuchs abgeschlossen. Sie müssen mit dem Gefängnisdirektor darüber reden, ob er es das nächste Mal gestattet.« Die vier HRT-Männer verließen den Raum und schlossen mit einem lauten Knall die Tür.

Judith Cochrane setzte sich an das Tischchen vor der gläsernen Trennwand und legte sich Notizblock und Stift in den Schoß. Erst jetzt blickte sie in die Zelle hinein.

Saif Rahman Yasin saß mit dem Gesicht zum Verbindungsfenster auf seinem Betonbett. Er hatte in seinem Koran gelesen, den er jetzt vorsichtig auf den Tisch am Fußende seines Betts legte. Als Cochrane ihn anschaute, nahm er seine Gefängnisbrille ab und rieb sich die Augen. Judith musste sofort an den jungen Omar Sharif denken. Er stand auf und kam ihr durch seine kleine Zelle entgegen. Er setzte sich auf einen dreibeinigen Hocker, den man ihm neben ein Telefon gestellt hatte, das auf dem Boden stand. Judith bemerkte, dass der rote Apparat keine Knöpfe und keine Wählscheibe hatte. Es gab also nur die Verbindung mit dem Telefon in ihrer eigenen Hand. Yasin hob den Hörer ab und hielt ihn probeweise ans Ohr. Sein Gesicht blieb völlig unbewegt. Er schaute der fremden Frau in die Augen, als wartete er darauf, dass sie etwas sagte.

»Guten Morgen, Mr. Yasin. Mein Name ist Judith Cochrane. Man hat mir gesagt, dass Sie hervorragend englisch sprechen. Ist das so?«

Der Gefangene antwortete nicht, aber Cochrane merkte, dass er sie verstand. Sie arbeitete fast nur mit Menschen mit einer anderen Muttersprache zusammen. Sie konnte deshalb deren Sprachkenntnisse problemlos einschätzen. »Ich bin Anwältin und arbeite für die Progressive Constitution Initiative. Der US-Justizminister Michael Brannigan hat entschieden, dass Ihr Prozess vor dem Bundesgericht für den Bezirk Westliches Virginia stattfindet. Das Justizministerium selbst wird Anklage gegen Sie erheben, und meine Organisation wurde dazu bestimmt, Ihre Verteidigung zu übernehmen. Haben Sie mich so weit verstanden?«

Sie wartete einen Moment auf eine Antwort, aber der Gefangene 09341-000 starrte sie nur wortlos an.

»Es wird wohl ein langer Prozess, der bestimmt mehr als ein Jahr, wahrscheinlich sogar eher zwei Jahre dauern wird. Bevor er überhaupt beginnen kann, müssen wir noch über mehrere vorbereitende Schritte …«

»Ich möchte mit jemand von Amnesty International über meine illegale Inhaftierung sprechen.«

Cochrane nickte verständnisvoll, sagte jedoch: »Leider kann ich das nicht arrangieren. Ich versichere Ihnen, dass ich tatsächlich Ihre Interessen vertrete. Als Erstes werden wir Ihre Haftbedingungen untersuchen, damit man Sie hier ordentlich behandelt und versorgt.«

Der Emir wiederholte gleichwohl nur diesen einen Satz: »Ich möchte mit jemand von Amnesty International über meine illegale Inhaftierung sprechen.«

»Sir, Sie haben Glück, dass Sie überhaupt mit jemand sprechen dürfen.«

»Ich möchte mit jemand von Amnesty International über meine illegale …«

Cochrane seufzte. »Mr. Yasin. Ich kenne Ihr Drehbuch. Eines Ihrer Handbücher fiel vor einigen Jahren in Kandahar amerikanischen Spezialtruppen in die Hände. Es enthielt genaue Instruktionen, wie man sich bei einer Gefangennahme und in Gefangenschaft verhalten sollte. Ich wusste deshalb, dass Sie einen Vertreter von Amnesty International verlangen würden. Ich gehöre zwar selbst nicht zu Amnesty International, aber meine Organisation wird Ihnen auf lange Sicht weit nützlicher sein.«

Yasin starrte sie eine ganze Weile an und hielt sich dabei den Telefonhörer ans Ohr. Schließlich sagte er: »Sie haben diese Ansprache schon früher gehalten.«

»Das stimmt. Ich habe viele Männer und auch eine oder zwei Frauen vertreten, die in den Vereinigten Staaten als ›feindliche Kämpfer‹ galten. Jeder von ihnen hatte dieses Handbuch gelesen. Sie sind wahrscheinlich der Erste, mit dem ich spreche, der einen Teil dieses Handbuchs geschrieben hat.« Sie lächelte, als sie das sagte.

Yasin erwiderte nichts.

»Ich verstehe, wie Sie sich fühlen müssen«, fuhr Cochrane fort. »Sie brauchen jetzt nichts zu sagen. Hören Sie mir einfach nur zu. Der Präsident der Vereinigten Staaten und der Justizminister haben persönlich mit dem Direktor der Bundesgefängnisbehörde gesprochen und dabei betont, wie wichtig es ist, dass Sie vertrauliche Gespräche mit Ihrem Anwaltsteam führen können.«

»Meinem … meinem *was?*«

»Ihrem Anwaltsteam. Dazu gehören ich und einige andere Anwälte der PCI, der Progressive Constitution Initiative, die Sie in den kommenden Monaten kennenlernen werden.«

Der Emir sagte nichts.

»Entschuldigen Sie. Haben Sie Probleme, mich zu verstehen? Soll ich einen Dolmetscher besorgen?«

Der Emir verstand sie sehr gut. Es war nicht die englische Sprache, die seinen Redefluss hemmte. Vielmehr war es das Erstaunen darüber, dass ihm die Amerikaner nach all der Zeit den Prozess machen wollten. Er starrte die dicke Frau mit den kurzen grauen Haaren an. Sie sah für ihn wie ein Mann aus, ein sehr hässlicher Mann, der sich in Frauenkleidung gehüllt hatte.

Er gönnte ihr ein Lächeln. Saif Rahman Yasin wusste schon lange, dass die Vereinigten Staaten von Amerika nur aufgrund des unverdienten Glücks ihrer geografischen Lage in dieser Welt zweihundert Jahre überlebt hatten. Wenn man diese Nation von Dummköpfen aus ihrer Hemisphäre herausreißen und im Nahen Osten wieder abladen würde, könnte sie mit ihrer kindischen Nachsicht gegenüber allen, die ihr schaden wollen, nicht ein einziges Jahr überleben.

»Miss, soll das heißen, dass niemand mithört, wenn wir miteinander sprechen?«

»Absolut niemand, Mr. Yasin.«

Der Emir schüttelte den Kopf und knurrte. »Das ist grotesk.«

»Ich versichere Ihnen, dass Sie ganz frei mit mir sprechen können.«

»Aber das wäre total verrückt.«

»Wir haben eine Verfassung, die auch Ihnen einige Rechte einräumt, Mr. Yasin. Das ist es, was unser Land groß macht. Unglücklicherweise herrscht in meinem Land gerade ein feindliches Klima gegenüber Farbigen und Menschen anderer Rassen und religiöser Überzeugungen. Aus diesem Grund gewährt man Ihnen nicht alle Rechte, die unsere Verfassung eigentlich für Sie vorsieht. Aber immerhin …

einige stehen Ihnen schon zu. So haben Sie zum Beispiel das Recht auf vertrauliche Treffen mit Ihrem Rechtsvertreter.«

Er merkte jetzt, dass sie wirklich die Wahrheit sagte. Es gelang ihm nur schwer, ein Lächeln zu unterdrücken.

Ja … das ist es, was euer Land groß macht.

Es ist voller Narren wie dir.

»Nun gut«, sagte er laut. »Worüber möchten Sie sprechen?«

»Heute nur über Ihre Haftbedingungen. Der Gefängnisdirektor und das FBI-Team, das für Ihren Gewahrsam verantwortlich ist, haben mir die Sonderverwaltungsmaßregeln gezeigt, denen Sie unterstehen. Sie haben mir versichert, dass man Ihnen bei Ihrer Ankunft alle Vorschriften erklärt hat.«

»An den anderen Orten war es viel schlimmer«, sagte der Emir.

Cochrane hob ihre kleine, faltige Hand. »Okay, das ist wahrscheinlich der richtige Zeitpunkt, um einige unserer Grundregeln zu klären. Wenn wir wirklich an Ihrem Fall zu arbeiten beginnen, kann ich mehr ins Detail gehen. Jetzt möchte ich nur sagen, dass ich mir keinerlei Einzelheiten über Ihre Gefangennahme oder Ihre Aufenthaltsorte vor Ihrer Ankunft hier im ADX Florence vor drei Monaten notieren darf. Tatsächlich bin ich sogar gehalten, Sie darüber zu informieren, dass Sie mir nichts über die Ereignisse vor Ihrer Überführung« – sie wählte ihre nächsten Worte sehr sorgsam – »von wo auch immer in den Bundesvollzug erzählen dürfen.«

»Ich darf das nicht?«

»Leider nein.«

Yasin schüttelte langsam und ungläubig den Kopf. »Und wie sieht meine Strafe aus, wenn ich diese Regel breche?« Er zwinkerte der Frau auf der anderen Seite des Fensters zu. »Sperren sie mich dann ein?«

Judith Cochrane begann zu lachen, hatte sich aber bald wieder gefangen. »Ich kann verstehen, dass Sie sich in einer einzigartigen Situation befinden. Die Regierung ist sich wohl noch nicht sicher, wie genau sie mit Ihnen umgehen soll. Allerdings hat sie vor Ihnen schon anderen feindlichen Kämpfern vor Bundesgerichten den Prozess gemacht, und ich kann Ihnen versichern, dass wir der Bundesanwaltschaft während Ihres Verfahrens genau auf die Finger sehen werden.«

»ADX Florence? Ist das der Name dieses Ortes hier?«

»Ja. Es tut mir leid. Ich hätte wissen müssen, dass Ihnen das nicht bekannt war. Sie befinden sich in einem Bundesgefängnis in Colorado. Nun gut, erzählen Sie mir, wie man Sie hier behandelt.«

Er schaute ihr bei seiner Antwort direkt in die Augen. »Ich werde hier besser behandelt als an den anderen Orten.«

Cochrane nickte ihm noch einmal verständnisvoll zu, eine Geste, die sie in ihrer langen Karriere als Verteidigerin dieser eigentlich nicht zu verteidigenden Klienten schon unzählige Male gemacht hatte. »Es tut mir leid, Mr. Yasin. Über diesen Teil Ihrer Tortur werden wir auch in Zukunft nicht sprechen können.«

»Aus welchem Grund?«

»Wir mussten dieser Bedingung zustimmen, um überhaupt Zugang zu Ihnen zu erhalten. Ihre Zeit in US-Gewahrsam ist zweigeteilt. Die Trennungslinie ist der Moment, in dem Sie hier in diesem Bundesgefängnis ankamen. In alles, was davor lag, waren wohl das US-Militär und die amerikanischen Geheimdienste verwickelt. Das kann also nicht Teil unserer Verteidigungsstrategie sein. Wenn wir uns auf diese Sache versteifen, wird Sie das Justizministerium wieder unter Militärgewahrsam stellen, und man wird Sie nach Guantánamo schicken. Nur Gott weiß, was Ihnen dort blühen würde.«

Der Emir dachte ein paar Sekunden nach und meinte dann: »Na schön.«

»Also dann. Wie oft erlaubt man Ihnen zu baden?«

»Zu … baden?« *Was für eine Verrücktheit ist das denn wieder?,* dachte der Emir. Wenn eine Frau in den pakistanischen Stammesgebieten, wo er einen Großteil der letzten Jahre verbracht hatte, so etwas gefragt hätte, wäre sie unter den Blicken einer hämischen Menge zu Tode gepeitscht worden.

»Ja. Ich muss über Ihre hygienischen Verhältnisse Bescheid wissen. Es ist wichtig, ob man hier Rücksicht auf Ihre körperlichen Bedürfnisse nimmt. Ist die Toilettenanlage für Sie akzeptabel?«

»In meiner Kultur, Judith Cochrane, schickt es sich nicht für einen Mann, so etwas mit einer Frau zu besprechen.«

Sie nickte. »Ich verstehe. Das ist Ihnen unangenehm. Mir ist es auch peinlich. Aber ich versichere Ihnen, Mr. Yasin, dass ich dies alles nur in Ihrem Interesse tue.«

»Es gibt für Sie keinen Grund, sich für meine Toilettengewohnheiten zu interessieren. Ich möchte wissen, was Sie in Bezug auf meinen Prozess unternehmen werden.«

Cochrane lächelte. »Wie ich bereits sagte, ist das Ganze eine langwierige Angelegenheit. Als Erstes werden wir ein Haftprüfungsverfahren beantragen. Sie würden dann einem Richter vorgeführt werden, der darüber entscheidet, ob Sie sich als Antragsteller berechtigterweise in Haft befinden. Der Antrag wird abgewiesen werden, er wird zu nichts führen, das tut er nie, aber die Staatsanwaltschaft wird jetzt zumindest wissen, dass wir Ihren Fall mit allen Mitteln durchfechten werden.«

»Miss Cochrane, wenn Sie mich wirklich auf geeignete Weise verteidigen wollten, würden Sie sich die Geschichte meiner Gefangennahme anhören, die völlig illegal war.«

»Das habe ich Ihnen doch schon erklärt. Laut unserer Abmachung mit dem Justizministerium darf ich das auf keinen Fall tun.«

»Warum würden die so etwas verlangen? Haben die etwas zu verbergen?«

»Natürlich haben sie das. Rechtlich gesehen, hätten die Vereinigten Staaten Sie auf keinen Fall kidnappen dürfen. Ich weiß das, und Sie wissen das. Aber so ist es eben passiert.« Sie seufzte. »Wenn ich Sie vertreten soll, werden Sie mir vertrauen müssen. Könnten Sie das bitte für mich tun?«

Der Emir musterte ihr Gesicht. Es war aufrichtig, ernsthaft, fast flehentlich. Ganz und gar lächerlich. Aber er würde für den Augenblick mitspielen. »Ich bräuchte Papier und Bleistift. Ich möchte ein paar Zeichnungen anfertigen.«

»Zeichnungen? Warum?«

»Nur so zum Zeitvertreib.«

Sie nickte und ließ den Blick durch den Raum wandern. »Ich glaube, ich kann das Justizministerium davon überzeugen, dass dies ein akzeptabler Wunsch ist. Ich werde mich darum kümmern, sobald ich in mein Hotel zurückgekehrt bin.«

»Vielen Dank.«

»Keine Ursache. Und jetzt … Freizeit und Erholung. Ich möchte gerne wissen, ob es das in Ihrem Gefängnisalltag überhaupt gibt. Könnten Sie mir etwas darüber erzählen?«

»Ich würde lieber über die Folter reden, der ich vonseiten amerikanischer Spione ausgesetzt war.«

Cochrane klappte mit einem weiteren langen Seufzer ihren Notizblock zu. »Ich schaue in drei Tagen wieder vorbei. Hoffentlich haben Sie bis dahin einen Zeichenstift und etwas Papier. Das sollte ich durch einen Brief an den Justizminister erreichen können. In der Zwischenzeit sollten

Sie darüber nachdenken, was ich Ihnen heute erzählt habe. Denken Sie über unsere Grundregeln nach, aber bitte auch darüber, wie Sie von einem solchen Prozess profitieren könnten. Sie sollten das als eine Gelegenheit für sich und Ihre … Sache betrachten. Sie könnten mit meiner Hilfe der amerikanischen Regierung eins auswischen. Würde Ihnen das nicht Spaß machen?«

»Haben Sie anderen bereits dabei geholfen, Amerika eins auszuwischen?«

Cochrane lächelte stolz. »Schon oft, Mr. Yasin. Ich habe Ihnen doch gesagt, dass ich in solchen Sachen eine Menge Erfahrung habe.«

»Sie haben mir auch erzählt, dass viele Ihrer Klienten im Gefängnis sitzen. Das ist eine Erfahrung, die ich bei einem Anwalt nicht besonders beeindruckend finde.«

Sie schien etwas gekränkt. »Diese Klienten sitzen im Gefängnis, aber nicht in der Todeszelle. Und sie sitzen nicht in einem Gefangenenlager des Militärs. Es gibt Schlimmeres als das Hochsicherheitsgefängnis.«

»Ich würde das Märtyrertum vorziehen.«

»Nun, dabei werde ich Ihnen ganz bestimmt nicht helfen. Wenn Sie hier in eine dunkle Ecke geschleppt werden wollen, wo man Ihnen eine Todesspritze verabreicht, dann müssen Sie das ganz allein erledigen. Aber ich kenne Männer wie Sie, Mr. Yasin. Das ist ganz und gar nicht das, was Sie wollen.«

Der Emir zeigte einen Anflug von Lächeln, aber das war nur Schau. Tatsächlich dachte er: *Nein, Judith Cochrane. Einen Mann wie mich kennst du nicht.*

Laut sagte er jedoch: »Es tut mir leid, dass ich nicht netter zu Ihnen bin. Ich habe wohl meine guten Umgangsformen in den vielen Monaten seit meinem letzten Gespräch mit einer freundlichen Seele vergessen.«

Die einundsechzigjährige Amerikanerin schmolz dahin.

Sie beugte sich sogar zur gläsernen Trennwand vor, um ihm möglichst nahe zu sein. »Ich werde Ihre Lebensverhältnisse verbessern, Saif Rahman Yasin. Vertrauen Sie mir. Ich werde Ihnen Papier und Bleistift besorgen. Vielleicht kann ich Ihnen auch etwas mehr Privatheit oder etwas mehr Raum verschaffen. Ich sage meinen Klienten immer, dass es ein Gefängnis und kein Paradies sein wird, dass ich ihnen die Sache aber erleichtern kann.«

»Ich verstehe das. Das Paradies erwartet mich im Jenseits. Das hier ist nur das Wartezimmer. Ich hätte es sicher gerne etwas luxuriöser, aber das Leiden, das ich hier erdulden muss, wird mir im Paradies nur nützen.«

»So kann man es auch sehen.« Judith Cochrane lächelte. »Ich sehe Sie in drei Tagen.«

»Danke, Ms. Cochrane.« Der Emir legte den Kopf schief und lächelte. »Oh, es tut mir leid. Wie unhöflich von mir. Ist es Mrs. oder Miss?«

»Ich bin nicht verheiratet«, antwortete Judith. Ihre fleischigen Wangen überzog jetzt ein tiefes Rot.

Yasin lächelte. »Ich verstehe.«

24

Jack Ryan jr. kam kurz nach elf Uhr vormittags in Liberty Crossing, dem Sitz des National Counterterrorism Center, an. Er hatte sich mit Mary Pat Foley zum Essen verabredet. Sie hatte ihn gebeten, etwas früher zu kommen, damit sie ihn durch das Gebäude führen konnte.

Zuerst hatte sie vorgeschlagen, nach der Führung im NCTC-Restaurant zu essen. Aber Jack hatte ihr klargemacht, dass er während der Mahlzeit etwas Geschäftliches mit ihr zu besprechen habe und es deshalb vorziehen würde, wenn sie sich außer Haus einen ruhigeren Ort suchten. Mary Pat war der einzige Mensch in Liberty Crossing, der von der Existenz des Campus wusste, und Jack wollte, dass dies so blieb.

Jack hielt seinen gelben Hummer H3 am Haupttor der Anlage an und zeigte einem finster dreinschauenden Wachmann den Ausweis. Der prüfte nach, ob sein Name auf einer Computerliste stand, auf der die angemeldeten genehmigten Besucher aufgeführt waren. Dann winkte er ihn durch, und Jack stellte den Geländewagen auf dem Hauptparkplatz ab.

Die stellvertretende Direktorin des NCTC holte ihn in der Lobby ab, half ihm, die Sicherheitsformalitäten zu erledigen, und fuhr mit ihm im Aufzug zum Operationszentrum hinauf. Das war Mary Pats Reich. Jeden Tag ging sie mehrmals durch die ganze Abteilung und schaute nach den dort arbeitenden Analysten. Dabei konnte sie jeder ansprechen, der etwas auf dem Herzen hatte.

Der Raum war wirklich beeindruckend. Neben Dutzenden von Computerarbeitsplätzen gab es mehrere große Projektionswände. Das riesige Großraumbüro setzte Ryan in Erstaunen, vor allem wenn er es mit seiner eigenen Firma verglich. Sie verfügten zwar auch über die modernsten Technologien, aber trotzdem sah es bei ihnen nicht halb so cool aus wie hier. Trotzdem wusste er natürlich, dass er und seine Analystenkollegen fast alle Informationen auffingen, die jetzt über die Monitore hier huschten.

Mary Pat genoss es, den jungen Ryan herumzuführen. Sie erklärte ihm, dass im NCTC mehr als fünfhundert Personen aus über sechzehn Abteilungen, Behörden und Diensten zusammenarbeiteten, um Daten zu sammeln, nach Prioritäten zu ordnen und zu analysieren, die ihnen von sämtlichen US-Nachrichtendiensten oder direkt von ausländischen Partnern zugeleitet wurden. Das Operationszentrum war sieben Tage die Woche rund um die Uhr in Betrieb. Mary Pat war vor allem stolz darauf, dass eine solche Koordinationsleistung in einer Riesenbürokratie wie der US-Bundesverwaltung möglich war.

Mary Pat achtete darauf, bei ihrer Führung keinen Analysten zu stören. Allerdings brachte sie Jack dann noch zu einer Arbeitsstation in der Nähe des Ganges, der zu ihrem eigenen Büro führte. Hier fiel Jack sofort eine hinreißende junge Frau auf, die ihr mittellanges, dunkles Haar zu einem Pferdeschwanz zusammengebunden hatte. Sie musste etwa sein Alter haben.

Mrs. Foley beendete ihren Vortrag über die Vorzüge der Zusammenarbeit zwischen den unterschiedlichen Bundesbehörden mit einem Schulterzucken. »So sollte es wenigstens funktionieren. Meistens klappt es auch ganz gut, aber natürlich sind wir nur so gut wie die Daten, die wir analysieren. Bessere Produkte führen zu besseren Erkenntnissen.«

Jack nickte. Er war dafür das beste Beispiel. Er freute sich darauf, nachher Mary Pat sein eigenes ausgezeichnetes »Informationsprodukt« vorstellen zu können.

»Danke für die Führung.«

»Gern geschehen. Gehen wir essen. Aber zuerst möchte ich dich jemandem vorstellen.«

»Prima«, sagte Jack und hoffte, dass es sich um das gut aussehende Mädchen handelte, das gerade am benachbarten Schreibtisch arbeitete.

»Melanie, haben Sie mal eine Sekunde Zeit?«

Zu Ryans großer Freude stand das Mädchen mit den kastanienbraunen Haaren auf und drehte sich zu ihnen um. Sie trug ein hellblaues Button-Down-Hemd und einen marineblauen knielangen Bleistiftrock. Über der Lehne ihres Drehstuhls hing ein dunkelblaues Jackett. »Darf ich vorstellen – Jack Ryan jr. – Melanie Kraft. Sie ist mein neuester Star hier im Operationszentrum.«

Die beiden schüttelten sich lächelnd die Hand.

»Mary Pat, als Sie mich einstellten, haben Sie mir nicht erzählt, dass ich hier auch Promis kennenlernen würde.«

»Junior ist kein Promi. Er gehört zur Familie.«

Ryan stöhnte innerlich, als sie ihn in Gegenwart dieser jungen Frau Junior nannte. Er fand sie hinreißend. Vor allem mochte er ihre hellen, freundlichen Augen.

Melanie nickte und meinte: »Sie sind größer, als Sie im Fernsehen wirken.«

Jack lächelte. »Ich war schon seit Jahren nicht mehr im Fernsehen. Seitdem bin ich wohl etwas gewachsen.«

»Jack, ich habe Melanie von ihrem Schreibtisch in Langley gekidnappt«, sagte Mary Pat.

»Gott sei Dank«, sagte Melanie.

»Sie könnten für keine bessere Chefin arbeiten«, erwiderte Jack mit einem Lächeln. »Oder eine wichtigere Arbeit erledigen als hier im NCTC.«

»Danke. Sind Sie hier, weil Sie dem Beispiel Ihres Vaters folgen und in den öffentlichen Dienst treten wollen?«

Jack kicherte. »Nein, Mary Pat und ich sind zum Essen verabredet. Ich bin hier nicht auf der Suche nach einer Arbeit. Ich finde es großartig, was ihr hier macht, aber ich bin in der Finanzbranche tätig. Ein geldgieriger Kapitalist, könnte man sagen.«

»Das ist doch in Ordnung, solange Sie Ihre Steuern zahlen.«

Alle drei begannen zu lachen.

»Also, ich mache mich besser wieder an die Arbeit«, sagte Melanie. »Es war nett, Sie kennenzulernen. Viel Erfolg für Ihren Vater nächsten Monat. Wir alle hier drücken ihm die Daumen.«

»Danke. Ich bin mir sicher, er weiß zu schätzen, was Sie hier tun.«

Ryan hatte noch nicht einmal den Motor angelassen, als ihn Mary Pat in seinem Hummer anschaute und lächelte. Er lächelte zurück. »Hast du etwas auf dem Herzen, Mary Pat?«

»Sie ist Single.«

Jack lachte. »Ich habe keine Ahnung, was du meinst«, sagte er mit einem leichten Unterton in der Stimme.

Mary Pat Foley behielt ihr Lächeln bei. »Du würdest sie mögen, sie ist sehr klug. Nein, nicht klug. Ich halte sie für absolut brillant. Ich habe sie schon einmal zu uns zum Essen eingeladen, und mein Mann Ed war hingerissen von ihr.«

»Toll«, sagte Jack. Er geriet nicht leicht in Verlegenheit, aber jetzt wurde er rot. Er kannte Mary Pat, seit er in den

Windeln lag, aber sie hatte ihn noch nie nach seinen Herzensangelegenheiten gefragt oder ihn gar mit einem Mädchen zusammenbringen wollen.

»Sie stammt aus Texas, wenn du es nicht bereits an ihrem Akzent gehört hast. Sie hat hier nicht sehr viele Freunde. Sie lebt in einer kleinen möblierten Wohnung drunten in Alexandria.«

»Das ist alles sehr interessant, Mary Pat, und sie scheint wirklich nett zu sein, aber eigentlich bis ich aus einem ganz anderen Grund vorbeigekommen. Etwas weit Interessanterem als meinem Liebesleben.«

Sie kicherte. »Das bezweifle ich.«

»Warte ab.«

Sie bogen in den Parkplatz einer Sushi-Bar in einem Einkaufszentrum am Old Dominion Drive ein. Das zwischen einer Wäscherei und einem Bagelladen eingezwängte kleine Restaurant sah von außen ziemlich unscheinbar aus, aber Mary Pat versprach, dass sein Sashimi das beste diesseits von Osaka sei. Als erste Gäste des Tages konnten sie sich ihren Tisch frei auswählen. Ryan entschied sich für eine abgetrennte Sitznische in der hintersten Ecke des Lokals.

Sie plauderten eine Weile über ihre Familien und bestellten ihr Essen. Schließlich holte Ryan zwei Fotos aus seiner Tumi-Tasche und legte sie nebeneinander auf den Tisch.

»Wen zeigen diese Fotos, Junior?«

»Der Typ rechts ist beim ISI. Er ist Leiter der Joint Intelligence Miscellaneous Division.«

Foley nickte und sagte: »Und das da links ist derselbe Mann, nur jünger und ohne Uniform.«

Jack nickte. »Das ist ein LeT-Agent namens Khalid Mir, alias …«

Mary Pat schaute Jack überrascht an: »Abu Kashmiri?«

»Genau der.«

»Ich hatte unrecht, Jack.«

»Womit?«

»Dass dein Liebesleben interessanter sei. Kashmiri wurde vor drei Jahren getötet.«

»Wurde er das wirklich?«, fragte Ryan. »Rehan ist Khalid Mir. Und Khalid Mir ist auch als Abu Kashmiri bekannt. Wenn Rehan lebt, dann könnte man leicht abgewandelt Mark Twain zitieren …«

»Die Gerüchte über seinen Tod waren stark übertrieben«, ergänzte Mary Pat.

»Genau.«

»Ich habe das Digitalbild einer Leiche gesehen, aber die Hellfire hat ganz genau getroffen, es hätte also jeder sein können. Das ist ein Problem mit diesen Drohnenangriffen. Wenn man die DNA des Getroffenen nicht untersuchen kann, weiß man nie genau, ob es auch den Richtigen erwischt hat.«

»Wir haben wohl keine CSI Wasiristan, die nur darauf wartet, zum Tatort zu eilen, um das Beweismaterial zu sichern.«

Mary Pat lachte. »Ich hätte es nicht besser ausdrücken können.« Sie wurde wieder ernst. »Jack, warum weiß ich nichts von dieser Verbindung zwischen Kashmiri und dem ISI?«

Ryan zuckte die Achseln. Gerry hatte ihn angewiesen, nicht über Einzelheiten der Campus-Operationen zu sprechen. Er konnte ihr deshalb auch nicht erzählen, dass Caruso und Driscoll diesen Mann in Kairo gesehen hatten und die Gesichtserkennungs-Software erst durch ihr Foto diese Verbindung hergestellt hatte.

»Jack?«

Ryan zuckte zusammen.

»Lass mich raten«, sagte Mary Pat. »Senator Hendley hat

dir aufgetragen, mir diese Bilder zu zeigen, aber auf keinen Fall die Quellen und Methoden zu offenbaren, durch die ihr diese Verbindung entdeckt habt.«

»Es tut mir leid.«

»Das muss es nicht. Das sind die Regeln unserer Branche. Ich respektiere das. Aber du bist nicht nur hier, um mich über diese Verbindung zu unterrichten, richtig?«

»Richtig. Dieser Brigadegeneral Riaz Rehan. Er wurde vor ein paar Tagen in Kairo gesehen.«

»Und?«

»Er hat sich mit Mustafa el-Daboussi getroffen.«

Foley runzelte die Stirn. »Das ist gar nicht gut. Und es ergibt keinen Sinn. El-Daboussi hat doch bereits einen Förderer, die Muslimbruderschaft. Er braucht den ISI doch gar nicht. Und der ISI verfügt daheim in Pakistan über genug militante Organisationen, die nach seiner Pfeife tanzen. Warum sollte Rehan also nach Kairo reisen?«

Jack wusste, was Mary Pat Foley gerade dachte, aber nicht aussprach. Sie durfte ihm nichts über el-Daboussis Ausbildungslager in Westägypten erzählen. Das war eine Geheimsache. Allerdings hatte der Campus davon erfahren, als dessen IT-Leute eine Meldung der CIA an das NCTC abgehört hatten.

»Wir wissen es nicht. Es hat uns auch überrascht.«

Als das Sushi serviert wurde, aßen sie erst einmal eine Zeit lang schweigend. Mary Pat Foley bewies jedoch ihr Multitasking-Talent und schaute auf ihrem iPad irgendeine Datenbank durch. Jack vermutete, dass es sich um vertrauliche Informationen handelte, aber er fragte nicht nach. Zuerst fühlte er sich bei dem Gedanken etwas unwohl, dass er und seine Organisation in gewisser Weise das NCTC und dessen Arbeit ausspionierten, kam jedoch schnell damit ins Reine. Er brauchte nur dieses Gespräch hier als Beispiel zu nehmen. Er und seine Kollegen waren auf der Grundlage von Informationen der US-Geheimdienste durch eigene Anstrengungen zu völlig neuen Erkenntnissen gelangt, die sie jetzt den entsprechenden Stellen umsonst zur Verfügung stellten.

Der Campus machte das bereits seit fast einem Jahr. Es war eine gute Beziehung, obwohl ein Beteiligter an dieser Romanze den anderen gar nicht kannte.

Mary Pat schaute Ryan an. »Also, ich weiß jetzt, warum General Rehan nicht auf meinem Radarschirm war. Er ist kein Bart.«

»Was ist denn ein Bart?«

»Ein Islamist in den pakistanischen Streitkräften. Du weißt vielleicht, dass die Armee dort zutiefst gespalten ist. Die einen erstreben eine theokratische Herrschaft. Die anderen sind zwar auch gute Muslime, wollen jedoch eine Nation mit einer weltlichen Demokratie. Diese beiden Lager gibt es in Pakistan bereits seit sechzig Jahren. Die Anhänger einer theokratischen Regierung heißen bei uns seit Langem ›Bärte‹.«

»Also ist Rehan Verfechter einer weltlichen Regierung?«

»Aufgrund des wenigen, das wir über diesen Mann wissen, nahm die CIA das bisher an. Allerdings besitzen wir außer dem Namen und einem Foto überhaupt keine biografischen Angaben über diesen Mann. Wir wissen nur, dass er vor einem Jahr vom Oberst zum Brigadegeneral befördert wurde. Jetzt, wo du mir gezeigt hast, dass er auch Abu Kashmiri ist, lehne ich mich aus dem Fenster und behaupte, dass sich die CIA geirrt hat. Kashmiri war bestimmt kein Antiklerikaler.«

Jack nippte an seinem Diet Coke. Er selbst war sich nicht sicher, wie wichtig diese Information überhaupt war, aber Mary Pat schien sie richtiggehend zu beflügeln.

»Jack, ich bin wirklich froh, dass ihr an dieser Sache gearbeitet habt.«

»Wirklich? Warum?«

»Weil ich ein wenig besorgt war, du könntest etwas mit dieser Schießerei in Paris zu tun haben. Natürlich nicht du persönlich, aber Chavez und Clark. Aber wenn ihr in Kairo recherchiert habt, konntet ihr ja nicht gleichzeitig in Paris einen Einsatz durchführen.«

Ryan lächelte nur. »He, ich kann dir nicht erzählen, worin wir verwickelt sind und worin nicht. Quellen und Methoden sind geheim, heißt es nicht so?«

Mary Pat Foley legte den Kopf etwas schief. Jack merkte, dass sie gerade aus ihm schlau zu werden versuchte.

Er wechselte schnell das Thema. »Also ... Melanie ist Single und lebt in Alexandria, nicht?«

25

Judith Cochrane setzte sich an den kleinen Tisch vor dem Fenster in Saif Rahman Yasins Zelle. Er selbst saß auf seinem Bett. Auf seinem Schoß lagen ein Zeichenblock und ein Bleistift. Als er seine Anwältin bemerkte, kam er zum Fenster und setzte sich auf den Hocker. Notizblock und Bleistift brachte er mit.

Er nickte ihr lächelnd zu und hob den Hörer des roten Telefons auf dem Boden ab.

»Guten Morgen«, begrüßte ihn Cochrane.

»Vielen Dank, dass Sie mir Papier und Bleistift beschafft haben.«

»Nicht der Rede wert. Das war doch ein angemessener Wunsch.«

»Trotzdem, mir hat das viel gebracht. Ich bin Ihnen wirklich sehr dankbar.«

»Ihr Haftprüfungsantrag wurde abgelehnt«, sagte Cochrane. »Das war zu erwarten, aber wir mussten ihn einreichen.«

»Das hat keine Bedeutung. Ich habe nicht erwartet, dass sie mich gehen lassen.«

»Als Nächstes werde ich bei Gericht einen Antrag stellen, dass man Ihnen gestattet …«

»Miss Cochrane, können Sie zeichnen?«

Sie war sich nicht sicher, ob sie ihn richtig verstanden hatte. »Zeichnen?«

»Ja.«

»Also … nein. Eigentlich nicht.«

»Mir macht das große Freude. Ich habe ganz kurz in England an einer Universität Kunst studiert und es später dann als Freizeitbeschäftigung weiterbetrieben. Normalerweise fertige ich Architekturzeichnungen an. Mich faszinieren die weltweiten Gebäudestile.«

Judith wusste nicht, worauf er hinauswollte. »Ich könnte vielleicht dafür sorgen, dass Sie echtes Zeichenpapier von besserer Qualität bekommen, wenn Sie das möchten, oder …«

Aber Yasin schüttelte den Kopf. »Dieses Papier ist absolut in Ordnung. In meiner Religion ist es eine Sünde, das Gesicht eines Lebewesens zu fotografieren oder zu zeichnen.« Er hielt den Bleistift in die Höhe, als würde dies seine Aussage bekräftigen. »*Wenn* man es nicht aus einem bestimmten Grund tut. Es ist keine Sünde, wenn man es tut, um sich aus einem wichtigen Grund ein Gesicht zu merken.«

»Ich verstehe«, sagte Cochrane, obwohl sie keine Ahnung hatte, warum er ihr das alles erzählte.

»Ich möchte Ihnen einige meiner Arbeiten zeigen, und dann werde ich Ihnen vielleicht etwas über Kunst beibringen.« Der Emir holte aus seinem Zeichenblock vier Blätter heraus, die er bereits abgerissen hatte. Er hielt sie nacheinander an das dicke, kugelsichere Glas. »Judith Cochrane, wenn Sie mich in dieser Sache wirklich vertreten wollen, wenn Ihre Organisation tatsächlich Ihr Land zur Verantwortung ziehen möchte, wenn es seine eigenen Gesetze bricht, dann müssen Sie diese Bilder kopieren. Wenn Sie sie auf dem Tisch dort mit Ihrem eigenen Stift ganz langsam abmalen, kann ich Sie beobachten und Ihnen dabei helfen. Wir beide können hier eine Kunstunterrichtsstunde abhalten.«

Judith Cochrane musterte die Zeichnungen sorgfältig. Sie stellten die Gesichter von vier Männern dar. Obwohl sie selbst sie nicht erkannte, handelte es sich zweifellos um echte Menschen. Sie waren so detailliert und sorgfältig wiedergegeben, dass jemand, der sie kannte, sie bestimmt wiedererkennen würde.

»Wer ist das?«, fragte sie, befürchtete jedoch, die Antwort bereits zu kennen.

»Das sind die Amerikaner, die mich entführt haben. Ich ging in Riad auf der Straße. Plötzlich kamen sie aus dem Nichts. Der Junge, der Mann mit den dunklen Haaren, hat auf mich geschossen. Der Alte, der da, war der Anführer.«

Cochrane wusste, dass die FBI-Männer sie durch die Überwachungskamera hinter ihr beobachten konnten. Wenn sie gerade zuschauten, was sie ganz bestimmt taten, würden sie sehen, wie der Emir ihr Blätter aus seinem Zeichenblock zeigte. Eigentlich sollte das bei ihnen keinen Alarm auslösen. Trotzdem wartete sie nervös darauf, dass sich hinter ihr die Tür öffnete.

»Wir sind das doch schon so oft durchgegangen. Ich kann darüber nicht mit Ihnen sprechen.«

»Sie sind meine Anwältin, oder?«

»Das bin ich, aber ...«

»Judith Cochrane, ich habe keinerlei Interesse, der Regierung der Vereinigten Staaten bei einem Schmierentheater zu helfen, das die Welt von meiner Schuld überzeugen soll. Wenn ich nicht einmal meiner eigenen Anwältin erzählen darf, was mir in Wirklichkeit zugestoßen ist, dann ...«

»Wir müssen hier bestimmte Regeln einhalten.«

»Regeln, die Ihnen Ihre Gegner auferlegt haben. Die spielen hier – wie heißt es bei Ihnen? – ganz klar mit gezinkten Karten.«

»Sprechen wir über Ihre Ernährung.«

»Ich werde nicht über meine Ernährung sprechen. Sie ist halal, darf also von Muslimen gegessen werden. Ansonsten ist sie mir völlig egal.«

Cochrane seufzte. Ihr wurde bewusst, dass er immer noch die Zeichnungen hochhielt und dass sie sie immer noch betrachtete. Gegen ihren eigenen Willen fragte sie plötzlich: »Sind sie von der CIA? Vom Militär? Haben sie Ihnen erzählt, für wen sie arbeiten?«

»Das haben sie mir nicht erzählt. Ich vermute, dass sie zu Ihrer Central Intelligence Agency gehören, aber Sie müssen das für mich herausfinden.«

»Das kann ich nicht.«

»Sie können den Leuten diese Bilder zeigen. Es gab noch andere, aber an diese vier erinnere ich mich am besten. Der Alte war der Anführer, der Junge hat mich angeschossen. Dann gab es noch den kleinen Ausländer mit den harten Augen und diesen jungen Mann mit den Stoppelhaaren. Es gab wohl noch einen Mann mit einem Bart, aber dessen Gesichtszüge sind mir nicht mehr gegenwärtig.

Alle anderen, mit denen ich danach in Kontakt gekommen bin, trugen entweder eine Maske oder hatten sich eine Kapuze übers Gesicht gezogen. Das erste Gesicht, in das ich nach all den Monaten geblickt habe, war das Ihre.« Er hielt erneut die Zeichnungen hoch. »Diese Männer haben sich in mein Gedächtnis eingeprägt. Ich werde sie nie vergessen.«

Cochrane wollte jetzt ebenfalls wissen, wer das war. Zum Teufel mit der Vereinbarung, die sie mit dem Justizministerium geschlossen hatte.

»Also gut«, sagte sie. »Hören Sie mir jetzt genau zu. Ich werde beantragen, dass man einen Durchreicheschlitz einbaut, durch den wir Schriftstücke austauschen können. Ich werde jedoch nichts von hier mitnehmen können, was von Ihnen stammt. Vielleicht kann ich jedoch in meiner

Tasche etwas Transparentpapier mitbringen und dann Ihre Zeichnungen durchpausen.«

»Ich werde sie noch weiter verfeinern«, sagte der Emir. »Außerdem werde ich den Abbildungen noch ein paar schriftliche Details hinzufügen, Körpergröße, Alter, alles, was mir einfällt.«

»Gut. Ich weiß zwar noch nicht, was ich mit diesen Informationen anfangen werde, aber da gibt es jemand, den ich fragen kann.«

»Sie sind meine einzige Hoffnung, Judith.«

»Bitte nennen Sie mich Judy.«

»Judy. Ich mag den Namen.«

Judy Cochrane schaute sich noch einmal die vier Abbildungen an. Sie hatte keine Ahnung, dass es die Gesichter von Jack Ryan jr., Dominic Caruso, Domingo Chavez und John Clark waren.

Nach dem Einsatz in Paris kehrte das Leben in der Firma Hendley Associates zu seinem normalen Rhythmus zurück. Die meisten Mitarbeiter trudelten um acht Uhr morgens ein. Um neun fand im Besprechungsraum ein kurzes Treffen statt. Danach begab sich jeder an seinen Schreibtisch, um den restlichen Tag Nachforschungen anzustellen, Analysen zu erstellen und in den schmutzigen Wassern der Cyberwelt nach den Staatsfeinden zu fischen, die dort lauerten.

Die Analysten durchkämmten ihre Cyberquellen und wandten dabei Muster- und Verbindungsanalysen an. Dabei hofften sie, auf eine wichtige Information zu stoßen, die Amerikas offiziellen Nachrichtendiensten durch die Lappen gegangen war, oder sich eine wichtige Erkenntnis der amerikanischen Geheimdienstwelt auf eine Weise nutzbar machen zu können, wie es den überbürokratisierten Diensten nur noch selten gelang.

Die Außenagenten überprüften Ausrüstungsgegenstände

für den Einsatz vor Ort, trainierten oder hielten in den Analyseberichten nach möglichen künftigen Operationen Ausschau.

Zwei Wochen nach der Pariser Operation betrat Gerry Hendley den Konferenzraum mit fünfzehn Minuten Verspätung. Seine wichtigsten Mitarbeiter und Analysten waren bereits da, an ihrer Spitze der Operationschef Sam Granger. Alle Männer tranken Kaffee und plauderten angeregt miteinander, als er eintraf.

»Es gibt eine interessante neue Entwicklung. Ich habe gerade völlig überraschend einen Anruf von Nigel Embling erhalten.«

»Von wem?«, fragte Driscoll.

»Einem ehemaligen MI6-Agenten im pakistanischen Peschawar«, erläuterte Chavez.

Jetzt erinnerte sich Driscoll wieder. »Richtig. Er hat letztes Jahr dir und John geholfen, als ihr dem Emir auf der Spur wart.«

»Das stimmt«, sagte Clark. »Mary Pat Foley hat die Verbindung zu ihm hergestellt.«

Hendley nickte. »Aber jetzt hat er sich direkt an uns gewandt und uns eine interessante Spur geliefert. Er verfügt über eine Quelle im ISI. Ein Major, der glaubt, dass dort ein Staatsstreich im Busch ist. Er möchte den Westmächten helfen, ihn zu verhindern.«

»Scheiße«, murmelte Caruso.

»Und wer, denkt ihr, steckt nach der Meinung dieses Majors hinter diesem Coup?«

Die Männer am Tisch schauten sich an. Schließlich sagte Jack: »Rehan?«

»Genau der.«

Chavez pfiff durch die Zähne. »Und warum hat dieser Major Embling davon erzählt? Er weiß ja wohl, dass Nigel ein Spion ist.«

»Er weiß es oder vermutet es zumindest. Nigel hat jedoch das Problem, dass er eben *kein* Spion ist. Nicht mehr. Der MI6 hört nicht mehr auf ihn, und er hat Angst, dass die CIA durch die Politik der Kealty-Regierung weitgehend handlungsunfähig geworden ist.«

»Willkommen in unserer Welt«, murmelte Dom Caruso.

Gerry lächelte und fuhr fort: »Also hat sich Nigel wieder an Mary Pat gewandt und ihr gesagt: ›Ich möchte mit den Jungs reden, die ich letztes Jahr kennengelernt habe.‹«

»Und wann fliegen wir rüber?«, fragte Clark.

Gerry schüttelte den Kopf. »John, ich möchte, dass Sie sich noch ein paar Wochen erholen, bevor Sie wieder auf Außeneinsatz gehen.«

Clark zuckte die Achseln. »Das ist natürlich Ihre Entscheidung, aber ich wäre auf jeden Fall startklar.«

Chavez widersprach. »Dein Arm verheilt zwar gut, aber mit so einer Schusswunde ist nicht zu spaßen. Es ist besser, du bleibst hier. Eine Wundinfektion könnte dich ganz schnell außer Gefecht setzen.«

»Jungs, ich bin zu alt, um euch irgend so eine Macho-Scheiße zu erzählen, dass ich hundertprozentig fit bin. Mein Arm tut mir immer noch weh. Aber ich bin ganz bestimmt fit genug, um nach Peschawar rüberzufliegen und einen Tee mit Embling und seinem neuen Freund zu trinken.«

Aber Sam Granger machte ihm deutlich, dass die Sache entschieden war. »Ich schicke Sie dieses Mal nicht dort rüber, John. Ich kann Sie hier gut gebrauchen. Wir müssen ein paar neue Spielzeuge ausprobieren. Letzte Nacht kamen ein paar Fernüberwachungskameras an, über die ich gerne Ihre Meinung hören würde.«

Clark zuckte die Achseln, nickte aber. Granger war sein Vorgesetzter, und wie die meisten ehemaligen Soldaten verstand er die Notwendigkeit einer Befehlsstruktur, ob er nun mit der jeweiligen Entscheidung übereinstimmte oder nicht.

»Was weiß eigentlich dieser Embling über den Campus?«, fragte Driscoll.

»Nichts, außer dass wir nicht auf dem offiziellen Dienstweg erreichbar sind. Seine alten Kumpel beim MI6 vertrauen Mary Pat, und Mary Pat vertraut uns. Außerdem haben John und Ding letztes Jahr einen guten Eindruck hinterlassen.«

Ding lächelte. »Wir haben uns von unserer besten Seite gezeigt.«

Die Männer lachten.

»Ich werde dieses Mal Sam hinüberschicken«, sagte Granger. »Das ist eine Einmannoperation. Sie fliegen rüber, treffen sich mit diesem ISI-Major und verschaffen sich einen Eindruck von ihm und seiner Geschichte. Treffen Sie keine Abmachungen, schauen Sie nur, was er uns anbietet. In diesem Geschäft vertrauen wir niemand, aber Embling ist uns als grundsolide bekannt. Außerdem bringt er seit einem halben Jahrhundert Leute zum Reden, deshalb nehme ich an, dass er gelernt hat, jede Desinformation zu erkennen. Ich glaube, die Chancen stehen in diesem Fall gut. Und je mehr wir über Rehan erfahren, desto besser.«

Das Treffen war kurz darauf zu Ende, aber Hendley und Granger baten Driscoll, noch einen Augenblick dazubleiben. »Meinen Sie, Sie packen das?«, fragte Granger.

»Kein Problem.«

»Gehen Sie jetzt hinunter zur Versorgungsabteilung. Dort bekommen Sie Ihre Ausweise, Kreditkarten und etwas Bargeld.« Granger schüttelte Driscoll die Hand und sagte dann noch: »Also, ich werde Ihnen hier nichts erzählen, was Sie nicht bereits wissen, aber Peschawar ist ein gefährliches Pflaster, das jeden Tag gefährlicher wird. Bleiben Sie also jederzeit extrem wachsam, okay?«

Nein, Sam Granger erzählte Sam Driscoll tatsächlich nichts Neues, aber er wusste die Besorgnis seines Chefs zu schätzen. »Da rennen Sie bei mir offene Türen ein, Boss. Bei meinem letzten kleinen Ausflug nach Pakistan flog mir die Scheiße um die Ohren. Auf eine weitere solche Erfahrung kann ich gut verzichten.«

Driscoll hatte vor etwas mehr als einem Jahr bei einem Einsatz die Grenze nach Afghanistan überquert und war mit einer ernsten Schulterverletzung zurückgekehrt. Außerdem musste er hinterher eine Reihe von Briefen an die Eltern der Männer schreiben, die es nicht mit zurückgeschafft hatten.

Granger nickte nachdenklich. »Wenn der ISI wirklich einen Staatsstreich plant, würde es ziemlich viel Staub aufwirbeln, wenn ein Amerikaner sich plötzlich zu sehr für diese Sache interessiert. Befragen Sie also Embling und seinen Major und kommen Sie danach sofort zurück. Okay?«

»Klingt gut!«, sagte Sam.

26

Brigadegeneral Riaz Rehan von der Joint Intelligence Miscellaneous Division des pakistanischen Inter-Services Intelligence Directorate gab auf dem Rücksitz seines silbernen Mercedes eine beeindruckende Figur ab. Der schlanke und kerngesunde Sechsundvierzigjährige war eins achtundachtzig groß. Sein rundes Gesicht zierte neben einem kurz geschnittenen Kinnbart ein imposanter Schnurrbart. In Pakistan trug er meist Uniform, in der er ziemlich einschüchternd wirkte. Hier in Dubai strahlte er jedoch auch in seinem westlichen Straßenanzug und seiner Regimentskrawatte Macht und Einfluss aus.

Rehans hiesiges Anwesen war eine ummauerte zweistöckige Luxusgartenvilla mit vier Schlafzimmern und einem großen überdachten Schwimmbad. Sie lag am Ende einer langen sichelförmigen Straße auf Palm Jumeirah, einer der fünf künstlichen Halbinseln vor der Küste von Dubai.

Früher gab es in Dubai weit weniger solcher Meergrundstücke, da die Natur das Emirat nur mit Stränden in einer Gesamtlänge von sechzig Kilometern bedacht hatte. Der Scheich von Dubai wollte sich jedoch nicht mit den geografischen Beschränkungen seines Landes abfinden und begann die Küstenlinie durch Landgewinnungsmaßnahmen in gewaltigem Umfang zu verändern. Wenn die fünf geplanten Halbinseln erst einmal fertiggestellt waren, würde sich die Küste des Landes um mehr als 885 Kilometer verlängern.

Rehans Luxuslimousine bog in die Al Khisab ein, eine von stattlichen Villen gesäumte Straße, die aus großer Höhe gesehen wie der oberste linke Wedel einer stilisierten Palme wirkte, der Grundform der künstlichen Halbinsel. Plötzlich klingelte Rehans Handy. Der Anrufer war sein Stellvertreter, Oberst Saddiq Khan.

»Guten Morgen, Oberst.«

»Guten Morgen, General. Der Alte aus Dagestan ist jetzt da.«

»Richten Sie ihm für die Verspätung meine Entschuldigung aus. Ich werde in ein paar Minuten eintreffen. Wie ist er denn so?«

»Er ist wie mein verrückter alter Großvater.«

»Wieso wissen Sie, dass er kein Urdu spricht?«

Khan lachte. »Er sitzt bereits im Hauptspeisezimmer. Ich bin im ersten Stock. Aber ich bezweifle tatsächlich, dass er Urdu spricht.«

»Also gut, Saddiq. Ich werde mit ihm sprechen und ihn dann wegschicken. Ich bin zu beschäftigt, um mich von einem alten Mann aus den russischen Bergen anschreien zu lassen.«

Rehan legte auf und schaute auf die Uhr. Sein Mercedes fuhr langsamer, um auf der engen Straße ein Fahrzeug seiner Leibwache vorbeifahren zu lassen, das ihnen bisher gefolgt war und jetzt zum Haus vorauspreschte.

Rehan ließ sich auf jeder Auslandsreise von einer zwölfköpfigen Leibwache begleiten. Deren Mitglieder waren alles ehemalige Special-Services-Group-Soldaten, die von einem südafrikanischen Unternehmen zu Personenschützern ausgebildet worden waren. Trotz seiner großen Begleitmannschaft fiel Rehan nicht allzu sehr auf, wenn er in Dubai unterwegs war. Er stopfte seinen eigenen Wagen niemals mit zu vielen Männern voll. Nur sein Fahrer und sein Chefleibwächter saßen neben ihm in seiner Limousine oder seinem Geländewagen. Die anderen zehn benutzten mehrere unauffällige, ungepanzerte Autos, die die Fahrzeuge ihres Chefs zwar immer begleiteten, dabei aber ständig ihre Position und Reihenfolge wechselten, eine Zeit lang voraus- und dann wieder hinterherfuhren.

Ein General der pakistanischen Streitkräfte würde selbst als hoher Kommandeur des ISI normalerweise nicht von einem ausländischen Stützpunkt aus operieren, vor allem wenn dieser eine solch beeindruckende Adresse wie Palm Jumeirah, Dubai, Vereinigte Arabische Emirate, hatte. Aber nichts im Leben und der Karriere des Riaz Rehan war bisher »normal« verlaufen. Er lebte und arbeitete in diesem Anwesen auf Palm Island, weil er reiche Förderer am Persischen Golf hatte, die ihn seit den Achtzigerjahren unterstützten. Rehan hatte diese Gönner, weil er seit dreißig Jahren als eine Art Wunderkind in der Welt der Terrororganisationen galt.

Rehan wurde in der pakistanischen Provinz Punjab geboren. Seine Mutter stammte aus Kaschmir, sein Vater aus Afghanistan. Dieser besaß ein mittelgroßes pakistanisches Fuhrunternehmen, war jedoch auch ein treu ergebener Anhänger des Islamismus. Kurz nachdem im Jahr 1980 russische Speznaz-Fallschirmjäger über Kabul abgesprungen und russische Bodentruppen in Afghanistan eingefallen waren, reiste der vierzehnjährige Riaz zusammen mit seinem Vater nach Peschawar, um Lkw-Konvois zu organisieren, die den jenseits der Grenze kämpfenden Mudschaheddin Nachschub lieferten. Rehans Vater stellte aus eigenen Mitteln einen Konvoi zusammen, der die afghanischen Aufständischen mit leichten Waffen, Reis und Medikamenten versorgen sollte. Er ließ seinen Sohn in Peschawar zurück und machte sich mit seiner Ladung in sein Geburtsland auf.

Einige Tage später war sein Vater tot. Während eines russischen Luftangriffs auf seinen Konvoi auf dem Khyberpass wurde er in Stücke gerissen.

Als der junge Riaz vom Tod seines Vaters hörte, machte er sich an die Arbeit. Er stellte mithilfe seines großen Organisationstalents die nächste Waffenlieferung zusammen und führte sie selbst über die Grenze. Dabei bediente er sich einer Eselskarawane, um die Todesstraße zu umgehen, die der Khyberpass inzwischen geworden war. Stattdessen zog er über Saumpfade genau Richtung Norden über den Hindukusch nach Afghanistan. Dabei war es wohl jugendliche Selbstüberschätzung und sein unverbrüchlicher Glaube an Allah, die ihn diese Berge im eiskalten, schneereichen Februar überqueren ließen. Tatsächlich kam die Karawane völlig unbehelligt im Nachbarland an. Obwohl er nur alte britische Lee-Enfield-Armeegewehre und Winterdecken für die Mudschaheddin dabeihatte, erfuhr die ISI-Führung bald von den kühnen Unternehmungen des Jungen.

Bereits bei seiner dritten Gebirgsüberquerung half ihm der ISI mit Informationen über die russischen Truppen in diesem Gebiet. Einige Monate später beglichen mächtige und wohlhabende wahhabitische Araber aus den ölreichen Golfstaaten die Rechnungen für seine Lieferungen.

Mit sechzehn brachte Riaz dann riesige Konvois mit Kalaschnikows und 7,62-mm-Munition über die Berge zu den Rebellen. Als die CIA im Jahr 1986 dem ISI in Peschawar die ersten schultergestützten Stinger-Raketen zur Verfügung stellte, wurde der einundzwanzigjährige Punjabi damit betraut, die Hightech-Waffen über die Grenze zu den Raketen-Crews zu bringen, die bereits entsprechend ausgebildet worden waren und jetzt nur noch auf ihre Waffen warteten.

Nach Kriegsende entschloss sich der ISI, Rehan zu einem

internationalen Spitzenagenten auszubilden. Er schickte ihn nach Saudi-Arabien auf die Schule, damit er dort sein Arabisch verbesserte, und danach nach London, wo er sich westliche Sitten und Gebräuche aneignen und Ingenieurwissenschaft studieren sollte. Nach seiner Rückkehr aus Europa trat er dem Offizierskorps der pakistanischen Streitkräfte bei und stieg zum Rang eines Hauptmanns auf. Danach verließ er das Militär, um als Agent, jedoch nicht als Mitglied des ISI, tätig zu werden.

Im Auftrag des pakistanischen Geheimdiensts organisierte und leitete er die Operationen kleinerer Terrorgruppen, die auf pakistanischem Boden aktiv waren, und versorgte sie mit neuen Mitgliedern. Er war eine Art Verbindungsmann zwischen der ISI-Führung und den kriminellen, religiösen und politischen Gruppen, die gegen Indien, den Westen und selbst gegen die pakistanische weltliche Regierung kämpften.

Riaz Rehan war dabei niemals Mitglied der dschihadistischen Organisationen, mit denen er zusammenarbeitete, wie etwa dem Umayyad-Revolutionsrat, der al-Qaida, der Lashkar-e-Taiba oder der Jaish-e-Mohammed. Nein, er war ein Freelancer, ein freier Mitarbeiter, und er war der Mann, der die übergreifenden Interessen und Ziele der pakistanischen islamistischen Führung in Aktionen vor Ort und an der Front umsetzte.

Insgesamt arbeitete er mit vierundzwanzig verschiedenen militanten islamistischen Gruppierungen zusammen, die alle in Pakistan ihren Sitz hatten. Um dies tun zu können, nahm er vierundzwanzig unterschiedliche Tarnidentitäten an. Für die Lashkar-e-Taiba war er Abu Kashmiri, für die Jaish-e-Mohammed war er Khalid Mir. Tatsächlich war er fünfundzwanzig Personen, wenn man seinen Geburtsnamen hinzurechnete. Dies machte es den indischen und westlichen Geheimdiensten fast unmöglich, ihn aufzuspüren. Seiner persönlichen Sicherheit half auch, dass er weder Mitglied einer Terrororganisation noch Mitglied des pakistanischen Geheimdienstes war.

Von ihm betreute Terrorzellen führten Anschläge in Bali, Jakarta, Mumbai, Neu-Delhi, Bagdad, Kabul, Tel Aviv, Tansania, Mogadischu, Chittagong und ganz Pakistan durch.

Im Dezember 2007 führte er in Rawalpindi seine größte Operation durch, von der jedoch nur eine Handvoll hoher ISI- und Armeegeneräle wusste. Rehan hatte im Auftrag des Verteidigungsministeriums und des ISI den Mörder der pakistanischen Ministerpräsidentin Benazir Bhutto rekrutiert, ausgebildet und angeleitet. Und in seiner typischen kalten, berechnenden Art hatte Rehan auch den Mann ausgewählt, der hinter dem Attentäter stand und sich dann zusammen mit diesem und einem beträchtlichen Teil der zuschauenden Menge direkt nach der Erschießung der Ministerpräsidentin mit einem Sprengstoffgürtel in die Luft jagte. Rehan befolgte auch hier den alten Grundsatz, dass Tote nicht mehr reden können.

Die führenden pakistanischen Geheimdienstler, die diese dschihadistischen Gruppierungen und Verbrecherbanden als Figuren in einem Stellvertreterkrieg benutzten, mussten dabei unbedingt saubere Hände behalten. Rehan war ihr Vertrauensmann, der genau dafür sorgte. Damit auch Rehan »sauber« blieb, gaben sie für seine persönliche und operationelle Sicherheit große Summen aus. Rehans Kontaktleute in der arabischen Welt, reiche Ölscheichs in Katar und den VAE, die er seit dem Krieg gegen die Russen in Afghanistan kannte, unterstützten ihn jetzt ebenfalls mit großen Geldmitteln, um seine Sicherheit und Handlungsfähigkeit auf Dauer zu gewährleisten. Tatsächlich wurden diese reichen Wahhabiten zu seinen größten Förderern. Schließlich kehrte er im Jahr 2010 als Brigadegeneral zur pakistanischen Armee zurück, weil seine mächtigen arabischen Freunde vom ISI verlangt hatten, Rehan eine führende Rolle in der Geheimdienststruktur des Landes einzuräumen. Die islamistischen Generäle übertrugen ihm die Leitung der Joint Intelligence Miscellaneous Division, eine Stellung, die normalerweise von einem höherrangigen Generalmajor eingenommen wurde. Rehan trug jetzt die Verantwortung für alle internationalen Spionageoperationen seines Landes.

Seine Gönner in den VAE, die ihn kannten (oder genauer, von ihm wussten), seit er Muli-Karawanen über den Hindukusch geführt hatte, stellten ihm schließlich sogar dieses ummauerte Anwesen auf Dubais Palmeninsel zur Verfügung. Es wurde faktisch zu seinem Büro. Natürlich hatte er auch ein Büro im ISI-Hauptquartier am Aabpara-Markt in Islamabad. Die meiste Zeit hielt er sich jedoch in Dubai auf, weit entfernt von denjenigen in der pakistanischen Regierung, die nichts von seiner Existenz wussten, aber auch von denen in der pakistanischen Armee, die sein Ziel eines Kalifats ablehnten.

Und weit entfernt von den wenigen Mitgliedern des ISI, die ihn tatsächlich zu Fall bringen wollten.

General Rehan erreichte kurz nach dem Telefongespräch mit Oberst Khan seine Villa. Einige Minuten später saß er mit Suleiman Murschidow, dem ehrwürdigen geistlichen Führer der dagestanischen Jamaat Shariat, am gleichen Tisch. Der alte Mann war mindestens achtzig Jahre alt, dachte Rehan. Seine Augen waren durch den grauen Star ganz milchig geworden, und seine Haut wirkte wie Ufersand, den der Wind in Falten geblasen hatte. Er stammte aus den Bergen des Kaukasus. Riaz nahm an, dass er noch nie in Dubai gewesen war und noch niemals Wolkenkratzer oder überhaupt Gebäude gesehen hatte, die höher waren als die Plattenbauten in Machatschkala aus der Sowjetzeit. Ganz bestimmt hatte er noch keinen führenden ausländischen Geheimdienstmann getroffen.

Neben dem Tisch standen einige von Rehans Offizieren und Leibwächtern. Der Alte hatte vier Männer dabei, die alle bedeutend jünger waren als er. Sie sahen nicht wie Leibwächter, sondern eher wie Söhne und Enkel aus. Sie fühlten sich offensichtlich in dieser Umgebung äußerst unwohl. Auf ihrer Stirn glänzte der Schweiß, und sie ließen ihre Blicke ständig über die bewaffneten Leibwächter und durch den ganzen Raum wandern, als ob sie erwarteten, jeden Moment von diesen dunkelhäutigen Männern gefangen genommen zu werden.

Der geistliche Führer aus Dagestan hatte vor einigen Tagen um dieses Treffen gebeten. Rehan kannte den Grund und hielt das Ganze für ziemlich kindisch. Er war in den letzten Monaten durch die ganze Welt gereist und hatte sich mit Rebellengruppierungen und internationalen Terrororganisationen in Ägypten, Indonesien, Saudi-Arabien, dem Iran, Tschetschenien und dem Jemen getroffen. Nach Dagestan war er dabei jedoch nicht gekommen. Die Jamaat Shariat, die wichtigste dagestanische islamistische Organisation, war in Rehans und seiner Leute Augen nur ein unbedeutendes Anhängsel der Gruppierungen in Tschetschenien. Dies galt umso mehr, seitdem die Gruppe ihren militärischen Führer Israpil Nabijew verloren hatte. Aber bereits vor Nabijews Gefangennahme durch die Russen hatte Riaz Rehan die Dagestaner nie zu seinen Treffen eingeladen. Da die Tschetschenen mit ihnen zusammenarbeiteten, hatte er sich nur mit diesen getroffen.

Rehan vermutete, dass die Dagestaner deshalb auf ihn sauer waren und das Gefühl hatten, er habe sie beleidigt. Deshalb hatten sie ihren geistlichen Führer geschickt, der ihm jetzt erklären sollte, dass sie immer noch einsatzfähig seien und nur die Jamaat Shariat für Dagestan sprechen könne, blablabla …

Rehan schaute den alten Mann auf der anderen Seite des Tisches an. Der pakistanische General war sich sicher, dass ihm jetzt eine lange Predigt dieses Heiligen aus den Bergen blühte.

Jeder im Raum sprach arabisch. Rehan begrüßte die Gesandtschaft aus Dagestan, erkundigte sich nach ihrem Befinden und fragte sie, wie die Reise verlaufen sei.

Nach diesem Austausch von Höflichkeiten wollte Rehan das Morgentreffen möglichst schnell hinter sich bringen. »Wie kann ich Ihnen heute zu Diensten sein?«

»Meine Freunde in Tschetschenien haben mir erzählt, Sie seien ein Mann Gottes.«

Rehan lächelte. »Ich bin nur dessen demütiger Gefolgsmann.«

»Meinem Volk wurde durch die Gefangennahme Israpil Nabijews ein schwerer Schlag versetzt.«

»Ich habe davon gehört. Ich weiß, dass er ein kühner Befehlshaber seiner Truppen war.« In Wirklichkeit hielt Rehan nicht viel von den Dagestanern. Er hielt die Tschetschenen für die weit besseren Kämpfer. Trotzdem hatte dieser Nabijew auch seine tschetschenischen Freunde beeindruckt. Sie meinten, er stehe eine Stufe über den anderen dagestanischen Kämpfern, die nach Rehans Meinung kaum mehr als Kanonenfutter für die Russen waren.

Murschidow nickte. Offensichtlich hatten ihm die netten Worte gefallen. »Er war meine große Hoffnung für die Zukunft meines Volkes. Ohne ihn müssen wir uns wohl jetzt außerhalb unseres Landes nach Unterstützung umsehen.«

Aha, da will mich jemand um etwas bitten. Rehans Laune besserte sich. Wenn der Alte etwas benötigte, würde er ihm bestimmt nicht erst lange die Leviten lesen. »Ich bin Ihnen zu Diensten. Wie kann ich Ihnen helfen?«

»Die Tschetschenen sagen, dass Sie bald Pakistan anführen werden.«

Rehan verzog keine Miene, aber innerlich begann sein Blut zu kochen. Er hatte alle Teilnehmer an seinen Treffen zu absoluter Geheimhaltung verpflichtet. »Bis dahin ist es noch ein weiter Weg. Im Augenblick ist die Situation ungünstig für …«

Aber der Alte redete einfach weiter, als ob er ein Selbstgespräch führen würde und gar nicht mehr wüsste, dass Rehan überhaupt noch im Raum war. »Sie haben den Tschetschenen erzählt, Sie würden Zugang zu Nuklearwaffen erlangen, und Sie haben diese Waffen den Tschetschenen angeboten. Die haben das abgelehnt, weil sie befürchten, zu einem Ziel von Atomwaffen zu werden, wenn sie selbst welche besitzen.«

Rehan sagte kein Wort. Die Muskeln in seinem Gesicht spannten sich unter seinem getrimmten Bart an. Er blickte zu Khan und den anderen Offizieren im Raum hinüber. Er wollte ihnen dadurch bedeuten, dass sie nie mehr mit diesen tschetschenischen Idioten zusammenarbeiten sollten, wenn diese ein solches Gespräch nicht bei sich behalten konnten.

Rehan wäre beinahe aufgestanden und hätte den Raum verlassen, aber Murschidow redete einfach weiter. Der alte Mann erschien fast in Trance zu sein und die Ungeheuerlichkeit seiner Worte überhaupt nicht mehr zu bemerken.

»Ich weiß, dass Sie die Bomben einer Organisation außerhalb Pakistans geben wollen. Wenn dann die Welt erfährt, dass Nuklearwaffen gestohlen wurden, wird Ihre schwache Zivilregierung stürzen, und Sie werden durch einen Staatsstreich an die Macht kommen. General, Sie können Ihre Bomben meinen Männern geben.«

Jetzt zwang sich Rehan ein Lachen ab. »Ich habe keine

Bomben. Und wenn ich welche hätte, würde ich Ihre Männer nicht benötigen. Ich respektiere Sie, alter Mann. Ich respektiere Ihr Opfer, Ihre Unterwerfung unter den Willen Allahs und die Weisheit, die Sie durch Ihr hohes Alter gewonnen haben. Trotzdem kommen Sie hierher und sagen solche Sachen?«

»Wir haben Verwendung für diese Bomben. Und wir haben keine Angst.«

Rehan stand jetzt auf. Er war wütend und hatte von diesem alten Mann aus Russland endgültig genug. »Was für Bomben? Über welche Bomben sprechen Sie überhaupt? Klar, mein Land besitzt Atombomben. Das weiß jeder. Sie wurden entwickelt und hergestellt unter der Leitung A. Q. Khans, der ein pakistanischer Patriot und guter Muslim war. Aber ich bin Armeegeneral und Mitglied des Auslandsgeheimdiensts. Ich kann nicht einfach mit einem Lastwagen zu einem Lagerhaus fahren und die Männer dort bitten, mir Nuklearraketen auf die Ladefläche zu laden. Das ist eine hirnrissige Vorstellung!«

Murschidow schaute Rehan durch seine vom Star getrübten Augen an. »Man hat mir Ihren Plan in aller Ausführlichkeit erklärt. Er ist hervorragend und er kann funktionieren. Aber in einer Hinsicht haben Sie einen Fehler begangen. Sie haben Ihr Angebot den falschen Leuten gemacht. Die anderen, die Sie in Ihre Absichten eingeweiht haben, haben Sie abgewiesen, und jetzt können Sie gar nichts tun. Ich bin hier, um Ihnen zu zeigen, dass die Jamaat Shariat der rechte Weg für Sie ist. Wir werden Ihnen helfen, und Sie werden uns helfen.«

Rehan schaute Khan an. Der zuckte die Achseln. *Anhören kostet nichts.*

General Rehan setzte sich auf sein Sofa. »Sie behaupten hier Sachen, die einfach nicht stimmen, alter Mann. Aber Sie haben mich neugierig gemacht. Was würden Sie und

Ihre armen Bergbewohner mit solchen Atombomben denn anfangen?«

Murschidows glasige Augen schienen sich plötzlich aufzuhellen. Er lächelte und entblößte dabei dünne, brüchige Zähne. »Ich werde Ihnen jetzt ganz genau erklären, was wir mit diesen Atombomben anfangen werden.«

Neunzig Minuten später eilte Rehan zu dem Hubschrauberlandeplatz hinter seinem Haus und sprang in seinen Eurocopter EC135. Die Rotoren drehten sich bereits, und ihre Lautstärke und Tonhöhe erhöhten sich, sobald die Türen verriegelt waren. Einige Sekunden später stieg der Helikopter auf, kippte ein wenig nach vorne, als er ein Stück auf den Golf hinausflog, um danach in Richtung der unglaublichen Skyline von Dubai einzudrehen.

Oberst Khan saß neben ihm im hinteren Teil des sechssitzigen Hubschraubers. Der Oberst erklärte seinem General, er habe eine sichere Satellitenverbindung mit Islamabad hergestellt und Rehan brauche dafür nur in sein Headset-Mikro hineinzusprechen. »Hör mir zu, Bruder«, rief der General mit heller Begeisterung seinem Gesprächspartner in Pakistan zu. »Ich bin auf dem Weg nach Wolgograd.« Er hörte eine Weile zu. »Wolgograd in Russland. Ja, Russland!«

Der Eurocopter flog direkt auf die Wolkenkratzer der Dubaier Innenstadt zu. Dahinter lag der Internationale Flughafen von Dubai. Dort bereitete bereits die Crew eines Rockwell-Sabreliner-Jets ihre Maschine auf den Start vor.

»Ganz sicher weiß ich es erst morgen, aber ich glaube, wir können die Operation Saker schon bald beginnen. Ja. Bereite alle darauf vor, dass es jederzeit losgehen kann. Ich werde nach Rawalpindi kommen und das Komitee persönlich über alles informieren, wenn ich meine Vorbereitungen abgeschlossen habe.« Er hörte dem anderen Mann wieder eine Zeit lang zu und sagte dann: »Noch etwas. Letzten Monat habe ich mich in Grosny mit vier Tschetschenen getroffen. Ich möchte, dass du einen Plan entwirfst, diese vier Männer schnell und geräuschlos zu eliminieren. Einer von ihnen redet zu viel. In diesem Fall bin ich sogar froh, dass er es gemacht hat, aber er sollte auf keinen Fall auch noch mit anderen darüber sprechen können. Ich möchte, dass man sie alle aus dem Weg räumt, damit wir dieses Leck schließen, bevor das gesamte Wasser durch den Damm strömt.«

Rehan nickte seinem Stellvertreter zu, und der beendete die Verbindung.

»Ist das zu schön, um wahr zu sein?«, wollte Rehan von Khan wissen.

»Allah ist voller Güte, General.«

Brigadegeneral Riaz Rehan lächelte und wies seinen Hubschrauberpiloten an, schneller zu fliegen, da er keine Zeit zu vergeuden hatte.

Wenn die Umfragen in Amerika stimmten, würde Jack Ryan schon bald Präsident der Vereinigten Staaten sein. Wenn Ryan wieder im Weißen Haus saß, würde die Operation Saker jedoch keine Erfolgschance mehr haben.

27

Der stellvertretende CIA-Direktor Charles Sumner Alden saß im Fond eines Lincoln Town Car, der gerade durch das Tor von Paul Laskas Anwesen in Newport, Rhode Island, fuhr. Alden trug einen Abendanzug, weil er zum Dinner eingeladen war. Er hoffte jedoch, an diesem Abend auch etwas Geschäftliches besprechen zu können.

Er war bereits bei mehreren Gelegenheiten in Laskas Rhode-Island-Residenz gewesen, und zwar anlässlich der reizenden Gartenhochzeit eines demokratischen Kongressabgeordneten, einer Spendenwerbeveranstaltung für Ed Kealty, als dieser gegen Robby Jackson kandidierte, einiger Grill- und Poolpartys sowie einer Weihnachtssoiree vor ein paar Jahren. Als ihn Laska telefonisch zum Dinner einlud, hatte er ihm jedoch klargemacht, dass nur sie beide anwesend sein würden.

Dies war selbst für einen politischen Insider wie Charles Sumner Alden eine große Sache.

Alden nahm an – nein, er *wusste* –, dass Laska ihm einen Posten in einer seiner Denkfabriken anbieten würde, für den äußerst wahrscheinlichen Fall, dass die Kealty-Regierung am 20. Januar nächsten Jahres zu bestehen aufhören würde.

Der Lincoln parkte auf einem Stellplatz neben dem Haus, von wo aus man weit auf das Meer hinausblicken konnte. Um die Grundstücksgrenzen herum patrouillierten ständig bewaffnete Wachleute, und jeder Zentimeter des Anwesens war durch Kameras, Bewegungsmelder und eine ausgeklügelte Beleuchtung gesichert. Auch Aldens Fahrer und Leibwächter waren natürlich bewaffnet, aber niemand erwartete, dass dem stellvertretenden CIA-Direktor hier etwas Schlimmeres zustoßen könnte, als sich an einer zu heißen Hummercremesuppe den Gaumen zu verbrennen.

Zuerst nahmen Alden und Laska in der Bibliothek einige Drinks zu sich, danach dinierten sie auf einer verglasten Terrasse, die sie vor der kalten Abendluft schützte, jedoch immer noch einen großartigen Blick über die vom Mond beschienene Sheep-Point-Bucht bot. Das Gespräch drehte sich dabei nur um Finanzen, Politik und soziale Fragen. Alden wusste genug über Laska, um in seinem Haus kein lockeres Geplauder zu erwarten.

Nach dem Essen begaben sie sich einen Moment an die frische Luft, nippten an einem Cognac und redeten über Ereignisse in Ungarn, Russland, der Türkei und Lettland. Alden hatte das Gefühl, sein Gegenüber wolle sein Wissen testen. Das machte ihm jedoch nichts aus. Es handelte sich ja um eine Art Einstellungsgespräch, wie er sich selbst immer wieder deutlich machte.

Zurück in der Bibliothek, bewunderte Alden die einmalige Sammlung in Leder gebundener Bücher. Während sie sich einander gegenüber auf zwei antiken Ledersofas niederließen, lobte der CIA-Mann, der seinen Leitungsposten seinen politischen Verbindungen zu verdanken hatte, das großartige Haus seines Gastgebers über den grünen Klee. Laska zuckte nur mit den Achseln und erklärte seinem Gast, dass dies hier nur sein »Sommerhäuschen« sei. So nannte er es wenigstens in Gegenwart von Leuten, bei denen er seine Fassade als »Volksfreund«

nicht aufrechterhalten musste. Er erzählte Alden, dass er noch ein 22-Zimmer-Penthouse-Apartment an der New Yorker Upper West Side, ein Strandhaus in Santa Barbara auf einem der größten Strandgrundstücke Kaliforniens und eine Lodge in Aspen besitze. In Letzterer hielt er jedes Jahr eine private Politiktagung ab, an der regelmäßig vierhundert hochrangige Persönlichkeiten teilnahmen.

Auch Alden war schon zweimal in Aspen dabei gewesen, aber er wollte seinen Gastgeber nicht in Verlegenheit bringen, indem er es hier erwähnte.

Laska füllte in beide Cognac-Schwenker noch etwas von dem unvergleichlichen Denis-Mounié-Cognac aus den Dreißigerjahren nach. »Haben Sie eine Ahnung, warum ich Sie heute hergebeten habe, Charles?«

Alden lächelte und legte den Kopf ganz leicht schief. »Ich hoffe, es geht um einen Job für mich, sollte Präsident Kealty nicht wiedergewählt werden.«

Laska schaute über die Gläser seiner Brille, die er auf die Nase geschoben hatte. Er lächelte. »Ich wäre stolz, Sie an Bord zu haben. Mir fallen sofort ein paar Spitzenpositionen bei uns ein, auf denen ich Sie mir vorstellen könnte.«

»Großartig.«

»Allerdings ist es schlechter Stil, die Wohnzimmermöbel zu verscherbeln, während der Großvater noch einen Stock höher auf dem Totenbett liegt. Meinen Sie nicht auch?«

Alden schwieg einen Moment. »Also … ich bin demnach nicht hier, um über meine Berufsmöglichkeiten im nächsten Januar zu sprechen?«

Laska zuckte mit den Achseln. Sein Kaschmirpullover bewegte sich fast nicht, als seine schmalen Schultern sich hoben und senkten. »Sie werden in dem Amerika nach Kealty bestimmt Ihr Auskommen finden. Da brauchen Sie keine Angst zu haben. Aber nein, deshalb sind Sie heute Abend nicht hier.«

Alden war gleichzeitig begeistert und verwirrt. »Also dann. Warum *haben* Sie mich denn heute Abend hergebeten?«

Laska griff nach einem ledergebundenen Ordner, der auf dem Beistelltisch neben dem Sofa lag. Er holte ein kleines Bündel Papier heraus und legte es sich auf den Schoß. »Judy Cochrane hat sich mit dem Emir getroffen.«

Alden stellte seine übereinandergeschlagenen Beine wieder auf den Boden und setzte sich kerzengerade auf. »Oh, okay. Ich muss in dieser Angelegenheit sehr vorsichtig sein, wie Sie bestimmt verstehen werden. Ich kann Ihnen keine Informationen …«

»Ich bitte Sie um nichts«, sagte Laska und lächelte dünn. *»Noch* nicht. Hören Sie mir einfach nur zu.«

Alden nickte steif.

»Mr. Yasin hat zugestimmt, dass die PCI seine Vertretung beim Bundesgericht für den westlichen Gerichtsbezirk von Virginia übernimmt, das ihm für den Anschlag in Charlottesville vor drei Jahren den Prozess machen wird.«

Alden sagte kein Wort.

»Als Teil unserer Vereinbarung mit dem Justizministerium dürfen sich Judy und ihr Team nicht mit der Gefangennahme des Emirs und seiner Inhaftierung bis zu seiner Überstellung an die Bundesgefängnisbehörde befassen.«

»Es tut mir leid, Paul, das alles übersteigt meinen Verantwortungsbereich.«

Laska redete trotz Aldens Protest unbeirrt weiter. »Aber die Geschichte, die er erzählt, ist wirklich unglaublich.«

Jetzt kam Alden dem alten Mann etwas entgegen, der möglicherweise den Schlüssel zu seiner Zukunft in Händen hielt, und erklärte: »Der Justizminister hat mich lange über eine CIA-Beteiligung am Emir-Fall ausgefragt. Wir waren daran in keiner Weise beteiligt, und das habe ich ihm auch mitgeteilt. Das ist bereits mehr, als ich jemand ohne die erforderliche Sicherheitsfreigabe eigentlich sagen dürfte.«

Laska schüttelte den Kopf und begann bereits zu sprechen, bevor Alden seinen Satz beendet hatte. »Er sagt, er sei in Riad auf der Straße von fünf Männern angegriffen worden, die auf ihn schossen, als er sich widersetzte, und ihn schließlich entführten. Danach sei er an irgendeinen Ort in den Vereinigten Staaten gebracht und mehrere Tage gefoltert worden, bevor man ihn dem FBI übergab.«

»Paul, ich möchte das nicht hören …«

»Das FBI hat ihn dann mehrere Monate in einem Geheimgefängnis verwahrt, bevor sie ihn nach Florence brachten.«

Alden runzelte die Stirn. »Offen gesagt, hört sich das wie ein schlechter Film an, Paul. Es klingt nach reiner Fantasie.«

Für Laska waren die Behauptungen des Emirs jedoch offenkundig Tatsachen. »Er hat sich die Gesichter von vier Männern, die ihn entführten und folterten, einprägen können. Obgleich der Emir, wenn die Vorwürfe gegen ihn zutreffen, ein Terrorist ist, ist er doch auch ein recht guter Künstler.« Laska holte vier Blätter aus dem Papierstapel in seinem Schoß heraus und hielt sie Alden hin.

Der stellvertretende CIA-Direktor nahm sie jedoch nicht entgegen.

»Es tut mir leid«, war alles, was er sagen konnte.

»Sie meinten gerade, sie gehörten nicht zur CIA. Also werden Sie diese Männer gar nicht kennen. Was ist also schon dabei?«

»Offen gestanden, bin ich sehr enttäuscht, dass Sie mich heute Abend nur eingeladen haben, um …«

»Wenn Sie sie nicht kennen, Charles, geben Sie mir die Blätter einfach zurück, und Sie werden nicht die nächsten paar Jahre als ehemaliger Leiter der Clandestine Services der CIA vor allen möglichen Gremien aussagen müssen. Immerhin standen Sie an der Spitze dieser Abteilung, als in einem verbündeten Land gegen den direkten Befehl des Präsidenten der Vereinigten Staaten eine illegale Gefangennahme und Entführung stattfand.«

Alden ließ einen langen Seufzer hören. In Wahrheit wusste er gar nicht, wie ein Großteil der normalen CIA-Agenten aussah, da er den sechsten Stock in Langley nur ganz selten verließ. Glaubte Laska etwa, dass die Paramilitärs der Agency den ganzen Tag in voller Ausrüstung und mit Tarnfarbe im Gesicht an einem Wasserspender im obersten Stock herumhingen und auf ihren nächsten Einsatz warteten? Alden war sich sicher, dass er nicht eine einzige Abbildung eines Mitglieds der Special Activities Division, der paramilitärischen Spezialeinheit der CIA, oder eines Agenten, der die Ausbildung hatte, um eine solche Sache durchzuziehen, identifizieren könnte. Bei einem Gespräch mit Justizminister Brannigan über die Gefangennahme des Emirs hatte er schon vor einem Jahr den Eindruck gewonnen, dass das Justizministerium annahm, der Emir sei von irgendeinem nahöstlichen Geheimdienst, der mit ihm eine Rechnung zu begleichen hatte, aus dem Verkehr gezogen worden. Dieser habe ihn dann in die Vereinigten Staaten geschmuggelt und dem FBI vor die Tür gelegt, um vielleicht seinerseits künftig einen Gefallen erbitten zu können. Das Ganze war zwar ein Rätsel, aber es war nichts, worüber sich Alden Gedanken machen musste.

Er entschied sich, einen Blick auf die Zeichnungen zu werfen, den Kopf zu schütteln und sie dann zurückzugeben. Wenn das alles war, was er für eine Stelle in Laskas Stiftung nach dem Ende seiner CIA-Zeit tun musste, sollte es ihm recht sein.

Er zuckte die Achseln. »Ich werde Ihnen den Gefallen tun und mir die Bilder anschauen. Aber ich werde darüber hinaus über diese Angelegenheit nicht mehr mit Ihnen sprechen.«

Laska lächelte. Sein eckiges Gesicht weitete sich. »Einverstanden.«

Alden nahm die Blätter, schlug die Beine übereinander und schaute Laska an. Dabei wirkte er ganz leicht genervt.

»Das sind die Fotokopien einiger Pausbilder, die Judy von den ursprünglichen Zeichnungen des Emirs gemacht hat«, erklärte Laska. »Die Qualität ist nicht perfekt, aber ich glaube, man kann auf ihnen durchaus erkennen, wie diese Männer aussehen.«

Wie Alden es erwartet hatte, war das erste Bild eine detaillierte, aber nicht besonders lebensechte Zeichnung eines männlichen Gesichts, das er nicht identifizieren konnte. Der Mann war jung, weiß, und seine Haare waren mit dem Bleistift schraffiert worden, wahrscheinlich um sie als schwarz oder dunkelbraun zu kennzeichnen. An seinem Kinn trug er eine Art Verband. Unter dem Bild befanden sich einige handgeschriebene Notizen. »Kidnapper 1. Amerikaner, 25 bis 30 Jahre alt. 183 cm. Dieser Mann schoss mich auf der Straße an. Er war leicht im Gesicht verletzt, deshalb der Verband.«

Es war die ordentliche Abbildung eines gut aussehenden Jungen in den Zwanzigern. Darüber hinaus fand Alden die Darstellung nicht weiter bemerkenswert.

Charles schüttelte den Kopf und machte weiter.

Die Zeichnung Nummer zwei zeigte ebenfalls einen jungen Mann. Er hatte jedoch kürzere Haare. Sie waren ebenfalls dunkel. In jeder anderen Hinsicht wies er keine besonderen Merkmale auf. Der Text unter der Zeichnung lautete: »Kidnapper 2. 28 bis 35 Jahre alt. Kleiner als Nr. 1.«

Auch diesen Mann kannte Alden nicht.

Ein weiteres Kopfschütteln und dann weiter zur nächsten Zeichnung.

Aldens Augen weiteten sich und zogen sich dann wieder zusammen. Er hatte sofort die Befürchtung, dass sein Gastgeber den Wandel seines Gesichtsausdrucks bemerkt haben könnte. Diese Zeichnung zeigte einen älteren Mann, der sogar viel älter war als die anderen. Er schaute zu Yasins Angaben über Kidnapper 3: »Vielleicht sechzig Jahre alt. Gesund. Sehr stark und zornig. Kalte Augen. Spricht ziemlich gutes Golf-Arabisch.«

O mein Gott, dachte Alden, achtete jedoch sorgfältig darauf, Paul Laska keine weiteren Emotionen zu verraten. Seine Augen kehrten zu der Abbildung zurück. Die kurzen Haare waren leicht schraffiert, als wollte er damit anzeigen, dass sie grau waren. Tief eingegrabene Gesichtszüge. Die Jahre hatten sich in seine Haut geätzt. Ein eckiges Kinn.

Könnte er das sein? Ein Sechzigjähriger, der immer noch an vorderster Front stand? Da gab es bestimmt ein paar, aber trotzdem verringerte es die Möglichkeiten beträchtlich. Es gab da einen Mann, der eine mehr als oberflächliche Ähnlichkeit mit dieser Zeichnung hatte.

Alden glaubte, diesen Mann zu erkennen, aber er war sich nicht sicher.

Bis er sich dem nächsten Blatt zuwandte.

Es war die Darstellung eines Latinos von Mitte vierzig, mit kurzen Haaren. Im Eintrag unter der Zeichnung stand: »Kidnapper 4: klein gewachsen, aber sehr stark.«

Gottverdammter Mist!, schrie Alden innerlich. *John Clark und sein Partner. Der Mexikaner von der Rainbow-Truppe. Wie hieß er noch gleich? Carlos Dominguez? Nein … das war's nicht.*

Alden hörte auf, seine Verwunderung zu verbergen. Er ließ die anderen Blätter zu Boden fallen und hielt nur noch die beiden Fotokopien in den Händen: Clark in der linken und den Latino in der rechten.

Diese beiden Männer hatten vor einem Jahr in Aldens Büro gesessen. Er hatte sie zum Teufel gejagt und aus der CIA entlassen.

Und jetzt gab es glaubhafte Hinweise, die sie mit einer Entführungsoperation in Saudi-Arabien in Verbindung brachten, bei der der meistgesuchte Mann der Welt aus dem Verkehr gezogen worden war. Für wen könnten sie jetzt arbeiten? Für das JSOC, das die Spezialtruppen der US-Armee koordinierte? Nein, die Militärs hatten ihre eigenen Einheiten für solche Einsätze. DIA, NSA? Auf keinen Fall, solche Operationen führten die überhaupt nicht durch.

»Sie kennen diese Männer? Sind sie von der CIA?«, fragte Laska. Seine Stimme klang hoffnungsvoll.

Alden schaute zu dem alten Mann auf dem anderen Ledersofa hinüber. Laska hielt immer noch den Cognacschwenker in der Hand und lehnte sich aufgeregt nach vorne.

Alden brauchte einen Moment, um sich wieder zu fassen. Dann fragte er mit leiser Stimme: »Was können Sie mit dieser Information anfangen?«

»Meine Optionen sind begrenzt, so wie Ihre. Aber Sie könnten wenigstens eine interne Untersuchung gegen diese Männer in die Wege leiten, die vielleicht weiteres Beweismaterial zur Aufklärung dieses Falles erbringen würde.«

»Sie sind nicht bei der CIA.«

Laska legte seinen eckigen Kopf schief und zog seine buschigen Augenbrauen zusammen. »Aber … Sie haben sie doch gerade ganz klar erkannt!«

»Das stimmt. Aber sie haben die Agency vor einem Jahr verlassen. Ich … ich weiß nicht, was sie jetzt machen, für die CIA arbeiten sie jedenfalls nicht mehr. Aber für wen auch immer sie jetzt arbeiten, dies war auf alle Fälle eine inoffizielle Geheimoperation.«

»Wer sind sie?«

»Der Weiße heißt John Clark. Der andere … ich kann mich an seinen Namen nicht mehr erinnern. Irgendwas wie Dominguez. Er ist Puerto Ricaner oder Mexikaner oder so etwas.«

Laska schlürfte seinen Cognac. »Nun, wenn sie nicht für die CIA tätig sind, müssen sie für jemand anderen arbeiten. Und sie hatten keinerlei Befugnis, Saif Yasin festzunehmen.«

Alden wurde bewusst, dass Laska die wahren Ausmaße dieses Falls überhaupt nicht begriff. Der Mann versuchte doch tatsächlich, den Emir, diesen Scheißkerl, aus dem Gefängnis herauszuholen. »Da steckt noch etwas ganz anderes dahinter. John Clark arbeitete nicht nur bei der CIA für Jack Ryan. Er war Ryans Fahrer und enger Freund. Ich nehme an, er ist es immer noch. Sie führten zusammen Geheimoperationen durch, bevor Ryan die Karriereleiter emporstieg. Ihre Geschichte geht dreißig Jahre zurück. Das war ein Grund, warum ich dem alten Bastard den Laufpass gab, anstatt ihn noch einige Jahre als Ausbilder weiterzubeschäftigen.«

Laska setzte sich kerzengerade auf. Er grinste sogar ein wenig, was nur ganz selten vorkam. »Interessant.«

»An Clarks Händen klebt eine Menge Blut. Er verkörpert alles, was an den früheren CIA-Operationen falsch war. Ich kenne viele Einzelheiten nicht, aber eines weiß ich sicher.«

»Und das wäre, Charles?«

»Ich weiß, dass Präsident Ryan höchstpersönlich Clark für irgendwelche Aktivitäten in Vietnam die Medal of Honor verlieh und ihn dann für seine gezielten Tötungen in der CIA begnadigte.«

»Ein geheimer Gnadenerlass des Präsidenten?«

»Ja.«

Alden schüttelte immer noch erstaunt über die Enthüllungen des heutigen Abends den Kopf, begann sich aber langsam wieder zu fangen. Plötzlich spielte sein Job bei einer Laska-Stiftung keine Rolle mehr. Seine Stimme nahm einen tadelnden Unterton an. »Ich weiß nicht, welche Grundregeln das Justizministerium Ihrer Organisation vorgegeben hat, aber ich kann mir kaum vorstellen, dass es den Verteidigern erlaubt sein könnte, diese Informationen an Sie weiterzuleiten. Sie sind selbst weder Jurist noch Mitglied des Anwaltsteams.«

»Das ist alles richtig. Ich bin eher eine Galionsfigur. Trotzdem besitze ich diese Informationen.«

»Sie wissen, dass ich in dieser Angelegenheit überhaupt nichts tun kann, Paul. Ich kann nicht morgen früh in mein Büro gehen und mich dann erkundigen, was aus Clark und Dominguez geworden ist, ohne dass meine Mitarbeiter den Grund dafür wissen wollen. Sie und ich könnten bei dieser Art von Quelle eine Menge Schwierigkeiten bekommen, wenn wir diese Informationen in Umlauf bringen. Juristisch gesehen ist das ein Verbrechen, in das Sie mich da verwickelt haben.«

Nach diesen Worten griff er nach seinem Cognacschwenker und trank ihn in einem Schluck aus. Laska holte die alte Flasche und schenkte ihm reichlich nach.

Dann lächelte er. »Sie müssen ja niemand davon erzählen. Irgendwie muss diese Information jedoch ans Licht kommen. Diese Männer müssen gefasst und zur Rechenschaft gezogen werden.« Laska dachte ein paar Sekunden nach. »Das Problem dieser Information ist ihre Quelle, die Art, wie sie beschafft wurde. Was wäre, wenn ich die Quelle verändern könnte?«

»Wie meinen Sie das?«

»Könnten Sie mir nicht noch ein paar Informationen über Clarks CIA-Karriere beschaffen? Ich rede nicht von dieser Emir-Sache. Ich rede von allem, was er getan hat, das in irgendwelchen Akten steht.«

Alden nickte. »Ich erinnere mich, dass Admiral James Greer ein Dossier über ihn angelegt hatte. Das reicht allerdings lange zurück. Vielleicht könnte ich schauen, ob ich ein paar Sachen ausgraben kann, die danach passiert sind. Ich weiß, dass er mehrere Jahre die Rainbow-Truppe in Großbritannien kommandiert hat.«

»Die Men in Black«, sagte Laska voller Abscheu und benutzte dabei den Spitznamen dieser geheimen NATO-Antiterror-Einheit.

»Ja. Aber warum möchten Sie diese Informationen haben?«

»Ich glaube, sie könnten Ed helfen.«

Alden schaute Laska lange an. Er wusste, dass es überhaupt nichts mehr gab, das Ed Kealty helfen konnte, und er wusste auch, dass Paul Laska klug genug war, um dies ebenfalls zu wissen. Nein, in Laskas Kopf musste etwas ganz anderes vorgehen.

Alden forderte den alten Tschechen jedoch nicht heraus. »Ich werde sehen, was ich machen kann.«

»Geben Sie mir einfach, was Sie finden, und ich nehme Ihnen die ganze Angelegenheit ab, Charles. Sie waren sehr hilfsbereit, und ich werde das im kommenden Januar bestimmt nicht vergessen.«

28

Die Skyline einer solch großen und bedeutenden Stadt wie Wolgograd hätte man eigentlich aus allen Richtungen kilometerweit sehen müssen. Aber als Georgij Safronow auf der M6-Magistrale nach Südosten brauste, war auch fünfzehn Kilometer vor der Stadtgrenze nur leicht gewelltes Weideland zu sehen, über dem dicker grauer Nebel lag. Von der riesigen Industriemetropole direkt vor ihm war noch keine Spur zu erkennen. Es war zehn Uhr morgens, und er war auf der Kaspi-Fernstraße die ganze Nacht durchgefahren. Obwohl er jetzt acht Stunden am Steuer saß, forderte der Sechsundvierzigjährige seinem BMW-Z4-Roadster das Äußerste ab, weil er so schnell wie möglich an seinem Bestimmungsort eintreffen wollte. Der Mann, der ihn gebeten hatte, heute diese neunhundertzwanzig Kilometer zurückzulegen, hätte ihn nicht ohne guten Grund zu diesem Treffen beordert. Georgij kämpfte gegen Müdigkeit und Hunger an, um den alten Mann auf keinen Fall warten zu lassen.

Der reiche Russe war zwar mittleren Alters, sah aber mit Ausnahme einzelner grauer Strähnen in seinem roten Haar viel jünger aus. Die meisten russischen Männer tranken, weswegen ihre Gesichter oft vorzeitig alterten. Georgij hatte jedoch seit Jahren keinen Wodka, keinen Wein und kein Bier mehr angerührt. Sein einziges kleines Laster war der gezuckerte süße Tee, den die Russen so sehr mögen. Er war kein athletischer Typ, er war dünn, und seine Haare waren für einen Mann seines Alters etwas lang. Eine Haartolle fiel ihm immer wieder in die Augen. Er hatte die Lüftungsschlitze seines BMWs so eingestellt, dass sie ihm die Haare beim Fahren aus der Stirn bliesen.

Er hatte keine Anweisungen, nach Wolgograd hineinzufahren. Er fand das schade, weil er die Stadt wirklich mochte. Immerhin war sie das frühere Stalingrad, was sie für ihn umso interessanter machte. Im Zweiten Weltkrieg hatten die Russen in Stalingrad gegen die Deutschen erfolgreich Widerstand geleistet und die unglaublichste Abwehrschlacht gegen eine mächtige Invasionsarmee in der gesamten Kriegsgeschichte geschlagen.

Georgij Safronow hatte ein persönliches Interesse an allem, was mit Widerstand zu tun hatte, obwohl er dieses Interesse für sich behielt.

Er schaute auf die GPS-Karte auf der Mittelkonsole des gut ausgestatteten Roadsters. Etwas weiter südlich lag der Flughafen. Er würde die M6 in einigen Minuten verlassen und anschließend der zuvor eingegebenen Route zu dem konspirativen Treffpunkt direkt außerhalb des Flughafengeländes folgen.

Er wusste, dass er auf keinen Fall Aufmerksamkeit erregen durfte. Deshalb war er allein gekommen und hatte seine Leibwächter in Moskau zurückgelassen. Er hatte ihnen erzählt, dass er etwas ganz Persönliches zu erledigen hätte. Seine Sicherheitsleute waren keine Russen, sondern Finnen und überdies große Hurenböcke. Georgij nutzte also ihre diesbezüglichen Fantasien aus und deutete an, dass er sich hier heimlich mit einer Frau treffen würde.

Nach dem Treffen wollte Safronow sich in der Innenstadt von Wolgograd ein Hotel suchen. Er würde allein durch die Straßen der Stadt gehen und an die Schlacht von Stalingrad denken. Dies würde ihm neue Stärke geben.

Aber er war vorschnell. Vielleicht wollte der Mann, der ihn heute hierher eingeladen hatte, Suleiman Murschidow, dass er danach den konspirativen Treffpunkt sofort verließ und mit ihm nach Machatschkala flog. Murschidow würde Georgij seinen Willen mitteilen, und Georgij würde auf ihn hören.

Eigentlich war Georgij Safronow nicht sein richtiger Name, da seine echten Eltern ihn nicht Georgij genannt hatten und sie selbst auch nicht Safronow hießen. Trotzdem war das sein Name gewesen, solange er zurückdenken konnte. Solange er zurückdenken konnte, hatte ihm jeder in seiner Umgebung auch erzählt, dass er Russe sei.

Tief im Herzen hatte er jedoch wohl schon immer gewusst, dass sein Name und seine Herkunft Lügen waren.

In Wahrheit wurde er im Jahr 1966 als Magomed Sagikow im dagestanischen Derben geboren, als Dagestan noch eine abgelegene und fügsame bergige Küstenregion der Sowjetunion war. Seine Eltern waren Bergbauern, die jedoch kurz nach seiner Geburt nach Machatschkala am Kaspischen Meer gezogen waren. Dort starben die Mutter und der Vater des kleinen Magomed innerhalb eines Jahres an einer Krankheit, und ihr Kind kam in ein Waisenhaus. Ein junger russischer Marinekapitän aus Moskau namens Michail Safronow und seine Frau Marina wählten dann den Kleinen als Adoptivkind aus, weil Marina Safronowa Magomed wegen seiner gemischten lesgisch-asarischen Herkunft den anderen Waisenkindern seines Alters vorzog, die reinblütige Asaris waren.

Sie nannten ihren Adoptivsohn Georgij.

Kapitän Safronow war als Mitglied der Kaspischen Flottille in Dagestan stationiert, wurde jedoch bald zur Schwarzmeerflotte befördert und nach Sewastopol versetzt. Kurz darauf wurde er auf die Marschall-Gretschko-Seekriegsakademie in Leningrad geschickt. In den nächsten fünfzehn

Jahren wuchs Georgij in Sewastopol (wo sein Vater nach seinem Studium wieder in der Schwarzmeerflotte diente) und Moskau auf (wo sein Vater im Büro des Kommandeurs der Sowjetmarine tätig war).

Safronows Adoptiveltern verhehlten ihm nie, dass sie ihn adoptiert hatten, behaupteten jedoch, er stamme aus einem Waisenhaus in Moskau. Seine wahren Wurzeln enthüllten sie ihm nie, schon gar nicht, dass seine Eltern Muslime waren.

Der kleine Safronow war ein blitzgescheiter Kerl, er war jedoch klein, schwach und völlig unsportlich. Trotzdem, oder wahrscheinlich gerade deswegen, war er ein ausgezeichneter Schüler. Bereits als ganz kleiner Junge faszinierten ihn die sowjetischen Kosmonauten. Später entwickelte er eine kindliche Begeisterung für Raketen, Satelliten und den Weltraum. Nach seinem brillanten Schulabschluss wurde er in die Militärakademie der Raketentruppen »Feliks Dzierzynski« aufgenommen.

Nach seinem erfolgreichen Abschluss diente er fünf Jahre als Offizier in den sowjetischen Strategischen Raketentruppen, um dann zum Studium an das Moskauer Institut für Physik und Technologie zurückzukehren.

Im Alter von dreißig Jahren ging er in die Privatwirtschaft. Er wurde von einem Projektleiter der Kosmos-Raumfahrtgesellschaft angeheuert, einer gerade erst gegründeten Raketenmotoren- und Trägerraketenfabrik, die auch kommerzielle Raketenstarts und Raummissionen anbieten wollte. Um dies zu betonen, gab sie sich auch den englischen Namen Kosmos Space Flight Corporation (KSFC). Georgij kam danach auf die geniale Idee, alte Interkontinentalraketen aus der Sowjetzeit aufzukaufen und sie zu kommerziellen Trägerraketen umzurüsten. Von Anfang an leitete er dieses Projekt. Seine soldatisch straffe Führung, seine kühnen Ideen, sein technisches Wissen und politisches Geschick machten aus der KSFC bis zum Ende der Neunzigerjahre das wichtigste private russische Raumfahrtunternehmen.

Im Jahr 1999 besuchte Georgijs Vater Michail Safronow das stattliche Wohnhaus seines Sohns in Moskau. Kurz zuvor hatte der erste russische Einmarsch in Dagestan stattgefunden, und der pensionierte Marineoffizier machte ein paar abfällige Bemerkungen über die dagestanischen Muslime. Als Georgij seinen Vater fragte, ob er überhaupt irgendwelche Dagestaner kenne, erwähnte dieser unabsichtlich, dass er früher einmal in Machatschkala stationiert gewesen sei.

Georgij fragte sich, warum weder sein Vater noch seine Mutter jemals diese Stationierung in Dagestan erwähnt hatten. Einige Wochen später rief er einige einflussreiche Freunde in der Marine an, und diese gruben für ihn die Dienstzeiten seines Vaters in der Kaspischen Flottille aus.

Safronow flog sofort nach Machatschkala und fand dort das Waisenhaus. Tatsächlich offenbarten sie ihm nach eingehender Befragung, dass seine leiblichen Eltern muslimische Dagestaner waren.

Georgij Safronow erfuhr in diesem Moment etwas, das er tief im Innern schon immer gewusst hatte, wie er später sagen würde. Er unterschied sich von den anderen Russen, mit denen er aufgewachsen war.

Er war Muslim.

Anfänglich hatte das keinen großen Einfluss auf sein Leben. Seine Firma war so erfolgreich, dass Safronows Arbeit sein Leben war. Dieser Erfolg wurde noch gesteigert, als die amerikanischen Space-Shuttle-Missionen nach dem Absturz der *Columbia* im Februar 2003 zeitweise eingestellt wurden. Die KSFC war damals in der Lage, einen Großteil der amerikanischen Raumfähren-Verträge zu übernehmen. Georgij, der gerade erst im Alter von sechsunddreißig Jahren Präsident seines Unternehmens geworden war, verfügte über das Talent, die Entschlossenheit, die beeindruckende Persönlichkeit und die nötigen Kontakte zur russischen Luftwaffe, um dafür zu sorgen, dass sein Unternehmen diese einmalige Gelegenheit voll ausnutzen konnte.

Ursprünglich war die KSFC eine reine Privatfirma ohne jede Staatsbeteiligung. Als Safronow aus ihr jedoch eine, im Wortsinne, raketenbetriebene Geldmachmaschine machte, versuchten der russische Präsident und seine Spießgesellen, die Firma mit zwielichtigen Machenschaften an sich zu bringen. Safronow setzte sich jedoch mit seinen neuen Gegnern an einen Tisch und machte ihnen ein Gegenangebot. Er würde ihnen achtunddreißig Prozent der Firmenanteile zur Verfügung stellen, und die Teilnehmer dieses Treffens könnten damit machen, was sie wollten. Safronow würde den Rest behalten und weiterhin 365 Tage im Jahr für den Erfolg des Unternehmens arbeiten.

Wenn die russische Regierung jedoch die Firma wie in den alten Sowjettagen verstaatlichen wolle, dann könne sie auch nur die Ergebnisse dieser alten Tage erwarten. Safronow würde dann am Schreibtisch sitzen und die Wand anstarren. Sie könnten ihn natürlich auch durch irgendeinen alten Apparatschik ersetzen, der so tun würde, als wäre er ein Kapitalist, der jedoch das Unternehmen innerhalb eines Jahres an die Wand fahren würde, wie die hundertjährige Geschichte des Sowjetkommunismus gezeigt habe.

Der russische Präsident und seine Kumpane waren jetzt in einer misslichen Lage. Ihr Erpressungsversuch war durch eine Art Gegenerpressung pariert worden. Die Regierung knickte ein, Safronow behielt zweiundsechzig Prozent der Firmenanteile und KSFC florierte.

Ein Jahr später bekam Kosmos von einer dankbaren Nation den Leninorden verliehen, und Safronow wurde zum Helden der Russischen Föderation ernannt.

Mit seinem Privatvermögen von über hundert Millionen Dollar investierte er in russische Blue-Chip-Unternehmen. Dabei stärkte er zugleich auf raffinierte Weise die Verbindungen zu den jeweiligen Eigentümern. Er kannte eben das Schmiermittel des Erfolgs in seinem Adoptivland. Geschäftsleute, die ihren Kopf herausstreckten, behielten ihn nur, wenn sie den Kreml zum Freund hatten. Ein Insider erkannte dabei leicht, wer in der Gunst des Ex-KGB-Manns stand, der jetzt in Moskau regierte. Safronow sicherte sich durch sein Beziehungsgeflecht gegen alle Unwägbarkeiten ab. Solange der gegenwärtige Staatsführer und seine Leute an der Macht waren, würde ihm nichts passieren.

Diese Taktik zahlte sich für ihn aus. Sein Privatvermögen wurde inzwischen auf über eine Milliarde Dollar geschätzt. Dies verschaffte ihm zwar noch keinen Platz auf der *Forbes*-Liste, aber er konnte sich alles leisten, was er wollte.

In Wahrheit bedeutete ihm sein Reichtum jedoch überhaupt nichts. Er konnte einfach nicht vergessen, dass er in Wirklichkeit nicht Georgij hieß und auch kein Russe war.

Alles veränderte sich für Safronow an seinem zweiundvierzigsten Geburtstag. Er war mit seinem neuen 2008er Lamborghini Reventón von Moskau zu einer seiner Datschen auf dem Land unterwegs. Der Tachozeiger war nur noch zwanzig Stundenkilometer von seiner Höchstanzeige entfernt, er musste gegenwärtig auf dieser schnurgeraden Straße also etwa dreihundertzwanzig Stundenkilometer schnell sein.

Ob es nun eine Öllache oder eine Wasserpfütze war oder seine Hinterreifen einfach nur abgedriftet waren, würde er nie erfahren. Auf alle Fälle geriet er ins Schleudern und verlor die Herrschaft über das Auto. Er war sich sicher, dass jetzt alles vorbei sei. In dem Bruchteil einer Sekunde zwischen der ersten Erkenntnis, dass das Fahrzeug nicht mehr beherrschbar war, und dem Moment, als die silberne Motorhaube des Lamborghini vor seiner Windschutzscheibe von der Straße wegzeigte, war es nicht Georgijs wirkliches Leben, das an seinen inneren Augen vorbeiraste. Es war das Leben, das er nicht gelebt hatte und das er hätte führen sollen. Es war die Sache, der er den Rücken zugekehrt hatte. Es war die Revolution, an der er nicht teilgenommen hatte. Es war das Potenzial, das er nicht ausgeschöpft hatte.

Der Lamborghini überschlug sich, und das Genick der einundzwanzigjährigen Ballerina, die neben Safronow saß, brach. Noch Jahre später war sich Georgij sicher, dass er inmitten des Lärms von zersplitterndem Metall und Fiberglas dieses entsetzliche Knacken gehört hatte.

Der Raumfahrtunternehmer verbrachte viele Monate im Krankenhaus. Immer wieder las er in dieser Zeit in seinem Koran, den er zur Tarnung in die Umschläge seiner Technikhandbücher steckte. Sein Glaube vertiefte sich. Er kannte jetzt seinen Platz in dieser und der nächsten Welt. Er nahm sich vor, seinem Leben eine ganz neue Richtung zu geben.

Er würde alles aufgeben, um zum *Shahid*, zum Märtyrer, zu werden. Er wollte für die Sache, in die er ursprünglich hineingeboren worden war und die jetzt jeden seiner Atemzüge bestimmte, den Märtyrertod erleiden. Er verstand jetzt, dass die Lamborghinis, die Privatjets, die Macht und die Frauen nichts mit dem Paradies zu tun hatten, so sehr sie auch sein zugegebenermaßen allzu menschliches Fleisch berauschen mochten. Er wusste, dass er in seiner menschlichen Gestalt keine Zukunft hatte. Nein, seine Zukunft, seine ewige Zukunft, lag im Jenseits, und er würde dies bald genug herausfinden.

Allerdings würde er sein Leben im Dienst seiner Sache nicht zu billig verkaufen. Nein, Georgij wusste, dass er die Sache einer Islamischen Republik im Kaukasus befördern konnte wie vielleicht noch kein Mensch vor ihm. Er war ein Spion und Kundschafter in der Welt des Feindes.

Nach seiner Genesung zog er sich heimlich in ein schlichtes Bauernhaus in Dagestan zurück. Er lebte in vollkommener Einfachheit, weit entfernt von dem Leben, das er vor seinem Unfall geführt hatte. Er stattete Suleiman Murschidow, dem geistlichen Führer der dagestanischen Widerstandsgruppe Jamaat Shariat, regelmäßig einen Besuch ab. Zuerst war Murschidow misstrauisch, aber der alte Mann war erstaunlich intelligent und ausgefuchst und begann mit der Zeit zu begreifen, welches Werkzeug, welche Waffe ihm mit diesem Georgij Safronow geschenkt worden war.

Georgij bot an, sein ganzes Geld der gemeinsamen Sache zur Verfügung zu stellen. Der geistliche Führer lehnte dieses Angebot jedoch ab. Tatsächlich verbot er Safronow sogar, in Dagestan oder dem Kaukasus für wohltätige Zwecke Geld zu spenden. Der Alte aus den Bergen erkannte, dass Georgij sein Spitzel und Maulwurf in den russischen Führungsetagen war, und wollte dies auf keinen Fall durch irgendetwas gefährdet sehen, selbst wenn es neue Schulen, neue Krankenhäuser oder jede andere Unterstützung für sein Volk oder die gemeinsame Sache waren.

Ganz im Gegenteil wies Murschidow Safronow an, nach Moskau zurückzukehren und dort die harte Linie gegen die Kaukasus-Republiken zu unterstützen. Seit vielen Jahren war es Georgij eine Qual, mit den Freunden seines Adoptivvaters zusammenzusitzen und über die Niederschlagung der Aufstände im Kaukasus zu reden. Aber so lauteten eben seine Befehle. Es war ihm aufgetragen, in der Höhle des Löwen zu leben.

Allerdings nur bis zu dem Tag, an dem Murschidow seine Rückkehr, seine Hilfe und *Inschallah* – so Gott will – sein Martyrium verlangen würde.

Safronow tat, wie ihm geheißen. Jedes Jahr kehrte er kurz und heimlich ein einziges Mal in seine Heimat zurück, um sich mit Suleiman zu treffen. Bei einem dieser Besuche hatte er gebeten, dem berühmten Krieger Israpil Nabijew vorgestellt zu werden. Der alte geistliche Führer hatte dies jedoch verboten, was Safronow sehr verärgert hatte.

Jetzt wusste Georgij jedoch, dass sein Führer die ganze Zeit recht gehabt hatte. Wenn Nabijew etwas über Safronow gewusst hätte oder nur eine Ahnung gehabt hätte, dass es da eine Führungspersönlichkeit in der privaten russischen Raumfahrtindustrie gab, die mit den Dagestanern in Verbindung stand, wäre Safronow jetzt tot oder säße im Gefängnis. Er begriff, dass er im letzten Jahr in Machatschkala nur aus Eitelkeit darauf bestanden hatte, Nabijew vorgestellt zu werden. Die Hand Allahs selbst hatte Suleiman dazu bewogen, diesen Wunsch abzulehnen.

Also hielt sich Safronow weiterhin von der Jamaat Shariat fern. Immerhin blieb ihm dadurch genug Zeit zur Führung seines Unternehmens, das in den ganzen Jahren weiter gewachsen war. Die KSFC profitierte vom Auslaufen des US-amerikanischen Space-Shuttle-Programms. Die Russen gehörten endgültig zu den ganz Großen im Raumfahrtgeschäft. Zwar verfügten auch andere russische Unternehmen über Trägerraketen, mit denen man Satelliten, Vorräte und Menschen ins All befördern konnte, wie etwa die Sojus, Proton, Rokot, um nur drei zu nennen. Aber Safronow und seine Dnjepr-1 begannen die anderen immer mehr zu überflügeln. Im Jahr 2011 schickte Safronows Unternehmen erfolgreich mehr als zwanzig Raketen von seinen drei Abschussrampen im Kosmodrom Baikonur in der ebenen

Grassteppe Kasachstans ins All. Für das Jahr 2012 gab es bereits so viele fest abgeschlossene Verträge, dass diese Zahl auf jeden Fall übertroffen werden würde.

Er war also ein schwer beschäftigter Mann. Trotzdem ließ er alles stehen und liegen und fuhr auf der Kaspi-Magistrale in Richtung Süden, als ihn die Botschaft Murschidows, des Abu Dagestani, des Vaters von Dagestan, erreichte.

Georgij Safronow schaute auf seine Rolex und war froh, dass er genau zur angegebenen Zeit ankommen würde. Immerhin war er ein Raketenwissenschaftler. Er hasste jede Form von Ungenauigkeit und Unpünktlichkeit.

29

Die Jamaat Shariat nutzte das Bauernhaus unmittelbar westlich von Wolgograd von Zeit zu Zeit, wenn sie im Norden ihres eigentlichen Einflussbereichs etwas zu erledigen hatte. Das Anwesen lag ganz in der Nähe des Flughafens, aber weit entfernt vom geschäftigen Treiben der Innenstadt. Es genügten deshalb auch ein paar Wachleute, die über die Feldwege der Umgebung patrouillierten, und eine Handvoll dagestanischer Kämpfer, die die Abzweigung von der Hauptstraße überwachten, um diese Treffen vor der russischen Polizei oder der Miliz für innere Sicherheit zu schützen.

Safronow musste sich abtasten lassen und identifizieren, als er aus dem Wagen ausstieg. Dann führte man ihn in das schwach beleuchtete Bauernhaus. Die Frauen in der Küche wandten ihre Augen ab, als er sie begrüßte. Die Wachen brachten ihn in die große Stube, wo ihn sein geistlicher Führer begrüßte, den seine Anhänger ehrfurchtsvoll Abu Dagestani nannten.

Ein niedriger Tisch war mit einer Spitzentischdecke geschmückt. Die Frauen stellten eine Schale mit Trauben, einen Teller mit kleinen eingepackten Süßigkeiten und eine Zweiliterflasche Fanta auf den Tisch und verschwanden wieder.

Safronow strahlte vor Stolz, wie er es immer tat, wenn er dem geistlichen Führer einer Organisation begegnete, die für die Rechte und die Zukunft von Georgijs eigenem Volk kämpfte. Er wusste, dass man ihn nicht hierherbeordert hätte, wenn es nicht äußerst wichtig gewesen wäre. Bestimmt hatte die Gefangennahme Israpil Nabijews im vergangenen Monat etwas damit zu tun. Die russischen Behörden hatten nicht berichtet, dass sie den Mann lebend gefasst hatten, aber Überlebende des Angriffs auf das dagestanische Dorf hatten gesehen, wie er in einen Hubschrauber gebracht wurde.

Der russische Raumfahrtunternehmer erwartete, dass Suleiman Murschidow ihn um Geld bitten würde. Vielleicht eine große Summe, mit der er Israpil freikaufen konnte. Georgij war begeistert, dass er zum ersten Mal eine maßgebliche Rolle im Kampf seines Volkes spielen sollte.

Der alte Mann saß auf der anderen Seite des Tischs auf dem Boden. Hinter ihm saßen zwei seiner Söhne auf Stühlen, die allerdings so weit entfernt waren, dass sie sich an der Unterredung nicht beteiligen konnten. In den letzten Minuten hatte sich Murschidow nach Georgijs Anfahrt und nach seiner Arbeit erkundigt und ihn über die neuesten Entwicklungen im Kaukasus informiert. Safronow liebte diesen alten Mann weit mehr als seinen eigenen Vater, der ihn verraten und von seinem eigenen Volk entfremdet und ihn in etwas zu verwandeln versucht hatte, was er nicht war. Abu Dagestani hatte ihm dagegen seine Identität zurückgegeben.

Der bärtige Alte blickte ihn an und sagte: »Mein Sohn, du Sohn Dagestans, Allah unterstützt unseren Widerstand gegen Moskau.«

»Das ist wohl wahr, Abu Dagestani!«

»Ich habe von einer Möglichkeit erfahren, wie wir unsere gemeinsame Sache mit deiner Hilfe auf eine Weise befördern können, wie sie sich uns bisher noch nicht geboten hat. Sie würde mehr bewirken als ein Krieg und mehr als Bruder Israpil mit all seinen Kämpfern.«

»Sage mir nur, was du benötigst. Du weißt, dass ich dich schon oft gebeten habe, eine Rolle in unserem Kampf spielen zu dürfen.«

»Erinnerst du dich, was du mir gesagt hast, als du letztes Jahr hier warst?«

Safronow dachte zurück. Er hatte alle seine Ideen aufgezählt, wie er der Sache der Jamaat Shariat vielleicht nützen könnte. Georgij arbeitete immer wieder die Nächte durch, um entsprechende Pläne zu entwickeln. Bei seinen alljährlichen Besuchen in Machatschkala trug er Murschidow dann die besten Ideen vor. Er wusste jetzt allerdings nicht, auf welche sein Führer sich gerade bezog. »Ich … Was genau meinst du, Vater von Dagestan?«

Die Lippen des Alten kräuselten sich ganz leicht zu einem Lächeln. »Du hast mir erzählt, du seist ein mächtiger Mann und dass du die Raketen kontrollierst, die in den Weltraum aufsteigen. Und dass du deine Raketen so umleiten könntest, dass sie Moskau treffen.«

Einerseits strahlte Safronow jetzt vor Begeisterung. Gleichzeitig war er jedoch besorgt und bestürzt. Tatsächlich hatte er dem Alten über seine zahlreichen Ideen erzählt, wie er an den Russen, die mit ihm lebten und zusammenarbeiteten, Vergeltung üben könnte. Am fantastischsten war dabei sein Vorschlag, den Kurs einer seiner Trägerraketen so zu verändern, dass sie nicht ihre Umlaufbahn erreichen, sondern mitsamt ihrer Nutzlast auf eine große Stadt stürzen würde. Es gab bei diesem Plan allerdings Dutzende von Problemen. Trotzdem war er nicht ganz unmöglich.

Safronow wusste, dass jetzt nicht die Zeit war, Zweifel zu zeigen. »Ja! Ich schwöre, dass ich das tun kann! Ein Wort von dir, und ich werde die Russen zwingen, uns entweder unseren militärischen Führer zurückzugeben oder für dieses Verbrechen zu büßen.«

Murschidow wollte etwas sagen, aber Safronow war inzwischen so begeistert, dass er einfach weitersprach: »Am besten wäre es, einen solchen Angriff gegen eine Ölraffinerie zu führen, selbst wenn diese außerhalb der Stadt liegt. Die Raketenkapsel selbst ist nicht explosiv. Obgleich sie beim Aufprall eine hohe Geschwindigkeit besitzt, sollte sie auf etwas Brennbares oder Explosives stürzen, um einen möglichst großen Schaden anzurichten.« Georgij hatte Angst, der Alte könnte jetzt enttäuscht sein. Er hatte es im Jahr zuvor wahrscheinlich versäumt, ihm eine realistische Einschätzung der Auswirkungen eines solchen Raketeneinschlags vorzutragen.

Murschidow stellte ihm jedoch nur eine Frage: »Wären deine Waffen schlagkräftiger, wenn sie mit Atombomben bestückt wären?«

Safronow zuckte zurück. Dann stotterte er: »Nun ... ja. Natürlich. Aber das ist nicht möglich, und selbst ohne sie kann man diese Raketen immer noch als eindrucksvolle konventionelle Waffe einsetzen. Mit einem Tanklager als Ziel ...«

»Warum ist das nicht möglich?«

»Weil ich keine Bomben *habe,* Vater.«

»Würdest du den Plan durchführen, wenn du welche hättest? Oder wird dein Herz durch den Gedanken an die Hunderttausende von Toten schwer?«

Safronow reckte das Kinn. Das war eine Prüfung. Eine hypothetische Frage. »Wenn ich Bomben hätte, würde ich sogar mit *noch* größerer Leidenschaft handeln. Mein Herz kennt da keinen Zweifel.«

»Heute ist ein Mann hier, den du kennenlernen solltest. Ein Ausländer.«

Safronow hatte keinen Ausländer gesehen. Gehörte das

auch zu der hypothetischen Prüfung? »Was denn für ein Mann?«

»Er wird dir selbst erklären, wer er ist. Rede mit ihm. Ich vertraue ihm. Er wird von unseren Brüdern in Tschetschenien hoch geachtet.«

»Natürlich werde ich mit ihm sprechen, Abu Dagestani.«

Suleiman Murschidow gab einem seiner Söhne ein Zeichen, und der forderte Safronow auf, ihm zu folgen. Georgij, der von den Geschehnissen völlig verwirrt war, stand auf und folgte dem Mann die Treppe hinauf in ein großes Schlafzimmer. Dort standen drei Männer in Freizeitkleidung, über deren Schultern Maschinenpistolen hingen. Das waren keine Dagestaner, aber auch keine Araber. Ein Mann war sehr groß und hatte etwa Georgijs Alter. Die beiden anderen waren jünger.

»As salaam aleikum«, grüßte der Ältere. Also sprachen sie doch arabisch.

»Wa aleikum as salaam«, antwortete Safronow.

»Heben Sie bitte die Arme in die Luft.«

»Wie bitte?«

»Bitte, mein Freund.«

Safronow folgte etwas unsicher der Aufforderung. Die beiden jungen Männer traten an ihn heran und tasteten ihn gründlich ab, ohne dabei respektlos zu erscheinen.

Als das erledigt war, bat der Ältere Safronow, neben ihm auf einem abgenutzten Sofa Platz zu nehmen, das an der Wand stand. Beide Männer setzten sich, und einer der beiden Jüngeren stellte zwei Gläser Orangenlimonade vor ihnen auf den Tisch.

»Herr Safronow, Sie können mich General Ijaz nennen. Ich bin ein General der pakistanischen Streitkräfte.«

Georgij schüttelte dem Mann die Hand. *Pakistan? Interessant.* Langsam bekamen Suleiman Murschidows vorherige Bemerkungen einen gewissen Hintergrund.

»Sie sind Dagestaner? Und ein gläubiger Muslim?«, fragte Rehan.

»Ich bin beides, General.«

»Suleiman hat versichert, Sie seien genau der Mann, mit dem ich sprechen muss.«

»Ich hoffe, ich kann Ihnen dienlich sein.«

»Sie sind der Leiter der russischen Raumfahrt?«

Safronow wollte eigentlich den Kopf schütteln. Trotz seiner Rolle als Präsident und Hauptanteilseigner der Kosmos-Raumfahrtgesellschaft war das eine ziemliche Übertreibung. Aber er tat es dann doch nicht. Dies war nicht die Zeit, sein Licht unter den Scheffel zu stellen, wenngleich er seinen Gesprächspartner jetzt über seine genaue Position aufklärte. »Das stimmt beinahe, General Ijaz. Tatsächlich bin ich Präsident des Unternehmens, das eine der besten russischen Trägerraketen besitzt und betreibt.«

»Und was befördern Sie in den Weltraum?«

»Hauptsächlich Satelliten auf ihre Umlaufbahn. Wir haben im letzten Jahr einundzwanzig erfolgreiche Starts durchgeführt. Nächstes Jahr erwarten wir sogar vierundzwanzig.«

»Ihnen gehören also die Raketen, mit denen Sie die Raumflüge durchführen?«

Safronow nickte. Der Stolz auf sich und das Unternehmen, das er in den vergangenen fünfzehn Jahren aufgebaut hatte, war ihm deutlich anzusehen. »Unsere Hauptträgerrakete ist die Dnjepr-1. Es ist eine umgewandelte RM-36.«

Rehan starrte den Russen unverwandt an. Er wollte auf keinen Fall zugeben, dass er überhaupt nichts von dieser Materie verstand. Er wartete deshalb schweigend ab, bis dieser kleine Mann weitere Erklärungen nachschob.

»Die RM-36, General, ist eine ballistische Interkontinentalrakete. Russland … ich sollte sagen die Sowjetunion, beförderte mit ihr nukleare Gefechtsköpfe. Erst in den Neunzigerjahren wandelte unser Unternehmen dieses System in eine zivile Trägerrakete um.«

Rehan nickte nachdenklich. Er tat so, als ob ihn das alles nicht allzu sehr interessierte. Tatsächlich war es für ihn eine unglaubliche Nachricht, die er so nicht unbedingt erwartet hatte.

»Und welche Fracht kann Ihre Rakete befördern, Herr Safronow?«

Georgij lächelte verständnisinnig. Er erinnerte sich an Murschidows Fragen und verstand jetzt, was hier vor sich ging. Er verstand auch, dass es sein Job war, dem streng dreinschauenden Pakistani diese Idee zu verkaufen.

»General, wir können mit ihr alles befördern, was Sie wollen, solange es in die Nutzlastverkleidung hineinpasst.«

»Die Geräte, an die ich denke, sind 3,83 Meter lang und 46 Zentimeter breit.«

»Und ihr Gewicht?«

»Etwas mehr als tausend Kilogramm.«

Der Russe nickte erfreut. »Das lässt sich machen.«

»Ausgezeichnet.«

»Sind Sie bereit, mir zu erzählen, um welche Fracht es sich hier handelt?«

Der Mann, den Safronow als General Ijaz kannte, schaute ihm in die Augen. »Atombomben. Mit einer Sprengkraft von zwanzig Kilotonnen.«

»Bomben? Keine Raketensprengköpfe?«

»Nein. Es sind Bomben, die aus einem Flugzeug abgeworfen werden. Ist das ein Problem?«

»Ich weiß nicht viel über Ihre Bomben. Ich kenne eher die russischen nuklearen Raketensprengköpfe aus meiner Zeit beim Militär. Aber ich weiß, dass man die Bomben aus ihrer Hülle herausnehmen kann, um sie leichter und kleiner zu machen. Das wird ihre Sprengkraft in keiner Weise beeinträchtigen. Wir werden das tun müssen, um sie in die Nutzlastverkleidungen unserer Trägerraketen hineinzubekommen.«

»Ich verstehe«, sagte Rehan. »Sagen Sie mir noch eines. Ihre Raketen … wohin können Sie die lenken?«

Jetzt nahm Safronows Gesicht einen eher vorsichtigen Ausdruck an. Er wollte schon etwas sagen, unterließ es dann aber doch lieber. Es war lediglich ein unverständliches Gemurmel zu hören.

»Ich bin einfach nur neugierig, mein Freund«, sagte Rehan. »Wenn ich mich entscheide, Ihrer Organisation diese Vorrichtungen zu überlassen, dann können Sie damit tun, was immer Sie wollen.« Rehan lächelte noch breiter. »Obwohl ich es vorziehen würde, wenn Sie nicht gerade Islamabad als Ziel auswählen.«

Safronow entspannte sich ein wenig. Einen Augenblick lang hatte er befürchtet, dass er diese Operation im Auftrag der Pakistaner erledigen sollte. Safronow würde dies nicht für Geld tun. Er würde dies nur für seine Sache tun.

»General Ijaz, meine Raketen fliegen überall dorthin, wohin ich es ihnen befehle. Aber eines steht fest. Eine von ihnen wird auf dem Roten Platz einschlagen.«

Rehan nickte. »Ausgezeichnet«, sagte er. »Endlich wird Moskau zu Ihren Füßen um Gnade winseln. Sie und Ihr Volk werden endlich bekommen, was Sie schon so lange erstreben: Ein islamisches Kalifat im Kaukasus.«

Der dünne Russe mit seiner jungenhaften Stirntolle lächelte, seine Augenränder röteten sich und wurden feucht, und die beiden Männer umarmten sich in der kalten Dachstube.

Als Riaz Rehan den kleineren Mann an sich drückte, musste der pakistanische General ebenfalls lächeln. Er hatte solche Glaubenseiferer und Kriminelle zu seinen Gunsten ausgenutzt, seit er ein vierzehnjähriger Junge war, und er war sehr, sehr gut darin.

Nach der emotionalen Umarmung kehrte Rehan zum Geschäftlichen zurück. »Herr Safronow. Sie werden in den nächsten Tagen leise Gerüchte über Fremde hören, die Fragen nach Ihnen, Ihrer Vergangenheit, Ihrem Hintergrund, Ihrer Ausbildung und Ihrem Glauben stellen.«

»Und wozu das alles?«

»Zuallererst, weil ich genau wissen muss, mit wem ich es bei Ihnen zu tun habe.«

»General Ijaz. Ich kann das vollkommen verstehen. Sie und Ihr Geheimdienst können mich in jeder Hinsicht durchleuchten, aber bitte beeilen Sie sich damit! Am Ende des Jahres sind drei Starts angesetzt. Drei Dnjepr-1-Raketen werden an drei Tagen hintereinander drei Satelliten für je ein amerikanisches, britisches und japanisches Unternehmen in den Weltraum befördern.«

»Ich verstehe«, sagte Rehan. »Und Sie werden dort sein?«

»Das hatte ich eigentlich vor.« Safronow lächelte. »Aber Sie geben mir jetzt noch einen Grund mehr.«

Den Rest des Nachmittags und bis in den Abend hinein beredeten die beiden Männer alle Details. Sie beteten zusammen. Als Rehan danach zum Flughafen von Wolgograd zurückkehrte, war er bereit, diesem tatkräftigen dagestanischen Partisanen die Bomben zu übergeben.

Aber jetzt musste er sie erst einmal in die Hand bekommen. Doch auch dafür hatte er einen Plan. Allerdings gab es da noch eine Menge zu tun. Die Operation Saker, ein Plan, an dem er bereits seit Jahren arbeitete, würde beginnen, sobald er nach Pakistan zurückgekehrt war.

30

Jack Ryan jr. atmete tief und langsam aus. Ein kleiner Teil seiner Anspannung verschwand.

Er wählte die Nummer. Mit jedem Rufzeichen hoffte er halb und halb, dass am anderen Ende niemand antworten würde. Sein Blutdruck stieg immer weiter nach oben, und seine Handflächen schwitzten.

Er hatte die Telefonnummer von Mary Pat Foley bekommen. Er hatte ihr in den letzten paar Tagen mehrere E-Mails geschrieben, sie jedoch jedes Mal wieder gelöscht, bevor er die ominöse »Versenden«-Taste gedrückt hatte. Beim vierten oder fünften Mal hatte er schließlich Mary Pat eine knappe, aber freundliche Botschaft geschickt, in der er ihr für die Führung durch ihr Büro dankte und sich, oh, im Übrigen, fragte, ob sie ihm nicht vielleicht Melanie Krafts Telefonnummer übermitteln könnte.

Er stöhnte, als er seine Botschaft noch einmal durchlas, er kam sich ein wenig lächerlich vor, drückte aber schließlich doch auf die »Versenden«-Taste. Bereits zwanzig Minuten später lag eine freundliche Nachricht von Mary Pat in seiner E-Mail-Box. Sie schrieb, sie habe das Sushi genossen und ihre Unterhaltung ausgesprochen interessant gefunden. Sie hoffe, sie könne bald etwas Neues zu den angesprochenen Themen beitragen. Am Ende stand dann ein einfaches: »Hier, bitte sehr.« Es folgten die Vorwahl 703 für Alexandria, Virginia, und eine siebenstellige Nummer.

»Ja!«, rief er triumphierend durch den Raum.

Am Schreibtisch hinter ihm wirbelte Tony Wills herum und wartete auf eine Erklärung.

»Entschuldigung«, war alles, was Jack sagte.

Aber das war gestern gewesen. Jacks ursprüngliche Begeisterung war einem schlimmen Bauchkribbeln gewichen, gegen das Jack jetzt ankämpfte, während Melanies Telefon weiter klingelte.

Scheiße, dachte Jack. Es war ja nicht gerade ein Feuergefecht im Zentrum von Paris, das ihm hier bevorstand. Warum war er also so nervös?

Ein Klickton zeigte an, dass am anderen Ende jemand abgehoben hatte. *Scheiße. Okay, Jack. Bleib cool.*

»Melanie Kraft.«

»Hallo, Melanie. Hier ist Jack Ryan.«

Eine kurze Pause. »Es ist mir eine Ehre, Mr. President.«

»Nein … nicht … Hier ist Jack jr. Wir wurden uns neulich vorgestellt.«

»Ich habe nur Spaß gemacht. Hi, Jack.«

»Oh, jetzt haben Sie mich aber drangekriegt. Wie geht es Ihnen?«

»Ausgezeichnet. Und Ihnen?«

Das Gespräch schien im Banalen zu verebben. »Mir geht's gut.«

»Prima.«

Jack sagte gar nichts mehr.

»Kann ich Ihnen mit irgendetwas helfen?«

»Ähm.« *Reiß dich zusammen, Jack.* »Ja. Tatsächlich hat mir ein kleiner Vogel zugezwitschert, dass Sie in Alexandria wohnen.«

»Ist dieser kleine Vogel zufällig die stellvertretende Direktorin des National Counterterrorism Center?«

»Das könnte durchaus sein.«

»Habe ich es mir doch gedacht.«

Jack hörte in Melanies Stimme ein Lächeln, und er wusste sofort, dass alles glattlaufen würde.

»Wie auch immer, das brachte mich auf einen Gedanken … Da gibt es ein Restaurant drunten in der King Street. Das Vermillion. Sie haben das beste Steak, das ich je gegessen habe. Ich habe mich gefragt, ob ich Sie am Samstag nicht dorthin zum Dinner ausführen könnte.«

»Das klingt großartig. Werden Sie allein sein, oder kommen Ihre Secret-Service-Aufpasser auch mit?«

»Ich stehe nicht mehr unter Personenschutz.«

»Okay, ich wollte nur sichergehen.«

Sie nahm ihn ein wenig auf den Arm, und er mochte es sogar. »Sie müssen allerdings damit rechnen, dass ich Sie vor unserer Verabredung durch die Sicherheitstruppe meines Vaters genau überprüfen lasse.«

Sie lachte. »Machen Sie nur. Es kann nicht schlimmer sein als der TS-SCI-Prozess.« Sie bezog sich auf die CIA-Überprüfung, die viele Monate dauerte und in deren Verlauf jeder, von den Nachbarn bis zu den Grundschullehrern des Kandidaten, befragt wurde.

»Ich hole Sie um sieben ab.«

»Sieben ist in Ordnung. Wir könnten von meiner Wohnung zu Fuß dorthin gehen.«

»Großartig. Also, bis dann.«

»Ich freue mich schon darauf«, sagte Melanie.

Jack legte den Hörer auf, stand vom Schreibtisch auf und lächelte Tony an.

Paul Laska stand am Fenster der Königssuite des Hotels Mandarin Oriental in London und schaute auf den Hyde Park hinunter. Er war allein angereist. Nur sein persönlicher Assistent Stuart, seine Sekretärin Carmela, sein Ernährungsberater Luc und seine zwei tschechischstämmigen Leibwächter begleiteten ihn.

Das bedeutete eben »allein« für einen solch hochrangigen, exponierten Milliardär.

Der andere Mann war tatsächlich allein gekommen. Vor Jahren wäre Oleg Kowalenko jedoch ebenfalls ohne Sicherheitsleute nirgendwo hingegangen. Immerhin war er in den Sechziger- und Siebzigerjahren für den KGB in verschiedenen Satellitenstaaten als Führungsoffizier tätig gewesen. Er war zwar nicht in die KGB-Spitze aufgestiegen, jedoch immerhin als *Resident* in Pension gegangen, was etwa einem »Stationsleiter« bei der CIA entsprach. Allerdings war er nur Resident in Dänemark gewesen.

Nach seiner Pensionierung war Kowalenko nach Russland zurückgekehrt, um in Moskau ein ruhiges Leben zu führen. Seitdem war er kaum noch ins Ausland gereist. Gestern hatte er jedoch einen dringenden Telefonanruf erhalten, aufgrund dessen er sofort ein Flugzeug nach London nahm. Jetzt saß er hier auf einer Chaiselongue und hatte die Füße hochgelegt. Sein dicker, weicher Körper war immer noch müde von der Reise. Trotzdem schlürfte er mit großem Genuss seinen ersten ausgezeichneten Champagner-Orangensaft-Cocktail, dem hoffentlich noch viele weitere folgen würden.

Laska beobachtete derweil die morgendlichen Berufspendler, die auf dem Weg zu ihrem Arbeitsplatz in Knightsbridge waren. Er wartete darauf, dass der alte Russe das Eis brach.

Das dauerte nicht sehr lange. Kowalenko hatte Schweigen noch nie gemocht.

»Schön, Sie einmal wiederzusehen, Pavel Iwanowitsch«, sagte Kowalenko.

Laskas einzige Antwort war ein stilles, sarkastisches Grinsen. Er blickte weiterhin auf den Park und nicht auf den dicken Mann zu seiner Rechten.

»Ich war überrascht, dass Sie mich auf diese Weise treffen wollten«, fuhr der schwergewichtige Russe fort. »Wir sind hier zwar nicht in der Öffentlichkeit, aber wir könnten doch beobachtet werden.«

Jetzt wandte sich Laska dem Mann auf der Chaiselongue zu. *»Ich* stehe vielleicht unter Beobachtung, Oleg, aber niemand beobachtet Sie. Niemand interessiert sich für einen alten russischen Rentner, selbst wenn er früher über eine gewisse Macht verfügte. Ihr Größenwahn ist tatsächlich ziemlich kindisch.«

Kowalenko lächelte und schlürfte seinen Morgen-Drink. Wenn ihn diese Bemerkung beleidigt haben sollte, ließ er es sich wenigstens nicht anmerken.

»Also, wie kann ich Ihnen helfen? Geht es um unsere gemeinsamen guten alten Tage? Verspüren Sie das Bedürfnis, irgendetwas aus unserer Vergangenheit zu bereinigen?«

Laska zuckte mit den Achseln. »Ich habe die Vergangenheit hinter mir gelassen. Wenn Sie das selbst noch nicht getan haben, sind Sie ein alter Narr.«

»Ha. Für uns Russen war das anders. Die Vergangenheit hat *uns* von sich geschubst. Wir wären gerne dort geblieben.« Er zuckte die Schultern, trank seinen Cocktail aus und begann sofort, sich nach einem neuen umzusehen. *»Tempus fugit,* wie man so sagt.«

»Ich möchte, dass Sie mir einen Gefallen tun«, sagte Laska.

Kowalenko hörte auf, nach einem Drink zu suchen. Stattdessen starrte er den tschechischen Milliardär an, wuchtete sich aus seiner Chaiselongue empor und stemmte die Hände in seine breiten Hüften. »Was könnte ich haben, das Sie benötigen, Pavel?«

»Ich heiße Paul, nicht Pavel. Seit vierzig Jahren bin ich kein Pavel mehr.«

»Vierzig Jahre. Ja. Sie haben sich vor langer Zeit von uns abgewandt.«

»Ich habe mich nie von Ihnen abgewandt, Oleg. Ich war überhaupt nie auf Ihrer Seite. Ich war nie ein Anhänger Ihrer Ideologie.«

Kowalenko lächelte. Er verstand vollkommen, aber er bedrängte den anderen weiter. »Warum haben Sie uns dann so bereitwillig geholfen?«

»Ich wollte unbedingt weg von dort. Das ist alles. Sie wissen das.«

»Sie haben sich von uns abgewandt, wie Sie sich von Ihrem eigenen Volk abgewandt haben. Einige würden sogar behaupten, dass Sie gerade eine weitere Wendung vollziehen und sich vom Kapitalismus abwenden, der Sie im Westen groß gemacht hat. Jetzt unterstützen Sie alles, was nicht kapitalistisch ist. Für einen alten Mann sind Sie ganz schön beweglich. Das waren Sie ja auch schon in jungen Jahren.«

Laska dachte an seine Jugend in Prag zurück. Er dachte an seine Freunde in der Protestbewegung und seine anfängliche Unterstützung für Alexander Dubček. Und er dachte an seine Freundin Ilonka und ihre Pläne, nach dem Sieg der Reformer zu heiraten.

Dann erinnerte er sich jedoch an seine Verhaftung durch die Geheimpolizei und den Besuch eines bulligen, starken und dominanten KGB-Offiziers in seiner Zelle. An die Prügel, die Androhung langer Haftstrafen und das Versprechen eines Ausreisevisums, wenn der junge Bankangestellte nur ein paar klitzekleine Informationen über die anderen Unruhestifter in seiner Bewegung herausließe …

Pavel Laska hatte eingewilligt. Er betrachtete es als Gelegenheit, in den Westen, nach New York City, zu gelangen, an der New Yorker Börse zu handeln und eine Menge Geld zu verdienen. Kowalenko hatte ihn mit dieser Verlockung umgedreht, und Laska hatte geholfen, den Prager Frühling zu zerschlagen.

Keine zwei Jahre später war der Verräter in New York.

Paul Laska vertrieb Pavel Laska aus seinen Gedanken. Das waren uralte Geschichten. »Oleg. Ich bin eigentlich nicht hier, um Sie zu treffen. Ich brauche etwas anderes.«

»Sie dürfen die Rechnung für mein reizendes Zimmer in diesem Hotel begleichen, Sie dürfen mir die Kosten für meinen Flug erstatten, ich werde Ihren Champagner trinken und ich werde Sie sprechen lassen.«

»Ihr Sohn Walentin ist beim russischen Auslandsgeheimdienst SWR. Er bekleidet inzwischen einen höheren Rang, als Sie es beim KGB je geschafft haben.«

»Das hieße, Äpfel mit Birnen zu vergleichen. Das waren damals andere Zeiten und ein völlig anderer Geheimdienst.«

»Sie scheinen nicht überrascht zu sein, dass ich von Walentin weiß.«

»Überhaupt nicht. Alles ist käuflich. Auch Informationen. Und Sie haben das Geld, um sich alles zu kaufen.«

»Ich weiß auch, dass er der stellvertretende Resident in Großbritannien ist.«

Oleg zuckte die Achseln. »Man hätte sich eigentlich denken können, dass er seinen alten Vater sehen möchte, wenn er erfährt, dass dieser im Land ist. Aber nein. Zu beschäftigt.« Kowalenko lächelte leicht. »Na ja, früher war auch ich für meinen Vater zu beschäftigt.«

»Ich möchte mich mit Walentin treffen. Heute Abend. Das Treffen muss allerdings absolut geheim bleiben. Niemand darf davon wissen.«

Oleg zuckte mit den Schultern. »Wenn nicht einmal ich ihn dazu bewegen kann, mich, seinen lieben Vater, zu sehen, wie könnte ich ihn dann überreden, sich mit Ihnen zu treffen?«

Laska schaute den alten Mann, diesen KGB-Offizier, der ihn 1968 in Prag geschlagen hatte, an und versetzte ihm jetzt seinerseits einen Schlag. »Äpfel und Birnen, Oleg Petrowitsch. Er wird mich treffen wollen.«

31

General Riaz Rehan startete die Operation Saker mit einem Telefongespräch über eine Internet-Verbindung mit einem Mann in Indien.

Der Mann hatte viele Decknamen, von jetzt an würde er Abdul Ibrahim heißen. Er war einunddreißig Jahre alt, dünn und groß gewachsen, mit einem schmalen Gesicht und tief liegenden Augen. Er war der Operationschef der Lashkar-e-Taiba in Südindien, und der 15. Oktober würde der letzte Tag seines Lebens sein.

Seine Befehle hatte er vor drei Tagen bei einem abendlichen Anruf von Majid erhalten. Er war Majid zuvor mehrere Male in einem Ausbildungslager im pakistanischen Muzaffarabad begegnet. Er wusste, dass dieser Mann ein hoher Offizier der pakistanischen Armee und ISI-Kommandeur war. Was er nicht wusste: dass Majid in Wirklichkeit Riaz Rehan hieß, was allerdings genauso unerheblich war wie die Tatsache, dass den übrigen vier Teilnehmern an dieser Mission die anderen Decknamen Abdul Ibrahims unbekannt waren.

Ibrahim und seine Zelle operierten schon einige Zeit im indischen Bundesstaat Karnataka. Sie waren also keine Schläfer. Sie hatten bereits in einem Gleisknoten, vier Elektrizitätswerken und einer Wasseraufbereitungsanlage Bomben gelegt, einen Polizisten erschossen und Autos vor einem Fernsehsender in die Luft gejagt. Für die LeT waren das zwar nur kleine Fische, aber Majid hatte Abdul Ibrahim bewusst die Ausführung von Operationen befohlen, die zwar der örtlichen Bevölkerung Angst und Schrecken einjagten, aber die Zelle nicht allzu sehr gefährdeten. Er hatte seit Langem geplant, sie für einen größeren Einsatz aufzusparen. Als Majid dann vor drei Tagen über eine Internetverbindung anrief, war dies der stolzeste Augenblick in Abdul Ibrahims Leben.

Aufgrund dieser Befehle hatte Abdul Ibrahim seine fünf besten Kämpfer in ihren konspirativen Treffpunkt in Mysore bestellt. Ibrahim bestimmte einen von ihnen zu seinem Nachfolger als Operationschef. Der junge Mann war geschockt, als er ihm erzählte, dass er in zwei Tagen für alle Lashkar-e-Taiba-Operationen in Südindien verantwortlich sein würde. Die vier anderen Männer waren glücklich, unter Abduls Leitung in Bangalore zum Märtyrer werden zu dürfen.

Sie holten ihre besten Waffen aus dem Versteck: vier Granaten, zehn selbst gefertigte Rohrbomben sowie für jeden von ihnen eine Pistole und ein Gewehr. Daneben packten sie noch zweitausend Schuss Munition und Wechselkleidung in ihre Rucksäcke und Koffer. Stunden später saßen sie in einem Zug in Richtung Nordosten. Am frühen Morgen ihres vorletzten Tages trafen sie in Bangalore ein.

Ein Einheimischer mit pakistanischen Wurzeln holte sie am Bahnhof ab, nahm sie mit zu sich nach Hause und händigte ihnen die Schlüssel dreier Motorräder aus.

Riaz Rehan hatte selbst das Anschlagsziel ausgewählt. Bangalore wurde oft als das indische Silicon Valley bezeichnet. Mit seinen sechs Millionen Einwohnern beherbergte es viele der größten Technologieunternehmen Indiens, die meisten davon in Electronics City, einem rund anderthalb Quadratkilometer großen Industriepark in den westlichen Vororten Bangalores, oder genauer in Doddathogur und Agrahara, früheren Dörfern, die von der Bevölkerungsexplosion und dem Fortschritt verschluckt worden waren.

Rehan nahm an, dass Abdul Ibrahim und seine vier Männer relativ schnell niedergemacht werden würden, wenn sie gerade dieses Ziel angriffen. Für ein Nichtregierungsgebiet hatte Electronics City hervorragende Sicherheitseinrichtungen. Trotzdem würde jeder Erfolg Abdul Ibrahims und seiner Mitstreiter eine starke symbolische Botschaft aussenden. In Electronics City gab es Hunderte von Produktionsstätten und Dienstleistungsbüros, ausgelagert von größeren und kleineren Unternehmen aus der ganzen Welt, vor allem jedoch aus den westlichen Ländern. Wenn man hier also Menschen und Gebäude in die Luft sprengte, würde dies zahlreiche der fünfhundert laut *Forbes*-Magazin umsatzstärksten Firmen der Welt auf die eine oder andere Weise treffen. Dies würde auch zu einem gewaltigen westlichen Medienecho führen. Rehan war sich sicher, dass jeder, den die südindische LeT-Zelle hier töten würde, für seine Sache den Wert von zwanzig Bauern hatte, die in einem abgelegenen Dorf in Kaschmir einem Attentat zum Opfer fielen. Abdul Ibrahims Terrorangriff in Bangalore sollte die ganze Welt erschüttern und dem Westen Angst machen. Indien selbst könnte einen solchen Angriff nicht herunterspielen.

Weitere Attentate würden folgen, und mit jedem würde sich der Konflikt zwischen Indien und Pakistan weiter verschärfen.

Rehan verstand dies alles, weil er ein westlich geprägter Dschihadist, Armeegeneral und Geheimdienstchef war. Diese drei Rollen zusammen verschafften ihm noch eine weitere, unheilvollere Identität: Riaz Rehan, alias Majid, war ein Meisterterrorist.

Abdul Ibrahim und seine vier Männer tankten ihre Motorräder auf und begannen sofort, ihr Angriffsziel auszukundschaften. Sie hatten keine Zeit zu vergeuden. Der Industriepark war jedoch voller schwer bewaffneter Sicherheitsleute, die entweder zur Polizei oder zu privaten Wachunternehmen gehörten. Einige finanzstarke Privatfirmen in Electronics City hatten sogar zu ihrem Schutz Einheiten der Central Industrial Security Force angeheuert. Gewöhnlich war es Aufgabe dieser indischen paramilitärischen Truppe, staatliche Industrieanlagen, Flughäfen und Kernkraftwerke zu bewachen. Die CISF hatte sogar am Eingang zum Industriepark Kontrollpunkte eingerichtet. Ibrahim war sich deswegen sicher, dass er und seine Männer in kein größeres Gebäude einbrechen könnten. Er war enttäuscht, entschloss sich jedoch, so lange um ganz Electronics City herumzufahren, bis er doch noch einen Weg hinein finden würde.

Diese Suche blieb jedoch erfolglos. Am letzten Morgen, nur Stunden vor dem Anschlagstermin, entschied er sich, das Zielgebiet noch einmal bei Tageslicht zu erkunden. Er fuhr mit seinem Motorrad die Hosur Main Road entlang und bog dann auf die Bangalore Elevated Tollway ein, eine zehn Kilometer lange mautpflichtige Hochstraße, die Madiwala mit Electronics City verband. Sofort war er von Dutzenden von Bussen umringt, die Arbeiter in die Innenstadt von Bangalore zu ihren Arbeitsstellen brachten.

Sofort wusste Abdul Ibrahim, wie er seine Mission zu erledigen hatte. Er kehrte zu ihrer konspirativen Wohnung zurück und teilte seinen Männern mit, dass sich ihre Pläne geändert hätten.

Sie schlugen nicht in dieser Nacht zu, wie er es Majid versprochen hatte. Er wusste, dass dieser auf ihn wütend sein würde, weil er einen direkten Befehl verweigert hatte. Ibrahim befolgte jedoch dessen anderen Befehl und nahm weder zu Majid noch zu einem LeT-Verantwortlichen Kontakt auf. Stattdessen zerstörte er sein Handy, betete und ging schlafen.

Er und seine Begleiter wachten am nächsten Morgen um sechs Uhr auf. Sie beteten noch einmal, tranken schweigend Tee und stiegen dann auf ihre drei Motorräder.

Sie kamen um acht Uhr morgens an der Hochstraße an. Abdul fuhr zweihundert Meter hinter dem zweiten Motorrad, das wiederum zweihundert Meter zum ersten in der Reihe Abstand hielt. In seinem Rucksack steckten die Rohrbomben und Granaten. Den Rucksack hatte er sich mithilfe eines Gurts vor die Brust gehängt, sodass er die Sprengkörper während der Fahrt herausholen konnte.

Das erste Motorrad setzte sich jetzt direkt neben einen Gelenkbus, in dem mindestens fünfzig Fahrgäste saßen. Während der Fahrer des Motorrads langsam an dem langen zweiteiligen Bus entlangfuhr, holte sein Sozius aus einer Tasche in seinem Schoß eine AK-47 heraus, deren Schulterstütze eingeklappt war, um ihre Länge zu verringern. Der Schütze nahm ruhig und sorgfältig die Schläfe des Busfahrers ins Visier. Dann drückte er ab. Es gab einen kurzen Knall, und etwas grauer Rauch schoss aus dem Lauf heraus. Das Seitenfenster des Busfahrers zersplitterte, und der Mann stürzte von seinem Sitz. Der riesige Bus schlingerte scharf nach rechts und stellte sich quer. Während er die Straße entlangschleuderte, rammte er mehrere andere Fahrzeuge und knallte dann frontal gegen die Betonwand der Hochstraße. Dabei zerdrückte er noch weitere Autos, die im Versuch, ihm auszuweichen, schnell auf die Seite gefahren waren.

Einige Buspassagiere waren auf der Stelle tot. Die meisten waren jedoch von ihrem Sitz heruntergeworfen worden und jetzt mehr oder weniger schwer verletzt. Das erste Motorrad gab Gas, ließ den havarierten Bus hinter sich und griff weitere Fahrzeuge an, die ihm in den Weg gerieten.

Dreißig Sekunden später kam das zweite Motorrad an dem Bus vorbei. Die Kalaschnikow des Sozius bellte los, und die fünfundsiebzig Schuss seines Trommelmagazins schlugen mit Überschallgeschwindigkeit in den Bus ein. Sie töteten die Verletzten, die Männer und Frauen, die sich vergeblich aus dem Wrack befreien wollten, und die Insassen anderer Fahrzeuge, die angehalten hatten, um den Verunglückten zu helfen.

Auch das zweite Motorrad fuhr weiter und ließ das Chaos hinter sich, während der Sozius nachlud und sich auf die nächste Horrorszene auf der Hochstraße vorbereitete.

Nur einen Augenblick später kam Abdul Ibrahim am Wrack des Gelenkbusses an. Inzwischen lief hier nichts mehr. Dutzende Autos, Lieferwagen und Kleinlaster steckten fest. Der schmächtige Lashkar-e-Taiba-Kämpfer holte in aller Seelenruhe eine Rohrbombe aus dem Rucksack, setzte deren kurze Zündschnur mit einem Feuerzeug in Brand und rollte sie unter einen kleinen VW-Bus, der neben ihm im Stau steckte. Danach umkurvte er mit seinem Motorrad die wartenden Fahrzeuge und die Unfallwracks und brauste davon.

Sekunden später explodierte der Volkswagen, heiße Metallstücke und Glassplitter fegten durch den Verkehrsstau, und der Feuerball entzündete das Benzin, das aus dem Gelenkbus heraussickerte. Auf den beiden nach Süden führenden Spuren der Hochstraße verbrannten jetzt Männer und Frauen bei lebendigem Leib, während die Lashkar-Zelle anfing, ihre dreistufigen Angriffe zu wiederholen.

Sie machten mehrere Kilometer so weiter. Die ersten beiden Motorräder schossen mit ihren Kalaschnikows in fahrende Busse, diese brachen nach rechts oder links aus und kamen zu einem abrupten Halt. Etliche prallten auf Autos und Lastwagen. Ibrahim kurvte danach langsam und ruhig durch das Chaos hindurch, das seine Kameraden hinterlassen hatten, hielt neben einem Bus nach dem anderen an, lächelte grimmig, als er die Schreie und das Stöhnen in den Wracks hörte, und warf dann Granaten und Rohrbomben hinein.

Der vierundzwanzigjährige Kiron Yadava fuhr an diesem Morgen selbst zur Arbeit, da er seine Fahrgemeinschaft verpasst hatte. Als *Jawan* (Wachtmeister) der Central Industrial Security Force sollte er heute die Tagschicht als Wachhabender in Electronics City übernehmen, was für ihn nach seiner zweijährigen Dienstzeit in einer paramilitärischen Einheit ein einfacher Job war. Normalerweise stieg er mit sechs Kameraden an einer Bushaltestelle vor dem Minakshi-Tempel in einen Kleinbus ein, der sie quer durch die Stadt zu ihrer Arbeitsstelle brachte. Heute hatte er jedoch verschlafen und musste das eigene Auto nehmen.

Er hatte gerade seine Maut für die Hochstraße bezahlt. Jetzt trat er das Gaspedal seines winzigen Tata-Zweisitzers fast bis zum Bodenblech durch, um es die Zufahrtsrampe zum Elevated Tollway hinaufzuschaffen, der der schnellste Weg nach Electronics City war. Er hatte eine CD in seine Stereoanlage gelegt, und jetzt begleiteten ihn die voll aufgedrehten Riffs der Bombay Bassment, und er rappte sich gemeinsam mit dem MC auf seiner CD die Lunge aus dem Leib.

Der Track war gerade zu Ende, als Kiron sich oben auf der Hochstraße in den dichten Verkehr einreihte. Der nächste Song war ein pochender, elektronischer, reggaeartiger Dance Beat. Als der junge Mann ein *Wump, wump* hörte, das irgendwie nicht zum Rhythmus passte, schaute er prüfend seine Stereoanlage an. Dann hörte er es noch einmal. Dieses Mal war das Geräusch jedoch lauter als die

Musik, die aus seinen Lautsprechern dröhnte. Als er in den Rückspiegel schaute, sah er auf der Hochstraße hinter sich an mindestens einem Dutzend Stellen Rauch aufsteigen. Die nächste Rauchfahne war nur etwa hundert Meter von ihm entfernt. Auf der äußersten rechten Spur stand ein Minibus in Flammen.

Einen Augenblick später erblickte Wachtmeister Yadava das Motorrad. Nur vierzig Meter hinter ihm fuhren zwei Männer auf einer gelben Suzuki. Der Sozius hielt eine Kalaschnikow und feuerte aus der Hüfte auf eine viertürige Limousine, die daraufhin einen Bus streifte, als sie hart einlenkte, um aus dem Schussbereich zu kommen.

Yadava konnte nicht glauben, was er da in seinem Rückspiegel sah. Das Motorrad kam seinem winzigen Auto immer näher, aber Wachtmeister Yadava fuhr einfach weiter, als ob er einen Krimi im Fernsehen anschauen würde.

Die Suzuki überholte jetzt seinen Wagen. Der Sozius führte gerade ein frisches Magazin in seine AK ein. Seine und Yadavas Blicke kreuzten sich für einen kurzen Moment, dann zogen die Terroristen davon und waren bald nicht mehr zu sehen.

Der CISF-*Jawan* hörte hinter sich erneut Schüsse. Jetzt entschloss er sich, etwas zu unternehmen. Er lenkte den Tata an den Straßenrand und hielt an. Yadava stieg aus und holte seine Arbeitstasche aus dem Auto. Er öffnete deren Reißverschluss und griff hinein. Mit den Fingern tastete er an seinem Plastikessensbehälter und seinem Pullover vorbei, bis er seine Heckler-&-Koch-MP5-Maschinenpistole erwischte, die er bei seinen Wacheinsätzen immer mit sich führte. Er zog sie heraus, während ihm aus nächster Nähe Gewehrfeuer und ein unaufhörliches Hupen in den Ohren klangen.

Mit seiner Waffe und seinem einzigen dreißigschüssigen

Ersatzmagazin rannte Yadava dem Verkehr entgegen und suchte nach einem Ziel. Motorräder und Privatautos rasten an ihm vorbei. Alle auf der Hochstraße wussten inzwischen, dass sie angegriffen wurden, und die nächste Rampe lag noch mehr als einen Kilometer von hier entfernt. Vorher gab es keinen Weg, die Elevated Tollroad zu verlassen. Im Versuch, den Angreifern zu entgehen, stießen ständig Fahrzeuge zusammen. Yadava rannte inmitten dieses allgemeinen Irrsinns einfach weiter, wobei er zu einem Viertel durch sein Training und zu drei Vierteln von Adrenalin angetrieben wurde.

Er sah, wie fünfzig Meter weiter hinten ein gelber Mazda-Geländewagen auf die hüfthohe Begrenzungsmauer am Straßenrand prallte. Aufgrund seiner hohen Geschwindigkeit überschlug er sich so unglücklich, dass es ihn über die Schutzmauer schleuderte und er fast wie in Zeitlupe durch die Luft trudelte, bis er etwa zwölf Meter tiefer in den heftigen Verkehr auf der Straße unter der Elevated Tollroad stürzte.

Ein Motorrad näherte sich Yadava. Es war fast identisch mit dem, das vor einer Minute an ihm vorbeigefahren war. Der Mann auf dem Rücksitz hielt ein Sturmgewehr mit einem großen Trommelmagazin in der Hand.

Der Fahrer bemerkte den uniformierten CISF-Wachtmeister, der mit seiner schwarzen Maschinenpistole mitten im Verkehr stand, konnte jedoch seinen Sozius nicht mehr warnen. Als Yadava seine MP5 in Anschlag brachte, legte sich der Fahrer blitzschnell zur Seite, sodass seine Suzuki umkippte und auf der Fahrbahn weiterschlitterte. Noch im Fallen rollten er und sein Partner sich von der Maschine weg und schlitterten ebenfalls über die Straße.

Yadava nahm den Mann mit der Kalaschnikow ins Visier und feuerte. Jetzt kam ihm seine paramilitärische Ausbildung zugute. Seine Schüsse rissen die Straße und dann den Mann selbst auf. Der *Salwar Kamiz* des Terroristen färbte sich blutrot. Seine AK glitt ihm aus den Händen, und er erschlaffte. Yadava visierte jetzt den Fahrer an.

Die CISF warnte ihre *Jawans,* dass pakistanische Terroristen, zu denen dieser Mann ganz bestimmt gehörte, oft Sprengstoffgürtel trugen, die sie detonieren ließen, wenn ihnen die Gefangennahme drohte. Die CISF wies deswegen ihre Männer an, einen solchen Terroristen sofort zu töten, wenn man ihn auf frischer Tat ertappte.

Auch der junge Kiron Yadava überlegte jetzt nicht lange, ob man einen unbewaffneten Mann erschießen durfte. Solange dieser Islamist am Leben war, stellte er eine Gefahr für Indien dar. Der Wachtmeister hatte geschworen, sein Land bis zum letzten Atemzug zu verteidigen.

Kiron Yadava jagte den Rest seines Magazins in den Mann, der vor ihm auf dem Boden lag.

Während er seine MP5 nachlud, drehte er sich um, um dem anderen Motorrad nachzurennen. Plötzlich hörte er hinter sich die Explosion einer Handgranate. Er begriff, dass es noch ein drittes Motorrad geben musste. Es würde jeden Moment hier sein, und es war seine Aufgabe, es ein für alle Mal zu stoppen.

Abdul Ibrahim schoss mit seiner Makarow-Pistole dem Fahrer des Kleinbusses direkt in die Brust. Dieser sank auf den Fahrzeugboden, und sein Fuß rutschte von der Bremse. Der Van prallte jetzt auf das Heck eines Fiats, auf dessen Vordersitzen ein totes Ehepaar saß. In den letzten drei Reihen des Kleinbusses versuchten sich acht Europäer in Geschäftsanzügen nach dem Aufprall gerade wieder aufzurappeln, als sie beobachten mussten, wie ein Terrorist von seinem Motorrad stieg und mit einem unglaublich friedlichen Ausdruck auf dem Gesicht eine Rohrbombe aus dem Rucksack holte, der ihm vor der Brust hing.

Ibrahim passte auf, dass er mit seinem Feuerzeug auch ganz gewiss die Spitze der kurzen Zündschnur anzündete, damit er sich nicht aus Unachtsamkeit selbst vorschnell zum Märtyrer machte. Danach steckte er das Feuerzeug wieder in die Tasche und holte nach hinten aus, um die Bombe unter den Kleinbus zu werfen.

In diesem Moment hörte er das Ratatat einer Maschinenpistole. Er drehte sich um, um nach dem Schützen zu schauen. Seine Männer konnten es nicht sein, denn die verfügten über schwerere Gewehre. Er erblickte einen indischen CISF-Mann, sah den Feuerblitz aus seiner Waffe und fühlte dann, wie sich sein Körper krümmte und verkrampfte, als die Kugeln in ihn eindrangen. Er wurde ins Becken und in die Leistengegend getroffen und fiel genau auf seine selbst gebastelte Sprengladung.

Abdul Ibrahim rief zum letzten Mal in seinem Leben *»Allahu Akbar!«*. Dann explodierte die Rohrbombe unter seiner Brust und riss ihn in Stücke.

Wachtmeister Kiron Yadava stieß ein paar Minuten später auf die von Kugeln durchsiebten Leichen der letzten beiden Männer der Terrorzelle. Die zwei hatten versucht, mit ihrer Suzuki eine Straßensperre zu durchbrechen, die die CISF direkt vor der letzten Ausfahrtsrampe nach Electronics City in aller Eile errichtet hatte. Die acht CISF-Beamten beugten sich über die Toten, um sie sich genau zu betrachten. Yadava schrie sie jedoch an und wusch ihnen den Kopf. Sie sollten aufhören, ihrer Hände Werk zu bewundern, und sich mit ihm zusammen um die etwa ein Dutzend Stellen auf diesem zehn Kilometer langen Abschnitt der Bangalore Elevated Tollway kümmern, auf denen immer noch die schrecklichen Spuren der blutigen Anschläge zu sehen waren.

Die Männer verbrachten zusammen mit Hunderten von

weiteren Helfern den Rest des Tages damit, den Überlebenden des Massakers Erste Hilfe zu leisten.

Riaz Rehan hielt sich in seinem Büro im ISI-Hauptquartier im Aabpara-Viertel von Islamabad auf, als eine Nachrichtensendung im Fernsehen zum ersten Mal über einen schweren Verkehrsunfall in Bangalore berichtete. Zuerst interessierte ihn das nicht weiter. Als der Nachrichtensprecher dann jedoch etwas von äußerst hohen Opferzahlen erwähnte, wurde Rehan aufmerksam. Er beendete seine anderen Arbeiten und setzte sich an den Schreibtisch, um gebannt die weiteren Fernsehberichte zu verfolgen. Kurz darauf kam die Bestätigung, dass es ein Feuergefecht gegeben hatte, und die angebliche Zahl der Terroristen, denen man dieses Massaker zur Last legte, nahm von Minute zu Minute zu.

Noch am Morgen war Rehan auf die LeT-Zelle wütend gewesen, weil sie am Abend zuvor nicht zugeschlagen hatte. Jetzt war er außer sich vor Freude. Er konnte die Berichte aus Bangalore einfach nicht glauben. Er hatte auf zwanzig Opfer, darunter wenigstens zehn Tote, gehofft und wäre schon mit den Aufnahmen von einem brennenden Wachposten oder einem Explosionskrater neben einem Gebäude zufrieden gewesen. Stattdessen hatte seine Fünfmannzelle mit nur fünf Gewehren und einigen kleinen Sprengkörpern einundsechzig Menschen massakriert und unglaubliche hundertvierundvierzig Menschen verletzt.

Rehan strahlte vor Stolz. Er nahm sich vor, Abdul Ibrahim ein Denkmal zu errichten, sobald er Präsident von Pakistan war. Andererseits hatten die Anschläge mehr Schaden angerichtet, als er eigentlich wollte. Die LeT würde jetzt noch mehr ins Fadenkreuz nicht nur der Inder, sondern auch der Amerikaner geraten. Der Druck auf die pakistanische Regierung, die LeT zu zerschlagen, würde jetzt doppelt so groß sein, wie er es erwartet hatte. Rehan wusste, dass das US/Pakistani Intelligence Fusion Center, das die Informationen der Geheimdienste beider Länder zusammenführen und koordinieren sollte, ab jetzt Überstunden machen und sich hauptsächlich mit der LeT beschäftigen würde.

Rehan geriet jedoch nicht in Panik. Stattdessen wandte er sich an seine LeT-Kontakte und teilte ihnen mit, dass er die nächste Operation persönlich organisieren würde. Allerdings müsse sie vorgezogen werden. Kräfte, die der LeT feindlich gesinnt und mit den Vereinigten Staaten verbündet waren, würden nach diesem Attentat die üblichen Verdächtigen verhaften. Rehan wusste, dass jeder weitere Tag vor der Phase zwei seines Plans, Pakistan und Indien an den Rand eines Kriegs zu treiben, das Risiko erhöhen würde, dass die Operation Saker doch noch scheiterte.

32

Walentin Kowalenko ähnelte seinem Vater in keiner Weise. Während Oleg groß und fett war, sah der fünfunddreißigjährige Walentin aus, als ob er einen Großteil seiner Zeit im Fitnessstudio verbringen würde. Er war dünn, aber muskulös. Er trug einen einmalig schönen Maßanzug, der nach Laskas Einschätzung mehr gekostet hatte als das Auto, das Oleg in Moskau fuhr. Laska kannte sich mit Luxusgütern aus. Er wusste deshalb auch, dass Walentin für seine modische Moss-Lipow-Brille mehr als dreitausend Dollar berappen musste.

Im Unterschied zu seinem Vater, vor allem der Version seines Vaters, die Laska in Prag kennengelernt hatte, schien er auch recht freundlich zu sein. Kurz nach zweiundzwanzig Uhr war er in Laskas Suite erschienen und hatte dem Tschechen sofort wegen seines sozialen Engagements und seiner Unterstützung der Unterdrückten in dieser Welt Komplimente gemacht. Danach hatte er auf einem Stuhl am Kamin Platz genommen und höflich, aber bestimmt den Cognac abgelehnt, den ihm Laska angeboten hatte.

Als es sich beide Männer vor dem Kamin bequem gemacht hatten, begann Walentin das Gespräch. »Mein Vater hat mir erzählt, dass er Sie aus Ihrer Zeit in Prag kennt. Mehr hat er mir nicht gesagt, und ich habe darauf verzichtet, ihn um weitere Informationen zu bitten.« Sein Englisch hatte einen eindeutig britischen Akzent.

Laska zuckte die Achseln. Walentin wollte als höflich erscheinen, und vielleicht stimmte seine Geschichte ja auch. Trotzdem würde sich Walentin Kowalenko auf jeden Fall noch mit der Vergangenheit des berühmten Tschechen beschäftigen. Dabei würde er entdecken, dass Laska einst ein KGB-Spitzel war. Es war also nutzlos, ihm das zu verschweigen. »Ich habe für Ihren Vater gearbeitet. Selbst wenn Sie das bisher noch nicht wussten, werden Sie es bald herausfinden. Ich war ein Informant, und Ihr Vater war mein Führungsoffizier.«

Walentin lächelte ganz leicht. »Manchmal bin ich von meinem Vater beeindruckt. Nach den mindestens zehntausend Flaschen Whisky, die er konsumiert hat, kann der Alte immer noch ein Geheimnis bewahren. Das ist ziemlich eindrucksvoll.«

»Das kann er wirklich«, bestätigte Laska. »Er hat mir auch nichts von Ihnen erzählt. Meine anderen Quellen im Osten, die ich mir mithilfe meines Progressive Nations Institute aufgetan habe, haben mir von Ihrer Stellung im SWR erzählt.«

Walentin nickte. »In den Tagen meines Vaters haben wir die Menschen in den Gulag gesteckt, wenn sie solche Informationen weitergegeben haben. Jetzt werde ich nur eine E-Mail an den Inlandsgeheimdienst schicken, in der ich das Leck erwähne, und die werden die Mail abspeichern und nichts unternehmen.«

Die beiden Männer schauten einen Augenblick in die Flammen des Kamins, die die riesige Suite erleuchteten. Schließlich sagte Paul: »Ich habe da etwas, was Ihre Regierung bestimmt sehr interessieren wird. Ich möchte Ihnen eine Operation vorschlagen. Wenn Ihr Geheimdienst zustimmt, werde ich dabei nur mit Ihnen zusammenarbeiten und mit niemandem sonst.«

»Betrifft es Großbritannien?«

»Es betrifft die Vereinigten Staaten.«

»Dann tut es mir leid, Mr. Laska, das ist nicht mein Operationsgebiet. Ich habe hier schon genug zu tun.«

»Ja, als stellvertretender Resident. Aber wenn Sie mit mir zusammenarbeiten, können Sie sich hinterher aussuchen, in welchem Land Sie vollgültiger Resident sein möchten. Was ich Ihnen anzubieten habe, ist von höchster Wichtigkeit.«

Walentin lächelte. Trotz der etwas aufgesetzten Heiterkeit erkannte Laska in den Augen des Jungen einen Funken, der ihn an dessen Vater in seinen jüngeren Jahren erinnerte.

»Was haben Sie mir vorzuschlagen, Mr. Laska?«, fragte Walentin Kowalenko.

»Nichts weniger als die Vernichtung des amerikanischen Präsidenten Jack Ryan.«

Walentin reckte den Kopf. »Sie haben also jede Hoffnung für Ihren Freund Edward Kealty aufgegeben?«

»Vollkommen. Ryan wird gewählt werden. Aber ich hoffe, dass er danach keinen Fuß ins Oval Office setzen wird, um seine zweite Amtszeit anzutreten.«

»Sie hegen da eine große Hoffnung. Nennen Sie mir einen Grund, warum ich diese Hoffnung teilen sollte.«

»Ich habe über private Kanäle eine Akte … ein Dossier, wenn Sie so wollen, über einen Mann namens John Clark erhalten. Sie wissen sicher, wer das ist.«

Walentin legte den Kopf schief. Laska wurde aus dieser Geste nicht ganz schlau. »Kann sein, dass ich diesen Namen kenne«, sagte der Russe schließlich.

»Sie sind wie Ihr Vater. Kein Vertrauen.«

»In dieser Hinsicht bin ich wie die meisten Russen, Mr. Laska.«

Paul bestätigte mit einem Nicken, dass er Kowalenko recht gab. »In diesem Fall ist ein besonderes Vertrauen

Ihrerseits gar nicht erforderlich«, erwiderte Laska. »John Clark ist ein enger Vertrauter Jack Ryans. Sie haben lange zusammengearbeitet und sie sind Freunde.«

»Okay. Fahren Sie fort. Was steht in dieser Akte?«

»Clark hat im Auftrag der CIA Menschen liquidiert. Er hat dabei Jack Ryans Befehle befolgt. Ryan hat ihm dafür einen Gnadenerlass erteilt. Wissen Sie, was ein Gnadenerlass ist?«

»Ja.«

»Aber ich glaube, Clark hat noch andere Dinge auf dem Kerbholz. Dinge, die Ryan aufs Äußerste kompromittieren würden, wenn sie ans Tageslicht kämen.«

»Was für Dinge?«

»Sie müssen die Akte Ihres Dienstes über Clark mit meiner abgleichen.«

»Wenn wir eine Akte über John Clark mit derartig belastenden Beweisen besitzen würden, glauben Sie nicht, dass wir sie dann schon längst ausgenutzt hätten? Vielleicht während Ryans erster Amtszeit?«

Laska wischte diese Bemerkung mit einer Handbewegung weg. »Ihr Dienst sollte sehr schnell und unauffällig noch einmal jeden befragen, der irgendwo auf dieser Welt etwas über diesen Mann oder seine Operationen weiß. Erstellen Sie ein ausführliches Dossier, in das Sie jede Wahrheit, jede Halbwahrheit, aber auch jede Unterstellung aufnehmen.«

»Und dann?«

»Dann möchte ich, dass Sie es Kealtys Wahlkampfmannschaft geben.«

»Warum?«

»Weil ich meine Quelle für diese Information nicht enthüllen darf. Die Akte muss von jemand anderem kommen. Jemand, der nicht in den USA sitzt. Ich möchte, dass Ihre Leute das Dossier auf eine Weise gestalten, dass die Quelle auf jeden Fall verborgen bleibt.«

»Mit Andeutungen und Gerüchten kann man in Ihrer neuen Heimat niemand vor Gericht bringen, Mr. Laska.«

»Aber sie können eine politische Karriere zerstören. Außerdem müssen Clarks gegenwärtige Machenschaften unbedingt aufgedeckt werden. Ich habe Grund zur Annahme, dass er für eine Organisation arbeitet, die außerhalb der Gesetze steht und überall auf der Welt Verbrechen begeht. Er könnte diese Verbrechen jedoch nicht begehen, wenn ihm John Patrick Ryan nicht diesen Blankognadenerlass erteilt hätte. Wenn wir ihm genügend Munition über Clark liefern, wird Kealty das Justizministerium zwingen, ein Ermittlungsverfahren gegen Clark zu eröffnen. Kealty wird das natürlich aus rein selbstsüchtigen Motiven tun, aber das spielt keine Rolle. Wichtig ist nur, dass die Untersuchung dann diese Horrorgeschichte aufdeckt.«

Walentin Kowalenko schaute in den Kamin. Paul Laska beobachtete, wie sich das Kaminfeuer in den Gläsern der Moss-Lipow-Brille spiegelte.

»Das klingt nach einer recht einfachen Operation für meinen Dienst. Zuerst schauen wir schnell eine staubige, alte Akte durch. Danach folgen ein paar schnelle Ermittlungen, die wir durch irgendeine dritte Partei und nicht den SWR oder FSB durchführen lassen. Schließlich beauftragen wir ein paar Kontaktleute, die Ergebnisse einem Mitglied von Kealtys Wahlkampfmannschaft zuzuspielen. Wir werden uns also nicht allzu sehr exponieren. Aber ich hege trotzdem Zweifel, was die Erfolgschancen der ganzen Operation angeht.«

»Ich kann mir einfach nicht vorstellen, dass Ihr Land Interesse an einer starken Ryan-Regierung haben könnte.«

Kowalenko hatte während des ganzen Gesprächs seine Karten noch nicht aufgedeckt, aber jetzt schüttelte er über Laskas letzte Bemerkung den Kopf und blickte dem alten

Mann in die Augen. »Nicht das geringste Interesse, Mr. Laska. Aber … wird diese Geschichte mit Clark tatsächlich ausreichen, um Ryan zu stürzen?«

»Rechtzeitig, um Ed Kealty doch noch zu retten? Nein. Vielleicht wird es nicht einmal seinen Amtsantritt verhindern. Aber die Watergate-Affäre musste sich auch erst über mehrere Monate zu etwas so Großem und Umfassendem entwickeln, dass sie Richard Nixon das Amt kostete.«

»Das stimmt.«

»Und was ich über John Clarks Aktionen weiß, lässt die Ereignisse von Watergate wie einen Studentenstreich aussehen.«

Kowalenko nickte. Ein dünnes Lächeln huschte über seine Lippen. »Mr. Laska, vielleicht gönne ich mir doch einen kleinen Schluck Brandy, während wir uns weiter unterhalten.«

33

An einem eiskalten Oktoberabend versammelten sich fünfundfünfzig Kämpfer der Jamaat Shariat in einem niedrigen Kellergeschoss im dagestanischen Machatschkala zu einem Treffen mit Suleiman Murschidow, dem hochbetagten geistlichen Führer ihrer Organisation. Die Männer waren zwischen siebzehn und siebenundvierzig Jahre alt. Zusammengenommen besaßen sie Hunderte von Jahren Erfahrung im städtischen Guerillakampf.

Die Männer waren von den Operationskommandeuren ausgewählt worden. Fünf von ihnen waren selbst Zellenführer. Man hatte ihnen erklärt, dass sie in ein ausländisches Ausbildungslager geschickt werden würden. Danach würden sie eine Operation durchführen, die den Gang der Geschichte verändern würde.

Alle nahmen an, dass im Rahmen dieser Operation eine Geiselnahme, wahrscheinlich in Moskau, stattfinden würde, mit der die Freilassung und Heimkehr ihres Kommandeurs Israpil Nabijew erpresst werden sollte.

Sie hatten jedoch nur zur Hälfte recht.

Keiner dieser gestandenen Kämpfer kannte den glatt rasierten Mann, der neben Murschidow und seinen Söhnen saß. Für sie sah er wie ein Politiker und nicht wie ein Heiliger Krieger aus. Als Abu Dagestani ihnen erklärte, er sei bei dieser Operation ihr Anführer, konnten sie es kaum glauben.

Georgij Safronow hielt den fünfundfünfzig Männern in dem Keller dann jedoch einen leidenschaftlichen Vortrag. Er versicherte, dass man ihnen das eigentliche Ziel rechtzeitig mitteilen werde. Erst einmal würden sie jedoch in einem Frachtflugzeug nach Quetta in Pakistan fliegen und von dort zu einem Lager weiter nördlich gebracht. Dort würden sie ein intensives dreiwöchiges Training absolvieren. Dabei würden ihre Ausbilder die besten muslimischen Kämpfer der Welt sein, Männer, die in den letzten zehn Jahren mehr Kampferfahrung gesammelt hätten als selbst ihre Brüder im benachbarten Tschetschenien.

Alle fünfundfünfzig waren darüber zwar hocherfreut, hatten jedoch Schwierigkeiten, Safronow als ihren Anführer zu akzeptieren.

Suleiman Murschidow hatte das erwartet. Er ergriff deshalb noch einmal das Wort und versicherte den Männern, dass Georgij Dagestaner war und dass sie mit seiner Hilfe in den nächsten beiden Monaten mehr für den nördlichen Kaukasus erreichen würden als die Jamaat Shariat ohne ihn in den nächsten fünfzig Jahren.

Nach einem Schlussgebet stiegen die fünfundfünfzig Männer in mehrere Minibusse, die sie zum Flughafen brachten.

Safronow wollte sie eigentlich begleiten, aber das hielt General Ijaz, sein pakistanischer Partner bei diesem Unternehmen, für viel zu gefährlich. Er würde also mit einem Linienflugzeug nach Peschawar fliegen. Seine Ausweise und seine Reiseunterlagen hatte er vom pakistanischen Geheimdienst bekommen. In Pakistan angekommen, würden ihn Ijaz und seine Leute abholen und ihn direkt ins Lager in der Nähe von Miran Shah fliegen.

Dort sollte Georgij zusammen mit den anderen Männern trainieren. Er würde zwar mit deren Waffengeschick, körperlicher Fitness, Härte und Einsatzwillen nicht mithalten können. Aber er würde lernen und er würde stärker und härter werden.

Er hoffte, sich die Achtung dieser Männer erwerben zu können, die ihr ganzes Erwachsenenleben lang in und um Machatschkala den Russen Widerstand geleistet hatten. Natürlich würden sie ihn niemals so wie Israpil Nabijew respektieren. Aber sie würden Abu Dagestani gehorchen und Safronows Anordnungen folgen. Wenn er sich in Pakistan die kriegerischen Fertigkeiten aneignen könnte, die sie in den kommenden Kämpfen benötigten, würden sie ihn vielleicht als ihren echten Kommandeur betrachten und nicht nur als einen Sympathisanten ihrer Sache mit einem Plan.

Jack Ryan jr. parkte ein paar Minuten nach sieben seinen gelben Hummer vor Melanie Krafts Adresse. Sie wohnte in der Princess Street in Alexandria, ganz in der Nähe des Elternhauses von Robert E. Lee und des Anwesens, in dem George und Martha Washington eine Zeit lang gelebt hatten. Die Pflastersteine in diesem Teil der Straße stammten noch aus der Zeit vor dem Unabhängigkeitskrieg. Als Ryan die schönen alten Häuser sah, wunderte er sich, dass es sich eine Angestellte im öffentlichen Dienst von Mitte zwanzig leisten konnte, hier zu leben.

Als er ihr Türschild fand, verstand er es. Direkt an der Straße stand zwar ein stattliches, wunderschönes Ziegelgebäude aus der Zeit vor dem Bürgerkrieg, Melanie wohnte jedoch in einer kleinen Remise hinten im Garten. Es war immer noch eine hübsche Bude, aber von außen sah ihre Wohnung nicht viel größer als eine Einzelgarage aus.

Sie ließ ihn eintreten, und er stellte fest, dass das Apartment tatsächlich winzig war. Trotzdem war es richtig gemütlich.

»Ich mag Ihre Wohnung.«

Melanie lächelte. »Danke. Ich liebe sie auch. Ohne etwas Hilfe hätte ich sie mir jedoch nicht leisten können.«

»Hilfe?«

»Meine frühere Professorin an der AU ist mit einem Makler verheiratet. Denen gehört das Haus. Es stammt aus dem Jahr 1794. Für diese Remise verlangen sie nur eine Miete, die ich für eine gewöhnliche Wohnung in dieser Gegend zahlen müsste. Sie ist winzig, aber mehr brauche ich nicht.«

Jack schaute zu einem Kartentisch in der Ecke hinüber, auf dem ein MacBook Pro stand und ein riesiger Stapel Bücher, Schreibhefte und lose Druckseiten lag. Einige Bücher waren in arabischer Schrift gedruckt.

»Ist das hier die südliche Filiale des NCTC?«, fragte er mit einem Lächeln.

Sie kicherte, griff sich jedoch schnell ihren Mantel und ihre Handtasche und ging zur Tür. »Sollen wir?«

Er folgte ihr in den kühlen Abend hinaus.

Bis zur King Street war es ein Spaziergang von gerade einmal zehn Minuten. Dabei plauderten sie die ganze Zeit über die alten Gebäude, an denen sie vorbeikamen. An diesem Samstagabend waren eine Menge Leute unterwegs. Immerhin war jetzt beste Dinnerzeit.

Sie betraten das Restaurant und wurden zu einem romantischen Zweiertisch geführt, von dem aus sie die ganze Straße überblicken konnten. Als sie sich gesetzt und die Speisekarte bekommen hatten, fragte Jack: »Waren Sie schon einmal hier?«

»Ehrlich gesagt, nein. Ich gebe es nur ungern zu, aber ich gehe selten essen. Chicken Wings für fünfundzwanzig Cents bei Murphy's sind für mich bereits der Gipfel der Schlemmerei.«

»Es ist nichts falsch an Chicken Wings.«

Jack bestellte eine Flasche Pinot noir, und sie studierten die Speisekarte, während sie sich unterhielten.

»Sie haben also an der Georgetown University studiert.« Melanie äußerte das als Feststellung.

Ryan lächelte. »Hat Ihnen das Mary Pat erzählt, haben Sie es gegoogelt oder wissen Sie das, weil Sie bei der CIA waren und deshalb alles wissen?«

Sie wurde ganz leicht rot. »Ich habe an der American University studiert. Ich habe Sie ein paar Mal irgendwo in der Stadt gesehen. Sie waren ein Jahr über mir, glaube ich. Man konnte Sie auch kaum übersehen, weil Sie immer dieser riesige Secret-Service-Typ begleitet hat.«

»Mike Brennan. Er war für mich wie ein zweiter Dad. Ein großartiger Mann, aber er schreckte viele Leute ab. Er ist meine Ausrede, dass mein Sozialleben im College ziemlich langweilig war.«

»Gute Ausrede. Ich nehme an, dass es seine Nachteile hat, wenn man Promi ist.«

»Ich bin kein Promi. Niemand auf der Straße erkennt mich. Meine Eltern hatten zwar Geld, aber ich bin ganz bestimmt nicht mit einem silbernen Löffel im Mund aufgewachsen. Ich habe sogar eine Zeit lang auf dem Bau gearbeitet.«

»Ich habe nur das ganze Drum und Dran gemeint, das sich mit einer solchen Berühmtheit verbindet. Ich wollte auf keinen Fall andeuten, dass Sie Ihren Erfolg nicht verdient hätten.«

»Entschuldigen Sie«, sagte Jack. »Ich musste mich in dieser Hinsicht eben schon viel zu oft verteidigen.«

»Ich verstehe. Sie möchten für Ihre eigenen Talente und Leistungen anerkannt werden und nicht dafür, wer Ihre Eltern sind.«

»Sie haben einen scharfen Blick.«

»Ich bin Analystin.« Sie lächelte. »Ich analysiere.«

»Vielleicht sollten wir beide die Speisekarte analysieren, bevor der Kellner zurückkommt.«

Melanies Lächeln wurde noch breiter. »Oh-oh. Jemand versucht, das Thema zu wechseln.«

»Gut erkannt!« Jetzt mussten beide lachen.

Der Wein kam, Jack probierte ihn, und der Kellner schenkte beiden ein.

»Auf Mary Pat.«

»Auf Mary Pat.« Sie prosteten sich mit ihren Weingläsern zu und lächelten sich an.

»Also, erzählen Sie mir von der CIA«, meinte Jack.

»Was möchten Sie wissen?«

»Mehr, als Sie mir erzählen können.« Er dachte einen Augenblick nach. »Haben Sie einige Zeit in Übersee verbracht?«

»Sie meinen bei der Agency?«

»Ja.«

»Habe ich.«

»Wo?« Er zog die Frage gleich wieder zurück. »Entschuldigung. Das dürfen Sie mir nicht erzählen, nicht wahr?«

»Leider«, sagte sie mit einem Schulterzucken. Jack bemerkte, dass sie mit Geheimnissen gut umgehen konnte, obwohl sie erst ein paar Jahre als Geheimdienstanalystin tätig war.

»Sprechen Sie eine Fremdsprache?«

»Ja.«

Jack wollte sie gerade fragen, ob dies auch der Geheimhaltung unterliege, als sie ihn bereits aufklärte.

»Level-drei-Masri – ägyptisches Arabisch –, Level-zwei-Französisch, Level-eins-Spanisch. Nichts Besonderes also.«

»Wie viele ›Level‹ gibt es denn?«

»Entschuldigen Sie, Jack. Ich gehe nicht so oft aus.« Sie musste über sich selber lachen. »Ich spreche nicht sehr häufig mit Leuten, die nicht für Bundesbehörden arbeiten.

Man nennt es die ILR-Skala. Interagency Language Roundtable. Die Sprachkenntnisse werden dabei in fünf Niveaustufen, ›Levels‹, eingeteilt. Level drei bedeutet in etwa, dass ich mich in der jeweiligen Sprache ganz normal ausdrücken kann, allerdings immer noch kleine Fehler mache, die jedoch das Verständnis eines Muttersprachlers nicht beeinträchtigen.«

»Und Level eins?«

»Es heißt, dass ich die Sprache nur schlampig spreche.« Sie musste wieder lachen. »Was soll ich sagen? Ich habe die arabische Sprache gelernt, als ich in Kairo lebte, und die spanische auf dem College. Es fördert das Erlernen einer Sprache ungemein, wenn man sie braucht, um sich etwas zum Essen zu besorgen.«

»Sie reden von Kairo?«

»Ja. Dad war dort Luftwaffenattaché. Wir haben fünf Jahre in Ägypten gelebt, als ich auf der Highschool war, und dann noch zwei weitere Jahre in Pakistan.«

»Wie war es?«

»Ich habe es geliebt. Es war zwar für ein Kind ein wenig schwierig, öfter umzuziehen, aber ich würde es gegen nichts in der Welt tauschen. Außerdem hat sich das Arabische als sehr hilfreich herausgestellt.«

Jack nickte. »In Ihrem Metier ist das wohl so.« Er mochte dieses Mädchen. Sie spielte sich nicht auf und sie versuchte, weder zu sexy noch besserwisserisch zu wirken. Sie war offensichtlich hochintelligent, nahm sich gleichzeitig aber nicht zu wichtig.

Und sie war sehr sexy, und zwar auf eine ganz natürliche Art.

Mehr als einmal bemerkte er, dass sie den Fokus des Gesprächs immer wieder auf ihn zurückzulenken versuchte.

»Also«, sagte sie mit einem scherzhaften Lächeln, »ich

lehne mich mal aus dem Fenster und vermute, dass Sie nicht in einer siebenunddreißig Quadratmeter großen Remise leben und dabei noch von Ihrer Ex-Professorin subventioniert werden.«

»Ich habe ein Apartment in Columbia. Es ist in der Nähe meiner Arbeitsstelle. Und in der Nähe meiner Eltern in Baltimore. Was ist mit Ihrer Familie?«

Der Kellner brachte ihre Salate, und Melanie begann, über das Restaurant zu reden. Jack fragte sich, ob sie einfach zu den Leuten gehörte, die während eines Gesprächs ständig das Thema wechselten, oder ob sie nicht über ihre Familie sprechen wollte. Er wusste nicht, was auf sie zutraf, ließ es jedoch dabei bewenden.

Sie kamen jetzt wieder auf Jacks Job zurück. So wie er es erzählte, war seine Arbeit bei Hendley Associates ziemlich langweilig. Es waren nicht direkt Lügen, aber seine Erklärungen waren löchrig und voller Auslassungen. Die eigentlichen Geheimnisse erwähnte er natürlich gar nicht.

»Wenn Ihr Vater Präsident wird, folgen Ihnen dann wieder ein paar Secret-Service-Leute auf Schritt und Tritt?«, fragte sie. »Wird das in Ihrem Büro nicht zu Problemen führen?«

Du machst dir keine Vorstellung, musste Jack denken. Er lächelte. »Ich bin das ja bereits gewohnt. Mit einigen meiner Personenschützer habe ich sogar Freundschaft geschlossen.«

»Trotzdem. Wird das nicht manchmal zu einer Belastung?«

Zuerst wollte er so tun, als würde ihm das überhaupt nichts ausmachen, unterließ es dann jedoch. Sie stellte ihm ja eine ehrliche Frage. Sie verdiente deshalb eine ehrliche Antwort. »Offen gesagt, ja. Es war schwierig. Ich freue mich also ganz und gar nicht darauf. Wenn Dad Präsident wird, werde ich mit ihm und meiner Mom reden. Ich führe ein ziemlich unauffälliges Leben. Ich werde jeden Personenschutz ablehnen.«

»Ist das kein Risiko?«

»Überhaupt nicht. Ich habe keine Angst.« Er lächelte sie über sein Weinglas an. »Bringen sie euch CIA-Leuten nicht bei, einen Menschen mit einem Löffel zu töten?«

»So ähnlich.«

»Großartig. Dann können Sie mir ja jetzt den Rücken freihalten.«

»Sie könnten sich mich gar nicht leisten«, sagte sie lachend.

Das Essen war hervorragend, die Unterhaltung angeregt und amüsant. Sie stockte nur etwas, als Jack das Gespräch noch einmal auf Melanies Familie lenken wollte. Darüber hielt sie sich jedoch genauso bedeckt wie über ihre Arbeit bei der CIA.

Kurz nach zehn spazierten sie wieder heim. Auf den Straßen waren jetzt viel weniger Menschen unterwegs, und vom Potomac wehte ein kalter Wind herüber.

Jack brachte Melanie bis zur Tür ihres kleinen Apartments.

»Mir hat es Spaß gemacht«, sagte sie.

»Mir auch. Könnten wir das nicht schon bald einmal wiederholen?«

»Natürlich.« Sie kamen zur Tür. »Hör zu, Jack. Ich bringe das besser gleich hinter mich. Ich küsse nicht gleich beim ersten Date.«

Ryan lächelte. »Ich auch nicht.« Er streckte ihr die Hand hin. Sie ergriff sie langsam und versuchte, ihr Erstaunen und ihre Verlegenheit möglichst zu verbergen.

»Schlaf gut. Du hörst von mir.«

»Das hoffe ich.«

Nigel Emblings Haus lag im Zentrum Peschawars, unweit des riesigen, uralten Bala-Hisar-Forts, das mit seinen fast dreißig Meter hohen Befestigungsmauern die Oberstadt und das Land in der Umgebung beherrschte.

In der ganzen Stadt herrschte geschäftiges Treiben, aber Emblings Haus war ruhig und sauber, eine idyllische Oase voller Pflanzen und Blumen. Im Hof hörte man nur das Plätschern der Brunnen. In dem äußerst britischen Arbeitszimmer im ersten Stock roch es nach alten Büchern und Möbelpolitur.

Embling saß neben Driscoll an seinem großen Arbeitstisch. Ihnen gegenüber trug der fünfunddreißigjährige Major Mohammed al-Darkur westliche Zivilkleidung, ein Paar braune Stoffhosen und ein schwarzes Button-Down-Hemd. Al-Darkur war allein zu Embling gekommen, um einen Mann zu treffen, den er für einen CIA-Agenten hielt. Natürlich hatte er sein Bestes getan, um die Vertrauenswürdigkeit des Mannes zu überprüfen, der ihm als »Sam« vorgestellt worden war, aber Driscoll war den Fragen nach anderen CIA-Angehörigen geschickt ausgewichen, denen al-Darkur während seiner Tätigkeit beim ISI begegnet war.

Das gereichte Driscoll sogar zum Vorteil. Al-Darkur war nämlich der Meinung, dass die CIA bestimmte Elemente im pakistanischen Geheimdienst viel zu sehr unterstützte, Elemente, von denen al-Darkur wusste, dass sie gegen ihre westlichen Helfer arbeiteten. Er hielt deshalb die CIA und im weiteren Sinne Amerika für naiv und allzu bereit, denjenigen zu vertrauen, die ein Lippenbekenntnis zu den Werten ablegten, die die beiden Dienste angeblich teilten.

Dass Sam offensichtlich mit den ständig in Pakistan arbeitenden amerikanischen Geheimdienstlern keinen großen Kontakt pflegte und dass er al-Darkur selbst mit Misstrauen begegnete, steigerte nur noch die positive Meinung des pakistanischen Majors über diesen Mann.

»Ich habe alles unternommen, um über diesen Rehan etwas herauszubekommen. Er ist jedoch ein absolutes Rätsel geblieben«, sagte Embling.

Sam stimmte dem zu. »Wir versuchen es ebenfalls. Er hat es hervorragend verstanden, die Spuren seiner Karriere zu verwischen. Es wirkt so, als wäre er plötzlich wie aus dem Nichts als hochrangiger Armee- und Geheimdienstoffizier aufgetaucht.«

»Das ist in der pakistanischen Armee gar nicht so einfach. Die lieben ihre Zeremonien. Ständig werden sie fotografiert und bekommen für dies oder das diesen oder jenen Orden. Sie haben diesen ganzen Pomp von uns Briten übernommen. Mit einem gewissen Stolz kann ich sagen, dass wir wirklich unschlagbar sind, was dieses Militärgepränge angeht.«

»Gibt es keine Aufnahmen von Rehan?«

»Ein paar. Sie sind jedoch viele Jahre alt und zeigen ihn als jungen Offizier. Sonst ist er eine absolute Schattengestalt.«

»Aber jetzt nicht mehr. Was hat sich verändert?«

»Das versuchen Mohammed und ich gerade herauszufinden.«

»Als einzigen Grund kann ich mir denken, dass er auf irgendeine höhere Stellung vorbereitet werden soll«, sagte al-Darkur. »Generalleutnant, Chef des ISI, vielleicht sogar eines Tages Kommandeur der pakistanischen Armee. Ich glaube, er bereitet einen Staatsstreich vor, aber er ist bisher viel zu unbekannt, selbst die Regierung zu übernehmen. Er scheint seine Karriere als Spion verbracht zu haben, was für einen Armeeoffizier ziemlich ungewöhnlich ist. Offiziere bleiben meist nur ein paar Jahre beim ISI. Sie sind keine professionellen Geheimdienstler, sondern professionelle Soldaten. Ich selbst war ein Kommandooffizier beim 7. Bataillon der Special Services Group, bevor ich zum ISI kam. Riaz Rehan scheint jedoch das genaue Gegenteil zu sein. Er diente ein paar Jahre als Leutnant und Hauptmann in der regulären Armee beim Azad-Kashmir-Regiment. Seitdem scheint er ununterbrochen für den Inter-Services Intelligence tätig gewesen zu sein, obwohl sie das selbst vor dem Rest des ISI ziemlich geheim gehalten haben.«

»Ist er ein Bart?«, fragte Driscoll und bezog sich auf die Islamisten in den pakistanischen Streitkräften.

»Das weiß ich nur durch die Verbindungen, die er pflegt. Seine Förderer in der Armeespitze und beim Geheimdienst sind ganz bestimmt Islamisten, obwohl Rehan nie in einer Moschee auftaucht oder an einem Geheimtreffen der Bärte teilnimmt. Ich hatte Gefangene aus feindlichen dschihadistischen Gruppierungen in Gewahrsam und habe sie, wie ich zugeben muss, ziemlich aggressiv gefragt, ob sie Rehan vom JIM kennen würden. Ich bin überzeugt, dass keiner von ihnen ihn gekannt hat.«

Driscoll seufzte. »Also, was machen wir als Nächstes?«

Jetzt hellte sich al-Darkurs Stimmung etwas auf. »Ich habe zwei Informationen. Bei einer können Sie mir vielleicht weiterhelfen.«

»Fein.«

»Erstens haben meine Quellen entdeckt, dass General Rehan neben seinem Büro in unserem Hauptquartier in Islamabad noch ein geheimes Büro in Dubai besitzt.«

Driscoll warf überrascht den Kopf zurück. »Dubai?«

»Es ist das Finanzzentrum des Nahen Ostens, und seine Abteilung wickelt dort wahrscheinlich ihre ausländischen Geldgeschäfte ab. Trotzdem wäre das für sich allein noch kein Grund für ihn, dort zu arbeiten. Ich glaube, dass er und seine hochrangigen Mitarbeiter eine Verschwörung gegen die pakistanische Regierung planen.«

»Interessant.«

»In meiner Position als Mitglied des Joint Intelligence Bureau habe ich weder die Mittel noch die Möglichkeiten, ihn außerhalb unserer Grenzen zu überwachen. Ich dachte mir, dass Ihre weltweit operierende Organisation vielleicht nachschauen könnte, was er in Dubai so treibt.«

»Ich leite das an meine Vorgesetzten weiter, und ich bin mir ziemlich sicher, dass sie Nachforschungen über dieses Geheimbüro anstellen werden.«

»Ausgezeichnet.«

»Und die andere Information?«

»Der werde ich mit meinen eigenen Mitteln nachgehen können. Ich habe neulich von einer Operation erfahren, in die Rehans Abteilung und das Haqqani-Netzwerk verwickelt sind. Sie kennen doch sicher Haqqani?«

Driscoll nickte. »Jalaluddin Haqqani. Seine Truppen beherrschen große Teile des Grenzgebiets zwischen Pakistan und Afghanistan. Er ist mit den Taliban verbündet, sein Netzwerk verfügt über viele Tausend Kämpfer, und er hat in Afghanistan Hunderte unserer Soldaten getötet. Darüber hinaus sind Hunderte von Einheimischen seinen Bombenanschlägen, Raketen- und Granatenangriffen, Lösegeldentführungen und so weiter zum Opfer gefallen.«

Al-Darkur nickte. »Jalaluddin ist ein alter Mann, deshalb leitet sein Sohn Siraj jetzt die Organisation, aber sonst war alles richtig. Ich habe einen Gefangenen in Gewahrsam, einen Kurier des Haqqani-Netzwerks, den ich in Peschawar aufgegriffen habe, nachdem er sich mit einem ISI-Leutnant getroffen hatte, der als Unterstützer der Islamisten bekannt ist. Er hat meinen Verhörspezialisten erzählt, dass der ISI mit Kämpfern des Haqqani-Netzwerks in einem ihrer Lager in der Nähe von Miran Shah zusammenarbeitet.«

»Und was machen die dort?«

»Der Kurier wusste es nicht, aber er wusste, dass sie dort im Camp eine ausländische Truppe erwarten, die vom ISI und den Haqqani-Männern ausgebildet werden soll.«

»URC? Al-Qaida?«

»Er weiß es nicht. Ich werde jedoch herausfinden, wer sie sind und was sie dort machen.«

»Und wie werden Sie das anstellen?«

»Ich werde morgen selbst dorthin fahren und die Straße zum Lager überwachen. Wir haben natürlich einen Stützpunkt in Miran Shah, aber den kennen die Haqqani-Leute. Sie beschießen ihn gelegentlich mit Mörsergranaten, aber sonst lassen sie ihn in Ruhe. Aber wir unterhalten in der ganzen Stadt auch konspirative Wohnungen, meistens im Süden. Ein paar von ihnen sind den Haqqani-Truppen bekannt, deswegen benutzen wir sie nicht mehr. Aber meine Agenten haben an der Straße von Boya nach Miran Shah einen sicheren Unterschlupf eingerichtet, der zufällig in der Nähe des Ortes liegt, wo sich nach Angaben meines Gefangenen dieses Lager befindet.«

»Großartig. Wann fahren wir los?«

»Wir, Sam?«, fragte al-Darkur mit hochgezogenen Augenbrauen.

Jetzt mischte sich Embling ein. »Es wäre ein Fehler, wenn Sie da mitmachen.«

Sam zuckte die Achseln. »Ich hätte mir das nur gerne angesehen. Nichts für ungut! Ich werde meinem Büro von Dubai berichten, aber ich selbst bin jetzt hier. Da könnte ich genauso gut mitkommen, wenn Sie nichts dagegen haben.«

»Aber es wäre gefährlich! Es ist Miran Shah, dort gibt es bestimmt keine Amerikaner. Ich werde mit einem handverlesenen Zarrar-Special-Services-Kommando dorthin gehen. Das sind Männer, auf die ich mich hundertprozentig verlassen kann. Wenn Sie mitkommen, kann ich Ihnen versprechen, dass ich und meine Leute genauso gefährdet sein werden wie Sie. Sie werden deshalb von unserem Selbsterhaltungstrieb profitieren!«

Jetzt musste Driscoll lächeln. »Geht klar.«

Embling war zwar dagegen, aber Sam hatte sich entschieden. Zwanzig Minuten später saß Driscoll auf Emblings kühler Dachterrasse, hielt in der einen Hand eine Teetasse und in der anderen ein Satellitentelefon. Wie alle entsprechenden Geräte von Hendley Associates war es mit einem Chip ausgerüstet, der ein »Type 1«-Verschlüsselungsprogramm der NSA enthielt. Nur die Person am anderen Ende der Verbindung konnte Driscoll jetzt hören.

Es meldete sich Sam Granger.

»Sam, hier ist auch Sam.«

»Wie sieht's aus?«

»Der ISI-Mann scheint in Ordnung zu sein. Ich kann nichts versprechen, aber wir haben eine Spur, die zu Rehan und seinen Aktivitäten führt.«

»Das ist unglaublich, wenn es stimmt.«

»Es würde sich vielleicht lohnen, die Jungs rüberzuschicken«, schlug Sam Driscoll vor.

»Sie selbst wollen nicht dorthin gehen?«, fragte Granger etwas überrascht.

»Ich gehe mit dem Major und seinem SSG-Team nach Nordwasiristan zu einer SA.«

»SA?«

»Strategische Aufklärung.«

»Im Haqqani-Territorium?«

»Genau dort. Aber ich bin unter Freunden. Es dürfte also klappen.«

Es gab eine längere Pause am anderen Ende. »Sam, es ist *Ihr* Hals, den Sie da riskieren, und ich weiß, dass Sie nicht leichtsinnig sind. Trotzdem … Sie werden sich in die Höhle des Löwen begeben, wie man so schön sagt.«

»Ich werde genauso sicher sein wie die SSG-Männer in meiner Begleitung. Sie scheinen keine unbedachten Draufgänger zu sein. Außerdem müssen wir unbedingt erfahren, was der ISI in diesem Lager im Schilde führt. Alles, was wir dort über Rehan oder seine Leute herausfinden, wird vielleicht entscheidend sein, wenn wir diesen Typen später hochgehen lassen wollen. Ich werde versuchen, ein paar Bilder zu machen, und sie Ihnen dann schicken.«

»Ich weiß nicht, ob Hendley das gefallen wird«, sagte Granger.

»Es ist einfacher, um Verzeihung zu bitten als um Erlaubnis.«

»Wie ich gesagt habe, es ist Ihr Hals.«

»Verstanden! Ich melde mich, wenn ich nach Peschawar zurückgekehrt bin. Machen Sie sich keine Sorgen, wenn Sie eine Weile nichts mehr von mir hören. Es könnte ein bis zwei Wochen dauern.«

»Verstehe. Viel Glück!«

Miran Shah war die Hauptstadt von Nordwasiristan, das in Westpakistan in den Stammesgebieten unter Bundesverwaltung unweit der afghanischen Grenze lag. Tatsächlich übte die pakistanische Bundesregierung in Islamabad keinerlei Kontrolle über dieses Gebiet aus, obwohl es hier einen kleinen, ständig gefährdeten Stützpunkt der pakistanischen Armee gab.

Die Stadt und die ganze Region bis weit über die völlig unbedeutende Grenze nach Afghanistan hinein wurde vom Haqqani-Netzwerk beherrscht, einer starken Rebellenorganisation, die eng mit den Taliban verbündet war.

Jalaluddin Haqqani hatte in den Achtzigerjahren in Afghanistan gegen die Russen gekämpft und war dabei zu einem der mächtigsten Kriegsherren geworden. Seine Söhne waren in die Fußstapfen ihres Vaters getreten. Heute kontrollierten sie jeden Aspekt des Lebens hier in Nordwasiristan. Ihr einziger wirklicher Gegner waren die amerikanischen Drohnen, die das gesamte Gebiet von der Luft aus überwachten und nach Zielen für einen Raketenangriff absuchten.

Ihr grenzüberschreitender Einfluss, ihre Dutzende von Rebellenlagern und ihre engen Verbindungen zum pakistanischen Geheimdienst hatten die Haqqani-Familie über die Jahre zu einem natürlichen Partner Rehans gemacht. Er hatte in den Camps auf ihrem Territorium Kämpfer und Agenten für Einsätze in Indien und Afghanistan ausgebildet. Erst kürzlich hatte er sie wieder einmal um Unterstützung bei der Ausbildung einer großen ausländischen Kämpferzelle gebeten.

Die Haqqani-Führung hatte dem Wunsch der Joint Intelligence Miscellaneous Division entsprochen und sich bereit erklärt, die Männer zu trainieren. Rehan selbst reiste an, um die erste Ausbildungsphase zu überwachen.

Obwohl er über keinerlei Militär- oder Guerillaerfahrung verfügte, war der russische Raketenunternehmer Georgij Safronow Anführer der Jamaat-Shariat-Truppe, die in der dritten Oktoberwoche in dem Haqqani-Lager in der Nähe von Boya westlich von Miran Shah eintraf. Mit ihm und seinen fünfundfünfzig dagestanischen Aufständischen war auch der Mann angekommen, den er als General Ijaz kannte. Die Ausländer bekamen ihre Ausrüstung von den Haqqani-Truppen. Untergebracht waren sie in einem riesigen Höhlenkomplex, der in die Felswände eines Berghangs hineingegraben worden war.

Ein Großteil der Ausbildung fand in diesen künstlichen Höhlen oder unter Wellblechdächern statt, angestrichen in den rötlichen Farben des örtlichen Felsbodens, um nicht die Aufmerksamkeit der US-Drohnen zu erregen. Ein Teil des taktischen Trainings musste jedoch notgedrungen im

Gelände, auf den Feldern und in den Bergen, durchgeführt werden. Die Drohnen waren natürlich nicht unsichtbar. An markanten Geländestellen wurden speziell ausgebildete Beobachter postiert, die nach den amerikanischen »Himmelsaugen« Ausschau hielten. Trotzdem blieben die Drohnen eine solch große Gefahr, dass Rehan persönlich das Haqqani-Netzwerk anwies, die Sicherheit der Operation müsse immer Vorrang vor der Qualität der Ausbildung haben.

Rehan war es im Grunde egal, ob die dagestanischen Rebellen die Fähigkeit besaßen, eine Raketenstartrampe in Kasachstan zu übernehmen und zu halten. Er war nur daran interessiert, dass sie hier in Pakistan erfolgreich die beiden Atombomben in ihre Gewalt bekommen würden. Wenn sie bei diesem Einsatz die Hälfte ihrer Männer verlören, würde dies Rehan nicht weiter bekümmern.

Für ihn war nur wichtig, dass die ganze Welt erfuhr, dass ausländische Terroristen den Pakistanern direkt vor ihrer Nase zwei Atombomben gestohlen hatten. Er war sich sicher, dass dies innerhalb von Tagen oder Wochen zum Sturz der pakistanischen Regierung führen würde.

Das Haqqani-Netzwerk nahm Rehans Anweisung, die Sicherheit zu erhöhen, ausgesprochen ernst. Sie schickten Kundschafter in die Dörfer und Siedlungen zwischen Miran Shah und Boya. Sie sollten auf alle ein Auge haben, die sich für die Bewegungen von Männern und Material interessierten. In Nordwasiristan geschah schon zu normalen Zeiten kaum etwas, ohne dass die Haqqanis davon erfuhren. Jetzt gab es praktisch nichts mehr, was dieser mächtigen Organisation verborgen blieb.

Die paschtunischen Ausbilder fanden schnell heraus, dass die dagestanischen Kämpfer sich gut mit ihren Waffen auskannten und hoch motiviert waren. Ihnen fehlte nur das Teamdenken, das die Haqqani-Truppen notwendigerweise in den zehn Jahren entwickeln mussten, die sie jetzt bereits jenseits der Grenze gegen die Koalitionstruppen kämpften.

Das einzige Mitglied der ausländischen Truppe, das nicht mit einem Gewehr umgehen konnte und dem die körperliche Fitness weitgehend fehlte, war ihr Anführer. Safronow hatte sich jetzt selbst den Kampfnamen Magomed Dagestani, Magomed der Dagestaner, gegeben. Obwohl er jetzt also einen Namen besaß, der seine innere Einstellung ausdrückte, fehlten ihm alle kriegerischen Fähigkeiten, diese in die Realität umzusetzen. Er war jedoch klug und sehr motiviert, sodass ihm die Taliban in diesem Höhlenkomplex allmählich den Umgang mit Gewehren, Pistolen, Granatwerfern und Messern beibringen konnten. Am Ende der ersten Woche hatte er bereits große Fortschritte gemacht.

Rehan teilte derweil seine Zeit zwischen seinem Haus in Dubai, seinem Büro in Islamabad und dem Höhlenkomplex auf. Die ganze Zeit über spornte er die Dagestaner an, nicht nachzulassen. Auch Safronow machte er immer wieder Mut, durchzuhalten und an die schwere Aufgabe zu denken, die ihnen bevorstand.

34

Die dritte und letzte Präsidentschaftsdebatte fand in Los Angeles im Edwin W. Pauley Pavilion auf dem Campus der UCLA statt. Sie sollte etwas förmlicher ablaufen als die vorherige Begegnung. Dieses Mal würden die beiden Männer an Rednerpulten vor einer Gruppe von Fragestellern stehen, Journalisten der größten Zeitungen und Fernsehsender und einer Presseagentur.

Es war eine Podiumsdiskussion, bei der es keine vorherbestimmten Themen gab. Man konnte deshalb davon ausgehen, dass die wichtigsten Fragen besprochen werden würden, die in den letzten drei Wahlkampfwochen aufgetaucht waren. Theoretisch hätte es mehrere Themen gegeben, die zu einer leidenschaftlichen Diskussion der beiden Kandidaten hätten führen können. Tatsächlich stand dann jedoch außer einigen Fragen zum Stand der Weltwirtschaft, zu Chinas massiver Erhöhung der Rüstungsausgaben und den stetig steigenden Benzinpreisen ein einziges Thema im Vordergrund, nämlich die Entscheidung des Präsidenten, Saif Yasin vor einem Bundesgericht den Prozess zu machen, wogegen Jack Ryan wortgewaltig protestierte.

Das Thema führte zwangsläufig zum Thema Pakistan. Die Regierung in Islamabad hatte im letzten Jahrzehnt von den Vereinigten Staaten alljährlich Milliarden von Dollar bekommen, gleichzeitig jedoch die Operationen des amerikanischen Militärs und der US-Geheimdienste ständig behindert, wenn nicht sogar vereitelt. Außerdem war Westpakistan zu einer sicheren Zufluchtsstätte von Terrororganisationen geworden, die von dort aus den weltweiten Terrorismus mit Rat und Tat unterstützten. Kealty plante eine teure Doppelstrategie, um Pakistan dazu zu bringen, künftig die US-Interessen zu berücksichtigen. Während er einerseits drohte, die Hilfen für Islamabad zu stoppen, wenn sich die Situation nicht verbesserte, stiegen gleichzeitig die verdeckten Finanzmittel und Subventionen für den ISI und die pakistanische Armee immer weiter an. Das Weiße Haus versuchte auf diese Weise, die Kommandeure und Dienststellen zu kaufen, die die pakistanischen Strategien beeinflussten.

Wie in den meisten Fällen war Ryan auch auf diesem Gebiet völlig anderer Meinung. Als ihn der AP-Reporter fragte, wie er mit den Finanzhilfen für die pakistanischen Geheimdienste und das dortige Militär umgehen würde, antwortete er kurz und bündig: »Sie streichen. Ich würde sie streichen und mit einem Teil des Geldes unseren großen Freund und Verbündeten in dieser Region unterstützen, Indien.«

Er hatte dies auf seiner Wahlkampftour schon öfter vorgeschlagen und deswegen von den Medien schwere Prügel bezogen. Die amerikanische Presse warf ihm vor, er heize mit seiner Bevorzugung Indiens einen alten Konflikt noch weiter an. Ryan hatte darauf erwidert, dass Pakistan im Gegensatz zu Indien den Terrorismus gegen die Vereinigten Staaten unterstütze.

»Natürlich wollen wir unseren Freunden den Rücken stärken und unseren Feinden jede Unterstützung entziehen«, sagte er im Pauley Pavilion in die Kameras. »Pakistan müsste nicht unser Feind sein, aber es hat sich dafür entschieden. Wenn ich nach Washington zurückkehre, werde ich den Geldhahn zudrehen, bis Islamabad uns zeigt, dass es seinen Machtwillen zügeln kann und den islamischen

Terrorismus in Indien und dem Westen zusammen mit uns bekämpft.«

Die Washingtoner CBS-Korrespondentin war als Nächste an der Reihe. Sie fragte, wie er die ganze pakistanische Nation für ein paar fehlgeleitete, verbrecherische Agenten im ISI bestrafen könne.

Ryan nickte langsam, bevor er antwortete. »Der ISI hat keine fehlgeleiteten, verbrecherischen Agenten. Er ist ein fehlgeleiteter, verbrecherischer *Geheimdienst*. Mein Kontrahent meint, dass einzelne Menschen oder Organisationen das Problem seien. Dem widerspreche ich entschieden. Offen gesagt, sind gerade die im Sinne dieser Organisation ›fehlgeleiteten‹ Elemente des ISI auf unserer Seite. Der ISI und die Armee sind unsere Feinde, mit Ausnahme einer begrenzten Zahl von Männern und Einheiten, die mit uns befreundet sind. Wir müssen diese ›Fehlgeleiteten‹ finden und sie mit allen Mitteln unterstützen, anstatt Milliarden Dollar ungeprüft der pakistanischen Regierung zuzuleiten. Dieses Geld ist nur ein Wohlfahrtsscheck für die Unterstützer des Terrors, und diese Strategie der letzten zehn Jahre hat nicht zu den gewünschten Ergebnissen geführt, meine Damen und Herren.«

Kealtys Entgegnung war kurz. »Präsident Ryan hat Pakistan in seiner Amtszeit mit mehreren Milliarden Dollar unterstützt.«

Jack war eigentlich nicht an der Reihe, meldete sich aber jetzt trotzdem zu Wort. »Da habe ich mich geirrt. Wir alle haben das, so ungern ich das zugebe. Aber ich werde auf keinen Fall eine falsche Politik weiterverfolgen, nur um zu vertuschen, dass ich einen Fehler gemacht habe.«

Die Journalisten im Fragegremium starrten Ryan fassungslos an. Ein Präsidentschaftskandidat, der einen Fehler zugab, war für sie ein Ding der Unmöglichkeit.

Die nächste Fragestellerin war von CNN. Sie bat beide

Kandidaten um ihre Meinung zum Verfahren gegen den Emir.

Kealty wiederholte seine Unterstützung eines Bundesprozesses. Er forderte Ryan auf, ihm genau zu erklären, warum das Justizministerium seiner Meinung nach Mr. Yasin nicht auf geeignete Weise verfolgen könne.

Ryan schaute mit gerunzelter Stirn in die Kamera: »Präsident Kealty, ich nehme Ihre Herausforderung an. Wir haben in den letzten zwanzig Jahren mehreren Terroristen vor Bundesgerichten den Prozess gemacht. Dabei waren die Staatsanwaltschaften manchmal mehr, manchmal weniger erfolgreich. In vielen Fällen, in denen der Justizminister als oberster Ankläger keine Verurteilung erreichte, wurden die Angeklagten von einem starken Anwaltsteam vertreten, das nach Meinung vieler Rechtsgelehrter bei der Verteidigung seiner Klienten ein wenig die Verfahrensregeln beugte. Sicherlich könnte das amerikanische Rechtssystem ohne eine starke Verteidigung nicht überleben, aber einige dieser Rechtsanwälte haben die Grenze überschritten.

Dies ist während meiner Amtszeit geschehen. Ich hatte engen Kontakt zum Justizminister und habe gesehen, wie diese Anwälte vorgegangen sind. Das hat mich fast krank gemacht.

Der Emir wird nicht viele dieser Verteidiger bekommen, und Sie mögen das für eine gute Sache halten, meine Damen und Herren. Das ist es aber nicht, da neun dieser Verteidiger von Terroristen, die Tausende von Amerikanern im In- und Ausland auf dem Gewissen haben, jetzt für das Justizministerium arbeiten. Wenn diese ehemaligen Terroristenverteidiger jetzt die Staatsanwaltschaft vertreten und auch die Anwälte der Terroristen nur deren Interessen im Sinn haben, wer vertritt dann das amerikanische Volk?«

Kealtys Nasenflügel blähten sich. »Nun, Mr. Ryan. Sie nennen diese Beschuldigten ständig Terroristen. Bis zu ihrer Verurteilung sind sie jedoch mutmaßliche Terroristen. Ich weiß nicht, ob einer dieser Männer schuldig ist, und Sie wissen es auch nicht.«

Ryan machte aus der moderierten Debatte wieder einmal einen unmoderierten Wortwechsel und erwiderte: »Ein Mann, der von den Leuten verteidigt wurde, die jetzt im Justizministerium im Prozess gegen den Emir die Vereinigten Staaten vertreten, sagte im Zeugenstand, tatsächlich schrie er es – und das ist das wörtliche Zitat aus dem Prozessprotokoll: ›Ich hoffe, dass der Dschihad weitergeht und Amerika mit allen Arten von Massenvernichtungswaffen mitten ins Herz trifft.‹ Können wir diesen Mann nicht beim Wort nehmen und ihn als Feind unseres Landes betrachten und einen Terroristen nennen?«

Kealty winkte ab und antwortete. Der Moderator hatte jede Kontrolle verloren. »Sie sind kein Anwalt, Jack. Manchmal machen Menschen übertriebene Aussagen. Deshalb sind sie noch lange nicht der Verbrechen schuldig, deren man sie anklagt.«

»›Übertrieben‹? Zu schreien, dass man hofft, dass Amerika zerstört wird, ist ›übertrieben‹, Mr. President? Aber es stimmt, *Sie* sind ja Anwalt.«

Das Publikum lachte.

Jack hob schnell die Hand. »Nichts gegen Anwälte. Einige meiner besten Freunde sind welche. Aber gerade die kennen die bissigsten Anwaltswitze.«

Noch mehr Gelächter.

Ryan fuhr fort: »Meine Damen und Herren, es sei Ihnen verziehen, dass Sie bisher nichts von diesem Terroristen, seinen Drohungen gegen Amerika und der Tatsache gehört haben, dass neun seiner Verteidiger inzwischen für die Kealty-Regierung tätig sind. Es sei Ihnen deshalb verziehen, weil damals in den Medien nur sehr wenig darüber berichtet wurde. Ich finde es beunruhigend, Mr. President, dass neun Mitglieder Ihrer Verwaltung zuvor Terroristen verteidigt haben. Jetzt bekleiden sie im Justizministerium einflussreiche Stellungen. Es steht zu befürchten, dass ihre verzerrte Weltsicht sich letztlich negativ auf die nationale Sicherheit der Vereinigten Staaten auswirken wird. Und wenn dann Leute wie ich vorschlagen, diese Fälle der Militärgerichtsbarkeit zu übergeben, behaupten Sie und Ihre Leute, dass diese Beschuldigten nur vor einem Bundesgericht einen fairen Prozess erhalten werden. Ich glaube, die meisten Amerikaner würde das ebenfalls beunruhigen« – er schaute die vor ihm sitzenden Journalisten an –, »wenn sie davon wüssten.«

Jetzt hätte Jack gerne Arnie van Damm zugezwinkert, der wahrscheinlich gerade nach seinen Magentabletten griff. Arnie hatte ihn immer wieder gewarnt, nur ja nicht die Presse anzugreifen, weil das nicht sehr präsidentiell wirken würde.

Es ist mir scheißegal, wie es wirkt, hatte Jack entschieden. *Sie haben es verdient.*

»Präsident Kealtys Justizminister hat neulich geäußert – und auch das hat die Publikumspresse aus irgendeinem Grund nicht gemeldet –, dass das FBI Al Capone wegen Steuerhinterziehung ins Gefängnis gebracht habe und dass wir vielleicht nach ähnlichen Begründungen suchen sollten, um die Terroristen anzuklagen, die wir bei militärischen Einsätzen gefangen genommen hätten, da deren Gefangennahme ja ganz klar nicht den Rechtsstaatsprinzipien entsprochen habe. Sind Sie derselben Meinung, Mr. President? Wissen Sie oder Ihr Justizministerium, wie viele gefangene Terroristen im letzten Jahr hier in den Vereinigten Staaten eine Steuererklärung abgegeben haben?«

Kealty versuchte, seine Wut zu beherrschen, aber sein

Gesicht rötete sich unter der Schminke. »Mein Kontrahent glaubt, dass es eine Form der Gerechtigkeit für ›uns‹ und eine andere für ›die da‹ gibt«, sagte er.

»Wenn sie mit ›denen da‹ al-Qaida, den Umayyad-Revolutionsrat oder irgendeine andere Gruppierung meinen, die uns zerstören möchte … ja, dann glaube ich das. Sie haben Anspruch auf einen fairen Prozess und die Möglichkeit, sich selbst zu verteidigen, aber verdienen nicht jedes einzelne Recht, das den Bürgern der Vereinigten Staaten zusteht.«

Mohammed al-Darkur, Sam Driscoll, drei ISI-Hauptleute und ein Dutzend Zarrar-Kommandosoldaten flogen um vier Uhr morgens in einem Y-12-Turboprop-Frachtflugzeug der pakistanischen Luftwaffe von der PAF-Basis Peschawar ab. Der Pilot flog nach Südosten über die Khyber-Berge und die Kurram Agency nach Nordwasiristan.

Sie landeten in Miran Shah auf der einzigen benutzbaren Landebahn und wurden sofort von örtlichen Truppen in einem Mannschaftstransportpanzer durch die dunklen Straßen der Stadt in die Militärfestung gefahren.

Nur Sekunden nachdem sie durch das Haupttor des Stützpunkts gerollt waren, bestiegen al-Darkur, Driscoll, die drei Hauptleute und die zwei Kommando-Gruppen vier schwere Lastwagen, deren Ladeflächen mit einer Plane überdeckt waren, und rollten durch den Hintereingang der Basis wieder hinaus. Sollten irgendwelche Haqqani-Späher das Kommen und Gehen der pakistanischen Soldaten in dieser Stadt beobachten, würde sie das in die Irre führen. Natürlich wusste der ISI, dass gerade um den Stützpunkt herum Spione platziert waren, und hatte deshalb Methoden entwickelt, sie abzulenken, wenn Transporte durchgeführt wurden.

Die vier Lastwagen fuhren in der Morgendämmerung

durch die Stadt in Richtung Westen, passierten den Flugplatz und teilten sich dann auf verschiedene Straßen auf, die in unterschiedliche Teile der Stadt führten. Dort bogen sie jeweils in ein kleines ummauertes Anwesen ein, wo die Männer in andere Lastwagen umstiegen. Auf den Dächern dieser geheimen Stützpunkte beobachteten Späher, ob ihren Besuchern jemand gefolgt war. Als sie sahen, dass die Straßen von Haqqani-Kundschaftern frei waren, gaben sie über Funk Entwarnung, und die neuen, »sauberen« Lkws rollten wieder heraus.

Die vier Fahrzeuge fuhren jedes für sich durch den frühmorgendlichen Verkehr nach Süden und verließen dann im Abstand von jeweils fünf Minuten Miran Shah. Driscoll saß auf der Ladefläche des dritten Lastwagens. Er hatte sich mit einem Halstuch verhüllt, um seine westlichen Gesichtszüge zu verbergen. Als er darunter hervorspähte, sah er draußen überall bewaffnete Männer. Sie bevölkerten die Straßen, fuhren Motorrad oder spähten von ummauerten Gebäuden herab. Es waren Haqqani-Kämpfer, und es musste Tausende von ihnen geben. Obwohl die pakistanische Armee hier über einen winzigen Stützpunkt verfügte und der ISI einige geheime Unterschlupfe unterhielt, war Miran Shah die Stadt der Haqqanis.

Als sie nach Süden durch Ackerland weiterfuhren, glaubte Sam, hinter sich Feuer aus automatischen Waffen zu hören. Er fragte den neben ihm sitzenden Soldaten per Zeichensprache, ob er wisse, woher das Feuer stamme. Der junge Soldat zuckte jedoch nur die Achseln, als wollte er sagen: »Ist was? Irgendwo schießen sie, na und?«

Driscolls Lkw bog nach Westen in die Straße von Miran Shah nach Boya ein. Er fuhr an senkrechten Felsen vorbei und stieg dann auf engen Serpentinen aufs Hochland hinauf, wobei der Motor das Letzte aus sich herausholen musste, wie man an seinem lauten Dröhnen hörte.

Kurz nach sieben Uhr morgens bog der Lkw von der Straße ab und kletterte einen steilen Felsweg empor, der zu einem Gehöft auf einer Berghöhe führte.

Zwei andere Lastwagen waren bereits eingetroffen und parkten jetzt in einer Garage gegenüber dem Haupttor. Al-Darkur, zwei Hauptleute und eine der beiden Kommandoeinheiten kamen auf dem staubigen Hof zusammen und sprachen aufgeregt in Urdu miteinander. Driscoll wusste nicht, worum es ging, bis Mohammed auf ihn zutrat. »Der andere Lkw hat es nicht geschafft. Sie wurden mitten in der Stadt überfallen. Einer meiner Hauptleute bekam einen Schuss ins Handgelenk und ein Soldat einen Bauchschuss ab. Sie haben sich in den Stützpunkt gerettet, aber sie glauben nicht, dass der Soldat überleben wird.«

»Das tut mir leid.«

Al-Darkur klopfte ihm auf die Schulter. »Aber wir haben es geschafft. Herzlichen Glückwunsch. Bisher wollte ich nur, dass Sie dasitzen und zuschauen, wie wir die Arbeit machen. Aber jetzt brauche ich Ihre Hilfe.«

»Sagen Sie mir einfach, was ich tun soll.«

»Wir werden von hier oben die Straße überwachen. Das Lager liegt nur drei Kilometer weiter westlich, und jeder, der vom Flugplatz oder von Miran Shah kommt, muss auf der Straße unter uns vorbeikommen.«

Der Unterschlupf hatte eine ständige Besatzung von sechs Mann. Gemeinsam mit den sechs Kommandosoldaten waren sie ab jetzt für die Bewachung des Anwesens zuständig, während al-Darkur, Driscoll und die beiden ISI-Hauptleute ein Gangfenster im ersten Stock als Beobachtungspunkt auswählten. Sie stellten zwei Kameras mit starken Teleobjektiven auf und holten sich aus den Schlafzimmerbetten Matratzen, damit sie ihre Beobachtung rund um die Uhr mit den geringstmöglichen Pausen durchführen konnten.

Al-Darkur ließ von einem Hauptmann einen riesigen

Koffer in den ersten Stock hochbringen und stellte ihn neben Driscolls Matratze.

»Mr. Sam«, sagte al-Darkur in seinem singenden pakistanischen Tonfall. »Gehe ich recht in der Annahme, dass Sie beim Militär waren, bevor Sie zur CIA kamen?«

»Ja, ich war in der Army.«

»Vielleicht bei den Special Forces?«

»Vielleicht.«

Al-Darkur lächelte. »Obwohl Sie mein Gast sind, wäre es mir wohler, wenn Sie die Ausrüstung anlegen würden, die mein Hauptmann Ihnen hier mitgebracht hat.«

Driscoll schaute in den Koffer. Darin befanden sich ein M4-Karabiner mit einem Trijicon-ACOG-3,5x-Zielfernrohr, ein für Spezialeinsätze bestimmter Brustgurt mit eingefügter Kevlar- und Stahlpanzerung und acht Ersatzmagazinen für den Karabiner, ein Helm und ein Hüftgurt mit einer Glock-9-mm-Pistole und Ersatzmagazinen.

Er zwinkerte dem Major zu. »Ich würde mich auch wohler fühlen.« Driscoll legte die Ausrüstung an. Es war ein beruhigendes Gefühl, jetzt fast dieselbe Montur zu tragen, wie er sie von den Rangers her gewohnt war. Er schaute al-Darkur an und hob den Daumen.

»Jetzt heißt es, abwarten und Tee trinken«, sagte al-Darkur.

35

Am Sonntag nach der Debatte ging Benton Thayer allein zum Parkplatz des Chevy Chase Club hinüber, einem der ältesten und feinsten Golfklubs im Großraum Washington, D. C. Obwohl es nicht einmal Mittag war und er für einen Tag auf dem Golfplatz mit seinen Karohosen, seiner gleich gemusterten Strickjacke und seiner auffälligen Ian-Poulter-Tartan-Flatcap ideal angezogen war, hatte Thayer den Rest seiner Viermanngruppe nach nur neun Löchern verlassen. Nachdem die letzte Debatte vorbei war, hatte er sich den ersten Teil dieses frischen herbstlichen Sonntags freigenommen. Jetzt musste er jedoch zurück in die Stadt und wieder an die Arbeit. Als Kealtys Wahlkampfmanager konnte er sich erst nach dem 6. November etwas Urlaub gönnen.

Auf dem Weg zu seinem Lexus-SUV überlegte er, dass er nach dem 6. November wahrscheinlich sogar mehr Freizeit haben würde, als ihm lieb war, und dies nicht nur, weil die Wahl dann vorbei war, sondern vor allem weil sein Mann verlieren würde. Das bedeutete, dass seine Karrierechancen in Washington gleich null sein würden. Aber auch seine Berufsmöglichkeiten in der Privatwirtschaft würden darunter leiden, dass er es nicht geschafft hatte, seinem Boss den Platz im Oval Office zu sichern.

Kein anständiger Wahlkampfmanager wirft jedoch nur drei Wochen vor dem Wahltag öffentlich das Handtuch.

Thayer hatte allein für den Montag fünf Radio- und neun Fernsehinterviews geplant. Dort würde er im Brustton der Überzeugung das Gegenteil von dem erklären, was er wusste. Der Dreiundvierzigjährige auf dem Weg zum Parkplatz war jedoch kein Idiot. Wenn man Jack Ryan nicht mit heruntergelassener Hose vor einer Kindertagesstätte erwischte, war die Wahl bereits gelaufen.

An ihm sollte es jedoch nicht liegen. Deshalb musste er sich jetzt auf die Presseauftritte am nächsten Tag vorbereiten.

Als er in seinen Lexus kletterte, bemerkte er, dass ein brauner Briefumschlag unter seinem Scheibenwischer steckte. Er lehnte sich aus dem Seitenfenster, griff nach dem Umschlag und holte ihn ins Auto. Er nahm an, dass ein Klubmitglied ihm eine Nachricht hinterlassen hatte, und riss den Umschlag auf. Immerhin konnte er kaum von jemand Fremdem stammen, denn das Klubgelände war umzäunt und stand unter ständiger Bewachung.

Im Umschlag gab es nichts Schriftliches und keinerlei Angaben über die Person, die ihn unter dem Scheibenwischer platziert hatte. Was er jedoch fand, war ein kleiner Speicherstick.

Zwei Stunden später hatte sich Thayer umgezogen. Er trug jetzt Khakihosen, ein offenes Hemd, einen knitterfreien marineblauen Blazer und ein paar Slipper ohne Socken und saß am Schreibtisch in seinem Büro. Er drehte den USB-Stick hin und her und suchte nach einem Hinweis, von wem er stammen könnte. Nach einem Moment des Zögerns setzte er sich auf und wollte den Stick gerade in seinen Laptop stecken, als er dann doch darauf verzichtete. Immerhin könnte er einen Virus enthalten, der seinen Rechner beschädigen oder einige Daten löschen könnte.

Sekunden später betrat Thayer den großen »War Room«,

die Kommandozentrale des Washingtoner Wahlkampfbüros. Hier saßen Dutzende von Männern und Frauen an Computern und Telefonen und bedienten Drucker und Faxgeräte. Das rege Treiben wurde von einer langen Reihe von Kaffeemaschinen beflügelt, die auf Tischen entlang der linken Wand standen. Am vordersten Tisch schüttete gerade ein Mädchen im College-Alter heißen Kaffee in ihren umweltfreundlichen Reisebecher.

Thayer kannte sie nicht. Er machte sich gar nicht erst die Mühe, sich mehr als die Namen der wichtigsten fünf Prozent seiner Mitarbeiter zu merken. »Sie da«, rief er und deutete mit dem Finger auf sie.

Die junge Frau zuckte zusammen, als sie begriff, dass er mit ihr sprach, und verschüttete ihren Kaffee. »Ja, Sir?«, antwortete sie nervös.

»Haben Sie einen Laptop?«

Sie nickte. »Auf meinem Schreibtisch.«

»Bringen Sie ihn her.« Er verschwand wieder in seinem Büro, und die Studentin beeilte sich, seinen Auftrag auszuführen.

Benton Thayer fragte sie nicht einmal nach ihrem Namen und ihrer Tätigkeit hier. Stattdessen forderte er sie auf, den Speicherstick in ihren MacBook Pro zu stecken und den Ordner zu öffnen. Mit leicht zittrigen Fingern, die immer noch von dem verschütteten zuckrigen Kaffee klebrig waren, führte sie diese Anordnung aus. Als sich der Ordner öffnete und eine einzige Datei anzeigte, wies Thayer sie an, draußen zu warten.

Die junge Dame folgte dieser Aufforderung nur allzu gern.

Zufrieden, dass sein eigener Computer jetzt nicht mehr durch einen virenhaltigen USB-Stick beschädigt werden konnte, klickte Benton Thayer jetzt auf die Datei, die ihm jemand heimlich zugespielt hatte.

Es gab keine Erklärung und keine elektronische Version eines Deckblatts. Der Name der Datei lautete »John Clark«. Thayer kannte ein paar Männer namens John Clark, das war ein gebräuchlicher Name. Als er die Datei öffnete und eine Reihe von Fotos erschien, merkte er allerdings, dass er diesen Mann nicht kannte.

Dann begann er, sich durch die Seiten hindurchzuklicken, die allesamt Daten über diesen Mann enthielten. Es war eine Art Dossier. Eine Lebensgeschichte. US Navy. SEAL-Team. Military Assistance Command, Vietnam – Studies and Observation Group. Thayer hatte keine Ahnung, was das war, aber es klang irgendwie anrüchig.

Danach in der CIA. Special Activities Division, deren paramilitärische Spezialeinheit.

Gezielte Auftragstötungen. Sanktionierte illegale Operationen.

Thayer zuckte die Achseln. *Okay, dieser Bursche ist ein Spion, und offensichtlich ein grusliger, aber was geht mich das an?*

Dann wurden einige spezielle Operationen näher beschrieben. Er blätterte sie in aller Eile durch. Es waren anscheinend keine CIA-Berichte, sie schienen jedoch detaillierte Informationen über Clarks CIA-Karriere zu enthalten.

Es war eine unübersichtliche Fülle an Informationen. Vielleicht könnten sie für jemanden sogar interessant sein. Human Rights Watch? Amnesty International? Aber für ihn? Er wurde immer gelangweilter. Er begann, ein gedankliches Gespräch mit der geheimnisvollen Person zu führen, die ihm diesen Speicherstick zugespielt hatte. *Jesus! Das hier ist mir doch so was von egal! Komm endlich zum Punkt!*

Dann stoppte er. *He, ist das der Punkt?*

Es waren Fotos, die Clark mit einem jüngeren John

Patrick Ryan zeigten. Einzelheiten ihrer Beziehung, die sich über ein Vierteljahrhundert erstreckte.

Also der Typ ist alt und war bei der CIA. Ryan ist alt und war bei der CIA. Sie haben einander gekannt, na und? Ist das alles, was du hast, Mystery Man?

Nach einer Zusammenfassung von John Clarks Jahren bei der Rainbow-Truppe folgte dann dieses einzelne Dokument, das irgendwie außer der Reihe schien. Es erhob die Beschuldigung, Clark habe vor dreißig Jahren in Deutschland einen Mord begangen.

Warum stand es in dieser Datei nicht an der chronologisch korrekten Stelle? Thayer las es sorgfältig durch. Er hatte den Eindruck, dass diese Informationen von einer Quelle außerhalb der Vereinigten Staaten stammten.

Er schlug die nächste Seite auf.

Es folgte ein Schriftstück, das die Einzelheiten über einen geheimen Gnadenerlass enthielt, den Präsident Ryan Clark für seine in Diensten der CIA begangenen Auftragstötungen erteilt hatte.

»Also …«, flüsterte Thayer vor sich hin. »Der *CIA-Chef* Ryan befiehlt Clark, Leute umzubringen, und später kehrt der *Präsident* Ryan diese Verbrechen nachträglich unter den Tisch. Heilige Scheiße!«

Thayer hob den Hörer ab und drückte auf ein paar Knöpfe.

»Hier ist Thayer. Ich muss ihn noch heute Abend sehen, sobald er wieder ins Weiße Haus kommt!«

36

Während des ganzen Tages hatte es auf der Straße von Boya nach Miran Shah nur wenig Verkehr gegeben. Nach Einbruch der Dunkelheit hörte er fast völlig auf. Es fuhren nur noch einige Lastwagen, Taliban auf Motorrädern und ein paar bunt bemalte Busse, deren Seiten mit einer Menge kleiner Spiegel verziert waren, die wie Christbaumschmuck aussahen. Die Männer auf ihrem Beobachtungsposten sahen jedoch nichts, was ihnen ungewöhnlich erschienen wäre. Mohammed al-Darkur meinte, seine Gefangenen hätten erwähnt, dass ISI-Offiziere mit dem Flugzeug in diese Gegend kommen würden. Sie müssten dann ja in Miran Shah landen und diese Straße benutzen, um zum Lager zu gelangen.

In den ersten sechsunddreißig Stunden hatten Driscoll und die anderen jedoch nichts dergleichen bemerkt.

Trotzdem fotografierte al-Darkur jedes einzelne vorbeikommende Fahrzeug. Es könnte ja möglich sein, dass gewisse hochrangige ISI-Offiziere, vielleicht sogar General Riaz Rehan selbst, sich als einfache Ziegenhirten verkleideten, um unerkannt in das Haqqani-Ausbildungslager zu gelangen. Immer wenn ein Fahrzeug vorbeigefahren war, schauten sich al-Darkur und seine Männer die hochaufgelösten Fotos an. Bisher gab es jedoch keinerlei Anzeichen dafür, dass der ISI oder gar eine ausländische Truppe in dieser Gegend operieren würden.

Kurz nach Mitternacht stand Driscoll hinter dem Stativ mit der Nachtsichtkamera. Die übrigen drei Männer lagen im Gang auf ihren Matratzen. Vor einer Minute war ein hell erleuchteter Bus vorbeigefahren. Der Staub, den er aufgewirbelt hatte, hing immer noch über der Straße.

Sam rieb sich einen Moment die Augen und schaute dann wieder hinunter.

Sofort presste er das Gesicht fester an die Augenmuschel des Suchers. Auf der Straße unter ihm hatten gerade vier verdunkelte Pick-ups angehalten. Von deren Ladeflächen sprangen Männer herunter. Sie trugen Gewehre, schwarze Kleidung und schlichen jetzt den felsigen Abhang hinauf. Sie kamen direkt auf den ISI-Unterschlupf zu.

»Überfall!«, rief Driscoll. Einen Augenblick später stand Mohammed neben ihm. Durch seinen Feldstecher sah er etwa hundert Meter unterhalb von ihnen rund ein Dutzend Männer. Er wandte sich an einen seiner Hauptleute. »Funken Sie den Stützpunkt an. Sagen Sie ihnen, sie sollen uns hier rausholen, und zwar sofort!« Sein Untergebener eilte zu seinem Funkgerät, und al-Darkur wandte sich wieder Driscoll zu.

»Wenn wir die Lastwagen nehmen, werden sie uns mit diesen RPGs auf der Straße zerstören.«

Aber Sam hörte gar nicht zu. Er dachte nach. »Mohammed, warum sollten sie uns auf diese Weise angreifen?«

»Was meinen Sie damit?«

»Sie müssen wissen, dass wir die Straße beobachten. Warum kommen sie dann von unten, von der Straße, und nicht von den Anhöhen hinter uns?«

Al-Darkur musste nur einen Augenblick über diese Frage nachdenken. »Wir sind bereits umzingelt.«

»Genau. Das da unter uns ist die Sperreinheit. Der Angriff erfolgt von …«

Eine Explosion erschütterte die rückwärtige Mauer des

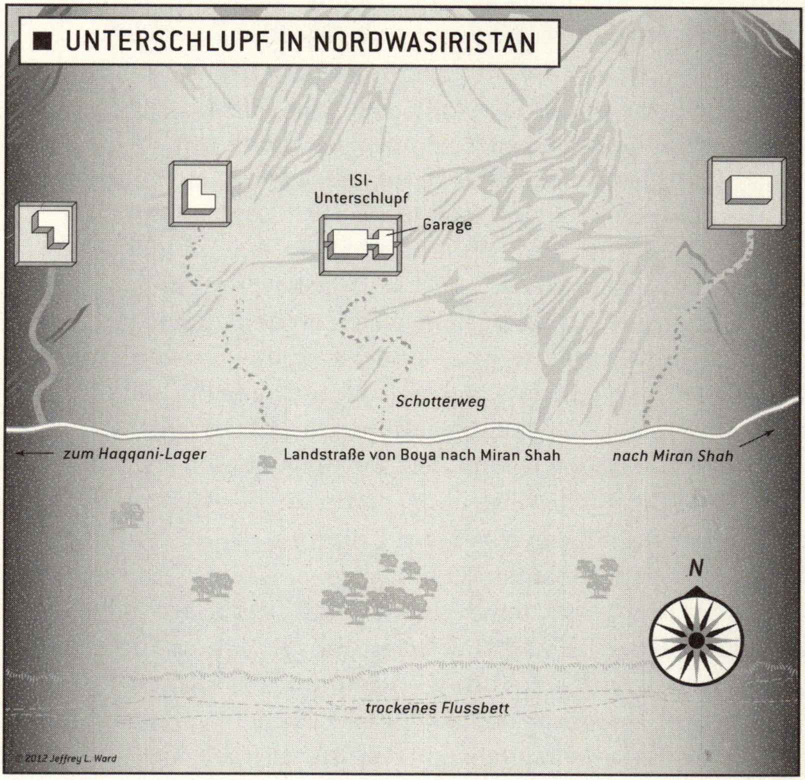
UNTERSCHLUPF IN NORDWASIRISTAN
ISI-
Unterschlupf
Garage
Schotterweg
zum Haqqani-Lager
Landstraße von Boya nach Miran Shah
nach Miran Shah
N
trockenes Flussbett
© 2012 Jeffrey L. Ward

Gehöfts. Sie ereignete sich dreißig Meter von der Stelle entfernt, wo al-Darkur und Driscoll gerade standen, und doch warf sie sie zu Boden.

Der ISI-Major rief Befehle in sein Funkgerät und rappelte sich wieder auf die Füße. Sam ergriff seinen M4-Karabiner und rannte die Treppe hinunter, wobei er drei Stufen auf einmal nahm. Er wollte sich dem Feind entgegenstellen, der die Rückmauer zu durchbrechen versuchte.

Im Erdgeschoss lief er in den rückwärtigen Teil des Gebäudes weiter. Dabei kam er an zwei Kommandosoldaten vorbei, die in einem Raum links von ihm an einem offenen Erdgeschossfenster standen. Sie tasteten auf der Suche nach Zielen mit ihren hellweißen Waffenlampen den östlichen Teil des Grundstücks ab. Driscoll hoffte von ganzem Herzen, dass die Wachen am rückwärtigen Tor dem Feind immer noch Widerstand leisteten und Haqqanis Männer weiterhin in den Gebüschen der Umgebung festsaßen.

Von der Vorderseite des Gehöfts war jetzt ebenfalls Gewehrfeuer zu hören, als der Feind durch die Felsen zum Eingangstor hinaufstieg.

Als Sam gerade durch die offene Hintertür des Gebäudes stürmen wollte und sich bereit machte, durch die rabenschwarze Dunkelheit in Richtung hinteres Tor zu feuern, hörte er al-Darkur im Lautsprecher seines Walkie-Talkies. »Sam! Unsere Wachen an der Rückmauer melden sich nicht mehr. Der Feind muss schon auf dem Gelände sein!«

Driscolls Schwung trieb ihn durch die Tür, als er diese Information verarbeitete. Er war jedoch keine zwei Meter in die Dunkelheit hinausgelangt, als helle Lichtblitze am zwanzig Meter entfernten Tor aufflackerten und das Dröhnen von Kalaschnikow-Feuer von den Außenwänden des Gebäudes widerhallte. Driscoll stolperte, fing sich wieder, wirbelte herum und zog sich in gebückter Haltung ins Haus zurück.

Die Geschosse der Haqqani-Kämpfer zersplitterten den Türrahmen, aber Sam gelang es, unversehrt wieder ins Haus zu gelangen und den Gang zurückzueilen. Al-Darkur traf ihn dort. Er schrie immer noch in sein Walkie-Talkie. Beide Männer lehnten sich um die Ecke und feuerten mehrere Ladungen in die Dunkelheit hinein. Keiner von ihnen glaubte, sie könnten den Angriff mit ein paar Salven aus einem Sturmgewehr aufhalten, aber sie hofften, sie würden vielleicht einige Kämpfer beeindrucken, die vielleicht gedacht hatten, sie könnten ohne Widerstand in das Gebäude eindringen.

Nachdem sie einige weitere Feuerstöße in dem engen Gang abgegeben hatten, musste al-Darkur Sam ins Ohr schreien, damit dieser ihn verstand. »Ich habe beim Stützpunkt in Miran Shah einen Hubschrauber angefordert. Die schnelle Eingreiftruppe wird aber erst in fünfzehn Minuten einsatzbereit sein.«

»Nicht schnell genug«, sagte Sam, während er sich auf die Knie fallen ließ, sich um die Ecke beugte und die Lampen im Gang ausschoss.

»Sie werden allerfrühestens in dreißig Minuten hier eintreffen.«

Driscoll zog ein leeres Magazin aus dem Magazinschacht seines Sturmgewehrs und ersetzte es durch ein voll aufgeladenes Magazin aus seinem Brustgurt. Inzwischen war aus allen Richtungen Gewehrfeuer zu hören. Driscoll konnte die aufgeregten Rufe in seinem Funkgerät zwar nicht verstehen, aber er bekam zunehmend den Eindruck, dass auch das Gebäude selbst bald überrannt werden würde.

»Nach dem Gefechtslärm zu schließen, haben wir bestimmt keine dreißig Minuten mehr. Wie viele Männer haben Sie noch?«

Al-Darkur begab sich wieder an sein Walkie-Talkie, um

es herauszufinden. Driscoll legte sich an der Ecke des Gangs flach auf den Boden und rollte sich dann ganz langsam auf die rechte Schulter. Er lag jetzt mitten in Richtung Hintertür im Gang und hielt sein Gewehr im Anschlag. Allerdings konnte er in dieser Dunkelheit nicht die Hand vor Augen sehen. Er schaltete deshalb die Waffenlampe an der Seitenschiene seines M4-Karabiners ein. Sofort erleuchteten zweihundert Lumen hellweißes Licht zwei Haqqani-Kämpfer, die still und leise auf Sams Stellung vorrückten. Sie waren von dem hellen Lichtstrahl geblendet, trotzdem hoben sie ihre Waffen.

Driscoll betätigte den Abzug und gab auf die beiden Männer einen Zwölf-Schuss-Feuerstoß ab. Sie starben, bevor einer von beiden auch nur einen einzigen Schuss abfeuern konnte.

Die Lichtblitze, die von den Gefechten vor dem Haus in den Gang hineindrangen, zwangen Sam, sich wieder hinter die Ecke zurückzuziehen, wo er seine Waffe nachlud.

»Noch sechs meiner Männer leben«, sagte Mohammed.

Sam nickte beim Laden. »Also gut. Besteht eine Chance, dass wir es in die Garage auf der Ostseite schaffen?«

»Wir müssen es versuchen, aber die Straße wird von Haqqanis Männern überwacht.«

»Wer braucht denn eine Straße.«

Driscoll holte eine Splittergranate aus seinem Brustgurt, zog den Sicherungsstift heraus und warf sie dann wie eine winzige Bowlingkugel den Gang hinunter. Mohammed al-Darkur und Sam Driscoll waren schon auf dem Weg zu ihren am östlichen Fenster kämpfenden Männern, als die Explosion durch den Türdurchgang fegte.

Zwei Minuten später durchbrachen acht Haqqani-Kämpfer, die von unten her angegriffen hatten, das Haupttor und rückten auf der Zufahrt zum südöstlichen Teil des

Gehöfts vor. Bei dem Angriff waren vier von ihnen außer Gefecht gesetzt worden. Einer war tot. Ein Schuss aus einem Fenster im ersten Stock des Unterschlupfs hatte ihn in den Magen getroffen. Drei weitere waren verwundet. Einer durch Gewehrfeuer und drei durch eine Handgranate, die ein Torwächter auf sie hinuntergeworfen hatte, bevor er selbst eine Sekunde später einer Gewehrkugel zum Opfer fiel.

Aber jetzt waren die acht Überlebenden nur noch zwanzig Meter von der Garage entfernt. Deren Tore waren offen. Drinnen war es dunkel. Die Männer näherten sich leise und langsam, während ihre Kameraden von den drei anderen Seiten in das Gebäude hineinschossen. Wenn sie jetzt durch die Garage in das Haus eindringen würden, könnten sie es durchkämmen und die restlichen gegnerischen Kräfte ausschalten.

Als sie aus zehn Meter Entfernung in die Garage hineinschauten, erkannte ihr Anführer nur die Umrisse von drei großen Lastwagen. Seine Nachtsichtfähigkeit hatte er durch das Abfeuern mehrerer Kalaschnikow-Magazine mehr oder weniger eingebüßt. Es brauchte also eine gewisse Zeit, bis er die Tür entdeckte, die aus der Garage ins Haus hineinführte.

Alle acht Mann schlichen jetzt an den drei Lastwagen vorbei und betraten in einer Reihe hintereinander in gebückter Haltung das Gebäude, wobei sie ständig auf mögliche Gegner horchten.

Sobald die acht Haqqani-Kämpfer die Garage verlassen hatten, krochen Sam Driscoll, Mohammed al-Darkur, zwei ISI-Offiziere und vier Zarrar-Kommandosoldaten leise unter dem hintersten Lastwagen hervor. Ein Fahrer, al-Darkur und drei weitere Männer kletterten in das Führerhaus, während Sam und die beiden übrigen Männer hinten in der Garage blieben. Als Sam hörte, wie der Fahrer die Handbremse löste, schoben er und seine beiden Begleiter den Lkw mit aller Kraft von hinten. Die Zufahrt war leicht abschüssig. Als sie den Lastwagen aus der Garage geschoben hatten, nahm er sofort Fahrt auf. Sam und die beiden Männer sprangen im letzten Moment auf die Ladefläche auf.

Der Fahrer ließ weder den Motor an, noch schaltete er die Scheinwerfer ein. Das einzige Geräusch des dunklen Fahrzeugs war das Knirschen der Reifen auf der steinigen Zufahrt, als es schneller und schneller bergab rollte. Die fast vollkommene Dunkelheit erschwerte es dem Fahrer, den Weg zum Eingangstor zu finden. Wenn er dieses um ein paar Zentimeter links oder rechts verfehlte, würden sie auf die Außenmauer prallen. Dann müssten sie doch den Motor anlassen, und jeder Gegner würde ganz genau wissen, wo sie sich gerade befanden.

Aber der Fahrer erwischte die Durchfahrt. Der Lastwagen rollte jetzt noch schneller, und der Fahrer musste die gesamte Kraft seines Oberkörpers einsetzen, um die Räder zu einer Rechts- oder Linksdrehung zu zwingen. Sie hatten immerhin noch etwa hundert Meter eines steilen und extrem kurvigen Schotterwegs vor sich, bevor sie unten die Hauptstraße erreichen würden.

Sie hatten es zwar jetzt aus dem Gehöft herausgeschafft, wo sich inzwischen die Mehrzahl der feindlichen Kämpfer aufhielt, aber jemand oben auf dem Hügel musste den Lastwagen gehört oder gesehen haben. Dabei hatte dieser seit dem Passieren des Eingangstors erst zwanzig Meter zurückgelegt. Ein Alarmschrei, dann weitere Schreie, und schließlich brach Gewehrfeuer los. Der »lautlose« Teil von Sam Driscolls Plan war jetzt endgültig Makulatur. Er rief von der Ladefläche aus dem Fahrer zu, er solle nicht länger versuchen, auf dem Schotterweg zu bleiben. Jetzt galt es nur noch, so schnell wie möglich diesen Gewehren zu entkommen. Dabei spielte es keine Rolle, wo der Lkw schließlich landete und in welchem Zustand er dann war. Der Fahrer verließ den Fahrweg und nutzte den Schwung seines großen, schweren Lkws aus, um ihn und seine Passagiere auf direktem Weg durch die Dunkelheit den Abhang hinunter zu befördern.

Inzwischen war das bergab rumpelnde Gefährt auf allen Seiten von Haqqani-Kämpfern umgeben. Diese konnten jedoch keinen Schuss abgeben, ohne einen Kameraden zu treffen. Einige taten es trotzdem, und die Ladefläche, auf der sich Sam aufhielt, wurde mit 7,62-mm-Geschossen beharkt. Der direkt neben ihm stehende Mann bekam einen Kopfschuss ab, und den anderen trafen zwei Kugeln in den linken Bizeps und die linke Schulter. Sam selbst traf ein Geschoss direkt auf die Brust, das jedoch von seiner SAPI (Small Arms Protective Insert)-Schutzplatte aufgehalten wurde, die in seine taktische Einsatzweste eingearbeitet war. Der Einschlag warf ihn zu Boden, gerade als der große Lkw einen Felsbrocken rammte und über einen Meter in die Luft geschleudert wurde. Der fast enthauptete Leichnam des Zarrar-Soldaten rollte mit Sam zur hinteren Ladeklappe zurück. Der Lastwagen setzte seinen Weg jedoch fort und rutschte springend und hüpfend weiterhin den Abhang hinunter. Der Fahrer war vollauf damit beschäftigt, die Nase des Lkws vorne zu halten und zu verhindern, dass er seitlich ausbrach und umkippte.

Sie waren noch etwa zwanzig Meter von der Fahrstraße entfernt, als Mohammed plötzlich weitere Haqqani-Kämpfer aus der Dunkelheit auftauchen sah, die das Feuer auf den bergab rutschenden Lastwagen eröffneten. Ein Mann hatte eine RPG auf der Schulter.

Es gab keine Möglichkeit, sie von der Mitte des Führerhauses aus zu bekämpfen. Es wäre sogar dann unmöglich gewesen, wenn sie bei dieser rasanten Rutschpartie nicht auch noch ständig in der Fahrerkabine umhergeworfen worden wären.

Mohammed rief deswegen nach hinten: »Sam! RPG, rechte Seite, zwanzig Meter!«

»Verstanden!«

Mohammed al-Darkur konnte den Amerikaner hinter ihm nicht sehen, deshalb bekam er auch nicht mit, wie Driscoll seinen M4-Karabiner packte, sich ans Ende der Ladefläche stellte und an einem Überrollbügel festhielt. Als das Fahrzeug die Hauptstraße erreicht hatte und hart nach links steuerte, um einem geparkten Haqqani-Pickup auszuweichen, schwang sich Sam mit der einen Hand aus der Ladefläche heraus, während er mit der anderen sein Gewehr auf die Straße richtete und ein volles dreißigschüssiges Magazin auf alles abfeuerte, was sich dort bewegte. Vor ihm wurde eine raketengetriebene Granate gezündet und zischte jetzt in seine Richtung, aber der glühende Sprengkopf flog in den Nachthimmel, ohne Schaden zu verursachen.

Als der schwere Lastwagen nach Osten in Richtung Miran Shah weiterfuhr, wurde er von der anderen Straßenseite aus mit Maschinengewehren beschossen. Sam versuchte, so schnell wie möglich auf die Ladefläche zurückzukommen und sich dort so klein wie möglich zu machen. Aber seine Füße rutschten ab, und er hing jetzt nur noch mit einer Hand an dem Bügel, an dem die Lkw-Plane festgemacht war. Er ließ sein Gewehr los, um den Bügel mit beiden Händen zu ergreifen. Jetzt hing seine Waffe nur noch an dem Gurt um seinen Hals. Während er verzweifelt versuchte, seine Stiefel wieder ins Innere des Lkws zu bekommen, schoss der letzte auf der Ladefläche verbliebene Kommandosoldat mit seinem M4-Karabiner auf die Anhöhe, die sie gerade heruntergerutscht waren. Die feindlichen Kämpfer schossen sofort zurück, und ihre Mündungsfeuer wirkten wie Leuchtkäfer, die sich in die karge pakistanische Landschaft verirrt hatten.

In diesem Moment schlug eine lange Salve von 7,62-mm-Leuchtspurgeschossen in die Windschutzscheibe der Fahrerkabine ein. Das Glas zersprang, und einige Kugeln trafen die Schutzplatte des ISI-Hauptmanns links von al-Darkur, prallten dann vom Stahl seiner eigenen Schutzweste ab und harkten schließlich durch den Hals des Fahrers. Der Mann starb jedoch nicht sofort. Man hörte ein Gurgeln und ein zischendes Geräusch, als er sich an den Hals fasste und vor Schmerzen krümmte. Der schwere Lastwagen brach sofort nach rechts aus, kam von der Straße ab und holperte den Abhang hinunter auf ein trockenes Flussbett zu.

Sam hatte gerade eben wieder beide Füße auf die Ladefläche bekommen, als das Fahrzeug plötzlich scharf nach rechts steuerte, ein Stück durch die Luft flog und dann wieder mit Karacho einen steinigen Abhang hinunterrollte. Die plötzliche Bewegung schleuderte Sam gegen den Rand der Ladefläche, und er konnte sich nicht mehr an dem Metallbügel festhalten.

Der Amerikaner fiel etwa zwanzig Meter von der Fahrstraße entfernt von dem Lastwagen herunter, der seinen Weg nach unten unbeirrt fortsetzte.

37

Mohammed al-Darkur tat sein Bestes, den über Stock und Stein holpernden Lastwagen unter Kontrolle zu bringen, indem er an dem toten Fahrer vorbeilangte und das Lenkrad ergriff. Das war jedoch leichter gesagt als getan. Mohammeds Helm war heruntergefallen, und jetzt schlug sein Kopf bei jeder Bodenwelle ungeschützt gegen die Metalldecke des Führerhauses. Er spürte, wie ihm Blut über das Gesicht tropfte, aber er konnte es nicht abwischen, bevor es ihm in die Augen lief, weil er beide Hände am Lenkrad benötigte.

Schließlich blieben sie mitten in dem trockenen Flussbett stehen. Er hatte es sogar geschafft, durch eine letzte Lenkraddrehung die lockere Kiesschicht zu vermeiden, die sich in Tausenden von Regenzeiten angesammelt hatte. Er hörte aus der Ferne immer noch Gewehrfeuer, aber er nahm sich die Zeit, einen Fuß auf die Bremse zu setzen und dann zu warten, bis sein Hauptmann auf der linken Seite ausgestiegen war und trotz Beschuss um die Kühlerhaube herumlief und von rechts wieder ins Führerhaus kletterte. Zusammen schoben sie den toten Fahrer auf den Mittelsitz. Der Hauptmann übernahm jetzt das Steuer, und al-Darkur rückte zum linken Seitenfenster hinüber, fand sein Gewehr auf dem Bodenblech und feuerte auf die Lichtblitze weiter oben, während der Lastwagen nach Osten weiterfuhr.

Al-Darkur war natürlich aufgefallen, dass die Männer

hinten auf der Ladefläche keine Schüsse mehr abgaben. Er machte sich Sorgen um sie, vor allem um den Amerikaner. Immerhin hatte er ihm versprochen, er werde sein Leben schützen. Aber es gab keinen Weg zurück. Sie mussten es erst einmal zum Stützpunkt schaffen. Dann konnten sie etwas unternehmen, um den Verwundeten oder den Leuten, die sie eventuell zurückgelassen hatten, zu helfen.

Sam erwachte aus seiner Ohnmacht. Sein Körper lag zusammengerollt neben einem kleinen Felsblock. Er fühlte keine Schmerzen, aber er war erfahren genug, um zu wissen, dass er ganz bestimmt verwundet war. Aus einem fahrenden Lastwagen zu fallen musste ihn ganz bestimmt verletzt haben, auch wenn das Adrenalin in seinem Blut etwaige Schmerzen im Moment überdecken mochte.

Er blieb erst einmal ganz still liegen und beobachtete, wie der schwere Lkw weiterhin den Abhang hinunterrollte und von den Männern oben auf der Straße immer noch beschossen wurde. Driscoll hatten sie jedoch noch nicht entdeckt. Er hoffte, hier im Dunkeln liegen bleiben zu können, bis die Haqqani-Kämpfer verschwunden waren. Erst dann würde er seine Wunden inspizieren.

Tatsächlich hörte oben auf der Straße das Gewehrfeuer allmählich auf, als der Lastwagen mit hoher Geschwindigkeit das trockene Flussbett entlangfuhr und in der Dunkelheit verschwand. Er hörte, wie Männer auf ihre Pick-ups kletterten und wegfuhren, und er hörte, wie andere Männer, höchstwahrscheinlich Haqqani-Kämpfer, irgendwo da draußen vor Schmerzen stöhnten. Er hatte keine Ahnung, wie viele Überlebende es auf der Anhöhe über ihm gab, aber er war sich sicher, dass sich oben im Unterschlupf immer noch eine ganze Anzahl feindlicher Kämpfer aufhielt.

Driscoll strich sich jetzt mit der Hand über den Körper. Er fühlte Blut auf seinen Armen und seinem Gesicht, konnte sich jedoch ohne Schmerzen bewegen. Er hob dann ganz langsam das eine und dann das andere Bein. Beide waren noch einsatzfähig. Er tastete mit den Fingerspitzen im trockenen Sand und Gestrüpp nach seinem Gewehr, aber er hatte die Waffe wohl bei seinem Sturz vom Lastwagen verloren. Seine Pistole steckte jedoch noch in seinem Hüftkoppel. Er wusste das, weil die Waffe ihm auf seine unteren Rippen drückte.

Nachdem er sich jetzt sicher war, dass er sich normal bewegen konnte, schaute er sich in der Dunkelheit um. Fünfzig Meter unterhalb lag im Westen ein niedriges Gehölz. Er dachte darüber nach, dorthin zu kriechen und sich darin zu verstecken, bevor der Tag anbrach.

In diesem Moment beleuchtete von der Straße über ihm der Strahl einer Taschenlampe die Bäume. Ein weiterer Strahl huschte jetzt links von Driscoll im Osten über das Gelände. Offensichtlich suchten sie aufs Geratewohl den Abhang ab, vielleicht sogar nach jemand, der vom fliehenden Lastwagen gefallen war.

Sam rührte sich nicht. Er konnte nicht viel mehr tun, als zu hoffen, dass der Strahl nicht gerade ihn traf. Zumindest hätte er seine Hand gerne am Griff seiner Glock 17 gehabt, aber das würde schon mehr Bewegung erfordern, als er riskieren wollte.

Die Lichter glitten über ihn hinweg, konzentrierten sich dann jedoch auf eine Stelle, die zwanzig Meter von ihm entfernt zu seiner Linken lag. Die Männer auf der Straße riefen sich jetzt aufgeregt etwas zu. Sie hatten zweifellos jemand gesehen.

Scheiße, dachte Sam. Wenn die Haqqani-Kämpfer den Abhang herunterkamen, würde er keine andere Wahl haben, als …

Da, eine Bewegung genau an der Stelle, die jetzt von den Taschenlampen beleuchtet wurde. Ein einzelner SSG-Kommandosoldat, der Mann, der zusammen mit Driscoll auf der Ladefläche des Lkws gewesen war, als dieser von der Straße abkam, stand jetzt auf und eröffnete mit seinem M16 das Feuer. Es hatte ihn vorhin wohl auch hinausgeschleudert, aber jetzt war er entdeckt worden und wusste, dass er keine andere Chance mehr hatte, als sich mit seiner Waffe zu verteidigen. Driscoll sah, dass der Mann verwundet war. Im hellen Licht der Lampen glänzte das Blut auf seinem Körper und seiner Ausrüstung.

Sam hätte dort bleiben können, wo er jetzt war, aber das kam für ihn überhaupt nicht infrage. Er rollte sich auf die Knie, zog seine 9-mm-Glock und schoss auf die Männer weiter oben. Dabei ging er natürlich das Risiko ein, dass der Zarrar-Soldat, überrascht über den plötzlichen Lärm, ihm in den Rücken schoss. Er glaubte sich jedoch auf die Ausbildung und den Instinkt des Kommandosoldaten verlassen zu können und konzentrierte sich darauf, so viele Haqqani-Kämpfer wie möglich zu töten.

Tatsächlich schaltete er mit seiner Pistole die beiden Männer mit den Taschenlampen aus. Den einen traf er in den Schenkel, den anderen direkt in den Rumpf. Die anderen auf der Straße gingen in Deckung, was Driscoll die Zeit verschaffte, sich an seinen SSG-Kameraden zu wenden. »Zu diesen Bäumen hinüber! In Zehn-Meter-Abschnitten!«, rief er. Der junge Soldat schaute über die Schulter, entdeckte das Gehölz auf halber Höhe des Abhangs, drehte sich um und lief zehn Meter darauf zu. Währenddessen schickte Sam ein paar Pistolenschüsse zur Straße hinauf. Als der SSG-Mann ihm dann Unterstützungsfeuer gab, sprang Driscoll auf die Füße und begann jetzt selbst, auf die Bäume zuzulaufen.

Auf diese Art bewegten sie sich vorwärts: Einer rannte zehn Meter, ging in Stellung und gab dem anderen Unterstützungsfeuer, während dieser seinerseits zehn Meter vorrückte. Mehr als einmal stolperten Sam oder der SSG-Sergeant und fielen zu Boden, was den Prozess verlangsamte und den Männern oben auf der Straße für ein paar Sekunden ein ruhendes Ziel eröffnete.

Als sie noch zwanzig Meter von den Bäumen entfernt waren, rastete der Verschluss von Driscolls Glock in geöffneter Stellung ein, nachdem er die letzte Patrone verschossen hatte. Genau in diesem Moment eilte der Zarrar-Kommandosoldat an ihm vorbei. Sam zog sein letztes volles Pistolenmagazin aus dem Gürtel und rammte es in den Pistolengriff. Dann ließ er den Verschluss nach vorne schnellen und führte dadurch eine Patrone ins Patronenlager ein.

Direkt neben sich hörte er plötzlich den Soldaten laut stöhnen, bevor er vornüberstürzte und zu Boden fiel. Der Amerikaner feuerte sieben Schuss in Richtung Straße ab, wirbelte herum und rannte zu seinem verletzten Kameraden hinüber, um ihm zu helfen. Er sah jedoch voller Schrecken, dass ihm ein gut gezieltes Geschoss aus einer AK den gesamten Hinterkopf abgerissen hatte.

Der Mann war auf der Stelle tot gewesen.

»Fuck!«, schrie Sam in einer Mischung aus Frustration, Schmerz und Angst. Aber er konnte keine Sekunde länger hierbleiben. Die Funken, die die heranfliegenden Vollmantelgeschosse aus den überall herumliegenden Steinen herausschlugen, waren ein weiterer Antrieb, seinen Hintern sofort aus der Schusslinie zu bringen. Driscoll griff sich das Gewehr des Toten und robbte, rollte und glitt dann den Rest des Weges zu den Bäumen hinunter.

Die Haqqani-Kämpfer begannen sofort, das Wäldchen zu beschießen, in dem Driscoll Deckung gesucht hatte. Unzählige Kalaschnikow-Geschosse schlugen in die Stämme und Äste der Maulbeerbäume und Tannen ein und ließen Blätter und Nadeln auf ihn herabregnen. Sam ließ sich auf den Bauch fallen und kroch so schnell wie möglich zum anderen Ende des kleinen Gehölzes hinüber, das insgesamt nur dreißig Meter lang und ebenso breit war. Das hieß, dass er sich nicht allzu lange darin verstecken konnte.

Sam fand eine Stelle hinter einem dicken Baumstamm und nahm sich einen Moment Zeit, um seinen Körper nach Verletzungen abzusuchen. Er war voller Blut. Wahrscheinlich hatten ihn aufgewirbelte Steinsplitter getroffen. Außerdem hatte er bei seinem Sturz vom Lastwagen und dem Blitzabstieg zu seiner gegenwärtigen Deckung zahlreiche Platzwunden und tiefe Kratzer am ganzen Körper davongetragen.

Er überprüfte seine Ausrüstung oder das, was von ihr übrig war.

Der Karabiner, den er sich von dem toten Soldaten besorgt hatte, war ein älteres M16. Eine gute Waffe mit einem langen Lauf. Sie war besonders dafür geeignet, weit entfernte Ziele zu treffen. Allerdings hätte er seinen mit einem Zielfernrohr ausgestatteten M4-Karabiner vorgezogen, den er weiter oben verloren hatte. Aber immerhin passten seine drei restlichen M4-Magazine auch in den M16-Karabiner. Er führte ein Magazin in sein neues Gewehr ein und wechselte zu einer anderen Stelle hinüber, die direkt am südlichen Rand des Wäldchens lag.

Hier überdachte er seine Optionen. Er konnte sich ergeben, er konnte davonlaufen oder er konnte kämpfen.

An Kapitulation dachte er keine Sekunde, also kamen nur die beiden anderen Optionen infrage.

Driscoll war ein tapferer Mann, aber er war auch ein Pragmatiker. Er hatte kein Problem damit, von hier abzuhauen, wenn das im Augenblick die beste Überlebensoption war. Er lugte hinter den Bäumen hervor, um herauszufinden, ob es einen Fluchtweg gab.

Dreißig Meter hinter ihm explodierte eine Granate, die wahrscheinlich von einer RPG abgefeuert worden war.

Fuck.

Er schaute aufs Tal hinaus. In einer Wolkenlücke erschien plötzlich eine schmale Mondsichel, die einen schwachen Glanz über das trockene felsige Flussbett warf, das sich in Ost-West-Richtung erstreckte. Das nackte Gesteinsfeld war am Talboden etwa fünfzig Meter breit. Jeder, der das Gehölz verließ, in dem er Deckung gesucht hatte, würde mehrere Minuten lang den Gewehren oben auf der Straße schutzlos ausgeliefert sein, bevor er eventuell eine neue Deckung fand.

Sam konnte also nicht spurlos in der Nacht verschwinden. Er konnte nicht zum Flussbett hinunterlaufen und auf diesem Weg entkommen. Das wäre reiner Selbstmord.

Driscoll entschied sich in diesem Moment, dass er nicht mit einer Kugel im Rücken diese Welt verlassen wollte. Diese Bäume würden sein Alamo werden. Er würde sich seinem Feind entgegenstellen und gegen ihn kämpfen. Er würde es möglichst vielen von ihnen heimzahlen, bevor ihre schiere Übermacht ihn überwältigen würde. Langsam und doch ein wenig zögerlich griff er nach dem M16, stand auf und ging zum oberen Ende des Wäldchens hinauf.

Er war noch keine zehn Meter weit gekommen, als heftiges AK-Feuer noch mehr Blätter auf ihn herunterregnen ließ. Er ließ sich auf die Knie fallen und schoss blindlings aus seiner Deckung heraus. Er verfeuerte ein halbes Magazin, um ihre Köpfe unten zu halten. Dann richtete er sich auf und rannte dem Feind entgegen.

Eine Gruppe von sechs Haqqani-Kämpfern war bereits die Hälfte des Abhangs hinuntergestiegen. Man hatte sie wohl losgeschickt, um nach dem Soldaten zu suchen, der sich bestimmt hinter einem Felsbrocken zwischen den Bäumen verbarg. Sie waren jetzt völlig überrascht, als Sam aus dem Wäldchen direkt vor ihnen stürmte und ganze Gewehrsalven auf sie abgab. Als sie und die Männer oben auf der Straße das Feuer erwiderten, ließ sich Driscoll zu Boden fallen, schaute nach den Mündungsblitzen und feuerte Drei-Schuss-Feuerstöße ab, bis sein Magazin leer war. Er wusste, dass er mindestens zwei Männer erledigt hatte. Es mussten also noch vier Kämpfer übrig sein. Er rollte sich auf die Hüfte, holte ein Magazin aus seinem Brustgurt und begann, sein Gewehr neu zu laden.

Genau in diesem Moment sah er oben auf der Straße einen helleren, größeren Lichtblitz. Sofort erkannte er die helle Lichtspur einer RPG-Granate. Sekundenbruchteile später wurde ihm klar, dass sie genau dort einschlagen würde, wo er gerade lag.

Instinktiv sprang er auf die Beine, drehte sich um und spurtete zurück zu den Bäumen.

Die Granate schlug direkt hinter ihm in den Boden ein, explodierte in einem gleißenden Feuerball, jagte dem amerikanischen Agenten Sam Driscoll heiße, scharfe Granatsplitter in den Körper und schleuderte ihn wie eine abgelegte Stoffpuppe in das Gehölz hinein.

Dort lag er reglos mit dem Gesicht auf dem Boden, während die Haqqani-Kämpfer zu ihm hinunterstiegen.

38

Präsident Ed Kealty hatte praktisch die gesamten letzten beiden Wochen auf Wahlkampftour verbracht. In fünf US-Staaten stand laut Benton Thayer der Ausgang noch auf der Kippe, deswegen hatte sie Kealty in seiner Air Force One bereist. An diesem Morgen besuchte er eine Kirche in Grand Rapids, Michigan, danach fuhr er in eine Windturbinenfabrik, um dort etwas zu essen und eine kurze Führung zu absolvieren. Hinterher flog er nach Youngstown, Ohio, um auf einer Wahlkampfveranstaltung zu sprechen, bevor er wieder nach Osten zu einem festlichen Dinner in Richmond, Virginia, aufbrach.

Erst nach 22.30 Uhr stieg Kealty auf dem Rasen des Weißen Hauses aus seiner Marine One. Auf dem kurzen Hubschrauberflug von der Andrews Air Force Base hatte ihn sein Stabschef Wesley McMullen informiert, dass Benton Thayer ihn unbedingt im Oval Office treffen müsse. Thayer hatte auch um die Anwesenheit von Mike Brannigan gebeten. Es war zwar etwas seltsam, dass der Wahlkampfmanager den Justizminister bei einem Treffen dabeihaben wollte, aber Wes hatte diesem Wunsch entsprochen. Jetzt warteten die drei Herren auf den Präsidenten.

Kealty kam direkt ins Büro, ohne zuvor in seinen Privaträumen im Weißen Haus vorbeizuschauen. Er trug immer noch seinen Smoking, da er sich während des zwanzigminütigen Flugs aus Richmond nicht umgezogen hatte.

»Können wir das Ganze hier schnell hinter uns bringen? Es war ein langer Tag.«

Thayer saß neben Wes McMullen auf einem der beiden Sofas. Brannigan saß ihnen gegenüber neben Kealty.

Der Wahlkampfmanager kam gleich zur Sache. »Mr. President. Heute ist mir etwas zugespielt worden. Ein Speicherstick. Jemand hat ihn in meinem Klub an mein Auto gesteckt, ich habe keine Ahnung, wer das war oder warum gerade ich ausgewählt wurde.«

»Was ist drauf?«

»Es ist ein Dossier über einen pensionierten Navy SEAL und Agenten der paramilitärischen Abteilung der CIA namens John Clark. Er ist Träger der Medal of Honor.«

»Ich bin jetzt schon gelangweilt, Benton.«

»Das werden Sie nicht lange bleiben, Mr. President. Clark ist ein enger persönlicher Freund Jack Ryans. Sie haben bei bestimmten Operationen zusammengearbeitet. Bei bestimmten Geheimoperationen.«

Kealty beugte sich nach vorne. »Machen Sie weiter.«

»Jemand hat uns jetzt einen USB-Stick zugespielt, der Beweise für kriminelle Handlungen dieses Mr. Clark enthält. Auftragsmorde für die CIA.«

Kealty nickte. »Auftragsmorde?«

»Sowie illegale Abhöraktionen, Einbrüche und mehr.«

»Stammt diese Akte von jemand in der CIA?«

»Sieht nicht so aus. Der Stick enthält jedoch Informationen aus CIA-Quellen, das steht fest. Sie müssen dort drüben eine undichte Stelle haben. Aber dieses Dossier scheint aus China, Russland oder sogar von einer befreundeten Regierung zu stammen, die Ryan nicht gerne als Präsident sehen möchte.«

Kealty nickte und schaute Brannigan an. Der Justizminister hörte zum ersten Mal von dieser Sache. Seinem Gesichtsausdruck war zu entnehmen, dass er wusste, dass ihm eine lange Nacht bevorstand, um das alles aufzuarbeiten.

Thayer ergriff wieder das Wort. »Aber alles, was Ryans Busenfreund Clark auf dem Kerbholz hat, jeder Mord, jeder Einbruch, jede illegale Abhöraktion, kann nicht vor Gericht gebracht werden.«

»Warum denn das?«

»Weil ihm Präsident Ryan vor einigen Jahren einen vollständigen Gnadenerlass für buchstäblich alles erteilt hat, was er in Diensten der CIA getan hat.«

Kealty lächelte, während er ganz langsam aufstand. »Das ist nicht wahr.«

»Doch, ist es. Einige im Justizministerium wissen davon, aber nicht viele.«

Kealty wandte sich Mike Brannigan zu. »Mike. Sagen Sie mir, dass Sie davon nichts gewusst haben.«

»Ich hatte wirklich keine Ahnung, Sir. Es stand wohl unter Verschluss. Wer auch immer uns diese Information gegeben hat, muss sie, sollte sie stimmen, über illegale Kanäle bekommen …«

»Kann er das machen?«, unterbrach ihn Kealty. »War das legal, einfach so einen Zauberstab über einem kriminellen CIA-Agenten zu schwenken und zu rufen: ›Nicht so schlimm, ist doch nichts passiert‹?«

Brannigan klärte jetzt den Präsidenten über die juristischen Hintergründe auf. »Ein präsidentieller Gnadenerlass kann einen von fast jedem Bundesverbrechen und -vergehen entlasten. Nur Anklagen vor Zivil-, einzelstaatlichen und lokalen Gerichten sind nicht betroffen, obwohl ich annehme, dass das bei einem CIA-Agenten sowieso keine Rolle spielt.«

Kealty zeigte einen Moment lang große Begeisterung, die aber sofort wieder erlosch. »Okay. Also … wenn Ryan diesem Blödmann einen Gnadenerlass ausgestellt hat, sicher, dann könnten wir das durchsickern lassen, wenn wir es vorsichtig anstellen. Das ist zwar etwas peinlich für Ryan, aber Clark können wir damit nicht belangen. Wenn wir Clark nicht packen und unter Anklage stellen können, ist die Sache schnell wieder vergessen. Sie wissen doch, wie Ryan ist. Er wird sich in die Bundesflagge hüllen, vor der Kamera salutieren und sagen: ›Ich habe getan, was ich getan habe, um eure Kinder zu schützen‹, oder einen anderen Mist.«

Thayer schüttelte den Kopf. »Ryan hat ihn für seine Aktionen bei der CIA begnadigt. Aber in der Akte gibt es einen Mord, den er offensichtlich nicht im Rahmen seiner CIA-Pflichten begangen hat.« Thayer schaute auf die Unterlagen in seinem Schoß hinunter. »Er hat angeblich im Jahr 1981 in Berlin einen Ostdeutschen namens Schumann getötet. Sonst ist über diese Sache nichts bekannt. Ich habe mich umgehört, aber überhaupt nichts gefunden. Soweit es den CIA, selbst intern, betrifft, ist dies nie passiert.«

Kealty brachte die Dinge in einen Zusammenhang. »Wenn er also für die Tötungen im Rahmen seines CIA-Jobs nicht belangt werden kann, dieser Mord jedoch kein CIA-Job war …«

»Dann ist der Gnadenerlass für diesen einen Fall irrelevant«, ergänzte Thayer.

Kealty schaute Brannigan an. »Langt das, um ihn dranzukriegen?«

Mike Brannigan schaute etwas verwirrt drein. »Mr. President. Ich höre gerade zum ersten Mal von dieser Sache. Ich muss mich mit meinem Stab und einigen wichtigen Leuten vom FBI zusammensetzen und jede Information genau anschauen, die sie über Clark haben. Das Justizministerium muss sich sicher sein, dass diese Informationen vor Gericht zulässig sind, bevor es weitere Schritte unternimmt. Ich meine, was für eine Quelle ist das überhaupt?«

Kealty schaute den Justizminister an. »Wenn Sie die Informationen in Bentons Akte durch die CIA oder andere Quellen untermauern können, brauchen Sie diese USB-Stick-Akte überhaupt nicht mehr. Diese Quelle ist dann überhaupt nicht mehr wichtig. Sie war dann nur noch ein Anstoß für unsere Ermittlungen.«

»Mr. President, ich …«

»Und Mike, ich *weiß,* dass Sie das Richtige tun werden.«

Stabschef Wes McMullen hatte bisher während des ganzen Gesprächs noch kein Wort gesagt, aber jetzt gab er doch etwas zu bedenken: »Gibt es da nicht ein Gesetz, das die Identität eines CIA-Agenten zu enthüllen verbietet?«

Allgemeines Schulterzucken im Raum, dann wandten sich alle Köpfe wieder Brannigan zu. »Ich glaube, das gilt nur für aktive CIA-Angehörige. Wenn wir wissen, und ich betone: *hundertprozentig* wissen, dass dieser Typ nicht mehr beim Geheimdienst ist, können wir ihn belangen.«

Kealty schien erleichtert, aber McMullen hatte immer noch Bedenken.

»Ich habe Angst, dass man es als eine Art letzter Verzweiflungsaktion auffassen könnte. Wir graben da einen dreißig Jahre alten Mordfall aus und versuchen, ihn irgendwie mit Jack Ryan in Verbindung zu bringen, und das nur ein paar Tage vor der Wahl. Also mal im Ernst …«

»Das ist keine letzte Verzweiflungstat«, widersprach Kealty. »Die Information wurde uns zugespielt. Ich betone das und stelle mal die Frage: Wenn uns das jemand zukommen lässt und wir nichts tun, wie sähe das denn aus? Wir haben unsere Amtszeit mit dem Versprechen begonnen, die Missstände der Ryan-Jahre zu korrigieren, und, Jungs und Mädels, ich bin immer noch der Präsident der Vereinigten Staaten.«

Wes McMullen versuchte noch einen anderen Ansatz, um die Zahnpasta wieder in die Tube zu kriegen. »Clark besitzt die Congressional Medal of Honor, die höchste militärische Auszeichnung der Vereinigten Staaten. Die kriegt man nicht einfach so nachgeworfen, Sir.«

»Na und? Wo liegt das Problem? Wir geben einfach eine Verlautbarung heraus, dass wir bei allem Respekt vor seiner militärischen Leistung solche Mordtaten auf keinen Fall billigen können, bla, bla, bla! Ich weise dann noch darauf hin, dass ich der verdammte Oberste Befehlshaber bin, Herrgott noch mal! Fahren Sie mir bei dieser Sache nicht in die Parade, Wes! Ich ziehe das durch. Mike, ich brauche dabei Ihre Unterstützung.«

Brannigan nickte etwas unsicher. »Wenn wir irgendeine Bestätigung von der CIA bekommen könnten, irgendetwas Konkretes, dann könnte ich den Mann zumindest zu einem Verhör laden.«

Kealty nickte. »Ich spreche mit Kilborn bei der CIA und sage ihm, dass Ermittler des Justizministeriums mit jedem sprechen wollen, der mit John Clark zusammengearbeitet hat.«

»Wenn wir das Clark anhängen können, wird es auch auf Ryan durchschlagen, denn es bestätigt den Vorwurf, dass er sich manchmal über das Gesetz stellt«, sagte Thayer.

Kealty war jetzt aufgestanden und lief aufgeregt vor seinem Schreibtisch hin und her. »Verdammt, ja, das wird Ryan treffen! Das muss in den nächsten vierundzwanzig Stunden herauskommen, damit ich es noch bei meinen letzten Auftritten in den alten Industriegebieten des Mittleren Westens verwenden kann. Ich kann dann die Zuhörer fragen, ob ein Präsident Ryan das nächste Mal den mexikanischen Präsidenten einfach umlegen lässt, wenn der in Handelsfragen nicht nach seiner Pfeife tanzt. Es geht um seine Vergangenheit und wahrscheinlich auch um seine Gegenwart. Angeblich ist doch die Außenpolitik seine

Stärke, aber ist man wirklich in außenpolitischen Angelegenheiten so stark, wenn man ein Mordkommando losschicken muss, um seine Gegner aus dem Weg zu räumen, und das dann mit einem geheimen Gnadenerlass vertuscht?« Kealty hatte sich außer Atem geredet. Dann fiel ihm jedoch noch etwas ein, und er drehte sich in seinen Patentlederschuhen zu den drei Männern auf dem Sofa um. »Und es betrifft auch die Zukunft dieses Landes, wenn wir es zulassen, dass ein Mann, der mit einem blutdürstigen Killer wie diesem John Clark kungelt, ins Oval Office einzieht.«

Kealty blickte seinen Stabschef an. »Wes, ich brauche diesen Satz für meine Reden. Notieren Sie ihn bitte und bewahren Sie ihn auf.«

»Geht in Ordnung.«

»Okay, meine Herren. Noch etwas?«

»Clark hat einen Partner«, sagte Thayer. »Er wird in dieser Akte mehrmals erwähnt. Und er steht Ryan ebenfalls nahe.«

»Besitzt dieser Typ auch einen vollständigen Gnadenerlass?«

»Ich weiß es nicht.«

»Okay, ihn nehmen wir uns auch vor.« Er sah eine gewisse Zurückhaltung in Thayers Augen. »Nein? Warum nicht?«

»Der Mann heißt Domingo Chavez. Er ist ein US-Bürger mexikanischer Abstammung.«

»Scheiße«, sagte Kealty und dachte angestrengt nach. »Das wär's mit dem verdammten Arizona und New Mexico. Texas ist egal. Da hatte ich sowieso nie den Hauch einer Chance.« Er schnappte nach Luft. »Kalifornien?«

Thayer schüttelte den Kopf. »Sie könnten Mexiko von einer B-52 bombardieren lassen und würden Kalifornien doch nicht an diesen verdammten Jack Ryan verlieren.

Allerdings … Sie werden überall im Land einen ganzen Haufen Latino-Stimmen verlieren, wenn Sie einem Mann namens Chavez das FBI hinterherhetzen.«

»Okay.« Die Politikräder in Kealtys Kopf begannen sich zu drehen. »Lassen Sie diese Latino-Seite der Ryan-Story weg. Wir nehmen uns nur diesen Clark vor.«

Alle stimmten zu.

»Also gut. Mike, Sie gehen zu Kilborn und fordern ihn auf, uns Zugang zum CIA-Personal zu verschaffen, aber Wes, ich möchte, dass Sie den stellvertretenden Direktor Alden herbestellen. Ich will ihn morgen als Erstes hier sprechen. Ich möchte sehen, was er über John Clark weiß. Alden ist ein Arschkriecher. Er wird mit uns kooperieren, wie es Kilborn nie tun würde.«

39

Melanie Kraft machte es nichts aus, im Operationszentrum des National Counterterrorism Center Überstunden zu machen. Ihre Arbeit füllte sie aus, vor allem nachdem ihre Chefin Mary Pat Foley ihr vor einer Woche ein Projekt übertragen hatte.

Mary Pat hatte sie beauftragt, alles zusammenzutragen, was sie über einen Brigadegeneral im pakistanischen ISI namens Riaz Rehan herausbrachte. Laut einem eigentümlichen Tipp, den die CIA von einer überseeischen E-Mail-Adresse für den Einmalgebrauch erhalten hatte, war der General früher in leitender Stellung in der Lashkar-e-Taiba und Jaish-e-Mohammed tätig gewesen. Das war zwar interessant, aber das NCTC musste unbedingt wissen, was Rehan in der Gegenwart plante.

Melanie hatte die Frage aus mehreren unterschiedlichen Blickwinkeln untersucht und war in der letzten Woche mehrmals am Tag auf einem toten Gleis gelandet. Heute hatte sie jedoch den ganzen Tag an der Rehan-Sache gearbeitet und glaubte, dass sie jetzt endlich etwas vorzuweisen hatte.

Es war bereits nach Mitternacht, als sie sich entschloss, mit ihren Ergebnissen die stellvertretende Direktorin aufzusuchen. Sie wusste, dass Mary Pat noch in ihrem Büro war. Sie klopfte leise und etwas zögerlich an die Bürotür.

»Herein!«

Melanie trat ein, und Mary Pats müde Augen wurden groß. »Mein Gott, Mädchen, wenn Sie in Ihrem Alter schon so müde aussehen, dann muss ich ja wie ein lebender Leichnam wirken.«

»Es tut mir leid, Sie jetzt noch zu stören. Eigentlich weiß ich, dass ich zu dieser nächtlichen Stunde mit meiner Chefin keine Probleme mehr diskutieren sollte, aber ich stecke irgendwie fest, und es ist kein anderer mehr da, um meinem Hirn einen kleinen Schubs zu geben.«

»Ich bin froh, dass Sie gekommen sind. Sollen wir uns einen Kaffee besorgen?«

Eine Minute später waren sie bereits drunten in der Cafeteria und rührten mit Rührstäbchen ihren heißen Kaffee um. »Was immer Sie haben, es wird auf jeden Fall anregender sein als das, woran ich gerade arbeite. Das Heimatschutzministerium hat mich gebeten, ihm bei einem Bericht an den Kongress zu helfen. Ich würde gerne auch etwas Substanzielleres machen, aber fast alles, was Spaß macht, landet ja bei euch jungen Leuten.«

»Ich untersuche immer noch Rehan und seine Abteilung im ISI.«

»Joint Intelligence Miscellaneous, richtig?«, fragte Mary Pat.

»Ja. Eine Geheimdienstabteilung, die sich angeblich mit ›Vermischtem‹ beschäftigt, ist eine eigentümliche Bezeichnung für eine Behörde, die die gesamte pakistanische Auslandsspionage betreibt und mit allen Terroristen in der ganzen Welt in Verbindung steht.«

»In der ganzen Welt arbeiten neugierige Leute für ihre jeweilige Regierung«, sagte Foley. »Sie sind sich dann auch nicht zu schade, ihre Machenschaften hinter bürokratischen Wortungetümen zu verbergen.«

Melanie nickte. »Soweit ich es beurteilen kann, hat sich

das Operationstempo von Rehans Abteilung im letzten Monat um ein Mehrfaches erhöht.«

»Beeindrucken Sie mich mit dem, was Sie herausgefunden haben.«

»Der General selbst ist so schwer zu fassen, dass ich mich entschlossen habe, seine Organisation etwas näher zu erforschen, um vielleicht etwas zu finden, das uns besser verstehen lässt, woran sie gerade arbeiten.«

»Und was haben Sie gefunden?«

»Vor zwei Monaten wurde in New York ein einunddreißigjähriger Pakistaner verhaftet. Er geriet in eine Schlägerei, als er in Chinatown eine gefälschte Markenuhr kaufte. Das NYPD fand bei ihm zwölftausend Dollar, dreizehn Prepaid-Visakarten in einem Gesamtwert von siebenunddreißigtausend Dollar und eine Bankkarte für ein Girokonto in Dubai. Offensichtlich hob der Mann mit seiner Bankkarte Bargeld ab und besorgte sich mit diesem Geld in Bodegas und Supermärkten die Prepaid-Karten, ein paar hier, ein paar dort, und immer nur so viele, dass es nicht auffiel.«

»Interessant«, sagte Mary Pat, während sie ihren Milchkaffee schlürfte.

»Er wurde sofort und ohne weitergehende Untersuchungen ausgewiesen, aber ich habe mir die Berichte über den Jungen etwas näher angesehen und glaube, dass er zur JIM gehörte.«

»Warum?«

»A, er passt ins Bild. Starke islamische Familienverbindungen zu den Stammesgebieten, und er diente in einer traditionell islamistischen Einheit der pakistanischen Streitkräfte. Er verließ dann diese Einheit und ging in den ›Reservedienst‹. Das ist typisch für ISI-Angehörige.«

»Und B?«, fragte Pat, die von Melanies Indizienbeweisen noch nicht ganz überzeugt schien.

»B, das Konto in Dubai. Es gehört einer Briefkastenfirma in Abu Dhabi, die wir in der Vergangenheit mit Geldzahlungen an islamistische Personen und Organisationen in Verbindung gebracht haben.«

»Eine schwarze Kasse?«

»Richtig. Die Briefkastenfirma hat Geschäftsbeziehungen nach Islamabad, und die Bank selbst wurde bereits von mehreren Gruppierungen benutzt, Lashkar-Männern in Delhi, Haqqani-Männern in Kabul und Jamaat-ul-Mujahideen in Chittagong.«

»Gibt es da noch weitergehende Verbindungen?«

»Ich hoffe, dass Sie mir das sagen können.« Melanie zögerte und sagte dann: »Wir haben herausgefunden, dass Riaz Rehan der Mann war, den wir als Khalid Mir kannten. Mir war ein Mitglied der Lashkar-e-Taiba.«

»Richtig.«

»Also, Lashkar-Männer, die in Indien eine Mission durchgeführt haben, bei denen eine Verbindung zu Khalid Mir hergestellt werden konnte, haben Prepaid-Karten von Visa benutzt, die mit Bargeld in New York gekauft worden sind.«

Mary Pat nickte. »Ich glaube, ich erinnere mich, in der Vergangenheit davon gelesen zu haben.«

»Riaz Rehan war auch als Abu Kashmiri bekannt, der ein hochrangiger Führer der Jaish-e-Mohammed war.«

»Und?«

»Nun, eine Dreimannzelle der Jaish-e-Mohammed, die nach einem Anschlag in Kabul getötet wurde, hat nachgewiesenermaßen ebenfalls Prepaid-Visakarten benutzt, die in New York gekauft worden waren.«

Mary Pat schüttelte den Kopf. »Melanie, viele Terrororganisationen haben in den vergangenen Jahren solche Prepaid-Karten benutzt. Das ist der einfachste Weg, Geld zu verschieben, ohne finanzielle Spuren zu hinterlassen.

Außerdem hatten wir in New York auch andere zwielichtige nahöstliche Typen, die eine Menge Bargeld dabeihatten und damit Prepaid-Karten kaufen wollten, die sie wahrscheinlich an andere weitergeben wollten, um dadurch einen optimalen Betriebsmittelfluss zu erreichen, der jede Rückverfolgbarkeit unmöglich macht, um es einmal streng betriebswirtschaftlich auszudrücken.«

»Genau das meine ich. Diese anderen Männer, die aufgegriffen und ausgewiesen wurden. Was wäre, wenn sie ebenfalls für Rehan gearbeitet hätten?«

»Diejenigen, die wir näher festmachen konnten, hatten keine bekannten Verbindungen zur JIM.«

»Das galt auch für Khalid Mir und Abu Kashmiri. Wenn Rehan diesen Modus Operandi verwendet, könnte doch dieselbe Operationsmethode bedeuten, dass derselbe Mann dahintersteckt. Ich glaube allmählich, dass Rehan mehr Identitäten hat als die, von denen wir wissen.«

Mary Pat Foley schaute Melanie lange an, bevor sie etwas sagte, so als überlege sie sich, ob sie das überhaupt tun sollte. »In den letzten fünfzehn Jahren hat es immer wieder Gerüchte gegeben. Nur ein wenig Geflüster hier und dort, dass es da einen unbekannten Drahtzieher gebe, einen Freelancer, der hinter all diesen Einzelattentaten stecke.«

»Sie meinen, hinter *allen?«*, fragte Melanie erstaunt.

»Hinter vielen. Einer unglaublichen Anzahl. Einige unserer Forensiker drüben in Langley wiesen auf einzelne Hilfsmittel hin, die bei allen Operationen verwendet wurden. Jeder begann etwa zur selben Zeit Dubaier Konten zu benutzen. Jeder begann etwa zur selben Zeit Steganografie zu benutzen. Jeder begann etwa zur selben Zeit Prepaid-Karten zu benutzen. Das Gleiche gilt für Internet-Telefone.«

Melanie schaute weiterhin etwas ungläubig drein. »Um mal den Advocatus Diaboli zu spielen, es ist nicht ungewöhnlich, ähnliche Hilfsmittel bei Operationen von Gruppierungen zu finden, die nichts miteinander zu tun haben. Sie lernen voneinander, in ganz Pakistan kursieren Handbücher, und sie werden vom ISI beraten. Selbst wenn sie sich individuell weiterentwickeln, geschieht das in einem ähnlichen Tempo, wobei sie die Technologien benutzen, die jeweils zur Hand sind. Es ist deshalb zum Beispiel naheliegend, dass alle Gruppierungen Ferngespräch-Telefonkarten etwa zu der Zeit zu benutzen begannen, als diese populär wurden, oder USB-Sticks, als diese preiswert genug wurden. Ich glaube diese Geistergeschichte nicht.«

»Sie haben mit Ihrer Skepsis durchaus recht. Es war eine aufregende Theorie, die alles auf ganz einfache Weise erklärte. Man brauchte nur zu sagen: ›Forrest Gump steckt dahinter.‹«

Melanie lachte. »Sein Codename war Forrest Gump?«

»Inoffiziell, er bekam nie eine offizielle Bezeichnung. Aber er war eine Figur, die überall dort auftauchte, wo etwas passierte. Sein Name schien zu passen. Und bedenken Sie, einige dieser Gruppierungen, über die ich hier spreche, hatten nichts miteinander zu tun. Aber einige bei der CIA waren überzeugt davon, dass es da eine Gemeinsamkeit geben müsse, die sie alle verband, einen, der ihre Operationen koordinierte. Es sah aus, wie wenn sie von derselben Person angeführt, zumindest aber beraten wurden.«

»Wollen Sie damit sagen, dass Riaz Rehan dieser Forrest Gump sein könnte?«

Mary Pat zuckte die Achseln und schüttete den Rest ihres Kaffees hinunter. »Noch vor ein paar Monaten war er nur ein weiterer unauffälliger General, der eine Abteilung des ISI leitete. Seitdem haben wir eine Menge über ihn erfahren, und nichts davon gefällt uns. Graben Sie weiter.«

»Geht in Ordnung, Ma'am«, sagte Melanie und stand auf, um zu ihrem Schreibtisch zurückzukehren.

»Aber nicht mehr heute Abend. Raus mit Ihnen! Gehen Sie nach Hause und legen Sie sich aufs Ohr. Oder noch besser, rufen Sie Junior an. Er soll Sie zu einem späten Abendessen ausführen.«

Melanie lächelte und schaute auf den Boden.

»Er hat heute angerufen. Wir treffen uns morgen.«

Jetzt lächelte Mary Pat Foley.

40

John Clark war ein Anfänger auf dem Gebiet des Forellenangelns. Er sah ein, dass er noch eine Menge zu lernen hatte. Ein paar Mal hatte er tatsächlich im Bach seines Nachbarn einige Regenbogen- und Bachforellen gefangen. Dagegen hatten ihm die Bäche und Teiche auf seiner eigenen Farm bisher nichts außer einem großen Frust eingebracht. Sein Nachbar hatte ihm erzählt, dass es auf Clarks Grundstück schöne Forellen gebe. Ein anderer Einheimischer hatte dem jedoch widersprochen. Das, was man in kleinen Bächen wie denen auf Clarks Farm als Forellen bezeichne, seien in Wirklichkeit nur Bachdöbel aus der Familie der Weißfische, die bis zu dreißig Zentimeter lang wurden. An der Angelschnur wehrten sie sich dann so heftig, dass unwissende Amateurangler glaubten, sie kämpften gegen eine Forelle.

John beschloss, sich ein Angel-Lehrbuch zu besorgen und es zu lesen, wenn er einmal Zeit dazu hatte. Zurzeit stand er in seinen Watstiefeln im Bach seines Nachbarn, schwang seine Rute in der Luft vor und zurück und warf dann die Fliege in das langsam fließende Gewässer. Er wiederholte diesen Vorgang unzählige Male.

Es sah schon wie Fliegenfischen aus, mit Ausnahme der Tatsache, dass er die ganze Zeit keinen einzigen müden Fisch erwischte.

John gab für diesen Nachmittag auf und holte eine

Stunde vor Einbruch der Dunkelheit die Angelschnur ein. Obwohl er keinen Fisch dazu bringen konnte, in seine Fliege zu beißen, war es doch ein guter Tag gewesen. Seine Schusswunde war fast wieder verheilt, er konnte ein paar Stunden die Einsamkeit und die gute Luft genießen und vor seinem erholsamen Nachmittag hatte er noch im Eheschlafzimmer seines Farmhauses die erste Farbe aufgetragen. Am kommenden Wochenende war die nächste Farbschicht dran. Dann würde er Sandy hier herausbringen, um von ihr das Okay zu bekommen. Erst danach konnte er mit dem Streichen des Wohnzimmers anfangen.

Außerdem hatte heute niemand auf ihn geschossen und er musste auch selbst niemand töten oder um sein Leben rennen.

Jawohl, das war ein wirklich guter Tag.

John packte seine Angelausrüstung zusammen, schaute zum grauen Himmel hinauf und fragte sich, ob sich so der Ruhestand anfühlte.

Er packte seinen Angelkasten und seine Angelrute und schüttelte den Gedanken ab, wie er die kalte Brise ignorierte, die von den Catoctin Mountains im Westen herunterblies. Bis zu seinem Farmhaus war es ein schöner halbstündiger Spaziergang durch den Wald. Er stieg aus dem Bach auf einen halb überwachsenen Pfad hinauf.

Johns Farm lag im Frederick County westlich von Emmitsburg, keine zwei Kilometer von der Grenze zu Pennsylvania entfernt. Er und Sandy hatten seit ihrer Rückkehr aus Großbritannien nach etwas auf dem Land gesucht. Dann hatte ihm ein alter Navy-Kumpel, der sich nach seiner Pensionierung auf eine kleine Milchfarm zurückgezogen hatte, um mit seiner Frau Käse herzustellen, erzählt, dass vor einem einfachen Farmhaus ein »Zu verkaufen«-Schild stehe. Insgesamt sei das ganze Grundstück zwanzig

Hektar groß. John und Sandy fuhren sofort hin, um es sich anzusehen.

Der Preis war annehmbar, da das Anwesen etliche Renovierungsarbeiten nötig hatte.

Sandy verliebte sich sofort in das alte Haus und die Landschaft, und so unterschrieben sie am Ende des letzten Frühjahrs den Kaufvertrag.

Seitdem hatte John beim Campus so viel zu tun gehabt, dass er nur selten herauskam, um ein paar Reparaturarbeiten zu erledigen, am Haus herumzubasteln und angeln zu gehen. Sandy kam ab und zu mit. Sie hatten zusammen Gettysburg besucht, das nur ein paar Kilometer entfernt lag, und hofften, bald einmal eine Wochenendfahrt ins Amish Country unternehmen zu können, das im benachbarten Lancaster County lag.

Sie planten, nach ihrer Pensionierung ganz hierherzuziehen.

Nach Sandys Pensionierung, korrigierte sich Clark, als er sich durch das dichte Gebüsch kämpfte, mit dem der ganze Hügel jenseits des Baches bedeckt war.

John hatte das Anwesen für ihren gemeinsamen Lebensabend gekauft, aber er glaubte nicht, dass er lange genug leben würde, um sich zur Ruhe zu setzen, Käse zu machen und schließlich an Altersschwäche zu sterben.

Nein, John Clark war sich sicher, dass sein Ende viel plötzlicher eintreten würde.

Die Kugel in seinem Arm war bestimmt das fünfzigste Mal, dass er beinahe das Zeitliche gesegnet hätte. Hätte ihn dieses 9-mm-Geschoss nur etwas weiter links getroffen, hätte es einen Lungenflügel zerrissen, und er wäre in seinem eigenen Blut erstickt, bevor Ding und Dom ihn zur Straße hinuntergebracht hätten. Noch etwas weiter links hätte es sein Herz durchbohrt, und er hätte es nicht einmal mehr aus der Mansardenwohnung geschafft. Wäre der

Schuss etwas höher gezielt worden, wäre er in seinen Hinterkopf eingeschlagen, und er wäre wie Abdul bin Mohammed al-Qahtani in diesem Aufzug im Hôtel de Sers auf der Stelle tot umgefallen.

John war sich sicher, dass er früher oder später – und dieses »später« kam immer näher – bei einem Einsatz sterben würde.

Als er noch jung, wirklich jung, war, hatte er als Navy SEAL in Vietnam im MACV-SOG gedient, dem Military Assistant Command, Vietnam – Studies and Observations Group, einer Spezialeinsatztruppe für unkonventionelle Kriegführung. Clark war wie seine Kameraden jahrelang nur eine Haaresbreite vom Tod entfernt gewesen. Kugeln waren dicht an seinem Gesicht vorbeigepfiffen, Explosionen hatten Männern direkt neben ihm tödliche Schrapnelle in den Leib gejagt, Hubschrauber waren hundertfünfzig Meter in die Luft gestiegen, nur um dort oben festzustellen, dass sie an diesem Tag eigentlich nicht mehr fliegen wollten. Damals hatten ihn diese Begegnungen mit dem Tod mit Adrenalin vollgepumpt. Er war so ekstatisch, dass er noch am Leben war, dass er wie viele andere seines Alters und seines Berufs nach einer Droge namens Gefahr süchtig wurde.

John schlüpfte unter dem niedrigen Ast einer jungen Pappel hindurch und passte auf, dass seine Angelrute nicht an einem Zweig hängen blieb. Als er sich an seine Zeit als Zweiundzwanzigjähriger erinnerte, musste er lächeln. Das alles war so lange her.

Die Kugel, die ihn auf diesem Pariser Hausdach fast getötet hätte, hatte bei ihm natürlich nicht mehr diesen Begeisterungstaumel ausgelöst, wie er ihn als junger SEAL in Vietnam erlebt hatte. Sie hatte ihn aber auch nicht in Angst und Schrecken versetzt. Nein, John war auf seine alten Tage abgeklärter geworden. Fatalistischer. Die Kugel in Frankreich und das Farmhaus in Maryland hatten vieles gemeinsam. Beide machten John deutlich, dass diese verrückte Fahrt auf die eine oder andere Weise ein Ende finden würde.

John kam an der südwestlichen Ecke seines Grundstücks an und kletterte über den Lattenzaun. Hier draußen gab es keinen Handyempfang. Er war also in den drei Stunden seines Angelausflugs telefonisch nicht erreichbar gewesen. Er fragte sich, wie viele Nachrichten wohl auf dem Anrufbeantworter seines Festnetztelefons in seinem Haus auf ihn warteten. Mit einer gewissen Wehmut erinnerte er sich an die Zeit vor den Mobiltelefonen, als man wegen eines kleinen Waldspaziergangs noch kein schlechtes Gewissen haben musste.

Hier so allein durch die Wälder von Maryland zu streifen erinnerte ihn an seine einsamen Märsche durch die Wildnis Südostasiens. Im Urwald gab es natürlich ganz andere Pflanzen, aber das Gefühl war das gleiche. Er war schon immer gerne draußen in der Natur gewesen, in den letzten Jahren leider viel zu wenig. Wenn das Operationstempo im Campus wieder auf ein vernünftiges Niveau absinken würde, könnte er vielleicht etwas mehr Zeit hier draußen verbringen.

Er würde seine Enkel gerne einmal zum Angeln mitnehmen – Jungs gefiel so etwas immer noch, oder?

Er stieg in seinen eigenen Bach hinein und arbeitete sich durch das knietiefe Wasser voran. Er war froh, dass er heute Nachmittag seine Watstiefel angezogen hatte. Das eiskalte, von einer Quelle gespeiste Wasser war heute tiefer als gewöhnlich, die Strömung jedoch weniger stark. Andernfalls hätte er den Bach etwa hundert Meter stromaufwärts überschritten, wo eine Reihe großer flacher Steine, die einige Zentimeter aus dem Wasser ragten, eine natürliche, wenn auch schlüpfrige Furt bildeten. Heute konnte Clark jedoch auch hier den Bach problemlos durchwaten. Selbst an dessen tiefster Stelle reichte ihm das Wasser nur bis zur Hüfte.

Plötzlich hielt er an. Er hatte im Wasser etwas Glänzendes bemerkt, das die Strahlen der untergehenden Sonne wie Metall reflektierte.

Was ist denn das? Ein Grasbüschel, das aus dem flacheren Wasser in der Ufernähe herausragte, war von einem rosafarbenen Film umgeben. Dieser wurde dann von der Strömung mitgerissen, wobei sich einzelne winzige Kügelchen von der schwimmenden Schicht ablösten und für sich allein weitertrieben.

Im Gegensatz zu vielen Vietnamveteranen hatte Clark keine Flashbacks. Er hatte in den vierzig Jahren seit Vietnam so viel erlebt, dass die Zeit dort nicht traumatischer war als viele seiner späteren Erfahrungen. Als er jetzt jedoch diese zähflüssige, viskose Substanz, die an dem Grasbüschel festhing, betrachtete, versetzte ihn das zurück in das Laos des Jahres 1970. Dort hatte er mit einer Gruppe von Montagnard-Guerillas einen kleinen Fluss durchquert, der nicht viel tiefer war als dieser Bach hier, aber durch einen ursprünglichen Regenwald floss. Plötzlich hatte er an ihrer Übergangsstelle auf dem Wasser einen schwarzen Film bemerkt, der langsam stromab getrieben wurde. Bei genauerer Betrachtung einigten sich er und seine Begleiter darauf, dass es sich um Zweitakt-Motoröl handelte. Sie gingen deshalb stromaufwärts weiter und fanden einen Seitenarm des Ho-Chi-Minh-Pfads. Dieser führte sie zu einer Gruppe nordvietnamesischer Soldaten, die bei der Überquerung des Flüsschens in der starken Strömung ein Moped verloren hatten. Sie hatten es danach zwar wieder herausgefischt, aber inzwischen war das Zweitaktöl herausgesickert und hatte sie schließlich verraten.

Clark und seine Montagnard-Guerillas machten sie allesamt von hinten nieder.

In Erinnerung an diese Geschichte in Laos steckte er jetzt seine Finger in den rosafarbenen Ölfilm und hielt sie sich dann an die Nase.

Es war eindeutig der Geruch von Waffenöl. Er konnte sogar dessen Marke bestimmen. Es handelte sich um Break-Free CLP, seine Lieblingsmarke.

Sofort schaute Clark stromaufwärts.

Jäger! Er sah niemand, aber er war sich ziemlich sicher, dass sie irgendwann in der letzten halben Stunde hundert Meter nördlich den Bach auf der natürlichen Furt überquert hatten.

Überall auf seinem Land gab es Weißwedelhirsche und wilde Truthähne. Zu dieser Tageszeit wären die Hirsche leicht zu finden. Allerdings herrschte immer noch Schonzeit, und auch Clarks Zaun war ja wohl nicht zu übersehen. Wer immer sich auf seinem Grundstück aufhielt, er hatte eine Menge Gesetze gebrochen.

Clark durchquerte den Rest des Baches und wählte dann einen Weg, der durch den Wald zu der offenen Fläche führte, in deren Mitte sein Haus stand. Jetzt, wo er wusste, dass er nicht mehr allein auf diesem Gelände war, erinnerte ihn sein Gang durch die Wälder sogar noch mehr an Südostasien.

Clark fiel ein, dass er direkt hinter dem Wald auf offenes Weideland geraten würde, wenn er zum Haus zurückkehren wollte. Dort könnten jedoch auch die Jäger stehen, um auf Wild zu warten, das aus dem Waldstück heraustrat, um auf den Wiesen zu äsen. Bei Leuten, die auf Privatgelände während der Schonzeit fremdes Wild erlegen wollten, bestand jedoch durchaus die Möglichkeit, dass John zum zweiten Mal in diesem Monat angeschossen werden könnte.

Und dieses Mal wäre es keine 9-mm-Pistole, sondern eine Schrotflinte oder ein Jagdgewehr.

Du lieber Gott, dachte Clark. Er griff in seine Watstiefel, holte seine SIG-Pistole heraus, die er immer bei sich trug, und richtete sie auf den Waldweg zu seinen Füßen, um einen Schuss abzufeuern, der den anderen seine Gegenwart anzeigen würde.

Aber er drückte dann doch nicht ab.

Nein. Er wusste nicht genau, warum, aber er zog es plötzlich vor, diese Männer nichts von seiner Gegenwart wissen zu lassen. Natürlich befürchtete er nicht, dass ein paar Truthahnjäger absichtlich ihre Waffen auf ihn richten könnten. Aber er kannte diese Typen und ihre Absichten nicht und wusste auch nicht, wie viele Jack Daniels sie auf ihrem kleinen Jagdausflug bereits gekippt hatten. Stattdessen entschied er sich, sie aufzuspüren.

Er verließ jetzt seinen bisherigen Weg, um nach ihren Spuren zu suchen. Es dauerte eine Weile, bis er welche fand, wofür er das schwache, gesprenkelte Licht unter den Bäumen verantwortlich machte. Schließlich kam er an eine Stelle, wo eindeutig zwei Männer einen kleineren Pfad überquert hatten.

Als er den Spuren folgte, erkannte er nach einigen Dutzend Metern ihr Bewegungsmuster, das er jedoch ausgesprochen seltsam fand. Ob sie nun Truthähne oder Weißwedelhirsche jagten, es ergab wenig Sinn, dass sie den Weg überhaupt verlassen hatten. Ihre Jagdbeute würde zu dieser Tageszeit eher in dem offenen, gewellten Grasland in der Nähe des Farmhauses zu finden sein. Warum schlichen sie also jetzt fünfzig Meter vom Waldrand entfernt durchs Unterholz? Einige Meter weiter verlor er ihre Spur. Durch die hereinbrechende Dämmerung war es unter dem dichten Blätterdach einfach zu dunkel.

Clark stellte seine Angelausrüstung ab, ging auf die Knie

und bewegte sich langsam zum Waldrand vor. Er versuchte, möglichst weit unten zu bleiben, und nutzte den Schatten einer großen Hemlocktanne aus.

Als er schließlich freien Blick auf das angrenzende Weideland hatte, erwartete er eigentlich, weiter im Osten hellorange gekleidete Gestalten zu sehen.

Aber da war niemand.

Er schaute zu seinem Farmhaus hinüber, das etwa hundert Meter weiter im Norden stand, sah aber auch dort niemand.

Nur eine Gruppe von acht Weißwedelhirschen äste auf der Weide zwischen seiner Position und dem Haus. Es waren kleinere Weibchen und junge Hirschkälber, nichts, woran ein Jäger interessiert wäre.

Jetzt begann Clarks Gehirn, in aller Eile alle verfügbaren Daten zu verarbeiten. Wie lange brauchte das Waffenöl, um von der Furt durch den Bach bis zu der Stelle zu treiben, an der er es bemerkt hatte? Wie lange würde es dauern, bis die Hirsche diese Wiese wieder betreten würden, nachdem Jäger sie überquert hatten?

Er kam zu dem Schluss, dass die Jäger noch irgendwo hier im Wald sein mussten.

Aber wo?

John Clark war kein Jäger, mindestens nicht von Tieren, deshalb griff er wieder auf seine Vietnamerfahrung zurück. Rechts von ihm gab es am südlichen Rand des Graslands eine kleine Bodenerhebung. Dort würde ein Scharfschütze Stellung beziehen, wenn er die ganze Gegend abdecken wollte. Vielleicht würde ein Jäger dasselbe tun …

Ja. In fünfzig Metern Entfernung bemerkte er genau dort einen kleinen Lichtblitz, als sich die Strahlen der über den Bergen untergehenden Sonne für einen Augenblick in einer Glasfläche spiegelten.

Dann sah er die Männer. Das waren keine Jäger, das konnte er auch aus der Entfernung erkennen. Sie trugen Ghillie-Anzüge, Ganzkörper-Tarnanzüge, an die grüne und rote Stoffstreifen angenäht waren, die Blätter und trockene Gräser nachahmen sollten. Die beiden Männer sahen wie zwei Blätterhaufen hinter einem teilweise getarnten Gewehr und einem Spektiv aus.

Ihre Objektive waren auf das Farmhaus gerichtet.

»Was zum Teufel …?«, flüsterte Clark vor sich hin.

Clark sah, dass ein Mann pitschnass war. Man musste kein begnadeter Ermittler sein, um nachzuvollziehen, was passiert war. Diese Späher waren durch den Wald gekommen und hatten den Bach hundert Meter nördlich von Clark überquert. Der Mann in dem feuchten Tarnanzug war auf einem der flachen Steine ausgeglitten und zusammen mit seinem .308-Gewehr ins Wasser gestürzt. Das Waffenöl seines Gewehrs, das es vor dem Verrosten schützen sollte, hatte ihrer Zielperson ihre Anwesenheit verraten.

Aber warum bin ich ihre Zielperson?

Clark überlegte sich, zum Haus seines Nachbarn zurückzukehren. Dort könnte er die Polizei anrufen und einige Deputys des Sheriffs von Frederick County kommen lassen, die sich diese Heckenschützen vornehmen würden. Aber das würde viel zu viel Aufmerksamkeit auf John Clark selbst lenken. Man würde sich zum Beispiel fragen, warum sich diese zwei Männer mit militärischer Ausbildung und Hochleistungsgewehren überhaupt auf seinem Grundstück befanden.

Er könnte sich auch selbst um sie kümmern. Ja, das war tatsächlich der einzige Weg. Am besten, er zog sich in den Wald zurück und schlich nach Süden, um die beiden Männer von hinten anzugreifen.

Plötzlich sah er in der Ferne fünf große schwarze Fahrzeuge die Straße zu seinem Haus heraufkommen. Sie fuhren schnell, und ihre Scheinwerfer brannten nicht. Clark lag nur da und beobachtete das Schauspiel aus hundert Metern Entfernung.

Die großen Geländewagen stellten sich vor und hinter sein Farmhaus. Erst jetzt sah er, dass auf ihren Trittbrettern Männer mit schwarzen Panzerwesten standen, sich mit einer Hand an der Dachreling festklammerten und in der anderen Hand M4-Karabiner hielten.

Er konnte zwar die Aufschriften hinten auf ihren Uniformen und Panzerwesten aus dieser Entfernung nicht lesen, aber er kannte die Ausrüstung und die Taktik der Männer, die diese Ausrüstung benutzten.

Clark schloss die Augen und legte seine Stirn auf die kühlen Blätter. Er wusste, wer da gerade die Vorder- und die Hintertür seines Farmhauses einschlug.

Es war ein SWAT-Team des FBI.

John beobachtete regungslos, wie das FBI seine Hintertür mit einem Rammbock aufbrach und in taktischer Formation hineinstürmte.

Sekunden später meldeten ihre Teamführer, dass das Haus gesichert sei, und die Männer kamen wieder heraus.

»Da wird doch der Hund in der Pfanne verrückt«, sagte John leise, als er sich in den Schutz des Waldes zurückzog. Hier zog er seine Watstiefel aus und tarnte sie recht oberflächlich mit Blättern und Kiefernnadeln. Dabei gab er sich keine große Mühe. Auch versuchte er nicht, seine Spuren zu verbergen, als er auf demselben Weg durch den Wald zurücklief, den er gekommen war. Das FBI würde aus den Spuren schließen, dass jemand ihre Razzia beobachtet und dann das Gebiet verlassen hatte.

Clark eilte im Laufschritt zwischen den Bäumen hindurch und versuchte, den Abstand zwischen sich und den Männern hinter ihm möglichst groß zu halten. Er musste herausfinden, worum es hier ging, bevor er überlegen konnte, was zum Teufel dagegen zu unternehmen war.

Am meisten wünschte er sich jedoch, dass sein Handy hier funktionieren würde. Er hatte den dringenden Verdacht, dass er ein oder zwei wichtige Anrufe verpasst hatte, als er angeln war.

41

Die Pressekonferenz wurde in aller Eile für das Ende dieses Arbeitstags einberufen. Sie fand im Robert-F.-Kennedy-Gebäude des Justizministeriums an der Pennsylvania Avenue statt, das direkt neben der National Mall lag. Zu dieser späten Stunde waren erst einmal nicht viele Journalisten gekommen. Als die Nachrichtenleute jedoch erfuhren, dass der Justizminister selbst eine Erklärung abgeben würde, eilten viele Reporter vom nahen Kapitol herüber und versammelten sich in einem Konferenzsaal, der unweit von Michael Brannigans Ministerbüro lag.

Um 17.35 Uhr betraten Brannigan und zwei seiner Stellvertreter mit mehr als halbstündiger Verspätung den Saal. Die Journalisten warteten gespannt, was er zu sagen hatte.

Das erste Anzeichen, dass hier etwas Bemerkenswertes vor sich ging, war die Tatsache, dass der Justizminister ans Rednerpult trat und erst einmal überhaupt nichts sagte. Stattdessen schaute er mehrmals zu seinen Mitarbeitern hinüber. Reporter, die seinen Blicken folgten, sahen Männer, die in der Saalecke leise und gehetzt in ihre Handys sprachen. Brannigan hoffte offensichtlich, dass sie ihm etwas mitteilen würden. Einige Sekunden später schaute einer seiner Stellvertreter zu seinem Chef hoch und schüttelte den Kopf.

Brannigan nickte und zeigte äußerlich keine Enttäuschung. Schließlich wandte er sich an die versammelten Journalisten. »Vielen Dank für Ihr Kommen. Heute Nachmittag habe ich zu verkünden, dass ein Bundeshaftbefehl für einen gewissen John A. Clark ausgestellt wurde, einem Amerikaner und früheren Mitarbeiter der Central Intelligence Agency. Mr. Clark wird gesucht, um über eine Reihe ungeklärter Morde vernommen zu werden, die sich über mehrere Jahrzehnte erstrecken, sowie wegen der Verstrickung in aktuelle kriminelle Machenschaften.«

Die Journalisten notierten den Namen und schauten sich an. Brannigans Ministerium drohte seit Langem, CIA-Agenten wegen irgendwelcher Taten zu belangen, die sie im Außeneinsatz begangen hatten, aber bisher war kaum etwas passiert. War das, ausgerechnet am Ende von Kealtys erster Amtszeit, der Beginn einer Verfolgungsaktion gegen die CIA, die viele für überfällig hielten?

Keiner von ihnen wusste etwas über Clark oder über einen Fall, an dem ein CIA-Agent namens Clark beteiligt war. Deshalb gab es auch keine Fragen, als der Justizminister eine Pause machte.

Das Weiße Haus hatte Brannigan ausdrücklich angewiesen, den nächsten Satz so nicht zu äußern. Er tat es jetzt trotzdem. »Mr. Clark, wie Sie vielleicht wissen, ist ein langjähriger Freund, ein Vertrauter und ein ehemaliger Leibwächter Präsident Jack Ryans, sowohl während Mr. Ryans Dienstzeit bei der CIA als auch danach. Wir wissen, dass es sich hier um einen politisch aufgeladenen Fall handelt, aber wir müssen uns aufgrund der ernsthaften Beschuldigungen gegen Mr. Clark trotzdem damit befassen.«

Jetzt begann sich die Presse zu regen. Auf Smartphones wurden Webseiten geöffnet, und Fragen wurden lautstark zum Rednerpult hochgerufen. Eine Journalistin von NBC fragte, wann es die nächsten Informationen über diesen Fall geben werde, wahrscheinlich weil sie zwischenzeitlich herausfinden wollte, was genau hier überhaupt vorging.

»Ich erwarte, dass wir Ihnen in ein paar Stunden etwas zu vermelden haben«, antwortete Brannigan. »Im Augenblick ist Clark ein Justizflüchtling, aber unsere Schleppnetzfahndung sollte ihn in Kürze aufspüren.«

Brannigan verließ den Konferenzsaal, und die Reporter folgten ihm mit ihren Handys am Ohr nach draußen. Die Fernsehsender würden über diesen Fall in den Sechs-Uhr-Nachrichten berichten. Die Printmedien hatten noch etwas mehr Zeit, um ihre Fakten zusammenzubekommen.

Jack jr. klingelte um sechs Uhr bei Melanie. Sie hatten eigentlich einen formelleren Abend in Washington geplant, aber beide waren nach einem langen Arbeitstag so müde, dass sie sich stattdessen zu einem schnellen und zwanglosen gemeinsamen Abendessen entschlossen hatten. Als Melanie die Tür zu ihrer Remise öffnete, sah sie bereits hinreißend aus, aber sie entschuldigte sich bei Ryan und bat um ein paar weitere Minuten, um sich fertig machen zu können.

Ryan saß derweil auf einem Zweiersofa und schaute sich um. Auf einem kleinen Tisch in der Ecke neben Melanies Laptop stapelten sich Bücher über Pakistan und Ägypten und Ausdrucke voller Landkarten, Bilder und Textpassagen.

»Du bringst immer noch deine Arbeit mit nach Hause, wie ich sehe«, sagte Jack mit einem Lächeln.

»Nein. Das ist nur eine Untersuchung, die ich für mich selbst mache.«

»Gibt dir Mary Pat nicht genug zu tun?«

Melanie lachte. »Das ist es bestimmt nicht. Ich mag es nur, in meiner Freizeit einfach so im Internet zu recherchieren. Da ist nichts dabei, das in irgendeiner Form eine Verschlusssache wäre. Es ist für jeden zugänglich.«

»Wenn es nicht geheim ist, darf ich es mir dann einmal ansehen?«

»Warum? Interessierst du dich für Terrorismus?«

»Ich interessiere mich für dich.«

Melanie lachte, griff nach ihrem Mantel und sagte: »Ich bin fertig, wenn du es bist.«

Jack legte den Kopf ganz leicht schief und fragte sich, was sie da an ihrem Laptop so machte, aber er stand von der Couch auf und folgte der schönen Brünetten nach draußen.

Eine Viertelstunde später saßen sie an der Bar von Murphy's, einem Irish Pub unweit ihrer Wohnung. Sie hatten ihr erstes Bier gerade zur Hälfte getrunken und einen großen Korb Chicken Wings vor sich auf dem Tresen stehen, als der Barkeeper die Fernsehnachrichten anstellte. Die beiden jungen Leute ignorierten sie weitgehend und plauderten weiterhin angeregt miteinander. Nur Ryan schaute von Zeit zu Zeit über Melanies Schulter kurz auf den Bildschirm hoch. Er hoffte, ein paar neue Umfragedaten über seinen Dad zu sehen, die es seinen Eltern erlauben würden, etwas kürzerzutreten.

Melanie erzählte gerade von einer Katze, die sie in der Highschool besaß, als Ryan mal wieder verstohlen auf den Bildschirm spähte.

Seine Augen wurden groß, ihm fiel das Kinn herunter und er rief: »Oh, fuck, nein!«

Melanie hörte sofort zu reden auf. »Wie bitte?«

Ryan stürzte zur Fernbedienung, die auf dem Tresen lag, und stellte den Ton laut. Das Fernsehen zeigte gerade ein Bild von Ryans Kollegen John Clark. Der Bericht wechselte dann zu Michael Brannigans Pressekonferenz im Justizministerium, wo Jack die vage Beschreibung der Anklagepunkte und der politischen Implikationen des Falles mitbekam.

Melanie schaute Ryan an: »Du kennst ihn?«

»Er ist ein Freund meines Vaters.«

»Das tut mir leid.«

»Eine CIA-Legende.«

»Wirklich?«

Ryan nickte zerstreut. »Er war am anderen Ende. Operationsabteilung.«

»Ein Außenagent?«

»SAD.«

Melanie nickte. Sie verstand. »Glaubst du, dass er …«

»Verdammt, nein!«, rief Ryan, riss sich dann jedoch wieder zusammen. »Nein. Der Mann hat die verdammte Congressional Medal of Honor.«

»Entschuldigung.«

Jack wendete sich vom Fernseher ab und schaute jetzt wieder Melanie an. »*Ich* muss mich entschuldigen. Ich reagiere auf das, was Kealty da macht. Nicht auf dich.«

»Verstehe.«

»Er hat eine Frau. Kinder. Er ist Großvater. Herrgott … Man zieht doch einen solchen Mann nicht in den Dreck, ohne zu wissen, wovon man eigentlich redet.«

Melanie nickte. »Kann dein Dad ihn schützen, wenn er ins Weiße Haus zurückkehrt?«

»Ich hoffe es sehr. Ich nehme mal an, Kealty macht das Ganze, um zu verhindern, dass mein Dad wieder ins Weiße Haus kommt.«

»Das ist doch aber viel zu offensichtlich. Es wird nicht funktionieren …«, sagte Melanie, ließ den Satz jedoch unvollendet.

»Außer?«

»Außer … nun, du sagst, dass dieser Clark keine Leichen im Keller hat, die nichts mit seiner Arbeit für die CIA zu tun haben.«

Genau, das war es. Jack konnte das Melanie natürlich nicht erzählen, aber gründliche Ermittlungen über John Clark könnten den Campus auffliegen lassen. War das vielleicht das Ziel? Waren da irgendwelche Nachrichten über das durchgesickert, was Clark im letzten Jahr gemacht hatte? Etwas über den Einsatz in Paris oder vielleicht sogar über den Emir-Fall?

Scheiße, dachte Jack. Egal, ob diese Ermittlungen etwas Substanzielles über Clark herausbrachten oder nicht, sie konnten auf jeden Fall den Campus zerstören.

Der Fernsehbericht war zu Ende, und er wandte sich wieder Melanie zu. »Es tut mir wirklich leid, aber ich muss unseren netten Abend leider beenden.«

»Verstehe«, sagte sie, aber Ryan sah in ihren Augen, dass sie das nicht tat. *Wohin ging er jetzt? Was konnte gerade er tun, das John Clark helfen würde?*

42

Jack Ryan sr. aß einen Hamburger, bevor er bei der Wahlkampfveranstaltung im Tempe Mission Palms Hotel auf die Bühne ging. Er wollte eigentlich nur aus Höflichkeit ein paar Mal hineinbeißen, da er in weniger als zwei Stunden in Tempe an einem Dinner des Verbands der Kriegsveteranen teilnehmen würde. Aber der Burger war so verdammt gut, dass er ihn ratzeputz verschlang, während er mit seinen Anhängern plauderte.

Um 14.30 Uhr Ortszeit betrat er die Bühne. Das Publikum war lebhaft und nahm die letzten Umfragewerte mit Begeisterung auf. Ryans Werte hatten sich etwas verringert, seitdem Kealty die Ergreifung des Mannes verkündet hatte, dem vor ein paar Jahren so viele Amerikaner zum Opfer gefallen waren. Trotzdem hatte Ryan auch bei Berücksichtigung der Fehlermarge immer noch einen kräftigen Vorsprung.

Als die Musik aufhörte, beugte sich Jack ganz leicht zum Mikrofon vor und sagte: »Guten Abend. Vielen Dank. Ich weiß es zu schätzen.« Das Publikum liebte ihn. Es dauerte länger als sonst, bis es sich wieder beruhigt hatte.

Schließlich dankte er seinen Anhängern, dass sie an diesem Nachmittag gekommen waren, und warnte sie, dass das Spiel noch nicht gewonnen sei. Bis zur Wahl seien es noch zwei Wochen, und er brauche ihre Unterstützung mehr denn je. Er hielt die gleiche Rede jetzt seit zwei oder drei Tagen und gedachte, sie auch in den nächsten zwei, drei Tagen zu halten.

Während sich Ryan an seine Unterstützer wandte, ließ er den Blick über das Publikum schweifen. Ganz links erkannte er gerade noch den Rücken Arnie van Damms, der mit seinem Handy am Ohr den Saal verließ. Trotz der Entfernung hatte Jack bemerkt, dass Arnie über etwas erregt war. Er wusste nur nicht, ob es etwas Gutes oder Schlechtes war.

Auf seinem Weg nach draußen verschwand van Damm hinter einem Berg von Ballonen.

Ryan kam allmählich zum Ende. Er ließ noch einige griffige Sätze los, nach denen das Publikum wie stets tosend applaudierte. Er musste jedes Mal etwa dreißig Sekunden warten, bis er weiterreden konnte. Er hatte noch ein paar davon auf Lager, als van Damm direkt vor ihm an der Bühne erschien. Er machte ein ernstes Gesicht. Obwohl er von den Kameras nicht erfasst werden konnte, gab er Ryan nur verstohlen ein »Komm zum Ende«-Zeichen, indem er seinen Zeigefinger kreisen ließ.

Jack folgte seiner Aufforderung, bemühte sich jedoch, sein fröhliches Gesicht zu bewahren, während er sich fragte, was eigentlich los war.

Van Damms Miene ließ da keinen Zweifel, es gab schlechte Nachrichten.

Normalerweise marschierte Ryan am Ende einer Wahlkampfveranstaltung durch den ganzen Saal nach draußen. Dies dauerte gewöhnlich mehrere Minuten, in denen er Hände schüttelte und sich von seinen Anhängern fotografieren ließ. Jetzt führte ihn jedoch van Damm sofort nach hinten von der Bühne. Das Publikum jubelte, und die Musik dröhnte durch den Saal. Noch einmal drehte er sich um und winkte seinen Unterstützern zu, dann war er verschwunden.

Auf dem Gang schirmte ihn Andrea Price-O'Day wie gewohnt von hinten ab, während van Damm vorauseilte.

»Was ist los?«, rief ihm Jack zu.

»Nicht hier, Jack«, sagte Arnie, als sie schnellen Schrittes durch das Gebäude gingen. Der Gang war voller Pressevertreter, Freunde und Anhänger, die sie jetzt alle links liegen ließen. Ryans wohlgeübtes Lächeln war jetzt endgültig verschwunden. Er ging noch schneller, um zu seinem Wahlkampfmanager aufzuschließen.

»Verdammt noch mal, Jack. Ist was mit meiner Familie?«

»Nein, mein Gott, nein, Jack! Entschuldige!« Arnie winkte Jack, ihm weiter zu folgen.

»Okay.« Ryan entspannte sich ein wenig. Es ging um Politik, das war alles.

Sie öffneten eine Seitentür und eilten auf den Parkplatz hinaus. Ryans Geländewagen parkte in der ersten Reihe. Mehrere Secret-Service-Agenten schlossen sich ihnen jetzt an, und van Damm ging zu den Fahrzeugen voraus.

Fast hätten sie es geschafft. Aber dann trat ihnen nur sechs Meter vor Ryans SUV eine einzelne Reporterin mit einem Videofilmer im Schlepptau in den Weg. Auf ihrem Mikrofon stand das Logo eines örtlichen Senders, der zur CBS-Kette gehörte.

Ohne Vorrede steckte sie das Mikrofon zwischen zwei großen Secret-Service-Beamten hindurch und hielt es Ryan direkt ins Gesicht. »Mr. President, wie ist Ihre Reaktion auf die Erklärung des Justizministers, dass er gegen Ihre persönliche Leibwache eine Mordermittlung in die Wege geleitet hat?«

Ryan blieb sofort stehen. Dass sich die Reporterin etwas ungenau ausgedrückt hatte, machte ihn nur noch verwirrter. Er schaute sich zu seiner leitenden Secret-Service-Agentin Andrea Price-O'Day um, die gerade über ihr Ansteckmikrofon mit den Fahrern des Wagenkonvois sprach und deswegen die Frage der Reporterin nicht gehört hatte. *Andrea ist wegen Mordes angeklagt?* »Was?«, fragte Ryan.

»Gegen John Clark, Ihren früheren Leibwächter. Wissen Sie, dass er auf der Flucht vor der Polizei ist? Können Sie uns sagen, wann Sie das letzte Mal mit ihm gesprochen haben und worüber das war?«

Ryan schaute van Damm an, der ebenfalls gegen einen Reh-im-Scheinwerferlicht-Blick ankämpfte. Arnie packte Jack am Arm und versuchte, ihn zu den Fahrzeugen zu bugsieren.

Ryan fasste sich jedoch zumindest so weit, dass er sich wieder der Reporterin zuwandte und sagte: »Ich werde dazu in Kürze eine Erklärung abgeben.«

Als die eifrige junge Reporterin merkte, dass Ryan keine Ahnung hatte, worüber sie überhaupt sprach, schob sie weitere Fragen nach. Aber Ryan sagte kein Wort mehr, sondern zwängte sich hinter seinen Wahlkampfmanager in den Geländewagen. Zwanzig Sekunden später fuhr der SUV mit Ryan, van Damm und Price-O'Day in aller Eile los.

»Was zum Teufel war denn das?«, fragte Jack.

Van Damm hing schon wieder am Telefon. »Ich habe gerade das Neueste aus Washington erfahren. Brannigan berief überraschend eine Pressekonferenz kurz vor den Sechs-Uhr-Nachrichten ein und behauptete, dass Clark eine Mordanklage am Hals habe. Ich fand dann über das FBI heraus, dass John dem SWAT-Team entkommen ist, das ihn verhaften sollte.«

»Was für ein Mord?«, rief Jack.

»Es hat wohl mit seinen Aktionen in der CIA zu tun. Ich versuche gerade, vom Justizministerium eine Kopie des Haftbefehls zu bekommen. Ich sollte sie in einer Stunde haben.«

»Aber das sind politische Machenschaften. Ich habe dem Mann einen vollständigen Gnadenerlass für seine Tätigkeit bei der CIA erteilt. Ich wollte damit verhindern, dass genau so etwas passiert«, schrie Ryan mit geschwollenen Halsadern.

»Natürlich geht es hier um Politik. Kealty will ihm ans Leder, um dich dranzubekommen. Wir müssen in dieser Angelegenheit äußerst vorsichtig vorgehen, Jack. Wir fahren ins Hotel zurück, ziehen einige Erkundigungen ein und geben dann eine wohlformulierte Erklärung ab …«

»Ich werde mich jetzt sofort vor die Kameras stellen und ganz Amerika erzählen, was für ein Mann das ist, den Kealty auf diese Weise schikaniert. Das muss sofort aufhören!«

»Jack, wir kennen die Details nicht. Wenn Clark etwas gemacht hat, wofür du ihn nicht begnadigt hast, sieht das Ganze ausgesprochen schlecht aus.«

»Ich weiß, was Clark getan hat. Mein Gott, ich habe ihm doch manches davon befohlen!« Ryan dachte einen Moment nach. »Was ist mit Chavez?«

»Er wurde auf Brannigans Pressekonferenz nicht erwähnt.«

»Ich muss Johns Frau anrufen.«

»Clark muss sich stellen.«

Jack schüttelte den Kopf. »Nein, Arnie. Glaub mir, das wird er nicht tun.«

»Warum nicht?«

»Weil John an etwas beteiligt ist, das geheim bleiben muss. Belassen wir es dabei. Ich jedenfalls werde Clark nicht dazu aufrufen, aus der Deckung zu kommen.«

Arnie wollte protestieren, aber Ryan hob die Hand.

»Es muss dir nicht gefallen, aber du wirst das Ganze jetzt sofort auf sich beruhen lassen. Vertrau mir, Clark muss in Deckung bleiben, bis sich das hier verzogen hat.«

»*Wenn* es sich verzieht«, sagte Arnie.

43

General Riaz Rehan betrat in Begleitung zweier Haqqani-Kämpfer die Ziegelhütte. Sie standen links und rechts von ihm und richteten ihre Taschenlampen auf die Gestalt, die in einer Ecke des Raums auf dem Boden zusammengesackt war. Die beiden Beine des Mannes waren roh verbunden. Er lag mit dem Kopf zur Wand auf seiner linken Schulter.

Die Haqqani-Männer trugen schwarze Turbane und lange Bärte, Rehan dagegen nur einen einfachen *Salwar Kamiz* und eine leichte Gebetsmütze. Sein Bart war kurz und gepflegt, was den Kontrast zu den beiden langhaarigen Paschtunen noch verstärkte.

Rehan musterte den Gefangenen. Dessen verfilzte und völlig verschmutzte Haare waren schon ziemlich ergraut, trotzdem war das kein alter Mann.

Er war gesund, zumindest war er es, bevor ihn eine raketengetriebene Granate über drei Meter weit geschleudert hatte.

Rehan beugte sich einige Sekunden über den Mann, aber dieser rührte sich nicht. Schließlich trat ihn ein paschtunischer Kämpfer gegen sein verbundenes Bein. Er regte sich, wandte sich dem Licht zu, versuchte jedoch seine Augen mit den Händen vor ihm zu schützen. Dann setzte er sich mit geschlossenen Augen auf.

Die Handgelenke des Ungläubigen waren an einen im

Gussbetonboden verankerten Metallring gekettet, und seine Füße waren nackt.

»Augen auf!«, befahl General Rehan. Der pakistanische General gab den beiden Wächtern das Zeichen, ihre Taschenlampen etwas tiefer zu halten. Der bärtige Westler öffnete langsam die Augen. Rehan sah, dass dessen rechtes Auge blutrot war. Vielleicht hatte er einen Schlag ins Gesicht erhalten, aber wahrscheinlich war es eine Folge der Gehirnerschütterung durch die RPG-Explosion, die auch die anderen Verletzungen des Gefangenen verursacht hatte, wie man Rehan erzählt hatte.

»Also … Sie sprechen englisch, ja?«, fragte Rehan.

Der Mann gab zuerst keine Antwort, zuckte jedoch nach einem kurzen Moment die Achseln und nickte.

Der General ging in die Hocke und rückte noch näher an seinen Gefangenen heran. »Wer sind Sie?«

Keine Antwort.

»Wie heißen Sie?«

Immer noch nichts.

»Es spielt eigentlich auch keine Rolle. Laut meinen Quellen sind Sie hier in Pakistan Gast Major Mohammed al-Darkurs vom Joint Intelligence Bureau. Sie sind hierhergekommen, um etwas auszuspionieren, das al-Darkur irrtümlicherweise für ein Lager hält, das der ISI und das Haqqani-Netzwerk gemeinsam betreiben.«

Der Verwundete antwortete nicht. Unter dem schwachen Licht war es zwar kaum zu erkennen, aber seine Pupillen waren aufgrund seiner Gehirnerschütterung noch immer geweitet.

»Ich würde sehr gerne verstehen, warum Sie genau jetzt hier in Miran Shah sind. Versuchen Sie etwas ganz Spezielles herauszufinden, oder war es nur Schicksal, dass Ihre Reise in die Stammesgebiete zur selben Zeit wie mein Besuch stattfand? Major al-Darkur steckt in letzter Zeit seine

Nase etwas zu sehr in meine Angelegenheiten. Das wird allmählich lästig.«

Der Grauhaarige starrte ihn nur an.

»Sie sind ein ziemlich langweiliger Gesprächspartner, mein Freund.«

»Man hat mich schon Schlimmeres genannt.«

»Ah. Jetzt reden Sie also doch. Sollen wir uns höflich von Mann zu Mann unterhalten, oder muss ich meine Helfer hier bitten, Ihnen die nächsten Worte an Ihrer Zunge vorbei aus dem Hals zu ziehen?«

»Tun Sie doch, was Sie nicht lassen können, ich genehmige mir jetzt ein Nickerchen.« Mit diesen Worten legte sich der Amerikaner auf die Seite. Seine Ketten klirrten auf dem Betonboden, als er seine Schlafposition einnahm.

Rehan schüttelte frustriert den Kopf. »Ihr Land hätte sich aus Pakistan heraushalten sollen, so wie es schon die Briten hätten tun sollen. Aber Sie injizieren sich selbst, Ihre Kultur, Ihr Militär und Ihre Sündhaftigkeit in alle Ritzen unseres Globus. Sie sind wie eine Infektion, die sich immer weiter ausbreitet.«

Rehan wollte noch etwas sagen, unterließ es dann aber. Stattdessen winkte er ärgerlich ab und wandte sich an einen Haqqani-Kämpfer.

Der Amerikaner sprach kein Urdu, die Muttersprache General Rehans, aber auch kein Paschtu, die Heimatsprache der Mitglieder des Haqqani-Netzwerks. Als Rehan jetzt englisch sprach, wollte er sichergehen, dass Sam seinen Befehl auch ganz bestimmt verstand.

»Bekomm heraus, was er weiß. Wenn er es dir freiwillig erzählt, richte ihn auf humane Weise hin. Wenn er aber deine Zeit vergeudet, solltest du dafür sorgen, dass er das bereut.«

»Jawohl, General«, antwortete der Turbanträger.

Rehan drehte sich um und zog den Kopf ein, als er durch die niedrige Tür ging.

Vom Boden aus beobachtete Driscoll, wie der General die Ziegelzelle verließ. Als er gegangen war, murmelte Sam: »Du erinnerst dich vielleicht nicht mehr an mich, aber ich erinnere mich an dich, Arschloch.«

44

John Clark stieg morgens um 5.50 Uhr in Arlington, Virginia, aus dem Bus. Mit über den Kopf gezogener Kapuze ging er den North Pershing Drive hinunter. Sein Ziel war der 600er Block der North Fillmore Street. Er nahm jedoch nicht den direkten Weg, sondern ging auf dem Pershing Drive weiter, schlich dann geduckt die Einfahrt eines abgedunkelten zweistöckigen Schindelhauses hinauf und folgte der Grundstücksgrenze bis zum rückwärtigen Zaun. Er kletterte hinüber und folgte dem Zaun bis zu einem Autostellplatz. Direkt gegenüber auf der anderen Straßenseite lag sein Ziel.

Er ging mit heftig knackenden Knien neben einem Mülleimer in die Hocke und begann, das zweistöckige weiß getünchte Haus zu beobachten.

Es war ein kalter Morgen. Die Temperatur lag bestimmt unter fünf Grad. Aus Nordwesten blies eine eisige Brise herüber. Clark war müde. Er war die ganze Nacht unterwegs gewesen. Von einem Coffeeshop in Frederick über einen Bahnhof in Gaithersburg zu einer Bushaltestelle in Rockville. Danach war er in Falls Church und Tysons Corner in andere Busse umgestiegen. Er hätte auch eine direktere Route nehmen können, aber er wollte nicht zu früh ankommen. Ein Mann, der an einem Werktag frühmorgens auf der Straße ging, fiel weniger auf als ein Mann, der mitten in der Nacht zu Fuß durch ein Wohnviertel unterwegs war.

Dies galt vor allem, wenn er es mit erfahrenen Spähern zu tun hatte.

Von seinem gegenwärtigen Standort zwischen einem Saab und einem Mülleimer aus, der offensichtlich bis oben hin mit schmutzigen Windeln gefüllt war, sah Clark keine Überwachungsmannschaft, die das weiß getünchte Haus auf der anderen Seite der schmalen North Fillmore Street beobachtet hätte, aber er war sich ziemlich sicher, dass sie da war. Sie würden vermuten, dass er den Mann besuchen wollte, der dort drüben wohnte. Wahrscheinlich hatten sie ein mit zwei Mann besetztes Auto in eine Einfahrt irgendwo in dieser Straße gestellt. Wenn der Eigentümer herauskäme, um zu sehen, wer zum Teufel da in seiner Einfahrt parkte, würden die Späher ihren FBI-Ausweis zücken, und die Sache wäre erledigt.

Er musste zwanzig Minuten warten, bis im ersten Stock ein Licht anging. Einige Minuten später machte jemand auch im Erdgeschoss das Licht an.

Clark wartete weiter. Als ihm das Bein einschlief, setzte er sich für einen Moment auf die Umgrenzungsmauer des Stellplatzes, um es strecken zu können.

Genau in diesem Moment öffnete sich die Eingangstür des Hauses. Ein Mann in einer Windjacke kam heraus und begann langsam die Straße hinunterzujoggen.

Clark stand leise auf und ging durch die beiden Hinterhöfe zurück zum Pershing Drive.

Zuerst vergewisserte sich John Clark, dass niemand dem CIA-Archivar James Hardesty folgte, bevor er ihm hinterherjoggte. Inzwischen drehten noch ein paar weitere Männer und Frauen aus diesem Viertel ihre morgendliche Fitnessrunde, sodass Clark nicht weiter auffiel. Das galt allerdings nur so lange, wie die Straßenlaternen die einzige Beleuchtung waren. Johns schwarze Plastik-Kapuzenjacke war zwar für einen Jogger durchaus passend, aber seine khakifarbenen Chinohosen und seine Vasque-Stiefel waren nicht gerade die typische Bekleidung eines Hobbyläufers.

Er überholte Hardesty auf dem South Washington Boulevard auf Höhe des Towers Parks. Der CIA-Mann schaute einen Augenblick über die Schulter, als er hörte, wie sich ihm ein Jogger von hinten näherte. Er machte Platz, um den Schnelleren vorbeizulassen. Doch stattdessen sprach ihn dieser Mann an: »Jim, ich bin's, John Clark. Lauf weiter. Lass uns ein Stück in den Park hineinjoggen. Ich muss mit dir sprechen.«

Ohne ein Wort rannten die beiden Männer die kleine Steigung hoch und verschwanden hinter den Bäumen. Als sie einen leeren Spielplatz erreichten, blieben sie neben einer Schaukel stehen. Es war immer noch ziemlich dunkel, gerade hell genug, um ihre Gesichter aus der Nähe zu erkennen.

»Wie geht's, John?«

»Man könnte sagen, mir ging's schon besser.«

»Die Pistole an deiner Hüfte wirst du nicht brauchen.«

Clark wusste nicht, ob sich die Waffe unter der Jacke abzeichnete oder ob Hardesty einfach geraten hatte. »Für dich brauche ich sie bestimmt nicht, ob für andere, muss sich noch zeigen.«

Keiner der beiden war außer Atem. Insgesamt waren sie nicht einmal einen Kilometer gejoggt.

»Ich habe mir gedacht, dass du hier auftauchen wirst«, sagte Hardesty.

»Das FBI hatte wahrscheinlich dieselbe Vermutung«, erwiderte Clark.

Hardesty nickte. »Jap. Einen halben Block die Straße rauf steht ein Zweimannteam der SSG. Sie tauchten bereits vor Brannigans Pressekonferenz auf.« Die Special Surveillance Group war eine Einheit des FBI, die nicht aus

»Special Agents«, sondern aus »Investigative Specialists« bestand und für die Überwachungsoperationen der Bundespolizei zuständig war.

»Das habe ich mir gedacht.«

»Ich glaube nicht, dass sie vor einer weiteren halben Stunde nach mir suchen werden. Ich gehöre ganz dir.«

»Es wird nicht lange dauern. Ich versuche nur zu verstehen, was da vor sich geht.«

»Das Justizministerium fährt diesmal schweres Geschütz gegen dich auf. Das ist eigentlich alles, was ich weiß. Aber ich möchte, dass du eines weißt. Was immer sie über dich haben, John, sie haben von mir nichts bekommen, was nicht in deiner offiziellen Personalakte steht.«

Clark hatte nicht einmal gewusst, dass Hardesty bereits befragt worden war. »Hat dich das FBI vernommen?«

Hardesty nickte. »Zwei leitende Spezialagenten haben mich gestern Morgen in einem Hotel in McLean in die Mangel genommen. Ich habe in anderen Konferenzräumen jüngere Spezialagenten gesehen, die andere Jungs von uns verhört haben. Fast jeder, der bereits beim CIA war, als du Mitglied der SAD warst, wurde über dich befragt. Ich nehme an, dass man die leitenden Agenten auf mich angesetzt hat, weil Alden ihnen erzählt hat, dass wir uns seit Urzeiten kennen.«

»Und was haben sie dich gefragt?«

»Alles Mögliche. Deine Akte hatten sie schon. Wahrscheinlich haben Kilborn und Alden, diese Ärsche, darin etwas gefunden, was sie nicht mochten, und dann das Justizministerium dazu gebracht, gegen dich zu ermitteln.«

Clark schüttelte den Kopf. »Nein. Was könnte in meiner CIA-Akte stehen, das die Agency veranlassen würde, Außenstehende auf diese Weise hineinzuziehen? Selbst wenn sie glauben würden, sie könnten mich wegen einer verdammten Hochverratssache drankriegen, würden sie das doch selbst durchziehen und erst einmal kein einziges Wort ans Justizministerium durchsickern lassen.«

Hardesty schüttelte den Kopf. »Nicht, wenn sie etwas über dich haben, was nicht Teil deiner CIA-Pflichten war. Diese Wichser würden dich, ohne zu zögern, über die Klinge springen lassen, nur weil du mit Ryan befreundet bist.«

Scheiße, dachte Clark. Ging es hier vielleicht gar nicht um den Campus? Ging es hier etwa um die Wahl? »Was haben sie gefragt?«

Hardesty schüttelte den Kopf. Dann schien ihm jedoch etwas einzufallen. »Warte mal. Ich bin Archivar. Ich kenne praktisch alles, was in den virtuellen Akten steht, oder ich habe es zumindest schon einmal gesehen. Aber sie haben mich nach einer Sache gefragt, mit der ich überhaupt nichts anfangen konnte.«

»Was war das?«

»Ich weiß, dass nicht alle deine SAD-Einsätze in den Akten aufgeführt sind, aber normalerweise gibt es darin Hinweise, was du damals tatsächlich gemacht hast. Ich habe vielleicht keine Ahnung, was ein paramilitärischer Offizier der CIA in Nigeria gemacht hat, aber ich kann dir sagen, ob er zu einer bestimmten Zeit in Afrika war. Malariaimpfungen, Flüge mit kommerziellen Fluggesellschaften, Spesenabrechnungen, die zu dem jeweiligen Einsatzort passen, solche Sachen.«

»Verstehe.«

»Aber die beiden Bundesagenten haben mich über deine Aktivitäten in Berlin im März 1981 ausgefragt. Ich bin dann die Akten durchgegangen …« Hardesty schüttelte den Kopf. »Nichts. Nichts, das darauf hinwiese, dass du zu dieser Zeit überhaupt in der Gegend von Deutschland warst.«

John Clark musste nicht erst lange nachdenken. Er erinnerte sich sofort. Er gab jedoch nichts davon preis, sondern fragte nur: »Haben sie dir geglaubt?«

James schüttelte den Kopf. »Nein, überhaupt nicht. Offensichtlich hatte Alden ihnen erzählt, dass sie bei mir achtgeben müssten, da ich und du eine lange gemeinsame Geschichte hätten. Also haben sie mich ganz schön in die Mangel genommen. Sie haben mich nach einem Mord gefragt, den du an einem Stasi-Agenten namens Schumann begangen haben sollst. Ich habe ihnen die Wahrheit erzählt. Ich habe noch nie von einem Schumann gehört und weiß nichts über einen Berlin-Aufenthalt von dir im Jahr 1981.«

Clark nickte nur und behielt sein Pokerface bei. Die Frage, die John stellen wollte, hing einen Moment in der Luft, dann beantwortete sie Hardesty unaufgefordert.

»Ich habe kein einziges, verdammtes Wort über Hendley Associates gesagt.« Jim Hardesty war einer der wenigen bei der CIA, die etwas von der Existenz des Campus wussten. Tatsächlich war es Jim Hardesty gewesen, der Chavez und Clark überhaupt erst vorgeschlagen hatte, sich mit Gerry Hendley zu treffen.

Clark schaute seinem alten Kameraden direkt in die Augen. Es war zu dunkel, um in seinem Gesicht zu lesen, aber Clark entschied, dass Jim Hardesty ihn nicht anlügen würde. Nach ein paar Sekunden sagte er: »Danke.«

James zuckte nur die Achseln. »Ich nehme das mit ins Grab. Hör mal, John, was immer damals in Deutschland passiert ist, hier geht es doch gar nicht um dich. Du bist nur eine Schachfigur. Kealty möchte Ryan in der Frage der Geheimmissionen in die Ecke drängen. Er benutzt dich. Du bist schuldig aufgrund deiner persönlichen Verbindungen oder wie immer du das bezeichnen möchtest. Aber die Art, wie er das FBI deine vergangenen CIA-Einsätze durchwühlen lässt, sie öffentlich macht und herumzeigt, Sachen, die man nach all der Zeit ruhen lassen sollte – ich meine, er gräbt in Langley alte Knochen aus, *keiner* braucht so etwas.«

John schaute ihn nur an.

»Du weißt und ich weiß, dass sie nichts rechtlich Tragfähiges gegen dich haben. Es bringt dir deswegen nichts, wenn du die Situation noch verschlimmerst.«

»Sag, was du mir sagen willst, Jim.«

»Ich mache mir keine Sorgen wegen dieser Anklage gegen dich. Du bist ein zäher Brocken.« Er seufzte. »Ich habe Angst, dass du getötet wirst.«

John sagte nichts.

»Du solltest vor dieser Sache nicht weglaufen. Sobald Ryan gewählt ist, wird das Ganze im Sand verlaufen. Vielleicht – aber nur vielleicht – wirst du zwölf Monate in einem Bundesgefängnis absitzen. Damit kannst du doch umgehen.«

»Du möchtest, dass ich mich stelle?«

Hardesty seufzte. »Auf diese Weise wegzulaufen ist nicht gut für dich, ist nicht gut für die amerikanischen Geheimoperationen und ist nicht gut für deine Familie.«

Clark nickte jetzt und schaute auf die Uhr. »Vielleicht mache ich das.«

»Es wäre das Beste.«

»Du solltest besser heimgehen, bevor die SSG nach dir schaut.«

Die Männer gaben sich die Hand. »Denk darüber nach, was ich dir gesagt habe.«

»Das werde ich.« Clark verschwand zwischen den Bäumen neben dem Spielplatz und machte sich zur nächsten Bushaltestelle auf.

Er hatte jetzt einen Plan, eine Richtung.

Er würde sich nicht stellen.

Nein, er würde nach Deutschland gehen.

45

Clark saß in der CVS-Apotheke im Sandtown-Viertel in West Baltimore. Es war ein völlig heruntergekommenes Elendsviertel, in dem das Verbrechen blühte und die Häuser verfielen, ein guter Ort, um unterzutauchen.

Um ihn herum saßen Einwohner des Viertels, die meisten alt und kränklich, und warteten darauf, dass man ihnen die Medikamente auf ihren Arztrezepten aushändigte. John hatte seine Jacke bis zum Hals hochgezogen und sich eine Strickmütze über die Ohren gestülpt. Es ließ ihn aussehen, als ob er eine schlimme Erkältung hätte, aber es diente auch dazu, seine Gesichtszüge zu verbergen, falls jemand sogar hier nach ihm suchen sollte.

Clark kannte Baltimore. Er war als junger Mann durch diese Straßen gezogen. Damals war er gezwungen gewesen, sich als Obdachloser zu verkleiden, um die Drogenbande aufzuspüren, die seine Freundin Pam vergewaltigt und ermordet hatte. Er hatte hier in Baltimore eine Menge Leute getötet, eine Menge Leute, die es alle verdient hatten.

Das war auch etwa die Zeit, als er der CIA beitrat. Admiral Jim Greer hatte ihm geholfen, seine Taten hier in Baltimore zu vertuschen, damit er für die Special Activities Division arbeiten konnte. Und das war die Zeit, als er Sandy O'Toole kennenlernte, die später Sandy Clark, seine Frau, werden sollte.

Er fragte sich, wo Sandy jetzt wohl gerade war, aber er würde sie nicht anrufen. Er wusste, dass sie überwacht wurde, und er wusste auch, dass Ding sich um sie kümmern würde.

Im Moment musste er sich ausschließlich auf seinen Plan konzentrieren.

John wusste, dass das FBI einen BOLO (»Be on the lookout«)-Alarm ausgerufen hatte, nachdem sie ihn in Emmitsburg verpasst hatten. Dieser Alarm erging an alle Strafverfolgungsbehörden in der ganzen Gegend und stellte sicher, dass jeder vom einfachen Verkehrspolizisten bis zum Mafiajäger jetzt sein Bild und seine Beschreibung besaß und den Befehl hatte, ihn sofort festzunehmen, wenn er ihn sah. Clark wusste, dass das FBI darüber hinaus seine übrigen riesigen Ressourcen nutzte, um ihn zur Strecke zu bringen.

An diesem Ort fühlte er sich zwar relativ sicher, aber es würde bestimmt nicht lange dauern, bis man ihn auch hier aufspüren würde.

Obwohl er neben den anderen in dieser Apotheke saß, wartete er nicht auf irgendwelche Medikamente. Stattdessen schaute er immer wieder in die Spiegel, die im rückwärtigen Teil des Ladens hingen, und hielt Ausschau nach jemand, der nach ihm suchen könnte.

Zehn Minuten lang saß er so da und wartete.

Aber nichts geschah.

Als Nächstes kaufte er im vorderen Teil der Apotheke ein Wegwerfhandy. Er holte es gleich aus der Packung und schaltete es ein. Danach tippte er eine zweizeilige SMS ein und schickte sie an Domingo Chavez. Er wusste nicht, ob auch Ding überwacht wurde und welche Kreise das Ganze inzwischen gezogen hatte. Aus diesem Grund hatte er auch zu Ding und dem Campus keinen Kontakt mehr hergestellt. Aber er und Chavez hatten untereinander Codes vereinbart, wenn einmal nicht klar sein sollte, ob der andere nicht vielleicht unter Überwachung stand.

Jetzt kam eine Gruppe lauter, rau aussehender afroamerikanischer Teenager herein. Sie wurden sofort still, als sie Clark bemerkten. Sie starrten ihn lange an und taxierten ihn, wie Raubtiere ihre Beute taxieren. Clark hatte an seinem neuen Handy herumgefummelt, aber jetzt hörte er damit auf und starrte zurück. Er wollte die sechs Jugendlichen nur wissen lassen, dass er sich ihrer Gegenwart und ihres Interesses an ihm bewusst war. Das reichte allemal aus, dass sie das Feld räumten und nach leichterer Beute suchten. John konzentrierte sich jetzt wieder auf seine Arbeit.

Plötzlich erhielt er eine SMS: *21 Uhr BWI OK?*

John nickte dem Telefon zu und tippte seine Antwort ein: *OK*.

Drei Minuten später ging er in Richtung Norden die Stricker Street hinauf und entfernte dabei die Batterie aus dem Handy. Er warf seinen leeren Kaffeebecher, das Mobiltelefon und die Batterie in einen Gully und ging weiter.

Sekunden vor neun Uhr an diesem Abend stand Domingo Chavez an der dunklen Rampe vor den Maryland Charter Aviation Services auf dem Baltimore-Washington-International-Flughafen BWI. Es fiel ein kalter Regen. Vom Schild seiner Basecap tropfte das Wasser und geriet ihm bei jedem Windstoß in die Augen. Sein Anorak schützte ihn zwar vor der Nässe, aber nicht vor der Kälte. Fünfzig Meter links von ihm stand abflugbereit die Gulfstream G550 von Hendley Associates. Allerdings gab es noch keinen Flugplan. Kapitänin Reid und der Erste Offizier Hicks saßen im Cockpit, und Adara Sherman bereitete die Kabine vor. Alle drei hatten keine Ahnung, wohin es gehen sollte.

Ding schaute auf seine Luminox-Uhr. Die mit Tritiumgas

gefüllten Borosit-Kapseln in den Zeigern und dem Zifferblatt leuchteten in der Dunkelheit.

Jetzt war es genau neun Uhr.

In diesem Moment tauchte eine Gestalt aus der Dunkelheit auf. Clark trug eine schwarze Kapuzenjacke und hatte kein Gepäck dabei. Er hätte auch ein Mitglied des Bodenpersonals sein können.

»Ding«, grüßte er mit einem kurzen Nicken.

»Wie geht's, John?«

»Ich bin okay.«

»Langen Tag gehabt?«

»Nichts, was ich nicht schon Hunderte Male durchgemacht hätte. Normalerweise passiert das nur nicht in meinem eigenen Land.«

»Das Ganze ist eine verdammte Scheiße.«

»Ganz deiner Meinung. Irgendwelche Neuigkeiten?«

Chavez zuckte die Achseln. »Nur ein paar. Das Weiße Haus will über dich an Ryan ran. Keine Ahnung, ob sie etwas über den Campus wissen oder ob ihnen überhaupt bekannt ist, dass du seit deiner Pensionierung von der Agency für Hendley Associates arbeitest. Die Anklageschrift steht unter Verschluss, und keiner macht den Mund auf. Sollten sie von der Existenz des Campus wissen oder irgendetwas ahnen, lassen es die Kealty-Leute zumindest nicht raus. Sie tun so, als ob das ein uralter Fall wäre, den man neu aufgerollt hat und dann irgendwie auf deinen Namen gekommen ist.«

»Wie geht's der Familie?«

»Sandy geht es gut. Uns geht es allen gut. Ich passe auf sie auf, und wenn ich doch noch unter Beschuss geraten sollte, übernehmen die Ryans. Alle lassen dich grüßen und wünschen dir alles Gute.«

Clark nickte und ließ einen langen Seufzer hören.

Ding deutete auf die Gulfstream. »Hendley hat mir auch

etwas aufgetragen. Er möchte, dass du eine Zeit lang untertauchst.«

»Ich werde nicht untertauchen.«

Chavez nickte nachdenklich. »Du wirst etwas Hilfe brauchen.«

»Nein, Ding. Das muss ich alleine durchziehen. Ich möchte, dass du beim Campus bleibst. Dort gibt es im Moment viel zu viel zu tun. Ich werde auf eigene Faust herausfinden, wer hinter dieser Sache steckt.«

»Ich verstehe ja, dass du die Firma da raushalten möchtest, aber lass mich trotzdem mitkommen. Cathy Ryan passt während unserer Abwesenheit auf Sandy auf. Wir sind doch ein prima Team, und du brauchst jemand, der dir den Rücken frei hält.«

Clark schüttelte den Kopf. »Ich weiß das zu schätzen, aber der Campus braucht dich mehr als ich. Das OPTEMPO ist gerade zu hoch, als dass wir beide gehen könnten. Ich melde mich dann schon über geheime Kanäle, sollte ich doch noch Hilfe benötigen.«

Chavez gefiel das Ganze nicht. Er wollte seinen Freund nicht im Stich lassen. Trotzdem sagte er: »Roger, John. Die 550 wird dich hinbringen, wo immer du willst.«

»Hast du einen sauberen Pass für mich an Bord?«

Jetzt lächelte Ding. »Aber klar doch. Viele. Aber ich habe auch noch etwas anderes an Bord gebracht, für den Fall, dass du heimlich in ein Land gelangen musst, ohne eine Dokumentenspur zu hinterlassen.«

Clark verstand. »Weiß Captain Reid davon?«

»Ja, und sie wird mitmachen. Miss Sherman wird dir bei den Vorbereitungen helfen.«

»Ich sollte dann wohl losziehen.«

»Viel Glück, John. An eines musst du dich immer erinnern. Überall. Immer. Wenn du mich rufst, komme ich. Verstanden?«

»Verstanden, und ich weiß es zu schätzen.« Die Männer schüttelten sich die Hand und umarmten sich. Sekunden später ging John Clark zur Gulfstream hinüber, während ihm Domingo Chavez durch den Regen hinterherblickte.

Die Gulfstream der Firma Hendley Associates flog nach Bangor, Maine. Das war jedoch nicht ihr endgültiges Ziel. Sie landete dort nur, um aufzutanken und bis zum nächsten Nachmittag zu warten. Dann würde sie nach Europa weiterfliegen. John Clark blieb im Flugzeug, während die Crew den Rest des Abends und die Nacht in einem örtlichen Hotel verbrachte.

Laut ursprünglichem Flugplan waren sie unterwegs nach Genf, den würden sie jedoch während des Flugs ändern. Die Zollkontrolle in Bangor war ein Kinderspiel, obwohl Clarks Gesicht seit vierundzwanzig Stunden in den Nachrichten war. Sein falscher Schnurrbart, sein Toupet und seine Spielzeugbrille mit ihren dicken Gläsern stellten eine vollkommene Tarnung dar.

Um siebzehn Uhr an diesem Mittwoch hob die G550 von der Startbahn 33 ab, drehte nach Nordosten ein und begann ihren langen Flug über den Atlantik.

Clark hatte den ganzen Tag damit verbracht, im Flugzeug auf dem Laptop seine Zielperson zu suchen. Er hatte Karten, Fahrpläne, den Wetterbericht, die Gelben Seiten und das normale Telefonverzeichnis durchgeschaut. Dazu kamen noch eine Menge Datenbanken, in denen alle Personen aufgeführt waren, die in Deutschland auf Bundes-, Landes- und Gemeindeebene im Staatsdienst standen. Er suchte nach einem Mann, der vielleicht sogar schon tot war, der ihm jedoch wertvolle Hinweise liefern konnte, welche Leute da hinter ihm her waren.

Der vierundsechzigjährige frühere Navy SEAL schlief

auf dem Flug ein paar Stunden, bis ihn das reizende Lächeln Adara Shermans weckte, die sich über ihn beugte.

»Mr. Clark? Es ist Zeit, Sir.«

Er setzte sich auf. Als er aus dem Fenster schaute, sah er unter sich nichts als Wolken und über sich den Mond.

»Wie ist das Wetter?«

»Wolkendecke auf zweitausendfünfhundert Meter Höhe. Außentemperatur um den Gefrierpunkt.«

Clark lächelte. »Dann sollte ich mir wohl lange Unterhosen anziehen.«

Sherman lächelte zurück. »Ganz bestimmt. Darf ich Ihnen eine Tasse Kaffee bringen?«

»Das wäre großartig.«

Als sie in die Bordküche ging, wurde Clark zum ersten Mal bewusst, wie besorgt sie über das war, was sie jetzt vorhatten.

Eine Viertelstunde später meldete sich Captain Helen Reid über den Kabinenlautsprecher. »Wir sind auf zweitausendsiebenhundert Meter. Ich beginne jetzt mit der Druckabsenkung.«

Fast sofort fühlte Clark einen Schmerz in den Ohren und der Nasennebenhöhle, als der Druck in der Kabine sank. Während Clark schon fertig angekleidet war, zog Adara Sherman jetzt erst ihren doppelreihigen Wollmantel an, um sich dann neben ihn auf das Sofa zu setzen. Sie achtete darauf, alle Knöpfe zuzumachen und den Gürtel festzuziehen und mit einem doppelten Knoten zu sichern. Es war ein hochmodischer Mantel von DKNY, aber in diesem zusammengeschnürten Zustand sah er an ihr doch etwas seltsam aus.

Während sie in ihre Handschuhe schlüpfte, fragte sie: »Wie lange ist es her, seit Sie aus einem Flugzeug gesprungen sind, Mr. Clark?«

»Ich bin schon aus Flugzeugen gesprungen, da waren Sie noch nicht mal auf der Welt.«

»Und wie lange weichen Sie schon unangenehmen Fragen aus?«

Clark lachte. »Etwa so lange, wie ich aus Flugzeugen springe. Ich gebe es zu. Ich habe das schon eine ganze Weile nicht mehr gemacht. Ich nehme an, es ist so schwierig, wie von einem Holzklotz zu hüpfen, wie man im Mittleren Westen sagt.«

Hinter ihrer Brille umrahmten jetzt Sorgenfalten ihre Augen. »Genau, es ist, als ob man von einem Holzklotz springt, der sich zweitausend Meter über dem Boden mit zweihundert Stundenkilometern vorwärtsbewegt.«

»Da mögen Sie recht haben.«

»Wollen Sie die ganze Prozedur vielleicht noch einmal durchgehen?«

»Nein. Ich habe sie intus. Ich schätze Ihren Sinn für Details.«

»Wie geht es Ihrem Arm?«

»Er steht nicht auf der Liste meiner zehn schwersten Probleme, also nehme ich an, dass er in Ordnung ist.«

»Viel Glück, Sir. Ich spreche für die ganze Crew, wenn ich Ihnen sage, dass Sie uns jederzeit rufen können, wenn Sie uns brauchen.«

»Vielen Dank, Miss Sherman, aber ich darf niemand in das hineinziehen, was ich jetzt vorhabe. Ich hoffe, Sie wiederzusehen, wenn alles vorbei ist, aber ich werde während meiner Operation das Flugzeug nicht mehr benutzen.«

»Ich verstehe.«

Jetzt war wieder Captain Reid im Lautsprecher zu hören. »Noch fünf Minuten, Mr. Clark.«

John konnte nur mit Schwierigkeiten aufstehen. An seine Brust hatte er eine kleine Segeltuchtasche geschnallt, in der sich eine Brieftasche mit Bargeld, ein Geldgürtel, gefälschte Ausweise für zwei unterschiedliche Personen, ein Handy mit einem Ladegerät, eine SIG-Sauer-Pistole, Kaliber .45, mit Schalldämpfer, vier Magazine mit Hohlspitzgeschossen und ein Allzweckmesser befanden.

Auf seinen Rücken hatte er sich einen MC4-Ram-Air-(Staudruck-)Fallschirm geschnallt.

Der Erste Offizier Chester »Country« Hicks kam jetzt aus dem Cockpit, schüttelte John die Hand und ging dann mit Clark und Adara zum hinteren Ende der Kabine. Hier öffnete Sherman die kleine innere Gepäcktür, durch die man von der Kabine in den Gepäckraum gelangte. Sherman und Hicks schnallten breite Stoffgurte an, die an den Kabinensitzen festgemacht waren, und krochen dann einer nach dem anderen in den kleinen Gepäckraum hinein. Bereits vorher hatten sie das ganze Gepäck in die Kabine geholt und dort an den Passagiersesseln verzurrt. Trotzdem konnten sie sich jetzt in dem engen Kabuff nur auf den Knien bewegen.

Hicks rutschte nach links und Adara nach rechts zur äußeren Gepäcktür hinüber. Clark blieb erst einmal in der Flugzeugkabine, da für mehr als zwei Personen kein Platz war. Er ließ sich auf die Knie fallen und wartete.

Eine Minute später schaute Hicks auf die Uhr. Er nickte Sherman zu, und beide zogen an der äußeren Gepäcktür. Die Luke maß nur neunzig auf fünfundneunzig Zentimeter, war aber äußerst schwer zu öffnen. Die Außentür war mit dem Flugzeugrumpf bündig und lag direkt unter dem linken Triebwerk. Der Luftstrom über der Außenhaut des Flugzeugs verursachte einen Vakuumsog, den die beiden Crew-Mitglieder im Gepäckraum mit roher Gewalt überwinden mussten. Schließlich konnten sie die Tür doch nach innen ziehen. Sofort zischte ein kalter Nachtwind in den winzigen Raum. Der Weg nach draußen war jetzt offen.

Das Backbordtriebwerk verursachte einen solchen Höllenlärm, dass die Crew-Mitglieder laut schreien mussten, wenn sie sich verständigen wollten.

Captain Reid war inzwischen unter die Wolkenschicht hinuntergetaucht. Bald würde sie mit dem Landeanflug auf den Zielflughafen Berlin-Tegel beginnen. Die Erde unter ihnen war immer noch tiefschwarz, nur ab und zu waren einige Lichter zu sehen. Die nächste Ansiedlung war das Städtchen Kremmen, das vierzig Kilometer nordwestlich von Berlin lag. Clark und Reid hatten sich jedoch für eine Absprungzone etwas weiter im Westen entschieden, da es dort viele offene Felder gab, die von einem Wald eingefasst waren. An einem frühen Donnerstagmorgen würde es in dieser Gegend wohl ziemlich menschenleer sein.

Clark hielt seine Augen ständig auf Hicks gerichtet. Als der Erste Offizier von seiner Uhr emporblickte und auf Clark deutete, begann dieser von zwanzig rückwärts zu zählen: »Zwanzig, eintausend. Neunzehn, eintausend. Achtzehn, eintausend …«

Er drehte sich um, richtete sich auf Hände und Knie auf und kroch rückwärts in den Gepäckraum hinein. Bei »Zehn, eintausend« spürte er, wie Adara und Chester mit den Händen zwei Gurte seines Fallschirm-Rigs packten. Seine Stiefelspitzen ragten jetzt bereits aus dem Flugzeug heraus. Captain Reid hatte die Fluggeschwindigkeit inzwischen auf etwa hundertzwanzig Knoten gedrosselt. Trotzdem waren der Turbinenlärm und der Winddruck auf seine Beine enorm.

Bei »Fünf, eintausend« – Clark musste die Zahl laut schreien, damit die beiden anderen sie hörten – ließen Hicks und Sherman die Gurte los. Adara kniff ihn dabei noch ganz leicht in die Schulter.

Bei »drei, eintausend« rutschte er auf den Knien noch ein Stück weiter in den dunklen, kalten Wind hinaus. Es war zwar ziemlich schwierig, dies rückwärts zu tun, aber mit dem Kopf voraus wäre es zu gefährlich gewesen. Hätte er sich dagegen auf seinem Hintern oder Rücken nach draußen vorgearbeitet und wäre dann mit den Füßen voraus abgesprungen, hätte sich sein Fallschirmgurt an etwas im Flugzeuginnern verhaken können.

»Eins, eintausend. Los!« Clark stieß seinen Körper aus dem Flugzeug heraus. Dabei schlug er mit der rechten Seite auf den Rahmen der äußeren Gepäcktür auf und prellte sich die Rippen. Aber dann kam er von der Gulfstream frei, die jetzt weiter den Lichtern von Berlin entgegenflog, die bereits am Horizont zu sehen waren. John Clark war jetzt im freien Fall und überschlug sich wieder und wieder, während er den Winterweizenfeldern zweitausend Meter unter ihm entgegenstürzte.

46

Die Männer, die an diesem Donnerstagmorgen am ovalen Tisch des Konferenzraums im achten Stock von Hendley Associates Platz genommen hatten, machten äußerst ernste Gesichter. Sam Driscolls und John Clarks Stühle waren unbesetzt, aber Domingo, Dominic und Jack saßen ihren Chefs Gerry Hendley und Sam Granger gegenüber. Der Leiter der Analyseabteilung des Campus, Rick Bell, hatte gebeten, nicht an dem Treffen teilnehmen zu müssen, weil er seine ganze Kraft der Analyse des Datenverkehrs von CIA und FBI in der Clark-Angelegenheit widmen wollte.

Gerry hatte Bells Wunsch entsprochen. Es lag ja in ihrer aller Interesse, im Voraus zu erfahren, wenn schwarze Lieferwagen voller FBI-Agenten auf dem Weg zum Hendley-Gebäude waren.

In den letzten beiden Tagen hatte man die Agenten und einen Großteil der Analysten und IT-Leute angewiesen, zu Hause zu bleiben. Hendley Associates war wieder ein ehrliches, solides und vollkommen legales Wertpapier- und Devisenhandelsunternehmen. Man wollte diese Fassade unbedingt aufrechterhalten, für den Fall, dass die Staatsanwaltschaft im Rahmen der Anklage gegen Clark auf Informationen über die wahren Hintergründe der Firma stoßen sollte.

Als jedoch am Dienstag und Mittwoch niemand vom FBI

an die Tür klopfte, fassten Hendley, Bell und Granger den Entschluss, ihre Leute für den Donnerstag wieder zur Arbeit zu bestellen. Immerhin standen wichtige Unternehmungen an. Sam Driscoll war ja bereits im Einsatz und die anderen Außenagenten sollten in Kürze nach Dubai fliegen, um Rehans dortiges Anwesen zu observieren.

Die erste Frage an diesem Morgen war deshalb, ob sie ihre Ermittlungen fortsetzen oder sich eine Weile bedeckt halten sollten. Manche meinten, sie sollten sich vorerst darauf konzentrieren, ihrem Kameraden Clark auf irgendeine Weise zu helfen.

Dominic Caruso nahm einen großen Schluck Kaffee und sagte: »Wir sollten hier in den Staaten bleiben, um Clark jederzeit zu Hilfe kommen zu können. Wissen wir überhaupt, wo er ist?«

»Die Gulfstream hat ihn kurz vor Berlin abgesetzt. Sie wird heute Abend zum BWI zurückkehren. Dann könnt ihr morgen Abend via Amsterdam nach Dubai fliegen«, sagte Granger.

»Also ich verstehe ja, dass die Überwachungsaktion in Dubai wichtig ist«, sagte Ryan. »Aber angesichts der jüngsten Ereignisse … Scheiße. Wir können John doch nicht einfach so alleinlassen.«

Domingo schüttelte den Kopf. »Er braucht uns nicht. Er will uns auch gar nicht dabeihaben. Er wird versuchen, sich selbst aus diesem Schlamassel zu befreien, während wir unsere Operationen durchziehen. Vergiss nicht, womit wir es hier zu tun haben, Jack. Diese Sache ist verdammt wichtig.«

»Ich weiß.«

»John mag ja nicht mehr der Jüngste sein, aber er ist wohl der erfahrenste Agent auf diesem Planeten, der eigentlich schon alles einmal erlebt hat. Glaub mir, John Clark kann selbst für sich sorgen. Wenn er Unterstützung braucht, wird er uns kontaktieren. Also, du weißt ja, dass ich für diesen Mann mein Leben geben würde, aber ich mache eben auch, was er mir sagt, vor allem in einer Zeit wie dieser. Ich komme ihm deshalb nicht in die Quere und mache weiter meinen Job, und du wirst das auch tun. Okay, *'mano?«*

Jack gefiel das Ganze nicht. Er konnte nicht verstehen, wie Ding nach allem, was passiert war, so entspannt sein konnte. Andererseits verstand er, dass Chavez sich das Recht verdient hatte, bei allem, was mit John Clark zusammenhing, das letzte Wort zu haben. Die beiden waren jetzt seit zwanzig Jahren Partner. Außerdem war Chavez auch Clarks Schwiegersohn.

»Okay, Ding.«

»Gut. Wir haben nur heute und morgen, um uns auf unsere Operation in Dubai vorzubereiten, also sollten wir sofort damit anfangen. In Ordnung?«

Caruso und Ryan hatten immer noch das Gefühl, ihren Mentor irgendwie im Stich zu lassen, aber sie hatten Chavez' Logik auch nichts entgegenzusetzen. Clark konnte sie ja jederzeit rufen. Selbst in Dubai.

Trotzdem würde es den Männern schwerfallen, sich auf die Rehan-Überwachung zu konzentrieren, vor allem da sie nicht wussten, wozu die Ermittlungen des Justizministeriums gegen Clark noch führen würden. Aber sie hatten einen Job zu erledigen, dem sie sich ab jetzt voll widmen würden.

Das Oval Office des Präsidenten der Vereinigten Staaten war eigentlich nicht das Kommandozentrum für die FBI-Operation, John Terrence Kelley alias John Clark aufzuspüren und zu verhaften, aber man hätte diesen Eindruck durchaus bekommen können. Den ganzen Dienstag hindurch und bis in den Mittwoch hinein gab sich hier ein ständiger Strom von Besuchern die Klinke in die Hand, die alle irgendwie mit der Suche nach Clark zu tun hatten. Einige wie Benton Thayer, Charles Alden, Mike Brannigan und Wes McMullen suchten Ed Kealty sogar mehrfach auf.

Am Mittwochnachmittag musste das FBI einsehen, dass sich ihr flüchtiges Vögelchen endgültig aus dem Staub gemacht hatte. Kealty befahl daraufhin Brannigan, Alden und Thayer gleichzeitig in sein Büro. Er glaubte, er müsse seinen Leuten die Hölle heißmachen, damit sie so funktionierten, wie er das für richtig hielt. Aus diesem Grund hielt er den drei Männern, die kleinlaut vor ihm auf ihren Sesseln saßen, erst einmal eine zehnminütige Standpauke, die mit einer Frage endete, die er ihnen regelrecht zubrüllte.

»Wie zum Teufel kann sich ein einzelner Mann so in Luft auflösen?«

»Mit allem Respekt, Sir, aber genau das hat er getan«, sagte Charles Alden.

»Ryan könnte ihm bei der Flucht geholfen haben«, erwiderte Kealty. »Alden, gehen Sie noch einmal zum FBI. Die sollen noch ein wenig tiefer graben. Wenn Sie eine noch engere Verbindung zwischen Ryan und Clark aufspüren, könnten wir Ryan vielleicht auch noch Clarks Flucht anhängen.«

»Man hat mir erzählt, dass vieles, was Jack Ryan und John Clark taten, niemals schriftlich fixiert wurde«, sagte der stellvertretende CIA-Direktor Alden.

»Unsinn«, schnaubte Kealty. »Ihre eigenen Leute lügen Sie an. Watschen Sie ein paar führende Leute ab, dann werden die anderen schon reden.«

»Das habe ich schon versucht, Sir. Aber die alte Garde würde eher ins Kittchen wandern, als etwas über John Clark zu erzählen.«

»Diese verdammten Spionageheinis«, zischte Ed Kealty

und tat Aldens Bemerkung mit einer Handbewegung ab. Dann schaute er Brannigan lange an, bevor er mit dem Finger auf ihn zeigte. »Hören Sie zu, Mike. Ich möchte, dass John Clark heute Abend auf der Liste der zehn meistgesuchten Flüchtigen steht.«

»Mr. President, ich habe da meine Bedenken. Jemand anderer, ein Terrorist, Mörder oder eine andere gefährliche Person, müsste von der Liste gestrichen werden. Das stellt ein Problem dar, insoweit ...«

»John Clark ist ein gefährlicher Mann und Mörder. Ich will, dass er auf diese Liste kommt.«

Jetzt meldete sich Wes zu Wort. »Ich mache mir Sorgen, wie das aussehen wird ...«

»Ich gebe einen Scheiß darauf, wie das aussehen wird! Ich will, dass man diesen Mann fasst! Er ist ein Justizflüchtling, und wenn er das Land verlassen hat, dann müssen wir ihm umso mehr die Hölle heißmachen!«

Brannigan fragte so respektvoll wie möglich: »Und wen soll ich streichen, Sir? Wer von den zehn Meistgesuchten soll von der Liste genommen werden, um Clark draufzusetzen?«

»Das ist Ihr Problem Mike, nicht meines.«

»Mike, manchmal gibt es doch eine Nummer elf, oder?«, sagte Benton Thayer. »Wenn jemand drauf muss und sie keinen runternehmen wollen?«

Der Justizminister gab widerstrebend zu, dass Thayer recht hatte.

Einige Minuten später beendete der Präsident die Unterredung, aber der stellvertretende Direktor der CIA fragte Kealty, ob er noch einen Moment Zeit habe und ob auch Thayer im Oval Office bleiben dürfe.

Das war eine absolute Protokollverletzung. Alden hätte sich an den Stabschef Wes McMullen wenden müssen, wenn er noch länger mit dem Präsidenten sprechen wollte. Wes stand daneben, man hatte ihn ignoriert, und er war entschlossen, ein solches Verhalten sofort im Keim zu ersticken.

»Jungs, der Präsident hat um halb zwei Uhr einen Termin im Rosengarten mit …«

»Wes«, unterbrach ihn Kealty. »Das ist schon okay. Gib uns nur ein paar Minuten.«

McMullen war so argwöhnisch wie frustriert, aber er tat, was ihm sein Boss befahl, verließ den Raum und schloss die Tür hinter sich.

Kealty setzte sich gegenüber von Alden und Thayer auf die Couch. Als er die beiden Männer anschaute, merkte er sofort, dass sein Wahlkampfmanager keine Ahnung hatte, worüber man gleich reden würde.

»Was gibt's, Charles?«

Alden trommelte mit den Fingern auf den Knien, während er seine Worte sorgfältig wählte. »Mr. President, ich habe einige Informationen erhalten, die mich glauben lassen, dass es belastbare Indizien dafür gibt, dass dieser Clark in die Gefangennahme des Emirs verwickelt war.«

Thayer und Kealty blieb fast der Mund offen stehen. Dann sagte Kealty ganz leise: »Worüber reden Sie da, zum Teufel? Was für Indizien, und warum höre ich erst jetzt davon?«

»Um Sie zu schützen und damit Sie nicht in etwas rechtlich Zweifelhaftes hineingezogen werden, Mr. President. Ich halte es für das Beste, dazu nichts mehr zu sagen.«

Aber Kealty schüttelte den Kopf. »Das Justizministerium hat mir erzählt, der Emir sei uns wahrscheinlich von einem ausländischen Geheimdienst zugespielt worden. Glauben wir jetzt etwa, dass Clark für ein fremdes Land spioniert?«

Jetzt schüttelte Alden den Kopf. »Nicht Clark. Ich habe jedes Schnipselchen Papier gelesen, das je über diesen Hurensohn verfasst wurde. Nicht in einer Million Jahren würde er für eine ausländische Macht arbeiten.«

Thayer lehnte sich zu ihm hinüber. »Aber was zum Teufel ist er dann?«

»Er ist … Er muss … für jemanden hier bei uns arbeiten. Jemand, der unsere Flagge schwingt. Es ist aber nicht die CIA. Ganz bestimmt nicht die CIA.«

»Und was, glauben Sie, *steckt* dahinter?«

»Das FBI hat von der CIA ja nichts über Clarks Machenschaften erfahren. Aber innerhalb des FBI selbst … Dort gibt es leise Gerüchte über eine geheime Organisation, die über gewisse Analyse- und Operationsfähigkeiten verfügt. Eine Art privater Geheimdienst. Das FBI hat den Verdacht, dass einige in ihren eigenen Reihen etwas darüber wissen. Will man jedoch konkretere Informationen bekommen, ist es, als wolle man einen Wackelpudding an die Wand nageln.«

Edward Kealty schnappte hörbar nach Luft. »Reden Sie da über eine Schattenregierung? Eine amerikanische Geheimorganisation?«

»Nichts anderes ergibt einen Sinn«, erwiderte Alden.

Benton Thayer war nicht so schnell wie die beiden anderen. Er hatte keine Erfahrung in Militär- oder Geheimdienstangelegenheiten und hatte auch noch nie groß darüber nachgedacht, wie sie organisiert waren. Aber einen Aspekt verstand er durchaus. »Der Emir wird wissen, ob Clark ihn gefangen genommen hat. Wenn der Emir ihn identifiziert, ist Clark erledigt. Und wenn Clark untergeht, geht Jack Ryan mit ihm unter.«

Kealty war immer noch baff über diese neue Information. Aber er behielt seine Geistesgegenwart zumindest insoweit bei, um seinem Wahlkampfleiter zu erwidern: »Der Emir ist hinter Schloss und Riegel. Das Justizministerium hat die Informationen, die er in sein Verfahren einbringen darf, streng beschränkt.«

Thayer schüttelte den Kopf. »Aber Sie sind doch der Präsident der Vereinigten Staaten. Weisen Sie Brannigan einfach an, die Verfahrensregeln zu lockern. Wir können alles bekommen, was wir benötigen.«

Der Vollblutpolitiker Kealty hatte jedoch bereits eine weitere Facette des Problems erkannt. »Der Emir ist der unsympathischste Zeuge, den wir in dieser Sache überhaupt haben könnten. Was passiert denn, wenn er Clark identifiziert? Dann wird doch jeder Clark für einen Helden halten, weil er diesen Mann gefasst hat. Denken Sie doch mal nach! Kümmert es uns, dass es da draußen vielleicht eine Art privaten Geheimdienst gibt? Natürlich! Aber werden die Wähler im zehnten Wahlbezirk von Ohio oder dem dritten Bezirk von Florida oder in irgendeinem der anderen wahlentscheidenden Bundesstaaten den Prozess gegen einen Mann befürworten, der den Emir gefangen genommen hat? Also, ich glaube nicht.«

Alden zuckte die Achseln. »Uns kann es egal sein, ob Clark dafür ins Gefängnis wandert. Aber wenn wir Ryan dort hineinziehen könnten ... Wenn Clark darin verwickelt ist, ist Ryan eventuell auch darin verwickelt. Denken Sie einmal darüber nach. Für wen sonst würde Clark in so etwas Zwielichtigem wie einem privaten, illegalen Geheimdienst arbeiten?«

»Wir müssen Clark in die Hände bekommen, wenn wir eine Antwort auf diese Fragen haben wollen«, sagte Kealty. »Wir könnten ihm eine teilweise oder sogar vollständige Immunität anbieten, wenn er Jack Ryan belastet.«

Alden nickte. »Der Gedanke gefällt mir.«

»Aber ohne Clark haben wir keine Chance«, ergänzte Kealty.

Alden blickte Thayer an. »Könnte ich eine Minute allein mit dem Präsidenten sprechen?«

Thayer nickte, ohne sich zuvor bei Kealty rückzuversichern. Er fühlte sich von der Situation überfordert. Außerdem hatte er den Verdacht, dass hier etwas besprochen werden würde, in das er nicht verwickelt werden wollte. Er stand also von seiner Couch auf und verließ ohne weitere Umstände das Büro.

»Chuck?« Ed Kealty beugte sich nach vorne. Er sprach so leise, dass man es kaum verstand.

»Mr. President. Nur zwischen Ihnen und mir … Ich kann John Clark kriegen.«

»Wir brauchen ihn lebend.«

»Verstehe.«

Kealty öffnete den Mund und wollte eigentlich das Wort *wie* aussprechen, unterließ es dann jedoch. Stattdessen sagte er: »Nur zwischen Ihnen und mir … tun Sie es.«

Alden stand auf, und die beiden Männer schüttelten sich mit festem Blick die Hand.

Ohne ein weiteres Wort verließ der stellvertretende Direktor der CIA das Oval Office.

47

Der stellvertretende Direktor der Central Intelligence Agency Charles Alden bekam Paul Laska kurz nach Mitternacht ans Telefon. Der alte Mann war daheim in seinem Bett, aber er hatte Alden eine Nummer gegeben, über die ihn dieser rund um die Uhr erreichen konnte.

»Hallo?«

»Paul, hier ist Charles.«

»Ich hatte nicht erwartet, noch etwas von Ihnen zu hören. Sie haben mir doch erzählt, Sie wollten sich nicht über das Bisherige hinaus exponieren.«

»Dafür ist es jetzt zu spät. Kealty hat mich da hineingezogen.«

»Sie könnten ablehnen, das wissen Sie. Er wird nicht mehr lange Präsident sein.«

Alden dachte einen Augenblick darüber nach. Dann sagte er: »Es liegt in unser aller Interesse, dass wir John Clark erwischen. Wir müssen unbedingt herausfinden, mit wem er zusammenarbeitet, wie er es geschafft hat, den Emir zu fangen, und wer sonst noch zu seiner Gruppe gehört.«

»Soweit ich weiß, hat Mr. Clark die Vereinigten Staaten verlassen und das CIA sucht in Übersee nach ihm.«

»Ihr Informationsnetzwerk kann sich mit meinem eigenen durchaus messen, Paul.«

Der Alte in seinem Bett kicherte leise. »Was kann ich für Sie tun?«

»Ich habe die Befürchtung, dass meine Kollegen bei der Central Intelligence Agency entgegen meinen Wünschen und Absichten nicht geneigt sein könnten, die Jagd nach John Clark mit aller Ernsthaftigkeit zu betreiben. Die Masse meiner Mitarbeiter verehrt diesen Mann. Ich habe alle auf ihn angesetzt, aber ich glaube, die tun nur so, als ob sie ihn jagen würden. Und ich … ich meine, Kealty steht unter großem Zeitdruck.«

Nach einer langen Pause sagte Laska: »Sie möchten, dass ich Leute von außen hereinhole und sie das tun lasse, was getan werden muss.«

»Genau das ist es.«

»Ich kenne jemand, der uns helfen kann.«

»Das habe ich mir gedacht.«

»Fabrice Bertrand-Morel.«

Die Pause war jetzt nur kurz. Dann sagte Charles Sumner Alden: »Er besitzt ein Detektivunternehmen in Frankreich, glaube ich.«

»Korrekt. Er leitet die größte internationale Privatdetektei, die es gibt, mit Filialen in der ganzen Welt. Wenn Clark die USA verlassen hat, werden Fabrice Bertrand-Morels Leute ihn aufspüren.«

»Er scheint eine gute Wahl zu sein«, sagte Alden.

»In Frankreich ist es im Moment sechs Uhr morgens«, erwiderte Laska. »Wenn ich ihn jetzt anrufe, erwische ich ihn gerade auf seinem Morgenspaziergang. Ich kann mich dann zu einem späten Abendessen mit ihm dort drüben verabreden.«

»Ausgezeichnet.«

»Gute Nacht, Charles.«

»Paul … Wir brauchen ihn lebend. Wir verstehen uns doch?«

»Großer Gott! Wie können Sie überhaupt auf den Gedanken kommen, dass ich …«

»Weil ich weiß, dass Bertrand-Morel in der Vergangenheit bereits Männer zur Strecke gebracht und getötet hat.«

»Ich habe von diesen Anschuldigungen gehört, aber es ist nie zu einer Anklage gekommen.«

»Das lag daran, dass er den Ländern hilfreich war, in denen er seine Verbrechen begangen hat.«

Laska gab dazu keinen Kommentar ab. Alden erklärte ihm, woher seine Bedenken gegen diesen Mann und sein Unternehmen stammten.

»Ich bin bei der CIA. Wir wissen alles über die Arbeitsweise dieses Fabrice Bertrand-Morel. Er hat den Ruf, fähig, aber skrupellos zu sein. Und seine Leute gelten bei der CIA als Killer. Also … bitte verstehen Sie mich. Zwischen uns beiden muss absolut klar sein, dass weder Präsident Kealty noch einer seiner Mitarbeiter oder Untergebenen eine Ermordung Mr. Clarks befürwortet.«

»Dann sind wir uns ja einig. Gute Nacht, Charles«, sagte Laska.

Sam Driscoll war überrascht und sogar etwas verwirrt, am nächsten Morgen noch die Sonne aufgehen zu sehen. Da seine Wächter überhaupt nicht mit ihm redeten, wusste er auch nicht, warum Haqqanis Männer nicht Rehans Befehl befolgt und ihn zuerst verhört und danach an die Wand gestellt und erschossen hatten.

Manchmal hatte man eben Glück. Driscoll würde es nie erfahren, aber einen Tag vor seiner Gefangennahme wurden drei Kommandeure des Haqqani-Netzwerks vierzig Kilometer nördlich von Miran Shah an einer provisorischen Straßensperre in Gorbaz, einem afghanischen Städtchen unmittelbar südlich der Haqqani-Hochburg Khost, gefangen genommen. Ein paar Wochen lang glaubten Haqqani und seine Männer, dass sie im Gewahrsam von NATO-Truppen seien. Als Siraj Haqqani hörte, dass seine Kämpfer ihrerseits einen westlichen Spion in ihrer Gewalt hatten, gab er höchstpersönlich einen Befehl, der Rehans Wünschen widersprach. Er wollte den Amerikaner gegen seine Männer eintauschen, deshalb sollte ihm vorerst kein Haar gekrümmt werden.

Erst zwei Monate später würden die Leichen der drei Haqqani-Kommandeure in Leinenteppiche gewickelt auf einer Müllkippe nördlich von Khost gefunden werden. Sie waren von einer rivalisierenden Taliban-Gruppierung massakriert worden. Die NATO hatte weder mit ihrer Gefangennahme noch mit ihrem Tod etwas zu tun.

Aber dies alles verschaffte Driscoll ein wenig Zeit.

Am frühen Morgen nach Rehans Besuch wurden Driscolls Ketten von dem im Boden verankerten Metallring gelöst und er selbst auf die Füße gezogen. Er schwankte auf seinen verletzten Beinen hin und her. Sie wickelten ihm ein traditionelles *Patu*-Tuch um den Kopf, wohl damit ihn die amerikanischen Drohnen nicht identifizierten. Dann zerrten sie ihn aus seiner kalten Zelle ins Morgenlicht hinaus und halfen ihm auf die Ladefläche eines Toyota-Hilux-Pick-ups hinauf.

Sie verließen das Gehöft an der Bannu-Straßenbrücke, fuhren die Bannu Road in Richtung Norden und dann weiter nach Miran Shah hinein. Driscoll hörte Lastwagenmotoren und wildes Hupen und als sie an den Kreuzungen hielten, Männer, die bereits so früh am Morgen die engen Straßen bevölkerten.

Einige Minuten später merkte Sam, dass der Pick-up schneller wurde. Auch hörte man keine anderen Fahrzeuge mehr. Offensichtlich hatten sie die Stadt verlassen.

Sie waren fast zwei Stunden unterwegs. Soweit es Driscoll beurteilen konnte, fuhren sie nicht in einem Konvoi.

Offensichtlich fühlten sich die Männer, die zusammen mit ihm auf der Ladefläche saßen, völlig sicher. Sie lachten und scherzten miteinander. Er hatte drei unterschiedliche Stimmen erkannt, war sich jedoch sicher, dass es noch mehr geben musste.

Sie schienen auch keine Angst vor amerikanischen Drohnen oder Bodentruppen der pakistanischen Armee zu haben.

Nein, das hier war Haqqani-Territorium. Hier hatten die Männer im Pick-up das Sagen.

Schließlich rollten sie auf der North Waziristan Road in die Stadt Aziz Khel hinein und bogen auf den Hof eines großen, ummauerten Anwesens ein. Sie hielten an, holten Sam von der Ladefläche herunter und brachten ihn in das Gebäude. Dort wickelten sie ihm das Tuch vom Kopf, sodass er wieder etwas sah. Sie führten ihn einen dunklen Gang hinunter und kamen an Zimmern voller Frauen in Burkas vorbei, die sich in den Schatten verzogen, als sie die Männer bemerkten. Vor einer Steintreppe, die in den Keller hinunterführte, hielten langbärtige Haqqani-Kämpfer Wache.

Unterwegs stolperte er immer wieder. Die Schrapnelleinschläge in seine Schenkel und Waden hatten zu Muskelverletzungen geführt, die ihm jetzt das Gehen erschwerten und schrecklich schmerzten. Mit den Metallketten an seinen Handgelenken konnte er auch seine Arme nicht mehr einsetzen, um das Gleichgewicht zu halten.

Er war überrascht, wie wenig sich die Leute in diesem Anwesen für ihn zu interessieren schienen. Entweder gab es hier sehr viele Gefangene oder sie waren einfach zu diszipliniert, um sich durch ein neues Gesicht in ihrer Mitte aus der Ruhe bringen zu lassen.

Drunten im Keller bekam er dann seine Antwort. Man zerrte ihn durch einen steinernen Gang an einer langen

Reihe kleiner, durch Eisengitter abgeschlossener Zellen vorbei. Als er in die dämmrigen Käfige hineinschaute, konnte er sieben Gefangene zählen. Einer stammte offensichtlich aus dem Westen, ein junger Mann, der Driscoll jedoch nicht ansprach. Zwei weitere waren Asiaten, die auf Seilpritschen lagen und ihn unverwandt anstarrten.

Die übrigen Gefangenen waren Afghanen oder Pakistaner. Einer von ihnen, ein korpulenter älterer Mann mit einem langen grauen Bart, lag auf dem Zellenboden auf dem Rücken. Seine Augen waren nur halb geöffnet und glasig. Selbst bei diesem schwachen Licht war offensichtlich, dass er das Zeitliche segnen würde, wenn er nicht bald medizinische Hilfe bekam.

Driscolls neues Heim war die letzte Zelle auf der linken Seite. Sie war dunkel und kalt, aber sie hatte eine Pritsche, sodass er nicht auf dem Betonboden schlafen musste. Die Wachen nahmen ihm sogar die Ketten ab. Als sich das Eisengitter hinter ihm schloss, stieg er über den Abfalleimer und streckte seinen wunden Körper auf der Pritsche aus.

Als früherer Army Ranger, der bescheidene Lebensverhältnisse gewohnt war, hatte er schon in weit schlimmeren Unterkünften gehaust. Auf jeden Fall war es hier besser als dort, wo er gerade herkam. Wenn man seine Zukunftsaussichten am Abend zuvor berücksichtigte, hatte sich seine Lage jedenfalls beträchtlich verbessert.

Mehr als an seine eigenen Unbilden dachte Sam Driscoll jedoch an seine eigentliche Aufgabe. Er musste unbedingt einen Weg finden, um den Campus darüber zu informieren, dass General Rehan mit Agenten des Haqqani-Netzwerks an etwas arbeitete, das er mit allen Mitteln geheim halten wollte.

48

Paul Laska hätte diesen wunderschönen französischen Landsitz aus dem 19. Jahrhundert viel lieber im Sommer besucht. Der Swimmingpool war vorzüglich, das Anwesen verfügte über einen eigenen privaten Badestrand, und überall auf diesem riesigen ummauerten Gelände gab es herrliche Sitzgelegenheiten unter freiem Himmel, auf denen man sich ausruhen, dinieren oder einen Cocktail schlürfen konnte, während man den Sonnenuntergang genoss.

Aber jetzt war es Ende Oktober. Zwar war es im Allgemeinen noch ganz angenehm, aber im rückwärtigen Garten herrschten immerhin schon Nachmittagstemperaturen von fünfzehn Grad. Am Abend konnten sie bis auf unter zehn Grad absinken. Für einen Siebzigjährigen war das jedenfalls viel zu frisch, ganz zu schweigen von dem Pool und dem Mittelmeer, die beide schon eiskalt waren.

Aber Laska hatte sowieso keine Zeit für derartige Freizeitvergnügen. Er hatte eine Mission.

Saint-Aygulf war ein reizvolles Küstenstädtchen, das unmittelbar südlich der Stadt Fréjus lag. Ihm fehlten zwar der Trubel und die Menschenmassen von Saint-Tropez, es war jedoch genauso schön wie der berühmtere Hafenort in seiner weiteren Nachbarschaft. Tatsächlich verschaffte einem die wunderbare Villa zwischen Bergen und Strand einen Vorgeschmack aufs Paradies.

Dabei war das Anwesen nicht einmal Laskas Eigentum. Es gehörte einem berühmten Hollywoodschauspieler, der seine Zeit zwischen der Westküste der Vereinigten Staaten und der Côte d'Azur aufteilte. Der Anruf eines Laska-Mitarbeiters im Büro des Schauspielers hatte genügt, um die Villa dem Milliardär für eine Woche zur Verfügung zu stellen. Dabei gedachte Paul, weniger als einen Tag hierzubleiben.

Kurz nach einundzwanzig Uhr trat ein korpulenter Mittfünfziger durch eine Glasschiebetür aus der Bibliothek in den hinteren Patio hinaus. Er trug einen blauen Blazer mit einem offenen Kragen, der seinen dicken Hals zeigte. Er war heute aus Cannes heraufgekommen und bewegte sich wie ein Mann, der sich seines Werts bewusst war.

Laska stand von seinem Stuhl am Pool auf und ging dem Ankömmling entgegen.

»Wie schön, Sie einmal wiederzusehen, Paul.«

»Ganz meinerseits, Fabrice. Sie sehen gesund aus.«

»Und Sie sehen aus, als ob Sie da drüben in Amerika viel zu viel arbeiten würden. Ich habe schon immer gesagt: ›Kommen Sie nach Südfrankreich und Sie werden ewig leben.‹«

»Kann ich Ihnen vor dem Dinner einen Cognac einschenken?«

»Merci.«

Laska ging zu einem Rollwagen hinüber, der neben seinem Tisch am Pool stand. Die beiden Männer redeten über die wunderschöne Villa und die wunderschöne Freundin des Besitzers, dieses Schauspielers, während der tschechische Milliardär in zwei Schwenker Cognac goss und einen von ihnen seinem Gast reichte. Fabrice Bertrand-Morel nahm einen Schluck und nickte anerkennend.

Laska gab dem Franzosen ein Zeichen, sich neben ihn an den Tisch zu setzen.

»Sie sind wie immer ein perfekter Gentleman, mein lieber Paul.«

Laska nickte mit einem Lächeln, während er die Unterseite seines Schwenkers mit der Hand wärmte.

Dann beendete Bertrand-Morel den Gedanken: »Deswegen habe ich mich umso mehr gewundert, warum Sie es Ihren Leibwächtern gestattet haben, mich nach einer Wanze abzusuchen. Ich fand das etwas zu intim.«

Der ältere Mann zuckte die Achseln. »Israelis«, sagte er, als ob das irgendwie die Körpervisitation erklären würde, die gerade im Innern des Hauses stattgefunden hatte.

Bertrand-Morel ließ es dabei bewenden. Er hielt seinen Cognacschwenker über die offene Flamme eines Teelichts auf dem Tisch, um ihn etwas anzuwärmen. »Also, Paul. Ich freue mich immer, Sie zu sehen, selbst wenn das bedeutet, dass ich meinen Gürtel öffnen und mein Hemd heben muss. Unsere letzte Begegnung ist schon so lange her. Ich frage mich jedoch, was für Sie so wichtig sein könnte, dass wir uns hier auf diese Weise treffen.«

»Hat das nicht bis nach dem Abendessen Zeit?«

»Lassen Sie es uns jetzt erledigen. Wenn es wirklich so wichtig ist, kann das Dinner noch etwas warten.«

Laska lächelte. »Fabrice, ich kenne Sie als einen Mann, der einem in den delikatesten Angelegenheiten gute Hilfe leisten kann.«

»Ich stehe Ihnen stets zu Diensten.«

»Ich nehme an, Sie wissen von der John-Clark-Sache, die im Moment die amerikanischen Nachrichten beherrscht?« Laska ließ die Aussage wie eine Frage klingen, aber er hatte keinerlei Zweifel, dass der französische Nachrichtenhändler bereits alles über diese Angelegenheit wusste.

»Oui, l'affaire Clark. Jack Ryans persönlicher Killer, wie ihn die französischen Zeitungen nennen.«

»Es ist tatsächlich ein solch schwerer Skandal. Ich möchte, dass Sie und Ihre Detektive Mr. Clark finden.«

Fabrice Bertrand-Morels Augenbrauen gingen ganz leicht nach oben, und er nippte an seinem Getränk. »Ich verstehe, warum man gerade mich fragt, denn ich habe in der ganzen Welt meine Leute und viele Verbindungen. Ich verstehe jedoch nicht, warum gerade *Sie* mich das bitten. Was haben Sie damit zu tun?«

Laska schaute auf die Bucht hinaus. »Ich bin ein besorgter, engagierter Bürger.«

Bertrand-Morel musste kichern. Sein dicker Bauch hüpfte auf und ab, als er das tat. »Entschuldigen Sie, Paul. Ich muss schon etwas mehr wissen, um diese Operation zu übernehmen.«

»Also gut, Fabrice«, antwortete Laska und wandte sich seinem Gast zu. »Ich bin ein besorgter Bürger, der dafür sorgen wird, dass man Ihrer Organisation jede von Ihnen gewünschte Summe zahlt, wenn Sie Mr. Clark fassen und in die Vereinigten Staaten zurückbringen.«

»Wir können das natürlich tun; ich weiß allerdings, dass die CIA gegenwärtig an derselben Operation arbeitet. Es wäre deshalb möglich, dass man sich gegenseitig auf die Füße tritt.«

»Die CIA möchte den Mann gar nicht fangen. Sie werden einem hoch motivierten Detektiv wie Ihnen bestimmt nicht in die Quere kommen.«

»Machen Sie das, um Ed Kealty zu helfen?«

Der Ältere nickte, während er an seinem Cognac nippte.

»Jetzt verstehe ich auch, warum sich Präsident Kealtys Leute in dieser Angelegenheit nicht an mich gewandt haben.« Der Franzose wiegte den Kopf. »Gehe ich recht in der Annahme, dass er über Informationen verfügt, die für den Kandidaten Ryan peinlich wären?«

»John Clarks pure Existenz ist für den Kandidaten Ryan

peinlich. Aber solange wir ihn nicht zu fassen kriegen und in den Nachrichten nicht die Bilder zeigen können, wie er in eine Polizeiwache geschleppt wird, bleibt der Mann eine fesselnde, geheimnisvolle Figur. Wir brauchen ihn jedoch nicht als geheimnisvolle Figur. Wir brauchen ihn als Gefangenen. Als Kriminellen.«

»›Wir‹, Paul?«

»Ich spreche als Amerikaner und Verfechter des Rechtsstaats.«

»Aber ja, natürlich tun Sie das, *mon ami*. Ich werde sofort damit anfangen, diesen Mr. Clark für Sie aufzutreiben. Ich nehme an, dass Sie die Rechnung begleichen? Und nicht der amerikanische Steuerzahler?«

»Sie nennen mir Ihre Zahlen und bekommen das Geld dann von meiner Stiftung. Wir brauchen keine offizielle Rechnung.«

»*Pas de problème*. Sie genießen bei mir immer Kredit.«

49

In Zeiten wie diesen waren Gerry Hendleys Reichtum und Verbindungen wirklich praktisch. Etwa vierhundert Meter von Rehans Geheimbüro in Palm Jumeirah entfernt lag das Kempinski Hotel & Residences, auf dessen Gelände ein im Öl- und Gasgeschäft tätiger englischer Freund Gerrys einen Uferbungalow besaß. Hendley fragte den Mann, ob er ihm das Anwesen nicht kurz leihen könne, und bot ihm dafür eine ausgesprochen hohe Monatsmiete an. Leider war das Haus jedoch gerade nicht leer. Tatsächlich hielt sich sogar dieser »Freund von Gerry« mit Frau und Tochter dort auf. Die drei waren jedoch gerne bereit, für eine Zeit in das prächtige Burj Al Arab umzuziehen, eines der teuersten und luxuriösesten Hotels der Welt, dessen segelförmiges Gebäude direkt vor der Küste auf einer künstlichen Insel im Persischen Golf lag.

Natürlich übernahm Hendley sämtliche Kosten.

Der Öl- und Gas-Typ verließ sein Haus gerade rechtzeitig. Die Gulfstream G550 landete auf dem Internationalen Flughafen von Dubai, erledigte die Zollformalitäten und parkte dann in einem wahren Meer von Firmenflugzeugen.

Während Ryan, Caruso und Chavez ihre Ausrüstung aus dem Gepäckraum holten, standen Reid und ihr Erster Offizier Hicks mit großen Augen auf dem heißen Vorfeld. Die Maschinen, die hier standen, waren vorsichtig geschätzt mindestens fünf Milliarden Dollar wert. Luxus-Jets und

Hightech-Hubschrauber standen in einer langen Reihe nebeneinander. Hicks und Reid würden sie sich später genauer anschauen.

Die drei Außenagenten interessierten sich nur für eine dieser Maschinen: Ein Bell-Jet-Ranger-Hubschrauber, der dem Kempinski-Hotel gehörte, sollte sie und ihr Gepäck direkt zu ihrer Unterkunft bringen. Zwanzig Minuten nachdem sie die Gulfstream verlassen hatten, hoben Dom, Ding und Jack in den herrlichen Morgensonnenschein ab. Sie flogen zuerst am Dubai Creek entlang, der breiten Wasserstraße, die die Dubaier Altstadt mit ihren verstopften Straßen und niedrigen lang gestreckten Steingebäuden von den Wolkenkratzern entlang der Küste in New Dubai trennte.

Schon bald schwebten sie über dem Wasser und überquerten die fünf Kilometer breite Palm Island, eine künstliche Insel in Form eines »Stamms« und sechzehn schmaler »Palmwedel«. Umgeben war sie von einer Insel in Form eines beinahe zwölf Kilometer langen »Sichelmondes«, die auch als Schutz gegen Sturmfluten diente.

Auf diesem breiten »Wellenbrecher« lag das Kempinski Hotel & Residences, wo ihr Hubschrauber jetzt landete.

Die drei Campus-Agenten wurden zu ihrem luxuriösen Bungalow geführt, der direkt an der stillen Innenlagune lag. Vierhundert Meter entfernt lag jenseits der Lagune am Ende eines Palmwedels Rehans Anwesen. Sie konnten es mit ihrem Leupold-Fernglas sehen. Sie hatten jedoch vor, nach Anbruch der Dunkelheit einen noch näheren Blick darauf zu werfen.

Um 2.30 Uhr ruderten Ryan, Chavez und Caruso ein Gummiboot über die Lagune. Sie hatten bereits die Hälfte der Strecke zurückgelegt. Jetzt beobachteten sie das dunkle Anwesen durch ihre Nachtgläser. Erfreut stellten sie fest, dass außer der kleinen ständigen Sicherheitsmannschaft –

ein Mann am Eingang und einige Fußpatrouillen – das Grundstück außerhalb des Haupthauses menschenleer zu sein schien. Zwar würde es dort bestimmt Kameras, Bewegungsmelder und vielleicht sogar akustische Überwachungssysteme geben, aber Chavez, Caruso und Ryan waren darauf vorbereitet. Heute Nacht würden sie den gefährlichsten Teil ihrer Operation durchführen.

Sie hatten Boot und Tauchausrüstung bei einer Tauchschule unweit ihres Bungalows gemietet. Alle drei verfügten über beträchtliche Taucherfahrung, wenngleich Domingo sie alle daran erinnerte, dass John Clark in sechs Monaten als SEAL öfter getaucht war als Chavez, Ryan und Caruso in ihrem ganzen Leben zusammen. Allerdings war das Wasser hier ruhig und strömungsfrei, und sie planten auch nicht, sehr tief zu tauchen oder lange unter Wasser zu bleiben.

Das kleine Gummiboot und die Tauchausrüstung waren für ihre Operation nicht gerade optimal. Aber etwas Besseres stand ihnen nicht zur Verfügung. Als sich Ryan darüber beklagte, erinnerte ihn Chavez daran, dass sie sich alle »anpassen und alle Hindernisse überwinden« müssten, wie es im offiziellen »Glaubensbekenntnis« der Recon Marines hieß.

Wenn sie tatsächlich verdeckt unter Wasser auf das Anwesen hätten vordringen wollen, hätten sie geschlossene Kreislauftauchgeräte vorgezogen. Diese gaben keine Luftblasen ab, sondern reicherten das ausgeatmete Gas erneut mit Sauerstoff an. Obwohl nun eine Menge Luftblasen aufstiegen, würden sie so weit von dem Anwesen entfernt an Land gehen, dass sie keine Aufmerksamkeit erregen würden.

Sie ankerten und ließen sich lautlos ins Wasser gleiten. Ryan reichte den beiden anderen wasserdichte Kästen über den Rand des Bootes hinunter, bevor er selbst ins Wasser stieg und seine Schwimmflossen anlegte. Alle drei nahmen je eine Kiste in die Hand und tauchten auf eine Tiefe von drei Metern hinunter. Dort überprüften sie ihren Tauchcomputer, bestimmten die Richtung zu ihrem Zielpunkt und richteten ihre Körperachse nach dem Steuerstrich ihrer Kompasse aus. Chavez übernahm die Führung, und sie schwammen los.

Ryan bildete die Nachhut. Sein heftig pochendes Herz erzeugte zusammen mit dem zischenden Geräusch, das das Ventil seines Tauchgeräts bei jedem Atemzug von sich gab, einen richtigen Techno-Rhythmus. Das warme, schwarze Wasser schmiegte sich beim Vorwärtsschwimmen regelrecht an ihn und vermittelte ihm das Gefühl, völlig allein zu sein. Nur die schwachen rhythmischen Strömungen, die die Schwimmflossen seines drei Meter vor ihm schwimmenden Cousins Dominic verursachten, erinnerten ihn daran, dass er nicht allein war. Es war ein tröstliches Gefühl.

Nach zehn Minuten waren sie an dem schmalen Uferstreifen an der Al Khisab Road angekommen. Direkt vor dem Strand lag eine Unterwassersandbank mit einer Wassertiefe von etwas mehr als zwei Metern. Chavez bedeutete den beiden anderen mit einer kleinen roten Lampe, dass sie hier ihre Tauchausrüstung deponieren sollten. Die Männer nahmen sie ab, banden sie zusammen und befestigten sie an einem großen Stein. Danach stiegen sie aus dem Wasser. In ihren schwarzen Neoprenanzügen waren sie in der Dunkelheit auch auf dem Festland kaum zu erkennen. Jeder von ihnen trug eine wasserdichte Kiste.

Zehn Minuten später standen die drei vor einem völlig abgedunkelten Anwesen. Zwischen ihm und Rehans Geheimbüro lagen nur noch drei Grundstücke. Es gab hier weder eine Umfassungsmauer noch Patrouillen, deshalb nahmen sie an, dass auch keine Bewegungsmelder installiert waren. Hinter einem großen Poolhaus begannen die

Amerikaner, ihre Gerätschaften aus den wasserdichten Boxen zu holen und betriebsbereit zu machen. Die Vorbereitungen dauerten gute fünfzehn Minuten. Jeder wusste genau, was er zu tun hatte. Kurz nach drei Uhr morgens hielt Chavez den Daumen nach oben, und Ryan setzte sich mit dem Rücken an die Poolhauswand. Er setzte eine Videobrille auf und holte ein schuhschachtelgroßes Fernbedienungsmodul aus einem Kasten. Von jetzt an würde Jack Ryan jr. diese Operation leiten, bis alle Überwachungsgeräte an ihrem richtigen Platz waren.

Ryan schaltete das Kontrollgerät ein. Sofort sah er auf seiner Brille die Aufnahmen einer Infrarotkamera, die an einer Drehkanzel am Boden eines ferngesteuerten Minihubschraubers hing, der jetzt ein paar Meter entfernt auf einem ausklappbaren Plastik-Landeplatz stand. Die gegeneinander laufenden Koaxialrotoren des winzigen Fluggeräts hatten nur einen Durchmesser von fünfunddreißig Zentimetern. Das Gerät sah eher wie ein teures Spielzeug aus.

Aber es war kein Spielzeug. Dies zeigte sich bereits, als Jack den Motor anließ. Er erzeugte nur dreißig Prozent des Geräuschs eines normalen Mikro-Helis dieser Größe. Außerdem konnte das Gerät an einem fernauslösbaren Verriegelungsmechanismus an seinem Boden Nutzlasten befördern.

Die deutsche Herstellerfirma des Mikro-Helis verkaufte ihn hauptsächlich als ferngesteuertes Beobachtungs- und Transportgerät an Atom- und Bio-Müll-Unternehmen. Er verschaffte deren Betreibern die Möglichkeit, unsichere und gefährliche Areale zu überwachen und Testgeräte und ferngesteuerte Kameras mit geringem Aufwand dorthin zu befördern, wo sie gerade gebraucht wurden. Seit sich der Campus im vergangenen Jahr mehr und mehr von einem Tötungsunternehmen zu einem privaten Nachrichtendienst gewandelt hatte, waren sie immer auf der Suche nach neuen Technologien, die sie bei dieser Aufgabe unterstützen konnten. Da sie nur über fünf Feldagenten verfügten, mussten sie alles tun, um deren Einsatzfähigkeit zu optimieren.

Jack musste heute mit seinem Mikrohubschrauber fünf Nutzlasten befördern. Deshalb wollte er auch keinen Augenblick vergeuden und ließ sein winziges Fluggerät sofort in den Nachthimmel aufsteigen.

Als es dann fünfzehn Meter über seinem Plastik-Landeplatz schwebte, griff Ryan mit flinken Fingern an einen Kipphebelschalter auf der rechten Seite des Steuerungsgeräts. Mit dessen Hilfe kippte er die Kamera an der Kanzel unter der Heli-Nase neunzig Grad nach unten, sodass sie jetzt auf ihn und seine Kameraden hinunterzeigte, die sich hinter das Poolhaus zur dunkelsten Stelle des gesamten Grundstücks zurückgezogen hatten. Ryan rief Dom leise zu: »Setze Wegpunkt Alpha.«

Caruso saß mit seinem Laptop neben ihm und beobachtete auf dessen Monitor die Bildübertragung der Hubschrauberkamera. Mit einem Tastendruck erstellte Dom im elektronischen Speicher des Mikrohubschraubers einen Wegpunkt. Wenn man ihn ab jetzt per Fernbedienung zum Punkt »Alpha« zurückbeorderte, würde ihn der Autopilot mithilfe des GPS zu einer Position direkt über dem Abflugpunkt steuern.

Nach der Eingabe meldete Dom: »Alpha gesetzt.«

Jack ließ den Mikro-Heli bis zu einer Höhe von sechzig Metern aufsteigen und danach über die drei Grundstücke zwischen ihrem gegenwärtigen Standpunkt und Rehans Anwesen fliegen. Die Kanzelkamera hatte er dabei ganz leicht nach unten gekippt, damit er den Luftraum direkt vor dem Fluggerät ebenfalls überwachen konnte.

Als sein Hubschrauber samt Ladung über dem Flachdach des Hauptgebäudes schwebte, rief er Dom zu: »Setze Wegpunkt Bravo.«

Einen Augenblick später kam die Antwort: »Bravo gesetzt.«

Jacks Zielpunkt war der große Ventilationsschacht der Klimaanlage, aber er ging nicht sofort dort nieder. Stattdessen schaltete er die Heli-Kamera auf thermales Infrarot um und begann, nach Rehans Wächtertruppe zu suchen. Er hatte keine Angst, dass das Fluggerät in der Dunkelheit über dem Dach *gesehen* werden könnte, aber er machte sich wegen der Geräusche Sorgen, die es verursachte. So leise der Motor auch war, er war doch nicht völlig lautlos.

Außerdem musste Jack noch ein paar andere technische Beschränkungen berücksichtigen. Das geringe Gewicht des Mikro-Helis machte ihn gegen die Seebrisen anfällig, die vom Persischen Golf herüberwehten. Trotz des eingebauten internen Lagekontroll-Gyroskops musste Jack ständig aufpassen, dass eine Brise das Fluggerät nicht aus der Bahn warf und auf eine Wand oder eine Palme schleuderte. Er konnte es in diesem Fall ein Stück höhersteigen lassen und Dom auffordern, dem Heli den elektronischen Befehl zu geben, zum Wegpunkt Bravo zurückzukehren. Er wusste jedoch, dass dies immer schwieriger wurde, je tiefer der Mikrohubschrauber flog.

Er schaute sich sorgfältig um. Alles, was seine Augen in der Videobrille sahen, stammte von der kleinen Kamera, die in hundertfünfzig Meter Entfernung sechzig Meter über dem Boden schwebte. Da er und Dom mit der Beobachtungsmission vollauf beschäftigt waren, war Chavez allein für ihre Sicherheit zuständig. Er kniete neben dem Poolhaus und beobachtete die Umgebung durch das Nachtsichtgerät seiner schallgedämpften HK-MP7-Maschinenpistole.

In seiner Videobrille erkannte Jack jetzt die Wärmeumrisse des Mannes am Eingangstor. Ein zweiter Mann stand außerhalb des Wächterhäuschens und unterhielt sich mit ihm. Als Jack den Kamerablick hinter das Haus wandern ließ, fand er eine dritte Wärmesignatur, einen Sicherheitsmann, der langsam an dem auch als Hubschrauberlandeplatz dienenden Tennisplatz vorbeischlenderte. Ryan war sich jetzt sicher, dass sein Mikro-Heli außerhalb der Hörweite dieser drei Männer war.

Jetzt erst gönnte er sich eine Sekunde, um sich den Schweiß von der Stirn zu wischen, bevor er ihm in die Augen lief. Ihr gesamter Einsatz und ihre größte Chance, aussagekräftige Informationen über General Riaz Rehan zu bekommen, hing von seiner Fingerfertigkeit und Geistesgegenwart in den nächsten paar Minuten ab.

»Ich gehe jetzt rein«, sagte er leise. Mit einer leichten Berührung des Y-Achse-Joysticks auf seinem Fernbedienungsmodul brachte er das summende Fluggerät zuerst auf fünfundvierzig, dann auf dreißig Meter und schließlich auf fünfzehn Meter herunter. »Setze Wegpunkt Charlie«, flüsterte er.

»Charlie gesetzt.«

In aller Eile richtete er die Kamera noch einmal auf das Wachhäuschen am Eingang und danach auf den Tennisplatz. Die drei Wachleute waren immer noch an ihrem alten Platz, genau dort, wo er sie haben musste, wenn er seine Mission fortsetzen wollte.

Eine plötzliche Ozeanbrise wehte seinen Mikro-Heli ein Stück nach links. Er versuchte, diese Seitwärtsbewegung mit dem X-Achse-Joystick auszugleichen. Dabei spürte Jack diese Brise nicht einmal am eigenen Körper, aber in fünfzehn Meter Höhe hätte sie seinen Mikrohubschrauber beinahe vom Kurs abgebracht, wobei immer die Gefahr bestand, dass er abstürzte. Jack hatte zwar in einem der wasserdichten Kästen einen Ersatzheli dabei, diesen jedoch einsatzfähig zu machen würde wertvolle Zeit vergeuden. Sie hatten sich entschieden, in diesem Fall zuerst einmal den abgestürzten Heli mit dem Ersatzhubschrauber zu bergen. Sie wollten auf keinen Fall einen ferngesteuerten Hubschrauber mit einer Hightech-Kamera und einem Sender auf dem Grundstück ihrer Zielperson zurücklassen. In diesem Fall wäre ihre Überwachungsaktion sofort aufgeflogen.

Caruso beugte sich zum Ohr seines Cousins hinüber: »Ist schon okay, Jack. Versuch es halt einfach noch einmal. Nimm dir Zeit.«

Jetzt lief Ryan der Schweiß erst recht in die Augen. Hier waren sie eben nicht auf dem Dach oder Parkplatz von Hendley Associates. Jetzt waren sie im Einsatz in der wirklichen Welt, die keine Ähnlichkeit mit seinen Trainingsbedingungen hatte.

Jack ignorierte den Schweiß und konzentrierte sich auf das Landemanöver. Er ließ das Fluggerät ganz sanft direkt neben dem Ventilationsschacht der Klimaanlage niedergehen. Nach der Landung schaltete er den Mikrohubschrauber aus, legte das Fernbedienungsmodul auf den Boden und tastete mit den Fingern nach einem weiteren Gerät, das neben ihm im Gras lag. Es handelte sich um eine kleinere Fernbedienung, die nur etwa ein Drittel so groß war wie die andere und die man deshalb mit einer Hand bedienen konnte. Er drückte auf einen Knopf, und sofort projizierte seine Videobrille ein anderes Bild auf seine Augen. Das von einer Restlicht-Kamera aufgenommene Bild zeigte eine Verstrebung der Hubschrauberkufe und dahinter die schmalen Lamellen des Belüftungsschachts.

Diese zweite Kamera war an einem zehn Zentimeter langen, fünf Zentimeter breiten und zweieinhalb Zentimeter hohen Roboter angebracht, den ein Magnet am Boden des Mikro-Helis festhielt. Ryan schaltete per Fernbedienung den Magneten aus, und der Roboter kam frei. Sofort kamen aus dessen Innern zwei Reihen winziger Beinchen heraus, die ihn wie einen Hundertfüßer aussehen ließen und ihn jetzt vom Boden abhoben.

Die Beinchen waren das Fortbewegungssystem dieses bodenläufigen Insektenroboters. Ryan ließ ihn zum Test ein Stück vor und zurück laufen, dann drehte er dessen 1080p-Videokamera in alle Richtungen. Als er sicher war, dass der Roboter korrekt funktionierte, schaltete er ihn ab und nahm wieder die Heli-Fernbedienung in die Hand. Er befahl dem Hubschrauber, über die drei Wegpunkte zu seinem Plastik-Landeplatz zurückzukehren.

Fünf Minuten später flog er einen zweiten Insektenroboter auf Rehans Dach und setzte ihn direkt neben dem ersten ab. Zwischen den beiden Flügen hatte der Wind etwas aufgefrischt, sodass der zweite Transportflug sehr viel länger dauerte als der erste.

»Fertig für Nummer drei«, flüsterte Jack, als der Hubschrauber wieder auf seinem Landeplatz stand.

Chavez befestigte noch einen Insektenroboter an dem Fluggerät. »Mikro-Heli fertig zum Start von Nutzlast drei.«

»Wie stehen wir in der Zeit, Ding?«, fragte Ryan.

Nach einem kurzen Zögern antwortete Chavez: »Ganz gut. Mach nicht zu schnell, aber halt dich ran.«

»Verstanden«, sagte Jack und schaltete seine Videobrille auf die Kamera in der Drehkanzel unter der Nase des Mikro-Helis um.

Nachdem auch noch der dritte und vierte Insektenroboter zum Lüftungsschacht auf dem Zielgebäude gebracht worden war, ließ Jack den Heli zum sechzig Meter über ihm liegenden Wegpunkt Alpha fliegen, um seine Landung vorzubereiten. Chavez hielt die fünfte Nutzlast und eine Ersatzbatterie für den Hubschrauber bereit, der mit einer Batterieladung nicht länger als eine Stunde fliegen konnte.

»Okay«, sagte Jack. »Ich bringe ihn jetzt runter.«

Genau in diesem Moment erfasste den Mikro-Heli ein Windstoß und trieb ihn landeinwärts. Jack hatte in den letzten fünfundvierzig Minuten eine solche Situation ein halbes Dutzend Mal erfolgreich bewältigt, deshalb geriet er auch jetzt nicht in Panik. Stattdessen lenkte er den Hubschrauber wieder über das Wasser hinaus, um ihn in eine stabile Fluglage zu bringen. Als er gerade dachte, ihn wieder unter Kontrolle zu haben und mit dem Landemanöver beginnen zu können, driftete der Heli erneut ab.

»Verdammt«, flüsterte Ryan. »Ich glaube, ich verliere ihn.«

Caruso verfolgte das Kamerabild auf seinem Monitor. »Du musst ihn etwas schneller runterbringen.«

»Okay«, sagte Jack. In fünfundvierzig Meter Höhe kippte der Mikrohubschrauber jedoch nach vorne ab. Ryan versuchte verzweifelt, ihn zu stabilisieren. »Ich glaube, das GPS funktioniert nicht mehr. Vielleicht ist die Batterie leer.«

»Ding, kannst du ihn sehen?«, rief Caruso.

Chavez schaute in den Nachthimmel hinauf. »Negativ.«

»Gib weiter Obacht, vielleicht musst du ihn auffangen.«

Aber es war zu spät. Jack sah, wie sich das Videobild auf seiner Brille vom Wasser und dem Kempinski-Hotel wegdrehte, als der Heli zu trudeln begann und immer schneller nach unten sank.

»Scheiße!«, rief er etwas zu laut, wenn man bedachte, dass sie gerade eine verdeckte Operation durchführten. »Er funktioniert nicht mehr. Er stürzt ab.«

»Ich sehe überhaupt nichts«, sagte Chavez. Er lief umher und schaute dabei ständig nach oben. »Wie schnell kommt er denn runter?«

Genau in diesem Moment schlug der Hubschrauber drei Meter von seinem Plastik-Landeplatz entfernt auf dem Grasboden auf und zerlegte sich in ein Dutzend Einzelteile.

Jack nahm seine Videobrille ab. »Verfluchte Scheiße. Wir müssen den Ersatz-Heli bereit machen.«

Aber Chavez eilte schon auf die Wrackteile zu. »Negativ. Die vier Roboter, die wir platziert haben, werden ausreichen müssen. Wir haben nicht die Zeit, um einen zweiten Vogel dorthin zu schicken.«

»Verstanden«, sagte Jack mit einer gewissen Erleichterung. Der Stress, dieses winzige Fluggerät ein paar Mal zu seiner Zielposition bringen zu müssen, hatte ihn wirklich erschöpft. Er freute sich darauf, auf der anderen Seite der Lagune Caruso dabei zusehen zu können, wie der die Insektenroboter durch die Entlüftungsleitungen lenkte.

50

Kurz vor fünf Uhr morgens kamen die drei Männer zu ihrem Bungalow zurück. Jack war total geschafft. Während Domingo und Dominic die Fernbedienungsgeräte für die Insektenroboter aufbauten, ließ sich Ryan, nass wie er war, auf die Couch fallen. Dom lachte. Während er körperlich genauso hart hatte arbeiten müssen wie sein Cousin, musste Jack jr. darüber hinaus mit der mentalen Anstrengung fertigwerden, den Minihubschrauber mehrmals auf das Dach des Zielgebäudes zu steuern.

Jetzt war Caruso an der Reihe.

Dominic hatte sich von den entsprechenden Bauunternehmern die Pläne mehrerer Palm-Jumeirah-Anwesen besorgt und sie genau studiert, um die besten Einstiegspunkte für ihre Insektenroboter zu finden. Am Ende hatte er sich für den Entlüftungsschacht der Klimaanlage entschieden. Der frühere FBI-Agent steuerte jetzt seinen ersten Miniroboter in den Schacht hinein. Dabei hatte er das Glück, auf keine nachträglich eingebauten Metallgitter oder Maschendrahtabdeckungen zu treffen.

Die winzigen Beinchen des Roboters konnten magnetisiert werden. Dies kam ihm jetzt im Leitungssystem der Klimaanlage zugute, durch das er jetzt horizontal und vertikal immer tiefer in Rehans Haus eindrang.

Die Qualität der Videobilder war erstaunlich gut, obwohl

Schwankungen in der Übertragungsgeschwindigkeit sie manchmal beeinträchtigten. Dom und die anderen Campus-Agenten hatten auch eine Wärmebildkamera ausprobiert, die noch besser als die im Mikrohubschrauber war. Schließlich hatten sie sich jedoch dagegen entschieden. In dem Haus hier in Dubai war es hell genug für normale Videoaufnahmen. Außerdem würde die Spezialkamera so viel Batteriestrom verbrauchen, dass ihre Einsatzdauer bei dieser Mission viel zu gering gewesen wäre.

Zwanzig Minuten später hatte Caruso seinen ersten Miniroboter in Stellung gebracht. Er befand sich jetzt im Einlassstutzen der Klimaanlagen-Abluftleitung des Hauptschlafzimmers im Erdgeschoss. Dom justierte den Neigungswinkel der Kamera und überprüfte, dass deren Schwenk durch nichts behindert wurde. Zum Schluss machte er den Weißabgleich und stellte das Objektiv scharf.

Der Laptop im Bungalow zeigte ein fast perfektes Farbbild des Zimmers. Obwohl dort im Moment nichts zu hören war, überzeugte ihn das Luftgeräusch in der Leitung davon, dass auch die Tonaufzeichnung gut funktionierte.

Dominic Caruso wiederholte den gesamten Prozess in den nächsten Stunden noch zweimal. Den zweiten Insektenroboter platzierte er in einem Einlassstutzen, von dem aus man das Hauptwohnzimmer überblicken konnte. Die Kamera bot zwar nur einen beschränkten Blick auf die Sitzgarnitur und den Eingangsbereich, aber Caruso kam es vor allem darauf an, dass von dieser Position aus alles aufgezeichnet werden konnte, was in diesem Raum gesprochen wurde.

Der dritte Insektenroboter bewegte sich ein Stück, blieb dann aber dreißig Zentimeter hinter dem Eingang zum Belüftungssystem stehen. Dom und Jack versuchten ein paar Minuten lang, das Problem zu lösen. Schließlich kapitulierten sie. Sie wussten nicht, ob es sich um einen Materialfehler des Senders handelte oder ob die Bedienungssoftware abgestürzt war. Sie gaben das Gerät auf. Den letzten Roboter lenkte Caruso ohne Probleme in einen Bürobereich im ersten Stock.

Um sieben Uhr morgens war die Operation beendet, und Dominic stellte alle Kameras ab. Die Mikrofone und Kameras der Überwachungsgeräte waren passive Systeme, die nicht die ganze Zeit liefen, sondern per Fernbedienung eingeschaltet werden mussten. Dies sparte eine Menge Batteriestrom, was vor allem bei einer Operation entscheidend wichtig war, die mindestens eine Woche dauern sollte.

Caruso rief Granger in Maryland an. Dieser bestätigte, dass sie die Aufnahmen der drei Kameras und Mikrofone gut empfingen. Da Rehan wohl vor allem seine Muttersprache benutzen würde, hatte Rick Bell dafür gesorgt, dass rund um die Uhr ein Urdu sprechender Analyst zur Verfügung stand.

Caruso fragte Granger, ob er etwas Neues über Clark wisse, aber John hatte sich bisher noch nicht gemeldet. Auch Sam Driscoll habe bisher nichts von sich hören lassen, aber sie hätten keinen Grund zu der Annahme, dass etwas schiefgelaufen sein könnte.

Chavez legte auf und ließ sich neben Ryan auf die Nachbarcouch fallen. Beide Männer waren völlig erschöpft.

Zuerst war Jack jr. vom Erfolg der Mission etwas enttäuscht. »Die ganze Arbeit, und nur drei von fünf Kameras und Mikrofonen sind einsatzbereit? Das ist alles? Soweit wir wissen, arbeitet Rehan gerne am Küchentisch. Wenn das stimmt, sind wir angeschmiert, denn wir werden nur das hören, was im Schlafzimmer, dem Wohnzimmer oder seinem Arbeitszimmer gesprochen wird.«

Aber Domingo beruhigte seinen jungen Kameraden. »Vergiss nie, *'mano,* in der wahren Welt geht es nicht wie im Film zu. Soweit es mich betrifft, sind drei von fünf ein voller Erfolg. Wir sind drin. Es spielt doch keine Rolle, ob mit einer oder mit hundert Kameras. Wir sind verdammt noch mal drin! Wir kriegen, was wir wollen, vertrau mir.«

Chavez bestellte zur Feier des Tages ein opulentes Frühstück. Ryan wollte zuerst darauf verzichten. Er meinte, er brauche jetzt unbedingt etwas Schlaf. Als jedoch der Moët & Chandon, riesige Omeletts und das einmalige Blätterteiggebäck serviert wurden, bekam er doch Appetit und schlemmte mit den beiden anderen.

Nach dem Frühstück reinigten sie noch ihre Tauchausrüstung. Dann legten sie sich endlich schlafen.

51

Clark brauchte mehrere Tage, um seine Zielperson in Deutschland aufzuspüren. Der Mann, nach dem er suchte, hieß Manfred Kromm. Ihn zu finden stellte eine große Herausforderung dar, aber nicht weil er untergetaucht wäre oder irgendwelche Maßnahmen ergriffen hätte, sein Auffinden zu erschweren. Nein, Manfred Kromm war deshalb so schwer zu lokalisieren, weil er ein Niemand war.

Vor dreißig Jahren war er jedoch Mitglied des ostdeutschen Geheimdienstes gewesen. Er und sein Partner hatten etwas Illegales getan, und Clark war herbeigerufen worden, um es auszubügeln. Jetzt war der Mann weit über siebzig, lebte nicht mehr in Berlin und war schon lange nicht mehr im Staatsdienst.

Clark wusste nur aus einem Grund, dass er noch lebte. Die Fragen, die das FBI Hardesty gestellt hatte, mussten irgendwie auf Manfred Kromm zurückgehen. Zwar hätte er seine Sicht der Ereignisse auch schon vor Jahren aufschreiben und in der Zwischenzeit verstorben sein können. Clark nahm jedoch nicht an, dass Kromm ein solches Schriftstück von sich aus verfasst hätte. Er konnte sich nicht vorstellen, dass die Sache gerade jetzt wieder hochgespült worden wäre, wenn Kromm seine Geschichte vor langer Zeit erzählt hätte.

Kromm lebte jetzt in Köln. Clark hatte den Mann schließlich gefunden, als er dessen letzte bekannte Adresse, ein zweistöckiges Gebäude im Ortsteil Haselhorst des Berliner Bezirks Spandau, aufgesucht hatte. Er hatte sich dort als Verwandter ausgegeben, der leider jeden Kontakt zu ihm verloren habe. Eine Frau in diesem Haus wusste, dass Kromm nach Köln gezogen war und wegen eines Nervenschadens, den seine Zuckerkrankheit verursacht hatte, eine Beinschiene trug. Clark reiste daraufhin nach Köln, wo er sich drei Tage lang als Vertreter eines amerikanischen Unternehmens ausgab, das orthopädische Geräte und Sanitätswaren herstellte. Er ließ seinen Computer falsche Visitenkarten, Bestellungen und E-Mails ausdrucken und suchte damit fast jedes Sanitätsgeschäft der Stadt auf. Er behauptete, ein Mann namens Kromm habe bei seiner Firma maßgeschneiderte orthopädische Einlagen bestellt, und bat, man möge ihm bei der Suche nach der gegenwärtigen Adresse des Mannes helfen.

Einige Geschäfte fertigten ihn nur mit einem Schulterzucken ab, aber die meisten schauten in ihren Kundenlisten nach. Schließlich stieß ein freundlicher Ladenbesitzer auf einen Kunden namens Manfred Kromm, vierundsiebzig Jahre alt, wohnhaft in der Thieboldsgasse 13, Wohnung 3 a, den er jeden Monat mit Blutzuckerteststreifen und Insulinspritzen belieferte.

Endlich hatte John Clark seinen Mann gefunden.

Die Wohnung von Clarks Zielperson lag in der südlichen Kölner Altstadt. Die Thieboldsgasse 13 war ein vierstöckiges Wohngebäude, und die etwa fünfzig Häuser auf beiden Seiten dieser Straße glichen sich fast wie ein Ei dem anderen. Hier und da lockerte ein einzelner Baum vor einem Eingang das Straßenbild etwas auf. Vor den fast identischen Gebäuden lagen kleine Grasflächen, die von den Zugangswegen zu den gläsernen Eingangstüren unterbrochen wurden.

Eine Stunde lang streifte John durch das Viertel. Plötzlich begann es zu regnen, was es ihm erlaubte, einen Schirm aufzuspannen, den Mantelkragen hochzuklappen und dadurch sein Gesicht weitgehend zu verbergen. Er legte eventuelle Fluchtwege fest, für den Fall, dass sein Treffen nicht gut verlaufen würde. Er suchte und fand die nächste Bus- und Straßenbahnhaltestelle. Die ganze Zeit hielt er dabei nach Polizisten und Briefträgern Ausschau, die zur falschen Zeit auftauchen könnten. Allerdings waren die Straßen in diesem Viertel so belebt, dass ein einzelner Fußgänger nicht weiter auffiel. Nach einer Stunde beschloss er deshalb, sich auf die Hausnummer 13 zu konzentrieren.

Als er von der anderen Straßenseite aus im strömenden Regen die Thieboldsgasse 13 eine Zeit lang betrachtete, fand er das Haus so gesichtslos, farblos und reizlos wie den Kalten Krieg selbst.

Dieser Kalte Krieg war für Leute an seiner geheimen Front wie John Clark allerdings gar nicht so kalt gewesen. Einmal hatte er in diesen Zeiten in Deutschland eine Spezialoperation durchgeführt. Er war damals Mitglied der SAD gewesen, der Special Activities Division der CIA, die für paramilitärische Operationen zuständig war. Man zog ihn von einem Training ab, das er gerade mit der Delta Force, der frisch aufgestellten Elitetruppe der US Army, in North Carolina abhielt, und setzte ihn in einen 35A-Learjet der CIA, der ihn nach Europa brachte. Nach einem Tankstopp auf der britischen Mildenhall-Luftwaffenbasis in Suffolk hob das Flugzeug mit Clark an Bord wieder ab. Niemand erzählte ihm, wohin sie ihn brachten oder was er nach seiner Ankunft tun sollte.

Schließlich landete er auf dem Flughafen Tempelhof in Westberlin und wurde zu einem konspirativen Stützpunkt gebracht, nur einen Steinwurf von der Berliner Mauer entfernt. Dort traf er auf einen alten Freund namens Gene Lilly. Sie hatten in Vietnam zusammengearbeitet, und jetzt war Lilly der Leiter des Berliner CIA-Büros. Lilly erzählte Clark, dass er ihn für eine einfache Dokumentenaustauschaktion jenseits der Mauer benötige. Clark spürte sofort, dass hier etwas faul sein musste. Für so etwas musste man ganz bestimmt keinen SAD-Paramilitär aus Amerika einfliegen lassen. Als er Lilly seine Zweifel mitteilte, brach dieser in Tränen aus.

Gene beichtete ihm, er sei in eine Sexfalle geraten. Eine Prostituierte hätte mit ein paar einfachen Stasi-Agenten zusammengearbeitet, die sich ohne Wissen ihrer Vorgesetzten etwas Extrageld verdienen wollten. Sie hätten von ihm seine gesamten Ersparnisse erpresst. John sollte ihnen jetzt die Aktenmappe voller Bargeld übergeben. Im Gegenzug würde er einen Ordner mit Negativen erhalten. Clark fragte nicht, was auf diesen Negativen zu sehen war. Er war sich sicher, dass er das gar nicht wissen wollte.

Lilly beschwor Clark, dass er niemand anderem in der Agency trauen könne. Der dreiunddreißigjährige SAD-Agent war bereit, seinem alten Freund zu helfen.

Einige Minuten später übergab Lilly ihm eine Aktenmappe voller D-Mark-Noten und brachte ihn zu einer U-Bahn-Station, wo Clark in den nächsten Zug einstieg, der zu dieser Tageszeit halb leer war.

Der Austausch zwischen Clark und den Stasi-Erpressern sollte an einem surrealen Ort stattfinden, wie es ihn so nur im Berlin des Kalten Krieges geben konnte. Im Westberliner U-Bahn-System gab es einige Linien, die ein Stück unter Ostberlin hindurchführten. Vor der Teilung der Stadt war das natürlich belanglos, aber nach dem Mauerbau im Jahr 1961 durften die Züge, die unter der Mauer hindurchfuhren, nicht mehr an den Stationen auf der anderen Seite halten. Die Ostdeutschen verschlossen die Zugänge auf Straßenhöhe und entfernten jeden Hinweis auf diese U-Bahn-Haltestellen aus ihren Netzplänen. Diese schummrigen, leeren und labyrinthischen unterirdischen Plätze bekamen den Namen Geisterbahnhöfe.

Einige Minuten nach Mitternacht sprang John Clark kurz vor einem dieser Geisterbahnhöfe vom letzten Wagen der Linie U8 ab, der gerade den Ostberliner Bezirk Mitte durchquerte. Dies war insofern nicht sehr gefährlich, als diese Züge die Geisterbahnhöfe nur im Schritttempo durchfahren durften. Während der Zug weiterratterte, zog der Amerikaner eine Taschenlampe aus dem Mantel, hielt sie über seine Schulter und ging auf dem Gleis weiter. Kurz darauf kam er an dem Geisterbahnhof Weinmeisterstraße an. Hier wartete er auf dem schwach beleuchteten Bahnsteig. Um ihn herum war es totenstill, nur unter ihm war das leise Geräusch von streunenden Ratten zu hören.

Kurz darauf erschien am Fuß einer Treppe der Schein einer Taschenlampe. Ein einzelner Mann richtete seine Lampe auf Clark und forderte ihn auf, seine Aktenmappe zu öffnen. Clark tat, wie ihm geheißen. Jetzt legte der Mann seinerseits ein Päckchen auf den staubigen Betonboden und gab ihm einen kleinen Tritt, sodass es zum Amerikaner hinüberschlitterte.

Clark hob es auf, überprüfte, ob es auch die Negative enthielt, und stellte die Geldtasche ab.

So hätte es enden können, ja sollen.

Aber die Stasi-Gauner waren gierig und wollten ihre Negative zurückhaben, um die Erpressung fortsetzen zu können.

Als sich John Clark umdrehte und zum Ende der Station zurückgehen wollte, hörte er jenseits der Gleise auf dem gegenüberliegenden Bahnsteig ein Geräusch. Als er mit seiner Lampe hinüberleuchtete, bekam er gerade noch rechtzeitig mit, dass ein Mann eine Pistole auf ihn richtete.

Clark warf sich sofort zu Boden und rollte sich auf dem schmutzigen Betonboden zur Seite, als ein Pistolenschuss losging. Der Knall wurde von den Tunnel- und Bahnhofswänden vielfach zurückgeworfen.

Der amerikanische CIA-Agent zog blitzschnell seine Colt-M1911-Selbstladepistole. Er feuerte zweimal über die Gleise hinüber und traf den Schützen beide Male direkt in die Brust. Er brach sofort zusammen.

Clark wandte sich dann dem Stasi-Mann mit der Geldtasche zu. Dieser eilte gerade die Stationstreppe hinauf. Clark gab einen Schuss ab, verfehlte ihn jedoch. Kurz darauf war er verschwunden. Clark überlegte sich, ihm nachzueilen. Immerhin war es möglich, dass er doch noch zurückkehrte, um ihn zu erledigen. Aber in diesem Moment fuhr der nächste Zug im Schritttempo durch den Geisterbahnhof. Clark verbarg sich hinter einem Betonpfeiler. Die hellen Zuglichter warfen auf dem staubigen U-Bahnsteig lange Schatten. Clark schaute noch einmal zur Treppe hinüber, über die der Stasi-Mann verschwunden war. Dort bewegte sich jedoch nichts. Er wusste, dass er zehn Minuten auf den nächsten Zug warten musste, wenn er diesen hier verpasste.

Clark sprang auf den letzten Wagen auf. Tatsächlich konnte er sich an einem Haltegriff an der rückwärtigen Tür festhalten. Nach einigen Minuten Dunkelheit war er wieder in Westberlin. An der ersten Station sprang er von dem Zug herunter auf den Bahnsteig und mischte sich unter die anderen ausgestiegenen Passagiere. Dreißig Minuten später saß er in einem Linienbus zwischen lauter Westberlinern, die von ihrer Nachtschicht heimkehrten, und weitere dreißig Minuten später händigte er Gene Lilly die Negative aus.

Am nächsten Tag verließ er mit einem Linienflug die Bundesrepublik Deutschland. Er war sich sicher, dass nichts von dem, was am Tag zuvor geschehen war, jemals in den Archiven der CIA oder des DDR-Staatssicherheitsdiensts auftauchen würde.

Als er jetzt im kalten Kölner Regen stand, schüttelte er die alten Erinnerungen ab und schaute sich um. Das Deutschland von heute hatte wenig Ähnlichkeit mit der geteilten Nation von vor dreißig Jahren, und Clark erinnerte sich daran, dass die heutigen Probleme seine ungeteilte Aufmerksamkeit erforderten.

Um sechzehn Uhr wurde es an diesem grauen Tag bereits dunkel. Im Treppenhaus der Thieboldsgasse 13 ging jetzt das Licht an. Durch die Glastür beobachtete er, wie eine ältere Frau am Fuß der Treppe ihren Hund anleinte. Sofort überquerte Clark die Straße, zog seinen Mantelkragen noch höher und kam gerade an dem Gebäude an, als die Frau die Vordertür öffnete. Sie hatte die Augen bereits auf die Straße gerichtet und beachtete Clark nicht. Bevor die Tür sich wieder hinter ihr schloss, schlüpfte John an der Hauswand entlang und ins Treppenhaus hinein.

Er war mit seiner SIG-Sauer-Pistole in der Hand fast schon im ersten Stock angekommen, als die Haustür unten ins Schloss fiel.

Manfred Kromm reagierte auf das Klopfen an seiner Tür mit einem Stöhnen. Das war bestimmt wieder Herta, die auf der anderen Seite des Hausflurs wohnte. Sie hatte sich wahrscheinlich wieder selbst ausgeschlossen, während sie ihren kleinen grauen Pudel Gassi führte. Er würde also wieder einmal das Schloss ihrer Wohnungstür knacken müssen, wie er es schon Dutzende Male getan hatte.

Natürlich hatte er ihr nie erzählt, wo er das gelernt hatte. Sie hatte ihn auch noch nie danach gefragt.

Dass sie sich absichtlich aussperrte, um seine Aufmerksamkeit zu erregen, ärgerte ihn nur noch mehr. Die alte Frau ging ihm auf die Nerven. Sie war eine absolute Landplage, fast so lästig wie ihr kläffendes Hündchen. Trotzdem hatte Manfred Kromm sie noch nie merken lassen, dass er ihren Trick mit dem »vergessenen Schlüssel« durchschaut hatte. Als der Einzelgänger, der er war, würde er niemals einem anderen Menschen zeigen, dass er erkannt hatte, dass sich dieser für ihn interessierte. Also lächelte er weiterhin nach außen, stöhnte nach innen und schloss der alten Hexe ihre gottverdammte Tür auf, wann immer sie klopfte.

Er arbeitete sich aus seinem Stuhl hoch, schlurfte zur Tür hinüber und griff sich auf dem Tisch in der Diele seinen Dietrich. Er hatte die Hand bereits am Türriegel, um ihn zu öffnen. Aus alter Gewohnheit schaute er durch den Türspion. Er wollte bereits wieder wegschauen, als sich seine Augen vor Überraschung weiteten. Auf der anderen Seite der Tür stand ein Mann in einem Regenmantel.

Und dieser Mann richtete eine automatische Pistole aus rostfreiem Stahl mit einem aufgeschraubten Schalldämpfer direkt auf Manfred Kromms Tür.

Der Mann sprach so laut, dass man es durch das Türholz hörte: »Wenn Ihre Tür nicht aus schusssicherem Stahl besteht oder Sie sich schneller als eine Kugel bewegen können, sollten Sie mich besser hereinlassen.«

»Wer ist denn da?«, krächzte Kromm.

»Jemand aus Ihrer Vergangenheit.«

Und plötzlich erinnerte sich Kromm. Er wusste genau, wer dieser Mann war.

Und er wusste, dass er jetzt sterben würde.

Er öffnete die Tür.

»Ich kenne Ihr Gesicht. Sie sind älter geworden. Aber ich erinnere mich an Sie«, sagte Kromm. Wie von Clark gefordert, hatte er sich wieder auf seinen Stuhl vor dem Fernseher gesetzt. Seine Hände lagen auf den Knien, und er knetete langsam seine geschwollenen Gelenke.

Clark stand vor dem Deutschen und hatte seine Waffe immer noch auf ihn gerichtet.

»Sind Sie allein?«, fragte Clark und schaute sich in der winzigen Wohnung um.

Manfred Kromm nickte. »Selbstverständlich.«

Clark ließ trotzdem seinen Blick schweifen und zielte dabei mit seiner SIG weiterhin auf die Brust des Alten. »Bitte keine plötzlichen Bewegungen. Ich habe heute eine Menge Kaffee getrunken, Sie sollten deshalb gar nicht erst ausprobieren, wie hibbelig und schreckhaft ich bin.«

»Ich werde mich nicht bewegen«, sagte der alte Deutsche. Dann zuckte er die Achseln. »Diese Pistole in Ihrer Hand ist die einzige Waffe in dieser Wohnung.«

Clark durchsuchte schnell den Rest der Wohnung. Sie war einschließlich des Badezimmers und der Küche sicher keine fünfunddreißig Quadratmeter groß. Auch die Einrichtung war alles andere als luxuriös. »Was, fünfunddreißig Jahre bei der Stasi, und das ist alles, was es Ihnen eingebracht hat?«

Jetzt musste der Deutsche ein wenig lächeln. »Nach den Kommentaren Ihrer Regierung über Sie zu schließen, Mister Clark, sieht es so aus, dass Ihre Organisation Ihnen Ihre Dienste nicht viel besser vergolten hat als meine Organisation die meinen.«

Clark zwang sich jetzt selbst ein saures Grinsen ab, während er mit den Füßen einen kleinen Tisch gegen die Eingangstür schob. Sie würde jemand, der vom Hausflur her eindringen wollte, einen kurzen Moment aufhalten, aber auch nicht viel mehr. Clark stellte sich neben die Tür und hielt die SIG immer noch auf den übergewichtigen Mann gerichtet, der sich auf seinem Lehnstuhl offensichtlich recht unbehaglich fühlte.

»Sie haben Geschichten herumerzählt.«

»Ich habe nichts gesagt.«

»Ich glaube Ihnen nicht, und das ist das Problem. Sie erzählen jetzt *mir*, was Sie *denen* erzählt haben.«

»Mr. Clark, ich habe keine Ahnung, was Sie …«

»Vor dreißig Jahren gingen drei Personen in diesen Geisterbahnhof. Zwei von ihnen kamen lebend wieder heraus. Sie und Ihr Partner haben für die Stasi gearbeitet, aber Sie haben nicht nach den Stasi-Regeln gespielt, das heißt, dass Sie dieses Geld für sich selbst erpresst haben. Ich hatte den Auftrag, Sie beide laufen zu lassen, aber Ihr Partner Lukas Schumann hat versucht, mich umzubringen, nachdem Sie das Geld bekommen hatten. Ich habe Lukas Schumann getötet, aber Sie sind davongekommen, und ich *weiß,* dass Sie danach nicht zu Markus Wolf gegangen sind und ihm erzählt haben, was bei Ihrer illegalen Nebenbeschäftigung schiefgegangen war. Sie haben den Mund gehalten, damit sie das Geld behalten konnten.«

Kromm sagte kein einziges Wort. Er walkte nur seine Knie mit den Händen, als wollte er Brötchen kneten, bevor er sie in den Ofen schob.

Clark redete weiter auf ihn ein. »Ich hatte den Befehl, meiner Agency über diese Angelegenheit nicht zu berichten. Der Einzige, der außer Ihnen, mir und dem toten Lukas Schumann von dieser Sache im Geisterbahnhof wusste, war mein Vorgesetzter, und der ist vor fünfzehn Jahren gestorben, ohne zuvor jemand davon erzählt zu haben.«

»Ich habe das Geld nicht mehr. Ich habe alles ausgegeben«, sagte Kromm.

Clark seufzte, als ob ihn diese Bemerkung des Deutschen enttäuscht hätte. »Genau, Manfred, ich komme nach dreißig Jahren zurück, um mir eine Tasche voller wertloser D-Mark-Scheine zurückzuholen.«

»Was wollen Sie dann?«

»Ich möchte wissen, mit wem Sie geredet haben.«

Kromm nickte. »Es klingt wie ein Klischee aus einem amerikanischen Kriminalfilm, aber es ist die Wahrheit. Wenn ich es Ihnen erzähle, werden sie mich bestimmt umbringen.«

»Wer, Manfred?«

»Ich bin nicht zu ihnen gegangen. Sie kamen zu mir. Ich hatte kein Interesse, diese alten Geschichten aus unserer gemeinsamen Vergangenheit wieder auszugraben.«

Clark hob die Pistole und schaute durch ihr Tritium-Visier.

»Wer, Manfred? Wem haben Sie vom Jahr 81 erzählt?«

»Obtschak!«, platzte es in seiner Panik aus ihm heraus.

Clark legte den Kopf schief. Er ließ die Waffe sinken.

»Wer ist Obtschak?«

»Obtschak ist kein wer! Es ist eine estnische kriminelle Vereinigung. Eine ausländische Filiale der Russenmafia, sozusagen.«

John konnte seine Verwirrung nicht verbergen. »Und die haben Sie nach *mir* gefragt? Namentlich?«

»Nein, *gefragt* im normalen Sinne haben sie mich eigentlich nicht. Sie haben mich überfallen. Sie haben mir eine zerbrochene Bierflasche an den Hals gehalten und mich *dann* befragt.«

»Und Sie haben ihnen von Berlin erzählt.«

»Natürlich! Sie können mich töten, wenn Sie das wollen, aber warum hätte ich Sie in Schutz nehmen sollen?«

Clark fiel etwas auf. »Wie wussten Sie überhaupt, dass sie von der Obtschak waren?«

Kromm zuckte die Achseln. »Sie waren Esten. Sie sprachen estnisch. Wenn jemand ein Gangster ist und estnisch spricht, nehme ich an, dass er von der Obtschak kommt.«

»Und sie sind hierhergekommen?«

»Hierher in meine Wohnung? Nein. Sie haben mich zu

einem Lagerhaus in Deutz bestellt. Sie meinten, dort könnte ich etwas Geld verdienen. Im Wachdienst.«

»Im Wachdienst? Verarschen Sie mich nicht, Kromm. Niemand setzt Sie mehr im Wachdienst ein!«

Der Deutsche hob die Hand und wollte widersprechen, aber der Lauf von Clarks SIG zielte erneut auf seine Brust, deshalb ließ er die Hand wieder sinken.

»Ich habe in der Vergangenheit ein paar … ein paar Arbeiten für osteuropäische Immigranten erledigt.«

»Arbeiten welcher Art? Gefälschte Ausweise?«

Kromm schüttelte den Kopf. Er war jedoch zu stolz, um es zu verschweigen. »Schlösser. Ich habe Schlösser für sie geknackt.«

»Von Autos?«

Jetzt musste der alte Deutsche lächeln. »Autos? Nein. Auto*handlungen*. Damit bessere ich meine winzige Rente etwas auf. Dadurch habe ich auch ein paar Esten kennengelernt. Ich kannte deshalb den Mann, der mich zu diesem Lagerhaus bestellt hat, sonst wäre ich niemals dorthin gegangen.«

Clark griff in seine Manteltasche, holte einen Notizblock und einen Bleistift heraus und warf sie dem Alten zu. »Ich möchte seinen Namen, seine Adresse und die Namen aller Esten haben, von denen Sie wissen, dass sie bei der Obtschak sind.«

Kromm fiel in seinem Stuhl regelrecht zusammen. »Sie werden mich umbringen.«

»Hauen Sie ab. Hauen Sie jetzt gleich von hier ab. Glauben Sie mir, wer immer Sie über mich ausgefragt hat, ist schon lange nicht mehr hier. Aber genau den suche ich. Die Männer, die Sie dorthin bestellt haben, sind nur dessen örtliche Handlanger. Verlassen Sie Köln, und sie werden Sie nicht mehr belästigen.«

Kromm bewegte sich nicht. Er schaute Clark nur an.

»Ich werde Sie hier und jetzt töten, wenn Sie nicht das tun, was ich Ihnen sage.«

Kromm fing ganz langsam zu schreiben an, aber dann schaute er am Pistolenlauf vorbei, als ob er etwas sagen wollte.

»Schreiben Sie oder reden Sie«, sagte Clark, »aber tun Sie es gleich, sonst jage ich Ihnen eine Kugel ins Knie.«

Jetzt begann der deutsche Rentner zu reden. »Nachdem sie mich in die Mangel genommen hatten, musste ich einen Tag im Krankenhaus verbringen. Ich habe den Ärzten erzählt, ich sei auf der Straße überfallen worden. Als ich dann heimkam, war ich wütend und wollte mich rächen. Ihr Anführer, der mir die Fragen gestellt hat, stammte nicht von hier. Ich merkte das, weil er kein Deutsch sprach. Nur estnisch und russisch.«

»Reden Sie weiter.«

»Ich habe immer noch einen Freund in Moskau, der sich dort gut auskennt.«

»Der sich in der Mafia gut auskennt, wollen Sie sagen?«

Kromm zuckte die Achseln. »Er ist freier Unternehmer. Wie dem auch sei, ich habe ihn angerufen und um Informationen über die Obtschak gebeten. Den wahren Grund habe ich ihm nicht erzählt. Er nahm wohl an, dass es um irgendein Geschäft ging. Ich habe den Mann beschrieben, der mich ausgefragt hat. Etwa fünfzig Jahre alt und mit Haaren, die er gefärbt hatte, als ob er der zwanzigjährige Sänger einer Punkband wäre.«

»Und Ihr Freund hat Ihnen einen Namen genannt?«

»Das hat er.«

»Und was haben Sie dann getan?«

Kromm zuckte die Achseln. Er schaute beschämt auf den Boden. »Was hätte ich tun können? Ich war betrunken, als ich den Entschluss fasste, mich zu rächen. Jetzt bin ich wieder nüchtern.«

»Geben Sie mir den Namen dieses Mannes.«

»Wenn ich das tue und Ihnen den Namen des Mannes in Tallinn gebe, der mich von diesen Leuten zusammenschlagen ließ, könnten Sie dann nicht seine Männer hier in Köln in Ruhe lassen? Wenn Sie direkt nach Tallinn weiterreisen, werden die doch gar nicht erfahren, dass ich geplaudert habe.«

»Das kann ich machen, Manfred.«

»Sehr gut«, sagte Kromm und nannte Clark den Namen, als draußen gerade die Dunkelheit hereinbrach.

52

Im Gegensatz zu den staatlichen Polizeiorganisationen und Geheimdiensten, die nach dem flüchtigen John Clark fahndeten, berechnete die Privatdetektei Fabrice Bertrand-Morel ihre Honorare nach Mannstunden, sodass sie immer viele Männer viele Stunden lang arbeiten ließ.

Genau diese intensive Überwachung von möglichen Anlaufpunkten in ganz Europa half ihnen dann tatsächlich, ihre Zielperson aufzuspüren. Fabrice Bertrand-Morel, den jeder nur FBM nannte, hatte seine Jagd auf Europa konzentriert, da Alden dem Franzosen über Laska eine Kopie des Dossiers über den ehemaligen CIA-Mann hatte zukommen lassen. FBM hatte daraus geschlossen, dass Clark während seines langjährigen Aufenthalts in Europa als Leiter der Rainbow-Truppe überall auf diesem Kontinent Leute kennengelernt haben musste, die ihm auch jetzt Unterschlupf gewähren würden.

FBM hatte deshalb auf vierundsechzig wichtigen Bahnhöfen in ganz Europa Männer stationiert, die in Vierzehnstunden-Schichten Handzettel verteilten und Leuten, die auf diesen Bahnhöfen arbeiteten, Clarks Foto zeigten. Tagelang hatten diese Überwachungsmaßnahmen nicht das Geringste erbracht. Schließlich erblickte der Verkäufer in einem Brezelstand auf dem Kölner Hauptbahnhof jedoch in der Menge ganz kurz eine Gestalt, die ihm bekannt vorkam. Er schaute auf das kleine Foto auf einer

Karte, die ihm ein glatzköpfiger Franzose drei Tage zuvor überreicht hatte, und wählte in aller Eile die Nummer auf der Rückseite der Karte.

Der Franzose hatte ihm eine hohe Belohnung versprochen, die er ihm sofort in bar auszahlen würde.

Zwanzig Minuten später traf der erste FBM-Mann im Kölner Hauptbahnhof ein, um den Brezelverkäufer zu befragen. Der mittelalte Mann klang überzeugend. Er war sich sicher, dass John Clark an ihm vorbei in Richtung Bahnhofsausgang gegangen war.

Drei weitere FBM-Männer, die im Umkreis einer Fahrtstunde stationiert waren, kamen jetzt ebenfalls an und erstellten einen Aktionsplan. Dabei hatten sie außer der Nachricht, dass ihr Mann in der Stadt war, nur wenige Anhaltspunkte. Sie konnten mit ihren vier Mann unmöglich ganz Köln durchkämmen.

Sie ließen also einen Mann auf dem Bahnhof zurück, während die anderen drei die Hotels und Pensionen der Umgebung überprüften.

Tatsächlich war es der Detektiv am Bahnhof, der schließlich Erfolg hatte. Kurz nach neun Uhr an diesem kalten und regnerischen Abend stand der vierzigjährige Luc Patin vor dem Eingang und rauchte eine Zigarette. Gelegentlich schaute er zwar zu dem majestätischen Kölner Dom hinüber, der links neben dem Hauptbahnhof lag. Sein Hauptaugenmerk galt jedoch den Fußgängern, die an ihm vorbei in Richtung Gleise strömten. Plötzlich erblickte er inmitten einer großen Gruppe einen Mann, der mit hochgezogenem Mantelkragen an ihm vorbeihastete. Er sah aus wie die Person auf dem Fahndungsfoto! Das musste er sein!

Luc Patin murmelte leise: *»Bonsoir, mon ami.«* Er griff in die Tasche und holte sein Handy heraus.

Domingo Chavez hatte sich entschieden, Rehans Dubaier Geheimbüro seinerseits auf eine Weise zu überwachen, die vielleicht nicht so technisch ausgefeilt war wie die Roboterkameras und -mikrofone seiner beiden jüngeren Agentenkollegen, ihren Zweck jedoch genauso gut erfüllte. Eines der drei Schlafzimmer ihres Bungalows schaute direkt auf die Lagune hinaus, die die »Sichelmond«-Insel, diesen »Wellenbrecher«, auf dem das Kempinski lag, von der Halbinsel in Palmenform trennte, auf der sich Rehans Anwesen befand. Die Entfernung zwischen den beiden Gebäuden betrug gute vierhundert Meter. Dies war jedoch nicht zu weit für ein Spielzeug, das Chavez aus den Vereinigten Staaten mitgebracht hatte.

Er montierte ein stufenlos einstellbares Zeiss-Victory-FL-Spektiv auf ein Dreibeinstativ und stellte es in seinem Schlafzimmer auf einen Tisch am Fenster. Von seinem Stuhl aus konnte er jetzt die Rückseite von Rehans ummauertem Anwesen und mehrere Fenster im ersten Stock des Wohngebäudes beobachten. Bisher waren dort die Vorhänge noch zugezogen, aber er hoffte, dass sich das ändern würde, wenn Rehan und seine Begleiter aus Islamabad herüberkommen würden.

Als er über diese gute Sichtverbindung nachdachte, die genauso gut eine Visierlinie hätte sein können, hatte er eine Idee.

Wenn Rehan wirklich so gefährlich war, wie ihnen ihre Ermittler erzählten, könnte der Campus dann nicht früher oder später beschließen, ihn aus dem Weg zu räumen? Und wenn sie als Agenten den Auftrag bekämen, den General zu töten, wäre es dann nicht viel einfacher, das hier mit einem Weitschussgewehr und einem guten Zielfernrohr zu erledigen, als auf eine andere, dann wahrscheinlich weitaus kompliziertere Gelegenheit zu warten? Er konnte General Rehan hier und jetzt ausschalten, wenn der auf den Balkon im ersten Stock hinaustrat oder sich an einem Fenster im Obergeschoss zeigte.

Als er Ryan und Caruso seine Idee mitteilte, fanden sie diese ausgesprochen gut. Chavez rief also Sam Granger an und bat ihn, ihm die dazu nötige Ausrüstung zu schicken, für den Fall, dass er oder Hendley sich im Rahmen der Überwachungsaktion für die Ausschaltung Rehans entscheiden würden. Die Gulfstream würde in zwei Tagen mit der Ausrüstung in Dubai eintreffen. Ding würde also die Waffe betriebsbereit haben, bevor mit der Ankunft seiner möglichen Zielperson zu rechnen war.

Clark bemerkte seinen Beschatter kurz nach einundzwanzig Uhr. Er hatte gerade seine zweite abendliche Sicherheitsrunde gedreht, bevor er zum Bahnhof zurückgekehrt war. Bisher hatte er während seines Aufenthalts in Köln niemand gesehen, der ihm gefolgt wäre. Als er jetzt jedoch am Fahrkartenschalter anstand, um sich eine Schlafwagenkarte nach Berlin zu kaufen, fiel ihm ein einzelner Mann auf, der ihn aus fünfunddreißig Meter Entfernung beobachtete. Ein zweiter Blick einige Sekunden später bestätigte seinen Verdacht.

Man hatte ihn entdeckt.

John verließ die Schlange vor dem Schalter. Das war zwar auffällig, aber immer noch besser, als zu warten, bis die anderen Beschatter eintrafen. Er schlenderte durch die Bahnhofshalle zum Nordausgang. Sekunden später merkte er, dass ihm zwei weitere Männer auf den Fersen waren. Männer mit kurzen Bärten und dunklen Haaren, etwa gleich alt, etwa die gleiche Statur und dieselbe Sorte Regenmäntel. Jetzt gingen alle drei dreißig Meter hinter ihm und leicht zu seiner Rechten, als John an der Domfassade entlangeilte. Inzwischen hatte ein Graupelschauer eingesetzt.

Dass er jetzt unter Beschattung stand, regte John nicht weiter auf. Er würde diese Männer schon abschütteln. Er streifte durch die kleinen Gassen der Kölner Altstadt. Trotz der Kälte hatten die dortigen Kölsch-Kneipen und Restaurants noch Tische ins Freie gestellt. Die Gäste unter den Heizstrahlern lachten und gönnten sich das eine oder andere Gläschen. John machte sich über seinen Status als international gesuchter Krimineller fast noch mehr Sorgen als über seine Beschatter. Die Ortsbevölkerung und die Touristen stellten eine Gefahr dar. Obwohl er selbst in der ganzen letzten Woche nicht ferngesehen hatte, nahm er an, dass man sein Gesicht auch in den europäischen Nachrichtensendungen gezeigt hatte. Er zog seine Rollmütze tiefer ins Gesicht und war froh, als er in ein ruhigeres Sträßchen einbog.

John ging die leicht ansteigende Kopfsteinpflastergasse hinauf. Seine Beschatter hielten sich ständig fünfundzwanzig Meter hinter ihm. Schließlich erreichte er den Heumarkt, einen hell erleuchteten Platz, über den die Menschen unter ihren Regenschirmen hasteten. Hier wandte er sich wieder nach Norden. Allmählich bekam er den Eindruck, dass diese Jungs nicht auf Verstärkung warteten, bevor sie ihn verhaften würden. Vielleicht wollten sie dies nur nicht an einem solch belebten Ort tun.

Kurz hinter dem Alten Markt blickte er in einen Verkehrsspiegel an einer schlecht einsehbaren Einfahrt. Dabei bemerkte er, dass zwei Verfolger verschwunden waren und der letzte Verbliebene sich ihm bis auf fünfzehn Meter genähert hatte. John beschleunigte seine Schritte. Allmählich wurde er doch besorgt. Die beiden anderen Verfolger konnten ihn inzwischen bereits überholt haben, um ihn an der nächsten Straßenecke abzupassen. Bei einem Handgemenge war er ihnen zwar ganz bestimmt überlegen, aber in der Nachbarschaft all dieser Zivilisten und eventuell sogar

Streifenpolizisten konnte die Lage leicht außer Kontrolle geraten.

Clark eilte schnellen Schrittes an einer Kneipe mit dem seltsamen Namen Biermuseum und einem überdachten Hof voller singender Deutscher vorbei. Kurz darauf erreichte er das Rheinufer. Er dachte daran, anzuhalten, sich umzudrehen und dem Mann direkt entgegenzutreten, der jetzt nur noch zehn Meter hinter ihm war. Jede Auseinandersetzung mit ihm würde jedoch die Aufmerksamkeit der anderen Passanten erregen und die Gefahr erhöhen, dass einer von ihnen ihn erkennen und die Polizei rufen würde.

Er bog am Fischmarkt nach rechts in eine schwach beleuchtete, menschenleere Gasse ein. Hinter der nächsten Ecke las er auf dem Straßenschild »Auf dem Rothenberg«. Plötzlich stand in der Dunkelheit der zweite Mann vor ihm, der ihn bereits seit einiger Zeit nicht mehr direkt verfolgt hatte. In seiner rechten Hand hielt er eine Pistole. »Monsieur Clark, bitte kommen Sie ganz ruhig mit, dann wird Ihnen auch nichts passieren.«

Clark hielt etwa sechs Meter vor dem Mann mit der Pistole an. Hinter sich hörte er dessen Kollegen die Gasse heraufkommen.

Der Amerikaner nickte, trat einen Schritt nach vorne, drehte sich dann jedoch blitzschnell um und stürmte durch die Hintertür in eine Pizzeria, während seine Verfolger in dem Gässchen zurückblieben.

Clark war dabei nicht übermäßig schnell. Er wusste, dass Schnelligkeit eine Sache der Jugend war. Er dagegen konnte auf seine langjährige Erfahrung zurückgreifen. Er wusste immer, wann er sich ducken und welchen Haken er schlagen musste. Er rannte durch die Küche der Pizzeria und warf dabei Pfannen, Töpfe und am Ende auch einen Koch den Männern in den Weg, die ihm durch die Hintertür gefolgt waren. Im Gastraum stürzte er an den Kunden vorbei, die an der Theke auf ihre vorbestellten Pizzen warteten. Einige von ihnen warf er rüde zu Boden, um seine Verfolger zu verlangsamen.

Auf der Straße vor der Pizzeria wandte er sich weder nach rechts noch nach links. Stattdessen spurtete er über die Straße in die offene Tür eines Mietshauses hinein. Er war sich nicht sicher, ob seine Verfolger das überhaupt mitbekommen hatten, aber er rannte trotzdem laut keuchend die Treppe empor, wobei er drei Stufen auf einmal nahm.

Das Haus war vierstöckig und direkt mit seinen beiden Nachbargebäuden verbunden. Clark dachte daran, über die Dächer der Nachbarhäuser zu flüchten, wie er und seine Kameraden es vor Kurzem in Paris gemacht hatten. Als er jedoch im zweiten Obergeschoss ankam, hörte er über sich im Treppenhaus Lärm. Eine große Gruppe kam ihm vom dritten Stock auf der Treppe entgegen. Es klang wie ein Haufen junger, gut gelaunter Leute auf dem Weg zu einer Party, ganz gewiss nicht wie ein Einsatzteam des FBI. Trotzdem wollte Clark ihnen nicht begegnen. Vielleicht hätten sie ihn erkannt oder seinen Verfolgern erzählt, welchen Weg er genommen hatte.

Clark verließ das Treppenhaus und rannte einen Gang entlang, an dessen Ende er eine Türöffnung sah, die offensichtlich auf die Feuerleiter hinausführte. Völlig außer Atem kam er an der Tür an und riss sie auf. Sekunden später war er wieder draußen im Regen. Die alte Feuerleiter klapperte und quietschte, als er sie hinunterzusteigen begann. Aber sie würde bestimmt noch so lange durchhalten, bis er unten in dem Seitengässchen angekommen war. Plötzlich kam ihm ein Mann von unten entgegen. Bei seinem Ausstieg auf die Feuerleiter hatte Clark selbst so viel Krach gemacht, dass er ihn offensichtlich überhört hatte.

Es war der Beschatter, der ihn bereits am Fahrkartenschalter im Bahnhof beobachtet hatte. Er zog eine silberne Automatikpistole und richtete sie auf Clark. Dieser reagierte jedoch blitzschnell und trat sie ihm aus der Hand. Die Waffe flog über das Geländer der Feuertreppe hinweg hinunter auf die Gasse. Der Mann wich zwei Stufen bis zum nächstunteren Treppenabsatz zurück.

Die beiden Männer starrten sich ein paar Sekunden lang schweigend an. In Johns Hüftholster steckte eine Pistole, aber er wollte sie nicht benutzen. Er wollte keinen FBI-Agenten, französischen Privatdetektiv, CIA-Beamten oder deutschen Polizisten erschießen. Wer immer dieser Mann war, Clark wollte ihn auf keinen Fall töten.

Als der Mann in seinen Regenmantel griff, stürzte sich Clark auf ihn. Er musste ihm zuvorkommen, bevor dieser eine weitere Waffe auf ihn richten konnte.

Luc Patin erschrak zu Tode, als Clark ihm seine Waffe wegkickte. Er griff sofort nach seinem Messer, das in einer Scheide an einer Halskette unter seinem Hemd steckte. Er zog die Klinge heraus und schwang sie dem Amerikaner entgegen.

John sah die Bewegung, hob den Arm und wehrte den Angriff ab. Dabei bekam er jedoch eine tiefe Schnittwunde in seinem Handrücken ab. Er schrie vor Schmerz laut auf, dann schmetterte er dem französischen Privatdetektiv seine rechte Handfläche von unten ans Kinn.

Luc Patins Kopf schnappte zurück, der Mann taumelte ein Stück nach hinten und stürzte rückwärts über das niedrige Geländer in die Tiefe. Clark sprang nach vorne, um seinen Angreifer am Mantel zu packen, aber durch die Nässe des Stoffes und das glitschige Blut an seiner linken Hand konnte er ihn nicht festhalten. Der Franzose fiel drei Stockwerke tief auf das Kopfsteinpflaster hinunter.

Als sein Kopf auf den Boden knallte, klang das, als ob

man eine Melone mit einem Baseballschläger zertrümmern würde.

Fuck, dachte Clark, er hatte ihn nicht töten wollen, aber darüber würde er sich später Gedanken machen. Jetzt verließ er die Feuertreppe im ersten Stock, indem er eine Holztür aufwuchtete, die in eine Küche führte. Er fand eine Rolle Papierhandtücher, mit denen er seine verletzte Hand verband. Dann rannte er aus der Wohnung und die Treppe hinunter auf die Straße.

Einige Minuten später eilte er die Treppe zu einer U-Bahn-Haltestelle hinunter und schaute sich dabei ständig um. Er sah zwei Verfolger in Regenmänteln fünfundzwanzig Meter hinter ihm im Regen über eine Kreuzung laufen. Ein Peugeot musste ihnen ausweichen und hupte ihnen nach. Clark glaubte nicht, dass sie ihn entdeckt hatten. Vielleicht hatten sie vom Tod ihres Kollegen erfahren. Er kaufte sich einen Fahrschein und rannte auf den Bahnsteig, um die nächste U-Bahn zu erwischen. Er hielt den Atem an, um nicht zu hyperventilieren. *Ganz ruhig bleiben.* Er stand am Bahnsteigrand und wartete mit einem Dutzend anderen auf den nächsten Zug.

John konnte sein Glück kaum fassen. Irgendwie hatte er es die Treppen hinuntergeschafft, ohne von seinen Verfolgern bemerkt zu werden. Während er darum kämpfte, seine schmerzenden Lungen wieder mit genug Sauerstoff zu füllen, vergewisserte er sich immer wieder, dass ihm niemand gefolgt war. *Nein.* Er konnte den nächsten Zug nehmen, irgendwo aussteigen und sich dann in Sicherheit bringen.

Nun ja, in relative Sicherheit.

Der kalte Wind aus dem linken Tunnel zeigte die Ankunft des Zuges an. Er stellte sich ganz vorne an den Bahnsteigrand, um als Erster einsteigen zu können. Ein letzter

Blick auf die links von ihm liegende Treppe. Nichts. Dann schaute er eher flüchtig auch noch über die rechte Schulter, als der Zug bereits einfuhr.

Da waren sie. Zwei Männer. Neue Leute, aber ganz bestimmt von derselben Crew. Sie kamen mit steinernen Gesichtern auf ihn zu.

Er wusste, dass er es ihnen leicht gemacht hatte. Er stand so weit vorn, dass sie ihm jetzt nur einen kleinen Stoß geben mussten und er war erledigt. Wenn sie ihn bisher nicht hatten töten wollen, jetzt bestimmt, egal, wie ihre bisherigen Befehle gelautet hatten. Er drehte sich wieder den Gleisen zu. Der Zug war noch fünfzehn Meter entfernt, näherte sich jedoch schnell.

Kurz entschlossen sprang Clark auf das Gleisbett hinunter. Die anderen Passanten schrien entsetzt auf. Er überquerte das Gleis direkt vor der einfahrenden U-Bahn. Eine Balustrade trennte es von dem Gleis der Gegenrichtung. Er zog sich mit seiner blutenden Hand und dem Arm, dessen einen Monat alte Verletzung immer noch schmerzte, hinauf und schwang sich drüber, gerade als hinter ihm die Bremsen des Zugs quietschten und kreischten. Der vorderste Wagen rammte noch seinen rechten Fuß, dessen Ferse sich jetzt anfühlte, als habe man ihn mit einem Baseballschläger bearbeitet. Dann ließ sich Clark auf der anderen Seite der Barriere hinunterfallen und landete auf Händen und Füßen neben dem Nachbargleis. Voller Schrecken erkannte er, dass sich auf diesem ebenfalls ein Zug näherte. Auf dem Bahnsteig vor ihm hörte er bereits die ersten Schreie. Er rappelte sich auf, hinkte so schnell es ging über das Gleis zum Bahnsteigrand und versuchte sich hochzuziehen. Aber seine Arme versagten ihm den Dienst, und er fiel wieder auf das Gleisbett zurück.

Clark drehte sich um und schaute dem Zug entgegen, der ihn töten würde.

»Vorsicht!«

Zwei junge Männer in Fußballtrikots retteten ihn. Sie knieten sich an den Bahnsteigrand, beugten sich hinunter, packten ihn am Kragen und zogen ihn auf den Bahnsteig hoch. Sie waren groß und jung und bedeutend stärker als Clark. Er versuchte, sie mit seinen ausgepowerten Armen zu unterstützen, aber sie hingen einfach kraftlos an ihm herunter.

Drei Sekunden später fuhr der Zug an ihnen vorbei.

Clark hockte auf dem kalten Beton und hielt mit beiden Händen seinen verletzten Knöchel. Die beiden Männer schrien irgendetwas und schlugen ihm dabei immer wieder kräftig auf die Schulter. Er verstand in ihrem deutschen Wortschwall nur den Ausdruck »Alter«. Einer von ihnen lachte, half Clark auf die Beine und klopfte ihm noch einmal auf die Schulter.

Eine alte Frau richtete ihren Schirm wütend auf sein Gesicht, während sie ihm offensichtlich eine Standpauke hielt.

Jemand anderer nannte ihn ein Arschloch.

John versuchte, seinen verletzten Fuß wieder etwas zu belasten. Er lächelte den Männern zu, die ihn gerettet hatten, und torkelte in den Zug hinein, der ihn fast zerschmettert hätte. Drinnen ließ er sich auf eine Sitzbank fallen. Außer ihm war niemand eingestiegen. Die U-Bahn fuhr los, und er schaute durch das Fenster auf den gegenüberliegenden Bahnsteig hinüber. Seine beiden Verfolger standen immer noch dort und mussten hilflos mit ansehen, wie er ihnen entwischte.

53

Das Pressekorps des Weißen Hauses hatte sich in aller Eile im Briefing Room versammelt. Es war angekündigt worden, dass der Präsident eine kurze Erklärung abgeben werde.

Fünf Minuten später – normalerweise musste man auf Kealty viel länger warten – betrat der Präsident den Raum und ging zum Mikrofon. »Ich habe soeben mit Verantwortlichen des Außen- und des Justizministeriums gesprochen. Ich habe erfahren, dass der Flüchtige John Clark mit ziemlicher Sicherheit in den Mord an einem französischen Geschäftsmann verwickelt war, der gestern Abend gegen zweiundzwanzig Uhr Ortszeit in Köln, Deutschland, begangen wurde. Ich kenne bisher noch nicht alle Details, aber ich bin sicher, dass Justizminister Brannigans Büro im weiteren Verlauf über alle neuen Erkenntnisse berichten wird. Dieses Ereignis unterstreicht, wie wichtig es ist, diese Person in Gewahrsam zu nehmen. Ich habe von vielen meiner politischen Gegner vor allem aus dem Ryan-Lager in letzter Zeit einiges an Kritik einstecken müssen. Man hat mir vorgeworfen, John Clark nur wegen Ryans Gnadenerlassen und seiner Beziehung zu Jack Ryan zu verfolgen. Nun … jetzt sehen Sie, dass es hier überhaupt nicht um Politik geht. Hier geht es um Leben oder Tod. Es tut mir leid, dass die Rechtfertigung meines Beschlusses, Clark zur Rechenschaft zu ziehen, einen solch hohen Preis gefordert hat.

John Clark ist aus den Vereinigten Staaten geflüchtet, aber ich möchte allen, einschließlich unserer Freunde in Deutschland und der ganzen Welt, versichern, dass wir nicht ruhen werden, bis er wieder in amerikanischem Gewahrsam ist. Wir werden weiterhin mit unseren fähigen Partnern in Übersee zusammenarbeiten, und wir werden ihn finden, wo auch immer er sich verstecken mag.«

Eine Reporterin von MSNBC überschrie ihre Kollegen: »Mr. President, sind Sie nicht besorgt, dass diese Fahndung eine zeitliche Begrenzung haben könnte? Anders ausgedrückt, dass, wenn Sie nächste Woche die Wahl verlieren sollten und Mr. Clark vor Ende Ihrer Amtszeit nicht gefasst werden kann, ein Präsident Ryan die Fahndung einstellen könnte?«

Kealty wollte sich gerade zurückziehen, kehrte jetzt jedoch wieder ans Mikrofon zurück. »Megan, ich werde die Wahlen am Dienstag gewinnen. Abgesehen davon, welche Unterstützung Jack Ryan auch immer haben mag, er wurde vom amerikanischen Volk nicht beauftragt, die Schuld oder Unschuld einzelner Personen festzustellen. Er hat das früher schon einmal versucht, als er diesem Mörder einen Gnadenerlass ausstellte und … nun … man sieht ja, wohin das geführt hat. Das ist die Aufgabe unseres Justizministeriums, unserer Staatsanwaltschaft und unserer Gerichte. John Clark ist ein Killer, ein Mörder. Ich möchte mir gar nicht vorstellen, was wir noch alles über Clark und seine Verbrechen erfahren werden.« Kealty bekam ein rotes Gesicht. »Ihnen allen in den Medien möchte ich nur noch eines sagen: Wenn Jack Ryan tatsächlich versucht, die vergangenen und gegenwärtigen Verbrechen dieses Mannes unter den Teppich zu kehren … nun, Sie sind die vierte Gewalt im Staat. Es steht in Ihrer Verantwortung, das zu verhindern.«

Kealty drehte sich um und verließ den Raum, ohne eine weitere Frage zu beantworten.

Eine Stunde später gab Jack Ryan sr. in der Zufahrt seines Wohnhauses in Baltimore seine eigene Erklärung ab. Seine Frau Cathy stand an seiner Seite. »Ich kenne die spezifischen Einzelheiten der Vorwürfe gegen John Clark nicht. Ich weiß nicht, was in Köln passiert ist, und ich weiß auch nicht mit Sicherheit, ob Mr. Clark daran beteiligt war, aber ich kenne John Clark lange genug, um zu wissen, dass Mr. Patin eine echte Gefahr für John Clark dargestellt haben muss, wenn er ihn tatsächlich getötet haben sollte.«

Ein CNN-Reporter fragte: »Wollen Sie damit sagen, dass Luc Patin es verdient hatte zu sterben?«

»Ich sage nur, dass John Clark keine Fehler macht. Wenn Präsident Kealty einen Träger der Medal of Honor auf die Liste der zehn Meistgesuchten des FBI setzen möchte, nun, dann kann ich ihn nicht daran hindern. Aber ich kann jedem nur versichern, dass John mehr verdient, als sein Land ihm jemals für seine Dienste zurückgeben kann. Und dass er die Behandlung bestimmt nicht verdient hat, die er gegenwärtig von diesem Präsidenten erfährt.«

Der CNN-Reporter unterbrach ihn: »Das hört sich so an, als wollten Sie sagen, dass Ihr Freund über dem Gesetz steht.«

»Nein, das will ich nicht sagen. Er steht nicht über dem Gesetz. Aber er steht über dem politischen Theater, das sich als Gesetz ausgibt. Dieses Theater ist widerlich. Meine Frau hat mich in der Vergangenheit zu Recht getadelt, wenn ich mein Gesicht verzogen habe, als hätte ich in eine Zitrone gebissen, wenn Ed Kealty erwähnt wurde. Ich habe es versucht zu verbergen, so gut es ging. Aber jetzt möchte ich, dass alle sehen, wie sehr mich dieser Umgang mit John Clark abstößt.«

Sobald Ryan durch die Küche ins Haus zurückgekehrt war, schaute ihn Arnie van Damm an und schüttelte den Kopf. »Mein Gott, Jack. Was ist denn in dich gefahren?«

»Was ich gesagt habe, stimmt, Arnie.«

»Ich glaube es dir ja. Wirklich. Aber wie wird das draußen ankommen?«

»Es ist mir scheißegal, wie das ankommt. In dieser Sache nehme ich kein Blatt vor den Mund. Da draußen gibt es einen amerikanischen Helden, der wie ein Hund gejagt wird. Genau das werde ich jedem erzählen, ob er es nun hören will oder nicht.«

»Aber …«

»Nichts aber! Neues Thema. Was steht als Nächstes an?«

Arnie van Damm schaute seinen Boss lange an. Schließlich nickte er. »Warum nimmst du dir diesen Nachmittag nicht frei, Jack? Ich und meine Leute ziehen ab, und du, Cathy und die Kinder habt das Haus wieder einmal ganz für euch alleine. Schau dir einen Film an. Iss eine Pizza. Du verdienst es. Du hast dir den Arsch abgearbeitet.«

Jack beruhigte sich wieder. Er schüttelte den Kopf. »Du hast viel härter gearbeitet als ich. Es tut mir leid, dass ich dich so angemacht habe.«

»Ein normaler Wahlkampf bedeutet schon eine Menge Stress. Und das ist kein normaler Wahlkampf.«

»Das stimmt. Mir geht's gut. Gehen wir wieder an die Arbeit.«

»Du bist der Boss, Jack.«

54

Gerry Hendley lebte allein. Seit seine Frau und Kinder bei einem Autounfall ums Leben gekommen waren, kannte er nur noch seine Arbeit. Eine Zeit lang wirkte er noch als Senator, dann verließ er die Politik, um an die Spitze des eigentümlichsten privaten Geheimdienstes der Welt zu treten.

Seine offizielle und inoffizielle Arbeit für Hendley Associates bescherte ihm regelmäßige Sechzigstundenwochen. Selbst zu Hause beobachtete er auf FBN und Bloomberg die überseeischen Finanzmärkte, um die »weiße« Seite seiner Arbeit immer im Griff zu haben, und las Zeitschriften wie *Global Security, Foreign Affairs, Jane's* oder *The Economist,* um über alles auf dem Laufenden zu bleiben, was die »schwarzen«, geheimen Operationen seiner Firma betraf.

Gerry hatte Schlafschwierigkeiten, was bei dem immensen Druck seiner beruflichen Verantwortung, aber auch den Verlusten, die er in seinem Leben hatte erleiden müssen, nur zu verständlich war. Am schlimmsten litt er natürlich unter dem Verlust seiner Familie, aber auch Brian Carusos Tod im vergangenen Jahr und die gegenwärtige Situation mit John Clark forderten von Hendley ihren ganz persönlichen Tribut.

Gerade weil der Schlaf für Hendley ein solch rares und wertvolles Gut war, wurde er jetzt regelrecht wütend, als mitten in der Nacht das Telefon klingelte. Gleich darauf dachte er mit Sorge daran, welche Nachrichten ihn wohl zu dieser nachtschlafenden Zeit erwarteten.

Er schaute auf die Uhr. Es war 3.20 Uhr.

»Ja?« Seinem Ton war sein Ärger und seine schlechte Laune anzumerken.

»Guten Morgen, Sir. Hier ist Nigel Embling. Ich rufe aus Pakistan an.«

»Guten Morgen.«

»Ich fürchte, es gibt ein Problem.«

»Ich höre.« Hendley setzte sich im Bett auf. Jetzt war der Ärger endgültig verschwunden und hatte der Angst Platz gemacht.

»Ich habe gerade erfahren, dass Ihr Mann Sam Driscoll in der Nähe von Miran Shah vermisst wird.«

Jetzt stand Gerry auf und eilte in sein Büro zu seinem Schreibtisch und seinem Computer.

»Die Einheit der pakistanischen Armee, bei der er sich gerade aufhielt, wurde vor einigen Tagen von Kämpfern des Haqqani-Netzwerks angegriffen. Man hat mir erzählt, dass es auf beiden Seiten schwere Verluste gab. Sam und ein paar andere wollten in einem Lastwagen entkommen. Meine Kontaktperson, Major al-Darkur, saß im Führerhaus, und Ihr Mann war auf der Ladefläche. Möglicherweise fiel er während dieser Flucht vom Lastwagen.«

Auf den ersten Blick klang das für Gerry Hendley wie totaler Schwachsinn. Er fragte sich, ob dieser ISI-Offizier, den Embling für verlässlich erklärt hatte, nicht ein doppeltes Spiel spielte und seinen Mann vor Ort in eine Falle gelockt hatte. Er verfügte allerdings nicht über genügend Informationen, als dass er dies wirklich beurteilen könnte. Außerdem brauchte er Emblings Hilfe gegenwärtig mehr denn je und wollte ihn deshalb auch nicht durch irgendwelche Vorwürfe verärgern.

Er war lange genug Senator gewesen, um zu wissen, wie man mit doppelter Zunge sprach.

»Ich verstehe. Weiß man denn schon, ob er tot ist oder noch lebt?«

»Der Major kehrte mit drei Hubschraubern voller Soldaten zu dem Ort des Gefechts zurück. Die Haqqani-Leute hatten ihre Gefallenen einfach dort liegen lassen, und einige Männer al-Darkurs wurden tot aufgefunden, aber Sams Leichnam war nicht darunter. Der Major glaubt, er sei in Gefangenschaft geraten.«

Hendley knirschte mit den Zähnen. Der Tod im Kampf wäre für Driscoll wahrscheinlich besser gewesen als alles, was die Taliban mit ihm vorhatten. »Was kann ich Ihrer Meinung nach von hier aus tun?«

Embling zögerte etwas, dann sagte er: »Ich weiß sehr wohl, wie das aussieht. Es wirkt so, als ob der Major uns hintergangen hätte. Aber ich bin jetzt lange genug in diesem Job, um zu merken, wenn jemand ein falsches Spiel mit mir spielt. Ich vertraue diesem jungen Mann. Er hat mir versprochen, alles zu unternehmen, um Driscolls Aufenthaltsort zu finden, und er hat mir versprochen, mich mehrmals am Tag über alle neuen Entwicklungen zu unterrichten. Ich würde gerne diese Informationen sofort an Sie weitergeben. Vielleicht finden wir eine Lösung, wenn wir alle drei zusammenarbeiten.«

Gerry wusste, dass es keine Alternative gab. Trotzdem sagte er: »Ich möchte, dass meine Männer sich mit diesem Major treffen.«

»Ich verstehe«, erwiderte Embling.

»Sie sind im Moment in Dubai.«

»Dann werden wir beide dorthin fliegen. Bis wir herausfinden, weshalb diese Operation in Miran Shah gescheitert ist, halte ich es für keine gute Idee, jemand anderen dorthin zu schicken.«

»Da stimme ich Ihnen zu. Sie treffen Ihre Vorkehrungen, und ich informiere meine Männer.«

Hendley legte auf und rief Sam Granger an. »Sam? Gerry. Wir haben einen weiteren Agenten verloren. Ich möchte in einer Stunde alle Abteilungsleiter in meinem Büro sehen.«

Riaz Rehans zweiter Angriff auf Indien fand zwei Wochen nach dem ersten statt.

So blutig sein erster Anschlag in Bangalore gewesen war, konnte er doch leicht und schnell auf eine Lashkar-e-Taiba-Zelle zurückgeführt werden. Obwohl die LeT zweifellos eine pakistanische Terrororganisation war, von der alle wussten, dass sie auf die eine oder andere Weise von den »Bärten« im pakistanischen ISI unterstützt wurde, galten die Anschläge in Bangalore nicht notwendigerweise als »große internationale Verschwörung«.

Genau das entsprach jedoch Rehans sorgfältigem Plan. Er wollte die ganze Sache mit einem gewichtigen Ereignis beginnen, das jedermann die Augen öffnete, aber die Aufmerksamkeit nicht zu sehr auf seine eigene Organisation lenkte. Es hatte funktioniert, es hatte vielleicht sogar zu gut funktioniert, aber Rehan hatte noch keine negativen Auswirkungen der hohen Opferzahlen bemerken können. So hatte es etwa keine Massenverhaftungen von LeT-Kämpfern gegeben.

Nein, alles lief genau nach Plan. Jetzt war es Zeit, mit der zweiten Phase dieses Plans zu beginnen.

Die Angreifer kamen zu Wasser, zu Lande und auf dem Luftweg. Vier Lashkar-Kämpfer mit gefälschten indischen Pässen landeten auf dem Flughafen von Delhi. Sie trafen sich mit einer vierköpfigen Schläferzelle, die sich seit mehr als einem Jahr dort aufhielt. Gemeinsam warteten sie jetzt auf den Einsatzbefehl ihrer ISI-Führungsoffiziere in Pakistan.

Zu Land überschritten sieben Männer die Grenze nach Jammu und mieteten sich in einer Fremdenpension voller muslimischer Arbeiter in Jammu City ein.

Zur See landeten vier Festrumpfschlauchboote an zwei verschiedenen Stellen der indischen Küste, zwei in Goa an Indiens Westküste und zwei in Madras im Osten. Jedes Boot beförderte acht Terroristen und ihre Ausrüstung.

Jetzt hielten sich also insgesamt siebenundvierzig Männer an vier unterschiedlichen Orten in Indien auf. Alle hatten Handys dabei, die mit handelsüblichen Verschlüsselungssystemen ausgestattet waren. Das würde die Reaktionen des indischen Militärs und der indischen Geheimdienste auf die Anschläge verzögern, obwohl Rehan wusste, dass seine Botschaften und Anweisungen am Ende doch entschlüsselt werden würden.

Die sechzehn Männer in Goa teilten sich in acht Gruppen auf. Jede Gruppe griff mit Handgranaten und Kalaschnikows jeweils ein Strandrestaurant an den Baga- und Candolim-Stränden an. Bevor die Polizei alle Angreifer töten konnte, hatten hundertneunundvierzig Gäste und Restaurantangestellte ihr Leben verloren.

In Jammu, einer Fünfhunderttausend-Einwohner-Stadt, bildeten die sieben Männer, die über Land aus Pakistan eingereist waren, zwei Teams. Um zwanzig Uhr sprengten diese Teams die Hintereingänge zweier Kinos auf der gegenüberliegenden Seite der Stadt auf. Danach stürmten die Männer in die Kinos, die an diesem Freitagabend voll besetzt waren, stellten sich vor der Leinwand auf und feuerten auf das Publikum.

In einem Kino verloren dreiundvierzig und in dem anderen neunundzwanzig Inder ihr Leben. Insgesamt wurden mehr als zweihundert Zuschauer verletzt.

In der Vier-Millionen-Metropole Madras griffen die sechzehn Terroristen ein Cricket-Turnier an. Die Sicherheitsmaßnahmen für diese Veranstaltung waren nach den Anschlägen in Bangalore verstärkt worden. Dies rettete wahrscheinlich Hunderten von Menschen das Leben. Trotzdem gelang es den Terroristen, zweiundzwanzig Zivilisten und Polizisten zu töten und knapp sechzig zu verwunden, bevor sie selbst bis auf den letzten Mann niedergemacht wurden.

In Delhi drang die Acht-Mann-Zelle ins Sheraton New Delhi Hotel im Saket District Centre ein, tötete die Sicherheitswachen in der Lobby und teilte sich dann in zwei Gruppen auf. Vier Männer benutzten die Treppe und gingen dann auf jeder Etage von Zimmer zu Zimmer, um alle zu erschießen, denen sie unterwegs begegneten. Die vier anderen stürmten in einen Bankettsaal und eröffneten mit ihren Maschinenpistolen das Feuer auf eine Hochzeitsgesellschaft.

Dreiundachtzig Menschen verloren ihr Leben, bevor die acht LeT-Kämpfer von der schnellen Eingreiftruppe der Indian Central Reserve Police Force zur Strecke gebracht wurden.

Riaz Rehan hatte diese Anschläge höchstpersönlich organisiert und koordiniert. Er und seine führenden Mitarbeiter saßen dabei in einem konspirativen Stützpunkt in Karatschi und hielten über Internet-Telefone, die an verschlüsselte Computer angeschlossen waren, ständig Kontakt zu diesen Gruppen. Dreimal an diesem Abend betete Rehan, den die Terroristen in Indien nur als Mansur kannten, mit einzelnen Zellenmitgliedern, bevor diese den Gewehren der Polizisten entgegenstürmten. Er hatte allen siebenundvierzig Lashkar-Männern erklärt, dass der Erfolg der Operation und damit die gesamte Zukunft Pakistans davon abhingen, dass sie sich nicht lebend gefangen nehmen ließen.

Alle Männer hatten seinen Befehl befolgt.

Riaz Rehan hatte diese Operation absichtlich so geplant, dass man sie in ihrer Komplexität der Lashkar-Führung nicht zutrauen würde. Er wollte den Indern klarmachen, dass sie es hier mit einer pakistanischen Verschwörung gegen ihr Land zu tun hatten. Dies funktionierte tatsächlich perfekt. Am Morgen des 30. Oktober versetzte die indische Regierung ihr gesamtes Militär in Alarmbereitschaft. Der indische Ministerpräsident Priyanka Pandiyan und der pakistanische Präsident Haroon Zahid saßen den gesamten Vormittag mit ihren Armeeführern und Ministern zusammen. Kurz nach Mittag erhöhte Pakistan seinerseits die Alarmbereitschaft seiner eigenen Streitkräfte für den Fall, dass Indien die allgemeine Konfusion durch diese Attentate ausnutzen würde, um die Grenze im Rahmen eines Vergeltungsschlags zu überschreiten.

Riaz Rehan war über diese Entwicklungen hocherfreut. Seine Operation Saker hatte genau diese Reaktion benötigt, um zur nächsten Phase übergehen zu können.

Nach dem erfolgreichen Ausgang der Attentate in Indien begaben sich Rehan und seine Offiziere nach Dubai, um sich vorerst der Aufmerksamkeit der nicht-islamistischen Kräfte innerhalb des ISI zu entziehen.

55

Die Vereinigten Arabischen Emirate stützten sich auf das Öl, den Handel und die Prinzipien des Kapitalismus. Es existierten allerdings immer noch einige mächtige Islamisten, und wo sich diese beiden Phänomene, uralte religiöse Barbarei und kaltes, hartes Geld, vermengten, war die Welt von Riaz Rehans Förderern.

Diese Männer besaßen Einfluss auf allen Regierungsebenen, Spione in den Korridoren der Macht und Informanten in allen Lebensbereichen der Emirate. Wenn Rehan Informationen über irgendetwas oder irgendjemand in den VAE benötigte, brauchte er sie nur zu fragen. Auf diese Weise erfuhr er, dass Major Mohammed al-Darkur und ein Auslandsbrite, der mit einem holländischen Pass unterwegs war, um 21.36 Uhr auf dem Internationalen Flughafen von Dubai landen würden.

Rehan und sein Gefolge aus Sicherheitsleuten und Zivilbeamten des ISI sollten früh am nächsten Tag in Dubai eintreffen. Der pakistanische General nahm deshalb an, dass al-Darkur und der englische Spion in der Stadt waren, um Informationen über ihn einzuholen.

Al-Darkurs Operation in Miran Shah, die mit der Ausbildung der Jamaat-Shariat-Truppen im Haqqani-Lager zusammenfiel, zeigte ganz klar, dass der junge Major gegen Rehan ermittelte. Außer seinem Interesse an den Machenschaften der JIM-Abteilung gab es auch keinen Grund, warum er ausgerechnet jetzt hier auftauchen sollte.

Riaz Rehan war über die Nachforschungen des Majors nicht beunruhigt. Er hielt es sogar für einen ausgesprochenen Glücksfall, dass der Mann und sein Begleiter nach Dubai gekommen waren. In Pakistan hätte eine Auseinandersetzung mit dem neugierigen Major und seinem ausländischen Verbündeten zu Schwierigkeiten führen können. Hier in Dubai sah das schon ganz anders aus.

Embling und al-Darkur fuhren mit einem Mietwagen zu ihrem Apartment im unglaublichen Burj Khalifa, dem höchsten Gebäude der Welt. Sie waren in der Stadt, um sich mit Mitarbeitern des Campus zu treffen. Aus Sicherheitsgründen hatte Gerry Hendley jedoch seinen Außenagenten verboten, Embling oder dessen verdächtigen ISI-Informanten ihre Adresse in Dubai mitzuteilen. Al-Darkur hatte also sich und seinem Begleiter in dem riesigen nadelförmigen Wolkenkratzer mit seinen hundertdreiundsechzig nutzbaren Etagen (plus seiner dreiundvierzig Stockwerke hohen Spitze) eine Unterkunft besorgt. Sie teilten sich dort eine Zwei-Schlafzimmer-Wohnung im 108. Stock.

Al-Darkur traute den meisten ISI-Angehörigen genauso wenig, wie es Gerry Hendley tat. Er hatte die Buchungen von einem Computer in einem Internet-Café in Peschawar aus erledigt und mit seiner persönlichen Kreditkarte bezahlt, damit niemand in seiner eigenen Organisation von seinen Reiseplänen Wind bekam.

Als sie sich in ihrem Apartment eingerichtet hatten, rief Embling eine Nummer an, die Hendley ihm gegeben hatte. Sie gehörte zu dem Satellitentelefon eines der beiden Campus-Agenten, die er vor einem Jahr in Peschawar kennengelernt hatte, diesem etwas über vierzig Jahre alten US-amerikanischen Latino, der auf den Namen Domingo hörte. Sie vereinbarten, sich möglichst bald in Emblings Apartment im Burj Khalifa zu treffen.

Genau zu der Zeit, als Rehans Pakistan-International-Airlines-Flug aus Islamabad auf dem Internationalen Flughafen von Dubai landete, betraten Jack Ryan, Dom Caruso und Domingo Chavez einen Aufzug im Burj Khalifa. Die Aufzüge in dem höchsten Gebäude der Welt waren nicht zufällig auch die weltweit schnellsten und schossen jetzt die drei Amerikaner mit vierundsechzig Stundenkilometern ins 108. Stockwerk hinauf. Dort wurden sie bereits erwartet. Als sie das Apartment betraten, fanden sie sich in einem großen offenen Raum mit einem eingesenkten Sitzbereich wieder. Die bodentiefen Fenster boten einen fantastischen Blick auf den Persischen Golf aus einer Höhe, die der Spitze des Empire State Building entsprach.

Inmitten des hochmodernen Wohnzimmers mit seinen Stahl- und dunklen Holzmöbeln stand Nigel Embling und strahlte sie an. Der große Engländer mit seinen dünnen schneeweißen Haaren und dem buschigen Bart trug einen leicht zerknitterten Blazer über einem offenen Button-Down-Hemd und braune Stoffhosen.

»Domingo, mein lieber Freund«, rief er begeistert. »Bevor wir über das andere Unglück reden, das Ihre Organisation befallen hat, möchte ich Ihnen erst einmal versichern, wie leid mir die Sache mit John Clark tut.«

Chavez zuckte die Achseln. »Mir auch. Aber das kommt schon wieder in Ordnung.«

»Da bin ich mir sicher.«

»Sie sollten nicht alles glauben, was Sie hören«, fügte Ding hinzu.

Embling winkte ab. »Ich habe bisher nichts gehört, was für einen Mann in Mr. Clarks Metier nicht zu einem normalen Arbeitstag gehören würde. Ich bin vielleicht alt und etwas weich geworden, aber ich habe nicht vergessen, wie es in unserer Welt zugeht.«

Chavez nickte nur und sagte: »Darf ich Ihnen meine Kameraden vorstellen? Jack und Dominic.«

»Mr. Embling«, sagte Jack, als er dem Älteren die Hand schüttelte.

Natürlich erkannte der Engländer den Sohn des früheren und wahrscheinlich künftigen Präsidenten der Vereinigten Staaten, ließ sich das jedoch in keiner Weise anmerken.

Dann führte er die drei Amerikaner zu dem einzigen anderen Bewohner des Apartments, einem körperlich fit aussehenden, zimthäutigen Pakistaner in Hemdsärmeln und schwarzen Jeans.

Sie waren überrascht, als sie erfuhren, dass dies der ISI-Major war. »Mohammed al-Darkur, zu Ihren Diensten.« Der gut aussehende Mann hielt Chavez die Hand hin, in die dieser jedoch nicht einschlug.

Alle drei Campus-Agenten machten diesen Mann persönlich für den Verlust ihres Freundes verantwortlich. Während Hendley Embling seinen entsprechenden Verdacht verschwiegen hatte, war Domingo Chavez nicht bereit, mit diesem Hurensohn Nettigkeiten auszutauschen, der wahrscheinlich am Tod seines Kameraden in den gesetzlosen pakistanischen Stammesgebieten schuld war.

»Major al-Darkur, sagen Sie mir einen einzigen Grund, warum ich Sie nicht mit dem Kopf gegen die Wand schlagen sollte.«

Al-Darkur war erst einmal sprachlos. Jetzt mischte sich Embling ein: »Domingo, ich weiß, Sie haben wenig Grund, ihm zu vertrauen, aber ich hoffe, dass Sie mir etwas mehr Vertrauen entgegenbringen. Ich habe es mir in den letzten Monaten zur Aufgabe gemacht, diesen Major genau zu überprüfen, und er gehört tatsächlich zu den guten Jungs, das kann ich Ihnen versichern.«

Dom Caruso wandte sich direkt an den älteren Engländer: »Also, ich kenne Sie nicht, und ich kenne ganz bestimmt nicht dieses Arschloch da, aber ich weiß, wofür der ISI in den letzten dreißig Jahren verantwortlich war. Deshalb werde ich diesem Bastard erst vertrauen, wenn wir unseren Mann zurückbekommen haben.«

Ryan hatte eigentlich diese Meinung bestätigen wollen, aber der Pakistaner kam ihm zuvor: »Ich verstehe Ihren Standpunkt vollkommen, meine Herren. Ich bin heute hierhergekommen, um Sie zu bitten, mir ein paar Tage Zeit zu geben, damit ich mit meinen Kontaktpersonen in der Region Verbindung aufnehmen kann. Wenn Mr. Sam tatsächlich vom Haqqani-Netzwerk gefangen gehalten wird, werde ich alles unternehmen, um ihn entweder freizubekommen oder eine Rettungsoperation in die Wege zu leiten.«

»Waren Sie bei ihm, als er in Gefangenschaft geriet?«, fragte Chavez.

»Das war ich tatsächlich. Er hat tapfer gekämpft.«

»Es muss ein ziemliches Gefecht gewesen sein.«

»Auf beiden Seiten wurden viele getötet«, gab al-Darkur zu.

»Ich kann mir nicht helfen, aber dafür sehen Sie noch ganz gut aus.«

»Wie meinen Sie das?«

»Wo wurden Sie verwundet? Irgendwelche Schussverletzungen? Schrapnellwunden?«

Mohammed al-Darkur wurde rot und senkte die Augen. »Es war eine chaotische Situation. Ich selbst wurde nicht ernsthaft verletzt, aber rechts und links von mir sind Männer gestorben.«

Chavez zog die Nase hoch. »Hören Sie, Major. Ich traue Ihnen nicht, und meine Organisation traut Ihnen auch nicht, aber wir vertrauen Mr. Embling. Wir halten es für durchaus möglich, dass Sie ihn irgendwie eingewickelt haben, aber ich glaube nicht, dass Ihnen dies auch bei uns gelingen wird. Wir sind nur an Ergebnissen interessiert, nicht an Versprechungen. Wenn Sie und Ihre Kollegen unseren Mann finden, möchten wir das sofort erfahren.«

»Das werden Sie, das verspreche ich. Ich habe Leute, die daran arbeiten, so wie ich Leute habe, die die Verbindungen zwischen den Haqqani und dem ISI untersuchen.«

»Noch einmal. Nur Ergebnisse können mich beeindrucken.«

»Verstanden. Ich habe da trotzdem noch eine Frage.«

»Die wäre?«

»Ich weiß, dass Sie hier in Dubai sind, um General Rehan zu überwachen. Hört der Rest Ihres Teams ihn also im Augenblick ab?«

Es gab keinen »Rest« von Chavez' Team, aber das musste er seinem Gegenüber ja nicht unter die Nase reiben. »Vertrauen Sie mir, wenn er nach Dubai kommt, werden wir uns um ihn kümmern.«

Jetzt runzelte Mohammed al-Darkur die Stirn. »Meines Wissens ist er heute Morgen in Dubai angekommen. Ich nahm an, ich sollte Ihnen bei der Übersetzung der Gespräche helfen, die er von seinem Geheimbüro aus führt.«

Chavez schaute Caruso und Ryan an. Ihre passiven Abhörgeräte waren noch ausgeschaltet. Wenn Rehan inzwischen in Dubai eingetroffen war, dann mussten sie sofort ins Kempinski zurückkehren und mit der Überwachung beginnen.

Ding nickte langsam. »Wir haben selber Dolmetscher. Mein Team wird es erfahren, wenn Rehan in seinem Haus hier ankommt.«

Al-Darkur schien diese Antwort zufriedenzustellen. Kurz darauf verließen die drei Amerikaner das Apartment.

Vor dem Aufzug meinte Jack: »Wenn Rehan schon hier ist, könnten wir bereits etwas Wichtiges verpasst haben.«

»In der Tat«, bestätigte Chavez. »Ihr Jungs kehrt jetzt so schnell wie möglich in den Bungalow zurück und schaltet die Abhörgeräte ein. Ich muss noch zum Flughafen, um meine Ausrüstung abzuholen. Zuerst werde ich jedoch Embling ohne den Major befragen. Ich sehe euch beide in ein paar Stunden im Kempinski.«

Chavez verbrachte die nächsten drei Stunden in dem Apartment im 108. Stock des Burj Khalifa. Die erste Stunde war er mit Nigel Embling allein im Raum. Der Auslandsbrite erzählte ihm in aller Ausführlichkeit, was er in den letzten anderthalb Monaten über Mohammed al-Darkur erfahren hatte. Emblings Kontaktpersonen bei den pakistanischen Streitkräften hatten ihn davon überzeugt, dass weder das 7. Bataillon der Special Services Group, die sogenannten Zarrar-Kommandos, wo al-Darkur gedient hatte, noch das Joint Intelligence Bureau des ISI, in dem al-Darkur jetzt tätig war, von radikalen Islamisten beherrscht oder beeinflusst wurden, wie es in vielen anderen Einheiten der pakistanischen Armee der Fall war. Außerdem hatte al-Darkur als Kommandeur einer SSG-Einheit im Swat-Tal und im Distrikt Chitral erfolgreich Einsätze gegen Terrorgruppen durchgeführt, durch die er sich die »Bärte« in der pakistanischen Armee zum Feind gemacht hatte.

Zuletzt versicherte Embling, dass er selbst im Zimmer gewesen sei, als Sam Driscoll darauf bestanden habe, an der Miran-Shah-Operation teilzunehmen. Major al-Darkur sei gegen die Beteiligung des Amerikaners gewesen und habe ihr dann auch nur zögerlich zugestimmt.

Es brauchte eine volle Stunde, aber am Ende war Chavez überzeugt. Die nächsten zwei Stunden unterhielt er sich mit al-Darkur über den Einsatz, bei dem Sam verschwunden war. Er fragte ihn über seine Untergebenen und die Kontaktpersonen aus, die der Major damit beauftragt hatte, den Aufenthaltsort des vermissten Amerikaners zu finden. Schließlich verließ Chavez die beiden Männer in ihrem Apartment und machte sich zum Flughafen auf, um das Scharfschützengewehr und die restliche Ausrüstung abzuholen, die die Gulfstream eingeflogen hatte.

Ryan und Caruso kehrten in ihren Bungalow im Kempinski Hotel & Residences zurück und schalteten ihre passiven Überwachungsgeräte auf der anderen Seite der Lagune ein. Alle drei Kameras funktionierten einwandfrei. Tatsächlich bewegten sich Leute durch das Haus, wenngleich zuerst keine Kamera Rehan selbst zeigte. Während die Campus-Agenten die Aufnahmen betrachteten und verschiedene Männer in der Eingangshalle und dem Hauptwohnzimmer Urdu sprechen hörten, riefen sie Rick Bell an. In Maryland war es kurz nach zwei Uhr morgens. Trotzdem versprach Rick Bell, als technischer Analyst zusammen mit einem Urdu sprechenden Dolmetscher spätestens in fünfundvierzig Minuten im Hauptquartier von Hendley Associates einsatzbereit zu sein. Ryan und Caruso zeichneten bis dahin alle Video- und Tonaufnahmen auf und schickten sie nach Amerika zur Analyse.

Etwa zwei Stunden nachdem Dom und Jack in den Bungalow zurückgekehrt waren, gab es kurz nach elf Uhr Dubaier Zeit in dem Haus über dem Wasser plötzlich eine Menge Bewegung. Die Wachleute zogen sich ihre Krawatten gerade und nahmen in den Zimmerecken Aufstellung, während weitere Männer zahlreiche Koffer und Taschen ins Haus trugen. Schließlich trat ein groß gewachsener Mann mit einem gepflegten Bart durch die Eingangstür. Er begrüßte nacheinander jeden einzelnen Sicherheitsmann mit Handschlag und einem Kuss auf die Wange. Dann gingen er und ein anderer Mann, anscheinend ein höherer Offizier, in den Hauptraum hinüber, wo sie eine intensive Unterhaltung begannen.

»Der Große ist Rehan«, sagte Caruso. »Er sieht noch fast genauso aus wie letzten September in Kairo.«

»Ich schicke Bell eine E-Mail, dass du Rehan identifiziert hast.«

»Ich hätte den Wichser am besten schon damals erschießen sollen.«

Ryan dachte darüber nach. Er machte sich um Sam in Wasiristan und Clark in Europa große Sorgen. Für seinen Cousin musste das alles noch viel schlimmer sein. Immerhin war Dominics Zwillingsbruder erst vor einem Jahr bei einer Campus-Operation in Libyen getötet worden. Der Gedanke, jetzt vielleicht noch zwei weitere Außenagenten zu verlieren, musste für Caruso schwer zu ertragen sein.

»Wir bekommen Sam schon wieder zurück, Dom.«

Dominic nickte geistesabwesend, während er die Überwachungsaufnahmen betrachtete.

»Und Clark wird sich entweder selbst raushauen, oder er wird durchhalten, bis mein Dad sein Amt antritt und sich dann um ihn kümmert.«

»Dein Dad wird unter großem Druck stehen, sich nicht in diese Sache einzumischen.«

Jack zog die Nase hoch. »Dad würde für John Clark alles tun. Ein paar humanitätsduselige Kongressabgeordnete werden ihn bestimmt nicht daran hindern.«

Dom kicherte, und sie redeten nicht mehr darüber.

Ryan saß im Schlafzimmer und beobachtete mit dem Spektiv Rehans Anwesen. Plötzlich forderte ihn Dominic auf, sich die Überwachungsbilder anzusehen. »He. Sieht so aus, als ob sie einen Ausflug vorhätten.«

»Ganz schön umtriebig, der Wichser«, rief Ryan, als er zum Monitor hinübereilte.

Rehan hatte sein Jackett ausgezogen und trug jetzt nur ein einfaches weißes Hemd und schwarze Anzughosen. Er und sein offensichtlicher Stellvertreter standen jetzt in der Eingangshalle und hatten acht Mann um sich versammelt, von denen die meisten zu der Leibwache gehörten, die mit ihm aus Pakistan gekommen war. Nur einige Gesichter kamen Ryan bekannt vor.

Die Tonübertragung war gut. Dominic und Ryan hörten jedes Wort, aber da keiner von ihnen Urdu sprach, mussten sie warten, bis der Dolmetscher in Maryland das Gespräch übersetzt hatte.

Sekunden später verließen Rehan und sein Begleittrupp das Haus durch die Vordertür.

»Die Vorstellung ist erst einmal vorbei, glaube ich«, sagte Dom. »Ich gehe und mache uns ein Sandwich.«

Zwanzig Minuten nachdem Domingo Chavez Emblings und al-Darkurs Apartment verlassen hatte, klopfte es an die Tür. Der pakistanische Major telefonierte gerade mit seinem Stab in Peschawar, also machte sich Embling auf, um nachzusehen, wer draußen war. Er wusste, dass die Sicherheitsleute in diesem Gebäude niemand diese Etage mit Privatwohnungen ohne Erlaubnis eines Bewohners betreten lassen würden, deshalb war er auch nicht um seine Sicherheit besorgt. Als er durch den Türspion schaute, sah er einen Kellner in einem weißen Smoking-Jackett, der einen Weinkühler voller Eis und eine Champagnerflasche trug.

»Kann ich Ihnen helfen?«, fragte er durch die Tür. Dann murmelte er vor sich hin: »Indem ich Ihnen diese prächtige Flasche Dom Pérignon abnehme?«

»Ich möchte Ihnen ein kleines Begrüßungsgeschenk der Hausverwaltung überreichen, Sir. Willkommen in Dubai!«

Embling lächelte und öffnete die Tür. Plötzlich sah er,

wie eine Gruppe von Männern den Gang hinunter auf ihn zustürmte. Er wollte die Tür zuschlagen, aber der Kellner hatte inzwischen seinen Weinkühler fallen lassen und eine Steyr-Automatik-Pistole gezogen, mit der er jetzt auf Nigel Emblings Stirn zielte.

Embling rührte sich nicht.

Von der Seite der Tür, die durch das Guckloch nicht einsehbar gewesen war, tauchte plötzlich General Riaz Rehan auf. Auch er hatte eine kleine Automatikpistole in der Hand.

»Ich kann mich dem nur anschließen, Engländer«, sagte er. »Willkommen in Dubai!«

Neun weitere Männer stürmten mit Pistolen im Anschlag an Nigel vorbei ins Apartment.

56

Caruso hatte sein Sandwich verdrückt, und er und Ryan schalteten gerade die Überwachungsgeräte der Insektenroboter ab, um Batteriestrom zu sparen. Erst am Abend würden sie sie wieder einschalten. Sie hofften, dass Rehan bis dahin zurück sein würde.

Das Satellitentelefon klingelte. Caruso ging ran.

»Ja?«

»Dom? Hier ist Bell.«

»Was gibt's, Rick?«

»Wir haben ein Problem. Als wir ins Büro kamen, haben wir mit der Übersetzung eurer Audio-Übertragung begonnen, deshalb hinken wir jetzt etwa fünfzehn Minuten hinterher.«

»Kein Problem. Rehan ist vor einer kleinen Weile ausgeflogen, deshalb schalten wir …«

»Doch, es gibt da ein Problem. Wir haben gerade übersetzt, was er gesagt hat, kurz bevor er das Haus verließ.«

Domingo Chavez steckte etwa einen halben Kilometer von der Flughafenausfahrt entfernt im Stau. Direkt vor ihm hatte sich auf der Business Bay Bridge ein schlimmer Verkehrsunfall ereignet. Jetzt saß er in seinem BMW und war froh, dass ihn dessen Klimaanlage vor der sengenden Hitze bewahrte. Es sah nicht so aus, als ob es bald weitergehen würde.

Vor ihm erhob sich in etwa fünf Kilometer Entfernung das Burj Khalifa in den Himmel. Jenseits davon lag ein Stück die Küste hinunter Palm Jumeirah mit ihrem Bungalow.

Sein Handy klingelte. »Hier ist Ding«, meldete er sich.

Es war Ryan. Seine Stimme klang gehetzt und angespannt. »Rehan weiß, dass Embling und al-Darkur im Burj Khalifa sind! Er ist gerade mit seinem Schlägertrupp dorthin unterwegs.«

»Scheiße! Ruf Nigel an!«

»Habe ich schon. Er meldet sich nicht. Ich habe es auch auf seinem Festnetzanschluss versucht. Es geht keiner ran.«

»Verdammter Mist«, rief Chavez. »Fahrt, so schnell ihr könnt, dorthin! Ich stecke im Stau.«

»Wir brechen jetzt auf, aber wir werden mindestens zwanzig Minuten brauchen.«

»Drück auf die Tube, Junge! Sie sind unsere einzige Verbindung zu Sam! Wir dürfen sie nicht verlieren!«

»Ich weiß!«

Domingo Chavez schlug frustriert mit der flachen Hand auf das Lenkrad seines BMWs. »Verdammte Scheiße!«

Mohammed al-Darkur und Nigel Embling hatte man die Hände hinter dem Rücken und die Füße mit Plastik-Kabelbindern gefesselt. General Rehan hatte ihnen befohlen, sich im abgesenkten Wohnzimmer mit dem Rücken zu den bodentiefen Glasfenstern nebeneinander aufzustellen. Jetzt saß er vor ihnen mit übereinandergeschlagenen Beinen auf der langen Couch und hatte seine Arme auf deren Rückenpolster gelegt. Er war ganz offensichtlich in seinem Element, ein Mann mit Gefangenen, die ihm auf Gnade oder Ungnade ausgeliefert waren.

Rehans Leute – seine acht Mann starke Leibwache und

Oberst Khan – hatten sich im ganzen Raum aufgestellt. Ein weiterer Wachmann stand draußen vor dem Apartment im Hausflur. Jeder war mit einer Pistole seiner Wahl ausgerüstet, ob nun von Steyr, SIG oder CZ. Rehan und Khan hatten eine Beretta in ihren Schulterholstern stecken.

Sollte Nigel Embling immer noch einen schwachen Zweifel an der Vertrauenswürdigkeit des ISI-Majors gehabt haben, so war dieser jetzt endgültig verflogen. Rehans Männer schlugen al-Darkurs Gesicht mehrere Male gegen das Glasfenster, und der fünfunddreißigjährige Pakistaner schleuderte seinem älteren Landsmann im Gegenzug wütende Flüche entgegen. Nigel hätte nicht seine vierzigjährige Landeserfahrung in Pakistan gebraucht, um zu erkennen, dass sich diese beiden Pakistaner spinnefeind waren.

»Was haben Sie mit dem Amerikaner in Miran Shah gemacht?«, schrie al-Darkur Rehan an.

Der General lächelte gelassen und antwortete: »Ich habe mich mit dem Mann persönlich getroffen. Er hatte nicht viel zu erzählen. Ich befahl, ihn so lange zu foltern, bis er Informationen über Ihre Pläne ausspuckte. Ihre Zukunftspläne sind für mich jedoch nicht mehr so wichtig wie damals, als ich diesen Befehl gab, denn offensichtlich haben Sie keine Zukunft mehr.«

Al-Darkur reckte herausfordernd das Kinn. »Auch andere wissen über Sie Bescheid. Wir wissen, dass Sie mit Leuten zusammenarbeiten, die einen Staatsstreich planen, und wir wissen, dass Sie in dem Haqqani-Lager bei Miran Shah eine ausländische Truppe ausbilden ließen. Nach mir werden andere kommen, und die werden Sie aufhalten, *inschallah!«*

»Ha«, lachte Rehan. *»Inschallah?* So Allah will? Schauen wir mal, ob Allah will, dass Sie Erfolg haben, oder ob er will, dass ich Erfolg habe.« Rehan schaute die beiden Leibwächter an, die neben den Gefangenen am Fenster standen.

»Es ist etwas stickig in diesem protzigen Apartment. Öffnet ein Fenster!«

Die beiden Wächter zogen ihre Pistolen, drehten sich gleichzeitig um und schossen immer wieder auf eine drei auf drei Meter große Einzelscheibe des bodenhohen, dicken Glasfensters, vor dem die beiden Gefangenen standen. Sie zersprang nicht sofort, aber als die Zahl der Löcher in der Scheibe von fünf über zehn auf zwanzig zunahm, bildeten sich zwischen den einzelnen Kugellöchern weiße Risse. Die Männer luden ihre Pistolen nach und begannen, erneut zu schießen. Das Glas wurde von immer mehr Rissen und Sprüngen durchzogen, bis es plötzlich mit einem Schlag in tausend Stücke zersprang und rasiermesserscharfe Scherben über 108 Stockwerke in die Tiefe stürzten.

Ein warmer Wind blies in das Luxusapartment hinein und brachte dabei einige kieselgroße Glassplitter mit. Rehan und seine Männer mussten mit der Hand ihre Augen schützen, bis sich der Glasstaub gelegt hatte. Das Heulen der Luftströmung, die an der Seite des Gebäudes emporstieg, wurde jetzt so laut, dass Rehan von seiner Couch aufstehen musste, um sich den Gefangenen verständlich machen zu können.

Er schaute al-Darkur einen Moment an, bevor er sich Nigel Embling zuwandte, der sich mit gefesselten Händen und Füßen neben der großen Öffnung in der Glaswand mit dem Rücken an die Scheibe lehnte. »Ich habe mir Ihren Hintergrund angeschaut. Sie stammen aus einem anderen Jahrhundert, Embling. Der Auslandsspion einer Kolonialmacht, die immer noch nicht begriffen hat, dass sie keine Kolonien mehr besitzt. Sie sind ein bemitleidenswerter Mann. Sie und die anderen Ungläubigen des Westens haben Allahs Kinder so lange vergewaltigt, dass Sie überhaupt nicht verstehen können, dass Ihre Zeit vorbei ist.

Aber jetzt, Sie alter Narr, *jetzt* ist das Kalifat zurückgekehrt! Können Sie das nicht sehen, Embling? Können Sie nicht erkennen, wie perfekt die Zerstörung des britischen Kolonialismus mir den Aufstieg zur Macht geebnet hat?«

Embling schrie jetzt seinerseits dem großen Pakistaner ins Gesicht, wobei ihm der Speichel aus dem Mund spritzte. »Ihr Aufstieg zur Macht? Leute wie Sie sind es doch, die Pakistan zerstören! Und solche braven Männer wie der Major hier und nicht solche Monster wie Sie werden Ihr Land vor dem Abgrund retten!«

Riaz Rehan machte eine abschätzige Handbewegung. »Flieg heim, Engländer!« Er nickte zwei ISI-Leibwächtern, die neben Nigel Embling standen, kurz zu. Sie traten einen Schritt nach vorne, packten den kräftigen Mann an den Schultern und zogen ihn rückwärts zum offenen Fenster.

Er schrie vor Entsetzen, als sie ihn über den Rand stießen. Er stürzte nach hinten aus dem Gebäude und fiel, sich mehrmals überschlagend, 108 Stockwerke tief, um dann auf dem Betonboden vor dem Wolkenkratzer zerschmettert zu werden.

Major Mohammed al-Darkur schrie Rehan an. *»Kuttay ka bacha!«* Du Hundesohn! Obwohl an Händen und Füßen gefesselt, stieß er sich von der Glasscheibe ab und versuchte, sich auf den groß gewachsenen General zu stürzen. Zwei Leibwächter packten ihn, bevor er nach vorne in das Apartment hineinfiel, rangen ihn nieder und zogen ihn schließlich nach hinten auf das drei auf drei Meter große Loch in der Glaswand zu.

Rehans Männer schauten ihren General fragend an.

Dieser nickte mit einem leichten Lächeln. »Schickt ihn seinem englischen Freund hinterher.«

Al-Darkur fluchte, schrie und versuchte, um sich zu treten. Einen Arm konnte er tatsächlich losreißen, aber ein anderer Leibwächter steckte jetzt seine Waffe ins Holster und eilte seinen Kollegen zu Hilfe. Zusammen drückten die drei den Major auf den von Glassplittern übersäten Boden.

Es dauerte einen Moment, bis sie al-Darkur überwältigt hatten. Die anderen im Zimmer lachten, als der ISI-Offizier sich nur noch wehren konnte, indem er seinen Oberkörper hin und her warf.

»Mather chot!«, schrie al-Darkur Rehan ins Gesicht. *»Motherfucker.«*

Die drei Leibwächter zerrten den Major über den Boden immer weiter der Öffnung im Glas entgegen. Mohammed hörte auf, sich zu wehren. Der Wind, der vom Wüstenboden 108 Stockwerke an dem heißen Stahl und Glas des Wolkenkratzers emporstieg, wehte dem zimthäutigen Pakistaner nun seine dunklen Haare in die Augen. Er schloss sie, presste sie zusammen und begann zu beten.

Die drei Leibwächter fassten ihn unter den Schultern, hoben ihn empor und packten ihn jetzt auch am Gürtel. Gemeinsam machten sie sich bereit, seinen Körper in den Abgrund zu schleudern.

Aber plötzlich brach diese gemeinsame Bewegung ab. Der Leibwächter, der al-Darkur an der linken Schulter hielt, taumelte vom Fenster weg und drehte sich um die eigene Achse. Er ließ den Major fallen, wodurch dieser auch den beiden anderen aus den Fingern glitt.

Bevor jemand in diesem Raum reagieren konnte, löste sich ein zweiter Mann an der Fensteröffnung von dem gefesselten Major. Er fiel rückwärts in das Apartment hinein und stürzte in den abgesenkten Sitzbereich neben dem Sofa hinunter.

Rehan schaute sich nach dem Mann um, er wollte sehen, was mit ihm los war. Stattdessen fiel sein Blick auf das cremefarbene Ledersofa, das jetzt mit dunkelroten Blutspritzern übersät war.

Der General schaute jetzt wieder aus dem Fenster. In der

Ferne sah er einige Dutzend Meter über dem Burj Al Arab am Himmel einen schwarzen Fleck. War das ein Hubschrauber? Eine Sekunde später ließ der letzte Mann, der al-Darkur gepackt hatte, den Major los und griff sich an sein blutendes Bein, während er zu Boden stürzte.

Riaz Rehan schrie: »Scharfschütze!«

Oberst Khan sprang über das Sofa und riss Rehan zu Boden, gerade als eine heiße Gewehrkugel an der Stirn des Generals vorbeizischte.

57

Näher ran, Hicks!«, rief Domingo Chavez in das Boom-Mikrofon seines Headsets, während er ein zweites Fünf-Schuss-Magazin in den Magazinschacht seines HK-PSG1-Scharfschützengewehrs rammte. Seine beiden letzten Schüsse hatten ihr Ziel verfehlt, war er sich sicher. Nur wenn er noch etwas näher herankam, würde er Rehan und seine Männer erwischen können, die jetzt durch das Zimmer rannten und auf dem Boden krochen, um eine Deckung zu finden.

»Roger«, antwortete Hicks in seinem weichen Kentucky-Akzent und brachte den Bell JetRanger näher an das riesige nadelförmige Bauwerk heran.

Natürlich hätte Chavez al-Darkurs und Emblings Apartment allein aufgrund der zerbrochenen Fensterscheibe nicht gefunden, die auf der riesigen Außenhaut des Wolkenkratzers ja kaum auffiel. Als er durch sein zwölffach vergrößerndes Zielfernrohr blickte, hatte er jedoch mitbekommen, wie irgendetwas hoch oben aus dem Gebäude herausstürzte und dann in Spiralen zum Boden hinunterfiel. Ding war instinktiv klar, dass es ein Mensch sein musste, obwohl er sich nicht die Zeit nahm, um genau festzustellen, wer da direkt vor ihm in den Tod stürzte. Nach Lage der Dinge konnte er jedoch nur aus dem Apartment des Pakistaners und des Briten gefallen sein. In aller Eile musste Chavez seine Waffe auf fünfhundert Meter

Entfernung einstellen und das Ziel dann genau in sein Mildot-Fadenkreuz bekommen.

Obwohl Chavez im vergangenen Jahr nicht viel Zeit auf dem Schießstand verbracht hatte, traute er sich einen solchen Fünfhundertmeterschuss unter den richtigen Bedingungen immer noch zu. Aber jetzt musste er die Vibrationen des Hubschraubers, den Abwind der Rotoren und die für solche Wolkenkratzer typischen aufsteigenden Luftströmungen berücksichtigen, wenn er einen Präzisionsschuss hinlegen wollte.

Chavez beschloss deshalb, auf einen solchen zeitraubenden Präzisionsschuss zu verzichten. Er überschlug im Kopf in Windeseile alle Faktoren und führte dann einen Instinktschuss durch. Am besten war es dabei, den Rumpf der Zielpersonen ins Visier zu nehmen. Der Unterleib oder Magen war für einen Scharfschützen eigentlich kein gutes Ziel. Perfekt wäre die Schädeldecke gewesen. Aber ein Schuss auf den Rumpf bot ihm die größte Fehlertoleranz, wenn man bedachte, mit wie vielen Variablen er es hier zu tun hatte.

Er feuerte vom Rücksitz des Hubschraubers aus, wobei er sein Gewehr auf das offene Fenster auflegte. Dies führte zwar zu »Laufschwingungen«, die die Schussgenauigkeit behindern konnten. Diese ließen sich jedoch dadurch ausgleichen, dass man die Entfernung zum Ziel verringerte.

»Näher ran, Kumpel!«

»Sie kümmern sich um Ihr Spielzeug, und ich kümmere mich um meins«, antwortete Hicks.

Chavez' Anruf zwanzig Minuten zuvor hatte Chester Hicks, gelinde gesagt, überrascht. Er erledigte gerade mit Adara Sherman in der Gulfstream etwas Papierkram, als sein Handy klingelte.

»Hallo?«

»Country, ich bin auf dem Weg zurück zu euch! Ich möchte, dass Sie mir bis in zehn Minuten einen Hubschrauber auftreiben! Schaffen Sie das?«

»Aber klar. Direkt neben uns liegt ein Charter-Service. Wohin sollen sie den Hubschrauber bringen?«

»Ich möchte, dass Sie ihn fliegen, und es wird wahrscheinlich ein Kampfeinsatz werden.«

»Sie machen Witze, oder?«

»Hier geht es um Leben oder Tod, *'mano!*«

Kurze Pause. »Dann kommen Sie hierher! Ich besorge uns eine Maschine.«

Danach ging es für Hicks richtig los. Er und Adara Sherman rannten über das Vorfeld zu einem geparkten JetRanger hinüber, der einem fünfunddreißig Kilometer entfernt liegenden Strandhotel gehörte. Zwar standen da auch noch neuere und noblere Hubschrauber herum, aber Hicks hatte den JetRanger schon geflogen und kannte sich mit Bell-Maschinen gut aus. Außerdem würde bei dem bevorstehenden Einsatz das Können des Piloten bestimmt wichtiger sein als eine möglichst fortgeschrittene Technologie des Fluggeräts. Nachdem er den Hubschrauber ein paar Sekunden betrachtet hatte, schickte er Sherman zum Flughafenbetreiber, damit sie sich dort auf irgendeine Weise die Schlüssel besorgte. Er entfernte die Verzurrungen und überprüfte Öl und Treibstoff.

Noch bevor er sich hinter den Steuerknüppel setzen konnte, war Sherman bereits zurück und warf ihm die Schlüssel zu.

»Möchte ich überhaupt wissen, wie Sie das angestellt haben?«

»Es war niemand da. Ich hätte mir wahrscheinlich auch die Boeing eines Scheichs unter den Nagel reißen können, wenn ich gewollt hätte.«

Fünf Minuten später traf Chavez ein. Sobald er sich angeschnallt hatte, hoben sie ab.

Während Chavez sein Scharfschützengewehr lud, fragte ihn Hicks über Bordfunk: »Wohin fliegen wir eigentlich?«

»Zum höchsten Gebäude der Welt. Sie können es kaum verfehlen.«

»Roger.« Er drehte die Nase des JetRangers in Richtung des Burj Khalifa und erhöhte seine Steigrate und Grundgeschwindigkeit.

Rehan und Khan krochen über den Fliesenboden des Apartments auf die Wohnungstür zu. Der Oberst deckte dabei den General ständig mit seinem eigenen Körper, bis ein Leibwächter herbeieilte und diese Rolle übernahm.

Schließlich rollte sich Rehan auf den Gang hinaus und geriet damit aus der Schusslinie des Hubschrauberschützen. Sofort packte ihn der Leibwächter, der bisher die Wohnung von außen bewacht hatte, am Kragen und zog ihn zum Aufzug hinüber. Der Sicherheitsmann war fast so groß wie Rehan selbst, ein schwergewichtiges, eins neunzig großes Kraftpaket in einem schwarzen Anzug und mit einer großen HK-Pistole. Er schlug mit der Faust auf den Abwärtsknopf, vergewisserte sich, dass Rehan und Khan immer noch bei ihm waren, und drehte sich dann um, als sich die Aufzugtüren öffneten.

Ryan und Caruso waren zwar von der Größe des bewaffneten Pakistaners überrascht, der direkt vor ihnen im Etagengang stand, aber sie hatten gewusst, dass es Ärger geben würde. Beide hielten ihre Pistolen im Anschlag. Sie ließen sich auf die Knie fallen, während sie der ISI-Mann groß anschaute. Als er seine eigene Waffe heben wollte, schossen ihn die beiden Campus-Agenten aus weniger als zwei Metern in seine breite Brust.

Der Leibwächter fiel jedoch nicht nach hinten, sondern in ihre Richtung in die Aufzugkabine hinein. Beide Männer feuerten ihm noch zweimal 9-mm-Geschosse in den Oberkörper. Trotzdem prallte der ISI-Beamte mit voller Wucht auf Jack, stieß diesen in eine Kabinenecke und versuchte, ihm mit letzter Kraft einen Kopfstoß zu verpassen. Gleichzeitig feuerte er sogar noch seine HK-Pistole ab. Da seine Arme jedoch inzwischen kraftlos herunterhingen, durchschlug die Kugel Ryans Hose kurz über dem Knie, ohne jedoch dessen Bein zu verletzen.

Jetzt schossen weitere ISI-Männer in den Aufzug hinein. Auf Ryan lastete jetzt der Tote mit seinem ganzen Gewicht, aber Caruso ließ sich zu Boden fallen und erwiderte das Feuer. Aus den Augenwinkeln erkannte er gerade noch, wie General Rehan den Etagengang hinunterlief, aber er musste sich jetzt voll auf die Männer konzentrieren, die ihn und Ryan unter Feuer nahmen. Er schoss einem weiteren Leibwächter in den Unterleib. Es gelang ihm, die übrigen Männer durch gezielte Schüsse den Gang hinunterzutreiben, wo sie im Treppenhaus direkt neben Emblings Apartment verschwanden.

Rehan hatte sich bereits zuvor in dieses Treppenhaus geflüchtet. Wahrscheinlich war er ein oder zwei Etagen tiefer in einen Aufzug gestiegen und mit ihm zum Ausgang im Erdgeschoss unterwegs.

»Hol endlich diesen riesigen Arschficker von mir runter!«, rief Ryan.

Dom half ihm, den Toten von sich herunterzurollen. Dabei bemerkte er das Blut auf Ryans Gesicht. »Bist du getroffen worden?«

Jack ignorierte den Kratzer an seinem rechten Auge und fasste sich stattdessen ans Bein. Er hatte vorhin gespürt, dass eine Kugel ihn beinahe am Knie gestreift hätte. Er fand das Loch in seiner Hose, griff hinein und fühlte, ob da irgendwo Blut war. Als er seine Finger herauszog, waren sie jedoch sauber. »Ich bin in Ordnung. Gehen wir«, sagte er. Sie gingen zu Emblings Apartment hinüber. Sie hatten Angst, was sie dort vorfinden würden.

Der pakistanische Major hatte vergeblich versucht, seine Plastikfesseln mit einer kleinen Glasscherbe durchzuschneiden. Caruso holte jetzt ein Klappmesser heraus und machte mit den Kabelbindern kurzen Prozess. Dann halfen er und Ryan Mohammed wieder auf die Beine.

»Wo ist Embling?« Ryan musste das Klingeln in seinen Ohren überschreien, das er der Schießerei in dem schmalen Gang zu verdanken hatte.

Al-Darkur schüttelte den Kopf. »Rehan hat ihn umgebracht.«

Caruso packte al-Darkur am Arm und sagte: »Sie kommen jetzt mit uns mit.«

»Natürlich.«

Dom gab dem Hubschrauber ein Zeichen, das Chavez durch sein Zielfernrohr sehen konnte, und Hicks machte sich mit seinem geborgten Helikopter auf den Weg zurück zum Flughafen.

Im Gang der 108. Etage heulten mittlerweile die Alarmsirenen. Die Aufzüge funktionierten jedoch weiterhin einwandfrei. Mohammed, Jack und Dom waren sich sicher, dass inzwischen bereits Polizisten im Aufzug auf dem Weg zu ihrem Stockwerk waren. Sollten allerdings einige von ihnen auch die Treppe benutzen, hatten sie seit Beginn der Schießerei bestimmt noch nicht einmal die Hälfte des Aufstiegs zurückgelegt. Die drei beschlossen deshalb, erst einmal die Treppe zu nehmen. In drei Minuten rannten sie ganze 18 Stockwerke hinunter. Im 90. Stock betraten sie dann eine Aufzugkabine. Im letzten Moment schlüpften auch noch drei nahöstliche Geschäftsleute zu ihnen hinein.

Diese hatten erst einmal gezögert, trotz des Alarms ihre Wohnung zu verlassen, da sie keinen Rauch gerochen hatten und nicht sicher waren, ob es wirklich irgendwo brannte. Als sie jetzt al-Darkurs zerschlagenes Gesicht, Ryans blutige Nase und Augen und die schweißüberströmten Gesichter der drei Männer sahen, waren sie völlig schockiert.

Als einer von ihnen mit seiner Handykamera ein Foto von al-Darkur machen wollte, riss ihm Dom Caruso das Gerät aus der Hand. Als ein anderer Dom daraufhin anrempelte, zog Ryan seine Pistole und bedeutete ihnen, sie sollten sich nebeneinander an die Kabinenwand stellen.

Während der Aufzug in die Tiefe raste, nahmen der pakistanische Major und die beiden amerikanischen Agenten allen drei Geschäftsleuten ihre Handys ab, zertraten sie mit den Hacken und ließen die Kabine im zehnten Stock anhalten. Dort befahlen sie den Männern, den Aufzug zu verlassen, und fuhren selbst zum untersten der beiden Parkdecks hinunter. Fünfzehn Minuten später spazierten sie betont lässig in den hellen Sonnenschein hinaus und mischten sich unter die Leute, die vor dem Wolkenkratzer die Geschehnisse beobachteten. Polizisten, Feuerwehrleute und Sanitäter rannten an ihnen vorbei ins Gebäude, während sie selbst sich auf die Suche nach einem Taxi machten.

Während sich Jack, Dom und al-Darkur zum Flughafen bringen ließen, bat Chavez Hicks, ihn auf einem Parkplatz in der Nähe des Strands abzusetzen. Hicks flog allein zum Flughafen weiter, während Ding in einem Taxi ins Kempinski zurückkehrte, um dort alle Überwachungsgeräte im Bungalow abzubauen.

Ihre Operation gegen Rehan hier in Dubai war zu Ende. Die drei Männer konnten unmöglich in den Bungalow zurückkehren und auf Rehans Rückkehr warten. Nach dieser Schießerei war es für sie hier viel zu gefährlich geworden. In den Abendnachrichten würden heute Leichen gezeigt werden, und das in einer Stadt, die eine ausgesprochen niedrige Verbrechensrate hatte. Alle Ausländer würden genau überprüft werden. Ding hatte Hicks angewiesen, Captain Reid anzurufen und ihr zu sagen, dass sie die Gulfstream sofort abflugbereit machen solle. Chavez selbst würde jedoch nicht mitfliegen. Es würde ein paar Stunden dauern, alle Spuren ihrer Aktivitäten hier im Kempinski zu beseitigen. Danach würde er sich einen anderen Weg aus diesem Land suchen müssen.

Hicks landete den Hubschrauber genau dort, wo er vorhin gestartet war. Sherman wartete bereits am Fuß der Gulfstream-Gangway auf ihn. Sie hatte dem Mann von der Flughafenverwaltung zehntausend Dollar gegeben, als dieser gekommen war, um nach dem vermissten Hubschrauber zu suchen. Sie war sich ziemlich sicher, dass er zumindest bis zu ihrem Abflug den Mund halten würde.

Als Jack, Dom und Mohammed mit dem Taxi eintrafen, gingen sie sofort an Bord. Helen Reid meldete dem Tower, dass sie startbereit waren.

Ms. Sherman hatte zuvor bereits die Zollformalitäten erledigt, was sie weitere zehntausend Dollar gekostet hatte.

Sie flogen Mohammed al-Darkur nach Istanbul. Von dort würde er allein einen Weg zurück nach Peschawar finden. Sie waren sich alle einig, dass es für ihn äußerst gefährlich war, in sein Heimatland zurückzukehren. Wenn Rehan selbst hier in Dubai eine solche Aktion riskierte, würde er zweifellos alle Hebel in Bewegung setzen, um al-Darkur sofort nach dessen Rückkehr nach Pakistan umbringen zu lassen. Der Major versicherte jedoch den Amerikanern, dass er einen Ort kenne, wo er erst einmal untertauchen könne und wo ihn die Kräfte im ISI, die gegen die Zivilregierung konspirierten, bestimmt nicht finden würden. Er versprach ihnen auch, alles Menschenmögliche zu unternehmen, um herauszufinden, wo man Sam Driscoll gefangen hielt.

58

Vier Tage nach seiner Rückkehr aus Dubai hatte Jack Ryan jr. eine Verabredung, die er nicht ablehnen konnte. Heute war der 6. November, der Wahltag, und Jack fuhr am späten Vormittag nach Baltimore, um bei seiner Familie zu sein.

Jack Ryan sr. hatte bereits am Morgen mit Cathy und in Begleitung vieler Reporter in seinem örtlichen Wahllokal seine Stimme abgegeben. Danach kehrte er nach Hause zurück, um den Tag im Kreis seiner Familie zu verbringen. Am Abend wollte er sich ins Marriott-Waterfront-Hotel begeben, um dort seine Annahmerede zu halten.

Oder die Rede, in der er seine Wahlniederlage eingestand und seinem Gegner gratulierte. Dies hing vom Wahlausgang in einigen entscheidenden Bundesstaaten ab, den sogenannten *Swing States*.

Die Sache mit Clark hatte ihm zweifellos geschadet. Jede politische Fernsehsendung von *60 Minutes* bis *Entertainment Today* hatte sich auf die eine oder andere Weise mit dieser Geschichte beschäftigt, und jeder wichtige Nachrichtenmoderator hatte seinen Kommentar dazu abgegeben. Ryan blieb jedoch auch in dieser Frage in den letzten Wahlkampfwochen konsequent. Er verteidigte weiterhin seinen Freund und tat sein Bestes, um die ganze Angelegenheit als politische Attacke auf ihn, Jack Ryan, darzustellen, die mit ehrlicher Gerechtigkeit nicht das Geringste zu tun habe.

Dies kam bei seiner Basis gut an, und es hatte auch einige Unentschiedene überzeugt. Andererseits hatten die unbeantworteten Fragen über die tatsächliche Beziehung zwischen Jack Ryan und diesem mysteriösen Flüchtling viele bisher unentschiedene Wähler in das Edward-Kealty-Lager getrieben. Viele Medien stellten das Verhältnis zwischen den beiden Männern so dar, als ob Clark Ryans Auftragsmörder wäre. Was immer man jedoch über Präsident Kealty sagen konnte, *solche* Leichen hatte er ganz bestimmt nicht im Keller.

Als Jack jr. am frühen Nachmittag am Haus seiner Eltern eintraf, musste er durch den Sicherheitskordon fahren. Ein paar Pressefotografen wollten Bilder des gelben Hummers mit Jack am Steuer machen, aber seine Fahrzeugfenster waren getönt, und er trug eine Fliegersonnenbrille.

In der Küche traf er seinen Vater allein und in Hemdsärmeln an. Die beiden Männer umarmten sich. Dann trat Senior einen Schritt nach hinten.

»Was soll das denn mit dieser Sonnenbrille?«

Jack Junior nahm sie ab und offenbarte rechts ein blaues Auge. Die Schwellung war zwar schon etwas abgeklungen, aber es war deutlich zu sehen, dass das Veilchen anfangs weit schlimmer gewesen sein musste. Darüber hinaus waren auch im Auge selbst einige Äderchen geplatzt, sodass er jetzt gleichzeitig ein blaues *und* ein rotes Auge hatte.

Ryan sr. schaute seinem Sohn eine Zeit lang ins Gesicht und sagte dann: »Schnell, bevor deine Mutter kommt. In mein Arbeitszimmer!«

Eine Minute später standen die beiden Männer im Arbeitszimmer und hatten die Tür hinter sich geschlossen. Senior dämpfte seine Stimme. »Mein Gott, Jack, was zum Teufel ist passiert?«

»Ich würde es dir lieber nicht erzählen.«

»Das ist mir egal. Wie sehen eigentlich die Teile deines Körpers aus, die ich *nicht* sehen kann?«

Jack lächelte. Manchmal sagte sein Dad etwas, was ihm zeigte, dass sein alter Herr den vollen Durchblick hatte. »Gar nicht einmal so schlecht. Es wird allmählich besser.«

»Ist das bei einem Einsatz passiert?«

»Ja. Aber dabei muss ich es belassen. Nicht wegen mir. Wegen dir. Schließlich bist du bald Präsident.«

Jack Ryan sr. seufzte ganz leicht, beugte sich vor und schaute sich den Augapfel seines Sohnes aus der Nähe an. »Deine Mutter wird einen Wutanfall …«

»Ich lasse die Sonnenbrille auf.«

Senior schaute Junior mitleidig an. »Sohn. Dieser billige Trick hat mir bei ihr schon vor dreißig Jahren kein bisschen genutzt. Er wird ganz bestimmt auch jetzt nicht funktionieren.«

»Was soll ich denn machen?«

Senior dachte einen Moment nach. »Du wirst es ihr zeigen. Sie ist Augenchirurgin, Herrgott noch mal! Ich möchte, dass sie dich untersucht. Sag ihr, du möchtest nicht darüber reden. Es wird ihr zwar überhaupt nicht gefallen, aber trotzdem wirst du deine Mutter nicht anlügen. Wir brauchen ihr nicht alle Details auf die Nase zu binden, aber wir werden sie nicht anlügen.«

»Okay«, sagte sein Sohn.

»Das alles hat seine Tücken, aber wir müssen tun, was richtig ist.«

»In Ordnung.«

Eine Minute später betrat Dr. Cathy Ryan das Arbeitszimmer. Sekunden später führte sie ihren Sohn am Arm ins Badezimmer. Dort musste sich Junior auf den Waschhocker setzen, während sie sein Auge offen hielt und sorgfältig mit einer Stiftlampe untersuchte.

»Was ist passiert?« Ihre Stimme war energisch, aber professionell. Das Auge war das Fachgebiet seiner Mom, und sie würde, das hoffte er zumindest, mit einer solchen Verletzung professioneller und weniger emotional umgehen, als wenn er sich etwas anderes verletzt hätte.

»Ich habe mich an etwas gestoßen.«

Dr. Ryan hörte nicht auf, ihren Patienten zu untersuchen, als sie sagte: »Ach was, echt? Was genau hat dich denn gestoßen?«

Ihr Mann hatte recht gehabt. Cathy mochte es nicht, wenn man Fragen nach den Gründen einer Verletzung auswich.

Jack jr. gab eine etwas vorsichtige Antwort. »Man könnte sagen, dass ich mit dem Kopf eines anderen zusammengestoßen bin.«

»Irgendwelche Sehstörungen? Kopfschmerzen?«

»Zuerst schon. Dieser Schnitt an der Nase hat etwas geblutet. Aber das ist vorbei.«

»Also, er hat dich voll auf der Augenhöhle erwischt. Das ist ein hässliches subkutanes Hämatom. Wie lange ist es her?«

»Etwa fünf Tage.«

Cathy trat einen Schritt zurück und runzelte die Stirn. »Du hättest sofort herkommen sollen. Eine Schlagverletzung, die einen solchen Bluterguss im Auge und in dessen Nachbargewebe verursacht, hätte leicht auch die Netzhaut ablösen können.«

Jack wollte gerade etwas besonders Kluges sagen, fing aber einen Blick seines Vaters auf. Das war nicht die Zeit für vorlaute Bemerkungen. »Okay. Wenn es noch mal passiert, werde ich …«

»Warum sollte es noch mal passieren?«

Junior zuckte die Achseln. »Wird es nicht. Danke, dass du es untersucht hast.« Er wollte von seinem Hocker aufstehen.

»Setz dich wieder hin. Ich kann zwar nichts gegen dieses subkutane Hämatom machen, aber ich kann diese Blutergüsse auf deiner Nase und um dein Auge herum etwas verbergen.«

»Wie?«

»Indem ich sie mit etwas Make-up verdecke.«

Junior stöhnte. »So schlimm ist es nun auch wieder nicht, Mom.«

»Es ist schlimm genug. Du wirst heute noch ein paar Mal fotografiert werden, ob du es nun willst oder nicht, und ich bin mir sicher, dass du nicht möchtest, dass ein solches Bild von dir um die Welt geht.«

Senior stimmte ihr zu. »Sohn, die Hälfte der Zeitungen wird morgen mit der Schlagzeile aufmachen, ich hätte dir eine gescheuert, als ich erfahren habe, dass du für Kealty gestimmt hast.«

Jack jr. musste bei dem Gedanken lachen. Er wusste, dass jeder Widerstand zwecklos war. »Okay. Dad trägt immer Make-up, wenn er im Fernsehen auftritt. Dann wird es mich wohl auch nicht umbringen.«

Am frühen Abend trafen die ersten Wahlergebnisse ein. Die Familie und einige der wichtigsten Mitarbeiter saßen im Wohnzimmer einer Suite des Marriott Waterfront, Ryan sr. allerdings verbrachte einen Großteil des Abends in der Küche und unterhielt sich mit seinen Kindern oder engsten Mitarbeitern. Es war ihm lieber, wenn ihm die anderen die neuesten Resultate in die Küche hinüberriefen, als sie ständig im Fernsehen zu verfolgen und dann darüber dozieren zu müssen.

Gegen einundzwanzig Uhr entwickelte sich das bisher ziemlich enge Rennen zu seinen Gunsten, als er sowohl Ohio als auch Michigan gewann. Kurz vor zehn war klar, dass auch Florida mehrheitlich für ihn gestimmt hatte. Als die Wahllokale an der Westküste schlossen, war die Sache entschieden.

John Patrick Ryan sr. gewann mit zweiundfünfzig Prozent der Stimmen. Der Vorsprung war geringer als in den Umfragen vor dem letzten Wahlkampfmonat. Die meisten Pressekommentare führten das auf zwei Ursachen zurück: die Gefangennahme des Emirs und Jack Ryans zweifelhafte Verbindung zu einem Mann, der wegen mehrfachen Mordes gesucht wurde.

Es war kein Ruhmesblatt für Kealty, dass ihn Ryan trotz dieser beiden gewichtigen Minuspunkte geschlagen hatte.

Jack Ryan stand mit seiner Frau und seinen Kindern auf einem Podium vor dem Marriott Waterfront. Es regnete Luftballons, und Musik ertönte. Als er dann zu der begeisterten Menge sprach, dankte er zuallererst seiner Familie und danach dem amerikanischen Volk, dass es ihm die Möglichkeit gegeben habe, es in einer zweiten vierjährigen Amtszeit zu vertreten.

Seine Rede war optimistisch, herzlich und manchmal sogar witzig. Schon bald kam er jedoch auf die beiden zentralen Themen des Wahlkampfs zu sprechen. Er forderte Präsident Kealty auf, die Vorbereitung eines Bundesgerichts-Prozesses gegen Saif Yasin zu beenden. Dies wäre eine Verschwendung von Arbeitszeit und Ressourcen, da er den Emir sofort nach seinem Amtsantritt der Militärgerichtsbarkeit übergeben werde.

Danach bat er Präsident Kealty, seinem Amtsvorbereitungsteam die Einzelheiten der geheimen Anklageschrift gegen John Clark zu enthüllen. Er gebrauchte zwar nicht den Ausdruck »Liefere endlich Beweise, sonst halt die Klappe!«, aber das war genau, was er meinte.

Der kommende US-Präsident wiederholte dann seine Unterstützung für Clark und die Männer und Frauen im Militär und in den Geheimdiensten.

Sobald er das Podium verlassen hatte, rief Jack jr. Melanie an. Er hatte sie seit seiner Rückkehr aus Dubai erst einmal gesehen. Er hatte ihr erzählt, er sei geschäftlich in der Schweiz gewesen. Dort habe er sein Auge und seinen Nasenrücken an einem Ast angeschlagen, als er und seine Mitarbeiter einmal snowboarden waren.

Gerade heute Abend vermisste er sie sehr. Er wünschte, sie könnte jetzt inmitten dieser Begeisterung und Feierstimmung bei ihm sein. Beide wussten jedoch, dass es großes Aufsehen erregen würde, wenn sie sich ausgerechnet heute an der Seite des Sohns des ehemaligen und künftigen Präsidenten der Vereinigten Staaten zeigen würde. Außerdem hatte er sie seinen Eltern noch gar nicht vorgestellt, und heute war wohl kaum der richtige Zeitpunkt dafür.

Schließlich fand Jack in einer der Suiten, die die Wahlkampfleitung für diesen Abend angemietet hatte, ein bequemes Sofa. Er ließ sich darauf nieder und telefonierte mit Melanie, bis der Rest der Familie nach Hause zurückkehren wollte.

59

Die Büros der Kosmos-Raumfahrtgesellschaft in Moskau lagen in der Sergej-Makejew-Straße im Viertel Krasnaja Presnja in einem modernen Stahl-Glas-Gebäude, das den Wagankowoer Friedhof aus dem 18. Jahrhundert überragte. Hier arbeitete Georgij Safronow inzwischen fast rund um die Uhr, um den Start der drei Dnjepr-1-Raketen im nächsten Monat vorzubereiten.

Alexander Werbow, der für Startoperationen zuständige Direktor der KSFC, war ein umgänglicher, stämmiger Mann. Er war ein paar Jahre älter als Georgij, loyal und äußerst tüchtig. Die beiden Männer waren bereits seit den Achtzigerjahren Freunde. Normalerweise befasste sich Werbow mit den aktuellen Vorbereitungen solcher Startoperationen, ohne dass sich der Präsident des Unternehmens in die Einzelheiten dieses komplizierten Prozesses einmischte. Dieses Mal hatte Georgij jedoch die Verantwortung fast vollständig an sich gezogen. Alexander wusste, wie sehr dieser Dreifach-Start Georgij am Herzen lag, und er wusste auch, dass Safronow sämtliche technischen Kenntnisse besaß, die für ein solches Unternehmen nötig waren. Immerhin hatte Georgij selbst die entsprechende Direktorenstelle bekleidet, als Werbow erst leitender Ingenieur war.

Wenn Georgij in diesem Fall auf den Startknopf drücken wollte, oder wenn er vielleicht sogar in Schnee und Eis persönlich überwachen wollte, wie die Nutzlastmodule auf die Trägerraketen montiert wurden, hatte Alex Werbow bestimmt nichts dagegen. Ein Aspekt des Interesses seines Chefs wurde ihm allerdings allmählich etwas verdächtig.

Die beiden Männer trafen sich täglich in Georgijs Büro. Hier hatten sie fast jede Einzelheit der Startoperationen besprochen, seit Safronow aus dem Urlaub zurückgekehrt war. Werbow hatte seinen Chef wiederholt auf dessen schlanke Linie angesprochen, die dieser von seinem dreieinhalbwöchigen Aufenthalt auf einer Gästeranch in den Vereinigten Staaten mitgebracht hatte. Georgij sah auch körperlich viel fitter aus, obwohl seine Arme und Hände voller alter Kratzer und Prellungen waren. Das Einfangen von Rindern mit dem Lasso sei wirklich eine unglaublich harte Arbeit, hatte sein Chef ihm anvertraut.

Werbow hatte Safronow gefragt, ob er ihm nicht ein Foto von sich mit einem Stetson-Hut und Chaps zeigen könne, aber Georgij war nicht darauf eingegangen.

An diesem Tag saßen sie beide wieder einmal an Georgijs Schreibtisch und tranken Tee. Vor ihnen standen ihre geöffneten Laptops, und sie gingen einzeln und zusammen mehrere Aspekte der bevorstehenden Starts durch.

»Georgij Michailowitsch«, sagte Alexander, »ich habe jetzt die letzte Bestätigung bekommen, dass die Radar-Verfolgungsstationen an den entsprechenden Terminen funktionsbereit sein werden. Zwei Starts auf einer südlichen und einer auf einer nördlichen Bahn.«

Georgij blickte nicht von seinem Laptop auf. »Sehr gut.«

»Wir haben auch den endgültigen elektrischen Verbindungsschaltplan bekommen, sodass es eigentlich keine Probleme mit dem Interface des amerikanischen Satelliten mehr geben dürfte.«

»Okay.«

Alex neigte den Kopf zur Seite. Er zögerte eine halbe Minute, dann sagte er: »Ich muss Ihnen eine Frage stellen.«

»Nur zu.«

»Die Wahrheit ist, Georgij ... Nun, ich bekomme da allmählich einen Verdacht.«

Georgij Safronow schaute den schweren Mann auf der anderen Seite des Schreibtischs scharf an. »Einen Verdacht?«

Werbow rückte unbehaglich auf seinem Stuhl hin und her. »Es ist nur, dass ... Sie scheinen sich viel weniger für die Nutzlast, die Satelliten und ihren Orbit, zu interessieren als für den Startvorgang selbst. Habe ich damit recht?«

Safronow klappte seinen Laptop zu und beugte sich nach vorne. »Wie kommen Sie darauf?«

»Es scheint mir eben so zu sein. Sind Sie über irgendetwas bezüglich unserer Trägerraketen besorgt?«

»Nein, Alex Petrowitsch. Natürlich nicht. Worauf wollen Sie hinaus?«

»Ganz ehrlich, mein lieber Freund, hatte ich irgendwie den Verdacht, dass Sie in letzter Zeit mit meiner Arbeit nicht mehr ganz zufrieden sind, und zwar vor allem, was die Trägerraketen angeht.«

Georgij entspannte sich etwas. »Ich bin mit Ihrer Arbeit sehr zufrieden. Sie sind der beste Startdirektor in unserer Branche. Ich preise mich glücklich, dass Sie hier mit mir am Dnjepr-System arbeiten und sich nicht für die Proton- oder Sojus-Raketen entschieden haben.«

»Vielen Dank. Aber warum sind Sie dann dieses Mal an dem tatsächlichen Raumflug so wenig interessiert?«

Safronow lächelte. »Ich gestehe, ich wusste, dass dies alles bei Ihnen in besten Händen ist. Ich beschäftige mich einfach lieber mit dem Start. Dessen Technik ist in den letzten fünfzehn Jahren praktisch gleich geblieben. Dagegen haben sich die Satelliten, Kommunikationseinrichtungen und Flugverfolgungssysteme sehr verändert, seitdem ich Ihre jetzige Position innehatte. Ich habe mich da wohl nicht genug auf dem Laufenden gehalten. Ich fürchte, ich würde auf diesem Gebiet einen schlechteren Job machen als Sie. Meine Faulheit würde vielleicht zu mangelhaften Resultaten führen.«

Alex ließ einen tiefen Seufzer der Erleichterung hören und brach in dröhnendes Gelächter aus. »Ich hatte mir schon Sorgen gemacht, Georgij. Natürlich könnten Sie mit diesen neuen Techniken umgehen! Wahrscheinlich besser als ich. Wenn Sie möchten, könnte ich Ihnen einige neue …«

Alex beobachtete, wie Safronow seinen Laptop wieder aufklappte. Sekunden später war er wieder an der Arbeit. Während er auf seine Tastatur einhämmerte, sagte er: »Ich überlasse Ihnen diesen Teil unserer Arbeit gern und konzentriere mich auf das, was ich am besten kann. Vielleicht können Sie mir nach dem Dreifachstart etwas Nachhilfe erteilen.«

Werbow nickte. Er war froh, dass sich sein Verdacht als falsch erwiesen hatte. Sekunden später machte er sich selbst wieder an die Arbeit und dachte über die ganze Angelegenheit nicht länger nach.

60

Judith Cochrane beobachtete, wie Saif Yasin von seinem Betonbett aufstand und zur Plexiglas-Wand kam. Auf seiner Seite des Glases stand ein kleiner Schreibtisch mit seinem Telefon, einem Notizblock und Bleistiften. Auf dem Tisch neben seinem Betonbett stapelten sich amerikanische juristische Fachbücher und andere Unterlagen, mit denen er die PCI bei der Vorbereitung seines Prozesses unterstützte.

Das Justizministerium hatte die Regeln gelockert, die es zuvor für die Verteidigung des Emirs aufgestellt hatte. Fast jeden Tag bekam Judy eine E-Mail oder einen Anruf von jemand aus dem Ministerium, der ihr oder ihrem Klienten mehr Informationen, mehr Kontakte zur Außenwelt oder sonstige Mittel zugestand, damit die PCI eine ordentliche Verteidigungsstrategie entwickeln konnte. Yasins Verlegung in die Zelle eines Bundesgefängnisses in Virginia stand kurz bevor. Danach würde Judy beim zuständigen Gericht beantragen, Zugang zu Geheimunterlagen zu bekommen, mit deren Hilfe sie und Yasin beweisen wollten, dass er illegal verhaftet worden war und deshalb sofort freigelassen werden müsse.

Paul Laska hatte Judy bereits vor Wochen anvertraut, er habe von der CIA erfahren, dass die Männer, die den Emir in Riad auf der Straße aufgegriffen hatten, ehemalige CIA-Angehörige seien, die jetzt jedoch nicht mehr in amtlicher

Funktion für die US-Regierung tätig seien. Dies verkomplizierte die Dinge sowohl für die Staatsanwaltschaft als auch die Verteidigung. Judy tat jedoch ihr Bestes, um diese Information zu ihrem Vorteil zu nutzen. Laska hatte ihr nämlich ebenso mitgeteilt, dass Ryan persönliche Verbindungen zu den Verbrechern unterhielt, die ihren Klienten gekidnappt hatten. Judy wollte der neuen Regierung nun androhen, diese Beziehungen an die Öffentlichkeit zu bringen, was für den Präsidenten der Vereinigten Staaten gelinde gesagt peinlich wäre.

Sie glaubte, Ryan jetzt am Wickel zu haben. Wahrscheinlich würde er die Sache mit dem Emir deshalb unter den Teppich kehren wollen, indem er sein Wahlversprechen erfüllte und Yasin der Militärgerichtsbarkeit überstellte. Sie hatte jedoch eine Idee, wie sie dies verhindern konnte.

»Guten Morgen, Judy. Sie sehen heute wunderbar aus«, sagte Yasin, als er sich setzte. In seinem anziehenden Lächeln bemerkte sie einen Anflug von Melancholie.

»Danke. Ich könnte mir vorstellen, dass Sie sich heute etwas niedergeschlagen fühlen.«

»Weil Jack Ryan der nächste Präsident wird? Ja, ich gebe zu, das war eine höchst bedauerliche Nachricht. Wie kann Ihr Land einen solchen Verbrecher wieder an die Macht lassen?«

Judith Cochrane schüttelte den Kopf. »Ich habe keine Ahnung. Ich versichere Ihnen, dass keiner meiner Freunde oder Mitarbeiter für ihn gestimmt hat.«

»Aber er hat gewonnen?«

Judy zuckte die Achseln. »Ich muss leider zugeben, dass sich ein großer Teil meines Landes in den Händen von Rassisten, Kriegstreibern und ignoranten Narren befindet.«

»Ja. Das muss wohl so sein, da es hier in Amerika keine Gerechtigkeit für einen Unschuldigen gibt«, sagte der Emir mit einem Anflug von Trauer.

»Sagen Sie das nicht. Wir werden Ihnen Gerechtigkeit verschaffen. Ich bin heute hergekommen, um Ihnen mitzuteilen, dass Ryans Sieg unserer Sache sogar nützen wird.«

Der Emir legte den Kopf schief. »Wie denn das?«

»Weil Ryans Freund John Clark zu den Männern gehört, die Sie entführt haben. Im Moment ist er ein Gesetzesflüchtling. Wenn Kealtys Leute ihn jedoch schnappen, werden sie ihm Straffreiheit anbieten, wenn er zugibt, für wen er gearbeitet hat, als Sie gekidnappt wurden. Dann wird Jack Ryan voll mit drinstecken.«

»Woher wissen Sie das?«

»Weil Ryan möglicherweise direkt daran beteiligt war. Und selbst wenn er das nicht war oder von Ihrer Entführung nicht einmal wusste, werden wir ihm durch inoffizielle Kanäle mit unangenehmen Folgen drohen. Wir werden ihm zu verstehen geben, womit er zu rechnen hat, wenn er Sie der Militärgerichtsbarkeit unterstellt. Wir hätten dann keine andere Wahl, als Ihren Fall den Medien zu offenbaren. Dass Ryan diesen Gnadenerlass ausgestellt habe, beweise ja, dass er selbst John Clark angestiftet habe, Unschuldige zu entführen und zu töten. Ryan wird dann vielleicht vor einem ordentlichen Gericht gewinnen, aber vor dem Gericht der öffentlichen Meinung, in dem die große Mehrzahl der Weltmedien auf unserer Seite steht, wird es so aussehen, als hätte Jack Ryan selbst Sie angeschossen und gekidnappt. Er und seine Regierung werden also auf unsere Forderungen eingehen müssen.«

»Und wie lauten unsere Forderungen?«

»Minimale Sicherheitsvorkehrungen. Ein vernünftiges Strafmaß, etwa dass Sie für die Dauer seiner Amtszeit hinter Gittern bleiben, und nicht länger.«

Der Emir lächelte. »Für jemand so Reizendes und Attraktives sind Sie ganz schön gerissen.«

Judy Cochrane wurde rot. »Ich fange gerade erst an, Saif. Merken Sie sich, was ich sage! Entweder gewinnen Sie Ihren Prozess, oder wir werden Präsident Ryan in dessen Verlauf vernichten.«

Jetzt zeigte das Grinsen des Emirs keinen Anflug von Schwermut mehr. »Ist es zu viel gehofft, dass beides geschieht?«

Jetzt musste auch Judy grinsen. »Nein. Das müsste zu schaffen sein.«

Es war zehn Tage her, dass Clark Manfred Kromm in Köln gefunden hatte. Seitdem hatte der gesuchte Amerikaner den Großteil seiner Zeit in Warschau verbracht. Eigentlich hatte es keinen operativen Grund gegeben, so lange in Warschau zu bleiben, aber sein Körper brauchte nach seiner wilden Flucht durch das nächtliche Köln eine gewisse Erholungszeit. Seine rechte Ferse war geschwollen und purpurrot, der Schnitt auf seinem Handrücken musste verheilen, und jedes Gelenk in seinem Körper tat weh. Warschau war also nicht einfach eine Stadt auf seinem Weg von Deutschland nach Estland. Sie war ein höchst notwendiger Boxenstopp.

Clark besorgte sich mit einem gefälschten Ausweis ein Zimmer mit Nasszelle in einem einfachen Hotel im Zentrum. Er füllte die Porzellan-Badewanne mit Epsom-Salz und Wasser, das beinahe heiß genug war, um darin einen Hummer zu kochen. Dann tauchte er mit dem ganzen Körper darin unter. Nur zwei Extremitäten nahm er davon aus: Seinen rechten Fuß, den er mit Staubinden und einem Eisbeutel umwickelt hatte, und seine rechte Hand, in der er seine SIG Sauer P220, Kaliber .45, hielt.

Zusätzlich zu seinen Prellungen und Beulen hatte Clark jetzt auch noch eine schlimme Erkältung erwischt. Nach diesem Tag im eisigen Regen war das auch kein Wunder.

Auch dagegen nahm er jetzt rezeptfreie Medikamente und verbrauchte Unmengen von Papiertaschentüchern.

Sich in die heiße Badewanne legen, Pillen schlucken und sich die Nase schnäuzen: Clark wiederholte diese Abfolge fast eine Woche lang immer wieder. Schließlich fühlte er sich zwar nicht wie ein junger Mann, aber wie ein neuer Mensch.

Mittlerweile war er in der estnischen Hauptstadt Tallinn angekommen. Er hatte sich in den beiden letzten Wochen einen Bart wachsen lassen. Überhaupt sah er jetzt nicht mehr wie ein Geschäftsmann mittleren Alters, sondern eher wie ein rauer, vom Leben gezeichneter Fischer aus. Er hatte sich eine schwarze Strickmütze tief über die Ohren gezogen. Dazu trug er einen schwarzen Pullover unter einem blauen Wachstuchmantel und Lederstiefel, die sich eng um seinen immer noch verletzten rechten Knöchel schmiegten.

Es war Donnerstagabend, und die Novemberluft war eisig kalt, weshalb auch nur wenige Fußgänger auf den Straßen waren. Als er ganz für sich allein die enge mittelalterliche Katharinenpassage entlangging, wurde ihm plötzlich die selbst auferlegte Isolation der vergangenen Wochen bewusst. Als Clark noch jünger, viel jünger, war, konnte er wochenlang am Stück eine verdeckte Ein-Mann-Operation durchführen, ohne jemals nur einen Funken Einsamkeit zu verspüren. Das war nicht unmenschlich, aber er vermochte damals sein Leben bewusst in voneinander abgeschottete Teile zu trennen. Wenn er auf einem Einsatz war, dachte er nur noch daran und blendete alles andere aus. Jetzt musste er jedoch an seine Familie, Freunde und Kollegen denken. Die Sehnsucht war zwar nicht so stark, dass er den Drang verspürt hätte, sofort zu ihnen zurückzukehren, aber sie war immer noch stärker, als ihm lieb war.

Es war verrückt. Mehr als mit Sandy, mehr als mit Patsy hätte er sich jetzt gerne mit Ding unterhalten.

Es war verrückt, dass er jetzt vor allem an seinen klein gewachsenen Schwiegersohn denken musste. Er hätte sogar darüber gelacht, wenn nicht alles, was gerade um ihn herum vorging, so ernst und belastend gewesen wäre. Aber nach einem kurzen Nachdenken ergab das schon einen Sinn. Auch Sandy war mit ihm durch dick und dünn gegangen. Aber das war etwas anderes als bei Chavez. Mit Domingo hatte er so viele Grenzsituationen erlebt, dass er sie beim besten Willen nicht mehr zählen konnte.

Obwohl er es gerne getan hätte, verzichtete er darauf, jemand von ihnen kurz anzurufen. Er war schon an genug Telefonzellen vorbeigekommen, von denen aus das ohne Weiteres möglich gewesen wäre.

Aber nein. Noch nicht. Nicht, bevor es absolut nötig war.

Nein, er operierte nicht im Graubereich, das hier war eine hundertprozentige Geheimoperation. Er konnte nicht ausgerechnet zu denen Verbindung aufnehmen, die ein solcher Kontakt mit ihm am meisten gefährden würde. Er zweifelte nicht einen Augenblick daran, dass Ding sich um seine Frau, seine Tochter und seine Enkel kümmerte und sie vor Fotografen, Reportern, Attentätern und allen anderen Arschlöchern schützte, die seiner Familie gefährlich werden konnten. Obwohl Ding also nicht hier war, stand er doch an seiner Seite. John Clark wusste, dass Chavez ihm immer noch den Rücken freihielt.

Und das musste für den Moment genügen.

Ardo Ruul war der estnische Mafioso, der den Kölner Schlägern befohlen hatte, Manfred Kromm auf diese robuste Weise zu befragen. In einer alten KGB-Akte aus dem Jahr 1981 wurde das Gerücht aufgeführt, dass ein CIA-Mann namens Clark an dem Tag nach Berlin gekommen sei, als der Stasi-Agent Lukas Schumann in einem Geisterbahnhof im Untergrund von Ostberlin erschossen worden war. Der KGB hatte damals Kromm befragt, aber der hatte angeblich nichts dazu sagen können. Diese unbestätigte Geschichte tauchte dann dreißig Jahre später in der Akte des russischen Geheimdiensts über John Clark wieder auf.

Walentin Kowalenko hatte sich daraufhin an Ardo Ruul gewandt. Der estnische Gangster hatte in seinen Zwanzigern im Geheimdienst seines Landes gearbeitet. Jetzt tat er dies auf eigene Rechnung, erledigte jedoch immer noch ab und zu ein paar Aufträge für den SWR. Kowalenko bat Ruul, seine Kontakte spielen zu lassen, um diesen Kromm aufzuspüren und, wenn er noch lebte, der ganzen Geschichte auf den Grund zu gehen. Ruuls Leute hatten Kromm in Köln gefunden und den alten deutschen Schlossknacker zu einem Treffen bestellt. Nach kurzer Zeit spuckte er dann diese Geschichte aus, die er bisher niemand erzählt hatte. Er konnte sogar John Clark auf einem Foto identifizieren.

Für Ruul war das keine große Sache. Er hatte die Informationen an Walentin Kowalenko weitergeleitet und war dann nach einem heißen, langen Wochenende in Deutschland mit seiner Freundin nach Tallinn zurückgekehrt. Jetzt saß er in seinem Stammlokal, einem Nachtklub, und beobachtete die westlichen Touristinnen auf der Tanzfläche.

Ruul gehörte der Klub Hypnotek sogar, ein angesagter Techno-Schuppen mit angeschlossener Bar am Vana Turg, dem Alten Markt. An den meisten Abenden kam er so gegen dreiundzwanzig Uhr und bewegte sich meist nie sehr weit von seinem »Thron«, einem Ecksofa, weg, wo er von zwei bewaffneten Leibwächtern flankiert wurde. Nur ab und zu ging er allein in sein Büro hinauf, um seine Buchführung zu erledigen oder eine Zeit lang im Internet zu surfen.

Heute verspürte er gegen Mitternacht ein menschliches Bedürfnis und ging ohne seine Leibwächter die Wendeltreppe in seinen Privatbereich im ersten Stock hinauf, wo neben seinem Büro auch eine winzige Privattoilette untergebracht war.

Er pinkelte, betätigte die Spülung, zog den Reißverschluss zu, drehte sich um – und schaute in die Mündung einer Pistole.

»Was zum Teufel …«

»Erkennen Sie mich?«

Ruul starrte nur den Schalldämpfer an.

»Ich habe Sie etwas gefragt.«

»Halten Sie bitte die Pistole tiefer, damit ich Sie sehen kann«, sagte Ruul mit einem Zittern in der Stimme.

John Clark richtete seine Waffe auf das Herz des Mannes. »Ist es so besser?«

»Ja. Sie sind der Amerikaner John Clark, nach dem jeder in Ihrem Land sucht.«

»Ich bin überrascht, dass Sie mich nicht erwartet haben.« Clark warf einen schnellen Blick auf die Tür zur Wendeltreppe. »Sie haben mich doch nicht erwartet, oder?«

Ruul zuckte die Achseln. »Warum hätte ich Sie erwarten sollen?«

»Es ist doch in allen Nachrichten gewesen, dass ich in Köln war. Das hat Sie nicht darauf gebracht, dass ich nach Kromm gesucht haben könnte?«

»Kromm ist tot.«

Das hatte Clark nicht gewusst. »Haben Sie ihn umgebracht?«

Ruul schüttelte den Kopf auf eine Weise, dass ihm Clark glaubte. »Sie haben mir erzählt, er sei gestorben, bevor Sie mit ihm hätten sprechen können.«

»Wer hat Ihnen das erzählt?«

»Leute, die mir mehr Angst machen als Sie, Amerikaner.«

»Dann kennen Sie mich nicht.« Clark spannte den Hahn seiner Fünfundvierziger.

Ruul runzelte die Stirn, fragte jedoch: »Stehen wir noch länger hier in der Toilette herum?«

Clark ging ein Stück zurück und ließ den Mann in sein Büro gehen. Dabei richtete er seine Waffe jedoch die ganze Zeit auf Ruuls Brust. Ruul fuhr sich mit den Händen durch seine blonden, abstehenden Haare und schaute dabei auf das Fenster zur Feuerleiter. »Sind Sie durch mein Fenster gekommen? Zwei Stockwerke hoch? Sie brauchen einen Schaukelstuhl, alter Mann. Sie benehmen sich wie ein Kind.«

»Wenn die Ihnen erzählt haben, dass ich nichts von Kromm erfahren habe, benutzen die Sie wahrscheinlich als Köder. Ich schätze mal, dass die Sie beobachtet und darauf gewartet haben, dass ich hier auftauche.«

Daran hatte Ruul nicht gedacht. John erkannte in dessen Auge einen Hoffnungsschimmer, als ob er auf jemand warten würde, der ihm zu Hilfe kam.

»Und wenn sie Kromm umgebracht haben, werden sie keine Probleme haben, auch Sie zu töten.«

John konnte verfolgen, wie diese Erkenntnis den estnischen Mafioso beschäftigte. Trotzdem wurde er nicht so leicht mürbe.

»Also, noch einmal … Wer hat Sie zu Kromm geschickt?«

»*Kepi oma ema,* alter Mann«, sagte Ruul.

»Das hörte sich wie eine Art Fluch an. War das ein Fluch?«

»Es bedeutet … ›Fick deine Mutter‹.«

»Sehr nett.« Clark richtete seine Waffe wieder auf die Stirn des Esten.

»Wenn Sie mich erschießen, haben Sie keine Chance.

Ich habe zehn Bewaffnete in diesem Gebäude. Ein Knall Ihrer Pistole, und sie kommen und töten Sie. Und wenn Sie recht damit haben, dass noch mehr Männer kommen werden, dann sollten Sie über Ihre eigene …« Er hörte zu sprechen auf und beobachtete, wie Clark die Pistole ins Holster steckte.

Dann trat der Amerikaner einen Schritt vor, packte Ardo Ruul am Arm, drehte ihn um und stieß ihn hart gegen die Wand.

»Ich mache jetzt etwas, was wirklich wehtun wird. Sie werden laut aufschreien wollen, aber ich verspreche Ihnen, wenn Sie nur einen einzigen Laut äußern, werde ich mir auch noch Ihren anderen Arm vornehmen.«

»Was? Nein!«

Clark drehte Ruuls linken Arm heftig nach hinten und schlug dann mit dem Ellbogen auf die überdehnte Ellbogenspitze des Esten.

Ardo Ruul begann zu schreien, aber Clark packte ihn an den Haaren und schlug sein Gesicht gegen die Wand.

Dann hielt John ihm seinen Mund dicht an die Ohren und sagte: »Noch ein bisschen mehr Druck, und Ihr Gelenk springt heraus. Sie können es immer noch retten, wenn Sie nicht schreien.«

»Ich … ich werde Ihnen erzählen, wer mich zu Manfred Kromm geschickt hat«, sagte Ruul und keuchte. Clark lockerte etwas den Druck. »Ein Russe, er heißt Kowalenko. Er ist vom FSB oder SWR, ich weiß nicht, von welchem Geheimdienst. Ich sollte aus Kromm herauskriegen, was dieser über Sie damals in Berlin wusste.«

»Warum?«

Ardo versagten die Knie, und er rutschte die Wand hinunter auf den Boden. Clark half ihm auf. Jetzt saß er mit blassem Gesicht und vor Schmerz weit geöffneten Augen da und hielt sich den Ellenbogen.

»*Warum,* Ruul?«

»Er hat mir nicht gesagt, warum.«

»Wie kann ich ihn finden?«

»Wie soll ich das wissen? Sein Name ist Kowalenko. Er ist ein russischer Agent. Er hat mir Geld gezahlt. Das ist alles, was ich weiß.«

Von unten waren jetzt ein Pistolenschuss und dann das Schreien von Männern und Frauen zu hören.

Clark war blitzschnell am Fenster.

»Wohin gehen Sie?«

Clark machte das Fenster auf und schaute hinaus. Dann drehte er sich nach dem estnischen Gangster um. »Bevor sie Sie töten, vergessen Sie nicht, ihnen zu erzählen, dass ich mir diesen Kowalenko vorknöpfen werde.«

Ardo Ruul zog sich mit seinem einen guten Arm über die Ecke seines Schreibtischs auf die Füße. »Bleib da, Amerikaner. Wir bekämpfen sie gemeinsam!«

Clark kletterte auf die Feuerleiter hinaus. »Die Jungs dort unten sind Ihr Problem. Ich muss meine eigenen Probleme lösen.« Damit verschwand er in der kalten Dunkelheit.

Beide Männer, der Amerikaner und der Este, waren etwa gleich alt. Sie hatten ungefähr dieselbe Größe. Auch ihr Gewicht lag wohl nicht mehr als vier Kilogramm auseinander. Beide trugen ihr grau meliertes Haar kurz geschnitten. Beide hatten hagere Gesichter, die vom Leben gehärtet waren und deren Falten ihr Alter zeigten.

Aber damit endeten die Ähnlichkeiten. Der Este war ein Trunkenbold, ein Penner, der auf dem kalten Beton lag und seinen Kopf gegen die Wand lehnte. Neben ihm stand eine durchsichtige Plastikkiste, die seine gesamten irdischen Besitztümer enthielt.

Clark hatte die gleiche Statur und das gleiche Alter, aber er war nicht derselbe Mann.

Er stand schon eine Weile in dieser Eisenbahnunterführung und betrachtete den Penner. John Clark hatte kein Mitleid mit diesem Kerl, aber nicht weil er kaltherzig gewesen wäre. Nein, weil er einen Job zu erledigen hatte. Dabei konnte er sich keine Sentimentalitäten leisten.

Er ging zu dem Mann hinüber, kniete sich neben ihn und sagte zu ihm auf russisch: »Fünfzig Euro für deine Klamotten.«

Der Este schielte ihn mit seinen blutunterlaufenen Augen an. *»Vabandust?«* Verzeihung?

»Okay, mein Freund. Du bist ein harter Verhandler. Du bekommst meine Kleidung. Und ich gebe dir hundert Euro.« Der betrunkene Obdachlose mochte vielleicht anfangs nicht ganz begriffen haben, was dieser Fremde von ihm wollte, dafür wurde es ihm jetzt umso klarer. Es wurde ihm auch klar, dass dies keine Bitte war.

Es war eine Forderung, die er nicht ablehnen konnte.

Fünf Minuten später torkelte Clark von einem Schatten zum andern in den Hauptbahnhof in der Tallinner Altstadt hinein. Er würde den nächsten Zug nach Moskau nehmen.

61

Jack Ryan jr. studierte in seiner Großraum-Box bei Hendley Associates den ganzen Morgen die Berichte, die Melanie Kraft für das National Counterterrorism Center erstellt hatte. Melanies Analysen befassten sich mit der jüngsten Anschlagswelle in Indien. Sie vermutete, dass die verschiedenen Zellen vom gleichen operativen Kommandeur angeführt wurden.

Ryan schämte sich etwas, sich die Arbeit seiner neuen Freundin ohne deren Wissen anzuschauen, aber dieses ungute Gefühl wurde von der Erkenntnis aufgewogen, dass er hier an etwas ganz Wichtigem dran war. Rehans Gewalteskalation in Nordwasiristan und in Dubai zeigte jedem beim Campus, dass er ein gefährlicher und skrupelloser Mann war. Als Ryan jetzt Melanies Analysen durcharbeitete, die auf bezeichnende Ähnlichkeiten der kürzlich erfolgten tödlichen Attentate in Indien hinwiesen, konnte er sich durchaus vorstellen, dass der Brigadegeneral der pakistanischen Streitkräfte und Direktor der Auslandsspionage des ISI Riaz Rehan die Person sein könnte, die Melanie in einer E-Mail an Mary Pat Foley als Forrest Gump bezeichnete.

Jack hätte sie jetzt wirklich gerne zum Essen ausgeführt, aus eigenem Wissen ein paar Lücken in ihrer Analyse ausgefüllt und sich gleichzeitig nach Erkenntnissen aus den von ihr gesammelten Informationen erkundigt, die vielleicht einige Fragen beantworten könnten, die er und der Campus sich über ihre wichtigsten Zielpersonen stellten.

Aber natürlich war es absolut verboten, Melanie etwas über seine Arbeit hier im Campus zu erzählen.

Sein Handy klingelte, und er griff nach ihm, ohne seine Augen vom Bildschirm zu nehmen. »Ryan?«

»Hi, Kid. Ich muss dich um einen Gefallen bitten.« Es war Clark.

»John? Heilige Scheiße! Bist du okay?«

»Es geht so. Ich könnte deine Hilfe brauchen.«

»Allemal.«

»Du musst für mich nach einem russischen Spion namens Kowalenko schauen.«

»Ein Russe? Okay. Ist er beim FSB, SWR oder beim Militärgeheimdienst?«

»Weiß ich nicht«, sagte Clark. »Ich erinnere mich an einen Kowalenko beim KGB, damals in den Achtzigerjahren, aber der Typ muss schon lange in Pension sein. Dieser Kowalenko hier könnte mit ihm verwandt sein. Vielleicht ist die Namensgleichheit aber auch Zufall.«

»Also, was möchtest du über ihn wissen?« Ryan machte sich beim Sprechen in Windeseile Notizen.

»Ich muss wissen, wo er ist. Ich meine, wo er sich gerade *körperlich* aufhält.«

»Verstanden.« Ryan hatte einen Gedanken, wenn er ihn auch nicht aussprach. Clark wollte diesen Kowalenko wahrscheinlich finden, um ihm den Hals umdrehen zu können. *Dieser Russe ist ein toter Mann.*

»Und alles andere, was du über diesen Typen hast«, fügte John hinzu. »Im Moment weiß ich fast nichts über ihn, also würde mir alles helfen.«

»Ich stelle ein Team zusammen, das alle CIA-Dateien und öffentlich zugänglichen Quellen durchgeht. Wir werden alles über ihn herausfinden, was es herauszufinden gibt. Steckt er hinter dieser Kampagne gegen dich?«

»Irgendetwas hat er damit zu tun – ob er tatsächlich der Urheber ist, muss sich erst noch zeigen.«

»Rufst du mich zurück?«

»In drei Stunden?«

»Klingt gut. Pass auf dich auf!«

Minuten nach Clarks Anruf führte Ryan ein Konferenzgespräch mit einem Dutzend Mitarbeitern von Hendley Associates, einschließlich Gerry Hendley, Rick Bell und Sam Granger. Bell stellte ein Team zusammen, das sich diesen russischen Spion vornehmen sollte. Sofort machten sich alle an die Arbeit.

Kurze Zeit später fanden sie heraus, dass Clark mit der Familienverbindung recht gehabt hatte. Der Kowalenko, nach dem Clark suchte, war tatsächlich der Sohn jenes KGB-Mitglieds. Oleg, der Vater, war schon lange in Rente, lebte aber noch. Walentin, der Sohn, war gegenwärtig der stellvertretende SWR-Resident in London.

Für jemand, der erst fünfunddreißig Jahre alt war, mochte der Job eines stellvertretenden Residenten in London zwar ziemlich hoch auf der Karriereleiter sein, trotzdem konnte sich niemand von ihnen vorstellen, was er mit der Operation gegen John Clark zu tun haben könnte.

Als Nächstes suchten die Analysten den CIA-Datenverkehr nach Informationen über Walentin Kowalenko durch. Für diese Analysten war es etwas Ungewöhnliches, den Spuren eines russischen Diplomaten zu folgen. Es war eine angenehme Abwechslung. Kowalenko hatte sich nicht in einer Höhle in Wasiristan versteckt wie viele Zielpersonen des Campus. Die meisten Informationen der CIA über ihn stammten tatsächlich vom britischen Security Service, besser bekannt als MI5. Sie handelten von seiner Londoner Wohnung, seinen Einkaufsgewohnheiten und sogar, wohin er seine Tochter zur Schule schickte.

Den Analysten wurde bald klar, dass der MI5 Kowalenko nicht ständig überwachte. Sie hatten sich jedoch notiert, dass er im Oktober von Heathrow zum Flughafen Domodedowo in Moskau geflogen und dann zwei Wochen dort geblieben war. Seitdem hatte er London jedoch nicht mehr verlassen.

Ryan begann, sich über Walentins Vater Oleg Kowalenko Gedanken zu machen. Clark hatte zwar gesagt, dass er den Mann gekannt hatte, aber es klang nicht so, als hegte er den Verdacht, dass der alte Mann selbst irgendwie in seine gegenwärtigen Schwierigkeiten verwickelt sein könnte. Da Jack wusste, dass gerade viele brillante Analysten Walentin unter die Lupe nahmen, beschloss er, sich doch etwas mehr mit diesem Oleg zu beschäftigen.

In der nächsten halben Stunde las er, was über diesen KGB-Spion im Archiv der CIA zu finden war. Er interessierte sich vor allem für dessen Tätigkeit in der Tschechoslowakei, der DDR, in Beirut und in Dänemark. Jack junior war zwar erst ein paar Jahre in diesem Metier, aber für ihn schien dieser Mann keine besonders bemerkenswerte Karriere gehabt zu haben, wenigstens wenn er sie mit den Lebensläufen einiger anderer russischer Geheimdienstler verglich.

Nachdem er die Vergangenheit des Mannes durchforscht hatte, gab Jack seinen Namen in die Datenbank des Heimatschutzministeriums ein. Er wollte wissen, ob er in der letzten Zeit ein westliches Land besucht hatte.

Eine einzige Reise wurde angezeigt. Der ältere Kowalenko war Ende Oktober mit Virgin Atlantic nach London geflogen.

»Vielleicht um seinen Sohn zu besuchen?«, fragte sich Jack.

Für ein Familientreffen war es jedoch verdammt kurz gewesen. Er blieb nur dreißig Stunden im Land.

Diese Kurzreise fand Jack ziemlich seltsam. Er trommelte einen Moment mit den Fingern auf dem Schreibtisch und rief dann Gavin Biery an.

»He, hier ist Jack. Wenn ich dir den Namen eines ausländischen Staatsangehörigen gebe und dazu die Daten, wann er sich in Großbritannien aufgehalten hat, könntest du dann feststellen, welche Transaktionen er dort mit seiner Kreditkarte getätigt hat? Damit ließen sich seine Bewegungen rekonstruieren.«

Jack hörte Biery am anderen Ende der Leitung pfeifen.

»Ach du Scheiße«, sagte Biery. Dann fügte er hinzu: »Vielleicht.«

»Wie lange wird das dauern?«

»Mindestens ein paar Tage.«

Ryan seufzte. »Vergiss es.«

Biery begann zu lachen. *Was für ein verdammter Spinner,* musste Jack erst denken, aber dann sagte Gavin: »Ich nehme dich bloß auf den Arm, Jack. Ich kann dir diese Daten in spätestens zehn Minuten liefern. Schick mir eine E-Mail mit Namen und allem anderen, was du über den Typ hast, und ich mache mich sofort an die Arbeit.«

»Ähm, okay.«

Zehn Minuten später klingelte Ryans Telefon. »Folgendes habe ich rausgefunden: Er war zweifellos in London. Aber er hat nichts für ein Hotel, ein Auto oder etwas dergleichen bezahlt. Nur ein paar Geschenke und ein oder zwei kleine Nebenausgaben.«

Ryan seufzte vor Enttäuschung. »Klingt so, als hätte jemand anders seine Reise bezahlt.«

»Er hat sein eigenes Flugticket gekauft und es mit seiner Kreditkarte beglichen. Aber sobald er in London war, hat ihn jemand ausgehalten.«

»Okay … Aber irgendwie bringt mich das nicht recht viel weiter.«

»Was hast du zu finden gehofft?«

»Ich weiß es nicht. Ich habe einfach so im Trüben gefischt. Ich hoffte, diese Reise hätte irgendwas mit Clark zu tun. Ich glaubte wohl, wenn ich wüsste, wo er in den dreißig Stunden überall war, könnte ich …«

»Ich weiß, wo er abgestiegen ist.«

»Tatsächlich?«

»Er hat sich im Geschenkartikelladen im Mandarin-Oriental-Hotel um 19.56 Uhr eine Schachtel Zigarren und am nächsten Morgen um 8.20 Uhr im selben Geschäft eine Tafel Cadbury-Schokolade gekauft. Wenn er sich nicht irgendwie in diesen Geschenkartikelladen verguckt hat, sieht es so aus, als ob er die Nacht in diesem Hotel verbracht hätte.«

Jack dachte darüber nach. »Kannst du eine Zimmerliste für diese Nacht bekommen?«

»Die habe ich schon. Kein Walentin Kowalenko.«

»Oleg Kowalenko?«

»Nein.«

»Also hat ein anderer, aber nicht sein Sohn, für sein Zimmer bezahlt. Können wir uns eine Liste mit allen Kreditkartenbuchungen für diese Nacht beschaffen?«

»Sicher. Die bekomme ich. Soll ich dich in fünf Minuten zurückrufen?«

»Ich bin in drei Minuten an deinem Schreibtisch«, sagte Ryan.

Ryan nahm seinen eigenen Laptop zu Biery mit und stellte ihn auf den Schreibtisch. Er klappte ihn auf, während er sich neben dem Computerguru auf einen Stuhl fallen ließ. Biery reichte Ryan einen Ausdruck, und gemeinsam schauten sie die Buchungsliste des Hotels durch. Ryan wusste eigentlich nicht, wonach genau er suchte. Mit Ausnahme des Namens »Kowalenko«, der nach Bierys Angaben nicht auftauchte, und der höchst unwahrscheinlichen Entdeckung des Namens »Edward Kealty« war ihm nicht klar, wie ihn diese Liste weiterbringen könnte.

Er wünschte sich wirklich, dass Melanie jetzt neben ihm sitzen würde. Sie würde ganz bestimmt einen Namen, ein Muster, *irgendetwas* finden.

Und dann fiel ihm aus heiterem Himmel etwas ein. »Wodka!«, rief er laut.

Gavin lächelte. »He, Kumpel, es ist zehn Uhr fünfzehn morgens. Wenn es keine Bloody Mary ist, dann ...«

Ryan hörte ihm überhaupt nicht zu. »Russische Diplomaten, die die UNO in New York besuchen, bekommen immer Schwierigkeiten, weil sie den ganzen Wodka in ihrer Minibar verputzen.«

»Sagt wer?«

»Weiß ich nicht, das habe ich irgendwo gehört. Vielleicht ist es auch eine Großstadtlegende, aber schau dir den Kerl doch mal an!« Er lud ein Bild von Oleg Kowalenko auf seinen Laptop. »Du wirst mir doch nicht sagen, dass sich der da in seinem Leben nicht schon eine Menge Stolichnaya genehmigt hat.«

»Klar, er hat diese große rote Nase, aber was hat das mit seinem Ausflug nach London zu tun?«

»Suche nach Zimmern mit einer Minibar-Rechnung oder einer auf das Zimmer gebuchten Barrechnung.«

Während Biery seinen Computer eine neue Liste zusammenstellen ließ, sagte er: »Oder Zimmerservice, und da besonders eine Spirituosenbestellung.«

»Genau«, bestätigte Ryan.

Gavin ging jetzt die Kreditkartenbelastungen derjenigen Zimmer durch, die sich hochprozentige Getränke und feine Speisen über den Zimmerservice bestellt hatten oder sich sonst wie auf die Hotelrechnung hatten setzen lassen. Er fand mehrere mögliche Treffer, die er dann immer weiter einschränkte, bis er zuletzt eine Rechnung für besonders interessant hielt. »Okay, da habe ich etwas gefunden. Es ist ein Zimmer, das mit einer American-Express-Centurion-Karte bezahlt wurde, die auf den Namen Carmela Zimmern registriert ist.«

»Okay. Und weiter?«

»Anscheinend hat sich Ms. Zimmern an ihrem einen Abend im Mandarin Oriental zwei große Portionen Beluga-Kaviar und vier Flaschen Finlandia-Wodka genehmigt und dabei drei Pornofilme angeschaut.«

Ryan schaute sich die digitale Quittung auf Gavins Laptop an. Als er die drei Buchungen für »In-Room-Entertainment« sah, war er etwas verblüfft.

»Wieso weißt du, dass es Pornos waren?«

»Sieh mal, sie liefen alle drei zur selben Zeit. Ich nehme an, Oleg wollte jeweils das Gerede überspringen und zu den saftigeren Stellen umschalten.«

»Oh«, sagte Ryan und versuchte, das Ganze nachzuvollziehen. Dann schaute er noch einmal sämtliche Namen auf seiner Liste durch. »Warte mal. Carmela Zimmern hatte für dieselbe Nacht auch die Königssuite gebucht. Die kostet fast 6000 Pfund. Kowalenko hat wahrscheinlich im anderen Zimmer übernachtet. War er vielleicht dort, um sie zu treffen?«

»Klingt irgendwie plausibel.«

Scheiße, dachte Jack. *Wer ist diese Carmela Zimmern.*

Sie schauten bei Google unter ihrem Namen nach, ohne etwas zu finden. Nun, eigentlich fanden sie doch etwas, es gab sogar mehrere Carmela Zimmerns.

Eine war ein vierzehnjähriges Mädchen aus Kentucky, das Lacrosse spielte, und eine andere war eine fünfunddreißigjährige vierfache Mutter aus Vancouver, deren

Hobby das Häkeln war. Sie nahmen sich eine nach der anderen vor, aber da war keine darunter, der man zutrauen würde, dass sie in einem Fünfsternehotel die große Sause machen würde oder russische Spione in England bewirtete.

»Ich finde ihre Adresse mithilfe ihrer Kreditkarte«, sagte Biery und hämmerte auf seine Tastatur ein.

Derweil beugte sich Jack Ryan jr. über seinen Laptop, um alles durchzulesen, was er in sozialen Netzwerken, zufälligen Websites oder sonst irgendwo im Internet unter dem Namen »Carmela Zimmern« fand. Bereits nach einer Minute rief er: »Heilige Scheiße!«

»Etwas gefunden?«

»Diese hier arbeitet für Paul Laska.«

»Den Paul Laska?«

»Jap. Carmela Zimmern, 46 Jahre alt, lebt in Newport, Rhode Island, und arbeitet für das Progressive Nations Institute.«

Gavin hatte jetzt ebenfalls seine Suche nach der AmEx-Karte beendet. »Das ist unser Mädchen. Adresse in Newport.«

»Interessant. Laskas PNI sitzt doch in New York.«

»Richtig, aber Laska *selbst* lebt in Newport.«

»Also arbeitet sie direkt mit dem alten Bastard zusammen.«

»Sieht so aus.«

Als Clark zurückrief, wurde der Anruf über das Freisprech-Telefon im Konferenzraum im achten Stock übertragen. Alle Abteilungsleiter waren da. Einige von ihnen dachten immer noch über die Informationen nach, die Ryan und Biery gerade ausgegraben hatten.

»Hi, Jungs.« Alle Anwesenden erwiderten jetzt einer nach dem anderen kurz Clarks Gruß.

Clark zögerte etwas, bevor er sich wieder meldete. »Wo ist Driscoll?«

Hendley übernahm die Antwort. »Er ist in Pakistan.«

»Immer noch?«

»Er wurde gefangen genommen. Die Haqqanis haben ihn.«

»Scheiße, verdammte!«

Gerry versuchte, ihn zu beruhigen. »Wir haben eine belastbare Spur, die uns zu ihm führen wird. Wir holen ihn ganz bestimmt dort raus. Es ist nur eine Frage der Zeit.«

»Embling? Stammen die Hinweise von ihm?«

»Nigel Embling ist tot, John. Riaz Rehan hat ihn umgebracht«, sagte Hendley leise.

»Was zum Teufel geht da vor?«, fragte Clark.

»Es ist kompliziert«, sagte Gerry und drückte es dabei noch gelinde aus. »Aber wir arbeiten daran. Wir sollten uns jetzt auf Ihre Situation konzentrieren. Wie geht es Ihnen denn?«

Clark klang gleichzeitig müde, wütend und frustriert. »Ich werde mich besser fühlen, wenn das alles vorbei ist. Haben Sie etwas über Kowalenko erfahren?«

Hendley schaute Jack Junior an und nickte.

»Ja. Walentin Kowalenko, Alter 35. Er ist der stellvertretende Resident des SWR in London.«

»Und ist er gegenwärtig in Moskau?«

»Nein, er war im Oktober dort, aber nur für zwei Wochen.«

»Scheiße«, knirschte Clark. Aus seiner Reaktion schloss Ryan, dass er im Augenblick in Moskau war.

»Da gibt es noch etwas, John.«

»Und das wäre?«

»Kowalenkos Vater, Oleg. Wie du gesagt hast, war er beim KGB.«

»Das ist doch Schnee von gestern, Jack. Er muss jetzt achtzig sein.«

»Beinahe, aber hör mir eine Sekunde zu. Dieser Typ verlässt Russland nie. Zumindest nicht, seit das Heimatschutzministerium sämtliche Flugpassagiere registriert. Aber im Oktober fliegt er plötzlich nach London.«

»Um seinen Sohn zu besuchen?«

»Anscheinend um sich mit Paul Laska zu treffen.«

Es gab eine lange Pause. *»Der* Paul Laska?«

»Ja«, bestätigte Ryan. »Das steht noch nicht endgültig fest, aber wir glauben, dass sie in der Tschechoslowakei miteinander zu tun hatten.«

»Okay«, sagte Clark, schien jedoch etwas verwirrt. »Mach weiter.«

»Direkt nach Olegs Besuch in London fliegt Walentin für zwei Wochen nach Moskau. Er kommt nach London zurück, und einige Tage später taucht aus heiterem Himmel diese Anklage gegen dich auf.«

Clark füllte die Lücken in der Geschichte mit seinem eigenen Wissen auf. »Als er in Moskau war, hat Walentin ein paar Mafiosi losgeschickt, um aus Quellen, die in meiner KGB-Akte aufgeführt waren, Informationen über mich herauszuholen.«

»Seltsam«, sagte Caruso, der bis jetzt geschwiegen hatte. »Wenn er vom SWR ist, warum hat er dann nicht seine eigenen Leute losgeschickt?«

Clark konnte das schnell beantworten. »Er beauftragte irgendwelche Kontaktleute, um zu verschleiern, dass er und sein Dienst überhaupt etwas damit zu tun haben.«

»Also hat Walentin über Laska von dir erfahren?«, fragte Ryan.

»Sieht so aus.«

Ryan war einigermaßen verwirrt. »Und wie hat Laska von dir erfahren?«

Die Antwort gab Sam Granger. »Paul Laska leitet die Progressive Constitution Initiative, die Anwaltskanzlei, die den Emir verteidigt. Irgendwie hat der Emir Clark verpfiffen, und Laska zieht die ganze Sache jetzt über die Russen durch, weil er auf keinen Fall offenbaren darf, dass der Emir ihm irgendwelche Informationen steckt.«

Hendley fuhr sich mit den Fingern durch seine grauen Haare. »Der Emir hat vielleicht seinen Anwälten Clarks Aussehen beschrieben. Irgendwie haben sie dann von der CIA ein Bild von Ihnen bekommen.«

»Also Paul Laska und seine Leute benutzen die Russen und ziehen ihre Version einer Operation unter falscher Flagge durch«, sagte Clark.

»Aber warum sollten die Russen da mitmachen?«, fragte Chavez.

»Um die Ryan-Präsidentschaft zu behindern oder sie gleich ganz zu beerdigen.«

»Wir müssen Laska aus dem Verkehr ziehen«, sagte Caruso.

»Um Himmels willen, nein!«, rief Hendley. »Wir gehen nicht innerhalb Amerikas gegen Amerikaner vor, auch nicht gegen solche irregeleiteten Scheißkerle wie ihn.«

Jetzt begann ein kleines Wortgefecht, bei dem Ryan und Caruso die eine und die übrigen Männer die andere Seite vertraten. Chavez hielt sich dagegen weitgehend heraus.

Schließlich beendete Clark die Auseinandersetzung. »Hört mal, ich verstehe und respektiere das ja alles. Ich werde hier auf meiner Seite noch ein paar Informationen auftreiben, die wir gebrauchen können, dann melde ich mich wieder.«

»Danke«, sagte Gerry Hendley.

»Da gibt es allerdings noch etwas.«

»Was denn?«

»Da ist noch eine Gruppe hinter mir her. Keine Amerikaner. Keine Russen. Franzosen. Einer von ihnen ist in Köln gestorben. Ich wollte ihn ganz bestimmt nicht töten, aber jetzt ist er eben tot. Ich glaube nicht, dass sich seine Kumpel meine Version der Geschichte anhören werden.«

Die Männer im Konferenzraum schauten einander einen Moment an. Sie hatten alle in den Nachrichten von dem Tod des Franzosen gehört, der angeblich von John Clark umgebracht worden war. Wenn Luc Patin jedoch tatsächlich zu einem Team gehört hatte, das hinter Clark her war, musste noch eine andere Partei in diese ganze Sache verwickelt sein. Schließlich sagte Rick Bell: »Wir versuchen herauszufinden, wer sie sind. Vielleicht können wir auch über diesen Toten etwas gründlicher nachforschen, als es die internationale Presse getan hat, und herausbekommen, für wen er gearbeitet hat.«

»Danke«, sagte Clark. »Es wäre nicht schlecht zu wissen, mit wem ich es da zu tun habe. Okay. Ich muss jetzt aufbrechen. Ihr solltet euch darauf konzentrieren, Sam zurückzubekommen.«

»Machen wir«, sagte Chavez. »Pass auf dich auf, John.«

Als Clark aufgelegt hatte, wandte sich Dominic Domingo zu. »Ding, du kennst Mr. C am längsten. Er klang müde, nicht wahr?«

Chavez nickte nur.

»Wie lange hält er das noch durch? Der Junge ist wie alt? Dreiundsechzig, vierundsechzig? Scheiße. Er ist mehr als doppelt so alt wie ich, und mir stecken noch die ganzen Anstrengungen der letzten paar Wochen in den Gliedern.«

Chavez schüttelte den Kopf, während er in die Ferne blickte. »Es ist zwecklos, darüber zu diskutieren, wie lange sein Körper dem alltäglichen Verschleiß noch Widerstand leisten kann.«

»Warum ist das zwecklos?«

»Weil du früher oder später von jetzt auf nachher abtreten wirst, wenn du tust, was John tut. Auf eine der Kugeln, die seit fast einem halben Jahrhundert nur Millimeter an seinem Kopf vorbeizischen, ist sein Name eingraviert. Und ich spreche nicht von diesem kleinen Kratzer in Paris.«

Caruso nickte. »Ich glaube, dass wir bei unserem Job alle ein Verfallsdatum haben.«

»Ja. Jedes Mal, wenn wir ausrücken, würfeln wir um unser Leben.«

Das Treffen war zu Ende, aber sie waren alle noch im Konferenzraum versammelt, als das Licht auf der Telefonkonsole in der Mitte des Tisches erneut blinkte. Hendley selbst nahm den Hörer ab. »Ja? Gut, stellen Sie ihn durch.« Hendley blickte in die Runde. »Es ist al-Darkur.«

Er drückte auf den Konferenzschalter, um den Anruf über den Lautsprecher laufen zu lassen. »Hallo, Mohammed. Sie sprechen mit Gerry, und die anderen hören zu.«

»Gut.«

»Hoffentlich haben Sie gute Neuigkeiten.«

»Ja. Wir haben Ihren Mann gefunden. Er ist immer noch in Wasiristan, in einem Gehöft in der Stadt Aziz Khel.«

Chavez beugte sich über den Tisch. »Was gedenken Sie jetzt zu unternehmen?«

»Ich plane einen Angriff auf das Anwesen. Bisher habe ich meine Vorgesetzten noch nicht um Erlaubnis gefragt, weil ich nicht möchte, dass die Information zu den Männern durchsickert, die ihn gefangen halten. Aber ich erwarte, dass die Rettungsoperation in den nächsten drei Tagen stattfinden wird.«

»Wie haben Sie diese Anlage gefunden?«, fragte Chavez.

»Der ISI weiß schon lange davon. Sie wird als Gefängnis für Siraj Haqqanis Entführungsopfer genutzt. Da sich der ISI jedoch bisher nie für eines von ihnen interessiert hat, gab es keinen Grund, den Informanten auffliegen zu lassen, den wir dort haben. Er hat uns jetzt von dem amerikanischen Gefangenen erzählt.«

Chavez nickte. »Wie viele Haqqani-Kämpfer gibt es Ihrer Meinung nach dort?«

Al-Darkur machte eine kleine Pause. »Vielleicht möchten Sie die Antwort auf diese Frage gar nicht wissen.«

Chavez schüttelte den Kopf. »Ich bekomme lieber schlechte Nachrichten als gar keine. Das habe ich von einem Freund von mir gelernt.«

»Ich glaube, Ihr Freund ist sehr weise. Leider sind meine Nachrichten schlecht. Wir gehen davon aus, dass im Umkreis von hundert Metern um den Ort, wo Sam gefangen gehalten wird, wenigstens fünfzig Haqqani-Kämpfer stationiert sind.«

Ding schaute Jack und Dom an. Beide Männer nickten ihm nur zu. »Mohammed. Wir würden gerne so bald wie möglich rüberkommen.«

»Ausgezeichnet. Ihr Leute habt eure Fähigkeiten in Dubai bewiesen. Ich könnte Sie auch jetzt wieder brauchen.«

Es war klar, dass Jack, Dom und Ding nach Pakistan gehen wollten, um an dem Angriff auf das Gehöft teilzunehmen, wo Sam Driscoll gefangen gehalten wurde. Hendley hätte sie lieber nicht dorthin geschickt, war sich jedoch klar darüber, dass er ihnen diese Chance, ihren Freund zu befreien, nicht verwehren konnte.

Gerry Hendley hatte Frau und drei Kinder bei einem Verkehrsunfall verloren, und er hatte Brian Caruso vor einem Jahr bei einer Campus-Mission eingebüßt, der er selbst zugestimmt hatte. Diese Tatsachen waren den anderen Männern in diesem Raum wohlbekannt.

Gerry wollte Sam genauso sehr, wenn nicht sogar noch mehr, zurückhaben wie jeder andere in seinem Team.

Nach einiger Zeit meldete er sich zu Wort. »Männer. Im

Moment ist Clark auf sich allein gestellt, ob wir das nun mögen oder nicht. Wir werden ihn von hier aus auf jede uns mögliche Weise unterstützen, wenn er sich wieder an uns wendet und um mehr Hilfe bittet.

Diese Möglichkeit, Sam dort rauszuholen …« Hendley schüttelte den Kopf. »Das Ganze klingt wie ein Scheißspiel und ist mit Sicherheit äußerst riskant. Aber ich könnte mir selbst nicht mehr in die Augen sehen, wenn ich euch Jungs die Chance verwehren würde, ihm zu helfen. Es ist eure Entscheidung.«

»Wir gehen nach Peschawar und reden mit al-Darkur«, sagte Chavez. »Wenn er sagt, dass die Männer, die den Angriff durchführen, zuverlässig sind … nun … mehr können wir nicht verlangen, oder?«

Hendley ließ sie fahren, aber er gab sich nicht der Illusion hin, dass sie einfach nur die Lage erkunden würden. An ihrem Blick erkannte er, dass die drei in den Kampf ziehen würden. Er fragte sich, ob er damit leben könnte, wenn sie nicht zurückkämen.

62

General Riaz Rehan sandte allen Organisationen unter seiner Kontrolle eine Botschaft. Nicht den Anführern dieser Organisationen, sondern Dutzenden von einzelnen Zellen. Die aktiven Einheiten vor Ort waren die Männer, denen Rehan vertraute. Sie würden ihre Pflicht gegenüber seiner großen Sache erfüllen. Er verbrachte den ganzen Tag damit, ihnen über E-Mail, Skype und Satellitentelefon den Einsatzbefehl zu geben.

Das Ziel war Indien. Der Tag X war heute.

Innerhalb von Stunden begannen die Angriffe entlang der Grenze zwischen den beiden Ländern und tief im Innern Indiens. Selbst indische Botschaften und Konsulate in Bangladesch und anderen Staaten wurden attackiert.

Die Frage, warum das Ganze gerade jetzt geschah, wurde äußerst unterschiedlich beantwortet. Viele Kommentare in der Weltpresse gaben dem frisch gewählten künftigen Präsidenten Jack Ryan die Schuld wegen seiner verbalen Angriffe auf die schwache pakistanische Regierung. Den Fachleuten war jedoch klar, dass diese Attentate ein solches Maß an Koordination erforderten, dass sie bereits seit geraumer Zeit vorbereitet worden sein mussten, lange bevor Ryan versprochen hatte, er werde Indien unterstützen, wenn Pakistan dem Terrorismus weiterhin Hilfestellung leiste.

Die meisten Leute wussten auch, dass es gar keinen

Grund gab, die Frage »Warum gerade jetzt?« zu stellen, da der Konflikt bereits seit Jahrzehnten schwelte, selbst wenn er sich im letzten Monat verschärft haben mochte.

Die Operation, die Riaz Rehan in den vergangenen Monaten in Gang gesetzt hatte und die in Bangalore mit dem Angriff auf die Hochstraße nach Electronics City begonnen hatte, fand ihren Ursprung in einem Traum, den er vor vielen Jahren in einer Mainacht des Jahres 1999 gehabt hatte. Zu dieser Zeit befanden sich Indien und Pakistan mitten in einem Grenzkonflikt, der als Kargil-Krieg bekannt wurde. Pakistanische Truppen hatten in Kaschmir die Waffenstillstandslinie zwischen den beiden Staaten überschritten, und die Inder versuchten, sie wieder zu vertreiben. Mitten im Hochgebirge tobten heftige Gefechte, und beide Staaten schossen mit schwerer Artillerie.

Rehan hielt sich damals in der Nähe der Front auf, um die Unterstützung kaschmirischer militanter Gruppierungen zu organisieren. Damals hatte er ein Gerücht gehört, das sich später als wahr herausstellen sollte, dass Pakistan dabei sei, einige seiner Nuklearwaffen einsatzbereit zu machen. Die Pakistaner besaßen zu dieser Zeit bereits mehr als ein Jahrzehnt Kernwaffen, wenngleich ihr erster Atomtest erst ein Jahr zuvor stattgefunden hatte. Sie verfügten über fast hundert Nuklearsprengköpfe und Atombomben, wobei die nuklearen Kerne normalerweise von den übrigen Komponenten der Sprengköpfe getrennt waren. Bei einem nationalen Notstand konnten sie jedoch schnell zusammenmontiert und einsatzfähig gemacht werden.

In dieser Nacht schlief Rehan in einer befestigten Bergstellung direkt an der Waffenstillstandslinie. Plötzlich träumte ihm, dass ein großer Sakerfalke Nuklearwaffen zu seiner Hütte bringen würde. Der Saker befahl Rehan, auf beiden Seiten der Grenze Atomsprengköpfe zur Detonation zu bringen, um dadurch einen Atomkrieg zwischen den beiden Staaten auszulösen. Er tat, wie ihm geheißen, die großen Städte der zwei Nationen wurden ausgelöscht, und aus der Asche des radioaktiven Feuers erstand Rehan selbst als Kalif, als Führer des neuen Kalifats Pakistan.

Seit dem Traum in dieser Nacht dachte er jeden einzelnen Tag an den Falken und das Kalifat. Er betrachtete seinen Traum nicht als Ausfluss seiner unterbewussten Wünsche, die in seiner Fantasie zu einem Bild geronnen waren. Nein, für ihn war er eine Botschaft direkt von Allah. Es waren die operativen Befehle Gottes, so wie er von seinen ISI-Führungsoffizieren Anweisungen bekam, die er an die von ihm kontrollierten militanten Zellen weitergab.

Jetzt, dreizehn Jahre später, war er bereit, seinen Plan umzusetzen. Er nannte ihn zu Ehren des Falken, der ihm im Traum erschienen war, Operation Saker.

Im Laufe der Zeit war er jedoch gezwungen gewesen, diese Operation etwas zu verändern. Er erkannte, dass Indien mit seiner weit größeren Zahl von Nuklearwaffen und besseren Trägersystemen Pakistan völlig vernichten würde, wenn ein echter Atomkrieg ausbrechen würde. Außerdem wurde Rehan bewusst, dass es ja gar nicht Indien war, das Pakistan davon abhielt, ein wirklicher Gottesstaat zu werden. Nein, Pakistan selbst war das Hindernis, oder vielmehr die pakistanischen Laizisten.

Deswegen entschloss er sich, die schwache zivile Staatsführung seines Landes mithilfe eines Diebstahls von Atomwaffen zu stürzen. Die Einwohnerschaft würde die Militärherrschaft allerdings nur dann akzeptieren, wie sie es schon so häufig getan hatte, wenn verborgen blieb, dass der ISI oder die Armee die Kernwaffen selbst gestohlen hatten, um diesen Umsturz herbeizuführen. Deshalb entwickelte Rehan den Plan, die Atombomben einer militanten islamistischen Gruppe außerhalb Pakistans zu übergeben. Damit wollte er jeden Verdacht im Keim ersticken, dass innere Kräfte hinter der Operation steckten.

Nach dem Sturz der Regierung würde Rehan die Macht übernehmen und das Militär von allen Laizisten reinigen. Gleichzeitig würde er die von ihm kontrollierten islamistischen Gruppen auf die Laizisten innerhalb der pakistanischen Bevölkerung loslassen. Schließlich würde Rehan Kalif werden. Hätte es denn überhaupt einen Besseren als ihn geben können? Jahrelang hatte er die Befehle anderer befolgt und war dadurch zum entscheidenden Verbindungsmann zu sämtlichen islamistischen Organisationen geworden, die im Auftrag der Islamisten im Militär immer wieder in den Kampf zogen. Ohne Rehan besäße der ISI keine Kontrolle über die Lashkar-e-Taiba, würde nicht von al-Qaida unterstützt werden, und auch die anderen Gruppierungen würden nicht nach seiner Pfeife tanzen. Vor allem könnte der ISI nicht mit dem Geld und der Unterstützung der persönlichen Gönner Rehans in den Golfstaaten rechnen.

General Rehan war in seinem Land noch weitgehend unbekannt. Nur wenige kannten seinen Namen. Trotzdem hatten ihm die Rückkehr in die pakistanische Armee und sein Aufstieg zum ISI-Abteilungsleiter den Status verliehen, den er benötigte, um einen Staatsstreich gegen die säkulare Regierung anzuführen, wenn die Zeit reif war. Er würde dabei von den Islamisten in der Armee unterstützt werden, weil er selbst die Unterstützung der größten Mudschaheddin-Gruppierungen im Land genoss. Der Erfolg des ISI hing nämlich von diesen weitgehend unkoordinierten, aber schlagkräftigen Stellvertretertruppen ab. Die Armee- und ISI-Führung hatte sich mit Rehan ein notwendiges Verbindungsglied zwischen sich und ihrer so wichtigen Zivilarmee geschaffen.

Rehan war jedoch nicht mehr nur ein Mittelsmann oder Koordinator. Durch seine Arbeit, Intelligenz und Hinterlist hatte er sich selbst zum heimlichen Herrscher gemacht, und die Operation Saker würde ihn jetzt auch offiziell auf den Thron befördern.

63

Domingo Chavez, Dominic Caruso und Jack Ryan jr. stiegen aus dem AS332-Super-Puma-Hubschrauber hinaus in die Eiseskälte der Zeit unmittelbar vor Sonnenaufgang. Obwohl die drei keinen blassen Schimmer hatten, wo genau sie sich geografisch aufhielten, wussten sie aus Unterhaltungen, die sie über Satellitentelefon mit Major al-Darkur geführt hatten, dass sie zu einem geheimen Militärstützpunkt gebracht wurden, den die Special Services Group der pakistanischen Armee unterhielt. Tatsächlich waren sie in Cherat, etwas mehr als fünfzig Kilometer von Peschawar entfernt. Das Fort befand sich auf einer Höhe von vierzehnhundert Metern und war von üppig bewachsenen Bergen umgeben.

Von diesem Kommandolager würde die SSG zu ihrer Befreiungsaktion in Nordwasiristan aufbrechen.

Die Amerikaner wurden von hartgesottenen Soldaten zu einer Baracke direkt neben einem Exerzierplatz geführt, wo man ihnen heißen Tee anbot. Außerdem zeigte man ihnen ganze Regale voller Ausrüstung, Tarnuniformen mit dem amerikanischen »Woodland camo«-Muster – braun und schwarz über grün – und schwarzen Kampfstiefeln.

Die Männer zogen ihre Zivilkleidung aus und wählten sich eine Uniform. Für Ryan, der noch nie eine Uniform getragen hatte, war das ein seltsames Gefühl.

Die Amerikaner erhielten zwar nicht die weinroten Barette, die alle SSG-Soldaten im Fort trugen, aber davon abgesehen sahen sie jetzt wie alle anderen in diesem Stützpunkt aus.

Ein weiterer Hubschrauber landete. Kurz darauf betrat Major al-Darkur die Baracke. Er trug den gleichen Kampfanzug. Die Männer schüttelten sich die Hand.

»Wir haben noch den ganzen Tag, um uns auf unseren Einsatz vorzubereiten. Heute Nacht greifen wir an«, sagte der Major.

Die Amerikaner nickten wie ein Mann.

»Gibt es da noch etwas, was Sie brauchen könnten?«

Chavez antwortete für die ganze Gruppe. »Wir werden ein paar Waffen benötigen.«

Der Major lächelte grimmig. »Ja, ich glaube, das werden Sie.«

Um acht Uhr standen die drei Campus-Agenten im Schießstand des Stützpunkts und probierten ihre Waffen aus. Dom und Jack hatten sich für ein Fabrique Nationale P90 entschieden, ein Automatikgewehr, das aussah, als stamme es aus einem Science-Fiction-Film. Es war aufgrund seiner Bullpup-Konstruktion vor allem für den Nahkampf geeignet, da sein Lauf beim Schießen kaum über den Körper des Schützen hinausragte. Dieser konnte so zum Beispiel gefahrloser Türen überwinden, weil er seine Bewegungen nicht im Voraus durch einen hervorstehenden Lauf signalisierte.

Das Gewehr verschoss ein durchschlagskräftiges, aber leichtes 5,7x28-mm-Geschoss aus einem Magazin, das immerhin fünfzig Patronen fasste.

Chavez hatte ein Steyr AUG, Kaliber 5,56 mm, vorgezogen. Es hatte einen längeren Lauf als das P90, was es zusammen mit dem 3,5-fach vergrößernden Zielfernrohr auf weitere Entfernung zu einer genaueren Waffe machte. Das Steyr war vielleicht für den Nahkampf nicht so gut geeignet wie das P90, aber Chavez war nun einmal ein ausgebildeter Scharfschütze, der sich mit diesem Gewehr einfach wohler fühlte.

Chavez führte mit den beiden jüngeren Männern ein intensives Waffentraining durch. Er ließ sie den Magazinwechsel im Stehen, Knien und Liegen durchführen und mit ihren Gewehren im Stand oder in der Bewegung Einzelfeuer oder Dauerfeuer schießen.

Sie übten auch mit drei unterschiedlichen Granatentypen, die sie auf den Einsatz mitnehmen würden: Kleine belgische Mini-Splittergranaten, M84-Schockgranaten, die nach einer Verzögerungszeit von zwei Sekunden mit ohrenbetäubendem Knall und einem überhellen Lichtblitz explodierten, sowie eine 9-Banger-Schockgranate, die in schneller Folge neun weniger starke Knalllaute und Lichtblitze verursachte.

Als sie gerade ihre Magazine neu aufmunitionierten, tauchte Major al-Darkur mit einem M4-Karabiner und einer Blechbüchse voller Patronen auf. Chavez ließ seine weniger erfahrenen Kameraden weiterüben und ging zu dem zimthäutigen Pakistaner hinüber.

»Was machen Sie denn da?«, fragte Ding.

»Ich schieße mein Gewehr ein.«

»Warum?«

»Weil ich mitgehen werde.« Der Major setzte eine Oakley-Schutzbrille auf. »Mr. Sam stand unter meinem Schutz, und ich habe versagt. Ich übernehme die Verantwortung dafür, indem ich ihn zurückhole.«

Chavez nickte. »Es tut mir leid, dass ich anfangs an Ihnen gezweifelt habe.«

Al-Darkur zuckte die Schultern. »Ich mache Ihnen da keinen Vorwurf. Sie waren frustriert, dass Sie Ihren Freund verloren hatten. Wenn die Situation umgekehrt gewesen wäre, hätte ich genauso reagiert.«

Ding streckte seine behandschuhte Hand aus, und Mohammed schüttelte sie.

»Ihre Männer. Wie sind sie?«, fragte al-Darkur.

»Sie sind gut, aber sie haben nicht viel Erfahrung. Wenn Ihre Kommandos die feindlichen Kräfte an der Außenmauer beschäftigen und wir drei in das Gehöft eindringen, müsste das Ganze klappen.«

»Nicht Sie drei. Wir vier. Ich gehe mit Ihnen dort rein.«

Chavez runzelte die Stirn. »Major, wenn Sie bluffen, dann haben Sie Pech, denn ich werde Ihr Angebot nicht ablehnen.«

Mohammed entsicherte sein Gewehr und feuerte fünf schnelle Schüsse ab. Jede Kugel traf ihr Ziel, eine kleine Eisenplatte, auf der jeder Einschlag deutlich zu hören war. »Es ist kein Bluff. Ich habe Nigel und Sam dort hineingezogen. Nigel konnte ich nicht helfen, aber vielleicht noch Sam.«

»Sie sind in meinem Team willkommen«, sagte Chavez, der von den Schießkünsten des Pakistaners beeindruckt war.

»Und wenn Sie Ihren Mann wiederhaben«, fuhr al-Darkur fort, »wird Ihre Organisation sich hoffentlich weiterhin für General Rehan interessieren. Sie scheinen ihn als ernsthafte Bedrohung zu betrachten, genauso wie ich.«

»Das tun wir tatsächlich«, bestätigte Chavez.

An diesem Nachmittag stand das Briefing der Einheit der Zarrar-Kommandosoldaten in Cherat auf dem Programm, die mit den Amerikanern nach Nordwasiristan gehen würden. Die Einsatzbesprechung wurde von einem Hauptmann geleitet, der genau erklärte, was jeder zu tun hatte, bis zu dem Moment, in dem die Amerikaner in das Hauptgebäude eindringen würden. Mit beeindruckender Stimmgewalt und mithilfe einer Anzeigetafel machte er seine

Leute mit dem Plan vertraut. »Der Hubschrauber mit den Amerikanern wird direkt vor dem Hoftor niedergehen, die drei Amerikaner werden herausspringen und das Tor aufsprengen. Im Hof selbst können wir wegen der elektrischen Leitungen nicht landen. Unsere vier Hubschrauber werden dann um die Außenmauer des Anwesens herumkreisen, und wir werden dem Team Feuerschutz geben. Dies sollte die feindlichen Kräfte in den Gebäuden außerhalb des Gehöfts genauso beschäftigen wie die im Hof und in den Fenstern. Sobald jedoch das Eindringteam im Hausinneren ist, können wir nichts mehr für sie tun. Sie sind dann auf sich allein gestellt. Wir wissen nicht, wie es im Gebäude selbst aussieht oder wo die Gefangenen festgehalten werden. Unglücklicherweise sind die Haqqani-Leute, die sich in unserem Gewahrsam befinden, nicht im Hauptgebäude selbst, sondern nur in den Truppenunterkünften auf der östlichen Seite gewesen.«

»Irgendeine Vorstellung, mit wie vielen feindlichen Kräften wir es zu tun haben werden?«, fragte Caruso.

Der Hauptmann nickte. »Ungefähr vierzig bis fünfzig Mann in den Mannschaftsquartieren. Wir werden allerdings alles unternehmen, dass diese Leute in ihren Unterkünften bleiben. Darüber hinaus halten ständig weitere zehn Kämpfer Wache.«

»Und im Innern des Hauptgebäudes?«

»Unbekannt. Völlig unbekannt.«

»Großartig«, murmelte Caruso.

Der Hauptmann übergab jedem Amerikaner eine kleine LED-Lampe namens Phoenix. Ding war mit dem Gerät gut vertraut. Es war ein Infrarot-Blinklicht, das von den Hubschrauberbesatzungen bei Nacht gesehen werden konnte. Es verringerte zumindest theoretisch die Gefahr, dass Chavez und seine Kameraden während des Angriffs ihren eigenen Verbündeten zum Opfer fallen würden.

»Ihre Männer müssen sie ständig tragen!«

»Sie können sich darauf verlassen«, versprach Chavez.

Al-Darkur und den drei Amerikanern wurde darüber hinaus eingebläut, sich im Haus von den Fenstern fernzuhalten. Die Puma-Hubschrauber waren voller Scharfschützen, die auf jede Bewegung feuern würden, die sie dort bemerkten.

Nach der Einsatzbesprechung fragte Mohammed Chavez, was er von der Operation denn so halte. Der Amerikaner wählte seine Worte mit Bedacht. »Offen gestanden ist sie etwas schwach auf der Brust. Es wird einige Opfer geben.«

Mohammed nickte. »Sie sind das gewöhnt. Hätten Sie ein paar Vorschläge, wie man es besser machen könnte?«

»Würden Sie auf sie hören?«

»Nein.«

Ding zuckte die Achseln. »In diesem Bus hier bin ich nur Fahrgast. Das gilt für uns alle.«

Al-Darkur nickte und sagte: »Sie bringen uns hin, damit wir Sam herausholen können, aber denken Sie immer daran, sie werden das Gehöft nicht betreten. Wir vier sind dort drinnen auf uns allein gestellt.«

»Ich verstehe, und ich weiß es zu schätzen, dass Sie diese Gefahr mit uns teilen.«

Die Männer bekamen den Befehl, sich ein paar Stunden auszuruhen. Genau um Mitternacht sollten sie sich an den Hubschraubern einfinden. Chavez übte mit seinen beiden jüngeren Partnern noch ein paar Stunden weiter, dann reinigten und ölten sie ihre Waffen, bevor sie sich in ihrer kleinen Hütte neben den Mannschaftsunterkünften auf ihren einfachen Pritschen ausstreckten. Aber keiner konnte schlafen. In einigen Stunden würden sie in höchster Lebensgefahr sein.

Chavez hatte den ganzen Tag versucht, die beiden Cousins möglichst gut auf diese Operation vorzubereiten. Er bezweifelte jedoch, dass es wirklich ausgereicht hatte. *Scheiße,* dachte Ding, diese Operation hätte eigentlich eine volle Rainbow-Einheit benötigt, aber das war eben nicht möglich. Er erzählte den Cousins den Spruch, den er vor Urzeiten von Clark auf Einsätzen gehört hatte, bei denen sie schlecht ausgerüstet waren.

»Du musst mit dem tanzen, der dich mitgenommen hat.«

Wenn die Zarrar-Kommandosoldaten wirklich so knallhart waren wie ihr Ruf, dann würden sie ja schon bald erfahren, ob der Spruch stimmte.

Und wenn nicht? Nun, dann gäbe es im Konferenzraum von Hendley Associates eben drei weitere leere Stühle.

Ding bemerkte, dass Ryans Augen wegdrifteten, als ob er einen Tagtraum hätte. Auch Caruso schien sich von dem, was da auf sie zukam, etwas überwältigen zu lassen. Ding wandte sich an die beiden. »Jungs, hört mir jetzt bitte genau zu. Konzentriert euch auf das, was uns erwartet. Ihr habt bisher beide noch nichts Vergleichbares durchgezogen. Wir werden es mit mindestens fünfzig Gegnern zu tun haben.«

Caruso lächelte grimmig. »Viel Feind, viel Ehr.«

Chavez knurrte. »Wirklich? Dann erzähl das mal General Custer.«

Dominic nickte. »Ist angekommen.«

Das Telefon an Chavez' Hüfte klingelte. Er ging vor die Tür, um das Gespräch entgegenzunehmen.

Während Chavez draußen war, dachte Ryan über das nach, was er gerade gesagt hatte. Nein, etwas wie das hier hatte er wirklich noch nicht gemacht. Das Gleiche galt für Dom, der neben ihm saß und seine Pistole lud. Die Einzigen vom Campus, die eine solche Mission bereits kannten, waren Chavez, der sie Gott sei Dank anführen würde,

Driscoll, der sich irgendwo in ihrem Angriffsort aufhielt und vielleicht in einer Zelle angekettet war, und Clark, der von seiner eigenen Regierung gejagt wurde.

Scheiße.

Chavez stand in der offenen Tür. Hinter ihm sah man schon die Hubschrauberlichter. »Ryan. Telefon.«

Jack stand von seiner Pritsche auf und ging nach draußen. »Wer ist es?«

»Der designierte Präsident.«

Verdammt. Das war zwar eine ganz schlechte Zeit für eine Familienplauderei, aber Jack merkte, dass er die Stimme seines Vaters hören wollte, um die eigenen Nerven zu beruhigen.

Er meldete sich mit einem lahmen Witz. »Hi, Dad, bist du schon Präsident?«

Jack Ryan sr. machte ihm jedoch sofort deutlich, dass er nicht zum Scherzen aufgelegt war. »Ich habe Arnie Gerry Hendley anrufen lassen. Er sagt, du bist in Pakistan. Ich möchte nur wissen, ob du in Sicherheit bist.«

»Mir geht es gut.«

»Wo bist du?«

»Ich kann nicht darüber sprechen …«

»Verdammt, Jack, was geht hier vor? Bist du in Gefahr?«

Junior seufzte. »Wir arbeiten hier drüben mit ein paar Freunden zusammen.«

»In Pakistan musst du dir deine Freunde sorgfältig aussuchen.«

»Das weiß ich. Diese Jungs riskieren alles, um uns zu helfen.«

Ryan sr. gab dazu keinen Kommentar ab.

»Dad, wirst du Clark helfen, wenn du wieder im Amt bist?«

»Wenn ich nach Washington komme, werde ich alle Hebel in Bewegung setzen, damit man die Anklage gegen ihn fallen lässt. Aber im Augenblick ist er auf der Flucht, und da kann ich überhaupt nichts für ihn tun.«

»Okay.«

»Höre ich da Hubschrauber im Hintergrund?«

»Ja.«

»Ist da etwas im Gange?«

Er wusste, er hätte jetzt lügen können, aber er tat es nicht. Es war schließlich sein Vater. »Ja, da *ist* etwas im Gange, etwas viel Größeres als vor ein paar Wochen, und ich stecke mittendrin. Ich weiß nicht, wie es ausgehen wird.«

Es folgte eine lange schmerzliche Pause am anderen Ende der Leitung. Schließlich sagte Ryan sr.: »Kann ich irgendwie helfen?«

»Jetzt im Augenblick, nein. Aber du kannst tatsächlich helfen.«

»Sag mir wie, Sohn. Ich werde alles tun, was ich kann.«

»Wenn du wieder im Amt bist, tu, was immer du kannst, um die CIA zu unterstützen. Wenn du sie wieder so stark machen kannst, wie sie war, als du zum letzten Mal Präsident warst, werde auch ich viel besser dran sein. Wir alle werden das.«

»Vertrau mir, Sohn. Nichts ist mir wichtiger. Sobald ich …«

Chavez und Caruso kamen aus der Hütte. Auf ihre Gesichter hatten sie Tarnschminke aufgetragen, und am Körper trugen sie ihre gesamte Kampfausrüstung. »Dad … Ich muss Schluss machen.«

»Jack? Bitte bring dich nicht in Gefahr.«

»Leider kann ich mich nicht von jeder Gefahr fernhalten *und* hier sein. Und mein Job ist jetzt eben hier. Du hast doch auch so etwas gemacht … du weißt doch, wie das ist.«

»Das stimmt.«

»Hör mal. Wenn mir etwas zustößt. Erzähl Mom … nur … versuche nur, ihr das Ganze verständlich zu machen.«

Jack jr. hörte nichts am anderen Ende, aber er spürte, dass sein sonst so stoischer Vater innerlich Qualen litt bei dem Gedanken, dass sein Sohn in großer Gefahr war und er nicht das Geringste tun konnte, um ihm zu helfen.

»Ich muss los. Es tut mir leid. Ich rufe an, wenn ich kann.« *Falls* ich kann, dachte er, sprach das jedoch nicht laut aus.

Damit beendete er das Gespräch, gab Chavez das Telefon zurück und ging in die kleine Hütte, um seine Waffe zu holen.

64

Die vier Puma-Hubschrauber überquerten kurz nach drei Uhr morgens die Grenze zu Nordwasiristan. Die großen Helikopter flogen niedrig und eng beieinander. Sie nutzten Bergeinschnitte und tiefe Flusstäler, um sich immer weiter ihrem Ziel, der Stadt Aziz Khel, zu nähern.

Ryan, der, eingeklemmt zwischen Mohammed al-Darkur und Dom, auf dem Boden der Maschine saß und in die dunkle Landschaft hinausschaute, musste gegen seine Übelkeit ankämpfen. Ihm gegenüber saß Chavez. In dem Fluggerät befanden sich außer ihnen noch fünf Zarrar-Kommandosoldaten, ein Doorgunner an seinem 7,62-mm-MG und ein Lademeister, der vorne bei den beiden Piloten saß.

Die Besatzung der anderen drei Hubschrauber sah ähnlich aus.

Chavez übertönte das Dröhnen der Motoren: »Dom, Jack! Ich möchte, dass ihr beiden, wenn wir innerhalb dieses Anwesens sind, immer direkt hinter mir bleibt. Haltet eure Waffen ständig im Anschlag. Wir bewegen uns als Einheit.«

Ryan hatte in seinem ganzen Leben noch nie solche Angst gehabt. Jeder hier in dieser Gegend in einem Umkreis von hundert Kilometern mit Ausnahme der vier Hubschrauberbesatzungen würde ihn umbringen, sobald er ihn sah.

Al-Darkur hatte bisher ein Headset getragen, um mit den Piloten kommunizieren zu können. Jetzt nahm er es ab und setzte stattdessen seinen Helm auf. Er beugte sich zu Chavez hinüber und schrie: »Wir sind fast da. Sie werden zehn Minuten kreisen! Keine Sekunde länger! Dann ziehen sie ab.«

»Verstanden«, rief Ding zurück.

Ryan beugte sich zu Chavez' getarntem Gesicht hinüber. »Reichen denn zehn Minuten?«

Der klein gewachsene Latino zuckte die Achseln. »Wenn wir im Gebäude festgenagelt werden, sind wir tot. Hier wimmelt es nur so von Haqqani-Kämpfern. In jeder Sekunde, die wir länger dort drin bleiben, kann uns einer von ihnen eine Kugel in den Kopf jagen. Wenn wir in zehn Minuten nicht wieder draußen sind, kommen wir überhaupt nicht mehr dort raus, *'mano.«*

Ryan nickte, setzte sich wieder gerade und schaute auf die welligen schwarzen Berge hinunter.

Plötzlich zog der Hubschrauber steil nach oben und Jack kotzte ans Fenster.

Sam Driscoll hatte keine Ahnung, ob es draußen Tag oder Nacht war. Gewöhnlich konnte man die Tageszeit nach dem Wachwechsel erraten oder danach, ob es nur Brot zu essen gab (Morgen) oder zu dem Brot auch noch ein kleiner Blechnapf mit wässriger Brühe gereicht wurde (Abend). Nach ein paar Wochen Gefangenschaft begannen er und die beiden Männer, die neben ihm immer noch in dem Kellergefängnis hausen mussten, jedoch zu vermuten, dass die Wärter ihren »Speiseplan« umgedreht hatten, um sie zu verwirren.

In der Nachbarzelle steckte ein Reuters-Reporter aus Australien. Sein Name war Allen Lyle, und er war jung, nicht über dreißig. Er hatte sich eine Art Magenvirus eingehandelt und schon seit ein paar Tagen nichts mehr bei sich behalten können. In der vordersten Zelle direkt neben der Tür zum Treppengang wurde ein afghanischer Politiker gefangen gehalten. Er war erst seit ein paar Tagen hier. Gelegentlich wurde er von seinen Wächtern verprügelt, aber sonst war er noch bei guter Gesundheit.

Sams Bein war wieder fast verheilt. Allerdings hinkte er jetzt leicht und hatte sich wohl auch eine Infektion eingefangen. Er fühlte sich ständig schwach, ihm war dauernd übel, und nachts hatte er Schweißausbrüche. Er hatte inzwischen ziemlich abgenommen, und durch das ständige Liegen auf seiner Pritsche hatte auch die Muskelspannung nachgelassen.

Er stand mühsam auf und hinkte zu den Gitterstäben hinüber, um nach dem jungen Mann von Reuters zu sehen. In der ersten Woche hatte der ihn mit Fragen regelrecht gelöchert. Er wollte wissen, für wen er arbeitete und womit er beschäftigt war, als ihn die Taliban gefangen genommen hatten. Aber Driscoll gab nie eine Antwort, und schließlich gab der Reuters-Reporter auf. Jetzt sah es fast so aus, als ob er dabei wäre, auch seinen Lebenswillen aufzugeben.

»He!«, rief Sam. »Lyle! Wach auf!«

Der Reporter regte sich. Er öffnete halb die Augen. »Ist das ein Hubschrauber?«

Er ist schon im Delirium, dachte Sam. *Armer Bastard.*

Warte mal. Sam hörte es jetzt auch. Es war schwach, aber es *war* ein Helikopter. Der Afghane neben der Tür stand auch auf und schaute zu Sam herüber, um von ihm eine Bestätigung zu bekommen.

Jetzt hörten es auch die drei Gefängniswärter vor den Zellen. Sie blickten sich an, schauten dann den dunklen Gang hinunter und riefen einem Wärter etwas zu, den Driscoll aus seinem Blickwinkel nicht sehen konnte.

Einer der Männer machte einen Witz, und die drei anderen lachten.

Der afghanische Politiker schaute jetzt wieder zu Driscoll hinüber und sagte: »Er hat gemeint, Präsident Kealty sei gekommen, um Sie und den Reporter zu holen.«

Sam seufzte. Es war nicht das erste Mal, dass sie über sich pakistanische Armeehubschrauber gehört hatten. Nach ein paar Sekunden war deren Geräusch aber jedes Mal wieder verschwunden. Driscoll drehte sich um und wollte zu seiner Pritsche zurückhumpeln.

Und dann ... *Bum!*

Irgendwo über ihnen gab es einen lauten Knall. Sam wandte sich wieder dem Gefängnisgang zu.

Jetzt war Maschinengewehrfeuer zu hören. Und jetzt eine weitere Explosion.

»Legt euch auf den Boden!«, rief Driscoll den anderen Gefangenen zu. Wenn dies ein Rettungsversuch der pakistanischen Armee sein sollte und auch hier unten geschossen werden würde, könnten sie die Querschläger in diesem Steinkeller treffen. Die Kugeln der Freunde würden dann ganz genauso wehtun wie die der Feinde.

Sam suchte jetzt selbst nach einer Deckung, als ein Wärter an seine Zelle herantrat. Die Augen des Mannes waren vor Angst und Entschlossenheit weit aufgerissen. Sam bekam den Eindruck, dass der Wichser ihn als menschlichen Schutzschild benutzen wolle, wenn die Armeesoldaten in den Keller hinunterkommen sollten.

Sie hatten den Hubschrauber bereits seit fast zwei Minuten verlassen, und trotzdem hatte Jack Ryan noch keinen einzigen Feind gesehen. Zuerst waren sie etwa hundert Meter vor dem Ziel in eine knietiefe Abfallgrube gestürzt. Jack verstand nicht, warum der Pilot sie nicht näher an ihrem Zielgebäude abgesetzt hatte. Als sie sich jedoch dem ummauerten Anwesen näherten, sahen sie mehrere Reihen von Pfosten und die dazugehörenden Stromleitungen, die die offene Fläche vor dem Haupttor kreuz und quer überspannten.

Während Chavez die mit Wasser verdämmte Sprengladung am äußeren Eingangstor anbrachte, gaben ihm Jack, Dom und Mohammed Deckung. Sie ließen sich auf die Knie fallen und beobachteten die dunklen Dächer und Tore einer ganzen Reihe von Gehöften auf der anderen Seite einer offenen Steinfläche. Vor allem behielten sie jedoch die nördlichen und südlichen Ecken der Umfassungsmauer des Haqqani-Lagers im Auge. Über ihnen kreisten die großen Hubschrauber und feuerten von Zeit zu Zeit mit ihren Bord-MGs Salven in das ummauerte Anwesen hinein, die in ihrer Lautstärke mit Presslufthämmern vergleichbar waren. Dazwischen war immer wieder das stakkatohafte Krachen der Gewehrsalven zu hören, mit denen die Zarrar-Kommandos den Haqqani-Stützpunkt eindeckten. Die 20-mm-Kanone eines Hubschraubers feuerte Sprenggeschosse auf die Berghänge hinter dem Stützpunkt ab, damit die Taliban-Kämpfer in ihren Quartieren wussten, dass es besser war, diese im Moment nicht zu verlassen.

Schließlich hörte Jack inmitten des Höllenlärms jemand rufen: »Lunte brennt!« Er suchte Deckung, indem er sich an die vier Meter hohe Ziegelmauer presste. Sekunden später ging die Sprengladung los und drückte die eisenbewehrten Eichenholztore des Gehöftes ein. Das schwere Holz flog jetzt wie Zahnstocher durch die Luft.

Und schon waren die Männer im Innern des Gehöfts und rannten auf das dreißig Meter entfernte Hauptgebäude zu. Als Ryan über die rechte Schulter zu der langen niedrigen Truppenunterkunft zurückschaute, schlugen neben dem dunklen Gebäude Leuchtspurgeschosse ein, die aus den kreisenden Hubschraubern abgefeuert wurden.

Jack war Dom auf den Fersen, und Mohammed hielt sich dicht hinter Jack. An der Spitze lief jedoch mit seinem AUG im Anschlag Chavez.

Jack war überrascht, als Chavez vor ihm sein Gewehr abfeuerte. Ryan sah, dass die Kugeln in ein kleines Gebäude, vielleicht eine Garage, links neben dem Haupthaus einschlugen. Dort blitzte plötzlich ein helles Licht auf, und eine RPG, eine raketengetriebene Granate, stieg in den Himmel. Offensichtlich hatten sie jedoch schlecht gezielt.

Ding schoss unaufhörlich dort hinüber. Ryan hob jetzt sein P90 an die Schulter, um ebenfalls ein paar Schuss abzufeuern, aber das Team erreichte das Hauptgebäude, bevor er in der Dunkelheit ein Ziel gefunden hatte.

Sie rannten unter Dings Führung an der Hauswand entlang auf die Eingangstür zu. Chavez nickte Caruso zu, der blitzschnell an der geschlossenen Tür vorbeilief und sich auf der anderen Seite an die Wand drückte. Jetzt nickte Chavez Ryan zu, der daraufhin in eine Uniformtasche an seinem rechten Schenkel griff und eine Schockgranate herausholte. In diesem Augenblick wurde auf der freien Fläche hinter dem Haupthaus eine zweite und dritte RPG abgefeuert. Beide Granaten flogen direkt auf einen Puma zu, der gerade über die Mannschaftsunterkunft flog.

Dieses Mal hatten sie gut gezielt. Die erste RPG zischte zwar noch dicht an der Windschutzscheibe des Piloten vorbei, die zweite schlug jedoch direkt hinter den beiden Turbinen ins Heck ein. Ryan beobachtete fasziniert, wie das Heck explodierte, der Hubschrauber nach rechts abkippte und dann hinter einer schwarzen Rauchwolke verschwand.

Der Aufprall fand außerhalb der Umfassungsmauer auf der freien Fläche hinter dem Anwesen statt.

Sofort hörten die restlichen drei Hubschrauber auf, über dem Haqqani-Gehöft zu kreisen, und flogen auf die Absturzstelle zu.

»Scheiße!«, rief Chavez. »Wir haben gerade unsere Deckung verloren.«

65

Dom trat die Vordertür des Hauses ein, und Ryan warf seine Schockgranate in die Eingangshalle. Dabei hielt er sich links von der Türöffnung, um nicht in die Schusslinie zu geraten.

Bumm!

Die vier Männer stürzten hinein. Dom und Ryan gingen rechts und Ding und Mohammed links an der Wand entlang. Sie beleuchteten den dunklen offenen Raum mit ihren Waffenlampen, und Dominic bemerkte jenseits eines Türdurchgangs rechts von ihnen eine Bewegung. Er schwenkte seine Waffe, und das Licht seiner Lampe spiegelte sich in einem metallenen Gewehrlauf wider. Sofort feuerte er eine Salve durch die Türöffnung.

Ein von Kugeln durchsiebter Bärtiger fiel in den Raum hinein neben einen Tisch. Dabei rutschte ihm seine Kalaschnikow aus den Händen.

Hinter ihnen auf dem Hof war jetzt Gewehrfeuer zu hören. Es stammte eindeutig nicht von den kreisenden Pumas. Nein, dies waren Kalaschnikows von der Wachmannschaft. Das Feuer wurde immer stärker. Offensichtlich hatten die Männer ihre Unterkünfte verlassen. Jetzt schossen sie entweder auf die Hubschrauber oder sie rückten auf das Hauptgebäude vor, wahrscheinlich sogar beides.

Chavez, Caruso, Ryan und al-Darkur bewegten sich jetzt in taktischer Formation einen niedrigen Gang entlang und sicherten dabei die Räume, die links und rechts von diesem abgingen. Dabei benutzten sie dieselbe Taktik, die sie bereits im ersten Raum angewandt hatten. Sie drangen blitzschnell mit ihren Gewehren im Anschlag und angeschalteten Gewehrlampen in ein Zimmer ein, dann bewegten sich der erste und der dritte links und der zweite und vierte rechts an der Wand entlang durch den Raum.

Als sie nach dem dritten leeren Raum in den Gang zurückkamen, schoss Mohammed al-Darkur zwei Männer nieder, die durch den Vordereingang das Haus betreten wollten. Danach ließ er sich auf seine Knieschützer nieder und zielte weiterhin auf die Eingangstür, durch die bald weitere Männer eindringen würden.

»Geht weiter! Ich halte sie auf!«

Chavez übernahm wieder die Führung, Ryan und Caruso folgten ihm.

Als sie um eine Ecke bogen, erschoss Ding einen Kämpfer, der sich links von ihnen über eine Treppe verdrücken wollte, dann kniete er sich hin, um nachzuladen. Auf der rechten Seite führte eine Treppe in den Keller.

Vor dem Haus vermischten sich große RPG-Explosionen mit Gewehrfeuer.

Domingo wandte sich zu den anderen um, musste dabei jedoch den Lärm von al-Darkurs Gewehrschüssen übertönen. »Uns geht die Zeit aus! Ich schaue oben nach, und ihr geht dort hinunter! Wir treffen uns wieder hier, aber passt auf Eigenbeschuss auf!«

Chavez eilte die Treppe hinauf und geriet bald außer Sicht.

Caruso übernahm jetzt die Führung und leuchtete mit seiner Gewehrlampe vorsichtig in den Keller hinunter. Er war die Treppe mit ihren unebenen Stufen noch nicht einmal bis zur Hälfte hinuntergestiegen, als unter ihnen plötzlich ein Gewehr losging und links und rechts von ihnen Kupfermantelgeschosse Funken aus den Wänden und Steinstufen schlugen.

Caruso drängte wieder die Treppe hoch, stieß dabei jedoch mit Ryan zusammen. Beide Männer verloren das Gleichgewicht und schlitterten auf ihren Ausrüstungstaschen die Treppe hinunter, bis sie unten in einem dunklen Gang landeten.

Der Schütze vor ihnen feuerte weiter. Ryan lag auf Caruso, sodass sich sein Cousin erst einmal nicht bewegen konnte. Deshalb richtete sich Jack auf die Knie auf, zielte ungefähr auf die Mündungsblitze direkt vor ihm und gab eine Zwanzig-Schuss-Salve ab.

Durch das Klingeln in seinen Ohren hindurch hörte er, wie seine heißen ausgeworfenen Patronenhülsen um ihn herum auf die Steinwände prasselten. Dann hörte er ein lautes metallisches Geräusch, als ein Gewehr zu Boden fiel. Als er in diese Richtung leuchtete, sah er an einer Biegung im Kellergang einen Taliban auf dem Boden liegen.

»Alles okay, Dom?«

»Geh endlich runter von mir.«

»Entschuldigung.« Ryan stieg von ihm herunter und stand auf. Jetzt arbeitete sich auch Dom auf die Füße und deckte Jack nach vorne ab, während dieser sein P90 nachlud.

»Weiter geht's!«

Sie rückten vor und schauten vorsichtig um die Ecke. Vor ihnen lag am Ende des Kellergangs ein einzelner langer Raum. Drinnen war es dunkel, aber nicht sehr lange.

Zwei Kalaschnikows begannen zu feuern und schickten den beiden Amerikanern einen Funkenregen entgegen, als die Kugeln von den Steinwänden abprallten.

Dom und Jack zogen ihre Köpfe um die Ecke zurück.

»Das da hinten könnte der Kerker sein.«

»Ja«, stimmte Ryan zu.

Offensichtlich gab es nur zwei Gefängniswärter, die aber dort am Ende des Gangs über eine fantastische Deckung verfügten. Außerdem genossen sie noch einen zweiten Vorteil: Jack und Dom hatten nicht die geringste Ahnung, was sie dort hinten erwartete. Wenn sie in den Raum hineinfeuerten, bestand die Gefahr, dass sie genau den Mann durch einen Querschläger töteten, den sie doch eigentlich retten wollten.

»Sollten wir nicht Chavez holen?«, fragte Ryan.

»Keine Zeit. Wir müssen dort rein.«

Sie dachten einen Moment nach. Plötzlich sagte Jack: »Ich habe eine Idee. Ich nehme eine 9-Banger-Granate und werfe sie so, dass sie direkt vor dem Türdurchgang landet. Sobald der erste Bang losgeht, laufen wir los.«

»Direkt in die neun Bangs hinein?«, fragte Caruso ungläubig.

»Fuck, ja! Wir halten uns die Hände vor die Augen. Sie werden sich erst einmal in den Raum zurückziehen, wenn sie hochgeht. Auf halbem Weg rollst du ihnen dann noch eine Schockgranate durch die Türöffnung. Das sollte sie eigentlich außer Gefecht setzen, bis wir bei ihnen sind. Es kommt auf das richtige Timing an, aber es müsste klappen.«

Dom nickte. »Ich habe keine bessere Idee. Aber lass dein Gewehr hier. Wir nehmen nur unsere Pistolen. Wir können uns besser bewegen und wir wollen auch nicht Sam erwischen, wenn wir durch die Tür stürmen.«

Die beiden Männer stellten ihre Gewehre an die Wand und holten die Granaten aus ihren Brusttaschen. Ryan zog den Sicherungsstift.

Dom stellte sich direkt neben ihn an die Gangbiegung. Er klopfte seinem Cousin auf die Schulter und sagte: »Kein Rückzug! Wir bewegen uns auf ihre Stellung zu, wir können nicht anhalten und umkehren. Die einzige Chance ist, immer weiterzugehen!«

»Geht klar«, sagte Jack und schleuderte die Granate mit einem Vorhandwurf um die dunkle Ecke.

Nachdem ein paarmal das Klirren von Metall auf Stein zu hören war, erfolgte die erste Explosion und erleuchtete den Gang blendend hell. Dom setzte sich vor Jack, spurtete los und kegelte dabei seine Schockgranate wie eine Bowlingkugel in den Kellerraum hinein, wo er durch die Blitze und den Rauch von Jacks 9-Banger-Granate hindurchrollte.

Caruso und Ryan gaben während des Laufens acht, ihre Augen immer von den Lichtblitzen fernzuhalten.

Die zwei Gefängniswärter hatten sich in den kleineren Kellerraum zurückgezogen, um sich vor dem zu schützen, was sie für eine zu kurz geworfene Ablenkungsgranate hielten. Als jedoch der letzte der neun Knalllaute verklungen war und sie sich bereit machten, wieder den Gang hinunterzuschießen, schlitterte ihnen plötzlich ein kleiner Metallbehälter vor die Füße.

Sie schauten genau in die Schockgranate, als diese explodierte. Der gewaltige Knall schüttelte ihnen das Gehirn im Schädel durch. Außerdem waren sie erst einmal völlig blind.

Jack betrat den Raum als Erster. Allerdings hatte Doms Granate auch ihn für den Moment ziemlich orientierungslos gemacht. Er rannte an den beiden Männern vorbei, die auf beiden Seiten des Türdurchgangs auf dem Boden lagen, und prallte mit voller Wucht auf das Metallgitter der ersten Zelle.

»Fuck«, schrie er. In den nächsten Sekunden war er halb blind und völlig taub.

Jacks Körper hatte Dominic jedoch so weit vor den Auswirkungen der Schockgranate abgeschirmt, dass er seine fünf Sinne noch weitgehend beieinanderhatte.

Er schoss den beiden orientierungslosen Haqqani-Kämpfern, die sich inzwischen auf die Knie aufgerappelt hatten, eine Kugel in den Hinterkopf.

»Hier bin ich!« Es war Sam. Seine Zelle war nur ein paar Meter von Ryan entfernt, trotzdem konnte dieser ihn kaum hören.

Ryan leuchtete mit seiner Lampe in alle Zellen hinein. In der ersten kauerte ein Paschtune an der Wand, in der zweiten lag ein krank aussehender blonder Weißer auf dem Boden.

Als Ryan in die Zelle ganz in der Ecke leuchtete, erkannte er Sam Driscoll. Er saß rittlings auf einem toten Haqqani-Kämpfer. In den Händen hielt er immer noch den unnatürlich verrenkten Hals des Mannes.

Caruso fand einen Lichtschalter und machte die Deckenbeleuchtung an. Jetzt starrte auch er auf Sam.

»Alles in Ordnung?«

Sam schaute von dem Mann hoch, den er soeben mit bloßen Händen getötet hatte. Es war der Gefängniswärter, der ihn als menschlichen Schutzschild verwenden wollte. Driscoll blinzelte seine beiden Kameraden an: »Spielt ihr Jungs Krieg?«

66

Sam und Dom gingen voraus, während Jack und der Afghane den hilflosen Reuters-Reporter trugen. Es war zwar recht anstrengend, ihn die Treppe hinaufzuschleppen, aber im Erdgeschoss trafen sie eine weit ernstere Lage an. Chavez hatte den ersten Stock gesäubert, aber jetzt knieten er und al-Darkur in der Eingangshalle in der Nähe der Treppe und feuerten auf feindliche Kämpfer, die in das Haus hineindrängten.

Der pakistanische Major hatte einen Schuss in die linke Schulter abbekommen, und eine weitere Kugel hatte sein Gewehr außer Gefecht gesetzt. Trotzdem feuerte er mit seiner rechten Hand unverdrossen seine Pistole ab.

Chavez bemerkte hinter sich die fünf Männer, von denen einer getragen werden musste. Er nickte sich selbst zu und klopfte al-Darkur auf die Schulter. »Wir sollten einen Weg nach draußen finden, bevor der Feind anfängt, mit RPGs zu schießen!«

Sie drangen in den hinteren Bereich des Hauses vor. Der hinkende Sam Driscoll ging voraus. Er trug eine Kalaschnikow, die er sich bei einem toten Wärter besorgt hatte. Chavez hatte die Nachhut übernommen und schoss ständig, um die feindlichen Kämpfer in den Zimmern und Gängen im Vorderteil des Hauses niederzuhalten.

Der Gang endete in einer T-Abzweigung. Driscoll wandte sich nach rechts, und der Rest der Prozession folgte ihm.

Sie landeten in einem großen Zimmer an der Rückwand des Hauses, aber die Fenster waren vermauert, und es gab keine Tür nach draußen.

»Eine Sackgasse!«, rief Sam. »Versucht die andere Richtung!«

Jetzt ging Chavez voran. Er war überrascht, dass das feindliche Feuer in diesem Bereich des Gangs merklich abgenommen hatte. Ryan und Caruso schossen den Stamm des T hinunter, während Chavez und al-Darkur auf die andere Seite eilten, wo sie in eine lange, enge Küche kamen. Auch hier gab es keinen Ausgang, aber eine kleine Seitentür sah vielversprechend aus. Chavez öffnete sie und hoffte, dahinter ein Fenster, eine Tür oder wenigstens eine Treppe ins Obergeschoss zu finden.

Dahinter lag jedoch nur ein dunkler Raum, etwa fünf Meter breit und zehn Meter lang. Es schien eine Art Reparaturwerkstatt zu sein. Aber Ding interessierte sich nicht für das Zimmer selbst, sondern leuchtete mit seiner Gewehrlampe an dessen Wänden entlang, um einen Ausgang zu finden. Als er nichts entdeckte, wollte er den Raum wieder verlassen, um sich den anderen anzuschließen. Da fiel ihm im Dämmerlicht etwas ins Auge.

Vorhin hatte er die Holztische und -regale in dem Zimmer ignoriert, jetzt betrachtete er sie etwas genauer, vor allem, was auf ihnen stand.

Behälter mit Autoteilen und elektrischen Komponenten. Batterien. Handys. Kabel. Kleine Pulverfässer. Stahlplatten und ein blaues 200-Liter-Fass, das etwas enthielt, das Ding sofort als Salpetersäure identifizierte.

Auf dem Boden lagen auseinandermontierte Mörsergranaten.

Ding begriff, dass er auf eine Bombenwerkstatt gestoßen war. Die hier hergestellten Sprengkörper wurden über die Grenze nach Afghanistan geschmuggelt. Das erklärte auch, warum die Haqqani-Kämpfer keine Rakete auf Chavez und seine Begleiter hier im Hinterteil des Hauses abgefeuert hatten. Wenn irgendetwas in diesem Raum hochging, würde das gesamte Anwesen einschließlich aller Haqqani-Männer pulverisiert werden.

»Mohammed?«, rief Ding und al-Darkur lugte in den Raum.

Sofort nickte er. »Bomben.«

»Ich weiß, was das ist. Können wir sie benutzen?«

Mohammed nickte mit einem schiefen Lächeln. »Mit Bomben kenne ich mich aus.«

Ryan und Caruso hatten nur noch ein Magazin. Ab jetzt feuerten sie Einzelschüsse den Stamm des T hinunter. Sie wussten, dass sie inzwischen zahlreiche Haqqani-Kämpfer ausgeschaltet hatten, aber es schien einen unbegrenzten Nachschub zu geben.

Ein Puma-Hubschrauber drehte inzwischen wieder seine Kreise um das Gehöft. Jack hörte das an dem gelegentlichen Gewehrfeuer, das eindeutig von oben kam und sich um ihren gegenwärtigen Standpunkt herumbewegte. Den Hubschrauber selber hörte er dagegen nicht. Die ständigen Schusswechsel in den engen Hausgängen hatten sein Gehör für den Moment ruiniert. Außer dem Lärm von kleineren und größeren Waffen konnte er kaum noch etwas identifizieren.

Chavez erschien jetzt hinter den beiden Männern und überreichte ihnen je ein Magazin. Ein zweites ließ er in ihre Brusttaschen gleiten. Dabei rief er ihnen zu: »Dahinten ist eine Bombenwerkstatt!«

»O Scheiße«, sagte Ryan. Ihm wurde klar, dass er und seine Kameraden in ein Feuergefecht verwickelt waren und dabei auf einem riesigen Pulverfass saßen.

»Al-Darkur baut gerade einen improvisierten Sprengsatz zusammen, um damit die Rückwand des Hauses aufzusprengen. Wenn er es richtig macht, sollte das Loch groß genug für uns sein. Wenn es so weit ist, dreht ihr euch um und rennt den Gang hoch zu diesem Loch. Ich werde euch Deckung geben.«

Jack fragte gar nicht erst, was passieren würde, wenn Mohammed es *nicht* »richtig machen« würde.

Ding setzte seine Belehrungen fort: »Ihr dürft das Haus *erst* verlassen, wenn ihr eure mobile Signalbake angemacht habt. Der Doorgunner im Puma feuert jetzt bereits seit zehn Minuten mit dem MG auf dieses Haus. Verlasst euch bloß nicht darauf, dass er dieses kleine Infrarot-Blinklicht auf eurem Rücken bemerkt. Er wird euch einfach in Hackfleisch verwandeln. Also zeigt ihm eure Signalbake, damit er mitbekommt, dass ihr zu den guten Jungs gehört.«

Die beiden Männer nickten.

»Sam und der Afghane werden den Kranken tragen, und ihr beide gebt ihnen Feuerschutz, bis der Hubschrauber landet und sie an Bord nimmt.«

»Verstanden!«, sagte Dom, und Ryan nickte.

Ryan und Caruso beschränkten sich auch weiterhin auf kontrolliertes Einzelfeuer, gerade genug, damit der Feind wusste, dass er einen hohen Preis zahlen musste, wenn er sich bis zur T-Abzweigung vorarbeiten wollte. Ab und zu schoss jemand zurück, aber meist kamen die Schüsse nur aus Kalaschnikows, die jemand kurz um die Ecke hielt. Die Kugeln prallten gegen Wände, Boden und Decke, ohne größeren Schaden zu hinterlassen.

Zweimal gingen al-Darkur und Chavez in dieser Zeit hinter ihnen vorbei. Sie brachten Teile des Sprengkörpers von der Bombenwerkstatt auf der linken Seite zum anderen Ende des Gangs zu ihrer Rechten hinüber.

Kurz darauf stand Chavez hinter ihnen und schrie ihnen ins Ohr: »Volle Deckung!«

Beide Männer ließen sich auf den Steinboden des Gangs fallen und schützten ihren Kopf mit den Händen. Nach ein paar Sekunden war hinter ihnen ein ungeheurer Schlag zu hören. Die Erschütterung war so stark, dass Jack befürchtete, das Haus könnte über ihnen zusammenbrechen. Tatsächlich fielen Mörtelstücke, Steine und Staub von der Decke und regneten auf die Männer hinunter.

Caruso war als Erster auf den Beinen. Er rannte zum anderen Ende des Ganges hinüber. Ryan blieb dicht hinter ihm. Unterwegs überholten sie Driscoll und den Afghanen, die den Reuters-Mann unter den Armen gepackt hatten und mit sich zogen.

Jack holte Dom ein, als sie das Zimmer mit den vermauerten Fenstern betraten. Hier schwebte so viel Staub in der Luft, dass ihre Waffenlampen nutzlos waren. Sie liefen einfach zur Außenwand hinüber, bis sie schließlich den freien Himmel sahen. Sofort warf Dominic die blinkende Signalbake in den Hinterhof des Anwesens hinaus. Zumindest in der Theorie würde sie den Schützen in den über ihnen kreisenden Hubschraubern signalisieren, dass sie nicht auf sie feuern sollten.

Trotzdem hatte Dominic Angst, eine volle MG-Salve von dem Doorgunner abzubekommen, als er selbst auf den Hinterhof hinaustrat. Glücklicherweise hielten die Zarrar-Kommandosoldaten eine strikte Feuerdisziplin ein. Der Amerikaner kauerte sich hinter einen niedrigen Lkw-Reifenstapel und deckte die gesamte Nordseite des Anwesens ab, während sein Cousin sich links neben al-Darkurs Bombenloch hinter einen kleinen Abfallhaufen legte, um von dort aus die Südseite zu sichern.

Ein SSG-Hubschrauber hatte mit seiner 20-mm-Kanone im Hinterhof sämtliche Stromleitungspfosten in Stücke geschossen, sodass der Hubschrauber direkt neben Major al-Darkur, den befreiten Gefangenen und den amerikanischen Agenten landen konnte. Nach wenigen Sekunden waren alle an Bord, der Helikopter stieg auf und brachte sich mit Höchstgeschwindigkeit in Sicherheit.

In der Kabine ließen sich die sieben Männer übereinander auf das Bodenblech fallen, sodass sie hinterher Arme und Beine auseinandersortieren mussten. Jack Ryan fand sich ganz unten in diesem Menschenhaufen wieder. Er war jedoch viel zu müde, um sich zu bewegen, und konnte sich nicht einmal dazu entschließen, das dicke Bein des afghanischen Politikers von seinem Gesicht herunterzuschieben.

Nach zwanzig Minuten Tiefflug ging in der Hubschrauberkabine endlich das Licht an, und der Pilot verkündete über Mohammed al-Darkur und dessen mit dem Bordfunk verbundene Headset, dass sie jetzt außer Gefahr waren. Die Männer setzten sich auf und reichten Wasserflaschen herum. Der Lademeister der Maschine kümmerte sich um al-Darkurs Schulter, während ein Zarrar-Kommandosoldat dem australischen Reuters-Korrespondenten am Arm eine Infusion anlegte.

Der normalerweise so trockene und stoische Sam Driscoll fiel jetzt jedem Mitglied seines Befreiungsteams um den Hals. Dann rollte er sich in einer Ecke zusammen und schlief ein, während er sich weiterhin eine Wasserflasche an die Brust drückte.

Chavez beugte sich zu Jacks Ohr hinüber, um den Lärm der Turbinen zu überschreien: »War wohl ganz schön knapp dort unten.«

Jack folgte Dings Blick zum Segeltuch-Magazinhalter auf seiner Brust. In einer Magazintasche befand sich ein gezacktes Loch. Er holte ein aus Metall und Kunststoff bestehendes P90-Magazin heraus und stellte fest, dass eine Kugel es glatt durchbohrt hatte. Danach griff er mit dem Finger in das Loch in seinem Brustgeschirr und pulte nach einiger Zeit ein scharfes und in sich verdrehtes 7,62-mm-Geschoss heraus, das in seine Keramik-Brustplatte eingeschlagen war.

In all dem Trubel hatte Jack nicht einmal bemerkt, dass ihn eine Kugel direkt auf die Brust getroffen hatte.

»Das glaube ich jetzt nicht«, sagte er, als er das Geschoss hochhielt und betrachtete.

Chavez lachte nur und zwickte Ryan in den Arm. »Du warst wohl noch nicht fällig, *'mano.«*

»Offensichtlich nicht«, sagte Jack und hätte jetzt gern Mom und Dad und Melanie angerufen. Und plötzlich packte ihn wieder die Übelkeit.

67

Riaz Rehan hatte in jeder einzelnen wichtigen Institution seines Landes seine Männer sitzen. Eine dieser Institutionen war die pakistanische Kernwaffenindustrie. Durch sein eigenes Netzwerk von Mittelsmännern hatte er Kontakt zu zahlreichen wichtigen Nuklearwissenschaftlern, Ingenieuren und Waffenfabrikanten. Durch sie hatte er erfahren, dass ein Großteil der Nuklearwaffen seines Landes in Wah Cantonment, einer Militärstadt in der Nähe von Islamabad, gelagert war. Einige Atombomben, im Wesentlichen US-amerikanische konventionelle Bombenhüllen vom Typ Mark 84, die mit Atomsprengsätzen mit einer Sprengkraft von fünf bis fünfundzwanzig Kilotonnen bestückt waren, wurden im Kamra Air Weapon Complex im riesigen Rüstungsunternehmen Pakistan Ordnance Factories in Wah gelagert. Die Nuklearkerne wurden von den Bombenhüllen getrennt aufbewahrt, allerdings in einem Status, den man »schraubenzieherfertig« nannte. Das bedeutete, dass man die Kernwaffen innerhalb von Stunden einsatzbereit machen konnte, wenn der Staatschef den Befehl dazu geben sollte.

Rehan hatte von einem hochrangigen Gewährsmann im Verteidigungsministerium erfahren, dass der pakistanische Präsident am gestrigen Vormittag genau das getan hatte.

Der erste Teil der Operation Saker war also erfolgreich verlaufen. Um sicherzustellen, dass die Waffen zusammenmontiert und in ihre Gefechtsstationen gebracht wurden, musste General Rehan sein Land an den Rand eines Kriegs führen. Nachdem ihm dies gelungen war, ließ er sich von seinen Kontaktpersonen in der Regierung und den Nuklearstreitkräften ständig über alle Entwicklungen unterrichten. Er selbst lauerte dagegen jetzt wie eine zusammengerollte Schlange im Gras, bis der nächste Schritt fällig war.

Die Pakistaner brüsteten sich, dass ihre Atomwaffen durch ein Kommandosystem gesichert seien, bei dem drei unterschiedliche Stellen einen Einsatzbefehl absegnen mussten. Dies stimmte zwar, aber am Ende bedeutete es nicht viel. Man musste nur das schwächste Glied in der Sicherungskette nach der Montage des Atomsprengkopfs erkennen und dieses dann ausnutzen.

Die Agenten des Generals in den Pakistan Ordnance Factories meldeten ihm, dass gegen einundzwanzig Uhr zwei Zwanzig-Kilotonnen-Bomben den Kamra Air Weapon Complex auf Lastwagen verlassen würden, um zu einem Sonderzug im benachbarten Taxila gebracht zu werden. Zuerst dachte Rehan daran, den Lastwagen-Konvoi anzugreifen. Ein Lastwagen war schließlich leichter außer Gefecht zu setzen als ein Zug. Aber in der Nähe der großen Militärstützpunkte in Wah und Taxila gab es zu viele Variablen, die Rehan nicht kontrollieren konnte.

Aus diesem Grund begann er, die Fahrtroute des Zugs zu untersuchen. Die Bomben würden von einem schwer bewaffneten Güterzug in die etwa 320 Kilometer entfernte Luftwaffenbasis Sarghoda gebracht werden.

Ein Blick auf die Karte zeigte Rehan die Schwachstelle dieser Route. Nur fünf Kilometer südlich der Stadt Phularwan lag in einem flachen Stück Ackerland, durch das die Eisenbahnstrecke hindurchführte, eine Gruppe verlassener Mühlen und Getreideschuppen zwischen Weizenfeldern, die sich bis zu den Gleisen erstreckten. Hier konnte sich auch eine größere Truppe verstecken und darauf vorbereiten, einen von Norden kommenden Zug zu überfallen. Nach einem erfolgreichen Angriff konnten sie die beiden drei Meter langen und eine Tonne schweren Bomben auf Lastwagen laden und zur benachbarten modernen M2-Autobahn bringen. Dort konnten sie sich entscheiden, ob sie in Richtung Norden nach Islamabad oder in südlicher Richtung nach Lahore weiterfahren wollten, um dann innerhalb von neunzig Minuten in einer der beiden riesigen Metropolen zu verschwinden.

In der ersten Dezemberwoche trommelte ein kalter Dauerregen auf die Wellblechdächer der Getreideschuppen, die nur vierhundert Meter von der Eisenbahnlinie entfernt lagen. In einem der Schuppen lagen General Riaz Rehan, sein Stellvertreter Oberst Khan und Georgij Safronow im Dunkeln auf Gebetsmatten hinter einem verrosteten Traktor, der ihnen während des Angriffs hoffentlich einen gewissen Schutz vor Streufeuer bieten konnte.

Rehan wartete auf den Funkspruch eines Spähers in Chabba Purana, einem Dorf südöstlich von Phularwan. Die fünfundfünfzig Jamaat-Shariat-Kämpfer, die alle die Ausbildung im Haqqani-Lager bei Miran Shah absolviert hatten, lagen auf dem Feld westlich der Bahnstrecke entlang der Gleise in Stellung. Alle drei Meter war ein Mann postiert. Jeder Vierte war mit einer RPG ausgerüstet, die Restlichen verfügten über Kalaschnikows.

Die Dagestaner wurden von ehemaligen ISI-Offizieren angeführt, die Rehan wegen ihrer paramilitärischen Fähigkeiten persönlich ausgewählt hatte. Jetzt warteten die Jamaat-Shariat-Kämpfer etwa fünfzig Meter von den Gleisen entfernt auf ihren Einsatz. Auf einer Strecke von zehn Metern hatte man gerade die Gleise demontiert. Der Zug würde hier direkt vor den Kämpfern entgleisen und im Weizenfeld zu einem abrupten Halt kommen. Dann würden ihn die Männer aus dem Nordkaukasus entern und in jedem Waggon den Gegner bis auf den letzten Mann töten.

Seit die sechs Lastwagen früher am Abend angekommen waren, hatte Rehan allen das Rauchen verboten. Obwohl im Umkreis von einigen Kilometern niemand lebte, hatte er den Männern befohlen, sich nur noch im Flüsterton miteinander zu unterhalten. Außer im dringendsten Bedarfsfall sollte auch allgemeine Funkstille herrschen.

Jetzt meldete sich sein eigenes Funkgerät. Es war ein verschlüsselter Kanal, trotzdem war auch die Botschaft selbst kodiert: »Ali, bevor du ins Bett gehst, musst du noch die Hühner füttern. Sie werden hungrig sein.«

Rehan klopfte dem neben ihm liegenden nervösen russischen Raumfahrtunternehmer auf die Schulter und flüsterte ihm ins Ohr: »Das war mein Späher weiter unten. Der Zug kommt.«

Safronow schaute Rehan an. Selbst im schwachen Licht dieser Regennacht sah der Mann totenblass aus. Eigentlich gab es keinen Grund, warum Safronow an dieser Aktion überhaupt teilnahm. Rehan hatte ihn davon abbringen wollen und dem Russen klarzumachen versucht, dass er für den Erfolg der Gesamtmission viel zu wertvoll sei. Aber Safronow hatte darauf bestanden. Er wollte bei jedem Schritt dieser Operation bei seinen Brüdern sein. Auch das Training in Nordwasiristan hatte er nur deshalb vorzeitig verlassen, weil er in Moskau rund um die Uhr die drei Raketenstarts in Baikonur vorbereiten und vor allem dafür sorgen musste, dass im entscheidenden Moment nur die von ihm persönlich ausgewählten Wissenschaftler und Mitarbeiter anwesend sein würden.

Aber auf keinen Fall hätte er auf das Feuerwerk von

heute Nacht verzichten wollen. Selbst der dominante Rehan konnte nichts dagegen ausrichten.

Rehan hatte schließlich zugestimmt, jedoch festgelegt, dass Georgij am eigentlichen Angriff nicht teilnahm. Er verlangte sogar, dass der Mann eine Schutzweste trug und im Schuppen blieb, bis sie alles auf die Lastwagen verladen hatten. Außerdem machte er Oberst Khan höchstpersönlich für die Sicherheit des Dagestaners verantwortlich.

In der Nähe gab es noch ein paar weitere Männer, die sich nicht am bewaffneten Teil der Aktion beteiligen würden, da sie eine wichtigere Rolle in der Gesamtoperation spielten. Der kühl kalkulierende General wusste, dass es fast unmöglich war, der Welt die Geschichte zu verkaufen, dass einfache Bergler aus Dagestan eine solch unglaubliche Operation in Pakistan alleine zuwege gebracht hätten. Viele würden sofort den Islamisten im ISI vorwerfen, sie steckten dahinter. Um diese Anschuldigungen abzuwehren, griff Rehan auf eine Organisation zurück, mit der er bereits seit mehr als zehn Jahren zusammenarbeitete. Die Muslim United Liberation Tigers of Assam, eine indische militante Islamistengruppe, war vor einem Jahr vom indischen Geheimdienst National Investigation Agency unterwandert worden. Als Rehan davon hörte, brach er nicht sofort alle Verbindungen zu den MULTA ab. Er betrachtete diese Infiltration sogar als gute Gelegenheit. Er mobilisierte einige MULTA-Männer, die sich von der NIA-Unterwanderung abschirmen konnten, und ließ sie aus Indien zu sich kommen. Er erzählte ihnen, sie würden an einer unglaublichen Operation in Pakistan teilnehmen, bei der eine Atombombe gestohlen werden würde. Mit dieser würden sie dann nach Indien zurückkehren und sie in Neu-Delhi zur Explosion bringen. Dadurch würden sie zu Märtyrern werden.

Das Ganze war natürlich eine einzige Lüge. Er dokumentierte ihre Bewegungen, so wie er die Unterwanderung ihrer Organisation durch den indischen Geheimdienst dokumentiert hatte. Diese Beweise konnte er später dazu benutzen, um die Spuren des ISI bei dem Bombendiebstahl zu verwischen. Er hatte mit den vier MULTA-Männern heute Nacht seine Pläne, aber sie mit den Bomben nach Indien zu schicken gehörte ganz bestimmt nicht dazu.

Er würde den Männern die Verantwortung für den Bombenraub zuschieben. Die indische Regierung würde dann durch ihre Verbindung mit dieser Gruppierung in einen unangenehmen Verdacht geraten.

Um die Aufmerksamkeit auch auf andere Weise vom ISI abzulenken, hatten Rehan und seine Männer in die Angriffsplanung eine gewisse Schludrigkeit miteingebaut. Eine Gruppe islamistischer Kämpfer aus Indien, die vom indischen Geheimdienst zu einer Zusammenarbeit mit dagestanischen Partisanen in Pakistan überredet wurde, würde ganz bestimmt nicht mit militärischer Präzision vorgehen. Aus diesem Grund sah der Plan auch gewisse chaotische Entwicklungen und ein größeres Blutvergießen vor.

Rehan erhielt jetzt einen Funkspruch von der am weitesten im Norden positionierten Einheit. Es wurde berichtet, dass man in der Ferne bereits die Zuglichter erkennen könne.

Das Chaos und das Blutbad würden in wenigen Augenblicken beginnen.

Rehans Plan hätte nie funktionieren können, wenn die pakistanische Regierung sich genauso bemüht hätte, ihre Nuklearwaffen vor Terroristen zu schützen, wie sie vor dem Feind im Osten abzusichern. Der Bombenzug hätte eine größere Länge haben und von einem ganzen Bataillon Soldaten begleitet sein können. Man hätte ihn auf der gesamten Strecke von Hubschraubern eskortieren lassen können. Außerdem hätte man entlang der Gleise schnelle Eingreifverbände stationieren können, bevor der Zug Kamra in Richtung Sarghoda-Luftwaffenbasis verließ.

Diese Maßnahmen hätten es einer Terrorgruppe praktisch unmöglich gemacht, den Zug zu überwältigen und die Waffen zu stehlen. Aber sie hätten einen gewichtigen Nachteil gehabt. Sie hätten den indischen Satelliten, Drohnen und Spionen signalisiert, dass und wohin die Nuklearwaffen verlegt wurden.

Und das konnten die pakistanischen Streitkräfte auf keinen Fall zulassen.

Aus diesem Grund verließ man sich auf eine größtmögliche Geheimhaltung und eine Begleitmannschaft von einer Kompanie, also etwas mehr als hundert Soldaten. Sollte die Geheimhaltung fehlschlagen und Terroristen den Zug überfallen, würden hundert Mann unter fast allen Umständen ausreichen, um einen solchen Angriff abzuwehren.

Aber Rehan war auf diese hundert Mann vorbereitet, sie hatten nicht den Hauch einer Chance.

Die Lichter des Zugs tauchten jetzt in etwa einem Kilometer Entfernung aus der Dunkelheit auf. Trotz der Regentropfen, die auf das Wellblechdach trommelten, hörte Rehan Safronows schweres Atmen. »Entspannen Sie sich, mein Freund«, sagte der General auf arabisch. »Liegen Sie einfach hier und schauen Sie dem Ganzen zu. Heute Nacht wird die Jamaat Shariat den Weg zu einem unabhängigen Heimatland für Ihr dagestanisches Volk ebnen.«

Die Stimme des Pakistaners war voller Zuversicht und falscher Bewunderung für die Narren, die da draußen im Gras lagen. In Wahrheit hoffte er nur, dass sie die Sache nicht verpatzten. Neben den Jamaat Shariat lagen Allah sei Dank auch ein Dutzend seiner eigenen Männer in Stellung, die mit ihren Funkgeräten den Angriff koordinieren sollten.

Jetzt war hinter seinen weißen Scheinwerfern auch der Zug selbst zu sehen, der durch die Nacht heranrauschte. Er bestand nur aus einem Dutzend Waggons. Rehans Kontaktpersonen im Kamra Air Weapon Complex hatten ihm nicht sagen können, in welchem Waggon die Nuklearsprengsätze lagen. Auch aus dem Bahnhof von Taxila konnte ihm das keiner melden. Offensichtlich steckten sie nicht in der Lokomotive, und der gesunde Menschenverstand sagte einem, dass sie auch nicht im letzten Wagen sein würden, da dort ein Teil der Sicherheitsmannschaft stationiert sein würde, um jeden Angriff von hinten abzuwehren. Die Jamaat-Shariat-Kämpfer hatten deshalb den Befehl, ihre RPGs nur in die Lok oder den letzten Waggon abzufeuern. Auch wenn feindliche Einheiten aus dem Zug aussteigen sollten, durften sie diese nur dann mit raketengetriebenen Granaten bekämpfen, wenn sie ein ganzes Stück vom Zug entfernt standen. Die RPGs könnten zwar keine Atomexplosion auslösen, selbst wenn sie die Bomben selbst treffen würden. Aber sie könnten die Waffen sehr leicht beschädigen oder den Eisenbahnwaggon, in dem sie befördert wurden, in Brand setzen, sodass sie nur noch schwer auszuladen wären.

Wieder machte sich Rehan Sorgen. Wenn das hier ein Misserfolg wurde, war sein Plan, an die Spitze seines Landes zu treten, nur noch Makulatur.

Der Lokführer musste die fehlenden Gleise vor ihm bemerkt haben. Er betätigte plötzlich die Bremsen, die quietschend und kreischend den Zug verlangsamten. Georgij Safronows ganzer Körper spannte sich hinter dem rostigen Traktor sichtbar an. Rehan, der zusammen mit Oberst Khan immer noch neben ihm saß, versuchte ihn gerade mit sanften Worten zu beruhigen, als plötzlich eine Kalaschnikow eine ganze Salve abschoss, während sich der Zug noch bewegte.

Eine weitere AK-47 stimmte mit ein, wobei deren Rattern den unglaublichen Lärm der Bremsanlage kaum übertönen konnte.

Trotzdem war Rehan fuchsteufelswild. Die Jamaat Shariat hatte befehlswidrig einen Frühstart hingelegt.

Rehan funkte seinen Männern vor Ort zu: »Sie sollten erst feuern, wenn der Zug entgleist ist. Bringt diese Wichser zum Schweigen, notfalls schießt ihnen in den Kopf!«

Gerade als er mit seinem Funkspruch fertig war, rutschte die schwere Lokomotive von den Gleisen. Hinter ihr brachen die Waggons abwechselnd nach links und rechts aus, sodass sich der ganze Zug wie eine Ziehharmonika zusammenfaltete. Schließlich kam er zum Stehen. In der Bremsanlage brachen kleinere Brände aus.

Rehan wollte eigentlich seinen letzten Befehl widerrufen und drückte dazu auf die Sendetaste seines Walkie-Talkies. Stattdessen hielt er das Gerät jetzt Safronow vors Gesicht und sagte in leisem Ton: »Geben Sie Ihren Männern den Angriffsbefehl.«

Das leichenblasse Gesicht des russischen Milliardärs füllte sich in einem Augenblick tiefen Stolzes mit Farbe, und er schrie so laut ins Mikrofon, dass sich Rehan sicher war, dass der Befehl völlig verzerrt bei seinen Kämpfern ankommen würde.

»Angriff!«, schrie er auf russisch.

Sofort waren auf dem Feld vor dem Schuppen die hellen Lichtblitze abgefeuerter RPGs zu sehen. Ein paar flogen über den Zug hinweg und verschwanden in der Dunkelheit. Eine prallte an den vorletzten Waggon und detonierte, allerdings ohne größere Schäden zu hinterlassen. Vier raketengetriebene Granaten trafen die Lokomotive und verwandelten sie in einen Feuerball, der nur verbogenes

Metall hinterließ. Zwei weitere Granaten schlugen in den letzten Wagen ein und töteten und verstümmelten alle, die sich in ihm befanden.

Das AK-Geknatter im Vorfeld des Zuges war unglaublich – laut, wütend und anhaltend. Es brauchte geraume Zeit, bis die Soldaten im Zug zurückschossen. Sie waren sicher kreuz und quer durch die Waggons geschleudert worden. In den ersten Sekunden war Gegenwehr deshalb unmöglich. Schließlich begannen sie jedoch, aus ihren HK-G3-Sturmgewehren 7,62-mm-Geschosse auf die Angreifer im Weizenfeld abzufeuern.

Immer mehr RPGs schlugen in den Zug ein, meistens in die Lok und den letzten Waggon. Allerdings hatten einige der dagestanischen RPG-Schützen nach General Riaz Rehans Meinung eine äußerst schlechte Feuerdisziplin. Er hörte jetzt in seinem Walkie-Talkie laute Rufe auf arabisch, russisch und in Urdu, während er beobachtete, wie im Zug jenseits des dunklen regendurchweichten Felds die gegnerischen Soldaten starben.

Diese Soldaten waren keine schlechten Menschen. Viele waren ziemlich sicher gute Muslime. Viele würden Rehans Sache vielleicht sogar unterstützen. Damit jedoch die Operation Saker gelang, mussten einige dieser Männer zum Märtyrer werden.

Rehan würde für sie beten, aber er würde nicht um sie trauern.

Jetzt konnte er in seinem Nachtsichtfernglas verfolgen, wie etwa zehn Armeesoldaten aus dem Zug sprangen und auf äußerst disziplinierte Weise gegen die Angreifer vorrückten. Es machte den General stolz, dass sie Teil seiner eigenen Armee waren. Aber die Angriffslinie war zu breit und die Kämpfer im Weizenfeld zu zahlreich. In wenigen Sekunden wurden die Männer niedergemacht.

Das gesamte Gefecht dauerte kaum mehr als drei Minuten. Nachdem die ISI-Offiziere vor Ort ihren Leuten befohlen hatten, das Feuer einzustellen, schickten sie Teams von Jamaat-Shariat-Kämpfern nacheinander in jeden einzelnen Waggon. Nacheinander deshalb, um jede Verletzung durch eigenes Feuer zu vermeiden.

Dies dauerte weitere fünf Minuten. Rehan konnte in seinem Funkgerät hören, wie alle gegnerischen Soldaten exekutiert wurden, auch die Verwundeten und diejenigen, die kapitulierten.

Schließlich hörte er in seinem Walkie-Talkie einen Hauptmann in Urdu sagen: »Bringt die Lastwagen her!«

Sofort kamen zwei große schwarze Kipplaster hinter den Silos hervor und fuhren auf einem nassen Feldweg über den Weizenacker zur Bahnstrecke. Ihnen folgte ein gelber Kranwagen.

Es dauerte nur sieben Minuten, um die Bomben vom Zug auf die Lastwagen umzuladen. Weitere vier Minuten später hatte der erste Lkw voller Dagestaner bereits die Islamabad-Lahore-Autobahn erreicht und wandte sich nach Norden.

Als Rehan und Safronow in eines der Fahrzeuge kletterten, klang von der Rückseite der verlassenen Getreidespeicher eine lange Gewehrsalve herüber. Die Schüsse wurden aus G3-Gewehren abgegeben, wie sie die pakistanische Armee verwendete, aber Rehan machte sich deshalb keine Sorgen. Er hatte seinen ISI-Männern befohlen, sich diese Waffen bei toten Armeesoldaten zu besorgen und damit die vier MULTA-Kämpfer zu erschießen, die bis zu diesem Moment geglaubt hatten, dass sie mit den Nuklearwaffen nach Indien zurückkehren würden.

Der ISI ließ dann ihre Leichen von den Dagestanern vor den Zug werfen.

Die Jamaat Shariat hatten bei dem Angriff dreizehn Mann verloren. Sieben starben sofort, und die anderen, die so schwer verletzt waren, dass sie die lange Lastwagenfahrt nicht überlebt hätten, wurden erschossen und ihre Leichen auf die Lastwagen geladen.

Nur zwölf Minuten nachdem Rehans letzter Lastwagen das Weizenfeld verlassen hatte, traf die erste Truppe der pakistanischen Armee ein. Zu diesem Zeitpunkt waren die beiden Bomben dem städtischen Moloch von Islamabad bereits fünfzehn Kilometer näher gekommen.

68

Seit er vor einigen Wochen aus Pakistan zurückgekehrt war, traf sich Jack mit Melanie fast jeden Tag. Gewöhnlich machte er bei Hendley Associates etwas eher Schluss, um dann nach Alexandria zu fahren. Wenn es nicht gerade regnete oder schneite, gingen sie zu Fuß von ihrem Apartment zum Essen, ansonsten nahmen sie seinen Hummer.

Er blieb dann über Nacht und stand am anderen Morgen bereits um fünf Uhr auf, um noch vor dem morgendlichen Berufsverkehr die fünfzig Kilometer nach Columbia zurückzufahren.

Sie hatte schon einige Male geäußert, dass sie gern einmal sehen würde, wo und wie er so lebte. Also holte er sie an einem Samstagnachmittag ab und fuhr mit ihr nach Columbia, wo sie auch die Nacht verbringen würde. Sie gingen im Restaurant Akbar indisch essen, um dann bei Union Jack's noch eine Kleinigkeit zu trinken. Nach einem Bier und einer angeregten Unterhaltung fuhren sie zu Jacks Apartment zurück.

Schon früher hatten junge Damen bei Jack übernachtet, wenngleich er ganz bestimmt kein Playboy war. Wenn er dachte, er könnte später am Abend Gesellschaft bekommen, ging er normalerweise noch einmal kurz durch sein Apartment, um ein klein wenig aufzuräumen, bevor er loszog. Für dieses Rendezvous hatte er seine Wohnung jedoch gründlich gesäubert. Er hatte sein Parkett nass gewischt, die Bettwäsche gewechselt und sein Badezimmer von oben bis unten sauber geschrubbt. Er würde zwar so tun, als ob seine Wohnung immer so blitzblank wäre, aber er war sich ziemlich sicher, dass die kluge Ms. Kraft erkennen würde, dass dies bestimmt nicht der Fall war.

Er mochte dieses Mädchen. Sehr. Er hatte es von Anfang an gewusst und bereits bei ihren ersten Treffen gespürt, dass da etwas im Entstehen war. Er hatte sie schon in Dubai sehr vermisst, und in Pakistan hatte er sich nach nichts mehr gesehnt, als sie im Arm zu halten, mit ihr zu sprechen und von ihr bestätigt zu bekommen, dass er das Richtige aus den richtigen Gründen tat und dass alles gut ausgehen würde.

Scheiße, dachte Jack. *Werde ich jetzt etwa weich?*

Er fragte sich, ob es etwas damit zu tun haben könnte, dass ihm in den letzten Wochen gleich zwei Kugeln fast das Lebenslicht ausgeblasen hätten. Stand dies hinter den Gefühlen, die er für diese Frau entwickelte? Er hoffte, dass das nicht der Fall war. Sie hatte es nicht verdient, dass sich jemand wegen irgendwelcher persönlichen Probleme oder einer Nahtoderfahrung plötzlich in sie verguckte. Nein, sie verdiente es, dass man sich allein wegen ihrer Persönlichkeit Hals über Kopf in sie verliebte.

Seine Wohnung war ziemlich teuer, gut geschnitten und voller netter Möbel. Trotzdem war es eine Junggesellenbude. Als Jack einmal auf die Toilette ging, schaute Melanie kurz in seinen Kühlschrank. Sie fand darin, was sie erwartet hatte, nämlich fast nichts außer Wein, Bier, Gatorade und ein paar überfällige Mitnahmeboxen vom Chinesen und Italiener. Auch in seine Gefriertruhe warf sie einen schnellen Blick, immerhin arbeitete sie ja für einen Geheimdienst. Er war voller Eisbeutel, von denen viele bereits einmal aufgetaut waren.

Als sie die Küchenschränke neben der Gefriertruhe öffnete, waren sie voller elastischer Binden, Entzündungshemmer, Wundpflaster und antibiotischer Wundsalben.

Sie sprach ihn darauf an, als er ins Zimmer zurückkehrte.

»Haben dich auf der Skipiste noch ein paar niedrig hängende Äste erwischt?«

»Was? Ach so! Nein. Warum fragst du?«

»Nur so. Ich habe die Notfallstation gesehen, die du dir eingerichtet hast.«

Jack runzelte die Stirn. »Hast du herumgeschnüffelt?«

»Nur ein wenig. So sind wir Frauen eben.«

»Richtig. Tatsächlich habe ich einen Kampfsportkurs in Baltimore besucht. Es war wirklich toll, aber dann musste ich geschäftlich sehr oft verreisen und habe es aufgegeben.« Ryan schaute sich im Zimmer um. »Wie findest du meine Wohnung?«, fragte er.

»Sie ist sehr schön. Es fehlt nur der weibliche Touch. Aber wenn sie den hätte, müsste ich mir darüber wohl Gedanken machen.«

»Das stimmt.«

»Trotzdem. Das Apartment ist wirklich schön. Da muss ich mich allerdings doch fragen, was du von meinem kleinen Kabuff hältst, in dem du Armer schon so oft übernachten musstest.«

»Ich mag deine Remise. Sie passt zu dir.«

Melanie legte den Kopf schief. »Weil sie billig ist?«

»Nein. Das meine ich nicht. Sie ist weiblich und immer voller CIA-Handbücher und dicker Wälzer über Terrorismus. Sie ist einfach toll. So wie du.«

Melanie hatte eine Abwehrhaltung eingenommen, aber jetzt entspannte sie sich. »Es tut mir leid. Ich bin wahrscheinlich ein wenig überfordert von deinem Geld und deinen Familienverbindungen, ich komme nun mal aus einer ganz anderen Welt. Meine Familie hatte nie Geld. Bei vier Kindern reichte der Militärsold meines Vaters eben nicht für irgendwelchen Luxus.«

»Ich verstehe«, sagte Jack.

»Das glaube ich nicht. Aber das ist mein Problem und nicht deines.«

Ryan legte den Arm um sie. »Aber das alles liegt doch in der Vergangenheit.«

Sie schüttelte den Kopf und machte sich los. »Nein. Tut es nicht.«

»Studienkredite?«, fragte Ryan, um es dann sofort zu bedauern. »Entschuldigung, das geht mich nichts an. Ich wollte nur …«

Melanie lächelte ein bisschen. »Ist schon okay. Es ist nur nicht lustig, darüber zu reden. Du solltest für deine Familie dankbar sein.«

Jetzt ging Jack in die Defensive. »Hör mal, es stimmt zwar, dass meine Familie Geld hat, aber mein Dad hat mich immer arbeiten lassen. Ich hole mir mein Geld nicht mit meinem Familiennamen von der Bank ab.«

»Natürlich tust du das nicht. Das respektiere ich ja auch an dir. Ich spreche nicht über Geld.« Sie dachte einen Moment darüber nach. »Vielleicht zum ersten Mal spreche ich nicht über Geld. Ich spreche über deine Familie. Ich merke doch, wie du über sie redest und wie du sie respektierst.«

Jack hatte inzwischen gelernt, sie nicht nach ihrem eigenen familiären Hintergrund zu fragen. Jedes Mal, wenn er es versucht hatte, war sie entweder aus dem Gespräch ausgestiegen oder hatte das Thema gewechselt. Für einen Augenblick glaubte er jetzt, sie würde von sich aus darüber reden. Aber sie tat es dann doch nicht.

»So«, sagte sie, und er begriff, dass das Thema gerade gewechselt worden war. »Hat diese Wohnung auch ein Badezimmer?«

In diesem Moment zwitscherte das Handy in ihrer Handtasche, die auf Jacks Küchentheke lag. Sie holte es heraus und schaute auf die Nummer.

»Es ist Mary Pat«, sagte sie überrascht und fragte sich, warum ihre Chefin sie an einem Samstagabend um zehn Uhr anrufen sollte.

»Vielleicht bekommst du eine Gehaltserhöhung«, juxte Ryan, und Melanie lachte.

»Hi, Mary Pat.« Melanies Lächeln verschwand aus ihrem Gesicht. »Okay. Okay. O … Scheiße.«

Als sich Melanie von ihm wegdrehte, spürte Jack, dass es Probleme gab. Das Gefühl verstärkte sich noch, als zehn Sekunden später sein eigenes Handy klingelte. »Ryan.«

»Hier ist Granger. Wie schnell können Sie im Büro sein?«

Jack ging in sein Schlafzimmer hinüber. »Was ist los? Etwas mit Clark?«

»Nein. Es gibt Schwierigkeiten. Ich brauche jeden sofort in diesem Büro.«

»Okay.«

Er legte auf. Melanie wartete im Nachbarzimmer auf ihn. »Es tut mir so leid, Jack, aber ich muss sofort ins Büro.«

»Was ist los?«

»Du weißt, dass ich das nicht sagen darf. Ich hasse es, dass du mich den ganzen Weg nach McLean fahren musst, aber es ist ein absoluter Notfall.«

Scheiße. Denk nach, Jack. »Ich mache dir einen Vorschlag. Gerade hat mich mein Büro angerufen. Sie brauchen mich dort. Jemand hat Bedenken, was unsere Positionierung auf den asiatischen Märkten angeht, die am Montag öffnen. Du könntest mich bei meiner Firma absetzen und dann mit meinem Hummer in dein Büro weiterfahren.«

Ryan sah es sofort in ihren Augen. Sie wusste, dass er log. Sie schluckte es jedoch und ließ es dabei bewenden.

Wahrscheinlich war sie über die schlechte Nachricht, die sie gerade erfahren hatte, mehr besorgt als darüber, dass ihr Freund ein verlogener Bastard war.

»Klar. Kein Problem.«

Eine Minute später waren sie auf dem Weg zur Tür.

Auf dem Weg zu Hendley Associates sprachen sie kaum ein Wort.

Nachdem Melanie Jack abgesetzt hatte, fuhr sie in die Dunkelheit davon, und er betrat die Firma durch den Hintereingang.

Dom Caruso war bereits da und sprach in der Lobby mit dem diensthabenden Wachmann. Ryan ging zu ihm hinüber. »Was ist eigentlich los?«

Dom beugte sich zu seinem Cousin hinüber und flüsterte ihm ins Ohr: »Worst-Case-Szenario.«

Ryan bekam große Augen. Er wusste, was das bedeutete. »Eine islamische Bombe?«

Caruso nickte. »Die abgefangenen internen CIA-Meldungen besagen, dass letzte Nacht Ortszeit ein pakistanischer Rüstungszug überfallen worden ist. Dabei wurden *zwei* Zwanzig-Kilotonnen-Atombomben gestohlen. Sie befinden sich jetzt in den Händen einer unbekannten Gruppierung.«

»O mein Gott.«

69

Die beiden Bomben fanden sich nur Tage später im Himmel über Pakistan wieder. Rehan und seine Männer hatten sie in Container mit der Aufschrift »Textile Manufacturing, Ltd.« verpackt. Danach wurden sie in eine Antonow-An-26-Frachtmaschine der pakistanischen Charterfluggesellschaft Vision Air geladen.

Das erste Ziel war Duschanbe, die Hauptstadt Tadschikistans.

General Rehan hätte am liebsten die Dagestaner sofort an einen Ort befördert, wo sie der Öffentlichkeit mitteilen konnten, was sie getan hatten, und die ganze Welt mit ihren Bomben und Raketen bedrohen würden. Er wusste jedoch, dass Georgij Safronow klüger war als alle anderen Zellenmitglieder, Rebellenführer und Geheimdienstagenten, mit denen er in seiner ganzen Laufbahn zusammengearbeitet hatte. Georgij verstand mindestens so viel von Atomwaffen wie Rehan. Dem General war deshalb klar, dass er Safronows Operation zu hundert Prozent auch mit eigenen Mitteln unterstützen musste.

Dazu benötigten sie erst einmal zwei Dinge: einen privaten und sicheren Ort außerhalb von Pakistan, wo sie die Bomben einsatzbereit machen und in die Nutzlastcontainer der Dnjepr-1 einpassen konnten, und jemand, der das technische Wissen besaß, um das zu erledigen.

Der bilaterale Handel zwischen Tadschikistan und Pakistan war in den vergangenen vier Jahren sprunghaft angestiegen, und Frachtflüge zwischen Pakistan und Duschanbe waren mittlerweile Alltag geworden. Duschanbe lag außerdem auf halbem Weg zwischen Pakistan und dem Endziel der Nuklearwaffen, dem Kosmodrom Baikonur.

Die An-26 hatte bei ihrem Abflug von Lahore neben den beiden Frachtcontainern zwölf Passagiere an Bord: Rehan, Safronow, Khan, sieben Leibwächter Rehans und zwei pakistanische Kernwaffenexperten. Die Jamaat-Shariat-Kämpfer waren in einem zweiten Frachtflugzeug von Vision Air ebenfalls nach Duschanbe unterwegs.

Rehans JIM-Direktorat hatte die tadschikischen Zöllner und das dortige Flughafenpersonal bereits mit hohen Summen bestochen. Die beiden Flugzeuge würden also nach der Landung ihre Ladung und ihre Crew ohne Probleme ausladen können. Ein Mitglied der Stadtregierung von Duschanbe, das seit Langem als bezahlter Informant und Auslandsagent des ISI tätig war, würde sie auf dem Flughafenvorfeld mit Lastwagen, Fahrern und weiteren Frachtcontainern, die erst kürzlich aus Moskau angekommen waren, erwarten.

Der Campus war rund um die Uhr auf der Suche nach den Atombomben. Die CIA hatte nur Stunden nach dem Überfall interne ISI-Kommunikationen aufgefangen, und Langley und das National Counterterrorism Center in Liberty Crossing untersuchten in den folgenden Tagen, ob und wie weit der ISI an der Sache beteiligt war.

Das NCTC hatte weitere Informationen über Riaz Rehan aufgetan. Einiges davon hatte ihnen der Campus zugespielt, aber das meiste verdankten sie der Arbeit von Melanie Kraft. Jack Ryan und seine Analystenkollegen schauten ihr dabei meistens über die Schulter. Ryan war das irgendwie unheimlich, aber wenn Melanie auf etwas stieß, was sofortiges Handeln erforderte, konnte der Campus als Erster tätig werden.

Tony Wills arbeitete mit Ryan zusammen. Mehr als einmal hatte er sich dabei Melanie Krafts Rechercheergebnisse angeschaut und gemeint: »Deine Freundin ist klüger als du, Ryan.«

Jack glaubte, dass Wills nur zur Hälfte recht hatte. Sie war zwar klüger als er, aber er war sich nicht sicher, ob sie auch seine Freundin war.

Den Pakistanern gelang es auf bewundernswerte Weise, den Verlust der beiden Atombomben ganze achtundvierzig Stunden lang vor ihrer eigenen Öffentlichkeit und der Weltpresse geheim zu halten. In dieser Zeit unternahmen sie alles, um die Schuldigen zu ermitteln und die Bomben zu finden, aber die pakistanische Bundespolizei FIA erzielte keinerlei Ergebnisse. Es gab sofort Befürchtungen, dass es sich um einen Insiderjob handeln und der ISI darin verwickelt sein könnte. Aber die pakistanische Armee und der ISI waren weit mächtiger als die FIA, sodass diese Befürchtungen keine ernsthaften Ermittlungen nach sich zogen.

Als dann schließlich doch herauskam, dass es innerhalb Pakistans einen massiven Terrorangriff auf eine Eisenbahnlinie gegeben hatte, erfuhr die pakistanische Presse durch ihre Quellen in der Regierung schnell, dass an Bord des Zugs Nuklearwaffen gewesen waren. Als binnen Stunden offiziell bestätigt wurde, dass die beiden Nuklearsprengsätze, deren Typ und Sprengkraft nicht spezifiziert wurden, von unbekannten Kräften geraubt worden waren, betonten die höchsten Stellen des Militärs, der Regierung und der pakistanischen Atomenergiekommission PAEC, dass der Diebstahl der Waffen keine schwerwiegenden Konsequenzen habe. Man erklärte, dass die Sprengsätze mit einem sogenannten Fail-Safe-Zündungscode ausgerüstet seien, der es Unbefugten unmöglich mache, die Nuklearwaffen scharf zu machen und auszulösen.

Alle Parteien, die das behaupteten, taten dies nach bestem Wissen und Gewissen, und tatsächlich stimmte es auch. Allerdings behielt eine der beteiligten Parteien eine wichtige Information für sich, die im höchsten Maße relevant war.

Der Direktor der pakistanischen Atomenergiekommission verschwieg seiner Regierung, der Militärführung und der Öffentlichkeit, dass zwei seiner wichtigsten Nuklearphysiker, die diese Zündungscodes überbrücken und die Zündungssysteme rekonfigurieren konnten, im selben Moment wie die Bomben abhandengekommen waren.

Am nächsten Morgen standen die beiden Container, die angeblich der Firma Textile Manufacturing, Ltd. gehörten, auf einem staubigen Betonboden in einer Schulbusreparaturwerkstatt an der Kurban-Rachimow-Straße im nördlichen Teil von Duschanbe. Rehan und Safronow waren beide sehr zufrieden, für diesen Teil ihrer Operation eine solch günstige Örtlichkeit gefunden zu haben. Die ganze Anlage war von einer Mauer umgeben und nur durch ein Eingangstor betretbar. Von den baumgesäumten Straßen aus war deshalb nicht zu erkennen, dass sich fünfzig Ausländer auf dem Gelände aufhielten und arbeiteten. Dutzende von Lastwagen und Schulbussen standen im unterschiedlichsten Erhaltungszustand auf dem Hof herum. Die dagestanischen und pakistanischen Lkw fielen zwischen ihnen auch aus der Luft überhaupt nicht auf. Das große Werkstattgebäude war groß genug, um darin mehrere Schulbusse gleichzeitig reparieren zu können. Für die Bomben reichte der Platz allemal aus. Außerdem gab es auf dem Gelände zahlreiche Motorheber, Werkstattkräne und

Hebegestelle, die eigentlich für die Montage schwerer Schulbusmotoren gedacht waren.

Die einzigen Männer, die nicht einfach so herumstanden, sondern wirklich etwas taten, waren die beiden Physiker, die sonst für die pakistanische Atomenergiekommission tätig waren. Daheim in Pakistan wurden sie bereits vermisst. Die wenigen Menschen, die von ihrem Verschwinden wussten, sie aber nicht persönlich kannten, nahmen an, sie seien von Terroristen entführt worden. Wer sie jedoch kannte, glaubte keinen Augenblick daran, dass sie jemand erst dazu zwingen musste. Fast alle ihre Kollegen wussten, dass sie radikale Islamisten waren. Einige hatten das akzeptiert, bei anderen hatte das ein gewisses Unbehagen verursacht. Trotzdem hatten sie dazu geschwiegen.

Beide Gruppen vermuteten jetzt, dass sie in die Sache verstrickt waren.

Tatsächlich waren die beiden Physiker, Dr. Nishtar und Dr. Noon, der festen Ansicht, dass Pakistans Nuklearwaffen kein Eigentum der Zivilregierung seien. Auch sollten sie nicht mit hohem Kostenaufwand – von den Gefahren ganz zu schweigen – hergestellt und gelagert werden, nur um dann als eine Art hypothetisches Abschreckungsmittel, als unsichtbare Schachfigur, zu dienen. Nein. Pakistans Atomwaffen gehörten der Umma, der Gemeinschaft der Muslime. Sie sollten deshalb dem Wohl aller Gläubigen dienen.

Die beiden Physiker waren Riaz Rehan treu ergeben, und sie waren sich sicher, dass jetzt der richtige Zeitpunkt war, weil er ihnen das sagte. Noon und Nishtar verstanden nicht alles, was da um sie herum vor sich ging, aber ihre Aufgabe war ihnen klar. Sie mussten die Waffen einsatzbereit machen und den Einbau in die Nutzlastcontainer überwachen. Danach würden sie mit dem ISI-General nach Pakistan zurückkehren und dort untertauchen, bis Rehan ihnen verkündete, es sei jetzt für sie sicher, wieder an die Öffentlichkeit zu treten, um als Helden des Staates geehrt zu werden.

Noon und Nishtar arbeiteten jetzt bereits mehr als drei Stunden in der kalten Werkstatt. Ab und zu wärmten sie ihre Hände über einem Brikettofen auf, der in einer Ecke stand. Gerade entfernten sie die nuklearen Sprengsätze aus ihren Mk84-Bombenhüllen. Dies war notwendig, damit sie später in die Nutzlastverkleidungen hineinpassen würden. Einige von Rehans Leibwächtern standen bereit, um ihnen mit Motorhebern und Hebebühnen zu helfen. Safronow bot seine Jamaat-Shariat-Männer für diese Arbeit an, aber Rehan lehnte ab. Sie sollten stattdessen das Werkstattgelände nach außen sichern. Sobald die Bomben Duschanbe verließen, würden sie Safronow gehören. Im Moment seien sie jedoch in seiner, Rehans, Obhut und seine eigenen Leute würden sich darum kümmern.

Als Noon und Nishtar einige Daten in einem Laptop nachschauten, der auf einem Tisch neben dem Nutzlastcontainer stand, traten Rehan und Safronow hinter sie. Der General legte den beiden Männern seine dicken Pranken auf die Schulter. »Meine Herren, wie kommen Sie voran?«

Dr. Nishtar antwortete, während er in den Container schaute und die Konfiguration des Sprengkopfs überprüfte. »Noch ein paar Minuten, dann beginnen wir mit der zweiten Bombe. Wir haben den Startcodemechanismus überbrückt und einen Höhenzünder eingebaut.«

»Den würde ich gerne sehen.«

Noon deutete auf ein Gerät an der Seite der Bombe. Es sah wie eine metallene Aktentasche aus und enthielt mehrere verkabelte mechanische Teile sowie eine Computertastatur und eine LED-Anzeige. »Der Radarhöhenmesser ist bereits eingestellt. In einer Höhe von 18 000 Metern wird er den Sprengkopf scharf machen, und wenn dieser auf 300 Meter abgesunken ist, wird er detonieren. Der Zünder verfügt auch über ein Back-up-Barometer sowie eine manuelle Korrektureinrichtung, mit der Sie einen neuen Zündzeitpunkt einstellen können. Die werden Sie natürlich bei einem solchen Raketenstart nicht benötigen. Außerdem werden wir an der Tür des Nutzlastcontainers eine Sabotagesicherung anbringen. Wenn jemand den Container zu öffnen versucht, um die Waffe zu entwenden, wird der Atomsprengkopf explodieren.«

Georgij lächelte und nickte. Er war den Männern für ihre Unterstützung der dagestanischen Sache dankbar. »Die andere Bombe werden Sie genauso einrichten?«

»Natürlich.«

»Ausgezeichnet«, sagte Rehan und klopfte den Männern auf die Schulter. »Lassen Sie sich nicht stören.«

Einige Minuten später verließ Safronow die Werkstatt, während Rehan noch einen Moment dablieb. Er kehrte zu den beiden Physikern zurück und sagte: »Ich habe eine kleine Bitte an Sie beide.«

»Was immer Sie wünschen, General«, sagte Dr. Noon.

Neunzig Minuten später umarmte der General Georgij Safronow vor dem Werkstattgebäude. Danach schüttelte er jedem einzelnen dagestanischen Kämpfer die Hand. Er nannte sie tapfere Brüder und versprach ihnen, dass er in seinem Land Straßen nach ihnen benennen würde, wenn sie zu Märtyrern werden würden.

Dann verließen Rehan, Khan, die beiden Physiker und Rehans Leibwächtertruppe in vier Fahrzeugen das Gelände, nachdem sie jede Spur ihrer Anwesenheit beseitigt hatten. Zurück blieben die dagestanischen Kämpfer und die beiden Dnjepr-1-Nutzlastcontainer.

Nur Minuten später brachen auch die Dagestaner auf.

Zuvor hatten sie die pakistanischen Geschenke vorsichtig auf ihre Sattelschlepper geladen. Jetzt stand ihnen eine lange Fahrt nach Norden bevor.

John Clark saß schon den ganzen Morgen auf einer kleinen Parkbank auf dem Puschkinplatz im Herzen Moskaus. In der Nacht zuvor waren fünf Zentimeter Schnee gefallen, aber jetzt war der Himmel wieder hell und klar. Er zog einen »taktischen Vorteil« aus der Kälte, indem er einen schweren Mantel und eine dicke Pelzmütze trug. Wenn sich jetzt seine Frau neben ihn auf die Parkbank gesetzt hätte, dann hätte sie ihn nicht erkannt.

Das kam ihm im Moment auch gut zupass. Im Park hielten sich auch noch zwei französische Muskelpakete auf, die denselben Ort beobachteten wie er. Er hatte sie und zwei ihrer Kollegen bereits am Tag zuvor entdeckt. Die beiden anderen hielten sich in einem geschlossenen Lieferwagen auf, der ein Stück weiter in der Uspenskij Pereulok parkte und dort Tag und Nacht rund um die Uhr den Motor laufen ließ. Clark hatte den dampfenden Auspuff auf einem seiner Erkundungsgänge durch die Nachbarschaft bemerkt. Es war nur eine von Dutzenden Anomalien gewesen, die sein geschultes Auge in den Straßen der Umgebung seiner Zielperson gesehen hatte. Die anderen Anomalien hatten sich nach einer kurzen Überprüfung als unbedenklich herausgestellt, aber die beiden Franzosen im Park und der Lieferwagen, der den ganzen Tag im Stehen den Motor laufen ließ, bedeuteten, dass seine Verfolger seine Zielperson als Köder benutzen wollten.

In Tallinn war ihnen das misslungen, aber hier in Moskau waren sie fest entschlossen, nicht wieder zu versagen.

Clark beobachtete aus den Augenwinkeln die Eingangstür von Oleg Kowalenkos Wohnung. Der alte russische Spion hatte sie den ganzen gestrigen Tag nicht verlassen, aber das hatte Clark nicht weiter überrascht. Ein Rentner in seinem Alter würde sich nur dann auf die vereisten Moskauer Straßen wagen, wenn es wirklich nötig war. Wahrscheinlich waren in der ganzen eiskalten Stadt Zehntausende alter Menschen über das Wochenende freiwillig in ihren winzigen Wohnungen geblieben.

Am Tag zuvor hatte Clark sich in einem Einkaufszentrum ein Prepaid-Handy gekauft. Er hatte Kowalenkos Nummer im Telefonbuch gefunden und daran gedacht, den Mann einfach anzurufen und mit ihm ein Treffen an einem sicheren Ort zu vereinbaren. Aber Clark war sich nicht sicher, ob die Franzosen das Telefon des ehemaligen KGB-Agenten nicht bereits angezapft hatten, deshalb verzichtete er darauf.

Stattdessen hatte er einen Großteil des Tages auf der Suche nach einer Möglichkeit verbracht, wie er in die Wohnung des Russen gelangen könnte, ohne die Franzosen auf sich aufmerksam zu machen. Gegen zwei Uhr nachmittags hatte er eine Idee, als eine alte Frau mit einer rosafarbenen Mütze ihr Rollwägelchen aus dem Vordereingang des Gebäudes schob und in westlicher Richtung den Platz überquerte. Er folgte ihr in einen Supermarkt, wo sie einige Lebensmittel kaufte. In der Kassenschlange stellte er sich neben sie und benutzte sein eingerostetes Russisch, um mit ihr ein Gespräch anzufangen. Er entschuldigte sich für seine schlechten Sprachkenntnisse und erklärte ihr, er sei ein amerikanischer Zeitungsreporter, der gerade an einem Artikel arbeite, wie die »echten« Moskowiter mit den Unbilden des harten Winters fertigwürden.

Clark bot ihr an, ihren Einkauf zu bezahlen, wenn sie sich zu einem kurzen Interview mit ihm bereit erklärte.

Swetlana Gasanowa war von der Gelegenheit begeistert, mit diesem netten jungen Ausländer ein Schwätzchen halten zu können. Sie bestand darauf, ihn in ihre Wohnung mitzunehmen – sie lebte schließlich ja nur ein Stück die Straße hinunter – und ihm einen Tee zu machen.

Die Späher im Park achteten nicht auf ein altes Paar, das das Gebäude betrat. Außerdem war Clark dermaßen in seinen Mantel und seine Mütze eingehüllt, dass sie ihn nicht einmal erkannt hätten, wenn er direkt vor ihrer Nase gestanden hätte. Er trug sogar den Einkaufskorb, um den Eindruck zu vermitteln, dass er in diesem Haus wohnte.

John Clark plauderte eine halbe Stunde mit der alten Rentnerin. Sein Russisch war wirklich nicht sehr gut, aber er lächelte und nickte viel und trank den mit Marmelade gesüßten Tee, den sie ihm gemacht hatte, während sie ihm von der Gasgesellschaft, ihrem Hauswirt und ihrer Schleimbeutelentzündung erzählte.

Gegen sechzehn Uhr wurde sie müde. Er dankte ihr für ihre Gastfreundschaft, schrieb sich ihre Adresse auf und versprach, ihr eine Zeitungskopie zu schicken. Sie führte ihn noch zur Wohnungstür, und er versicherte ihr, dass er sie bei seinem nächsten Moskauaufenthalt bestimmt wieder besuchen werde.

Im Treppenhaus warf er die Adresse der Frau in einen Aschenbecher und ging die Treppe hinauf statt hinunter.

Clark verzichtete darauf, an Oleg Kowalenkos Wohnungstür zu klopfen. In Frau Gasanowas Wohnung war ihm aufgefallen, dass die schweren Eichentüren in diesem alten Gebäude nur mit großen, leicht zu knackenden Stiftschlössern gesichert waren. John hatte sich bereits vor einigen Tagen in einer Pfandleihe hier in Moskau einen kleinen Satz zahnärztlicher Instrumente gekauft und sie zu Dietrichen verbogen, die er in dieser Form bereits früher in Russland benutzt hatte. Die holte er jetzt aus seiner Manteltasche: einen Halbdiamanten, eine Schlange und einen Spanner. Halbdiamant und Schlange nahm er in den Mund. Nachdem er sichergestellt hatte, dass sich außer ihm niemand im

Treppenhaus aufhielt, führte er den Spanner ins Schlüsselloch ein, drehte ihn ganz leicht gegen den Uhrzeigersinn und hielt das Instrument mit seinem rechten kleinen Finger in Spannung. Dann holte er mit seiner linken Hand die Schlange aus dem Mund und schob sie über dem Spanner in das Schlüsselloch. Er hielt die Spannung mit seinem kleinen Finger aufrecht und bewegte gleichzeitig mit beiden Händen die Schlange über den federgelagerten Stiften vor und zurück und drückte sie auf diese Weise hinunter.

Am Schluss blieben noch zwei Stifte übrig. Er steckte die Schlange wieder in den Mund, nahm den Halbdiamanten, schob ihn ins Schloss und drückte dann ganz langsam die beiden letzten Stifte nach unten.

Mit einem befriedigenden Klicken, das in der Wohnung hoffentlich nicht so laut widerhallte, drehte der Spanner jetzt den Kern des Schließzylinders, und das Schloss öffnete sich.

Schnell steckte John seine Werkzeuge in die Tasche und zog seine Pistole.

Er stieß die Tür auf und schlich in die Küche der winzigen Wohnung. Dahinter lag ein abgedunkeltes kleines Wohnzimmer mit einer Couch, einem winzigen Couchtisch, einem Fernsehgerät und einem Esstisch, auf dem mehrere Schnapsflaschen standen. Der dicke Oleg Kowalenko saß mit dem Rücken zum Zimmer auf einem Stuhl am Fenster und schaute durch seine schmutzigen Vorhänge auf die Straße hinaus.

»Wie lange wird es dauern, bis sie wissen, dass ich hier bin?«, fragte Clark auf englisch.

Kowalenko fuhr zusammen, stand auf und drehte sich um. Seine Hände waren leer, sonst hätte ihm Clark eine .45er-Kugel in seinen fetten Bauch gejagt.

Der dicke Russe fasste sich an die Brust. Sein Herz schlug ihm offensichtlich bis zum Hals vor Schreck. Nach kurzer Zeit setzte er sich jedoch wieder hin. »Ich weiß es nicht. Haben sie Sie hineingehen sehen?«

»Nein.«

»Dann brauchen Sie keine Angst zu haben. Sie haben mehr als genug Zeit, um mich zu töten.«

Clark senkte die Pistole und schaute sich um. Selbst Manfred Kromms kleine Wohnung war besser gewesen als das hier. *Scheiße,* dachte der Amerikaner. So wenig Dank für all die Jahre im Dienste des Landes. Dieser alte russische Spion, der alte ostdeutsche Spion Kromm und John Clark, selbst ein alter amerikanischer Spion.

Drei Männer, die dasselbe Schicksal ereilt hatte.

»Ich werde Sie nicht töten.« Clark nickte in Richtung der leeren Wodkaflaschen. »Sie sehen nicht so aus, als ob Sie dazu meine Hilfe bräuchten.«

Kowalenko dachte darüber nach. »Dann wollen Sie Informationen haben?«

Jetzt zuckte Clark die Achseln. »Ich weiß, dass Sie Paul Laska in London getroffen haben. Ich weiß, dass auch Ihr Sohn Walentin in die Sache verwickelt ist.«

»Walentin befolgt die Befehle seiner Vorgesetzten, so wie Sie das tun. Und so wie ich es getan habe. Er hat nichts Persönliches gegen Sie.«

»Was sind das für Typen da drüben im Park?«

»Ich glaube, Laska hat sie geschickt, damit sie Sie fangen«, sagte Kowalenko. »Sie arbeiten für die französische Detektei Fabrice Bertrand-Morel. Mein Sohn ist wieder in London, sein Anteil an dieser Affäre war rein politisch und gewaltlos. Er hatte mit den Männern, die Sie jagen, nichts zu tun.« Der alte Russe nickte in Richtung der Pistole in Clarks Rechter. »Ich wäre überrascht, wenn mein Junge jemals eine Waffe angerührt hat.« Er kicherte. »Er ist so verdammt zivilisiert.«

»Stehen Sie mit den Männern dort unten in Kontakt?«

»In Kontakt? Nein. Sie sind bei mir gewesen. Sie haben mir von Ihnen erzählt. Sie würden hierherkommen, aber sie würden mich schützen. Bis vorgestern hatte ich noch nie von Ihnen gehört. Ich habe nur das Treffen zwischen Walentin und Pavel ... Entschuldigung ... Paul organisiert. Sie haben mir nicht erzählt, worüber sie sich unterhalten haben.«

»Laska arbeitete in der Tschechoslowakei für den KGB.« Clark äußerte das als Feststellung.

Kowalenko leugnete das nicht ab. Er sagte nur: »Pavel Laska war ein Feind eines jeden Landes, in dem er je gelebt hat.«

John fällte über Laska kein Urteil. Der amerikanische Ex-CIA-Agent wusste, dass der skrupellose KGB den Geist des jungen Paul Laska zerstört und ihn zu etwas gemacht haben könnte, was er freiwillig nie geworden wäre.

Das Schlachtfeld des Kalten Kriegs war von gebrochenen Menschen übersät.

»Ich mache mir jetzt einen Drink, wenn Sie mir versprechen, dass Sie mir nicht in den Rücken schießen werden«, sagte Oleg. Clark winkte ihn zu seinen Flaschen hinüber, und der dicke Russe beugte sich über den Tisch. »Wollen Sie auch etwas?«

»Nein.«

»Also, was haben Sie jetzt von mir erfahren? Nichts. Fahren Sie heim. In ein paar Wochen haben Sie einen neuen Präsidenten. Er wird Sie schützen.«

Clark sagte es nicht, aber nicht er suchte bei Jack Ryan Schutz. Es war gerade umgekehrt. Er musste Ryan davor bewahren, dass er durch die Verbindung zu ihm und dem Campus bloßgestellt wurde.

Kowalenko stand am Tisch und goss sich ein großes Glas Wodka ein. Er ging mit der Flasche und mit dem Glas in der Hand zu seinem Stuhl zurück.

»Ich möchte mit Ihrem Sohn sprechen.«

»Ich kann sein Büro in der Londoner Botschaft anrufen. Aber ich bezweifle, dass er zurückrufen wird.« Kowalenko kippte das halbe Glas hinunter und stellte die Flasche auf das Fensterbrett. Dabei schob er sie leicht gegen die Vorhänge. »Sie hätten vielleicht mehr Glück, wenn Sie ihn selbst anrufen würden.«

Der Russe schien die Wahrheit zu sagen. Er hatte keine großartige Beziehung zu seinem Sohn, und dieser war ganz bestimmt nicht hier. Vielleicht kam Clark in London irgendwie an ihn heran. Er musste es zumindest versuchen. Nach Moskau zu kommen, um vom alten Oleg irgendwelche Informationen zu erhalten, war eine Sackgasse gewesen.

Clark steckte seine Pistole in die Tasche zurück. »Ich lasse Sie jetzt bei Ihrem Wodka. Wenn Sie mal mit Ihrem Jungen reden, sagen Sie ihm, ich würde gerne mit ihm sprechen. Nur ein freundliches Gespräch. Er wird von mir hören.«

Der Amerikaner drehte sich um, um durch die Küche die Wohnung zu verlassen, aber der russische Rentner rief hinter ihm her. »Wollen Sie wirklich nicht einen mit mir trinken? Es wird Sie aufwärmen.«

»Njet«, sagte John, als er an die Wohnungstür kam.

»Vielleicht könnten wir über alte Zeiten reden.«

Clarks Hand stoppte kurz über der Türklinke. Er drehte sich um und kehrte ins Wohnzimmer zurück.

Oleg zwang sich ein kleines Lächeln ab. »Ich bekomme nicht viel Besuch. Da kann ich nicht auch noch wählerisch sein, oder?«

Clark ließ die Augen in Windeseile noch einmal durch das ganze Zimmer wandern. Sein Blick blieb an der Wodkaflasche auf dem Fensterbrett hängen. Oleg hatte sie vorhin so gegen die Vorhänge gedrückt, dass diese jetzt geschlossen waren.

Es war ein Signal an die Männer im Park. »Scheißkerl«, rief Clark und rannte durch die Küche und durch die Tür ins Treppenhaus.

Dort hörte er das Zirpen eines Walkie-Talkies und die schweren Schritte zweier Männer. John rannte zum nächsten Treppenabsatz hinauf. Dort stand ein schwerer metallener Abfalleimer. Er legte ihn vor der obersten Stufe auf die Seite und wartete, bis die Männer fast auf dem nächstunteren Treppenabsatz angekommen waren. Dann versetzte er dem Eimer einen Tritt. Er sah gerade noch, wie der erste Mann um den Absatz herumkam. Er hatte einen schweren schwarzen Mantel an und hielt eine kleine schwarze Pistole und ein Funkgerät in der Hand. John zog seine eigene Pistole.

Der Metalleimer wurde immer schneller, je weiter er die Stufen hinunterrollte. Kurz vor den Männern schleuderte es ihn in die Luft, und er prallte mit einer solchen Wucht auf sie, dass sie rückwärts auf den Fliesenboden knallten. Ein Mann ließ dabei seine Pistole fallen, der andere konnte jedoch seine Waffe festhalten und versuchte jetzt, auf den Mann über ihm zu zielen.

John feuerte eine einzige Kugel ab, sie brannte eine rote Rille in die linke Wange des Mannes.

»Fallen lassen!«, rief Clark.

Der Mann folgte der Aufforderung. Er und sein Partner hoben noch im Liegen die Hände.

Trotz des Schalldämpfers war der Widerhall des Schusses in dem engen Treppenhaus schmerzhaft laut. Bestimmt waren ein paar Bewohner schon auf dem Weg zum Telefon, um die Polizei zu verständigen. Er ging langsam die Treppe hinunter und zwischen den beiden Männern hindurch, wobei er seine Pistole ständig auf sie gerichtet hielt. Er nahm ihnen ihre Waffen, Walkie-Talkies und Handys ab. Einer der beiden fluchte Clark auf französisch an, hielt dabei aber weiterhin die Hände in die Höhe, insofern war es John egal. Clark setzte seinen Weg die Treppe hinunter fort, ohne ein weiteres Wort zu sagen.

Eine Minute später verließ er das Mietshaus durch den Hintereingang und warf die Ausrüstung der Männer in einen Mülleimer.

Für einen kurzen hoffnungsvollen Moment glaubte er, er sei jetzt in Sicherheit, bis ein weißer Lieferwagen auf der anderen Straßenseite vorbeifuhr und plötzlich scharf bremste. Vier Männer sprangen heraus. Zwischen ihnen und John lagen jedoch acht Spuren Nachmittagsstoßverkehr. Trotzdem begannen die vier über die Straße zu rennen und dabei um die Autos Slalom zu laufen.

John selber war schon längst wieder unterwegs. Sein ursprüngliches Ziel war die Metrostation Puschkinskaja gewesen. Aber die Männer waren nur noch fünfzig Meter hinter ihm und viel schneller als er. Die U-Bahn-Station würde seine Flucht nur aufhalten. Sie hätten ihn längst eingeholt, bevor er in einen Zug steigen konnte. Deshalb rannte er jetzt quer über die Twerskaja-Straße. Dieses Mal musste *er* acht Spuren in einem verrückten Tanz durch den Verkehr überwinden.

Auf der anderen Seite angekommen, schaute er kurz über die Schulter. Inzwischen waren sechs Mann hinter ihm her, und sie waren nur noch fünfundzwanzig Meter entfernt.

Sie würden ihn fassen, das war jetzt klar. Sie waren zu viele, sie waren zu gut ausgebildet, zu gut koordiniert und, wie er zugeben musste, einfach verdammt zu jung und fit, als dass er ihnen durch ganz Moskau hätte davonlaufen können.

Er entkam ihnen zwar nicht, aber er konnte mit ein wenig List und Tücke seine Gefangennahme nach seinen eigenen Vorstellungen gestalten.

John lief jetzt etwas schneller in dem Bemühen, den Abstand zu seinen Verfolgern wieder ein wenig zu vergrößern. Dabei holte er das Prepaid-Handy aus der Manteltasche, das er sich am Tag zuvor gekauft hatte.

Das Handy hatte eine »Automatische Antwort«-Taste. Drückte man diese, nahm das Gerät automatisch jedes eingehende Gespräch nach dem zweiten Klingelton entgegen. Clark stellte das Telefon entsprechend ein und bog in eine Seitenstraße ab, die zum Puschkinplatz führte. Es war eigentlich eher eine Gasse, aber Clark sah nach kurzer Zeit, wonach er suchte. Ein städtischer Müllwagen kam ihm entgegen, der gerade einen Müllcontainer hinter der McDonald's-Filiale geleert hatte. John nahm das Handy, schaute auf die Nummer auf der Anzeige und warf es dann in hohem Bogen hinten auf den Lastwagen, als dieser nach links abbog.

Dann rannte Clark ins Hamburger-Restaurant, als seine Verfolger hinter ihm gerade um die Ecke kamen.

Er lief an lächelnden Angestellten vorbei, die ihn freundlich fragten, ob sie ihm helfen könnten, und drückte sich durch die Menge der wartenden Kunden hindurch, die ihrerseits zurückdrückten.

Er versuchte, durch eine Seitentür zu entkommen, aber dort fuhr gerade eine schwarze Limousine vor und zwei Männer mit dunklen Sonnenbrillen und schweren Mänteln stürzten heraus.

Clark zog sich wieder ins Restaurant zurück und machte sich dann in die Küche auf.

Die McDonald's-Filiale am Puschkinplatz war das größte McDonald's der ganzen Welt. Es gab dort Platz für neunhundert Gäste. Clark hatte offensichtlich gerade den größten Nachmittagsandrang erwischt. Schließlich schaffte er es doch durch die Menschenmassen hindurch und in die Küche hinein.

In einem dahinterliegenden Büroraum hob er den Hörer ab und wählte die Nummer, die er gerade auswendig gelernt hatte. »Mach schon! Mach schon!«

Nach zwei Klingeltönen hörte er ein Klicken und wusste, dass der Anruf durchgestellt worden war.

In diesem Moment tauchten in der Tür des Büros seine sechs bewaffneten Verfolger auf.

Clark rief in das Telefon hinein: »Fabrice Bertrand-Morel, Paul Laska und Walentin Kowalenko von der SWR.« Als die sechs Männer näher kamen, wiederholte er die Namen noch einmal. Dann legte er auf.

Der Größte der Crew hob seine Pistole hoch über den Kopf und ließ sie dann auf John Clarks Nasenrücken heruntersausen.

Und dann wurde alles schwarz.

Als Clark aufwachte, war er in einem dunklen fensterlosen Raum an einen Stuhl gefesselt. Sein Gesicht schmerzte, seine Nase schmerzte, und in seinen Nasenlöchern steckte anscheinend blutige Gaze.

Er spuckte Blut auf den Boden.

Es gab nur einen Grund, warum er noch lebte. Sein »Telefongespräch« hatte sie verwirrt. Jetzt würden diese Männer, ihr Boss und ihre Auftraggeber herauszufinden versuchen, mit wem er da gesprochen hatte. Wenn sie ihn jetzt töteten, nachdem er diese Informationen weitergegeben hatte, würde ihnen das gar nichts nützen.

Jetzt mussten sie ihn so lange schlagen, bis er seine Kontaktperson verriet. Immerhin würden sie ihm im Moment keine Kugel in den Schädel jagen.

Noch nicht, jedenfalls.

70

Das Kosmodrom Baikonur lag nördlich des Syr-Darja in den weiten Steppen der früheren Sowjetrepublik Kasachstan. Es war sowohl der größte als auch der älteste Weltraumbahnhof der Erde. Das gesamte Gelände hatte eine Ausdehnung von etwa fünfundachtzig Kilometer in Nord-Süd- und hundertfünfundzwanzig Kilometer in Ost-West-Richtung. Auf dem Areal gab es zahlreiche Gebäude, Startrampen, Raketensilos, Kontrollzentren, Montage- und Wartungskomplexe, Radar-Verfolgungsstationen, Straßen, ein Flugfeld und einen Bahnhof. Die benachbarte Stadt Baikonur hatte ihr eigenes Flugfeld, und gleich daneben gab es einen weiteren Bahnhof in Tjuratam.

Die erste Startrampe war hier in den Fünfzigerjahren am Beginn des Kalten Kriegs errichtet worden. Von hier war im April 1961 Juri Gagarin als erster Mensch ins Weltall gestartet, dreißig Jahre später hatten die Zeiten der kommerziellen Raumfahrtindustrie begonnen. Inzwischen war Baikonur zum Zentrum der russischen kommerziellen Raumfahrt geworden. Russland hatte das Gelände von Kasachstan gepachtet, bezahlte diese Pacht jedoch nicht mit Dollar, Rubel oder Euro, sondern mit Militärmaterial.

Seit beinahe zwanzig Jahren ging Georgij Safronow jetzt durch diese Hallen, stand an diesen Startrampen und fuhr schwere Lastwagen durch diese Steppe. Er war das Gesicht des neuen Russlands auf dem Gebiet der Weltraumindustrie, so wie Gagarin ein halbes Jahrhundert früher das Aushängeschild der sowjetischen Raumfahrt gewesen war.

An seinem ersten Tag nach seiner Rückkehr nach Baikonur, dem Tag vor dem geplanten Start der ersten der drei Dnjepr-Raketen, saß der fünfundvierzigjährige Safronow in seinem provisorischen Büro im Kontrollzentrum, das etwa acht Kilometer westlich der drei Startsilos lag, die für den Start der Dnjepr-Raketen vorgesehen waren. Das Dnjepr-Areal war zwar einige Dutzend Quadratkilometer groß, im Vergleich zu den Startanlagen für die Sojus-, Proton- und Rokot-Raketen des Kosmodroms jedoch relativ klein.

Georgij schaute aus seinem Fenster im ersten Stock in den leichten Schneefall hinaus, der den Blick auf die entfernt liegenden Startanlagen trübte. Irgendwo da draußen standen in drei Silos drei dreißig Meter hohe Raketen, denen nur noch ihre Spitzen fehlten. Bald würden sie diese bekommen, und dann würden diese drei Betonlöcher zum wichtigsten und gefürchtetsten Ort auf diesem Planeten werden.

Ein Klopfen an der Tür seines Büros riss ihn aus seinen Gedanken.

Alexander Werbow, Safronows Direktor für Startoperationen, lehnte sich in die Tür. »Entschuldigung, Georgij, aber die Amerikaner von Intelsat sind da. Da ich sie nicht zum Kontrollraum mitnehmen kann, habe ich ihnen gesagt, ich schaue mal, ob Sie beschäftigt sind.«

»Es wäre mir ein Vergnügen, meine amerikanischen Kunden zu treffen.«

Safronow stand auf, als sechs Amerikaner das kleine Büro betraten. Er lächelte zuvorkommend und schüttelte jedem die Hand. Sie waren hier, um den Start ihres Kommunikationssatelliten zu beobachten. Tatsächlich würde jedoch der Nutzlastcontainer, der ihren Satelliten enthielt, gegen einen Container ausgetauscht werden, der im Moment noch in einem Eisenbahnwaggon einige Kilometer vom Kosmodrom entfernt unter Bewachung stand.

Während er Hände schüttelte und Höflichkeiten austauschte, wusste er, dass diese fünf Männer und die eine Frau schon sehr bald tot sein würden. Sie waren Ungläubige, und ihr Tod war belanglos, aber dennoch konnte er den Gedanken nicht abschütteln, dass diese Frau ziemlich hübsch war.

Georgij verfluchte seine Schwäche. Er wusste, dass sein Fleisch im Jenseits belohnt werden würde. Er erinnerte sich selbst daran, während er die attraktive Geschäftsfrau anlächelte und ihr tief in die Augen sah, bevor er zum nächsten Amerikaner weiterging, einem kleinen, fetten, bärtigen Mann mit einem Doktorgrad in irgendetwas völlig Unwichtigem.

Nachdem die Amerikaner kurze Zeit später sein Büro wieder verlassen hatten, kehrte er an seinen Schreibtisch zurück. Er wusste, dass er diesen ganzen Höflichkeitszirkus noch einmal mit seinen japanischen und britischen Kunden wiederholen musste. Das Startzentrum war offiziell für Ausländer verboten, aber Safronow hatte den Repräsentanten seiner Kundenfirmen erlaubt, zumindest die Büros im ersten Stock zu betreten.

Den ganzen Tag über hatte er die Vorbereitung der Raketen überwacht. Eigentlich gab es dafür andere Mitarbeiter, immerhin war Georgij ja der Präsident des Unternehmens, aber Safronow hatte sein persönliches Engagement damit erklärt, dass es sich hier um den ersten Mehrfachstart der Dnjepr in der Geschichte handele und ihnen für die drei Starts nur ein Fenster von sechsunddreißig Stunden zur Verfügung stehe. Deshalb wolle er persönlich sicherstellen, dass alles nach Plan verlaufe. Dies könnte ihnen künftig noch weitere Kunden verschaffen, wenn mehrere Unternehmen gleichzeitig ihre Satelliten in einem ganz spezifischen Zeitfenster in den Weltraum befördern wollten. Die Dnjepr-Rakete konnte in einem einzigen Nutzlastmodul mehrere Satelliten befördern. Das war jedoch nur dann hilfreich, wenn die Kunden alle dieselbe Umlaufbahn erreichen wollten. Dagegen würden bei dem Dreifach-Start in den nächsten beiden Tagen Satelliten nach Süden und nach Norden aufsteigen.

Zumindest dachte das jeder.

Niemand runzelte über Safronows persönliches Engagement die Stirn. Safronow war als Unternehmensführer bekannt, der immer an vorderster Front auftauchte. Außerdem kannte kaum einer das Dnjepr-Raketensystem so gut wie er.

Allerdings wusste niemand, dass seine Kenntnisse weitgehend auf Arbeiten beruhten, die er bereits vor über einem Jahrzehnt verrichtet hatte.

Als die ballistischen Interkontinentalraketen vom Typ R-36 Ende der Achtzigerjahre außer Dienst gestellt wurden, blieben 308 von ihnen in Staatsbesitz und wurden eingelagert. Safronows Unternehmen begann in den späten Neunzigerjahren im Rahmen eines Vertrags mit der russischen Regierung die R-36 in zivile Trägerraketen umzubauen. Zu dieser Zeit war jedoch das amerikanische Space-Shuttle-Programm in vollem Gang und Amerika plante sogar noch weitere Raumfahrzeuge für die nähere und fernere Zukunft.

Safronow hatte deshalb Angst, dass allein durch kommerzielle Raumflüge der Einsatz der Dnjepr-Raketen für sein Unternehmen nicht genug Gewinn abwerfen könnte, deswegen entwickelte er auch andere Pläne bezüglich ihrer Verwendung.

So verfolgte er mehr als ein Jahr lang die Idee, die Dnjepr-1 als Seenotrettungsmittel einzusetzen. Wenn zum

Beispiel ein Schiff vor der Küste der Antarktis unterzugehen drohte, könnte man ihm mit einer Rakete aus Kasachstan einen Behälter hinüberschicken, der immerhin Rettungsmaterial im Gewicht von anderthalb Tonnen enthielt. Die Dnjepr könnte solche Lasten in weniger als einer Stunde über neunzehntausend Kilometer mit einer Zielgenauigkeit von weniger als zwei Kilometern zustellen. Auch bei anderen Notfällen in der ganzen Welt könnte man die benötigten Hilfsmittel auf diese Weise vor Ort bringen, eine zugegebenermaßen teure, aber unvergleichlich schnelle Form der »Luftpost«.

Er wusste, dass das ziemlich fantastisch klang. Trotzdem arbeitete er über Monate mit einem Wissenschaftlerteam an der Telemetrie dieser Idee und entwickelte sogar entsprechende Computermodelle. Letztendlich jedoch führte das alles zu nichts, vor allem als die Vereinigten Staaten nach dem Absturz der Challenger eine ganze Zeit lang keine Space-Shuttle-Flüge mehr durchführten.

Als Safronow jedoch vor einigen Monaten von seinem Treffen mit General Ijaz zurückkehrte, holte er seine alten Computerdisketten hervor und stellte ein Team zusammen, das untersuchen sollte, wie man die Dnjepr-Raketen anstatt in eine Erdumlaufbahn nur in die hohe Atmosphäre aufsteigen lassen konnte, von wo aus sie anschließend auf einen ganz bestimmten Ort auf der Erdoberfläche stürzen würden, um kurz vor dem Aufprall einen Fallschirm mit einem Nutzlastbehälter abzuwerfen.

Seine Techniker und Wissenschaftler hielten das für ein reines Gedankenexperiment, erledigten jedoch ihre Arbeit zu Safronows voller Zufriedenheit. Danach integrierte er das Softwareprogramm mit den entsprechenden Ausführungsbefehlen heimlich in das Startprogramm des Kontrollzentrums.

Jetzt meldete sich die Montageabteilung per Telefon.

Inzwischen hatten sie die drei Satelliten in die Nutzlastcontainer gepackt und diese dann in die Raketenspitzen eingekapselt, in denen die Satelliten in die Erdumlaufbahn hinaufbefördert werden würden – zumindest glaubten das deren Eigentümer. Die Raketenspitzen würden jetzt durch die sogenannten Krokodile, für solche Zwecke entwickelte gewaltige Mobilkräne, zu den Startsilos gebracht und dort auf die riesigen dreistufigen Trägerraketen aufmontiert werden, die in den Silos bereits auf sie warteten. Der Prozess würde mehrere Stunden bis in den späten Abend hinein dauern. Ein Großteil der Kosmos-Mitarbeiter würde das Kontrollzentrum verlassen, um die Startvorbereitungen vor Ort zu überwachen oder zumindest zu beobachten. Dies gab Georgij genug Zeit, um zu seinen Männern, die sich drunten in der Stadt Baikonur aufhielten, Kontakt aufzunehmen und den Angriff vorzubereiten.

Bisher verlief alles nach Plan. Safronow hatte auch nichts anderes erwartet, da jeder seiner Schritte allein auf Allahs Willen beruhte.

Die Franzosen, die für Fabrice Bertrand-Morel arbeiteten, mochten vielleicht gute Detektive und gute Menschenjäger sein, aber als Verhörspezialisten waren sie nach John Clarks Meinung eine Katastrophe. In den letzten beiden Tagen hatten sie ihn geschlagen, getreten, ihm Ohrfeigen versetzt, das Essen verweigert und ihm sogar verboten, auf die Toilette zu gehen.

Trotzdem, *das* sollte Folter sein?

Sicher, der Kiefer des Amerikaners war geschwollen und tat höllisch weh, und er hatte zwei Zahnkronen verloren. Und sicher, er war gezwungen gewesen, sich selbst anzupissen, und er hatte wahrscheinlich in den zwei Tagen so viel Gewicht verloren, dass er sich nach seiner Freilassung sofort neue Kleidung besorgen musste. Aber nein, diese

Jungs hatten nicht die leiseste Ahnung, wie man jemand zum Sprechen brachte.

John hatte nicht den Eindruck, dass die Männer von ihrem Chef irgendwelche Zeitbeschränkungen bekommen hatten. Seit er hier war, waren es immer die gleichen sechs Männer. Sie hatten ihn in ein gemietetes Haus gesteckt, das wahrscheinlich irgendwo in der Nähe von Moskau lag, und sich gedacht, sie könnten ihn ein paar Tage herumstoßen und verprügeln, bis er seine Kontakte und Auftraggeber enthüllen würde. Sie fragten ihn oft nach Jack Ryan. Jack Ryan sr. Sie erkundigten sich nach Johns gegenwärtigem Job. Und sie fragten ihn nach dem Emir. Er bekam den Eindruck, dass seine Vernehmer über den Kontext der Informationen, die sie aus ihm herausholen sollten, viel zu wenig wussten, um ihre Befragung auf geeignete Weise durchführen zu können. Jemand – Laska oder FBM oder Walentin Kowalenko – hatte ihnen einige Fragen übermittelt, die sie stellen sollten, und das taten sie jetzt.

Befragung. Keine Antworten. Bestrafung. Das Ganze von vorne.

Zwar hatte Clark nicht gerade Spaß. Wenn es jedoch nach ihm ging, konnte das noch über eine Woche so weitergehen, bevor es ihm wirklich lästig wurde.

Er hatte schon weit Schlimmeres durchgemacht. Mein Gott, das SEAL-Training war viel, viel schlimmer gewesen als diese Scheiße hier.

Ein Franzose, den John für den Nettesten der ganzen Truppe hielt, betrat den Raum. Er trug jetzt einen schwarzen Trainingsanzug. Die Männer hatten sich alle neue Kleidung gekauft, nachdem Clark ihre Anzüge mit seinem Schweiß, seinem Blut und seiner Kotze versaut hatte.

Er setzte sich aufs Bett. Clark war auf seinem Stuhl festgebunden. »Mr. Clark, Ihre Zeit wird knapp. Erzählen Sie mir von Emir, Monsieur Yasin. Sie haben zusammengearbeitet mit Jacques Ryan, um ihn zu finden, mit ein paar alten Freunden von die CIA, vielleicht? *Oui?* Sie sehen, wir wissen viel über Sie und die Organisation, mit der Sie arbeiten, aber wir brauchen noch etwas mehr von diese Informationen. Sie geben uns das, ist doch nicht so schlimm, und dann können Sie nach Hause.«

Clark verdrehte die Augen.

»Ich will nicht, dass meine Freunde Sie wieder schlagen. Das ist nicht gut. Sie reden, ja?«

»Nein.« Sein Kiefer tat weh, aber er war sich sicher, dass er bald noch mehr schmerzen würde.

Der Franzose zuckte die Achseln. »Ich rufe meine Freunde. Sie werden Sie verletzen, Monsieur Clark.«

»Solange sie nicht so viel reden wie Sie …«

Georgij Safronow war sich sicher, dass er jede Einzelheit seines Plans durchdacht hatte. Am Morgen des großen Tages hatten sich die dreiundvierzig verbliebenen Jamaat-Shariat-Kämpfer, die in der Nähe Stellung bezogen hatten, bereits in einzelne Gruppen aufgeteilt. Dabei benutzten sie Taktiken, die sie während ihrer Ausbildung durch das äußerst fähige Haqqani-Netzwerk in Nordwasiristan gelernt hatten.

Aber zu jeder militärischen Auseinandersetzung gehörten zwei Parteien, deshalb hatte es Safronow auch nicht versäumt, seinen Gegner, die Sicherheitstruppe des Kosmodroms, zu studieren.

Ursprünglich war die russische Armee für die Sicherheit in Baikonur verantwortlich, aber die zog schon vor Jahren ab. Seit dieser Zeit lag der Schutz des 6700 Quadratkilometer großen Geländes in den Händen eines Privatunternehmens aus Taschkent.

Dessen Männer fuhren durch das gesamte Gebiet Patrouille, ein paar Männer hielten an den Eingangstoren Wache, und es gab auch eine Kaserne, in der eine größere Truppe stationiert war. Allerdings waren die Außengrenzen des Gebiets oft nur durch einen niedrigen, reparaturbedürftigen Zaun und über weite Strecken gar nicht gesichert.

Obwohl das Land aus der Ferne topfeben aussah, wusste Safronow, dass die Steppe kreuz und quer von Trockentälern und natürlichen Senken durchzogen war, die ein Angreifer ausnutzen konnte. Er wusste auch, dass eine lokale muslimische Rebellentruppe, die Hizb ut-Tahrir, in der Vergangenheit in das Gelände einzudringen versucht hatte. Sie war jedoch so schwach und schlecht ausgebildet, dass sie dadurch nur die Illusion der kasachischen Miettruppen verstärkte, sie seien gegen einen echten Angriff gerüstet.

Dieser Angriff stand unmittelbar bevor. Mal sehen, wie gerüstet sie tatsächlich waren.

Safronow selbst hatte sich mit dem Kommandeur der Wachtruppe angefreundet. Der Mann besuchte regelmäßig das Dnjepr-Kontrollzentrum, wenn ein Start anstand. Georgij hatte ihn am Abend zuvor angerufen und ihn gebeten, er solle doch etwas früher vorbeikommen, denn die Kosmos-Raumfahrtgesellschaft habe aus Moskau ein Zeichen der Anerkennung geschickt, um sich für seine gute Arbeit zu bedanken.

Der Sicherheitschef war begeistert und meinte, er werde gegen halb neun in Safronows Büro vorbeikommen.

Es war jetzt 7.45 Uhr, und Safronow ging schnellen Schrittes in seinem Büro hin und her.

Er hatte Angst, dass sein fleischliches Wesen vielleicht nicht zu tun vermochte, was getan werden musste, und das ließ ihn zittern wie Espenlaub. Sein Gehirn sagte ihm, was er zu tun hatte, aber er war sich nicht sicher, ob er es tatsächlich über sich bringen würde.

Sein Telefon klingelte, und er war dankbar für die Unterbrechung.

»Ja?«

»Hallo, Georgij.«

»Hallo, Alexander.«

»Haben Sie einen Moment Zeit?«

»Ich bin ziemlich beschäftigt. Ich gehe gerade die Zahlen des zweiten Starts durch. Ich werde dafür nach dem ersten Start heute Nachmittag nicht viel Zeit haben.«

»Ich verstehe. Aber ich muss unbedingt über diesen Start heute Nachmittag mit Ihnen sprechen. Ich habe da einige Bedenken.«

Verdammt! Nicht jetzt, dachte Georgij. Er mochte seine Zeit heute Morgen nicht mit einer technischen Frage vergeuden, die etwas mit einem Satelliten zu tun hatte, dessen weiteste Reise die Entfernung vom Startsilo sein würde, neben dem ihn seine Männer ablegen würden, wenn sie ihn durch ihr eigenes Nutzlastmodul ersetzten.

Trotzdem musste er so lange wie nötig so tun, als ob alles ganz normal verlaufen würde.

»Kommen Sie vorbei.«

»Ich bin gerade in der Flugdatenkontrolle. Ich kann in fünfzehn Minuten bei Ihnen sein, zwanzig Minuten, wenn die Straßen zu vereist sein sollten.«

Der Direktor für Startoperationen Alexander Werbow brauchte zwanzig Minuten, bis er im Büro seines Präsidenten im Kontrollzentrum eintraf. Er trat ohne zu klopfen ein, stampfte mit den Füßen, zog seinen schweren Mantel aus und setzte seine Fellmütze ab. »Verdammt kalt heute Morgen, Georgij«, sagte er mit einem Grinsen.

»Was gibt es so Dringendes?« Safronow wurde die Zeit knapp. Er musste seinen Kollegen so bald wie möglich loswerden.

»Es tut mir leid, aber wir müssen wohl den heutigen Flug absagen.«

»Was? Warum?«

»Die Telemetrie hat Software-Probleme. Sie wollen das Ganze genau untersuchen, es dann abschalten und neu hochfahren. Einige unserer Daten-Erfassungs- und -verarbeitungssysteme werden ein paar Stunden betroffen sein. Das nächste Fenster, um alle drei Raketen wie geplant in schneller Folge zu starten, ist ja bereits in drei Tagen. Deshalb empfehle ich, die Startsequenz abzubrechen, die Hochdruckgeneratoren abzustellen, den Treibstoff aus allen drei Trägerraketen abzupumpen und die Nutzlasten in eine temporäre Lagerungskonfiguration zu versetzen. Es wird eine Verzögerung geben, aber wir werden immer noch den Rekord für ein enges Startfenster aufstellen, was ja schließlich unser letztendliches Ziel ist.«

»Nein!«, rief Safronow. »Die Startsequenz geht weiter. Ich will, dass Silo 109 genau um zwölf Uhr startbereit ist.«

Werbow traute seinen Ohren nicht. Eine solche Reaktion hatte er von Safronow noch nie erlebt, selbst wenn die Nachrichten schlecht waren. »Ich verstehe nicht, Georgij Michailowitsch. Haben Sie mir denn nicht zugehört? Ohne korrekte Telemetrie-Daten wird das Europäische Raumflugkontrollzentrum einen solchen Flug niemals erlauben. Sie werden den Start abbrechen. Sie wissen das.«

Safronow schaute seinen alten Mitarbeiter eine ganze Weile an. »Ich will, dass dieser Start stattfindet. Ich möchte, dass alle Raketen in ihren Silos startbereit gemacht werden. Sie brauchen sich keine Sorgen zu machen, Alexander. Alles wird gut gehen.«

»Was ist eigentlich los?«

Safronows Hände zitterten, und er krallte ein Stück Stoff seines Hosenbeins zusammen. Immer wieder flüsterte er ein Mantra vor sich hin, das ihn Suleiman Murschidow gelehrt hatte. »Eine Sekunde Dschihad entspricht hundert Jahren Gebet. Eine Sekunde Dschihad entspricht hundert

Jahren Gebet. Eine Sekunde Dschihad entspricht hundert Jahren Gebet.«

»Haben Sie etwas gesagt?«

»Gehen Sie jetzt!«

Alexander Werbow schaute ihn schweigend an, dann drehte er sich langsam um und ging den Flur hinunter. Er war gerade erst drei Meter weit gekommen, als ihm Safronow von seinem Büro aus hinterherrief.

»Ich mache nur Spaß, Alex! Es ist alles in Ordnung. Wir können den Start verschieben, wenn die Telemetriker das verlangen.«

Werbow schüttelte den Kopf. Mit einem geschnaubten Kichern, einer Mischung aus Freude und Verwirrung, kehrte er ins Büro zurück. Erst als er durch die Tür trat, bemerkte er die Pistole in Safronows Hand. Er lächelte ungläubig, als ob er nicht glaube, dass die Waffe überhaupt echt sei. »Georgij Michailowitsch … Was machen Sie …«

Safronow feuerte nur einen einzigen Schuss aus seiner schallgedämpften Makarow-Selbstladepistole ab. Sie drang in Alexanders Solarplexus ein, durchschlug seine Lunge, zerschmetterte eine Rippe und trat dann am Rücken wieder aus. Alex fiel nicht gleich zu Boden, er zuckte zusammen, als er den Schuss hörte, zögerte einen Moment und schaute dann zu dem Blutfleck hinunter, der sich auf seinem braunen Overall immer weiter ausbreitete.

Georgij dachte, dass Alexander eigentlich viel Zeit brauchte, bis er endlich tot war. Beide Männer sagten kein Wort, sondern schauten einander nur mit einem ähnlichen Ausdruck von Fassungslosigkeit an. Dann griff Alex hinter sich, fand einen Vinylstuhl neben der Tür und ließ sich auf ihn fallen.

Nach einigen Sekunden schloss er die Augen, sein Kopf sank zur Seite, und ein langer letzter Atemzug entrang sich seiner beschädigten Lunge.

Georgij brauchte noch ein paar weitere Sekunden, um selbst wieder zu Atem zu kommen. Dann legte er die Pistole auf seinen Schreibtisch.

Er zog den Toten in seinem Stuhl zum Wandschrank in seinem Büro. Dort hatte er zuvor für einen Mann Platz gemacht, aber das hätte eigentlich der Sicherheitschef sein sollen. Jetzt würde er diesen Platz erweitern müssen, wenn der Kasache in ein paar Minuten eintraf.

Safronow kippte Werbows Leiche aus dem Stuhl auf den Boden des Schranks hinunter, stieß noch dessen Füße hinein und schloss die Tür. In aller Eile holte er eine Rolle Toilettenpapier aus dem Badezimmer und wischte damit die Blutstropfen auf seinem Büroboden auf.

Zehn Minuten später lag der Kommandeur der Sicherheitstruppe von Baikonur ebenfalls tot in Safronows Büro. Er war ein großer, kräftiger Mann und trug immer noch seinen Mantel und schwere Stiefel. Georgij starrte den Leichnam und den Hundeblick des Toten an und hätte sich am liebsten übergeben. Er fasste sich jedoch wieder und wählte mit zitternder Hand eine Nummer auf seinem Handy.

Als sich auf der anderen Seite jemand meldete, sagte er nur: »*Allahu Akbar*. Es ist Zeit.«

71

Ohne ihren Kommandeur hatte die kasachische Sicherheitstruppe nicht den Hauch einer Chance. Die Jamaat-Shariat-Terroristen griffen das Haupttor um genau 8.54 Uhr in dichtem Schneetreiben massiv an. Sie töteten die vier Torwachen und vernichteten mit ihren RPGs drei Lastwagen voller Verstärkungstruppen, bevor die Kasachen auch nur einen einzigen Schuss hatten abgeben können.

Der Schneefall ließ etwas nach, als sich die sechs dagestanischen Fahrzeuge – vier Pick-ups mit jeweils sechs Mann Besatzung und zwei Sattelschlepper, die die Nutzlastcontainer beförderten, mit sechs bzw. sieben Mann Besatzung – an einer Kreuzung in der Nähe des Kontrollzentrums trennten. Ein Pick-up fuhr zum Montagekomplex, um die sechzehn Ausländer unter Kontrolle zu bringen, die hier in Baikonur für die drei ausländischen Satellitenunternehmen tätig waren. Die beiden Sattelschlepper fuhren zu den Startsilos. Eine Sechsmanneinheit blieb an der Stelle stehen, wo die Zugangsstraße zum Dnjepr-Areal von der Hauptstraße abzweigte. Sie kletterten aus ihrem Fahrzeug und stiegen in einen niedrigen Betonbunker hinunter, der früher der russischen Armee als Wachposten gedient hatte, aber jetzt halb in den schneebedeckten Grasflächen der Steppe begraben war. Hier brachten sie ihre RPGs und mit Zielfernrohren ausgerüsteten Gewehre in Stellung. Sie waren bereit, jedes fremde Fahrzeug auszuschalten, das sich ihnen näherte.

Die beiden übrigen Sechsmannteams fuhren zum Kontrollzentrum, wo sie zum ersten Mal auf heftigen Widerstand stießen. Es gelang den zwölf Sicherheitsleuten, fünf der zwölf Angreifer zu töten, bevor sie selbst überrannt wurden. Einige Wachmänner ließen daraufhin ihre Waffe fallen und hoben die Hände, aber die Dagestaner brachten diese Kasachen dort um, wo sie sich ergeben hatten.

Die Reaktion der übrigen Kasachen auf den Überfall war nach dem plötzlichen Verschwinden ihres Kommandeurs vollkommen unkoordiniert. Obwohl ihre Kaserne ganz in der Nähe lag, führten sie erst nach zwanzig Minuten einen Gegenangriff durch. Sobald ihnen jedoch an der Kreuzung die ersten RPGs entgegenflogen und beinahe ihren vordersten Lastwagen erwischt hätten, kehrten sie in ihre Unterkünfte zurück, um ihre Strategie zu überdenken.

Im Kontrollzentrum waren die Zivilisten im Erdgeschoss in Deckung gegangen, während draußen der Angriff tobte. Als das Schießen aufhörte, das am Ende eher wie eine Reihe Exekutionen geklungen hatte, und die russischen Raumfahrtingenieure schluchzend, betend und fluchend auf den Fortgang der Ereignisse warteten, kam Georgij Safronow plötzlich allein die Treppe herunter. Seine Freunde und Angestellten bedrängten ihn mit Schreien und Rufen, aber er ignorierte sie alle und öffnete die Tür.

Die Jamaat-Shariat-Kämpfer nahmen das Kontrollzentrum ein, ohne einen weiteren Schuss abzufeuern. Alle wurden jetzt in den Kontrollraum geführt, wo Georgij eine Ansage machte.

»Tun Sie, was ich Ihnen sage, und Sie werden am Leben bleiben. Verweigern Sie jedoch auch nur einen einzigen Befehl, werden Sie sterben.«

Die Männer, seine Männer, schauten ihn fassungslos an.

Einer der drei am Notausgang postierten Kämpfer reckte sein Gewehr in die Luft. *»Allahu akbar!«*

Georgij Safronow strahlte. Er hatte jetzt das Sagen.

Die Ersten, die außerhalb des Kosmodroms von dem Angriff in Baikonur erfuhren, waren die Leute des European Space Operations Center (ESOC) in Darmstadt, die die Satelliten operationell betreuen würden, wenn diese ihre Umlaufbahn erreicht hatten. Sie hatten gerade mit den Verantwortlichen im Dnjepr-Kontrollzentrum eine Videokonferenz über die Startvorbereitungen durchgeführt, als sie beobachten konnten, wie die Leute im Kontrollraum um ihr Leben rannten. Sie beobachteten auch, wie sie von bewaffneten Terroristen eskortiert wieder zurückkamen und als Letzter der Präsident der Kosmos-Raumfahrtgesellschaft, Georgij Safronow, den Raum betrat.

Safronow trug eine Kalaschnikow um den Hals und war von Kopf bis Fuß in einen Wintertarnanzug gehüllt.

Als Erstes brach er die Videoverbindung zum ESOC ab.

Der Kontrollraum des Dnjepr-Startkontrollzentrums hätte niemand beeindruckt, der in Film oder Fernsehen einmal das amerikanische Kennedy Space Center gesehen hatte, dieses riesige Amphitheater mit seinen gigantischen Wand-Displays, in dem Dutzende von Wissenschaftlern, Ingenieuren und Astronauten hinter ihren Flachbildschirmen arbeiteten.

Die Dnjepr-Raketen wurden dagegen von einem Raum aus gestartet und kontrolliert, der eher dem Computerraum einer gut ausgestatteten Volkshochschule glich. An langen Tischen voller Kontrollbildschirme und Computer war Platz für insgesamt dreißig Mitarbeiter. An der vorderen Wand hingen zwei große Displays. Das eine zeigte Telemetrie-Daten und das andere eine Live-Aufnahme des geschlossenen Deckels des Startsilos 109, der bereits die erste der drei Dnjepr-Raketen enthielt, die in den nächsten vierzig Stunden starten sollten.

Um den Startplatz herum wirbelte der Schnee. Acht mit Gewehren bewaffnete Männer in weiß-grau gemusterten Tarnanzügen hatten auf den niedrigen Türmen und Kränen, die über die ganze Startanlage verteilt waren, Stellung bezogen und überwachten von dort aus die verschneite Steppe.

Safronow hatte die ganze letzte Stunde über Telefon und Walkie-Talkie mit dem technischen Direktor des Montagekomplexes gesprochen und ihm dabei genau erklärt, was an jedem Startplatz zu tun war. Als der Mann protestierte und sich weigerte, Safronows »Wünsche« zu erfüllen, befahl Georgij seinen Kämpfern, einen Mitarbeiter des technischen Direktors zu erschießen. Nach dem Tod seines Kollegen machte der Direktor keine Probleme mehr.

»Stoppt die Bildübertragung von Startplatz 109«, befahl Georgij. Sofort erlosch der zweite große Bildschirm im Kontrollraum.

Er wollte nicht, dass die Männer hier mitbekamen, in welchen Silos sich die beiden Raketen mit den Nuklearsprengköpfen befanden und in welchem die Trägerrakete mit dem verbliebenen Satelliten steckte.

Jetzt stellte sich Safronow vor den Mitarbeitern des Startkontrollzentrums auf, um ihnen zu erklären, was hier eigentlich vor sich ging.

»Wo ist Alexander?«, fragte Maxim Jeschow, der stellvertretende Startdirektor von Kosmos. Er brachte als Erster den Mut auf, etwas zu sagen.

»Ich habe ihn getötet, Maxim. Ich wollte es nicht, aber meine Mission machte es erforderlich.«

Jetzt starrten ihn endgültig alle nur noch schweigend an, als er ihnen die Lage darlegte.

»Wir tauschen gerade die Nutzlasten in den Raketenspitzen aus. Dies erledigen wir direkt an den Startanlagen. *Meine* Männer überwachen das Ganze, und der technische Direktor des Montagekomplexes leitet *seine* Männer an. Sobald er mir mitteilt, dass die Arbeiten beendet sind, fahre ich zu den Startsilos hinüber und überprüfe das Ergebnis. Wenn er getan hat, worum ich ihn gebeten habe, können er und alle seine Mitarbeiter gehen, wohin sie wollen.«

Die Startkontrollmannschaft schaute den Präsidenten der Kosmos-Raumfahrtgesellschaft immer noch bestürzt und fassungslos an.

»Sie glauben mir nicht, nicht wahr?«

Einige Männer schüttelten den Kopf.

»Das habe ich vorausgesehen. Meine Herren, Sie kennen mich doch seit vielen Jahren. Bin ich ein böser Mensch?«

»Nein«, sagte einer von ihnen mit einem Anflug von Hoffnung in der Stimme.

»Natürlich nicht. Ich bin ein pragmatischer, effizienter und intelligenter Mann.«

Jetzt nickten alle.

»Vielen Dank. Ich wollte Ihnen nur zeigen, dass ich Ihnen gebe, was Sie wollen, wenn Sie mir geben, was ich will.« Georgij sprach in sein Funkgerät hinein: »Lasst alle Russen und Kasachen, die sich noch im Montagekomplex aufhalten, frei. Sie können natürlich ihre Privatfahrzeuge benutzen. Nur die Busse müssen leider dableiben. Es gibt hier viele Leute, die eine Transportgelegenheit benötigen, wenn dies alles vorbei ist.« Er hörte zu, wie seine Untergebenen den Befehl bestätigten. »Und bittet sie, bei der Telefonzentrale hier anzurufen, wenn Sie das Kosmodrom verlassen haben. Sie sollen ihren Freunden im Kontrollzentrum erzählen, dass das Ganze keine Täuschung war. Ich habe nicht den Wunsch, noch irgendjemand zu verletzen. Die Menschen hier im Kosmodrom sind meine Freunde.«

Die Belegschaft des Kontrollzentrums entspannte sich sichtlich. Georgij war von seiner eigenen Großmut überwältigt. »Sehen Sie? Tun Sie, was ich von Ihnen verlange, und Sie werden Ihre Familien wiedersehen.«

»Und was genau sollen wir tun?«, fragte Jeschow, der jetzt der De-facto-Anführer der Geiseln im Startzentrum war.

»Sie werden das tun, weswegen Sie hierhergekommen sind. Sie werden den Start dreier Raketen vorbereiten.«

Niemand fragte nach den näheren Einzelheiten, obwohl einige durchaus vermuteten, womit die Raketen beladen wurden.

Wie er richtig gesagt hatte, war Safronow ein effizienter und pragmatischer Mann. Er ließ die Belegschaft des Montagekomplexes deswegen frei, weil er sie nicht länger benötigte. Die Kämpfer, die sie bisher bewacht hatten, wollte er zu den Startsilos verlegen, um diese vor möglichen Speznaz-Angriffen zu schützen. Außerdem würde dieser Beweis seines guten Willens die Wahrscheinlichkeit erhöhen, dass die Mitarbeiter des Kontrollzentrums seine Befehle befolgten.

Sobald er jedoch die Kontrolleure nicht mehr brauchte, hätte er keinen Grund, sie noch länger am Leben zu lassen. Er würde sie als Teil seiner Botschaft an die Ungläubigen in Moskau töten.

Das ESOC in Darmstadt berichtete unter anderem seinen Ansprechpartnern in Moskau über den Angriff, und diese alarmierten den Kreml. Nach einem einstündigen Telefongespräch wurde eine direkte Leitung zwischen dem Kreml und Baikonur eingerichtet. Safronow stand jetzt mit einem Headset im Kontrollzentrum und unterhielt sich mit dem Leiter der russischen Raumfahrtbehörde Wladimir Gamow, der sich in einem hastig eingerichteten Krisenzentrum im Kreml aufhielt. Die beiden Männer kannten sich schon eine Ewigkeit.

»Was geht da drunten vor sich, Georgij Michailowitsch?«

»Zuerst einmal sollten Sie mich ab jetzt Magomed Dagestani nennen«, erwiderte Safronow. Mohammed der Dagestaner.

Auf der anderen Seite der Leitung hörte Safronow im Hintergrund jemand *»Sukin syn«* – Hurensohn – murmeln. Das ließ ihn lächeln. Anscheinend wurde gerade jedem im Kreml klar, dass drei Dnjepr-Raketen unter der Kontrolle nordkaukasischer Separatisten standen.

»Warum, Georgij?«

»Sind Sie zu beschränkt, um das zu verstehen?«

»Helfen Sie mir.«

»Weil ich kein Russe bin. Ich bin Dagestaner!«

»Das ist nicht wahr! Ich kenne Ihren Vater, seit wir beide in Sankt Petersburg waren. Da waren Sie noch ein Kind!«

»Sie haben meinen Vater kennengelernt, nachdem er mich adoptiert hatte. Meine Eltern waren Dagestaner. Muslime! Mein Leben war eine einzige Lüge. Diese Lüge werde ich jetzt berichtigen!«

Es gab eine lange Pause. Im Hintergrund murmelten Männer. Der Leiter der Raumfahrtbehörde gab dem Gespräch eine neue Richtung. »Wir haben erfahren, dass Sie siebzig Geiseln in Ihrer Gewalt haben.«

»Das stimmt nicht. Ich habe bereits siebzehn Männer freigelassen und werde weitere fünfzehn freilassen, sobald sie von den Silos zurückkehren. Das dürfte in höchstens einer halben Stunde der Fall sein.«

»Von den Silos? Was stellen Sie mit diesen Raketen an?«

»Ich gedenke, sie auf russische Ziele zu lenken.«

»Das sind *Raum*fahrzeuge. Wie wollen Sie …«

»Sie waren nicht immer kommerzielle Raumfahrzeuge.

Früher waren sie R-36! Ballistische Interkontinentalraketen! Ich habe ihnen ihre alte Bedeutung zurückgegeben!«

»Die R-36 beförderte nukleare Gefechtsköpfe, keine Satelliten, Safronow.«

Georgij machte eine lange Pause. »Das stimmt. Ich hätte mich deutlicher ausdrücken sollen. Ich habe zwei Raketen zu ihrer alten Größe zurückgeführt. Die dritte hat keinen atomaren Sprengkopf an Bord, aber sie verfügt trotzdem über große kinetische Energie.«

»Wovon sprechen Sie überhaupt?«

»Ich spreche davon, dass ich zwei Zwanzig-Kilotonnen-Atombomben in die Nutzlastmodule von zwei der drei Dnjepr-1-Trägerraketen geladen habe. Die Raketen befinden sich bereits in ihren Startsilos, und ich halte mich gerade im Startkontrollzentrum auf. Die Waffen, und ich nenne sie Waffen, weil sie nicht länger reine Raketen sind, sind auf große russische Bevölkerungszentren gerichtet.«

»Diese Nuklearwaffen, von denen Sie sprechen …«

»Ja. Das sind die Atombomben, die in Pakistan vermisst werden. Meine Mudschaheddin-Kämpfer und ich haben sie sich dort besorgt.«

»Die Pakistaner haben uns versichert, dass die Waffen in ihrem gegenwärtigen Zustand nicht zur Explosion gebracht werden können. Sie bluffen. Selbst wenn Sie die Bomben haben sollten, können Sie nichts damit anfangen.«

Safronow hatte das erwartet. Die Russen verachteten sein Volk eben zutiefst. Er wäre erstaunt gewesen, wenn sie anders reagiert hätten.

»In fünf Minuten werde ich eine E-Mail an Sie persönlich und die Abteilungsleiter Ihrer Behörde senden, die bestimmt intelligenter sind als Sie. Als Anhang werden Sie dort eine Datei finden, in der die Decodierungssequenz aufgeführt ist, die wir benutzt haben, um die Bomben zu einsatzbereiten Nuklearsprengköpfen zu machen. Zeigen

Sie sie Ihren Nuklearexperten. Sie werden Ihnen deren Richtigkeit bestätigen. In der Datei befinden sich auch einige Digitalfotos der Höhenzünder, die wir aus der Rüstungsfabrik in Wah Cantonment gestohlen haben. Zeigen Sie die Ihren Munitionsexperten. Außerdem gibt es in dieser Datei auch mehrere mögliche Flugbahnen für unsere Dnjepr-Raketen, falls Sie mir nicht glauben, dass ich diese Nutzlasten an jeden beliebigen Ort der Erde lenken kann. Zeigen Sie die Ihren Raketeningenieuren. Sie werden den Rest des Tages an ihren Rechnern zubringen, aber sie werden am Ende meine Angaben bestätigen.«

Safronow wusste nicht, ob der Russe ihm glaubte. Er hätte eigentlich weitere Nachfragen erwartet, aber stattdessen sagte der Leiter der russischen Raumfahrtbehörde nur: »Wie lauten Ihre Forderungen?«

»Ich möchte einen Beweis dafür haben, dass der Held der dagestanischen Revolution Israpil Nabijew noch am Leben ist. Wenn Sie mir den geben, lasse ich noch ein paar Geiseln frei. Wenn Sie Kommandant Nabijew freilassen und hierher zu mir bringen, werde ich außer einer Rumpfmannschaft von Technikern alle anderen hier gehen lassen. Wenn Sie alle russischen Truppen aus dem Kaukasus abziehen, werde ich eine der mit einem atomaren Sprengkopf bestückten Dnjepr-Raketen stilllegen. Und wenn ich, Kommandant Nabijew und meine Männer das Gebiet sicher verlassen haben, werde ich auch auf die Kontrolle über die andere Waffe verzichten. Wenn Sie wollen, kann diese ungute Lage, in der Sie sich jetzt befinden, bereits in ein paar Tagen eine Sache der Vergangenheit sein.«

»Ich kann das nicht allein entscheiden.«

»Sie können das besprechen, mit wem immer Sie wollen. Aber eines sollten Sie nicht vergessen. Ich habe hier sechzehn ausländische Geiseln in meiner Gewalt. Sechs stammen aus den Vereinigten Staaten, fünf aus Großbritannien und fünf aus Japan. Ich werde mit der Exekution dieser Gefangenen beginnen, wenn ich nicht bis morgen früh um neun Uhr mit Nabijew sprechen kann. Und ich werde die Raketen starten, wenn Russland nicht innerhalb von zweiundsiebzig Stunden den Kaukasus verlassen hat. *Dobryj djen.*« Guten Tag.

72

In der eindrucksvollen Bibliothek seines Anwesens in Newport, Rhode Island, betrachtete Paul Laska gedankenvoll das Telefon auf seinem Schreibtisch und lauschte dem tiefen Ticken der Mahagoni-Standuhr draußen in der Eingangshalle.

Die Zeit tickte.

Vor fünf Tagen hatte ihm Fabrice Bertrand-Morel mitgeteilt, dass Clark Kowalenko gefunden habe und jetzt wisse, dass Laska etwas mit der Weitergabe des Dossiers an die Kealty-Regierung zu tun hatte. Seit fünf Tagen rief ihn jetzt Bertrand-Morel alle zwölf Stunden an und erzählte ihm immer wieder die gleiche Geschichte. Der ergraute Spion habe bisher nichts über seine Kontaktpersonen mitgeteilt und auch nicht enthüllt, wem er was erzählt hatte. Jedes Mal hatte Laska eine weitere Frage hinzugefügt, die die Franzosen dem Mann stellen sollten. Er hoffte dadurch Informationen zu gewinnen, die er zu seinen Gunsten verwenden könnte, wenn die falschen Leute erfahren sollten, dass er mit den Russen konspiriert hatte.

Es ging jetzt nicht mehr um die Verteidigung des Emirs oder die Vernichtung Jack Ryans, obwohl Paul darauf selbst jetzt noch hoffte. Nein, inzwischen war der tschechische Einwanderer um sein eigenes Überleben besorgt. Die Dinge waren ganz und gar nicht nach Plan verlaufen.

Das FBI hatte Clarks Verhaftung vergeigt und auch FBM hatte Clark nicht erwischen können, bevor dieser von Laskas Beteiligung erfahren und diese Information sogar weitergegeben hatte.

Paul Laska entschied, dass es jetzt Zeit war, dieses Spiel zu beenden. Er hob den Hörer ab und wählte eine Nummer, die in der vor ihm liegenden Kladde stand. Er kannte die Nummer von Anfang an, hatte jedoch nie gedacht, sie irgendwann zu benötigen. Jetzt ließ sich dieser Anruf nicht länger vermeiden.

Nach vier Klingeltönen ging jemand in London ans Handy.

»Ja?«

»Guten Abend, Walentin. Hier ist Paul.«

»Hallo, Paul. Meine Quellen haben mir erzählt, dass es da ein Problem gibt.«

»Zu diesen Quellen zählt Ihr Vater, nehme ich an.«

»Ja.«

»Also ja, da gibt es ein Problem. Ihr Vater hat mit Clark geredet.«

»Clark hätte es gar nicht bis Moskau schaffen dürfen. Das war Ihr Fehler, nicht meiner.«

»Na gut, Walentin. Ich gebe das zu. Aber jetzt sollten wir uns mit der Welt befassen, wie sie ist, und nicht, wie sie sein sollte.«

Es gab eine lange Pause. »Warum rufen Sie an?«

»Wir haben Clark. Wir halten ihn in Moskau fest und versuchen herauszufinden, wie viel Belastendes er über uns hat.«

»Das klingt vernünftig.«

»Schon, nur, die Männer, die für uns arbeiten, sind keine Verhörspezialisten. Sie können zwar prügeln, aber ich glaube, dass Sie auf diesem Gebiet über Kenntnisse verfügen, die uns weit hilfreicher sein würden.«

»Wollen Sie damit andeuten, dass ich Menschen foltere?«

»Das weiß ich nicht, obwohl ich mir vorstellen könnte, dass es in Ihrer DNA liegt. Viele Leute haben nach ein paar Stunden in einem Keller mit Ihrem Vater gar nicht mehr aufgehört zu reden.«

»Es tut mir leid, Paul, aber meine Organisation möchte nicht weiter in diese Sache verwickelt werden. Ihre Seite hat verloren. Die neuesten Entwicklungen in Kasachstan benötigen im Moment unsere ganze Aufmerksamkeit. Die Begeisterung, eventuell Jack Ryan zu Fall zu bringen, ist verflogen.«

Laska schäumte. »Sie können sich nicht einfach so davonschleichen, Walentin. Die Operation ist noch nicht zu Ende.«

»Für uns schon, Paul.«

»Seien Sie kein Narr. Sie stecken genauso tief drin wie ich. Clark hat seiner Kontaktperson auch Ihren Namen genannt.«

»Unglücklicherweise ist mein Name der CIA schon lange bekannt. Er kann über mich sagen, was er möchte.«

Jetzt konnte Laska seine Wut nicht länger verhehlen. »Vielleicht, aber wenn ich jetzt den *Guardian* anrufe, werden Sie morgen der bekannteste russische Agent in Großbritannien sein.«

»Sie drohen, mich als SWR-Agent zu outen?«

Laska ließ nicht locker. »Sie als SWR-Resident und Ihren Vater als KGB-Agent. Ich bin mir sicher, dass es in den ehemaligen Satellitenstaaten immer noch eine Menge wütender Menschen gibt, die gerne wüssten, wer für den Tod ihrer Angehörigen verantwortlich war.«

»Sie spielen ein gefährliches Spiel, Mr. Laska. Ich bin bereit, dieses Gespräch zu vergessen. Aber stellen Sie meine Langmut nicht auf die Probe. Ich verfüge über Mittel …«

»Die nichts gegen meine eigenen Mittel sind. Ich möchte, dass Sie Clark in Gewahrsam nehmen und herausfinden, für wen er arbeitet und was seine gegenwärtigen Verbindungen zu Ryan sind. Danach lassen Sie ihn verschwinden, damit er über das, was er im letzten Monat erfahren hat, nicht mehr reden kann.«

»Oder was?«

»Oder ich rufe eine Menge Leute in den Vereinigten Staaten und in Europa an und erzähle ihnen, was Ihre Absichten in dieser Sache waren.«

»Das ist ein armseliger Bluff. Da müssten Sie ja Ihre eigene Verwicklung in diese Sache enthüllen. Sie haben in Ihrem Land Gesetze gebrochen. Ich habe in meinem Land nichts Gesetzwidriges getan.«

»In den vergangenen vierzig Jahren habe ich mehr Gesetze gebrochen, als Sie sich überhaupt vorstellen können, mein junger Freund. Und ich werde es weiterhin tun. Ich werde das hier überleben, Sie nicht.«

Kowalenko antwortete nicht.

»Bringen Sie ihn zum Reden«, fuhr Laska fort. »Klären Sie alles auf. Bereinigen Sie das Ganze, und wir können uns alle endlich wieder anderen Dingen zuwenden.«

Kowalenko wollte etwas sagen, er wollte widerstrebend zustimmen, sich persönlich um die Sache zu kümmern, jedoch gleichzeitig klarmachen, dass er sich nicht auf irgendeine bestimmte Maßnahme festlegen lasse.

Aber Laska hatte schon längst aufgelegt. Der alte Mann wusste, dass Walentin Kowalenko seine Anordnungen befolgen würde.

Georgij wusste von Anfang an, dass die Alpha-Gruppe des FSB versuchen würde, die Kontrolle über das Startgelände zurückzugewinnen. Er wäre auch allein darauf gekommen, selbst wenn er nicht drei Jahre zuvor ein Manöver des FSB beobachtet hätte, bei dem dessen Truppen die Rückeroberung des Sojus-Kommandozentrums geübt hatten, das angeblich von einer Terrororganisation besetzt worden war.

Eigentlich hatte es für ihn keinen Grund gegeben, an dem Sojus-Manöver teilzunehmen. Aber er war damals gerade geschäftlich in Baikonur gewesen, und die Verwalter des Kosmodroms hatten ihn eingeladen, sich die Übung anzusehen. Er hatte das Ganze mit wachsender Faszination beobachtet: Die Hubschrauber und das Anrücken der Bodentruppen in ihren Tarnanzügen, die Schockgranaten und das Abseilen vom Dach des Gebäudes.

Danach hatte er mit einigen Sojus-Ingenieuren gesprochen und dabei noch mehr über die russischen Krisenpläne für den unwahrscheinlichen Fall erfahren, dass Terroristen den Komplex übernehmen würden.

Safronow wusste, dass auch die Möglichkeit bestand, dass Moskau Feuer mit Feuer bekämpfen würde. Sie könnten einfach eine Atombombe auf Baikonur abwerfen, um Moskau zu retten. Glücklicherweise war das Dnjepr-Startgelände in Baikonur früher das der R-36-Interkontinentalraketen gewesen. Die Startanlagen waren deshalb so konstruiert, dass sie auch einem Nuklearangriff standhielten. Die Startplätze 103, 104 und 109 bestanden aus gehärteten Silos, und das Gebäude des Startkontrollzentrums hatte Stahlbetonwände und explosionssichere Stahltüren.

Am ersten Tag um achtzehn Uhr, acht Stunden nach der Übernahme der Anlage durch die dagestanischen Rebellen, landeten zwei russische Mi-17-Hubschrauber der FSB-Alpha-Gruppe fünfundzwanzig Kilometer vom Dnjepr-Kontrollzentrum entfernt auf der westlichen Seite des Proton-Raketengeländes. Zwei Dutzend Soldaten in weißen Tarnanzügen, die in drei Teams von jeweils acht Mann

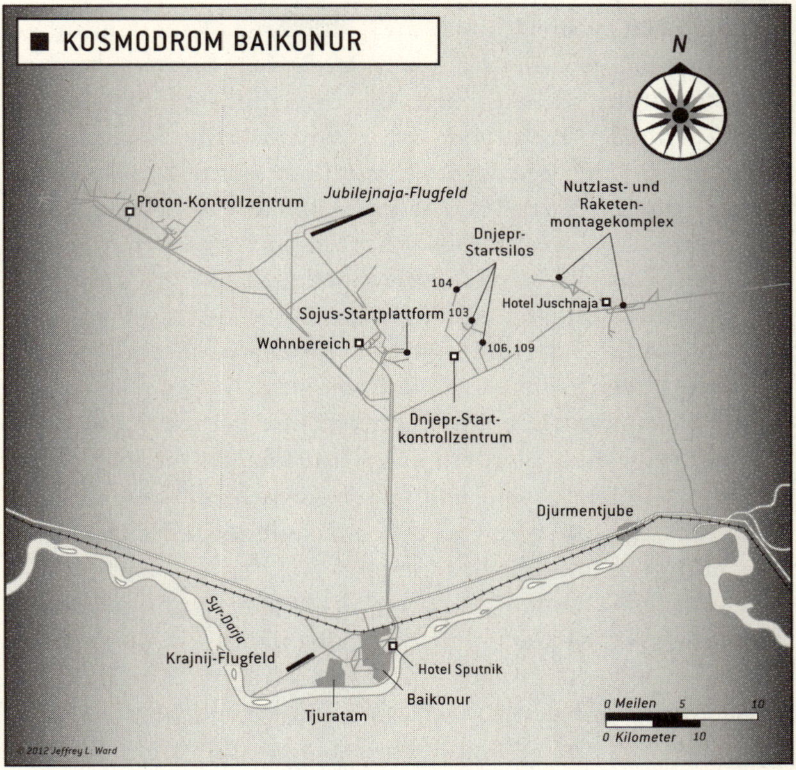

KOSMODROM BAIKONUR
N
Proton-Kontrollzentrum
Jubilejnaja-Flugfeld
Nutzlast- und
Raketen-
montagekomplex
Dnjepr-
Startsilos
104
103
106, 109
Hotel Juschnaja
Sojus-Startplattform
Wohnbereich
Dnjepr-Start-
kontrollzentrum
Djurmentjube
Syr-Darja
Krajnij-Flugfeld
Hotel Sputnik
Baikonur
Tjuratam
0 Meilen 5 10
0 Kilometer 10
© 2012 Jeffrey L. Ward

aufgeteilt waren, kletterten heraus, wobei jeder mit fast dreißig Kilogramm Ausrüstung beladen war.

Einige Minuten später rückten sie in Richtung Osten ab.

Kurz nach zwanzig Uhr landete eine An-124 auf dem Jubilejnaja-Flugfeld nordwestlich der Dnjepr-Startanlage des Kosmodroms Baikonur. Die An-124 war das größte Frachtflugzeug der Welt, aber das russische Militär benötigte dennoch jeden Zentimeter der Kabine und des Laderaums für die 69 Speznaz-Sturmtruppensoldaten samt ihrer Ausrüstung, zu der auch vier Schützenpanzer gehörten.

Eine Stunde später landeten vier weitere Mi-17-Hubschrauber und ein Tankflugzeug.

Die Männer in ihren weißen Tarnanzügen durchquerten die Steppe. Zuerst benutzten sie schwere Fahrzeuge mit Vierradantrieb, die ihnen von den Kasachen zur Verfügung gestellt worden waren. Als sie sich jedoch dem Dnjepr-Gelände näherten, ließen sie die Fahrzeuge stehen und marschierten zu Fuß durch das schneebedeckte Grasland in die Dunkelheit hinein.

Um zwei Uhr morgens lagen sie in Stellung und warteten auf den Angriffsbefehl ihrer Kommandeure.

Safronow war den ganzen Nachmittag damit beschäftigt gewesen, seinen Kämpfern und den Startkontrollingenieuren die nötigen Befehle zu erteilen. Nachdem sie die Nuklearsprengköpfe in die Nutzlastmodule montiert hatten, ließ er den Rest des Montageteams frei, gleichzeitig ließ er die ausländischen Geiseln ins Kontrollzentrum bringen. Diese beiden Entscheidungen erlaubten es ihm, seine Männer auf die wahrscheinlichen Angriffsschwerpunkte zu konzentrieren.

Vier Jamaat-Shariat-Kämpfer waren im Bunker an der Straßenkreuzung, vier am Silo 109, jeweils zehn an den

Silos 103 und 104 und fünfzehn im Startkontrollzentrum stationiert. Er befahl seinen Männern, in Schichten zu schlafen. Er wusste jedoch, dass selbst die Schlafenden immer ein Auge offen halten würden.

Er erwartete einen Angriff in der Nacht, wusste jedoch nicht, ob er in dieser oder in der nächsten erfolgen würde. Er wusste jedoch, dass die Russen ihn kurz vor dem eigentlichen Angriff kontaktieren würden, um seine Aufmerksamkeit in diesem kritischen Moment abzulenken.

Er saß mit dem Rücken zur Wand und seiner Kalaschnikow um den Hals auf dem Boden, als ihn plötzlich ein Klingeln aufschrecken ließ. Ein Blinklicht auf dem Kommunikationspult, an das sein Headset angeschlossen war, leuchtete auf. Er sprang auf die Füße, während ihm das Herz bis zum Hals schlug.

Bevor er den Anruf entgegennahm, griff er nach seinem Funkgerät. Er funkte allen seinen dagestanischen Brüdern zu: »Sie kommen! Macht euch bereit!« Dann schrie er allen Gefangenen im Kontrollraum, von denen die meisten auf dem Boden geschlafen hatten, seine Befehle zu: »Alle auf ihre Positionen! Ich möchte 109 in fünf Minuten startklar haben oder ich fange zu schießen an! Bordtelemetrie an! Macht die Trennsysteme bereit! Bereitet die Zündung vor!«

»Jawohl!«, riefen einige Startingenieure beflissen zurück, während sie mit zitternden Händen die Kommandos ausführten.

Die übernächtigten Männer in ihren zerknitterten Anzügen eilten zu ihren Plätzen, während dagestanische Kämpfer ihre Gewehre auf sie richteten.

Zur gleichen Zeit setzte Georgij Safronow sein Headset auf. Mit einer verschlafenen Stimme, die er bei all dem Adrenalin in seiner Blutbahn Mühe hatte vorzutäuschen, meldete er sich: »Ja! Was gibt's?«

Die zwei Dutzend Männer, die die letzten acht Stunden über die Steppe marschiert waren, griffen das Kontrollzentrum von drei Seiten an, am Haupteingang, am Hintereingang und an einer Lkw-Laderampe.

Jeder Eingang wurde von drei dagestanischen Rebellen bewacht, die von ihrem Anführer gerade alarmiert worden waren, dass ein Angriff unmittelbar bevorstehe. Die Männer am Haupteingang schossen sofort in die Dunkelheit hinaus. Dieser Fehler wurde zu einem Vorteil, da er den Alpha-Gruppen-Soldaten, die sich immer noch am entgegengesetzten Rand des schneebedeckten Parkplatzes aufhielten, den falschen Eindruck vermittelte, dass sie entdeckt worden seien. Alle acht Mann suchten deshalb hinter Autos Deckung und feuerten zur offenen Eingangstür hinüber. Damit steckten die Angreifer erst einmal fest.

Das zweite russische Team sprengte den Hintereingang auf und warf Schockgranaten durch die Türöffnung, bevor es in das Gebäude eindrang. Drinnen fanden die Männer sich jedoch in einem langen, engen Gang mit Stahlbetonwänden wieder. Am anderen Ende des Korridors feuerten die Terroristen, die von der Explosion überhaupt nicht betroffen worden waren, mit ihren Kalaschnikows auf die Männer in den weißen Tarnanzügen. Obwohl die Jamaat-Shariat-Kämpfer sich immer nur kurz um die Ecke beugten, um eine Salve loszulassen, prallten die Querschläger von den Wänden, der Decke und dem Boden ab und durchsiebten am Ende die Angreifer.

Zwei waren innerhalb von Sekunden tot, und zwei weitere fielen, als sie ihre Kameraden aus dem Gang ins Freie ziehen wollten. Die restlichen vier Alpha-Gruppen-Soldaten zogen sich durch die Tür nach draußen zurück und begannen, von dort Handgranaten in den Korridor zu schleudern.

Inzwischen hatten sich die drei Terroristen jedoch hinter eine innere Stahltür zurückgezogen, wo ihnen die Granaten nichts anhaben konnten. Wie am Haupteingang hielten sich jetzt auch hier die beiden Parteien gegenseitig in Schach.

Die Alpha-Soldaten an der Laderampe hatten mehr Glück. Sie schalteten alle drei Dagestaner aus und verloren dabei nur einen einzigen Mann. Sie drangen Richtung Eingangshalle vor, wurden aber von einer Tür aufgehalten, die mit einer versteckten Sprengladung gesichert war. Die Terroristen hatten aus einem RPG-Projektil eine Sprengfalle gebastelt, eine Fertigkeit, die sie ebenfalls vom Haqqani-Netzwerk gelernt hatten. Als die Angreifer die Tür öffneten, kam es zu einer Explosion, die drei Russen tötete und drei weitere verletzte.

Ein Mi-17-Hubschrauber vom Jubilejnaja-Flugfeld erschien jetzt über dem Kontrollzentrum. Einige Männer seilten sich auf das Dach ab. Die Tür ins Innere des Gebäudes war ebenfalls durch eine Sprengfalle gesichert. Die Russen sahen das jedoch voraus und gingen in Deckung, bevor sie sie aufsprengten.

Die Sprengfalle hatte die Männer auf dem Dach aber immerhin so lange aufgehalten, dass die Dagestaner im Erdgeschoss und im ersten Stock auf das Hubschrauberdröhnen über ihren Köpfen reagieren konnten. In der Folge entstand auf der Treppe zum Dach die dritte Pattsituation. Vier Jamaat-Shariat-Kämpfer verbarrikadierten sich auf dem Treppenabsatz im ersten Stock hinter einer Stahltür, die acht Alpha-Gruppen-Soldaten beherrschten das Dach. Sie warfen Granaten hinunter, die jedoch auf dem Treppenabsatz explodierten, ohne Schaden zu verursachen. Wenn die Dagestaner die Treppe hinauffeuerten, trafen sie nie ein Ziel, weil sich die Russen hinter den Türrahmen duckten.

Nicht einmal eine Minute nach Beginn der Aktion griffen russische Hubschrauber die drei Startsilos an. Die Startplätze 103 und 104 wurden von jeweils zehn Mann verteidigt, die geschickt über das Gelände verteilt waren und hinter dem Stahlbeton eine gute Deckung hatten. Startplatz 109 wurde dagegen nur von vier Mann bewacht. Ein Mi-17 pflügte mit seinem 12,7-mm-Maschinengewehr zwar das ganze Gelände um, doch das Feuer war relativ ineffektiv, weil der Schütze über kein Wärmebildsichtgerät verfügte und deshalb seine Zielpersonen in diesem verschneiten, froststarrenden Gelände nicht ausmachen konnte.

Der Hubschrauber über Startplatz 109 ging jetzt fast bis zum Boden hinunter, und zwanzig Soldaten seilten sich auf die Betonplatte ab. Diese gut ausgebildeten Killer waren erfolgreicher als der Schütze des Mi-17 und hatten den Feind nach kurzer Zeit aufgespürt und ausgeschaltet. Das Ganze dauerte nicht einmal eine Minute, da sie es ja nur mit vier Mudschaheddin zu tun hatten. Von den anderen Startplätzen, die fast anderthalb Kilometer entfernt lagen, klang jetzt Gewehrfeuer herüber, während die Alpha-Gruppen-Männer zum Silo rannten. Sie mussten die nächste Phase ihrer Mission unbedingt rechtzeitig erledigen.

Natürlich konnten sie den Nuklearsprengkopf nicht entschärfen. In das Nutzlastmodul einzudringen hätte ebenfalls viel zu viel Zeit gekostet. Man hatte ihnen jedoch erklärt, wie sie die ganze Dnjepr-Rakete stilllegen konnten. Sie mussten dazu die Verbindung, sozusagen die Nabelschnur, zum Kontrollzentrum kappen.

Die Männer leuchteten mit den Lampen auf ihren Helmen und Gewehren in das tiefe Silo hinunter. Als einziger Teil der vierunddreißig Meter langen Rakete war von hier oben die große grüne, konische Nutzlastverkleidung mit den weißen Buchstaben KSFC zu sehen. Darunter befand sich das eigentliche Nutzlastmodul und darunter die drei

Raketenstufen. Die Männer fanden mithilfe ihrer Lampen etwa zwei Meter vom Silo entfernt eine massive Stahlklappe, die aussah wie ein riesiger Kanaldeckel. Sie öffneten sie, und zwei Männer begannen, eine Metallleiter hinunterzuklettern, um die Prüf- und Startausrüstungsebene in dreieinhalb Meter Tiefe zu erreichen, ein Eisensteg, von dem eine zweite Leiter abging, über die sie zur nächstunteren Ebene gelangen würden. Hier hatten sie Zugang zur dreistufigen Trägerrakete selbst. An dieser Stelle könnten sie die Kommunikationsverbindung der Rakete zur Bodenkontrolle kappen.

Als sie den Steg entlangrannten, wussten die beiden Männer, dass die Zeit knapp war.

»Sind wir bereit?«, rief Safronow den beiden Männern am Startkontrollpult zu. Als sie nicht gleich antworteten, schrie er sie an: *»Sind wir bereit?«*

Der Rothaarige links am Pult nickte kurz. Der Blonde auf der rechten Seite sagte leise: »Ja, Georgij. Die Startsequenz ist abgeschlossen.«

»Startet 109!« Die beiden Startschlüssel steckten bereits in ihren Schlössern.

»Georgij, bitte! Ich kann das nicht! Bitte tu …«

Safronow zog seine Makarow und schoss dem Blonden in den Rücken. Er fiel zu Boden und krümmte sich vor Schmerzen.

Georgij wandte sich an den Startingenieur, der neben dem Sterbenden saß. »Können Sie das tun, oder muss ich es selbst machen?«

Der Russe streckte den Arm aus, griff mit der Hand an einen Schlüssel im Kontrollpult und schloss die Augen.

Er drehte den Schlüssel um. Dann schaute er in den Lauf der Pistole, der genau auf sein Gesicht gerichtet war, und drehte schnell den zweiten Schlüssel um.

Über ihm sagte Safronow: »Schwerter zu Pflugscharen, und jetzt wieder zurück zu Schwertern.«

Safronow drückte auf den Knopf.

Tief im Silo des Startplatzes 109 hatten die beiden Alpha-Gruppen-Soldaten gerade die zweite Leiter verlassen und rannten jetzt den schmalen Metallsteg entlang auf den unteren Teil der Dnjepr-1 zu. Sie mussten die Kommunikationsverbindung unbedingt kappen, bevor der Verrückte im Kontrollzentrum die Rakete in die Stratosphäre jagte.

Sie schafften es nicht.

Ein lautes metallisches Klicken unter ihren Füßen war das Letzte, was ihre Gehirne jemals verarbeiten würden.

Ein Hochdruckgenerator unter der Rakete enthielt eine unter Druck gehaltene Sprengpulverladung. Als diese gezündet wurde, entwickelte sich eine Gasmasse, die sich sofort ausdehnte und die Rakete aus dem Silo drückte wie einen Korken aus einem Kindergewehr. Die beiden Männer wurden in Sekundenbruchteilen zu Asche verwandelt, als sich die Rakete aus dem Silo erhob.

Als sich die Gase, die die Rakete aus dem Silo geschleudert hatten, auflösten, wurde die Dnjepr langsamer. Das Ende der untersten Stufe befand sich gerade einmal achtzehn Meter über dem Startsilo, als die riesige Rakete für einen kleinen Moment mitten in der Luft stillstand.

Die acht Speznaz-Soldaten starrten zum Boden der Rakete hinauf, die gleich direkt über ihren Köpfen starten würde.

Einer der Männer murmelte: *»Djermo.«* Scheiße.

Mit einem Plopp wie von einem Champagnerkorken wurde jetzt die Schutzkappe vom Boden der ersten Stufe abgesprengt, wodurch die Austrittsdüsen freikamen. Dann zündete die erste Stufe und versengte alles unter ihr mit ihrem brennenden Raketentreibstoff.

Alle acht Männer verbrannten innerhalb von Sekunden.

Der Mi-17-Hubschrauber hatte bisher in dreißig Meter Höhe über dem Startplatz geschwebt. Jetzt riss der Pilot den Steuerknüppel mit aller Macht herum. Damit rettete er zwar sein Leben und das seiner Crew, aber der Hubschrauber flog doch zu niedrig für ein solches Manöver. Er stürzte auf den Schneeboden, geriet jedoch nicht in Brand. Alle überlebten, aber der Kopilot brach sich beide Arme, und die Männer im Heck erlitten die unterschiedlichsten Verletzungen.

Die Dnjepr-1 erhob sich jetzt in den Nachthimmel. Mit jeder Sekunde wurde sie schneller, während sie Rauch und Flammen hinter sich herzog. Ein lautes Kreischen erfüllte die Luft, und donnernde Vibrationen erschütterten im Umkreis von mehreren Kilometern den Boden.

Die 235 Tonnen schwere Rakete erreichte in weniger als dreißig Sekunden eine Geschwindigkeit von neunhundert Stundenkilometern.

Als sie aufstieg, brachen die russischen Truppen ihren Angriff auf das Kosmodrom Baikonur ab.

73

Safronow hatte die Flug-Telemetrie selbst programmiert. Dazu hatte er Daten benutzt, die von der Arbeitsgruppe stammten, die er vor ein paar Monaten gebildet hatte. Die Gruppe hatte natürlich nicht die leiseste Ahnung, dass sie einen Atomschlag vorbereitete. Sie glaubte, sie sollte noch einmal den Plan untersuchen, wie man Rettungsboote und andere Katastrophenhilfen mit einer Rakete an einen Notfallort befördern könnte. Die Software der Trägerrakete enthielt nun Instruktionen über die erforderlichen Fluglagenwinkel, die Gierung und die Brennzeit, die sie alle zusammen direkt an ihren Zielort führen würden.

Es war die ultimative Fire-and-Forget-Waffe.

Die erste Stufe der Trägerrakete wurde abgesprengt, fiel auf die Erde zurück und traf nur acht Minuten nach dem Start mitten in Kasachstan auf dem Boden auf.

Moskau verfolgte die Flugbahn. Alle Verantwortlichen wussten bereits nach wenigen Minuten, dass ihre frühere R-36-Rakete auf dem Weg nach Moskau selbst war.

Aber da gab es keine Fluchtmöglichkeit. Man konnte die Stadt nicht mehr rechtzeitig verlassen. Die Bombe würde in weniger als fünfzehn Minuten einschlagen.

Hoch über Zentralrussland war die zweite Raketenstufe ausgebrannt und wurde abgesprengt. Sie stürzte auf einen Feldweg in der Nähe der Stadt Schatsk am Fluss Schacha.

Als die dritte Stufe ausgebrannt war, fiel ein Schutzschild ab. Dies löste das Nutzlastmodul aus seiner Verankerung an der Raketenspitze. Das Modul, ein grüner Zylinder mit einem Nutzlastcontainer, begann jetzt, zur Erde zurückzukehren. Das Objekt war drei Meter lang und drei Meter breit und wog fast zwei Tonnen.

Die Nutzlast fiel in einem weiten Bogen zur Erde. Die dichtere Atmosphäre beeinflusste etwas die Flugbahn, aber Georgij und seine Wissenschaftler hatten bei ihren Berechnungen eine Menge Variablen berücksichtigt, das Modul hielt sich exakt auf der vorberechneten Bahn.

Die Männer und Frauen in Moskau, die von der herannahenden Gefahr wussten, hielten ihre Kinder im Arm, beteten, weinten, hofften oder verfluchten die Dagestaner. Sie wussten, dass sie sonst nichts tun konnten.

Um 3.29 Uhr, als die überwiegende Mehrheit der unter einer Eisdecke liegenden Stadt noch schlief, hallte ein tiefes kurzes Donnern durch die südöstlichen Viertel Moskaus. Wer in der Nähe wohnte, wurde eine Sekunde später aus dem Schlaf gerissen, als sich eine größere Explosion ereignete. Glasfenster wurden eingedrückt, und eine dumpf grollende Erschütterung rollte wie ein kleines Erdbeben durch die ganze Stadt.

Die Menschen im Stadtzentrum sahen im Süden einen Feuerschein. Er stieg allmählich höher in die Luft hinauf. Das Ganze ähnelte einem winterlichen Sonnenaufgang. Die Eiskristalle auf den Dächern der Metropole spiegelten das rote Glühen wider.

Auch im Krisenzentrum des Kremls sahen sie die Feuersbrunst, das flammende Inferno, das nur ein paar Kilometer entfernt war. Männer schrien und weinten, während sie sich auf das vorbereiteten, was jetzt kommen musste.

Aber nichts geschah.

Einige Minuten später trafen die ersten Berichte von der

Einschlagstelle ein. Etwas war vom Himmel auf die Moskauer Gazprom-Neft-Raffinerie südöstlich des Stadtzentrums gefallen, in der jeden Tag 200 000 Barrel Öl verarbeitet wurden. Das Objekt war in die Gasöl-Vakuumdestillationsanlage eingeschlagen und hatte eine riesige Explosion ausgelöst, die ein Dutzend Mitarbeiter der Raffinerie auf der Stelle tötete. Das anschließende Feuer kostete noch einigen weiteren Menschen das Leben.

Aber es war ganz klar *keine* Atombombe gewesen.

Ein leises Donnern in der Ferne weckte Clark. Er hatte einen steifen Hals, weil er aufrecht sitzend schlafen musste. Dass sein schmerzendes Genick im Moment die unangenehmste Empfindung war, hielt er für bezeichnend. Nach einigen Tagen eines solchen »verschärften Verhörs« hätte er eigentlich erwartet, dass ihm mehr Körperteile weh…

Na also. Da waren sie ja. Die Schmerzen in seinem Kiefer und seiner Nase und das dumpfe Pochen in seinem Kopf. Sein Verstand hatte eine Minute gebraucht, um den Angriff auf seine Nerven zu registrieren. Aber jetzt funktionierte er wieder perfekt, und die Schmerzrezeptoren machten Überstunden.

Nach dem Donnern hatte er von draußen nichts mehr gehört. Vielleicht war gerade irgendwo ein Transformator explodiert, aber er war sich nicht sicher.

Er spuckte Blut und einen Backenzahn aus. Er hatte sich irgendwann in die innere Wange gebissen, und sein ganzer Mund war geschwollen.

Langsam wurde er der ganzen Sache überdrüssig.

Die Tür ging auf. Er schaute, welcher Franzose dieses Mal mit ihm plaudern wollte, aber er kannte die beiden Männer nicht.

Nein, die *vier* Männer, denn jetzt betraten noch zwei weitere das Zimmer.

Mit erstaunlicher Geschwindigkeit und Geschicklichkeit schnitten sie seine Fesseln durch und befahlen ihm auf russisch aufzustehen.

Clark rappelte sich auf seine schwankenden Beine hoch.

Jetzt traten noch zwei weitere Männer durch die Tür. In der rechten Hand hielten sie Varjag-Pistolen. Obwohl sie nicht direkt auf ihn zielten, wirkten sie bedrohlich. Sie alle trugen Zivilkleidung, aber ihre dicken, dunklen Jacken und Allzweckhosen vermittelten einem geübten Beobachter wie Clark den Eindruck, dass sie zu einer Spezialeinheit des Militärs, der Polizei oder des Geheimdiensts gehörten.

»Kommen Sie mit«, sagte einer. Sie führten ihn durch das große Haus an den französischen Privatdetektiven vorbei zu einem dunklen Lieferwagen. Eigentlich hätte Clark ja froh sein sollen. Aber das Ganze roch für ihn ganz und gar nicht nach einer Rettungsaktion.

Nein, er hatte eher das ungute Gefühl, vom Regen in die Traufe zu geraten.

Sie verbanden ihm die Augen. Sie waren eine Stunde unterwegs. In der ganzen Zeit sagte niemand ein einziges Wort.

Der Lieferwagen hielt an. Er stieg mit immer noch verbundenen Augen aus. Die Luft war schneidend kalt, und er spürte dicke Schneeflocken auf Lippen und Bart.

Sie führten ihn in ein Gebäude, das wie ein Lagerhaus roch, und setzten ihn auf einen Stuhl. Erneut wurden seine Hände und Füße gefesselt. Sie nahmen ihm die Augenbinde ab, und er blinzelte einen Moment lang in das helle Licht, bevor er die Augen schließlich ganz öffnete.

Vor ihm standen drei Männer. Zwei trugen Jeans und Trainingsjacken. Ihre Köpfe waren kahl geschoren und ihre breiten slawischen Gesichter schauten ihn kalt und gefühllos an.

Der dritte Mann trug dagegen Hosen mit Bügelfalten und eine schwarze Skijacke, von der Clark annahm, dass sie mehrere Hundert Dollar gekostet hatte.

Etwas außerhalb des direkten Lichtscheins stand ein Tisch, auf dem etliche Werkzeuge, chirurgische Instrumente, eine Klebebandrolle, Kabel und noch ein paar andere Gegenstände lagen, die John nicht ausmachen konnte.

Plötzlich überfiel den Amerikaner die nackte Angst, und sein Magen zog sich zusammen.

Dieses Mal würde er nicht ein paar mäßig begabten französischen Privatdetektiven als Sandsack dienen. Nein, das hier würde wirklich hässlich werden.

Aus den anderen Teilen des Lagerhauses waren ab und zu Geräusche zu hören. Aus den schweren Stiefelschritten und dem gelegentlichen Klirren, wenn Gewehre an ihre Gurte stießen, schloss Clark, dass es sich um bewaffnete Wachen handelte.

Der Mann in der Skijacke trat jetzt ins Licht. Er sprach ausgezeichnet englisch. »Mein Vater hat mir erzählt, dass Sie nach mir suchen.«

»Walentin«, rief John überrascht. Nach dem wenigen, was er von ihm wusste, hätte er es nie für möglich gehalten, ihm einmal in einer Folterkammer zu begegnen. »Ich sagte ihm, dass ich gerne mit Ihnen reden würde.« Clark schaute zu dem Tisch und den Männern mit dem kantigen Kinn hinüber. »An so etwas hatte ich dabei nicht unbedingt gedacht.«

Der Russe zuckte nur die Achseln. »Sie und ich sind nicht freiwillig hier, Mr. Clark. Wenn ich die Wahl hätte, wäre ich irgendwo anders, aber Sie bereiten meiner Regierung große Probleme, und sie hat mich ausgewählt, diese Probleme zu lösen. Der Kreml hat mir freie Hand gegeben. Ich kann mit Ihnen tun und lassen, was ich will.«

»Das klingt wie ein Job für Ihren Vater.«

Walentin lächelte freudlos. »Das ist weder sein Job noch sein Problem. Ich muss alles über Ihren gegenwärtigen Arbeitgeber wissen. Ich muss wissen, mit wem Sie in Moskau gesprochen haben. Wir haben das Handy gefunden, das Sie angerufen haben, aber es lag bereits auf einer Müllkippe, deshalb konnten wir nichts mehr mit ihm anfangen.«

Clark stieß einen heimlichen Seufzer der Erleichterung aus.

»Die Informationen, die ich brauche, kann ich von Ihnen auf die unterschiedlichste Weise bekommen«, fuhr Walentin fort. »Es gibt viele humane Möglichkeiten. Aber wir haben nicht viel Zeit. Wenn Sie sich weigern sollten, werden wir zu weniger humanen Mitteln greifen müssen.«

Clark schätzte den jungen Mann sekundenschnell ab. Kowalenko fühlte sich in dieser Rolle unwohl. Er war in seinem Element, wenn es darum ging, dem künftigen US-Präsidenten mit einem politischen Skandal zu schaden, indem er Laskas Informationen durchsickern ließ. Aber hier in Gesellschaft einiger Schläger in einem eiskalten Moskauer Lagerhaus zu stehen und einen Gefangenen durch Folter zum Reden zu bringen … das war bestimmt nicht seine Welt.

Clark durfte den Russen die Existenz des Campus auf keinen Fall offenbaren. Die Franzosen hätten ihn nie so weit bekommen, selbst wenn sie ihn am Ende totgeschlagen hätten, aber die Russen verfügten über ganz andere Mittel. Sie besaßen angeblich eine Droge namens SP-117, die weit besser als alle anderen Wahrheitsseren sein sollte.

Clark wusste über diese Droge nur, was er im Internet darüber gelesen hatte. Der Ex-CIA-Agent betrachtete die Russen seit Jahren nicht mehr als Bedrohung und hatte sich deswegen in letzter Zeit nicht näher mit ihren Werkzeugen und Methoden befasst.

Aber warum war dann diese Droge nicht hier? Warum gab es hier nur Folterwerkzeuge und finster dreinschauende Muskelprotze? Wo waren die Mediziner und die FSB-Psychologen, die normalerweise eine solche Sache erledigten?

Clark verstand plötzlich, was hier vor sich ging.

Er schaute Walentin an. »Jetzt verstehe ich. Sie arbeiten für Paul Laska. Wer weiß, wahrscheinlich hat er irgendetwas Berufliches oder Persönliches gegen Sie in der Hand, deswegen ziehen Sie das Ganze hier durch.«

Walentin schüttelte den Kopf, fragte jedoch: »Warum glauben Sie das?«

»Weil das hier nicht Ihre Welt ist. Dass Sie hier persönlich vor mir stehen, sagt mir, dass Sie nicht vom FSB unterstützt werden. Sie sind beim SWR, dem Auslandsgeheimdienst. Hier in Moskau verfügt der FSB über die Verhörspezialisten, die genau wissen, wie das geht. Aber wo sind diese FSB-Leute? Warum haben Sie mich in dieses verdammte Lagerhaus gebracht? Haben Sie keine Regierungseinrichtung gefunden, wo Sie diese Arbeit erledigen können? Nein, Walentin, hier geht es um Ihren eigenen Arsch, deshalb brechen Sie alle Regeln. Sie haben sich ein paar ehemalige Speznaz-Typen besorgt, habe ich recht? Aber die wissen nicht, wie man ein solches Verhör richtig durchführt. Sie werden mir den Schädel einschlagen, bevor ich etwas sage.«

Walentin war es offensichtlich nicht gewohnt, auf diese Weise durchschaut zu werden. Clark erkannte das an seinen Augen. »Sie waren schon in diesem Geschäft, bevor ich geboren wurde, alter Mann. Sie sind ein Dinosaurier wie mein Vater. Aber im Gegensatz zu meinem Vater brennt in Ihnen noch ein kleiner Funke. Leider werde ich derjenige sein, der diesen Funken auslöschen wird. Und zwar jetzt gleich!«

Clark sagte nichts. Der Junge hatte keine staatliche Unterstützung für das, was er hier tun würde, aber er war deshalb nicht weniger motiviert.

Das ist gar nicht gut.

»Für wen arbeiten Sie, Mr. Clark?«

»Fuck you, Sonny!«

Kowalenko wurde blass. Er schaute Clark an, als ob ihm gleich übel werden würde.

»Also gut. Sie zwingen mich dazu. Sollen wir anfangen?« Er sagte seinen zwei Männern etwas, was Clark nicht verstand, und sie gingen zu dem Tisch mit den Instrumenten hinüber. Während der Gedanke an Ärzte in weißen Laborkitteln in einer Verhörsituation für Clark schon nicht angenehm war, so bereitete ihm die Vorstellung Angst und Schrecken, dass bullige Männer in Trainingsanzügen seinen Körper gleich mit chirurgischen Instrumenten bearbeiten würden.

»Mr. Clark«, sagte Kowalenko. »Ich habe Studienabschlüsse in Wirtschaftswissenschaften und Politik. Ich habe in Oxford studiert. Ich habe eine Frau und eine wunderhübsche kleine Tochter. Was jetzt geschehen wird, hat nichts mit mir und meiner Welt zu tun. Offen gestanden, möchte ich mich bereits bei dem Gedanken an das, was Ihnen gleich angetan wird, übergeben.« Er machte eine Pause, dann lächelte er ein wenig. »Ich wünschte, mein Vater wäre jetzt hier. Er wüsste genau, wie man die Schmerzen immer weiter steigern muss. Ich werde eben meine eigenen Methoden ausprobieren müssen. Ich werde nicht mit etwas mehr oder weniger Harmlosem beginnen. Ich kann ja sehen, dass Bertrand-Morels Männer mit dieser Taktik gründlich gescheitert sind. Nein … heute Abend werden wir gleich zu Beginn Ihren Körper zerstören. Die Schmerzen und Qualen werden Ihnen den Verstand rauben. Dann werden Sie sehen, dass ich bereit bin, Ihnen selbst die schlimmsten Verletzungen zuzufügen, und Sie werden es nicht zur Phase zwei dieses Verhörs kommen lassen.«

Was zum Teufel?, dachte Clark. Dieser Junge spielte nicht nach den Regeln. Die Männer stellten sich hinter Clark. Sie hatten nackte Klingen in der Hand. Einer packte den Amerikaner am Kopf, der andere packte seine rechte Hand.

Walentin Kowalenko beugte sich über John und schaute ihm direkt in die Augen. Dann sagte er: »Ich habe Ihr Dossier genau studiert. Ich weiß, dass Sie Rechtshänder sind, und ich weiß, dass Ihre Waffenhand Ihnen seit dem dummen kleinen Krieg Ihrer Nation in Vietnam gute Dienste geleistet hat. Erzählen Sie mir, wen Sie in Moskau angerufen haben und für wen Sie arbeiten, oder ich lasse Ihnen von meinen Männern die rechte Hand abhacken. So einfach ist das.«

Clark verzog das Gesicht, als der Mann rechts neben ihm die Haut seines Handgelenks mit einem großen Hackmesser berührte. Johns Herz schlug schnell und hart gegen seine Rippen.

»Ich weiß, dass Sie nur das Chaos beseitigen wollen, das auf Laskas Rechnung geht«, sagte Clark. »Helfen Sie mir, Laska zur Strecke zu bringen, und Sie werden sich um ihn keine Sorgen mehr machen müssen.«

»Letzte Chance für Ihre Hand«, sagte der Russe. John merkte, dass auch Kowalenko das Herz bis zum Hals schlug. Sein leichenblasses Gesicht war jetzt mit einer dicken Schweißschicht bedeckt.

»Wir sind beide Profis. Sie wollen das gar nicht tun.«

»*Sie* wollen nicht, dass ich das tue.«

Clark begann, schnell und abgehackt zu atmen. Was geschehen würde, war unausweichlich. Er musste jetzt nur die Reaktion seines Herzens kontrollieren.

Walentin bemerkte, dass sich Clark mit seinem Schicksal

abgefunden hatte. Auf Kowalenkos Stirn pulsierte eine Ader. Er wandte sich ab.

Sein Handlanger hob das Hackmesser in die Höhe. Es schwebte jetzt dreißig Zentimeter über Clarks Handgelenk.

»Das ist ekelerregend«, sagte Kowalenko. »Bitte, Mr. Clark. Ersparen Sie mir, das mit ansehen zu müssen!«

Clark fiel dazu keine spaßige Bemerkung ein. Jeder Nerv und jeder Muskel in seinem Körper waren jetzt aufs Äußerste angespannt und erwarteten den Schlag des Hackmessers auf sein Handgelenk.

Kowalenko drehte sich wieder zu dem Amerikaner um. »Wirklich? Sie lassen sich lieber zum Krüppel machen und die Hand abschlagen, als uns diese Informationen zu liefern? Haben Sie sich irgendeiner dummen Sache wirklich so verschrieben? Sind Sie Ihren Herren und Meistern wirklich so verdammt untertan? Was für ein Automat sind Sie eigentlich? Was für ein Roboter lässt sich denn für irgendeinen idiotischen Ehrenkodex in Stücke hacken?«

Clark presste die Augen zusammen. Er bereitete sich so weit wie möglich auf das Unvermeidliche vor.

Nach dreißig Sekunden öffnete er wieder die Augen. Walentin starrte ihn ungläubig an. »Männer wie Sie gibt es heute eigentlich gar nicht mehr, Mr. Clark.«

Clark sagte immer noch nichts.

Kowalenko seufzte. »Nein. Ich kann es einfach nicht tun. Ich kann einfach nicht zuschauen, wie man Ihnen die Hand abhackt und diese dann auf dem Boden liegt.«

Clark war überrascht. Er begann sich ein ganz klein wenig zu entspannen. Walentin schaute jetzt den Kerl mit dem Hackmesser an. »Leg das weg.«

Der Mann neben Clark atmete tief durch. War er etwa enttäuscht? Wenigstens ließ er das Hackmesser sinken.

Kowalenko gab ihm jetzt einen neuen Befehl. »Hol dir

einen Hammer und breche ihm damit jeden Knochen in seiner Hand. Einen nach dem anderen.«

Der Speznaz-Mann griff sich einen chirurgischen Edelstahlhammer, der auf dem Tisch neben den Schneideinstrumenten lag. Ohne Vorwarnung schlug er ihn auf Johns ausgestreckte Hand und zertrümmerte den Zeigefinger. Dann schlug er in rascher Folge noch zweimal zu. Clark schrie vor Schmerz.

Kowalenko wandte sich ab, ging zur Rückwand des Lagerhauses hinüber und steckte sich die Finger in die Ohren.

Die Tortur ging weiter. Der Ringfinger brach oberhalb des Knöchels entzwei, und der kleine Finger wurde sogar in drei Stücke zertrümmert.

Ein letzter gewaltiger Schlag auf Clarks Handrücken drohte bei diesem einen Schock auszulösen.

Clark knirschte mit den Zähnen. Seine Augen waren geschlossen, und an den Seiten tropften Tränen heraus. Sein Gesicht war dunkelrot. Er atmete ruckartig ein, um den Sauerstoff zu ersetzen und zu vermeiden, dass er einen Schock erlitt.

Gleichzeitig brüllte er wie am Spieß und rammte seinen Hinterkopf dem Mann hinter ihm in den Bauch. »Du Arschficker!«, schrie er ihn an.

Eine Minute später beugte sich Kowalenko wieder über ihn. Clark konnte durch die Tränen und den Schweiß in den Augen und infolge der mangelnden Fokussierung seiner geweiteten Pupillen den jungen Mann kaum noch sehen.

Walentin zuckte zusammen, als er auf die zerschmetterte Hand schaute. Sie war inzwischen schwarz und blau geworden und schwoll unaufhörlich an. Zwei Finger waren auf perverse Weise verdreht.

»Deck das ab!«, rief er einem seiner Männer zu. Dieser warf ein Handtuch darüber.

Kowalenko hielt sich immer wieder die Ohren zu, wenn die Schmerzensschreie zu laut wurden. Er selbst schrie jedoch plötzlich Clark an, als wäre er wütend, dass dieser ihn zu alldem zwang. »Du bist ein Narr, alter Mann! Dein Ehrgefühl wird dir hier nur Schmerzen einbringen! Ich habe alle Zeit der Welt für dich!«

Trotz seiner entsetzlichen Schmerzen spürte John Clark, dass Walentin Kowalenko kurz davorstand, sich zu übergeben.

»Rede endlich, alter Narr! Rede!«

Clark sagte weiterhin kein Wort. Nicht jetzt, nicht in der nächsten Stunde. Kowalenko wurde von Minute zu Minute frustrierter. Er befahl, Clarks Kopf in einen Eimer Wasser zu tauchen, und er ließ seine Männer so lange auf den Brustkorb des Amerikaners einschlagen, bis diesem etliche Rippen brachen und er kaum noch atmen konnte.

John versuchte derweil, seinen Geist von dem abzukoppeln, was mit seinem Körper geschah. Er dachte an seine Familie und an seine Eltern, die schon lange tot waren. Er dachte an seine Freunde und Kollegen. Und er dachte an seine neue Farm in Maryland. Er hoffte, dass seine Enkel diesen Ort lieben lernen würden, obwohl er selbst ihn nie wiedersehen würde.

Zwei Stunden nach dem Beginn der Folter fiel Clark in Ohnmacht.

74

Das Lämpchen, das einen Anruf aus dem Krisenzentrum des Kreml signalisierte, blinkte jetzt bereits seit mehr als zehn Minuten.

Safronow schaute sich auf einem der Hauptbildschirme die Nachrichten aus Moskau an. Die anderen Männer im Kontrollzentrum saßen als unfreiwillige Beteiligte daneben und verfolgten mit gespannter Aufmerksamkeit die Entwicklung der Ereignisse.

Georgij hatte eigentlich auf ein gewaltigeres Schauspiel gehofft. Natürlich wusste er, dass im Silo 109 die Dnjepr stand, die nur den Satelliten an Bord hatte. Sein eigentliches Ziel waren die Haupttreibstofftanks der Moskauer Ölraffinerie gewesen. Hätte er diese getroffen, hätte es eine gewaltigere Explosion und eine größere Feuersbrunst gegeben. Die Nutzlast hatte jedoch ihr Ziel nur um ganze fünfhundert Meter verfehlt, sodass er sich sicher sein konnte, dass seine Botschaft verstanden worden war.

Nachdem er die Nachrichten noch ein paar Sekunden weiterverfolgt hatte, setzte er jetzt endlich das Headset auf, um den Anruf entgegenzunehmen. »Ja?«

»Sie sprechen mit Präsident Rytschkow.«

Safronow antwortete mit beschwingter Stimme. »Guten Morgen. Sie werden sich nicht an mich erinnern, aber wir sind uns letztes Jahr im Bolschoi-Theater begegnet. Wie ist denn das Wetter so in Moskau?«

Es gab eine lange Pause, bevor sich der Präsident wieder meldete. Er antwortete in geschäftsmäßigem Ton, wenngleich in seiner Stimme ein leichter Anflug von Angst zu entdecken war. »Ihr Angriff war unnötig. Es ist uns bekannt, dass Sie über die technischen Möglichkeiten verfügen, um Ihre Drohungen auszuführen. Wir wissen, dass Sie diese Atombomben besitzen.«

»Das war die Strafe für Ihren Angriff auf diese Anlage. Wenn Sie sie noch einmal angreifen … nun, Herr Präsident, ich habe keine Raketen mehr, die einfach nur Satelliten an Bord haben. Bei den beiden anderen handelt es sich um einen Atomsprengkopf.«

»Sie müssen uns nichts beweisen. Wir müssen nur verhandeln, Sie aus einer Position der Stärke und ich … aus einer sehr schwachen Position heraus.«

Safronow schrie in sein Headset hinein. »Das ist keine Verhandlung! Ich habe ganz klare Forderungen gestellt! Da gibt es nichts zu verhandeln! Wann kann ich mit Kommandant Nabijew sprechen?«

Die Antwort des russischen Präsidenten klang leicht resigniert. »Ich habe dem zugestimmt. Wir werden Sie etwas später an diesem Vormittag anrufen, und dann können Sie mit dem Gefangenen sprechen. In der Zwischenzeit habe ich alle Sicherheitskräfte aus Baikonur zurückbeordert.«

»Sehr gut. Wir sind auf einen weiteren Angriff Ihrer Männer vorbereitet. Aber ich glaube nicht, dass Sie bereit sind, dafür fünf Millionen Moskauer zu opfern.«

So hatte sich Ed Kealty den Rest seiner Amtszeit nicht vorgestellt, aber um neun Uhr morgens Washingtoner Zeit musste er sich in dieser Angelegenheit mit seinen Kabinettsmitgliedern im Oval Office treffen.

Anwesend waren der CIA-Direktor Scott Kilborn und

sein Stellvertreter Alden, Kealtys junger Stabschef Wes McMullen sowie der Verteidigungsminister, die Außenministerin, der Direktor der nationalen Nachrichtendienste, der Vorsitzende der Vereinigten Stabschefs und der Nationale Sicherheitsberater.

Kilborn gab einen detaillierten Bericht über die Lage in Kasachstan, einschließlich dessen, was die CIA über den gescheiterten Angriff der russischen Spezialtruppen auf die Dnjepr-Startanlagen wusste. Danach unterrichtete die NSA den Präsidenten über den Raketenstart in Baikonur und das Feuer in der Ölraffinerie in Moskau.

Mitten in der Kabinettssitzung rief Präsident Rytschkow an. Kealty sprach mit ihm etwa zehn Minuten über einen Dolmetscher, wobei Wes McMullen zuhörte und sich Notizen machte. Der Ton des Gesprächs war zwar liebenswürdig, aber Kealty erklärte Rytschkow, er müsse erst einige Dinge mit seinen Beratern besprechen, bevor er sich zu den Wünschen des russischen Präsidenten äußern könne.

Als er aufgelegt hatte, war es mit seiner aufgesetzten Höflichkeit sofort vorbei. »Der verdammte Rytschkow bittet uns, ihm das SEAL Team 6 oder die Delta Force zu schicken! Wer zum Teufel glaubt er eigentlich, wer er ist, von uns ganz spezielle Truppeneinheiten zu verlangen?«

Wes McMullen saß mit seinem Notizblock im Schoß neben seinem Telefon. »Sir, ich glaube, er weiß einfach über unsere besten Antiterror-Einheiten Bescheid. Ich kann in diesem Wunsch nichts Böswilliges erkennen.«

Der Präsident widersprach. »Er möchte sich hinter uns verstecken, wenn die ganze Sache schiefläuft. Er wird dann seinem Volk verkünden, er habe Amerika vertraut und Ed Kealty habe ihm einen glücklichen Ausgang versprochen, aber wir hätten es dann vermasselt.«

Die Leute in diesem Raum waren immer noch Kealtys Leute, für den Moment zumindest. Alle begriffen, dass ihr

Präsident nach einem Weg suchte, wie er sich aus dem Ganzen heraushalten konnte. Einige von ihnen wussten, dass er schon immer so gewesen war.

Jetzt meldete sich Scott Kilborn zu Wort. »Mr. President. Ich bin bei allem Respekt anderer Meinung. Er möchte nur verhindern, dass zwei Zwanzig-Kilotonnen-Bomben Moskau oder Sankt Petersburg auslöschen. Das könnte …« Er schaute den Vorsitzenden der Vereinigten Stabschefs an. »Was sagen Ihre Experten über mögliche Opferzahlen?«

»Jede Bombe wird sofort über eine Million Menschen töten. Mindestens zwei weitere Millionen werden innerhalb einer Woche an Verbrennungen und aufgrund des Zusammenbruchs der Infrastruktur und der Stromversorgung sterben. Wie viele in der Zeit danach das Leben verlieren werden, weiß allein der Himmel. Insgesamt ist mit sieben bis zehn Millionen Toten zu rechnen.«

Kealty stöhnte auf. Er beugte sich über den Schreibtisch und legte den Kopf in die Hände.

»Optionen?«

»Wir sollten sie rüberschicken«, meinte die Außenministerin. »Wir können dann immer noch entscheiden, ob wir sie einsetzen oder nicht.«

Kealty schüttelte den Kopf. »Ich möchte sie nicht einer solchen Gefahr aussetzen. Ich möchte nicht, dass sie sich in dieses Hornissennest begeben und dann möglicherweise sofort eingreifen müssen. Die Russen sind ja bereits mit ihrem Angriff gescheitert, und dabei haben die früher dort sogar ein Manöver abgehalten. Wer sagt denn, dass es uns besser ergehen würde? Ich brauche etwas anderes. Los, denkt nach, Leute.«

»Berater«, sagte Alden.

»Berater? Was meinen Sie damit?«

»Wenn wir ein paar JSOC-Leute als Berater für ihre

Speznaz hinüberschicken, können wir ihnen auf verdeckte Weise Hilfe leisten, müssen aber unsere Männer nicht in den Kampf schicken.«

Jeder im Raum merkte sofort, dass Kealty diese Idee gefiel.

Der Vorsitzende der Vereinigten Stabschefs, ein Armeegeneral, der bei den Rangern Spezialtruppenerfahrung gesammelt hatte, äußerte jetzt gewisse Einwände. »Mr. President. Die Ereignisse dort entwickeln sich sehr rasch. Wenn wir dort drüben keine JSOC-Soldaten haben, die bei Bedarf sofort eingreifen können, nun, dann brauchen wir auch keine Berater rüberschicken.«

Kealty saß an seinem Schreibtisch und dachte nach. Er schaute den Verteidigungsminister an. »Besteht die Möglichkeit, dass sie auch auf uns eine Rakete abschießen?«

Der Verteidigungsminister hielt die Hände in die Höhe. »Uns bedrohen sie nicht. Diese Dagestaner haben Probleme mit Russland. Ich kann mir nicht vorstellen, dass wir zu einem Ziel werden könnten.«

Kealty nickte. Dann schlug er mit der Faust auf den Schreibtisch. »Nein! Ich werde das Oval Office nicht auf diese Weise und mit dieser Scheiße verlassen. Soll das etwa mein Vermächtnis sein?« Kealty stand auf. »Sagen Sie Präsident Rytschkow, dass wir Berater schicken werden. Das ist alles!«

»Sir, denken Sie daran, dass in dieser Anlage auch sechs Amerikaner als Geiseln festgehalten werden«, gab Wes McMullen zu bedenken.

»Für deren Sicherheit ich Rytschkow persönlich verantwortlich mache. Sagen Sie unseren Beratern, dass jede Mission, bei der sie behilflich sind, einen Weg finden muss, unsere Staatsbürger dort lebend herauszubekommen.«

Der Verteidigungsminister wollte etwas dazu sagen: »Sir, mit allem gebotenen Respekt …«

Aber Kealty stand auf und wandte sich zum Gehen. »Gute Nacht, meine Damen und Herren.«

Melanie rief Jack nachmittags um halb zwei an. »Hi. Es tut mir leid, aber bei uns ist gerade die Hölle los. Ist es arg schlimm, wenn wir unser gemeinsames Abendessen heute Abend verschieben?«

»Okay. Ich könnte aber auch etwas Chinesisches mitbringen. Wir müssen nicht ausgehen. Ich möchte dich nur mal wieder sehen.«

»Das klingt großartig, aber ich weiß nicht, wann oder ob ich heute Abend hier rauskomme. Du kannst dir sicher vorstellen, dass wir ganz schön am Rotieren sind.«

»Das kann ich mir gut vorstellen. Also dann, bis später, und lass dich nicht unterkriegen, okay?«

»Okay. Vielen Dank, Jack.« Melanie legte auf. Sie hasste es, Verabredungen mit Ryan abzusagen, aber sie würde heute mit dem Tagespensum auf ihrem Schreibtisch auf keinen Fall rechtzeitig fertig werden. Dabei ging es vor allem um Rehans Reise nach …

Das Telefon auf ihrem Schreibtisch klingelte. »Melanie Kraft?«

Neunzig Sekunden später steckte Melanie ihren Kopf in Mary Pats Büro. »Ich muss wegen einer dringenden Sache weg, es dauert höchstens eine halbe Stunde. Kann ich draußen etwas für Sie erledigen?«

Foley schüttelte nur den Kopf. Sie wollte etwas sagen, aber ihr Handy zirpte.

Melanie ging zur Bushaltestelle vor dem Gebäude hinunter und nahm den nächsten Bus nach Tysons Corner, stieg jedoch bereits an der Old Meadow Road aus. Zu Fuß ging sie zum Scott's Run Community Park hinüber und setzte sich auf eine Bank, von der aus man einen weiten Blick über das schneebedeckte Parkgelände hatte. Die kahlen

Bäume bogen sich im eisigen Wind, und sie zog ihren Mantel enger zusammen.

Eine Minute später näherte sich ihr ein Mann. Er war groß und schwarz. Er trug einen langen grauen Regenmantel über seinem schwarzen Anzug. Der Mantel war jedoch nicht zugeknöpft, als ob sein Träger immun gegen die eisige Kälte wäre.

Er war ein Sicherheitsmann. Er musterte sie genau und sprach dann in sein Ansteckmikrofon hinein.

Auf dem Parkplatz hinter ihr hörte sie jetzt einen Wagen vorfahren, aber sie drehte sich nicht um. Sie schaute weiterhin die im Wind schwankenden Bäume an.

Der Sicherheitsmann drehte sich um, ging den Parkweg hinauf und beobachtete von dort die Straße.

Plötzlich tauchte der stellvertretende Direktor der CIA Charles Sumner Alden auf und setzte sich neben sie auf die Bank. Er stellte keinen Blickkontakt her. Stattdessen schaute er zu einem schneebedeckten Baseballfeld hinüber. »Ich martere mein Gehirn, Ms. Kraft, um herauszufinden, wie ich Ihnen meine Anweisungen noch deutlicher hätte machen können. Aber mir fällt da überhaupt nichts ein. Ich war mir sicher, dass wir eine Vereinbarung hatten. Und dann teilen Sie Junior einfach so mit, dass Sie heute Abend keine Zeit für ihn haben? Glauben Sie mir, junge Dame. Sie *haben* Zeit!«

Melanie biss die Zähne zusammen. »Wirklich, Sir? Sie zapfen das Telefon einer Analystin des NCTC an? Stehen Sie wirklich so unter Druck?«

»Ja. Offen gesagt, das tun wir.«

»Und weswegen?«

»Wegen Jack Junior.«

Melanie seufzte, und ihr Atem gefror sogleich in der kalten Luft.

Alden änderte jetzt ein wenig den Ton. Er versuchte,

väterlich zu klingen. »Ich dachte, ich hätte klar ausgedrückt, was ich benötige.«

»Ich habe getan, worum Sie mich gebeten haben.«

»Ich habe Sie gebeten, Ergebnisse zu bringen. Gehen Sie heute Abend mit ihm essen. Finden Sie heraus, was er über Clark und die Verbindungen seines Vaters zu Clark weiß.«

»Jawohl, Sir«, sagte sie.

Jetzt wurde Alden sogar noch väterlicher. »Sie wollten uns doch helfen. Hat sich daran etwas geändert?«

»Natürlich nicht. Sie haben mir erzählt, Sie hätten gehört, dass Clark mit Ryan zusammenarbeitet. Sie wollten, dass ich herausfinde, was Jack bei Hendley Associates tatsächlich macht.«

»Und?«, fragte er.

»Und Sie sind der stellvertretende Direktor der CIA. Natürlich gehört es zu meinem Job, Ihre Befehle zu befolgen.«

»Jack Junior hängt enger mit Clark zusammen, als er merken lässt. Wir wissen das. Wir haben Leute bei der Agency, die Clark und Chavez mit Hendley Associates, dem Arbeitgeber Ihres Freundes, in Verbindung bringen. Und wenn Clark und Chavez für Hendley arbeiten, können Sie verdammt sicher sein, dass dort mehr vorgeht als Devisenhandel und irgendwelche Börsenspekulationen. Ich möchte wissen, was Jack weiß, und ich möchte es jetzt wissen.«

»Geht in Ordnung, Sir«, sagte Melanie.

»Hören Sie. Sie haben eine helle Zukunft. Ich verlasse vielleicht bald meinen Posten, aber die CIA, das sind doch nicht die Leute, die ihre Stellung ihren politischen Verbindungen zu verdanken haben. Die CIA, das sind die vielen hervorragenden Mitarbeiter, ob nun Analysten oder Agenten. Die Karrierebeamten in der Agency wissen genau, was Sie hier tun, und sie schätzen Ihre harte Arbeit. Wir können kriminelle Aktivitäten unter dem Vorwand der nationalen Sicherheit auf keinen Fall dulden. Sie wissen das. Also graben Sie tiefer.« Er machte eine Pause. »Tun Sie es nicht für mich. Tun Sie es für unsere CIA.« Er seufzte. »Tun Sie es für Ihr Land.«

Melanie nickte abwesend.

Alden stand auf und schaute auf die junge Analystin hinunter. »Jack möchte Sie heute Abend sehen. Sagen Sie zu.« Er ging durch den Schnee zurück, und sein Leibwächter folgte ihm zum Parkplatz hinüber.

Melanie ging zur Bushaltestelle zurück und zog ihr Handy aus der Tasche. Sie wählte Jacks Nummer.

»Hallo?«

»Hi, Jack.«

»Hi.«

»Hör mal, es tut mir leid wegen vorhin. Ich war einfach gestresst von der Arbeit.«

»Glaube mir, ich verstehe das.«

»Um die Wahrheit zu sagen, muss ich mal eine Zeit lang hier raus. Wie wäre es, wenn du heute Abend bei mir vorbeikommst? Ich mache uns etwas zu essen, dann können wir ein bisschen abhängen und uns einen Film anschauen.«

Es gab eine lange Pause, die nur unterbrochen wurde, als sich Ryan kurz räusperte.

»Stimmt etwas nicht?«

»Nein. Ich wünschte, ich könnte, Melanie, aber da ist etwas dazwischengekommen.«

»In der letzten halben Stunde?«

»Ja. Ich muss verreisen. Tatsächlich bin ich gerade auf dem Weg zum Flughafen.«

»Zum Flughafen«, wiederholte sie ungläubig.

»Ja, nur ein kurzer Flug rüber in die Schweiz. Mein Chef möchte, dass ich mich dort mit ein paar Bankern treffe und sie zum Essen einlade, um ihnen ein paar Geheimnisse zu entlocken, nehme ich an. In ein paar Tagen sollte ich zurück sein.«

Melanie erwiderte nichts.

»Es tut mir leid. Essen und dann ein Film, das klingt wirklich großartig. Können wir das machen, wenn ich wieder zurück bin?«

»Sicher, Jack«, sagte sie.

Zehn Minuten später stieg Melanie aus dem Bus und ging sofort ins Operationszentrum zurück. Als sie aus dem Aufzug kam, sah sie Mary Pat an ihrem Schreibtisch stehen, um ihr eine Notiz zu hinterlassen. Ihre Chefin sah sie kommen und winkte sie ins Büro.

Melanie war nervös. Wusste sie von dem Treffen mit Alden? Wusste sie, dass der stellvertretende Direktor der CIA sie benutzte, um Mary Pats Freund Jack Ryan jr. auszuspionieren und herauszufinden, in welcher beruflichen Beziehung er zu John Clark stand?

»Was ist los?«, fragte sie Mrs. Foley.

»Während Sie weg waren, ist etwas passiert.«

»Wirklich?« Melanie schluckte nervös.

»Ein CIA-Agent in Lahore hat Riaz Rehan zweifelsfrei identifiziert. Er kam mit seiner Leibwache und seinem Stellvertreter auf dem Flughafen an.«

Melanie musste an Ryans plötzliche Reisepläne denken. »Wirklich? Und wann ist das passiert?«

»Innerhalb der letzten Stunde.«

Schlagartig wusste Melanie Bescheid. Sie wusste nicht, wie er es herausgefunden hatte, denn er gehörte ganz bestimmt nicht zur CIA. Aber irgendwie hatte Ryan davon erfahren, und aus irgendeinem Grund war Jack Ryan jetzt auf dem Weg nach Lahore.

75

Das vorübergehende Vor-Ort-Kommandozentrum der russischen Spezialtruppen für den Einsatz im Kosmodrom wurde im Hotel Sputnik in der Stadt Baikonur eingerichtet, die am südlichen Ende des Weltraumbahnhofs lag. In dessen Zimmern, Konferenzräumen und Restaurant hatten jetzt russische Militärs und Geheimdienstler, Beamte der russischen Raumfahrtbehörde, die Verwalter des Kosmodroms und Vertreter anderer staatlicher Organisationen Stellung bezogen.

Da der Platz im Gebäude nicht ausreichte, hatte man davor geheizte Wohnwagen und Zelte aufgestellt. Selbst die Luna-Diskothek neben der Hauptlobby hatte ein Team von Nuklearexperten der Strategischen Raketentruppen aufgenommen.

Um sechzehn Uhr Ortszeit betrat General Lars Gummesson in Begleitung zweier jüngerer Männer den Konferenzraum. Die Kampfanzüge der drei trugen keinerlei Hoheits- oder Rangabzeichen. Sie setzten sich an einen langen Tisch, auf dessen anderer Seite bereits russische Politiker, Diplomaten und hohe Militärs saßen.

Gummesson war der Kommandeur von Rainbow, einer internationalen paramilitärischen Antiterror-Truppe, deren Mitglieder aus den besten militärischen Spezialeinheiten der Erde ausgewählt wurden. Er und seine Männer waren von der russischen und kasachischen Regierung eine Stunde nach dem Scheitern der Alpha-Kommandos angefordert worden. Jetzt kehrte er zum Kommandozentrum zurück, um seine Einschätzung der Lage abzugeben und mitzuteilen, inwieweit die Rainbow-Truppe dabei zum Einsatz kommen könnte.

»Meine Herren. Meine Teamführer und ich haben in den vergangenen vier Stunden über einen Einsatzplan zur Rückeroberung des Dnjepr-Kontrollzentrums und der beiden Startsilos nachgedacht. Wir haben dabei versucht, die Lehren aus dem Scheitern der gestrigen Mission der russischen Armee zu ziehen und unsere eigenen gegenwärtigen Möglichkeiten einzuschätzen. Leider sind wir dabei zu einer ernüchternden Erkenntnis gekommen. Obwohl wir annehmen, dass wir bei einer Konzentration unserer Kräfte auf das Startkontrollzentrum eine achtzigprozentige Chance haben, das Gebäude zurückzuerobern und einen Großteil der Geiseln zu retten, haben wir es dort doch mit einem stark befestigten Bunker zu tun, und Mr. Safronow scheint höchst fähig und äußerst motiviert zu sein. Wir glauben deshalb, dass eine fünfzigprozentige Chance besteht, dass er und seine Männer genug Zeit haben werden, um eine Rakete starten zu können, und eine zwanzigprozentige Chance, dass sie sogar beide in die Luft bringen können.«

Der russische Botschafter in Kasachstan schaute General Gummesson eine ganze Weile an. Dann sagte er in seinem schweren Akzent auf englisch: »Also. Das ist alles? Sie kommandieren all diese schwer bewaffneten Männer und behaupten, dass es eine fünfzigprozentige Chance gibt, dass Moskau zerstört wird?«

»Das ist leider so. Unsere Ausbildung musste im vergangenen Jahr wegen fehlender Gelder zurückgefahren werden, und den Männern, die in der letzten Zeit zu unserer Truppe kamen, fehlt die Koordinationserfahrung, über die

Rainbow verfügte, als wir noch öfter angefordert wurden. Leider hat unsere Einsatzbereitschaft darunter gelitten.«

»Ist es nicht eher so, dass Sie dabei das Risiko scheuen, General Gummesson?«

Der schwedische Offizier zeigte sich über diese Anspielung nicht beleidigt. »Wir haben uns die Lage genau angeschaut, und sie ist äußerst düster. Wir haben keine Ahnung, über wie viele Männer Safronow noch verfügt. Befragungen der Angestellten des Montagekomplexes, die er gestern freigelassen hat, deuten darauf hin, dass es ursprünglich über fünfzig waren. Wahrscheinlich wurden gestern bei dem Speznaz-Angriff einige getötet, aber wir können nicht wissen, wie viele noch übrig sind. Ich werde meine Männer keinesfalls einer solchen unbekannten Gefahr aussetzen, was auch immer hier auf dem Spiel steht. Meine Truppe und ich werden sofort nach Großbritannien zurückkehren. Meine Herren, guten Tag und viel Glück.«

Gummesson erhob sich und wandte sich zum Gehen, aber ganz hinten am Tisch sprang jetzt ein Speznaz-Oberst auf. »Entschuldigen Sie, General Gummesson.« Er hatte noch einen weit stärkeren Akzent als der Botschafter. »Könnte ich Sie bitten, noch etwas länger in Baikonur zu bleiben? Wenigstens ein paar Stunden?«

»Wozu, Oberst?«

»Ich möchte mit Ihnen unter vier Augen darüber sprechen.«

»In Ordnung.«

Man hatte Clark etwas Zeit zum »Nachdenken« gegeben. Seine zerschmetterte Hand lag immer noch unter einem schmutzigen Handtuch, aber die entsetzlichen Schmerzen, die die Schwellung und die Weichteilschädigung verursachten, wurden noch von denen verstärkt, die die zersplitterten Knochen in seiner Hand, vor allem jedoch die gebrochenen Rippen auslösten, wann immer er sich auf der Suche nach einer bequemeren Sitzposition bewegte.

Trotz der Eiseskälte in diesem Lagerhaus liefen ihm Ströme von Schweiß über Stirn und Nacken. Auch sein Hemd war schweißdurchtränkt und verursachte ihm Kälteschauer.

Sein Geist war inzwischen abgestumpft, ganz im Gegensatz zu seinem Körper. Er wollte, dass dieser grauenvolle Schmerz endlich nachließ. Noch mehr sehnte er sich jedoch nach einem Ende der Angst, dass es diesem dummen Jungen doch noch gelingen könnte, ihn zu brechen, wenn diese Barbarei so weiterging.

Clark wusste, dass er hätte lügen und irgendwelche falschen Verbindungen erfinden können. Er hätte eine komplizierte Geschichte erzählen können, deren Nachprüfung Tage dauern würde. Er befürchtete jedoch, dass ein solches Täuschungsmanöver durch eine Überprüfung der Fakten und ein wenig Recherchearbeit von Kowalenkos Leuten schnell auffliegen könnte. Vielleicht würde Walentin dann doch mit etwas SP-117 zurückkehren, diesem Wahrheitsserum, das nach vielen Berichten dem unzuverlässigen Natriumpentothal der Vergangenheit um Lichtjahre voraus war.

Clark traf eine Entscheidung. Sosehr er im Augenblick litt, er würde die Qualen weiterhin auf sich nehmen, in der Hoffnung, dass seine Folterknechte einmal etwas zu weit gingen und ihn umbrachten.

Das war immer noch besser, als seinen Geist zu knacken und ihn zu einem Einmann-Abbruchunternehmen für den Campus und Präsident Ryan zu machen.

»Die Zeit drängt, zurück an die Arbeit!«, rief Kowalenko, als er wieder im Lichtschein der Lampe auftauchte, die über Clarks Kopf hing. Walentin beugte sich zu ihm hinunter und lächelte. Dem Geruch seines Atems war zu entnehmen, dass er sich durch einen starken Kaffee und eine russische Zigarette gestärkt hatte. »Wie fühlen Sie sich?«

»Mir geht es gut. Und wie halten Sie durch?«, fragte Clark trocken.

»Möchten Sie jetzt reden, damit dieser Schmerz endlich aufhört? Wir haben hier ein paar wunderbare Medikamente, die wir Ihnen geben könnten. Dann würde es Ihnen sofort besser gehen. Wir setzen Sie vor einem Krankenhaus hier in der Gegend ab. Wäre das nicht schön?«

»Walentin, was immer Sie mir antun werden, meine Leute werden es herausfinden, und dann werden sie Ihnen dasselbe antun«, entgegnete Clark. »Das sollten Sie nie vergessen.«

Kowalenko starrte den Amerikaner an. »Erzählen Sie mir, wer sie sind, und das Ganze hier hat ein Ende.«

Clark schaute weg.

Kowalenko nickte. »Ich wünschte wirklich, dass mein Vater hier wäre. Die alten Methoden waren offensichtlich doch die besten. Wie auch immer, John, Sie haben bereits eine Hand verloren, aber ich fange gerade erst an. Sie werden diesen Ort hier als alter Krüppel verlassen. Ich werde Sie zerstören.«

Er wartete darauf, dass John fragen würde, wie er das tun würde, aber Clark saß einfach nur da.

»Meine Freunde hier werden Ihnen jetzt ein Skalpell in die Augen stechen, erst in das eine, dann in das andere.«

Clark fixierte Kowalenko, bis dieser den Blick senkte. »Meine Leute werden Ihnen genau das Gleiche antun. Sind Sie darauf vorbereitet?«

»Wer sind Ihre Leute? *Wer?«*

John blieb still.

Ein bulliger Hüne nahm John von hinten in den Schwitzkasten und hielt seinen Kopf eisern fest. Clarks Augen füllten sich mit Wasser, Tränenströme liefen seine

Wange hinunter, und er zwinkerte rasend schnell. »Fuck you!«, presste er zwischen seinen Kiefern hervor, die von einer fleischigen Hand wie in einem Schraubstock zusammengepresst wurden. Der Schwitzkasten verstärkte sich noch.

Der andere Speznaz-Schläger stellte sich vor John. In seiner Hand funkelte im hellen Lichtschein der Lampe ein Edelstahl-Skalpell.

Walentin trat ein paar Schritte zurück und drehte sich um, um dem Ganzen nicht zusehen zu müssen. »Mr. Clark. Das … hier … ist jetzt Ihre letzte Chance!«

In der Stimme des Mannes spürte Clark Resignation. Er würde keinen Rückzieher machen.

»Fuck you!«, war alles, was von dem Amerikaner zu hören war. Er atmete tief ein und hielt dann den Atem an.

Kowalenko zuckte auf dramatische Weise die Achseln. Während er weiterhin die Wand anschaute, sagte er: *»Wotknuj jemu w glas.«*

Clark verstand. Stich ihm ins Auge.

Durch den Fischaugeneffekt des Wassers in seinen Augen sah Clark, wie das Skalpell seinem Gesicht immer näher kam, während sich der Mann vor ihn hinkniete. Dahinter sah er, wie Kowalenko sich immer weiter zurückzog. Zuerst glaubte er, der Russe könne die Sache hier nicht länger ertragen. Einen Augenblick später begriff John jedoch, dass Walentin auf laute Geräusche von draußen reagierte.

Durch das Lagerhaus schallte ganz klar Hubschrauberlärm. Das Pochen der Rotoren wurde schlagartig lauter, als ob der Helikopter vom Himmel herunterfallen würde. Er landete vor dem Haus. Clark sah den Schein seiner Lichter durch das Fenster. Sie verursachten tanzende Schatten, die über alle im Raum hin und her huschten. Der Mann mit dem Skalpell richtete sich blitzschnell auf und drehte sich um. Inzwischen war auch noch ein zweiter Hubschrauber zu hören, der offensichtlich nur ein paar Meter über dem Lagerhaus schwebte. Walentin Kowalenko versuchte den Höllenlärm zu überschreien und seinen Wachleuten draußen Befehle zu erteilen. Ganz kurz sah Clark den stellvertretenden SWR-Residenten durch den Raum huschen. Er sah aus wie ein panisches, in die Ecke getriebenes Tier.

Der Hubschrauber über dem Haus begann ganz langsam zu kreisen.

Jetzt war lautes Rufen zu hören. Jemand bellte Befehle und schrie den Wachleuten Drohungen zu. John legte den Kopf in den Nacken. An diesen Stuhl gefesselt, konnte er nichts anderes tun, aber selbst eine solch kleine Bewegung tat ihm gut. Seine Hand schmerzte immer noch entsetzlich, deshalb versuchte er sich abzulenken, indem er über die neuesten Entwicklungen nachdachte.

Plötzlich huschten rote Laserstrahlen wie die Signale von Leuchtkäfern über den Boden, den Tisch, die herumstehenden Männer und schließlich über John Clark selbst. Einige Sekunden später wurde er in helles Licht getaucht und schloss seine geblendeten Augen.

Als er sie wieder öffnete, wurde ihm klar, dass jemand die Oberlichter des Lagerhauses eingeschaltet hatte.

Walentin Kowalenko war jetzt der kleinste Mann im ganzen Gebäude. Vor ihm standen schwarz gekleidete Kämpfer mit HK-MP5-Maschinenpistolen.

Es waren Speznaz-Truppen, die von einem Mann in Zivilkleidung angeführt wurden. Kowalenko und seine Männer – es waren insgesamt acht, wie John jetzt sah – hoben alle die Hände hoch.

Wer zum Teufel war dieser neue Clown?, fragte sich Clark. Vom Regen in die Traufe, aber was jetzt? Konnte es überhaupt noch schlimmer werden?

Walentin und seine Leute wurden abgeführt. Der Mann

in Straßenkleidung hatte sie zuvor noch barsch abgefertigt. Jetzt verließ er selbst mit einigen, aber nicht allen Paramilitärs das Lagerhaus. Eine Minute später startete der Hubschrauber.

Auch der Helikopter über dem Haus flog davon.

Hinter den Speznaz-Soldaten, die im Raum geblieben waren, betrat ein schmächtiger Mann Ende fünfzig die kalte Lagerhalle. Er hatte kurz geschorene Haare und in einem Gesicht voller Falten helle, intelligente Augen. Er trug eine Drahtgestell-Brille. Im Übrigen sah er aus, als ob er jeden Morgen vor dem Frühstück mindestens zehn Kilometer joggen würde.

John Clark hatte das Gefühl, ein Spiegelbild seiner selbst zu sehen, nur dass dieses einen russischen Anzug trug.

Aber hier gab es keinen Spiegel. Clark kannte den Mann, der vor ihm stand.

Dieser beugte sich über den Amerikaner und befahl einem seiner Männer, Clarks Fesseln zu entfernen. Danach stellte er sich vor. »Mr. Clark, mein Name ist Stanislaw Birjukow. Ich bin …«

»Sie sind der Direktor des FSB.«

»Das bin ich in der Tat.«

»Ist das hier also ein Wachwechsel?«, fragte Clark.

Der FSB-Chef schüttelte energisch den Kopf. *»Njet*. Nein, natürlich nicht. Ich bin nicht hier, um diesen Irrsinn fortzusetzen.«

Clark schaute ihn nur an.

»Mein Land hat ein ernstes Problem, und wir benötigen dabei Ihren Sachverstand. Gleichzeitig haben wir erfahren, dass Sie hier in Russland sind und offensichtlich selbst ein kleines Problem haben. Es ist das Schicksal, das uns heute zusammenführt, John Clark. Ich hoffe, dass wir zwei schnell zu einer Verständigung gelangen, die uns beiden nützen wird.«

Clark wischte sich mit dem Handrücken den Schweiß von der Stirn. »Reden Sie weiter.«

»In Kasachstan hat es einen schweren Terroranschlag gegeben, dessen Ziel unser Raumfahrtbahnhof in Baikonur war.«

Clark hatte keine Ahnung, was sich in der letzten Zeit außerhalb seines Gesichtsfeldes ereignet hatte. »Ein Terroranschlag?«

»Ja. Eine schreckliche Sache. Zwei Raketen mit Nuklearsprengköpfen befinden sich jetzt in der Hand von Terroristen aus dem Kaukasus, und sie verfügen über das Personal und das Wissen, diese Raketen zu starten. Wir haben Ihre frühere Organisation um Unterstützung gebeten. Ich spreche nicht von der CIA, ich spreche von Rainbow. Unglücklicherweise sieht sich deren gegenwärtiger Kommandeur nicht in der Lage, uns zu helfen.«

»Rufen Sie das Weiße Haus an.«

Birjukow zuckte die Achseln. »Das haben wir. Edward Kealty hat uns vier Männer mit Laptops geschickt, um uns zu retten. Sie sitzen im Kreml. Sie sind nicht einmal nach Kasachstan gereist.«

»Und warum sind Sie jetzt hier?«

»Die Rainbow-Truppe hält sich immer noch in der Nähe des Kosmodroms auf. Vierzig Mann.«

Clark stellte die gleiche Frage noch einmal: »Und warum sind Sie jetzt hier?«

»Ich habe den russischen Präsidenten gebeten, Rainbow dazu zu bewegen, Sie für diese eine Operation in Baikonur wieder das Kommando über die Truppe übernehmen zu lassen. Die Speznaz-Kräfte würden Sie auf jede erdenkliche Weise unterstützen, ebenso wie die Luftwaffe. Tatsächlich wird Ihnen das gesamte russische Militär zur Verfügung stehen.« Er machte eine Pause, dann sagte er: »Wir müssen die Operation bereits morgen Abend durchführen.«

»Sie bitten ausgerechnet *mich,* Ihnen zu helfen?«

Stanislaw Birjukow schüttelte langsam den Kopf. »Ich flehe Sie sogar an, Mr. Clark.«

Clark runzelte die Stirn, als er zum FSB-Chef hinaufschaute. »Wenn Sie an meine Liebe für alles Russische appellieren, damit ich diesen Angriff auf Moskau stoppe, nun, Genosse, dann haben Sie leider einen ganz schlechten Tag erwischt. Mein erster Gedanke wäre eher, diesem Typ alles Gute zu wünschen, der drunten in Kasachstan gerade seinen Finger am Startknopf hat.«

»In Anbetracht der gegenwärtigen Umstände kann ich das gut verstehen. Aber ich weiß auch, dass Sie uns helfen werden. Sie werden Millionen von Leben retten wollen. Mehr brauchen Sie nicht als Motivation, da bin ich mir sicher. Ich wurde jedoch von Präsident Rytschkow autorisiert, Ihnen anzubieten, was immer Sie wollen. Alles!«

John Clark blickte den Russen an. »Im Moment könnte ich einen verdammten Eisbeutel gebrauchen.«

Birjukow tat so, als hätte er eben erst die geschwollene, gebrochene Hand bemerkt. Er rief den Männern hinter ihm etwas zu, und kurze Zeit später erschien ein Speznaz-Sanitätsunteroffizier mit einem Verbandskasten und begann, das Handtuch abzuwickeln. Er legte Kühlkissen auf die schrecklichen Verletzungen und richtete ganz langsam die verdrehten Finger neu aus und brachte sie wieder an ihren richtigen Platz. Dann legte er um die Hand und die Kältebeutel einen Druckverband an.

Währenddessen hielt Clark dem Geheimdienstchef eine kleine Ansprache, bei der er immer wieder vor Schmerz zusammenzuckte. »Hier sind meine Forderungen. Ihre Leute erzählen der Presse ganz genau, wie Kowalenko mit Paul Laska konspiriert hat, um die Ryan-Präsidentschaft durch falsche Anschuldigungen gegen mich zu Fall zu bringen. Die russische Regierung wird sich ausdrücklich von den Lügen, die über mich erzählt wurden, distanzieren und sämtliche Beweisstücke herausgeben, die sie über Laska und seine Kumpane besitzt.«

»Selbstverständlich. Kowalenko hat über uns alle Schande gebracht.«

Die beiden Männer schauten einander einen Augenblick schweigend an, bevor Clark sagte: »Ihre Versicherungen genügen mir nicht. Da gibt es einen Journalisten bei der *Washington Post*. Bob Holtzman. Er ist hart, aber fair. Ihr Botschafter soll sich mit ihm treffen. Sie können ihn auch selbst anrufen. Erst wenn das passiert ist, werde ich Ihnen bei Ihrem kleinen Problem im Kosmodrom helfen.«

Stanislaw Birjukow nickte. »Ich werde Präsident Rytschkows Büro anrufen und dafür sorgen, dass das noch heute passiert.« Er schaute zu den Folterwerkzeugen auf dem Tisch hinüber: »Ganz im Vertrauen zwischen Ihnen und mir, zwei alten Männern, die in ihrem Leben mehr gesehen haben als die jungen Leute, die heute in Führungspositionen aufsteigen … Ich möchte mich dafür entschuldigen, was der SWR hier durchgezogen hat. Der FSB war an dieser Operation in keiner Weise beteiligt. Ich hoffe, dass Sie dies Ihrem neuen Präsidenten persönlich versichern.«

Clark beantwortete diese Bitte mit einer Frage: »Was wird jetzt mit Walentin Kowalenko passieren?«

Birjukow zuckte die Achseln. »Moskau ist ein gefährlicher Ort, selbst für einen leitenden SWR-Beamten. Seine völlig ungesetzliche Operation war eine Schande für unser Land. Wichtige Leute werden ziemlich wütend werden, wenn sie davon erfahren. Es wäre durchaus möglich, dass er einen kleinen Unfall erleidet.«

»Ich fordere auf keinen Fall, dass Sie Kowalenko auf meine Veranlassung hin töten. Ich glaube nur, dass er Probleme bekommen wird, wenn er herausfindet, dass der FSB mich freigelassen hat.«

Birjukow lächelte, und Clark wurde klar, dass ihm Kowalenkos Schicksal völlig egal war. »Mr. Clark. Jemand muss für Russland die Verantwortung in dieser unglückseligen Sache übernehmen.«

Jetzt zuckte Clark die Achseln. Kowalenkos Arsch zu retten stand im Moment nicht ganz oben auf seiner Prioritätenliste. Dort draußen gab es viele unschuldige Menschen, die tatsächlich seine Hilfe verdienten.

John Clark und Stanislaw Birjukow kletterten fünf Minuten später in einen Hubschrauber. Schwer bewaffnete Kommandosoldaten stützten Clark beim Gehen. Der Sanitäter legte ihm jetzt auch um seine gebrochenen Rippen einen Druckverband samt Eisbeuteln an. Als sich der Helikopter in den Nachthimmel erhob, beugte sich der Amerikaner zum Chef des FSB hinüber. »Ich brauche das schnellste Flugzeug nach Baikonur und ein Satellitentelefon. Ich muss einen früheren Kollegen aus meiner Rainbow-Zeit erreichen und hierherholen. Wenn Sie seine Visum- und Passformalitäten beschleunigen könnten, wäre das ausgesprochen hilfreich.«

»Sagen Sie Ihrem Mann, er soll sich einfach ins nächste Flugzeug Richtung Baikonur setzen. Ich werde den Leiter der kasachischen Zollbehörde persönlich benachrichtigen. Es wird bei seiner Einreise keine Verzögerungen geben, das kann ich Ihnen versichern. Sie und ich werden ihn dort treffen. Wenn wir dort landen, wird Rytschkow bereits dafür gesorgt haben, dass Sie den Befehl über die Rainbow-Truppe für dieses eine Mal wieder übernehmen.«

76

Chavez, Ryan und Caruso trafen sich mit Mohammed al-Darkur kurz nach ihrer Landung auf dem Allama Iqbal International Airport in Lahore, der Hauptstadt der pakistanischen Provinz Punjab. Die Amerikaner freuten sich, dass der ISI-Major fast völlig von seiner Schulterverletzung genesen war, obwohl seine steifen Bewegungen zeigten, dass er damit doch noch ein Problem hatte.

»Wie geht es Sam?«, wollte Mohammed von Chavez wissen, als sie in einen ISI-Van stiegen.

»Er wird wieder ganz der Alte werden. Die Infektion klingt langsam ab, die Wunden heilen, und er behauptet, er könne bereits wieder losziehen, aber unsere Chefs haben es ihm nicht erlaubt, bereits jetzt nach Pakistan zurückzukehren.«

»Es ist sowieso keine gute Zeit, nach Pakistan zu kommen. Vor allem nach Lahore.«

»Wie ist die Lage?«

Der Van fuhr in Richtung Flughafenausfahrt. Neben dem Fahrer und einem weiteren Mann saß Mohammed auf der vorderen Sitzbank. Während er sprach, reichte er jedem Amerikaner eine Beretta-9-mm-Pistole. »Es wird stündlich schlechter. In Lahore leben etwa zehn Millionen Menschen, und jeder, der kann, flieht aus der Stadt. Die Grenze ist hier nur etwa sechzehn Kilometer entfernt, und es wird jede Minute eine Invasion der Inder erwartet. Es gibt bereits Berichte, dass die Artillerie beider Seiten über die Grenze ins Nachbarland schießt.

Die pakistanische Armee hat eine Menge Waffen und Fahrzeuge in die Stadt gebracht, wie Sie noch sehen werden. Zur Stunde werden überall Polizei- und Militärkontrollpunkte eingerichtet. Es geht das Gerücht um, die Stadt stecke voller ausländischer Agenten. Aber wir werden keine Probleme haben, diese Straßensperren zu passieren.«

»Ist an den Gerüchten über indische Spione denn irgendetwas dran?«

»Vielleicht. Die Inder sind äußerst beunruhigt, was in diesem Fall ja verständlich ist. Dem Joint Intelligence Miscellaneous Directorate ist es gelungen, eine echte internationale Krise heraufzubeschwören. Ich weiß nicht, ob sich das Schlimmste überhaupt noch verhindern lässt.«

»Wird Ihre Regierung stürzen, besonders jetzt, nachdem Ihre Bomben in die Hände dagestanischer Terroristen gelangt sind?«, fragte Caruso.

»Die kurze Antwort, Dominic, lautet ja. Vielleicht nicht heute oder diese Woche, aber sicherlich sehr bald. Unser Ministerpräsident war von Anfang an nicht sehr stark. Ich erwarte, dass die Armee ihn absetzen wird, um, wie sie sagen werden, ›Pakistan zu retten‹.«

»Wo ist Rehan jetzt?«, fragte Chavez.

»Er hält sich gerade in einer Wohnung in der Altstadt von Lahore in der Nähe der Sunehri-Moschee auf. Er hat nicht viele Männer dabei. Außer seinem Stellvertreter Khan nur noch ein paar Leibwächter, glauben wir.«

»Irgendeine Ahnung, was er vorhat?«

»Keine, aber vielleicht trifft er sich hier irgendwo mit Lashkar-Terroristen. In Lahore ist die LeT besonders stark, und er hat sich ihrer bereits bei mehreren Einsätzen jenseits der Grenze bedient. Ehrlich gesagt, scheint Lahore mir persönlich der letzte Ort zu sein, wo sich Rehan gerade aufhalten sollte. Die Stadt ist keine Hochburg der Fundamentalisten wie Quetta, Karatschi oder Peschawar. Ich habe zwei Männer in der Nähe seiner Wohnung postiert. Wenn er sie verlässt, können wir versuchen, ihm zu folgen.«

Al-Darkur brachte die Amerikaner zu einem Apartment in der Nähe. Sie hatten es gerade bezogen, als Chavez' Handy klingelte.

»Ding hier«, meldete er sich.

»Hi.« Es war John Clark.

»John! Bist du okay?«

»Es geht so. Erinnerst du dich, als du gesagt hast, wenn ich dich brauche, würdest du angerannt kommen?«

»Klar.«

»Dann schwing deinen Arsch in ein Flugzeug, aber pronto!«

Chavez schaute die beiden jüngeren Agenten an. Er musste sie hier allein lassen, aber Clark ging einfach vor. »Wohin soll ich kommen?«

»Ins Auge des Sturms.«

Fuck, dachte Chavez. Er fragte nur: »Das Kosmodrom?«

»Leider ja.«

Als er auf dem Parkplatz des Hotels Sputnik aus dem Hubschrauber stieg, trug John Clark einen russischen Tarnanzug und einen schweren Mantel. Der Verband um seinen Kopf und seine Hand war jetzt höchst professionell. Birjukow hatte dafür gesorgt, dass sie ein orthopädischer Chirurg aus Moskau begleitete, der sich jetzt um die Verletzungen des Amerikaners kümmerte.

Es tat immer noch entsetzlich weh. John war sich ziemlich sicher, dass ihm seine Hand für den Rest des Lebens Probleme bereiten würde. Auf jeden Fall würde er Gott weiß wie viele Operationen über sich ergehen lassen müssen, aber darum würde er sich später Gedanken machen.

Während seiner Ankunft herrschte heftiger Schneefall. Es war acht Uhr morgens Ortszeit, und das Sputnik schien ihm ein einziges Chaos zu sein. Jede der vielen Organisationen, ob in Uniform oder in Zivil, hatte sich innerhalb und außerhalb ihr eigenes kleines Reich geschaffen. Eine übergreifende Leitung war nirgendwo zu erkennen.

Als John vom Hubschrauber ins Hotel hinüberging, blieb jeder, dem er begegnete, stehen und starrte ihn an. Einige wussten, dass er der frühere Kommandeur der Rainbow-Truppe war, der jetzt die Gesamtleitung des Einsatzes übernehmen würde. Andere wussten, dass er John Clark war, der von den Vereinigten Staaten in der ganzen Welt wegen vielfachen Mordes gesucht wurde. Viele beeindruckte einfach nur das bestimmte und souveräne Auftreten dieses Mannes.

Jeder bemerkte jedoch auch das zerschlagene Gesicht, den dunkelroten Kiefer, die Blutergüsse um die Augen und die rechte Hand, die frisch verbunden aussah.

Stanislaw Birjukow ging an seiner Seite. Mehr als ein Dutzend Alpha-Gruppen- und FSB-Männer folgten ihnen, als sie das Hotel betraten und durch die Lobby marschierten. In dem Gang, der zum Hauptkonferenzraum führte, traten Offiziere, Diplomaten und Raketenwissenschaftler zur Seite, um der beeindruckenden Prozession Platz zu machen.

Birjukow klopfte nicht an, bevor er das Kommandozentrum betrat. Er hatte kurz vor der Landung auf dem Jubilejnaja-Flugfeld mit Präsident Rytschkow gesprochen. Jetzt besaß er die Autorität, die er benötigte, um hier alles nach seinen eigenen Vorstellungen und Wünschen zu gestalten.

Dem Kommandozentrum hatte man die Ankunft des

Amerikaners und des FSB-Direktors angezeigt. Alle, die hier arbeiteten, saßen deshalb bereits am großen Konferenztisch. Clark und Birjukow zogen es jedoch vor zu stehen.

Als Erster ergriff der Direktor des russischen Inlandsgeheimdienstes das Wort. »Ich habe gerade mit dem Präsidenten gesprochen. Er hat sich mit den NATO-Kommandeuren über die Rolle der Rainbow-Truppe geeinigt.«

Der russische Botschafter in Kasachstan nickte. »Ich habe selbst mit dem Präsidenten gesprochen, Stanislaw Dmitrijewitsch. Lassen Sie mich Ihnen und Mr. Clark versichern, dass wir die Situation genau verstehen und Sie jederzeit auf uns zurückgreifen können.«

»Das gilt auch für mich.« General Lars Gummesson betrat den Raum. Clark war Gummesson kurz begegnet, als dieser noch Oberst der schwedischen Spezialkräfte war. Darüber hinaus kannte er den Mann nicht. Er wusste nur, dass er gegenwärtig der Kommandeur der Rainbow-Truppe war. Er hatte eigentlich erwartet, dass es mit ihm gewisse Reibungen geben würde. Immerhin musste er ihm kurzfristig die Befehlsgewalt abtreten. Aber der groß gewachsene Schwede salutierte zackig, wobei er gleichzeitig Johns zerschlagenes Gesicht und seine verletzte Hand verwundert betrachtete, und sagte: »Ich habe gerade mit der NATO-Führung gesprochen, und sie hat zugestimmt, dass Sie bei dieser Operation das Rainbow-Kommando übernehmen.«

Clark nickte. »Ich hoffe, dass Sie keine Einwände dagegen haben.«

»Überhaupt keine, Sir. Ich übe meine Funktion im Auftrag meiner Regierung und der NATO-Führung aus. Sie haben die Entscheidung getroffen, mich zu ersetzen. Ihr Ruf eilt Ihnen voraus, und ich erwarte, in den nächsten vierundzwanzig Stunden viel von Ihnen zu lernen. Als Rainbow noch bedeutend mehr aktive Einsätze durchführte, das heißt, als Sie die Truppe noch kommandierten, haben Sie bestimmt viele Erfahrungen gemacht, die in den kommenden Stunden hilfreich sein können. Wenn Sie es wünschen, können Sie jederzeit über mich verfügen.« Zum Schluss sagte Gummesson noch ganz förmlich: »Mr. Clark, bis diese Krise vorüber ist, steht Rainbow unter Ihrem Kommando.«

Clark nickte. Tatsächlich war er gar nicht so glücklich, diese Verantwortung übernehmen zu müssen. Aber er hatte jetzt gar nicht die Zeit, sich über seine eigenen Befindlichkeiten Gedanken zu machen. Er begann sofort mit der Vorbereitung der Operation. »Ich brauche die Pläne des Startkontrollzentrums und der Raketensilos.«

»Sie werden sie sofort erhalten.«

»Wir müssen Spähtrupps aussenden, um einen genauen Eindruck vom Zielgebiet zu bekommen.«

»Das habe ich vorausgesehen. Bereits vor Tagesanbruch haben wir jeweils zwei Zweimannteams zu jedem der drei Angriffspunkte losgeschickt, die sich diesen dann bis auf knapp tausend Meter genähert haben. Wir haben zu ihnen verlässliche Kommunikationsverbindungen und erhalten Echtzeit-Videoaufnahmen.«

»Ausgezeichnet. Wie viele Jamaat-Shariat-Kämpfer halten sich an den drei Orten auf?«

»Seit dem Start vom Silo 109 haben sie ihre Kräfte konzentriert. An jedem Silo scheinen etwa acht bis zehn Tangos stationiert zu sein. Vier weitere Männer liegen in einem Bunker in der Nähe der Zugangsstraße zum Dnjepr-Areal in Stellung. Wir haben allerdings keine Ahnung, wie viele Kämpfer sich im Kontrollzentrum aufhalten. Aus der Ferne haben wir gerade einmal einen Mann auf dem Dach gesehen, aber das hilft uns nicht groß weiter. Die ganze Anlage ist im Grunde ein Betonbunker, in dessen Innern wir nicht schauen können. Wenn wir dort angreifen, müssen wir das blind tun.«

»Warum können wir die beiden Dnjepr beim Start nicht mit Boden-Luft-Raketen abschießen?«

Gummesson schüttelte den Kopf. »Wenn sie noch nicht weit über dem Boden sind, wäre das vielleicht möglich, aber wir können die Ausrüstung nicht nahe genug an die Silos heranbringen, um die Trägerraketen zu treffen, bevor sie zu schnell für die SAMs sind. Es ist überhaupt eine Frage der Geschwindigkeit. Auch aus Flugzeugen können wir sie mit Luft-Luft-Raketen nicht abschießen.«

Clark nickte. »Ich dachte mir, dass das nicht so einfach sein würde. Okay. Wir brauchen unser eigenes Operationszentrum. Wo steckt eigentlich der Rest der Männer?«

»Draußen vor dem Hotel haben wir ein großes Zelt für CCC aufgebaut.« CCC bedeutete im NATO-Jargon »Communication, Command and Control«, kurz C-3. Dies würde jetzt das Operationszentrum der Rainbow-Truppe werden. »Es gibt noch ein weiteres Zelt für die Ausrüstung, und ein drittes dient unseren Männern als Unterkunft.«

Clark nickte. »Gehen wir dorthin.«

Clark und Gummesson unterhielten sich weiter, während sie mit Birjukow und mehreren Alpha-Gruppen-Offizieren in Richtung Parkplatz gingen. Als sie die Lobby des Sputnik erreicht hatten, kam Domingo Chavez durch die Vordertür herein. Ding trug ein braunes Baumwollhemd und Bluejeans, aber weder Hut noch Mantel, obwohl die Temperatur unter dem Gefrierpunkt lag.

Chavez bemerkte seinen Schwiegervater und eilte quer durch die Lobby auf ihn zu. Als er näher kam, erlosch sein Lächeln. Er umarmte seinen älteren Kameraden vorsichtig. Dann trat er einen Schritt zurück, und sein Gesicht verzerrte sich vor Wut. »Lieber Gott, John! Was zum Teufel haben sie denn mit dir gemacht?«

»Ich bin okay.«

»Von wegen!« Chavez ließ seinen Blick über Birjukow und die anderen Russen schweifen, während er weiterredete. »Warum erzählen wir diesen Scheiß-Russen nicht, sie sollen sich selbst ins Knie ficken? Dann können wir heimgehen, uns auf die Couch vor den Fernseher setzen und ganz entspannt zusehen, wie ganz Moskau abbrennt.«

Ein bulliger Speznaz-Soldat, der offensichtlich gut englisch verstand, kam jetzt auf Chavez zu, aber der kleinere, ältere Latino stellte sich direkt vor ihn hin und schaute drohend an ihm hoch. »Fuck you!«

Clark musste jetzt den Friedensstifter spielen. »Ding. Das ist okay. Diese Jungs haben mir das nicht angetan. Das waren ein allein agierender SWR-Typ und seine Spießgesellen.«

Chavez ließ den stämmigen Slawen, der mindestens einen Kopf größer war als er, nicht aus den Augen und wich keinen Zentimeter zurück. Schließlich nickte er jedoch ganz leicht. »Also okay. Was soll's? Retten wir halt ihren Arsch.«

77

Al-Darkur klopfte um neun Uhr morgens an die Tür von Ryans und Dominics Wohnung. Die Amerikaner waren bereits aufgestanden und tranken Kaffee. Sie schenkten auch dem pakistanischen Major eine Tasse ein.

»Heute Nacht hat sich die Lage weiter verschlechtert«, erzählte al-Darkur. »Artilleriegeschosse aus Indien sind knapp östlich von Lahore in das Dorf Wahga eingeschlagen und haben dreißig Zivilisten getötet. Die pakistanische Armee hat das Feuer erwidert und nach Indien hinübergeschossen. Wir wissen nicht, welchen Schaden das dort drüben verursacht hat. Bei einem weiteren Artillerieangriff ein paar Kilometer weiter nördlich wurde eine Moschee beschädigt.«

Ryan legte den Kopf schief. »Irgendwie ist es seltsam, dass Rehan, der Typ, der den ganzen Konflikt schürt, ausgerechnet jetzt hier in der Gegend ist.«

»Wir können nicht ausschließen, dass er mit diesen Aktionen etwas zu tun hat«, sagte der Major. »Vielleicht hat er abtrünnige pakistanische Truppen dazu gebracht, auf ihr eigenes Land zu schießen, um eine entsprechende pakistanische Reaktion herauszufordern.«

»Und wie sieht jetzt unser Plan für heute aus?«, fragte Caruso.

»Wenn Rehan seine Wohnung verlässt, werden wir ihm

folgen. Und wenn jemand Rehan in seiner Wohnung besucht, werden wir denen folgen.«

»Einfach genug«, meinte Dom.

Georgij Safronow saß allein in der Cafeteria im zweiten Stock des Kontrollzentrums und beendete gerade sein Frühstück: Kaffee, ein Teller aufgewärmte Kartoffelsuppe und eine Zigarette. Er war todmüde, aber er wusste, dass seine Energie bald zurückkehren würde. Er hatte den Großteil des Vormittags damit zugebracht, Telefoninterviews mit Nachrichtensendern von Al-Dschasira bis Radio Havanna zu führen und dabei der ganzen Welt vom Leiden des dagestanischen Volkes zu erzählen. Das alles war notwendig. Er musste dieses Ereignis dazu benutzen, seine Sache auf jede erdenkliche Weise zu fördern. Er hatte noch nie im Leben so hart gearbeitet wie in den letzten Monaten.

Beim Rauchen verfolgte er die Fernsehübertragungen auf dem Wandbildschirm. In den Nachrichten zeigten sie gerade russische Panzer, die im nördlichen Dagestan in der Nähe des Kaspischen Meers nach Norden rollten. Der Sprecher meldete, dass russische Regierungsverantwortliche leugneten, dass dies irgendetwas mit der Situation im Kosmodrom zu tun habe, aber Safronow wusste, dass dies wie ein Großteil der russischen Nachrichtensendungen eine glatte Lüge war.

Einige seiner Männer hatten in einem Büro im Erdgeschoss dieselbe Sendung verfolgt. Jetzt stürmten sie in die Cafeteria, um ihren Anführer zu umarmen. Ihm stiegen die Tränen in die Augen, als ihm die Emotionen dieser Männer wieder einmal seinen eigenen Stolz auf seine kleine, aber so starke Nation bewusst machten. Danach hatte er sich sein ganzes Leben gesehnt, lange bevor er überhaupt wusste, welches Gefühl ihn da erfüllte, zu welchem Ziel es ihn führte und welche ungeahnten Kräfte es in ihm freisetzen würde.

Es war das Bedürfnis, zu etwas Größerem zu gehören.

Heute war eindeutig der größte Tag in Georgij Safronows Leben.

Über Funk erfuhr er jetzt aus dem Kontrollraum, dass jemand Magomed Dagestani am Telefon sprechen wolle. Er nahm an, dass es sich um das lange erwartete Gespräch mit Kommandant Nabijew handelte, und eilte aus der Cafeteria. Er wollte unbedingt mit dem Gefangenen sprechen und seine Rückkehr vorbereiten. Er stieg die Treppe hinunter und betrat den Kontrollraum durch den Südeingang. Er setzte sein Headset auf und nahm den Anruf entgegen.

Es war das Krisenzentrum des Kremls. Wladimir Gamow, der Direktor der russischen Raumfahrtbehörde, war am Apparat. Georgij nahm an, dass seine eigenen familiären Beziehungen zu Gamow der einzige Grund waren, warum man den alten Schwafler mit ihm reden ließ. Als ob das einen Unterschied gemacht hätte. »Georgij?«

»Gamow, ich habe verlangt, mich mit einem anderen Namen anzureden.«

»Es tut mir leid, Magomed Dagestani. Ich kenne Sie halt seit den Siebzigerjahren als Georgij.«

»Dann wurden wir eben beide in die Irre geführt. Werden Sie mich jetzt mit Nabijew verbinden?«

»Einen Augenblick noch. Zuerst möchte ich Sie über den Stand der Truppenbewegungen im Kaukasus informieren. Ich möchte ganz deutlich sein. Wir haben mit dem Abzug begonnen, aber allein in Dagestan sind fünfzehntausend Soldaten stationiert. In Tschetschenien sind es doppelt so viele und in Inguschetien noch mehr. Viele haben gerade Urlaub oder Ausgang, viele führen gerade Patrouillenfahrten oder mehrtägige Manöver durch und befinden sich deshalb nicht in ihren Stützpunkten. Wir können sie nicht alle an einem einzigen Tag abziehen. Geben Sie uns noch einen Tag und eine Nacht, und wir werden Ihre Forderungen vollständig erfüllen.«

Safronow ließ sich auf nichts festlegen. »Ich werde mit meinen eigenen Quellen Kontakt aufnehmen, um sicherzugehen, dass dies kein Propagandatrick ist. Wenn Sie wirklich die Einheiten nach Norden bringen, werde ich die Frist vielleicht um einen Tag verlängern. Aber vorerst kann ich das nicht versprechen, Gamow. Und jetzt möchte ich mit Kommandant Nabijew sprechen.«

Georgij wurde durchgestellt und konnte jetzt endlich mit dem jungen militärischen Führer seiner Organisation reden. Nabijew erklärte, dass seine »Kidnapper« ihm mitgeteilt hätten, dass er noch an diesem Abend nach Baikonur geflogen werden würde.

Georgij weinte vor Glück.

Clark, Chavez und Gummesson verbrachten den ganzen Tag in dem geheizten Zelt auf dem Parkplatz des Hotels Sputnik. Sie gingen Schaubilder, Pläne, Fotos und andere Materialien durch, die ihnen bei der Vorbereitung des Angriffs auf das Kosmodrom helfen konnten.

Bis Mittag hatte Clark einige Ideen entwickelt, auf die die Speznaz bei ihrem Angriff nicht gekommen waren. Gegen fünfzehn Uhr verfügten Chavez und Clark über einen Angriffsplan, über den die Rainbow-Offiziere nur staunen konnten. In den letzten anderthalb Jahren waren sie gezwungen gewesen, eine gewisse Risikoscheu zu entwickeln. Sie machten alle eine kleine Pause. Danach legten die einzelnen Teams auf der Grundlage des Gesamtplans ihre jeweiligen Schritte fest, während Clark und Chavez die russischen Luftwaffenpiloten instruierten.

Um neunzehn Uhr legte sich Chavez auf einer Pritsche für neunzig Minuten aufs Ohr. Er war müde. Trotzdem stand er bereits total unter Strom, wenn er an den kommenden Abend dachte.

Man teilte Georgij Safronow mit, dass Israpil Nabijew gegen halb elf in einem Transporthubschrauber der russischen Luftwaffe eintreffen werde. Nachdem sich der dagestanische Raumfahrtunternehmer und Terrorist mit einigen der vierunddreißig übrig gebliebenen Terroristen beraten hatte, informierte er Gamow, wie genau die Übergabe ablaufen sollte. Er wollte vor allem sichergehen, dass ihm die Russen keinen üblen Streich spielen würden. Er bestimmte, dass der Hubschrauber mit Kommandant Nabijew auf der dem Kontrollzentrum entgegengesetzten Seite des Parkplatzes landen müsse. Danach solle Nabijew allein die siebzig Meter zum Vordereingang hinübergehen. Die ganze Zeit würde er von den starken Scheinwerfern auf dem Dach des Kontrollzentrums beleuchtet werden. Auf dem Dach und am Haupteingang würden Kämpfer mit Maschinenpistolen stehen und sicherstellen, dass kein anderer aus dem Hubschrauber ausstieg.

Gamow schrieb sich alles auf und beriet sich dann mit dem Krisenzentrum, das auf alle Forderungen Safronows einging. Eine Bedingung gab es jedoch. Sie forderten, dass alle ausländischen Geiseln in dem Augenblick das Kontrollzentrum verlassen durften, wenn Nabijew aus dem Hubschrauber stieg.

Safronow witterte eine Falle. »Direktor, bitte keine Tricks. Ich verlange, dass ständig Live-Videoaufnahmen aus dem Innern des Hubschraubers hierher in die Bodenkontrolle überspielt werden. Ich möchte mit Kommandant Nabijew während des gesamten Flugs in Funkkontakt stehen. Auf diese Weise würde ich es merken, wenn Sie den Hubschrauber mit Ihren Soldaten vollstopfen sollten.«

Gamow beriet sich eine Zeit lang mit seinem Krisenzentrum und kehrte dann zum Telefon zurück. Er willigte ein, dass man eine Audio/Video-Verbindung zu Nabijew einrichtete, sodass Safronow und seine Leute kontrollieren konnten, ob ihr Militärkommandant tatsächlich nur von der Hubschrauber-Crew und ein paar wenigen Sicherheitsleuten begleitet wurde.

Georgij legte zufrieden auf und unterrichtete seine Männer über die getroffene Vereinbarung.

Auf den Straßen von Lahore war um neun Uhr abends immer noch die Hölle los. Jack und Dominic saßen in einem Schnellrestaurant, das etwa fünfhundert Meter von der Moschee entfernt lag, in die Rehan und seine Begleitung gerade gegangen waren. Al-Darkur hatte einen seiner Männer in diese Moschee geschickt, um den General im Auge zu behalten. Er selbst hatte sich in eine in der Nähe liegende Polizeistation begeben, um sich dort ein paar Gewehre und Schutzwesten zu besorgen. Außerdem besuchte er einen Freund, dessen SSG-Einheit unweit von hier stationiert war. Er bat den Hauptmann, ihn bei einer Geheimdienstoperation in der Stadt mit ein paar Männern zu unterstützen. Der musste ihm jedoch mitteilen, dass man der SSG unerklärlicherweise befohlen hatte, ihren Stützpunkt nicht zu verlassen.

Ryan und Dom sahen sich im Fernseher in der Ecke des Lokals die Nachrichten an. Sie hofften auf Neuigkeiten über die Ereignisse in Kasachstan, aber im pakistanischen Lahore interessierte man sich offensichtlich im Moment nur für die lokalen Geschehnisse.

Sie hatten gerade ihr Brathähnchen aufgegessen und nippten noch an ihrer Cola, als eine donnernde Explosion die Straße draußen erschütterte. Die Glasfenster erzitterten, gingen jedoch nicht zu Bruch.

Die beiden Amerikaner rannten aus dem Lokal, um zu sehen, was passiert war. Als sie auf den Gehweg traten, warf sie eine weitere, nähere Explosion fast zu Boden.

Sie vermuteten, dass irgendwo zwei Bomben hochgegangen waren, aber dann hörten sie ein höllisches Geräusch, als ob man ein Blatt Papier direkt vor einem Mikrofon zerreißen würde, das an einen Verstärker angeschlossen war. Gleich darauf erfolgte eine dritte Explosion, noch lauter als die ersten beiden.

»Es kommt immer näher!«, rief Dominic, und die beiden Männer schlossen sich der Menge an, die in die andere Richtung rannten.

Erneut ertönte dieses Geräusch von zerreißendem Papier, und wieder gab es eine Explosion, diesmal nur einen Straßenblock weiter östlich, die die Menge jetzt in Richtung Süden rennen ließ.

Jack und Dom blieben stehen. »Lass uns irgendwo reingehen. Wir können hier sowieso nichts machen.« Sie liefen in ein Bankgebäude, um dort möglichst weit von den Fenstern entfernt die weiteren Geschehnisse abzuwarten. Es gab noch ein halbes Dutzend Explosionen, von denen einige so weit entfernt lagen, dass sie kaum noch hörbar waren. Jetzt erklang von überall her Sirenengeheul und in der Ferne das Geknatter von automatischen Waffen.

»Scheiße. Hat etwa gerade der Krieg angefangen?«, fragte Dom. Jack hielt es jedoch für eher wahrscheinlich, dass pakistanische Truppen in der Stadt allmählich die Nerven verloren.

»Wie al-Darkur sagte. Das könnten mit Rehan verbündete Artillerieeinheiten sein, die auf Befehl ihrer Anführer ihre Kanonen umgedreht haben und jetzt auf ihre Landsleute schießen.«

Dom schüttelte den Kopf. »Verdammte Bärte.«

Vor der Bank rasten Schützenpanzer der pakistanischen Streitkräfte vorbei. Jacks Telefon zwitscherte.

Es war al-Darkur. »Rehan ist unterwegs.«

Rehan verließ seine Wohnung in der Nähe der Sunehri-Moschee um einundzwanzig Uhr, mitten in der Rushhour einer Stadt, in der selbst zu anderen Zeiten die Straßen ständig verstopft waren. Neben den Berufstätigen, die von ihrer Arbeitsstelle nach Hause zurückkehrten, wollten viele Einwohner Lahore aus Angst vor einem drohenden Einmarsch der Inder verlassen. Dazu kam jetzt noch die immer größer werdende Zahl von Fahrzeugen und Panzern der pakistanischen Armee.

Ryan, Caruso, al-Darkur und zwei Untergebene des Majors hatten anfänglich Probleme, den General und seine Begleitung nicht aus den Augen zu verlieren. Als Rehan und sein kleines Team jedoch auf einen Parkplatz an der Canal Bank Road einbogen und sich dort mit drei weiteren Autos voller junger bärtiger Männer in Zivilkleidung trafen, konnte al-Darkurs SUV dieser Autokavalkade leichter folgen.

»In diesen Autos stecken bestimmt ein Dutzend Kerle. Mit Rehan und seiner Crew macht das mindestens sechzehn Mann«, sagte Ryan.

Der Major nickte. »Diese Neuankömmlinge machen nicht den Eindruck, als gehörten sie zur pakistanischen Armee oder zum ISI. Das sind LeT-Männer, darauf würde ich schwören.«

Ryan kamen jetzt leichte Bedenken. »Mohammed, wenn wir es hier vielleicht bald mit sechzehn Kerlen zu tun haben, hätte ich gerne etwas mehr Feuerkraft.«

»Dafür sorge ich schon, keine Angst.« Der Major griff nach seinem Handy.

78

Clark und Chavez standen auf dem Vorfeld des Krajnij-Flugplatzes in der Nähe der Stadt Baikonur vor einem Antonow-An-72-Transportflugzeug. Das Dnjepr-Areal des Kosmodroms lag vierzig Kilometer und das Jubilejnaja-Flugfeld fünfundsechzig Kilometer nördlich von hier. Selbst im Leerlauf dröhnten die Motoren der Antonow so laut, dass man kaum sein eigenes Wort verstand.

Neben der An-72 standen vier Mi-17, ein kleinerer Mi-8 und ein riesiger Mi-26. Eine Menge Männer und Frauen machten sich an den sechs Hubschraubern zu schaffen. Sie betankten und beluden sie im künstlichen Licht von tragbaren Scheinwerfern, die von Hilfstriebwerken mit Strom versorgt wurden.

Ein leichtes Schneetreiben ließ die beiden Amerikaner frösteln.

»Ist Nabijew schon eingetroffen?«, wollte Ding von John wissen.

»Ja. Er ist droben auf dem Jubilejnaja-Flugfeld. Er wird um halb elf überführt werden.«

»Gut.« Chavez war von Kopf bis Fuß in schwarzes Nomex gehüllt. Auf dem Kopf trug er einen Helm, von dem eine Sauerstoffmaske herabbaumelte. Über einem Brustharnisch voller Magazine hing eine HK-UMP-Maschinenpistole, Kaliber .40. Selbst mit dem auf den Lauf der MP aufgeschraubten Schalldämpfer war die Waffe mit eingeklapptem Schulterstück kaum breiter als Dings Schultern.

Dieselbe Ausrüstung hatte Domingo Chavez bereits vor vielen Jahren bei der Rainbow-Truppe getragen, obwohl er heute auf sein altes Rufzeichen verzichtete. Immerhin war der Mann, der sein früheres Team befehligte, an dieser Mission beteiligt, deshalb stand das Rufzeichen Rainbow Zwei nicht zur Verfügung. Die Rainbow-Funker wiesen ihm stattdessen den Funkrufnamen Romeo Zwei zu. Jemand witzelte, dass R bedeute, dass Domingo eigentlich bereits »Rentner« sei. Solche Sprüche ließen ihn jedoch kalt. Die Männer hätten ihn auch einfach nur Domingo nennen können. Er hatte im Moment ganz andere Sorgen.

»Brauchst du Hilfe beim Fallschirmanlegen?«, fragte Clark.

»Nicht von einem Linkshänder wie dir«, erwiderte Ding. Beide Männer zwangen sich ein Lächeln ab. Wenn das Galgenhumor sein sollte, war er ziemlich missglückt. »Der Lademeister an Bord wird mir helfen«, sagte Chavez. Er zögerte einen Moment und sagte dann: »Deine Einsatzplanung ist wirklich gut, John. Aber … trotzdem werden wir eine Menge unserer Jungs verlieren.«

Clark nickte und schaute zu den Hubschraubern hinüber, in die gerade die Rainbow-Männer einstiegen. »Ich fürchte, du hast recht. Es kommt auf die Geschwindigkeit, den Überraschungseffekt und die Durchschlagskraft unserer Aktionen an.«

»Ein bisschen Glück wäre auch nicht schlecht.«

John nickte noch einmal, dann streckte er seinem Schwiegersohn die Hand hin. Auf halbem Weg stoppte er jedoch, als ihm bewusst wurde, dass der Verband ein normales Händeschütteln unmöglich machte. Jetzt reichte er ihm eben seine Linke.

»Tut es noch sehr weh?«, fragte Ding.

Clark zuckte die Achseln. »Die gebrochenen Rippen überdecken die gebrochene Hand. Und die gebrochene Hand überdeckt die gebrochenen Rippen.«

»Dann geht es dir also gold?«

»Mir ging's noch nie besser.«

Die beiden Männer umarmten sich.

»Wir sehen uns, wenn alles vorbei ist, Domingo.«

»Da kannst du drauf wetten, John.«

Eine Minute später saß Chavez in der An-72 und fünf Minuten später Clark an Bord eines Mi-17.

Al-Darkur, Ryan und Caruso folgten Rehan und seiner Begleitung aus ISI-Männern und LeT-Angehörigen zum Hauptbahnhof von Lahore. Die Stadt stand unter Ausnahmezustand. Man hätte eigentlich zahlreiche Kontrollpunkte, eine Ausgangssperre oder Ähnliches erwartet, aber Lahore war eine Stadt mit zehn Millionen Einwohnern, und fast alle waren sich sicher, dass heute Nacht der Krieg ausbrechen würde, und so herrschte auf den Straßen das absolute Chaos.

Ryan und Dominic saßen neben dem Major auf der Rückbank des Volvo-SUVs. Al-Darkur hatte jedem im Fahrzeug eine Panzerweste und ein großes G3-Gewehr überreicht. Er selbst war ebenso ausgestattet.

In der Stadt brannten immer noch Feuer, seit dem frühen Abend hatte es jedoch keinen Artilleriebeschuss mehr gegeben. Die Panik unter den Einwohnern würde mehr Opfer fordern als die Kanonen, dachte Jack, als er die vielen Autounfälle und die Handgreiflichkeiten, das Stoßen und Drängeln am Hauptbahnhof beobachtete.

Rehan und sein aus vier Fahrzeugen bestehender Konvoi bog in die Straßen innerhalb des Bahnhofsgeländes ein. Plötzlich stoppte das hinterste Fahrzeug und versperrte den Weg. Die anderen Autos fuhren in hohem

Tempo weiter. Die vielen Leute auf der Straße mussten in aller Eile zur Seite springen, um nicht überfahren zu werden.

»Scheiße!«, rief Ryan. Sie würden ihren Mann verlieren. Zwischen ihnen und dem geparkten Auto standen immerhin ein halbes Dutzend Fahrzeuge. Sie konnten gerade noch die Dächer des Konvois ausmachen, als er nach Osten abbog.

»Wir sind ausgerüstet wie Polizisten«, sagte al-Darkur. »Wir werden aussteigen. Aber benehmen Sie sich auch wie Polizisten!«

Mohammed al-Darkur und seine zwei Untergebenen kletterten aus dem Volvo. Die beiden Amerikaner folgten ihnen. Ihren SUV ließen sie einfach so auf der Straße stehen, was hinter ihnen ein wütendes Hupkonzert auslöste.

Sie rannten zwischen den Autos hindurch, kämpften sich auf den Gehsteig hoch und rannten dem Konvoi hinterher, der glücklicherweise ebenfalls im dichten Fußgängerverkehr stecken geblieben war. Doch schließlich konnten sich Rehans vier Fahrzeuge durch die Menge hindurchdrängen und bogen auf eine Werksstraße für Bahnhofsmitarbeiter ein, die quer über die fünfzehn Gleise des Bahnhofs führte. Auf der anderen, der nördlichen Seite lag etwa fünfhundert Meter vom Bahnhof und dessen Publikumsverkehr entfernt eine Gruppe von wellblechgedeckten Lagerhäusern.

Die fünf Verfolger rannten über eine Fußgängerüberführung ebenfalls auf die andere Seite der Gleise hinüber. Von oben beobachteten sie, wie die vier Autos zwischen mehreren Reihen alter, verrosteter Eisenbahnwaggons parkten, die dort neben einem Lagerhaus wohl auf Dauer abgestellt worden waren.

Die Männer stiegen aus ihren Autos, die zwischen den

Waggons jetzt gut versteckt waren, und betraten das Lagerhaus. Von Süden her waren jetzt ganz schwach weitere Artillerieeinschläge zu hören.

Ryan versuchte, wieder zu Atem zu kommen. »Wir stehen hier oben wie auf dem Präsentierteller. Wir sollten uns einen besseren Beobachtungspunkt suchen.«

Auf der anderen Seite der Fußgängerbrücke führte sie al-Darkur zu einem Wohnheim für Eisenbahnarbeiter, wo sie zum ersten Stock hinaufstiegen. Al-Darkur wies seine beiden Untergebenen an, die Treppe zu bewachen. Dann betraten Caruso, Ryan und der Major den großen Schlafsaal, von dem aus man die gesamte Bahnhofsanlage überblicken konnte.

Ryan holte sein Infrarot-Fernglas aus seinem Rucksack und musterte das Areal. An den abgestellten Eisenbahnwaggons huschten geisterhafte Schatten entlang, die von den Nachbarstraßen kamen und zuvor über einen Zaun geklettert waren, um auf diese Weise schneller zu den Bahnsteigen zu gelangen.

Das waren Zivilisten, die doch noch irgendwie die Stadt verlassen wollten.

Als er zum Lagerhaus hinüberschaute, bemerkte er in einem Fenster im ersten Stock die Wärmeumrisse eines Mannes. Er schien nur dazustehen und hinauszuschauen. Für Ryan sah die Gestalt wie ein Wächter aus.

Eine Minute später tauchte ein weiteres weißes Glühen am entgegengesetzten Eckfenster des Gebäudes auf.

Er reichte das Fernglas seinem Cousin.

Al-Darkur griff sich jetzt sein mit einem Zielfernrohr ausgerüstetes Gewehr und schaute ebenfalls zum Lagerhaus hinüber, um die Entfernung abzuschätzen. »Wie viele Meter sind das wohl? Hundertfünfzig?«

»Eher zweihundert«, sagte Dominic.

»Ich würde gerne etwas näher ran«, sagte Ryan, »aber

dazu müssten wir eine große freie Fläche überwinden, über fünf Gleise steigen und dann auf der anderen Seite über einen Maschendrahtzaun klettern.«

»Ich könnte versuchen, noch ein paar Männer hierherzuholen, aber das würde im Moment bestimmt ganz schön lange dauern.«

»Ich würde eine Menge dafür geben, wenn ich wüsste, was dieser Wichser vorhat.«

Chavez sprang allein aus einer Höhe von 7300 Metern von der Laderampe der An-72 ab. Sekunden nach dem Verlassen des Flugzeugs zog er die Reißleine, und eine Minute später überprüfte er die GPS-Anzeige und den Höhenmesser an seinem Handgelenk.

Die Winde wurden sofort zu einem Problem. Er hatte hart zu kämpfen, um auf Kurs zu bleiben, und ihm wurde klar, dass es schwierig werden würde, schnell genug an Höhe zu verlieren. Laut Plan musste er an seinem Zielpunkt sein, wenn der Mi-8-Hubschrauber vor dem Kontrollzentrum landete. Am wichtigsten war also im Moment das Timing. Er plante für seinen Sprung eine Gesamtzeit von gut zwanzig Minuten.

Er schaute nach unten. Irgendwo dort musste sein Ziel liegen, aber um ihn herum war nichts als undurchdringliche, neblige Dunkelheit. Er hatte in seinen Rainbow-Zeiten Dutzende solcher sogenannten HAHO-Sprünge absolviert. So nannte man im Fachjargon die Sprünge aus großer Absprunghöhe bei gleichzeitig großer Öffnungshöhe des Schirms. »High Altitude« und »High Opening« ergab eben HAHO. Die Männer, die gegenwärtig Rainbow zugeteilt waren, hatten dagegen nach Clarks und Chavez' Meinung nicht genug nächtliche HAHO-Erfahrung. Sie waren gute Fallschirmspringer und würden auch unter diesen schwierigen Windverhältnissen nachher ihre Sprünge zielgenau durchführen. Ihre Rolle bei dieser Operation war bestimmt kein Honigschlecken, aber Clarks Planung erforderte jemand, der heimlich auf dem Dach des Kontrollzentrums landen konnte, was eine ganz andere Art von Fallschirmsprung nötig machte.

Es gab noch einen weiteren Grund, warum sich Chavez entschlossen hatte, allein zu springen. Der Spähtrupp, der das Kontrollzentrum beobachtete, hatte Bewegungen auf dem Dach des Gebäudes bemerkt. Es musste dort also Wachen geben, die den Himmel nach Fallschirmjägern absuchten.

Bei diesem Wetter rechneten Clark und Chavez damit, dass ein einziger Mann unentdeckt bleiben würde, zumindest so lange, bis er in der Lage war, Zielpersonen auf dem Dach selbst auszuschalten. Jeder zusätzliche Springer hätte jedoch die Möglichkeit erhöht, dass die Männer zu früh entdeckt wurden.

Aus diesem Grund flog Ding jetzt ganz allein an seinem Staudruck-Gleitschirm durch die Dunkelheit.

Die Liveaufnahmen von Nabijew im Heck eines Mi-8 wurden ins Kontrollzentrum übertragen, nachdem ein Crewmitglied kurz vor dem Abflug mit einer entsprechenden Kamera in den Hubschrauber gestiegen war. Nabijew konnte jetzt direkt mit Safronow sprechen, auch wenn Ton- und Bildqualität verständlicherweise etwas zu wünschen übrig ließen. Trotzdem erfüllte die Kamera ihren Dienst. Ein Schwenk durch den gesamten Hubschrauber zeigte, dass außer Israpil selbst nur noch vier weitere Männer an Bord waren. Nabijew, dem man die Handschellen abgenommen hatte, trug einen dicken Mantel und eine Pelzmütze. Georgij bat ihn, aus dem Fenster zu schauen und ihm Bescheid zu geben, wenn er die Lichter des Kontrollzentrums zu sehen bekam. Der dagestanische Gefangene rückte zum Rand der Kabine hinüber, um Safronows Bitte zu entsprechen.

Der Rainbow-Spähtrupp, der das Kontrollzentrum bereits den ganzen Tag beobachtete, hatte sich im Schutz der Dunkelheit aus einer Entfernung von tausend Metern auf einen Abstand von nur noch vierhundert Meter vorgearbeitet. Jetzt spähten sie aus ihrer verdeckten Stellung heraus mit ihren Ferngläsern auf die Rückseite des Kontrollzentrums. Die unsicheren Lichtverhältnisse und der Schneefall behinderten ihre Sicht, aber einer der Späher bemerkte doch zwei lange Schatten, die sich zu einem Wärmeabzug auf der nördlichen Dachseite bewegten. Nachdem er die Bewegung eine ganze Zeit verfolgt hatte, erkannte er plötzlich ein paar Sekunden lang den Kopf eines Mannes, bis dieser wieder aus seiner Sichtlinie verschwand. Der Späher stimmte dies mit seinem Scharfschützen ab und drückte dann den Sendeknopf auf seinem Funkgerät.

»Romeo Zwei, hier ist Charlie Zwei, bitte kommen.«

»Hier ist Romeo Zwei.«

»Vorsicht, auf dem Dach stehen zwei Wachen.«

Zweihundertfünfzig Meter über dem Dach des Kontrollzentrums wollte Chavez dem Späher mit dem deutschen Akzent mitteilen, dass er nicht einmal die Hand vor den Augen erkennen konnte. Nur das GPS an seinem Arm leitete ihn zu seinem Ziel. Es war irgendwo da unten, und er würde sich mit den Arschlöchern auf dem Dach befassen, wenn er dort ankam. Außer … »Charlie Zwei, hier ist Romeo Zwei. Ich werde die Typen erst sehen, wenn ich auf ihnen lande. Können Sie sie ausschalten?«

Unten am Boden schüttelte der Scharfschütze den Kopf, und der Späher antwortete für ihn: »Nicht im Moment, Romeo, aber wir versuchen, sie ins Visier zu bekommen.«

»Roger.«

Chavez tastete nach der UMP auf seiner Brust. Sie war genau da, wo sie sein musste, direkt über seiner Schutzweste. Er würde sie benutzen müssen, sobald seine Füße das Dach berührten.

Falls seine Füße das Dach berührten. Wenn er das Dach verfehlte, wenn eine Fehlberechnung ihn vom Kurs abbrachte oder ein Scherwind ihn im letzten Moment wegwehte, wäre der Erfolg der gesamten Mission ernsthaft gefährdet.

Wenn ein starker Windstoß Ding zur falschen Zeit zum Ostteil des Parkplatzes hinübertrug, wo sich die großen Rotorblätter des Mi-8 drehen würden, hätte er nicht den Hauch einer Chance.

Er schaute auf den Höhenmesser und die GPS-Anzeige, rückte seine Schutzbrille zurecht und richtete den Staudruck-Gleitschirm über seinem Kopf auf einen etwas südlicheren Kurs aus.

Um genau 22.30 Uhr näherte sich der Mi-8 dem Kontrollzentrum. Safronow beobachtete immer noch die Live-Aufnahmen aus dem Hubschrauber. Gleichzeitig erblickte Nabijew den bunkerartigen Bau mit den großen hellen Lichtern auf dem Dach. Er nahm dem Kameramann die Kamera aus der Hand und richtete sie so aus, dass Safronow selbst jetzt das Kontrollzentrum von oben sah. Georgij teilte Israpil mit, dass er ihn in ein paar Minuten in diesem Gebäude begrüßen würde. Dann eilte er mit einigen seiner Männer die Treppe hinunter, durchquerte die dunkle Eingangshalle und öffnete die bombengesicherten Stahltüren.

Vier Jamaat-Shariat-Kämpfer stellten sich im offenen Türdurchgang auf, Georgij selbst hielt sich erst einmal etwas im Hintergrund und schaute nur kurz um die Stahltür herum. Vielleicht lauerte jemand draußen im Schnee auf ihn, um ihn zu erschießen.

Hinter ihnen wurden die ausländischen Geiseln in die Eingangshalle geführt und dann von zwei Wachleuten entlang der Wand aufgestellt.

Der russische Hubschrauber landete am anderen Ende des Parkplatzes, siebzig Meter von den explosionssicheren Türen des Kontrollzentrums entfernt und direkt im gleißenden Licht der Dachscheinwerfer.

Safronow schaute aus der Tür in das im hellen Licht schimmernde Schneegestöber hinaus. Er funkte seine Männer auf dem Dach an und bläute ihnen noch einmal ein, auf alles gefasst zu sein und auch ständig die Rückseite des Gebäudes im Auge zu behalten.

Die kleine Seitentür des Hubschraubers öffnete sich, und ein bärtiger Mann mit einer Pelzmütze und einem schweren Mantel stieg heraus. Er schützte seine Augen mit der Hand vor dem hellen Licht und begann langsam über die festgefahrene Schneedecke des Parkplatzes zu gehen.

Georgij dachte darüber nach, was er dem Militärkommandanten der Jamaat Shariat sagen würde. Außerdem würde er sich vergewissern müssen, dass man den Mann keiner Gehirnwäsche unterzogen hatte. Dafür hatte er jedoch bei seinen bisherigen Gesprächen keinerlei Anzeichen entdecken können.

Chavez beobachtete die Landung des Hubschraubers, dann konzentrierte er sich wieder auf das Dach des Kontrollzentrums, das immer noch achtzig Meter unter seinen Stiefeln lag. Gott sei Dank würde er seinen Landeplatz erwischen, allerdings würde die Landung schneller und härter erfolgen, als er sich gewünscht hätte. Als er mit einer scharfen Kehre nach Süden nach unten sank, machte er einen … nein, zwei Wachleute aus.

Noch fünfzig Meter.

Genau jetzt öffnete sich unter ihm die Zugangstür zum Dach, und ein dritter Terrorist trat heraus.

Fuck, dachte Chavez. Drei Tangos und jeder von ihnen in einer unterschiedlichen Himmelsrichtung von seinem Landepunkt. Er musste sie in schneller Folge ausschalten. Das war aber fast unmöglich, wenn man die harte Landung und die ungünstigen Lichtverhältnisse in Betracht zog. Außerdem konnte er seine Waffe erst benutzen, wenn er seinen Fallschirm losgeworden war, bevor dieser ihn auch noch über die Dachkante zog.

Dreißig Meter.

Jetzt meldete sich eine Stimme in Dings Headset.

»Romeo Zwei, hier Charlie Zwei. Habe Ziel auf nordwestlichem Dach im Visier. Schieße auf Ihr Kommando.«

»Puste ihn weg.«

»Können Sie letzten Befehl wiederholen?«

Scheißdeutsche. »Schießen Sie!«

»Roger, ich schieße.«

Chavez beachtete den Mann im nordwestlichen Teil des Daches nicht weiter. Für diesen war er jetzt nicht mehr zuständig. Wenn der Scharfschütze ihn verfehlte, nun, dann war Ding am Arsch, aber darüber konnte er sich später Gedanken machen.

Sechs Meter.

Chavez zog die Fallschirmleinen zusammen und landete dann mit einem kleinen Sprint.

Während er weiterrannte, warf er den Fallschirm ab, griff sich seine schallgedämpfte HK und drehte sich blitzschnell zu dem Mann am Dacheingang um. Der Terrorist hielt seine Kalaschnikow bereits in Dings Richtung. Chavez ließ sich aufs Dach fallen, rollte sich über die linke Schulter ab und landete auf den Knien. Er feuerte einen Feuerstoß mit drei Schuss ab, der den Terroristen direkt in den

Hals traf. Die AK schleuderte in die Luft, und der Tango fiel rückwärts durch die Tür.

Der Schalldämpfer hatte dafür gesorgt, dass der Schuss wegen des Lärms der Mi-8-Motoren nicht weiter aufgefallen war.

Ding konzentrierte sich jetzt auf die rechte Seite. Als er den Kopf drehte, sah er aus den Augenwinkeln an der nordwestlichen Seite des Daches gerade noch das Bild eines Wachmanns, der seine Waffe hob, dem jedoch plötzlich die linke Seite seines Kopfs explodierte, woraufhin er auf der Stelle zusammensackte.

Chavez konzentrierte sich auf den Mann auf der Ostseite des Daches, der etwa sieben Meter von der Stelle entfernt war, an der Chavez jetzt kniete. Der Terrorist hatte bisher nicht einmal seine Waffe gehoben, obwohl er Ding genau in die Augen sah. Als der Dagestaner dann versuchte, dieses neue Ziel anzuvisieren, das gerade vom Himmel gefallen war, schrie er vor Angst.

Domingo Chavez, Romeo Zwei, jagte dem Tango zwei Kaliber-.45-Geschosse nacheinander in die Stirn.

Jetzt konnte Ding sich etwas entspannen, nachdem auch die letzte Bedrohung ausgeschaltet war. Er griff nach einem neuen Magazin. Währenddessen beobachtete er den tödlich getroffenen Wachmann und wartete darauf, dass er endlich auf den kalten Betonboden stürzte.

Aber der Körper des toten Mannes hatte andere Pläne. Die Wucht der Schüsse trieb ihn weiterhin nach hinten. Chavez erkannte voller Schrecken, dass die Leiche schließlich vom Dach stürzen würde. Sie würde unmittelbar vor die Eingangstür und direkt in das Scheinwerferlicht fallen, das gerade den Mann beleuchtete, der vom Hubschrauber unterwegs zum Kontrollzentrum war.

»Scheiße!« Chavez sprintete quer über das Dach. Er musste den Wächter unbedingt auffangen, bevor dieser hinunterstürzte und die gesamte Operation in ihrem gefährlichsten Moment verriet.

Ding ließ seine HK fallen und sprang in weitem Bogen durch die Luft, um irgendwie die Uniform des toten Mannes zu fassen zu bekommen.

Der Jamaat-Shariat-Kämpfer fiel rückwärts über die Dachkante.

79

Israpil Nabijew stieg aus dem Hubschrauber und trat ins Licht hinaus. Vor ihm lag das riesige Gebäude im Schnee. Der zweiunddreißigjährige Jamaat-Shariat-Führer blinzelte und machte einen Schritt auf dem harten Schnee und dann noch einen. Jeder Schritt brachte ihn der Freiheit näher, nach der er sich in den langen Monaten seiner Gefangenschaft so gesehnt hatte.

Der Gewehrkolben traf Nabijew am Hinterkopf. Er stürzte zu Boden. Der Schlag hatte ihn halb betäubt, aber er kam wieder auf die Knie und versuchte aufzustehen und weiterzugehen, aber zwei Wächter aus dem Hubschrauber packten ihn von hinten und legten ihm Handschellen an. Sie zogen ihn hoch, drehten ihn um und stießen ihn wieder in den Hubschrauber hinein.

»Nicht heute, Nabijew«, rief ihm einer der Männer über das Heulen der Hubschrauberturbinen hinweg zu. »Das Kontrollzentrum der Rokot-Raketen sieht fast so aus wie das des Dnjepr-Systems, oder?«

Israpil Nabijew begriff nicht, was hier vor sich ging. Er wusste nicht, dass er sich fünfundzwanzig Kilometer westlich der Dnjepr-Startanlagen befand und man ihm nur vorgetäuscht hatte, dass er Safronow und der Jamaat Shariat übergeben werden würde. Der Hubschrauber hob wieder ab, drehte sich in der Luft und flog davon. Die hellen Lichter blieben hinter ihm zurück.

Georgij Safronow steckte seine Makarow ins Halfter und gab seinen Männern ein Zeichen, die Geiseln zum wartenden russischen Hubschrauber hinüberzuschicken. Die in dicke Mäntel gehüllten amerikanischen, britischen und japanischen Frauen und Männer gingen an ihm vorbei ins helle Licht hinaus. Von der anderen Seite kam der bärtige Mann immer näher. Er war jetzt nur noch dreißig Meter entfernt. Georgij bemerkte auf seinem Gesicht ein Lächeln. Das brachte ihn selbst zum Lächeln.

Die Geiseln bewegten sich schneller als Nabijew, deshalb gab Safronow seinem Landsmann ein Zeichen, sich ebenfalls etwas zu beeilen. Er hätte ihm gerne etwas zugerufen, aber die Hubschrauberturbine war zu laut.

Er winkte ihm noch einmal zu, aber Nabijew befolgte die Aufforderung nicht. Er schien nicht verletzt zu sein. Georgij verstand deshalb nicht, warum er so langsam ging.

Plötzlich blieb der Mann mitten auf dem Parkplatz stehen. Im Bruchteil einer Sekunde wurde Safronows Hochgefühl von einem finsteren Verdacht abgelöst. Er spürte eine Gefahr. Er ließ die Augen über den ganzen Parkplatz, den Hubschrauber auf der anderen Seite und die auf diesen zueilenden Geiseln streifen.

Er konnte nichts erkennen, aber er wusste auch nicht, welche Gefahr jenseits des Lichtscheins im Dunkeln lauerte. Er wich in die Eingangshalle zurück und stellte sich hinter die Tür.

Als er kurz darauf hinausschaute, merkte er, dass sich Nabijew wieder in Bewegung gesetzt hatte. Trotzdem war Safronow immer noch misstrauisch. Er kniff die Augen zusammen und musterte das Gesicht des Mannes eine ganze Weile.

Nein.

Das war nicht Israpil Nabijew.

Georgij Safronow schrie vor Wut laut auf, während er

seine Makarow wieder aus dem Holster holte und hinter seinen Rücken hielt.

Chavez' behandschuhte linke Hand umklammerte die Eisenstange, die einen der Scheinwerfer hielt. Dings Finger schmerzten und brannten, da sein Körper vom Gebäude herunterhing und er mit der rechten Hand gleichzeitig die Hosen des toten Terroristen kurz über dessen Fußgelenk gepackt hatte, dessen Gewicht Dings Schulter beinahe ausrenkte. Er wusste, dass er sich nicht auf das Dach hochziehen und seine Mission fortsetzen konnte, ohne die Leiche fallen zu lassen. Wenn er sie jedoch fallen ließ, war die ganze Mission aufgeflogen.

Er konnte sich eigentlich nicht vorstellen, dass die Lage noch schlechter werden könnte. Aber dann sah er, wie der als Nabijew verkleidete russische FSB-Agent stehen blieb, um entgeistert das Schauspiel zu betrachten, das sich gerade sechs Meter über Safronow und seinen Kämpfern abspielte. Chavez schüttelte immer wieder den Kopf, weil er hoffte, dadurch den Mann zum Weitergehen zu bewegen. Glücklicherweise tat er es dann auch, und Ding konnte sich wieder darauf konzentrieren, die Leiche auf keinen Fall fallen zu lassen.

In diesem Moment bemerkte er direkt über sich am Schneehimmel die Bewegung mehrerer Gestalten.

Es waren Rainbow-Soldaten an ihren Fallschirmen.

Von unten, sechs Meter unter seinen baumelnden Stiefelspitzen, klang jetzt lautes Gewehrfeuer herauf.

Safronow befahl einem seiner Männer, zu Nabijew hinüberzugehen und ihn nach Sprengladungen abzusuchen. Der dagestanische Kämpfer befolgte den Befehl ohne Murren und rannte mit dem Gewehr im Anschlag in den hell erleuchteten Schneefall hinaus.

Nach drei Metern wirbelte es ihn jedoch herum, und er fiel tot zu Boden. Georgij hatte in der Dunkelheit hinter dem Hubschrauber ganz kurz einen Mündungsblitz gesehen.

»Es ist eine Falle«, schrie Georgij, während er seine Makarow in Anschlag brachte und auf den falschen Nabijew feuerte, der immer noch allein mitten auf dem Parkplatz stand. Safronow schoss in weniger als zwei Sekunden sein gesamtes Sieben-Schuss-Magazin leer.

Der bärtige Mann im Schnee zog jetzt selbst eine Pistole, wurde jedoch wieder und wieder von den .380-ACP-Geschossen der Makarow in die Brust, den Bauch und die Beine getroffen.

Georgij wandte sich von der Tür ab und begann mit der Pistole in der Hand in Richtung Kontrollraum zu laufen.

Zwei Gewehrschützen, die Safronow an der Eingangstür zurückgelassen hatte, hoben ihre Kalaschnikows, um dem sich am Boden krümmenden Mann den Rest zu geben. Gerade als sie schießen wollten, fiel ein menschlicher Körper durch ihre Visierlinie. Es war einer ihrer Kameraden auf dem Dach. Er schlug direkt vor ihnen auf den Stufen vor der Tür auf und lenkte ihre Augen in einem kritischen Moment von ihren Visieren ab. Beide Männer betrachteten ganz kurz die Leiche und richteten dann ihre Gewehre wieder auf den verletzten Hochstapler, der fünfundzwanzig Meter vor ihnen im Schnee lag.

Eine Scharfschützenkugel traf den rechts stehenden Terroristen in den oberen Brustkorb und schleuderte ihn in die Eingangshalle des Kontrollzentrums zurück. Eine Viertelsekunde später traf das Geschoss eines zweiten Scharfschützen den anderen Mann in den Hals. Er drehte sich um die eigene Achse und fiel auf die Leiche seines Kameraden.

Chavez zog sich auf das Flachdach hoch und rollte sich auf seine Knieschützer ab. Er hatte jetzt nicht die Zeit, sich nach irgendwelchen Verletzungen abzusuchen. Er hob seine Waffe und lief zur Treppe. Der von ihm und Clark entworfene Plan hatte eigentlich vorgesehen, dass er den Lüftungsschacht des Bunkergebäudes aufsprengen würde. Er war fast einen Meter breit und endete hier auf dem Dach. Von hier wäre er anschließend zu einem Auslass direkt über dem Kontrollraum hinuntergestiegen und in den Generatorraum geklettert. Dort hätte er dann den Hilfsgenerator abgestellt, der im Moment das ganze Gebäude mit Strom versorgte. Danach wäre ein Starten der Raketen natürlich nicht mehr möglich gewesen.

Aber wie so viele Pläne in Ding Chavez' Militär- und Geheimdienstlaufbahn war auch dieser Plan gescheitert. Jetzt musste er ganz allein zum Kontrollraum vordringen und das Beste hoffen.

Zwanzig Rainbow-Soldaten waren aus einer Höhe von fünfzehnhundert Metern von einem riesigen Mi-26-Hubschrauber abgesprungen. Ihre Landezone war der rückwärtige Parkplatz des Kontrollzentrums. Ihr Sprung war so getimt, dass Chavez bereits die Wachen auf dem Dach ausgeschaltet haben würde. Die Zeitplanung war jedoch so eng, dass sie sich nicht sicher sein konnten, dass er das tatsächlich rechtzeitig schaffen würde. Aus diesem Grund hielten sie sich ihre MP-7 mit aufgeschraubten Schalldämpfern schon während des Sprungs so vor die Brust, dass sie noch auf dem Weg nach unten mögliche Zielpersonen bekämpfen konnten.

Von den Springern, die mit starkem Wind und schlechter Sicht zu kämpfen hatten, landeten immerhin achtzehn genau in der Landezone. Das war ein respektables Ergebnis. Die beiden anderen hatten während des Sprungs Ausrüstungsprobleme und landeten schließlich so weit vom Kontrollzentrum entfernt, dass sie nicht mehr in den Kampf eingreifen konnten.

Die achtzehn Rainbow-Männer teilten sich in zwei Teams auf. Das eine griff die seitliche Laderampe und das andere den Hintereingang an. Sie sprengten beide Stahltüren mit Hohlladungen auf und warfen in die Verbindungsgänge Rauchgranaten und danach Splittergranaten hinein, die an beiden Eingängen zahlreiche Dagestaner töteten und verwundeten.

Die ehemaligen Geiseln bestiegen den Hubschrauber durch die Seitentür, wurden jedoch durch die gegenüberliegende Tür sofort wieder hinausgeführt. Sie waren verwirrt, und einige wollten den Hubschrauber nicht mehr verlassen und schrien den Piloten an, er solle sie verdammt noch mal sofort von hier wegfliegen. Die Speznaz- und Rainbow-Soldaten beförderten sie jedoch unsanft wieder nach draußen. Sie rannten dann an Soldaten vorbei, die den Hubschrauber bereits kurz nach der Landung durch diese zweite Tür verlassen hatten und jetzt am Rande des Parkplatzes in der Dunkelheit in Stellung gegangen waren.

Man zeigte den Zivilisten mit gedämpften roten Taschenlampen einen Weg hinaus in die verschneite Steppe. Soldaten reichten ihnen schwere Schutzwesten und halfen ihnen, sie anzulegen, während sie weiterhin durch die Dunkelheit liefen.

Hundert Meter hinter dem Hubschrauber lag eine kleine Bodensenke. Man wies die Zivilisten an, sich dort in den Schnee zu legen und die Köpfe unten zu halten. Einige Speznaz-Männer mit Gewehren blieben zu ihrem Schutz zurück. Als die Schießerei am Kontrollzentrum begann, wiesen sie die Zivilisten an, enger zusammenzurücken und sich möglichst still zu verhalten.

Safronow war in den Kontrollraum zurückgekehrt. Er hörte überall im Erdgeschoss Explosionen und Gewehrfeuer. Zwei Kämpfer behielt er bei sich. Die anderen schickte er aufs Dach und zu den drei Eingängen, um die Angreifer aufzuhalten.

Er befahl den beiden Männern, sich vorne im Raum neben den Bildschirmen aufzustellen und ihre Waffen auf die Mitarbeiter des Kontrollzentrums zu richten. Er selbst ging ständig zwischen den Tischen hin und her, um die Arbeit zu überwachen. Die zwanzig russischen Ingenieure und Techniker schauten ihn an.

»Startsequenz für einen sofortigen Start beginnen!«

»Für welches Silo?«

»Für beide Silos!«

Es gab kein Computerprogramm, um zwei Dnjepr gleichzeitig zu starten, deshalb musste alles manuell erledigt werden. Da sie die Startverbindung zum Silo 104 bereits eingerichtet hatten, ordnete Georgij an, die dortige Rakete als erste in die Luft zu bringen. Einem zweiten Team befahl er, die Startvorbereitungen für das zweite Silo abzuschließen, sodass er die Rakete kurz nach der ersten in den Himmel schicken konnte.

Er zielte mit seiner Makarow auf den stellvertretenden Startdirektor, den höchstrangigen Ingenieur im Raum.

»104 ist in 60 Sekunden startklar, oder Maxim stirbt!«

Niemand erhob Einspruch. Wer gerade nichts zu tun hatte, saß in heller Panik da. Sie hatten Angst, erschossen zu werden, weil sie für Safronow nicht mehr von Nutzen waren. Die mit den letzten Startvorbereitungen Beschäftigten arbeiteten dagegen wie verrückt. Sie machten den Hochdruckgenerator betriebsbereit und überprüften die korrekte Treibstoffmenge in allen drei Raketenstufen. Während der ganzen Sequenz hielt Georgij seine Pistole auf sie gerichtet. Die Startingenieure wussten, dass Safronow die Arbeit von jedem von ihnen hätte selbst erledigen können. Niemand wagte es deshalb, etwas zu unternehmen, was den Start gefährden konnte. Georgij hätte jeden Sabotageversuch sofort entdeckt.

»Wie lange noch?«, rief er, während er zum Startkontrollpult eilte, in dem bereits die beiden Startschlüssel steckten. Er drehte den einen um und griff dann mit der linken Hand zum anderen.

»Noch 25 Sekunden!«, rief der stellvertretende Startdirektor.

Im Gang draußen gab es jetzt eine größere Explosion. Über Funk meldete ein Dagestaner: »Sie sind im Gebäude!«

Georgij nahm die Hand vom Schlüssel und holte sein Walkie-Talkie aus seinem Gürtel. »Jeder kommt sofort zum Kontrollraum! Verteidigt den Gang und die Hintertreppe! Wir müssen sie nur noch ein paar Augenblicke aufhalten!«

80

Chavez war die Hälfte der Treppe hinuntergestiegen und befand sich gerade auf einem Absatz, als sich unter ihm die Eingangstür zum Kontrollzentrum öffnete. Er zog sich ein Stück zurück, sodass er von unten nicht mehr gesehen werden konnte. In den unteren Geschossen des Gebäudes war überall Gewehrfeuer zu hören. In seinem Ohrhörer empfing er die Funksprüche der Rainbow-Teams. Zwei der drei Teams befanden sich in dem Gang am anderen Ende des Kontrollzentrums, wurden dort jedoch von über einem Dutzend Terroristen aufgehalten, die sich in den Räumen links und rechts des Korridors verbarrikadiert hatten.

Ding wusste, dass der Präsident des russischen Raumfahrtunternehmens – er hatte sich gar nicht erst die Mühe gemacht, sich den Namen dieses Scheißkerls zu merken – die Raketen ohne große Vorbereitungen starten konnte.

Clarks Operationsbefehle an alle Teilnehmer der Mission waren in dieser Hinsicht unmissverständlich gewesen. Obwohl es in diesem Kontrollraum wohl ein Dutzend Ingenieure und Techniker gab, die an dieser Sache nicht freiwillig teilnahmen, stellten sie dennoch eine Gefahr da. Chavez und die Rainbow-Soldaten mussten davon ausgehen, dass diese Männer Raketen starten würden, die Millionen Menschen töten konnten. Vielleicht taten sie es unter Zwang, aber das machte am Ende keinen Unterschied.

Chavez wusste, dass er jetzt die notwendigen Maßnahmen ergreifen musste.

Aus diesem Grund hatte er auch sechs Splittergranaten dabei, was bei einer Mission, in der es Geiseln gab, recht ungewöhnlich war. Er hatte die ausdrückliche Erlaubnis, jeden im Kontrollraum zu töten, um zu verhindern, dass die Dnjepr-Raketen ihre acht Kilometer östlich liegenden Silos verließen.

Aber jetzt traf er eine völlig andere Entscheidung. Er griff nicht nach diesen Granaten, sondern legte seine Maschinenpistole lautlos auf eine Treppenstufe, zog blitzschnell seinen Brustharnisch und seine Schutzweste aus und hakte sich sein Funkgerät an den Gürtel. Ohne Schutzausrüstung war er leichter, schneller und, wie er hoffte, leiser. Er zog seine Glock 19 aus dem Hüftholster und schraubte den langen Schalldämpfer auf deren Lauf.

Die Pistole hatte er mit Fiocchi-Subsonic-9-mm-Patronen geladen. Er und Clark hatten diese Munition bereits zu ihren Rainbow-Zeiten entdeckt. Wenn man sie durch einen guten Schalldämpfer abfeuerte, war die Glock kaum noch zu hören.

Clark hatte ja betont, dass die gesamte Operation von der Geschwindigkeit, dem Überraschungseffekt und der Durchschlagskraft ihrer Aktionen abhing. Ding wusste, dass er alle drei Faktoren in den nächsten sechzig Sekunden in überreichlichem Maße benötigen würde.

Er hob seine Glock auf Augenhöhe und atmete einmal tief durch, um sich zu beruhigen.

Dann schwang er seine Beine über das Geländer, drehte sich um hundertachtzig Grad und ließ sich zu den Männern am Fuß der Treppe hinunterfallen.

»Fünfzehn Sekunden bis zum Start von 104!«, rief Maxim. Obwohl Safronow keine zwei Meter von ihm entfernt stand, konnte Georgij ihn wegen des lauten Feuergefechts draußen auf dem Gang kaum verstehen.

Safronow ging zum zweiten Startschlüssel hinüber und legte die Hand darauf. Dann drehte er sich noch einmal um und ließ den Blick über die russischen Ingenieure und die beiden Eingänge des Kontrollraums schweifen. Rechts standen zwei Jamaat-Shariat-Kämpfer in der Tür zur Hintertreppe. Zwei weitere Männer standen im Treppenhaus, um die Zugänge zu den anderen Stockwerken zu überwachen.

Auf der linken Seite lag die Tür zum Gang. Zwei Männer standen auf der Innenseite der Tür. Der Rest der Kämpfer opferte sich gerade draußen, um Safronow die Sekunden zu verschaffen, die er benötigte, um zumindest eine der beiden Atomraketen zu starten.

»Allahu Akbar!«, rief Georgij jetzt seinen vier Glaubensbrüdern im Raum zu. Dann schaute er Maxim an. Der bestätigte ihm mit einem Nicken, dass das Öffnen der Siloabdeckungen vorbereitet war.

Plötzlich hörte Georgij ein Ächzen und dann einen Schrei. Als er zum Treppenhaus hinüberschaute, sah er einen seiner Männer nach hinten fallen. Aus seinem Hinterkopf schoss eine Blutfontäne heraus. Der zweite Mann lag bereits auf dem Boden.

Als die beiden Jamaat-Shariat-Kämpfer auf der anderen Seite des Raums dies bemerkten, richteten sie ihre Waffen auf die neue Bedrohung.

Safronow drehte jetzt den Schlüssel um und streckte die Hand nach dem Startknopf aus, während er immer noch die Tür im Auge behielt. Blitzartig stürzte jetzt ein Mann in einem schwarzen Ganzkörperanzug durch die Tür und richtete seine lange schwarze Pistole sofort auf Georgij. Als Safronow auf den Knopf drücken wollte, um die Dnjepr zu starten, sah er einen kurzen Lichtblitz und fühlte, wie etwas in seine Brust einschlug. Dann spürte er einen Schlag auf seinen rechten Bizeps.

Sein Arm flog zurück, seine Finger lösten sich vom Startknopf, und er fiel rückwärts auf den Tisch. Bevor er wieder an den Knopf gelangen konnte, streckte Maxim, der immer noch am Kontrollpult saß, die Hand aus und drehte die beiden Schlüssel in die entgegengesetzte Richtung und machte damit eine Zündung unmöglich.

Georgij Safronow spürte, wie ihm die Kraft zusammen mit seinem Blut aus dem Körper rann. Er lehnte sich an den Tisch neben dem Kontrollpult und beobachtete, wie der schwarz gekleidete Mann, dieser Ungläubige, geduckt an der Wand entlanghuschte. Er wirkte wie eine Ratte, die in einer Gasse ihre Beute jagt. Noch während er sich bewegte, schoss dieser Mann in Schwarz seine Pistole ab. Sie blitzte auf und rauchte, aber Georgij hörte sie nicht, denn eine Art Klingeln in seinem Ohr löschte alle anderen Geräusche aus.

Der Mann in Schwarz tötete die beiden Jamaat-Shariat-Männer, die die Tür zum Gang bewachten. Er löschte sie aus, als ob sie ein Nichts wären und keine Männer, keine Söhne Dagestans und keine tapferen Mudschaheddin.

Alle russischen Ingenieure warfen sich zu Boden. Jetzt stand nur noch Georgij aufrecht da. Ihm wurde bewusst, dass er noch aufrecht stand, dass er noch am Leben war und dass das Schicksal Moskaus immer noch in seiner Hand lag. Er konnte immer noch Millionen von Ungläubigen vernichten und die Regierung stürzen, die sein Volk versklavte.

Mit neu gewonnener Kraft streckte Safronow seine linke Hand aus, um die Schlüssel wieder umzudrehen und damit eine Zündung zu ermöglichen.

Als er jedoch an den ersten Schlüssel fasste, erregte eine Bewegung direkt vor ihm seine Aufmerksamkeit. Es war

Maxim, der plötzlich vor ihm stand und ihm mit der Faust direkt auf die Nase schlug. Georgij Safronow stürzte rückwärts über den Tisch auf den Boden.

Domingo Chavez half den russischen Technikern die Tür zwischen dem Kontrollraum und dem Gang zu sichern und zu verbarrikadieren. Sie wollten unbedingt verhindern, dass die restlichen Terroristen in den Raum eindrangen.

Auf russisch rief Ding den zwölf Männern zu: »Wer war beim Militär?« Alle außer zweien hoben die Hand. »Ich meine nicht die Raketentruppen«, stellte Ding klar. »Wer kann mit einer Kalaschnikow umgehen?« Nur zwei Hände blieben oben. Chavez gab jedem von ihnen ein Gewehr und wies sie an, die Tür zu beobachten.

Er eilte zu dem Kerl hinüber, den zu töten eigentlich sein Auftrag gewesen war. Er konnte sich den Namen des Wichsers immer noch nicht merken. Er sah einen stämmigen Russen auf dem verletzten Mann sitzen. »Wie heißen Sie?«, fragte Ding auf russisch.

»Maxim Jeschow.«

»Und wie heißt der da?«

»Georgij Safronow«, antwortete der Mann. »Er ist noch am Leben.«

Ding zuckte die Achseln. Er wollte ihn eigentlich töten, aber er war jetzt keine Bedrohung mehr, deshalb würde er es nicht tun. Er durchsuchte den Mann und fand dabei eine Makarow, ein paar Ersatzmagazine und ein Handy.

Einen Augenblick später aktivierte Chavez sein Funk-Headset. »Romeo Zwei an Rainbow Sechs. Startschlüssel gesichert. Wiederhole, Startschlüssel gesichert.«

Die Mi-17-Hubschrauber flogen niedrig und schnell über das flache Land hinweg. Eine Gruppe von acht Rainbow-Soldaten brachte zusammen mit dem Spähtrupp, der seit knapp zwei Tagen das Gelände beobachtete, das Startsilo 103 in seine Hand. Anderthalb Kilometer weiter nördlich tötete eine zweite Achtmanngruppe, auch hier unter dem Deckungsfeuer der beiden Männer des Spähtrupps, die dort stationierten Jamaat-Shariat-Kämpfer.

Sobald die Rainbow-Einheiten die Raketen gesichert hatten, kletterten speziell geschulte Munitionsexperten in die Silos bis zur Startausrüstungsebene hinunter, um auf den Eisensteg zur dritten Raketenstufe zu gelangen. Im Licht ihrer Stirnlampen öffneten sie die Zugangsluke zum Nutzlastmodul.

Ein Ka-52-Alligator-Kampfhubschrauber der russischen Armee näherte sich dem Bunker an der Abzweigung der Straße zum Dnjepr-Startgelände bis auf einen Kilometer. Niemand fragte die aus vier Dagestanern bestehende Bunkerbesatzung, ob sie kapitulieren wollte. Stattdessen wurde ihre Stellung so lange mit Raketen und Maschinenkanonen beschossen, bis die Leichen der vier Männer sich derart mit den Betontrümmern vermischt hatten, dass sie nur noch von den Insekten, Aasfressern und wilden Hunden gefunden und vertilgt werden würden, die im nächsten Frühjahr die Steppe bevölkern würden.

Ein vierter Hubschrauber, ein Mi-17, landete vor dem Kontrollzentrum. John Clark stieg heraus und wurde von General Gummesson ins Innere geführt.

»Wie hoch sind die Rainbow-Verluste?«, fragte Clark.

»Wir haben fünf Tote und sieben Verwundete zu beklagen.«

Scheiße, dachte John. *Viel zu viele.*

Sie stiegen von der Eingangshalle in den ersten Stock hinauf. Auf dem Gang vor dem Kontrollraum waren noch die Reste des Gemetzels zu sehen, das vor Kurzem stattgefunden hatte. Vierzehn Dagestaner waren hier in dem vergeblichen Versuch gestorben, ihrem Anführer genug Zeit zu verschaffen, die Atomraketen doch noch starten zu können. Alles war voller Leichen, Leichenteilen, Blut und Waffenresten. Clark stieß bei jedem Schritt mit dem Stiefel an eine Patronenhülse oder ein leeres Gewehrmagazin.

Im Kontrollraum selbst saß Chavez auf einem Stuhl in der Ecke. Er hatte sich bei seinem Sprung über das Treppengeländer den Knöchel verstaucht. In den kritischen Sekunden danach hatte er aufgrund seines hohen Adrenalinspiegels den Schmerz nicht einmal gespürt. Aber jetzt schwoll der Knöchel immer mehr an, und die Schmerzen wurden immer schlimmer. Trotzdem war er einigermaßen guter Laune. Die beiden Männer schüttelten sich die Hand, natürlich die linke, und umarmten sich. Ding zeigte dann auf einen Mann in Tarnuniform, der gerade von einem Rainbow-Sanitäter aus Irland versorgt wurde. Georgij Safronow war totenbleich und schweißüberströmt, aber er lebte ganz offensichtlich noch.

Clark und Chavez standen im Kontrollraum, während die Startingenieure, die bis vor zehn Minuten noch Geiseln gewesen waren, alle Systeme herunterfuhren und neu einrichteten. Der irische Sanitäter verarztete immer noch den verletzten Terroristen, mit dem sich Clark bisher nicht näher befasst hatte.

Plötzlich funkte jemand Clark über sein Headset an: »Delta-Team an Rainbow Sechs.«

»Hier Rainbow Sechs. Kommen.«

»Wir sind am Startplatz 104. Wir haben den Nutzlastcontainer geöffnet und uns zum Nuklearsprengkopf vorgearbeitet und die Zünder entfernt. Die Waffe ist jetzt gesichert und stellt keine Gefahr mehr dar.«

»Sehr gut. Irgendwelche Verluste?«

»Zwei Männer sind verwundet, aber nichts Ernstes. Acht feindliche Kämpfer wurden getötet.«

»Verstanden. Gut gemacht.«

Chavez schaute Clark an. Er hatte das Gespräch in seinem Headset mitgehört. »Er hat wohl wirklich nicht geblufft.«

»Offensichtlich nicht. Eine ist gesichert, warten wir auf die zweite.«

Eine volle Minute später kam eine zweite Übertragung über das Funknetz. »Zulu-Team an Rainbow Sechs.«

»Hier Rainbow Sechs. Kommen.«

Es meldete sich ein kanadischer Munitionsexperte. »Sir, wir haben das Nutzlastmodul aufgebrochen und den Nutzlastcontainer geöffnet.«

»Verstanden. Wie lange brauchen Sie, um die Waffe zu entschärfen?«

Es folgte eine längere Pause. »Ähm, Sir. Da *ist* keine Waffe.«

»Was soll das heißen? Wollen Sie sagen, dass der Nutzlastcontainer in Silo 106 leer ist?«

»Da gibt es schon eine Nutzlast, aber es ist bestimmt kein Atomsprengkopf. Auf dem Ding ist ein kleines Schildchen angebracht. Ich säubere es mal, damit man es lesen kann. Warten Sie … Oh, es ist sogar auf englisch. Also, laut der Aufschrift auf diesem Gerät glaube ich, dass es sich hier um einen S-1700-Schulbusmotor der Firma Wayne Industries aus dem Jahr 1984 handelt.«

Im Kontrollraum schaute Clark Chavez an. In beiden stieg Panik auf.

Ding stellte das Offensichtliche in einem atemlosen Flüstern fest: »Verdammte Scheiße. Wir haben eine Zwanzig-Kilotonnen-Atombombe verloren.«

Clarks Kopf fuhr zu dem verletzten Mann auf dem Boden herum. Der Rainbow-Sanitäter kümmerte sich immer noch um ihn. Der Dagestaner hatte eine Schusswunde in der

Brust, die nach Clarks Erfahrung mit anderen, die eine solche Verletzung erlitten hatten, äußerst schmerzhaft war. Außerdem hatte er ein zweites Loch im Oberarm. Georgij atmete flach, und sein Gesicht war schweißüberströmt. Er starrte zu dem älteren Mann hinauf, der über ihm stand.

Der Amerikaner legte dem Sanitäter eine Hand auf die Schulter. »Ich brauche eine Minute.«

»Es tut mir leid, Sir. Ich bin gerade dabei, ihn zu sedieren«, sagte der Ire, während er Safronows Unterarm mit einem Tupfer für eine Spritze bereit machte.

»Nein, Sergeant, das tun Sie nicht.«

Der Sanitäter und Safronow schauten beide John Clark mit großen Augen an.

»Aye«, sagte der Ire schließlich. »Er gehört Ihnen, Rainbow Sechs.« Mit diesen Worten stand er auf und entfernte sich.

Jetzt kniete sich Clark über Georgij Safronow. »Wo ist die Bombe?«

Georgij Safronow warf den Kopf zur Seite. Zwischen seinen pfeifenden Atemgeräuschen war er nur schwer zu verstehen. »Wovon sprechen Sie?«

Clark zog mit der linken Hand die SIG aus seinem Mantel und rief den Männern in Kontrollraum zu: »Jetzt wird's heiß!« Dann schoss er vier Kugeln in den Beton unter den großen Wandbildschirmen. Sie flogen ganz dicht an Safronow vorbei. Der Verletzte wurde erneut von Angst geschüttelt.

Aber Clark zielte gar nicht auf Safronow. Er wollte nur die Mündung seiner Pistole glühend heiß schießen.

Er packte Safronows rechten Arm und rammte ihm den heißen Pistolenlauf in die gezackte Schusswunde in seinem Bizeps.

Der Dagestaner schrie wie am Spieß.

»Wir haben keine Zeit für Spielchen, Georgij! Zwei Raketen! Ein Atomsprengkopf! Wo ist die andere Bombe?«

Safronow hörte zu schreien auf. »Nein. Beide Dnjepr-1-Raketen hatten einen Sprengkopf. Wovon reden Sie überhaupt?«

»Wir sind keine Idioten, Georgij. Eine hatte einen gottverdammten Schulbusmotor an Bord. Haben Sie wirklich geglaubt, wir hätten keine Waffenexperten, die …«

Clark hörte zu sprechen auf. Er erkannte es an Safronows blutbeflecktem Gesicht. Ein Blick der totalen Verwirrung. Und dann ein Blick wie … wie was? *Genau.* Wie ein Mann, der gerade begriffen hat, dass er betrogen worden ist.

»Wo ist sie, du Hurensohn? Wer hat sie?«

Safronow gab keine Antwort. Sein blasses Gesicht war plötzlich voller roter Wutflecken.

Aber trotzdem antwortete er nicht.

»Jetzt wird's heiß!«, rief Clark und richtete seine Pistole auf die Wand, um sie erneut zu einem Folterinstrument zu machen.

»Bitte nicht!«

»Wer hat die Bombe?«

81

Jack Ryan jr. schaute durch das Wärmebild-Fernglas zum Lagerhaus in hundertfünfzig Meter Entfernung hinüber. Er hatte gerade mit Sam Granger telefoniert, der ihm mitgeteilt hatte, dass Clark und Chavez mithilfe der Rainbow-Truppe die Besetzung des Kosmodroms Baikonur durch Terroristen beendet hatten. Als er dies Mohammed und Dom erzählte, waren beide erleichtert. Jetzt konzentrierten sie sich darauf, Rehans üble Absichten zu erraten, was auch immer dieser Mensch aushecken mochte.

»Was planst du gerade, du Scheißkerl?«, flüsterte er leise.

Sein Handy vibrierte in seiner Tasche, und er zog es heraus. »Ryan am Apparat.«

»Hier ist Clark.«

»John! Ich habe es gerade von Granger gehört. Großartige Arbeit!«

»Hör mir zu! Ihr habt da ein Problem.«

»Uns geht es gut. Wir sind Rehan und seinen Männern zu einem Lagerhaus am Hauptbahnhof von Lahore gefolgt. Sie sind immer noch da drin, und jetzt warten wir auf ein paar SSG-Soldaten, um sie mit deren Hilfe hochnehmen zu können.«

»Jack. Hör mir zu! Er hat eine Atombombe!«

Jack öffnete den Mund, um etwas zu sagen, aber es

kam nichts heraus. Schließlich sagte er so leise, dass es kaum zu hören war: »O Scheiße.«

»Er hat sich eine Bombe unter den Nagel gerissen, die eigentlich für Safronow gedacht war. Er muss sie also irgendwo dort haben.«

»Glaubst du, er will sie ...« Jack brachte es nicht über die Lippen.

»Wir müssen davon ausgehen. Wenn er erfährt, dass der Angriff auf Baikonur gescheitert ist, befürchtet er vielleicht, dass die pakistanische Regierung sich jetzt doch an der Macht halten kann. Er wird dann eventuell einen größeren Krieg auslösen wollen, damit die Armee die Herrschaft über das Land übernehmen kann. Wenn eine Atombombe Lahore dem Erdboden gleichmacht, wird Pakistan annehmen, dass Indien dahintersteckt, und sofort mit den eigenen Nuklearwaffen zurückschlagen. Beide Länder werden dann zerstört werden. Rehan muss einen Ort haben, wohin er sich zurückziehen kann, bis alles vorbei ist.«

Wieder versuchte Ryan zu sprechen, und erneut fand er keine Worte. »Was können wir ... Was machen wir ... Keiner von uns weiß, wie man eine solche Bombe entschärft, selbst wenn wir am ISI und den LeT-Kämpfern, die sie wahrscheinlich gerade haben, vorbeikommen sollten. Was zum Teufel sollen wir tun?«

»Sohn, euch fehlt die Zeit, um von dort zu verschwinden. Ihr *müsst* deshalb die Bombe suchen. Bringt sie unter eure Kontrolle, und unsere Experten hier werden euch erklären, wie ihr die Zünder entfernen könnt.«

»Verstanden. Ich rufe dich zurück«, murmelte Ryan jr.

In diesem Moment näherte sich aus dem Westen das tiefe Pochen von Hubschrauberrotoren.

Caruso stellte sich neben Ryan. »Ich habe nur die Hälfte des Gesprächs mitgehört, aber es klang ziemlich schlimm.«

Jack nickte. Dann rief er zu al-Darkur hinüber: »Mohammed, wir müssen unbedingt die besten Nuklearwaffenexperten der ganzen Gegend möglichst bald hierherkriegen.«

Al-Darkur hatte genug von der Unterhaltung mitbekommen, um zu begreifen, worum es hier ging. »Ich rufe Islamabad an und setze mein Büro auf die Sache an, aber ich weiß nicht, ob wir noch genug Zeit haben.«

Riaz Rehan stand hinter Dr. Noon und Dr. Nishtar von der pakistanischen Atomenergiebehörde. Die beiden Physiker beugten sich über die Bombe, die immer noch in der Holzkiste mit der Aufschrift »Textile Manufacturing, Ltd.« lag. Die bärtigen Männer stellten gerade den Zünder ein. Sie hatten die eingebauten Zündsicherungen überbrückt. Jetzt würde eine Countdown-Uhr nach dem Drücken eines Knopfes dreißig Minuten lang rückwärtslaufen.

Bei null würde die Bombe explodieren, und die Nordhälfte der Stadt Lahore würde aufhören zu existieren.

Rehan hatte bereits vor Monaten einen Ersatzplan für seine Operation Saker entwickelt. Er wusste von Anfang an, dass es nur zwei Wege gab, um den Sturz der pakistanischen Regierung zu gewährleisten. Wenn eine gestohlene pakistanische Atombombe irgendwo auf der Welt explodierte, würden der Ministerpräsident und sein Kabinett ohne Zweifel mit Schimpf und Schande ihr Amt verlieren. Und wenn ein offener Krieg mit Indien ausbrach, würde die Armee zweifellos das Kriegsrecht ausrufen, den Ministerpräsidenten und sein Kabinett davonjagen und dann still und heimlich um Frieden bitten.

Den ersten Weg hätte Rehan natürlich vorgezogen. Deshalb hatte er auch Safronow und seinen Freiheitskämpfern diese Bombe übergeben. Der zweite Weg hatte einen gewichtigen Nachteil, denn er bedeutete Krieg, und zwar einen Atomkrieg. Rehan und die Armee würden zwar an die Macht gelangen, aber sie würden möglicherweise nur über nukleare Asche herrschen.

Safronow war jedoch gescheitert, und deshalb war die Operation Saker jetzt auf einen Krieg angewiesen. Wenn Rehan mitten in der gegenwärtigen Krise in Lahore eine Atombombe detonieren ließ, würde dieser Krieg ausbrechen. Das war zwar schade, aber Allah würde ihm vergeben. Die guten Muslime, die dabei zu Tode kamen, würden den Märtyrertod sterben, da sie geholfen hatten, das Kalifat zu errichten.

Allerdings hatte Rehan selbst nicht vor, in einem Atompilz sein Leben zu lassen. Er schaute auf die Uhr, als das Pochen der Hubschrauberrotoren immer lauter wurde. Sein Mi-8 war gekommen, um ihn und seine Männer abzuholen. Er, Saddiq Khan und die anderen JIM-Offiziere würden die Stadt auf dem Luftweg verlassen und nach Norden fliegen. Sie würden das Explosionsgebiet rechtzeitig verlassen. Danach würden sie sich nach Islamabad begeben, auf dessen Straßen bereits Panzer und andere Armeefahrzeuge auffuhren.

Der General war sich ziemlich sicher, dass es bereits am nächsten Morgen einen Militärputsch geben würde.

Der Hubschrauber landete vor dem Lagerhaus, und Rehan wies die beiden PAEC-Ingenieure an, die Zündsequenz einzuleiten.

Nishtar und Noon fühlten sich geehrt, dem Kalifat den Weg bereiten zu dürfen.

Noon drückte auf einen Knopf und sagte: »Alles erledigt, General.«

Auch die zwölf LeT-Kämpfer kannten ihre Rolle. Sie würden zurückbleiben und die Bombe bewachen. Dabei würden sie zu *Schahidin,* zu Märtyrern, werden. Rehan umarmte zum Abschied jeden einzelnen von ihnen und zeigte dabei wieder einmal das Charisma, das Männer wie diese seit mehr als dreißig Jahren nach seiner Pfeife tanzen ließ.

Die ISI-Männer nahmen Rehan in ihre Mitte und gingen in Richtung Tür. Das Pochen der Rotoren war ohrenbetäubend. Oberst Khan schob die Stahltür auf und trat in die Nacht hinaus. Er gab gerade dem Rest der Gruppe das Zeichen, nach draußen zu kommen, als eine Lashkar-Wache in einem Fenster des ersten Stocks einen Alarmruf losließ. Khan drehte sich zu dem Bahnbetriebswerk hinter ihm um und sah, was die Aufmerksamkeit des Wächters erregt hatte. Zwei dunkelgrüne Pick-ups mit dem Logo der Pakistanischen Eisenbahngesellschaft auf den Türen rasten über die Zugangsstraße zu den Gleisen auf den Hubschrauber zu.

Khan wandte sich Rehan zu. »Steigen Sie in den Hubschrauber! Ich werde sie abwimmeln.«

Die Pick-ups stoppten fünfundzwanzig Meter vor dem Hubschrauber und fünfzig Meter vor der vorderen Laderampe des Lagerhauses direkt neben zwei vollen Kohlewaggons, die auf einem Gleis neben der Zugangsstraße abgestellt waren. Mehrere Männer stiegen von den Ladeflächen herunter. Khan konnte nicht genau erkennen, wie viele es waren, da ihn die hellen Scheinwerfer blendeten. Er winkte ihnen zu und gab ihnen das Zeichen, umzukehren und sich wieder davonzumachen. Dabei zog er seinen ISI-Ausweis aus der Tasche und hielt ihn ins Scheinwerferlicht.

Jetzt näherte sich ein einzelner Mann. Khan kniff die Augen zusammen und versuchte ihn zu erkennen. Als ihm das nicht gelang, hielt er ihm seine Hand mit dem ISI-Ausweis entgegen und rief ihm zu, er solle umkehren und vergessen, was er hier gesehen habe.

Das Gesicht des Mannes würde er allerdings in diesem Leben nicht mehr sehen, und er würde auch nicht erkennen, dass es sich um Mohammed al-Darkur handelte und dass dieser eine Pistole in der Hand hielt.

Was er sah, war ein Blitz. Danach fühlte er etwas in seine Brust einschlagen, und er wusste, dass man auf ihn geschossen hatte. Er fiel nach hinten. Noch während des Sturzes traf ihn al-Darkurs zweiter Schuss unter dem Kinn und blies ihm von unten das Gehirn heraus.

Sobald al-Darkur Oberst Khan getötet hatte, eröffneten Caruso und Ryan, die beide auf den Kohlewaggon neben den Pick-ups geklettert waren, mit ihren G3-Gewehren das Feuer auf die Windschutzscheibe des Hubschraubers.

Während sie auf den Helikopter feuerten, rannten die beiden Offiziere Mohammeds nach rechts zu einem Weichenhäuschen hinüber. Dort nahmen sie die Wächter in den Lagerhausfenstern ins Visier.

Die LeT-Kämpfer hatten al-Darkurs Männer jedoch bereits entdeckt. Ein Offizier wurde durch eine Kalaschnikow-Salve getötet, die seine Beine und sein Becken durchschlug. Dem zweiten Offizier gelang es jedoch, die LeT-Wächter auszuschalten. Al-Darkur kam ihm jetzt zu Hilfe, packte sich das G3 seines gefallenen Kameraden, und gemeinsam hielten sie die Männer in Schach, die sie von der Laderampe des Lagerhauses aus in Beschuss nahmen.

Ryans und Carusos Feuerstöße hatten inzwischen den Piloten und Kopiloten des Mi-8 getötet. Ihre Kugeln – jeder von ihnen feuerte ein volles Dreißig-Schuss-Magazin auf den Hubschrauber ab – hatten die Kabine durchschlagen und mehrere ISI-Leibwächter getötet oder verwundet. Rehan selbst war noch nicht im Hubschrauber gewesen. Als er jetzt über dem Lärm der Mi-8-Turbinen und -Rotoren das Gewehrfeuer hörte, warf er sich auf den Parkplatzboden und rollte sich vom Hubschrauber weg. Seine Männer schossen jetzt ihrerseits auf die Schützen auf dem Kohlewaggon. Zwar standen den zwei Angreifern jetzt fünf ISI-Männer gegenüber, aber diese verfügten nur über Pistolen, sodass Jack und Dom sie einen nach dem anderen ausschalten konnten.

Rehan rappelte sich hoch, lief hinter den Hubschrauber, schaute sich um und rannte dann eine Passage westlich des Lagerhauses hinunter. Der letzte seiner Leibwächter, der noch am Leben war, lief ihm hinterher.

Caruso und Ryan sprangen vom Kohlewaggon herunter. »Du und die anderen, ihr kümmert euch um das Lagerhaus«, sagte Jack. »Ich folge Rehan.« Die beiden Amerikaner rannten in unterschiedliche Richtungen davon.

82

Jack rannte nacheinander drei dunkle Passagen entlang, bis er endlich den flüchtenden General und seinen Leibwächter erblickte. Rehan verfügte über eine blendende Kondition, was an seinem Laufstil, aber auch an der Art zu erkennen war, wie er jeden zur Seite stieß, der ihm in den Weg kam. Immer wieder eilten Gruppen von vollbepackten Zivilisten durch den Bahnhof, die versuchten, doch noch aus der umkämpften Stadt herauszukommen. Rehan und sein jüngerer Gorilla nahmen auf sie keinerlei Rücksicht und warfen sie notfalls zu Boden.

Jack ließ sein großes, sperriges Gewehr fallen und zog seine Beretta. In dem Labyrinth von Lagerhäusern, Gebäuden und abgestellten Eisenbahnwaggons verlor er Rehan öfter aus den Augen, um ihn schließlich dann doch immer wiederzufinden.

Inzwischen waren sie am westlichen Rand des Bahnhofsgeländes angekommen. Hier war es mit Ausnahme des schwachen Lichts einer schmalen Mondsichel vollkommen dunkel. Ryan lief zwischen zwei Reihen abgestellter Personenzüge hindurch, als er vor sich plötzlich eine Bewegung spürte. In der Dunkelheit beugte sich ein einzelner Mann aus einer Lücke zwischen zwei Eisenbahnwagen heraus.

Jack wusste, was jetzt kommen würde. Er warf sich kopfüber zu Boden und rollte sich über die Schulter ab, als ein Pistolenknall durch die Nacht peitschte. Ryan rollte weiter, bis er wieder auf die Knie kam und zwei Mal zurückschoss. Er hörte ein kurzes Ächzen und einen dumpfen Schlag, und die dunkle Gestalt brach zusammen.

Trotzdem gab Jack noch einen dritten Schuss auf den regungslosen Mann ab, bevor er sich ihm vorsichtig näherte. Als er ihn auf den Rücken drehte, sah er, dass es der Leibwächter und nicht General Rehan war.

»Scheiße«, fluchte Jack und lief weiter.

Einen Augenblick später sah Ryan Rehan in der Ferne, um ihn sofort wieder aus den Augen zu verlieren, als ein langer Personenzug an ihm vorbeiratterte. Kurz darauf entdeckte er etwa hundert Meter weiter vorn den groß gewachsenen General auf dem Weg zum überfüllten Bahnhofsgebäude.

Jack hob seine Beretta und zielte auf die Gestalt in der Dunkelheit. Er hatte den Finger bereits am Abzug, drückte jedoch nicht ab. Ein Pistolenschuss über eine Entfernung von hundert Metern war immer eine unsichere Sache, vor allem jetzt, wo Jack völlig außer Atem war. Wenn er jedoch sein Ziel verfehlte, konnte die Kugel in ein Gebäude fliegen, in dem sich Hunderte von Zivilisten aufhielten.

Ryan ließ die Pistole sinken und rannte weiter, während aus beiden Richtungen Züge in den Bahnhof einfuhren.

Dominic Caruso und der überlebende ISI-Hauptmann traten ein vernageltes Fenster auf der Südseite des Lagerhauses ein. Die Holzlatten krachten auf den Boden, und sofort wurde auf sie geschossen. Der Hauptmann suchte neben dem Fenster Deckung, hielt sein Gewehr um den Fensterrahmen herum und feuerte mehrere Salven in das Gebäude hinein. Dom entschied sich, einen neuen Zugang zu suchen. Er rannte um das Lagerhaus herum, bis er einen offensichtlich nicht mehr genutzten Seiteneingang fand. Er rammte mit der Schulter die Tür ein und fiel dabei selbst zu Boden.

Sofort empfing ihn heftiges Gewehrfeuer aus dem Inneren des Lagerhauses. Um Dom herum flogen die Funken und wirbelte der Staub auf. Er sprang sofort auf die Füße und zog sich wieder aus dem Gebäude zurück. Zuvor durchschlug jedoch das Geschossfragment eines Querschlägers noch seine rechte Pobacke.

Draußen fiel er auf den Beton und fasste sich an seine brennende Wunde. »Verdammte Scheiße!«

Er stand ganz langsam auf und begann, nach einem anderen Weg zu suchen, um in das Gebäude zu kommen.

Mohammed al-Darkur griff sich eine Kalaschnikow, die ein toter LeT-Kämpfer in der Nähe der Eingangstür des Lagerhauses fallen gelassen hatte, und feuerte ein volles Magazin auf eine Gruppe von Männern ab, die hinter einem Kran und einer großen Holzkiste in der Mitte der Lagerhalle lagen. Mehrere Geschosse schlugen in die Kiste ein und ließen Holzsplitter in alle Richtungen spritzen.

Al-Darkur drehte den Toten um, holte ein Magazin aus dessen Tasche und lud seine Waffe nach. Dann lehnte er sich um den Türpfosten herum und gab gezieltere Schüsse ab. Er hielt es für möglich, dass in der Kiste die Atombombe lag. Er hatte gewisse Hemmungen, sein Sturmgewehr auf eine solche Nuklearwaffe abzufeuern.

Er hatte zwei Lashkar-Terroristen getötet, konnte jedoch wenigstens drei weitere in der Nähe der Kiste sehen. Nur gelegentlich nahmen sie ihn selbst unter Feuer, da sie gleichzeitig noch aus zwei weiteren Richtungen beschossen wurden.

Der Major befürchtete, dass dieses Feuergefecht zu lange dauern könnte. Sie hatten ja keine Ahnung, wie viel Zeit ihnen noch blieb, bis die Bombe explodierte. Er vermutete, dass er und die ganze Stadt Lahore zu Asche verbrennen würden, wenn er hier noch länger aufgehalten wurde.

General Riaz Rehan kletterte mittlerweile auf den ersten Bahnsteig des Hauptbahnhofs von Lahore hinauf. Eine ungeheure Menschenmenge drängte in den Schnellzug nach Multan im Süden Pakistans. Der General holte seinen ISI-Pass hervor und kämpfte sich durch die Massen hindurch. Während er wieder zu Atem zu kommen versuchte, rief er, dass er in offizieller Mission unterwegs sei und ihm deshalb jedermann Platz machen müsse.

Er wusste, dass er nur noch zwanzig Minuten Zeit hatte, um die Stadt zu verlassen und der Explosion zu entrinnen. Er musste an Bord dieses Zuges sein, wenn dieser losfuhr, und er musste dann sicherstellen, dass der Zugführer durch Lahore hindurchfuhr, ohne an irgendeinem anderen Bahnhof anzuhalten.

Wer immer ihn gerade angegriffen hatte, kämpfte immer noch im Lagerhaus mit der Lashkar-e-Taiba-Zelle. Rehan konnte das entfernte Gewehrfeuer hören. Er hatte nur ein paar Angreifer gesehen. Sie sahen wie lokale Polizisten aus. Selbst wenn sie seine Zelle überwältigen sollten, war er sich sicher, dass keine Gruppe von kleinen Straßenpolizisten seine Bombe entschärfen konnte.

Er schaffte es mit viel Drängen und Stoßen in den Zug und bahnte sich dann einen Weg durch die Fahrgäste, die in den Gängen standen. Er musste es zur Lokomotive schaffen, um dem Zugführer seinen Ausweis, seine Faust oder seine Pistole ins Gesicht zu halten, damit er den Zug ohne Verzögerung aus der Stadt hinausfuhr.

Der Zug fuhr los, gewann aber nur langsam an Geschwindigkeit. Rehan bewegte sich schneller als die Räder unter ihm, als er sich zum Vorderteil des Zuges durchkämpfte. Er schlug einem Mann ins Gesicht, der ihm nicht schnell genug Platz machte, und stieß dessen Frau auf ihren Sitz zurück, als sie ihn am Arm zu packen versuchte.

Die Wagen direkt hinter der Lokomotive waren nicht so dicht besetzt, und er kam etwas schneller voran. Schließlich gelangte er vom Fahrgastraum zum Vorraum eines Waggons, dessen Tür nach draußen zum Bahnsteig immer noch offen stand. Gerade als er an der offenen Tür vorbeiging, sprang ein junger Weißer mit einer Polizeischutzweste auf den fahrenden Zug auf und krachte mit der Schulter gegen die Wand des kleinen Vorraums. Rehan richtete seine Pistole auf ihn, aber der große und kräftige Westler packte den Pakistaner und stieß ihn gegen die Wand.

Die Pistole fiel auf den Waggonboden.

Rehan warf sich auf seinen Angreifer, und die beiden Männer kämpften verbissen in dem kleinen Vorraum, bis sie durch die Tür in das voll besetzte Abteil fielen. Die Passagiere versuchten ihnen so gut es ging auszuweichen. Viele schrien, und schließlich taten sich einige Männer zusammen und schoben die beiden Kampfhähne wieder in den Vorraum hinaus.

Dort ging der Kampf weiter. Ryan war schneller, fitter und hatte eine bessere Nahkampfausbildung, aber Rehan verfügte über größere Körperkraft. Diese und die Enge in diesem Vorraum machten es Jack unmöglich, seinen Gegner zu überwinden.

Ryan begriff, dass er über den größeren Mann in dieser Enge nicht so bald die Oberhand gewinnen würde. Gleichzeitig wollte er sich nicht zu weit vom Hauptbahnhof entfernen, da er wusste, dass seine Freunde dort drüben immer noch darum kämpften, die Kontrolle über die Atombombe zu erlangen. Er tat also das Einzige, was ihm in dieser Situation einfiel. Mit einem Schrei, um all seine Kraft zu sammeln, schlang er seine Arme um die massige Gestalt des

Generals und stieß sich mit aller Macht mit den Füßen von der Wand des Waggonvorraums ab.

Rehan und Ryan stürzten eng umschlungen aus dem Zug. Ihre Körper trennten sich, als sie auf dem harten Boden auftrafen und neben die Gleise rollten.

Al-Darkur gab den Versuch auf, durch den Haupteingang ins Lagerhaus einzudringen. Das Abwehrfeuer war einfach zu stark. Stattdessen bewegte er sich zur Seite des Gebäudes hinüber, wo sein ISI-Hauptmann immer noch durch ein offenes Fenster schoss. Den Schüssen nach zu urteilen, lagen nicht mehr als drei oder vier Männer hinter dem Kran, der ihnen allerdings eine ausgezeichnete Deckung bot.

Plötzlich barst die Rückwand des Lagerhauses hinter den LeT-Kämpfern nach innen. Holz, Mörtel und Ziegelsteine flogen durch den Raum, während ein riesiger Lastwagen durch die Wand brach und erst vor dem Kran zum Halten kam. Die Islamisten eröffneten sofort das Feuer auf das Fahrzeug und jagten Vollmantelgeschosse durch dessen Windschutzscheibe.

Jetzt erschien Dominic in der neuen Öffnung in der Rückwand. Mohammed musste das Feuer einstellen, da Caruso voll in seiner Schusslinie stand. Der Major gab seinem Hauptmann ein Zeichen, ebenfalls mit dem Schießen aufzuhören.

Währenddessen feuerte Dominic ununterbrochen mit seinem schweren G3-Polizeigewehr auf die Männer. Sie waren zu viert, und alle wurden von seinen Kugeln durchsiebt, als er geduckt auf sie vorrückte.

»Mohammed?«, rief Dominic, nachdem das Schießen aufgehört hatte.

»Ich bin hier«, meldete sich al-Darkur und lief zusammen mit seinem Hauptmann quer durch den Raum zu

Dominic hinüber. Der Amerikaner schaute in die große Holzkiste hinein und danach auf einen LeT-Kämpfer hinunter, der verletzt neben ihr lag. »Fragen Sie ihn, ob er weiß, wie man die Bombe entschärft«, sagte Caruso.

Mohammed stellte in Urdu eine Frage und der Mann antwortete. Daraufhin schoss al-Darkur dem Terroristen mit seinem Gewehr in die Stirn. Als Erklärung zuckte der ISI-Major nur die Achseln. »Er hat es verneint.«

Der Gleisabschnitt, auf dem sich Ryan und Rehan jetzt befanden, gehörte immer noch zum Betriebsgelände des Lahorer Hauptbahnhofs. Auf dem Boden neben den Gleisen sah es aus wie auf jedem größeren städtischen Bahngelände auf dieser Welt. Steine, Abfall und alte Eisenteile waren um die beiden Männer verstreut, die nach ihrer harten Landung jetzt wieder mühsam auf die Beine kamen, während der Zug, aus dem sie gerade gefallen waren, an ihnen vorbeiratterte. Jack Ryan kniete sich hin, um einen großen Stein aufzuheben, den er als Waffe benutzen konnte. Der General griff ihn jedoch zuvor an und wollte ihm einen Fausthieb versetzen. Ryan duckte sich, um dem Schlag auszuweichen, und rammte Rehan seine Schulter in die Brust. Dieser fiel nach hinten zu Boden, und Ryan stürzte sich auf ihn. Die beiden Männer wälzten sich durch den Schmutz und Müll neben den Gleisen. Plötzlich bekam der Pakistaner ein kleines Stück von einem eisernen Bewehrungsstab in die Hände. Er schwang es durch die Dunkelheit und verfehlte dabei Ryans Gesicht nur um Zentimeter.

Jack wich zurück und drehte sich um, um seinerseits etwas zu finden, was sich als Waffe verwenden ließ, aber Rehan war schneller und sprang ihn von hinten an. Beide Männer fielen zu Boden, wobei Jack großes Glück hatte, denn er schlug mit der Brust auf einem zerbrochenen Glasgefäß auf, das ihn ohne seine Kevlar-Schutzweste glatt aufgeschlitzt hätte.

Rehan arbeitete sich auf die Knie hoch, während Jack immer noch mit dem Gesicht am Boden unter ihm lag. Der General packte einen Ziegelstein und hob ihn hoch über Ryans Kopf, um ihm damit den Schädel einzuschlagen.

Jack bäumte sich mit aller Kraft auf und stieß so hart gegen den pakistanischen General, dass dieser seinen Stein verlor und neben Ryan zu liegen kam.

Jack streckte den Arm aus und bewegte ihn über den Boden, um doch noch etwas Waffenähnliches zu finden. Plötzlich spürte er ein Stück Metall. Es war ein schwerer rostiger Schienennagel. Er packte ihn mit der rechten Hand, rappelte sich hoch und stürzte sich dann auf Rehan, der gerade ebenfalls versuchte, wieder auf die Beine zu kommen. Jack presste den Nagelkopf gegen seine Kevlar-Weste, sodass der ganze Nagel wie ein Stachel von ihm abstand, und hielt ihn mit der Hand eisern fest, als er mit seinem ganzen Gewicht auf seinem Feind landete.

Sein Körper und seine Weste hämmerten den rostigen Nagel in General Riaz Rehans Brust.

Schließlich rollte Jack von dem stämmigen Mann herunter und kam mühsam wieder auf die Beine.

Rehan setzte sich auf und schaute zu dem Eisenstachel hinunter, der ihm aus der Brust ragte. Sein Gesicht drückte totale Verwirrung aus.

Jetzt umklammerte er den Nagel mit der Hand und versuchte, ihn herauszuziehen. Als er das nicht schaffte, ließ er den Arm hilflos sinken.

Ryan blickte ihn mit schmutz- und blutverschmiertem Gesicht an und sagte: »Schöne Grüße von Nigel Embling.«

»Amerikaner? Sie sind Amerikaner?«, fragte Rehan auf englisch.

»Ja.«

Rehans Verwirrung steigerte sich noch. Aber dann fasste er sich und sagte: »Was immer Sie glauben, gerade getan zu haben … Sie sind gescheitert. In ein paar Minuten wird der Kalif in Pakistan regieren …« Rehan fasste sich mit der Hand an die Lippen, um sie dann zu betrachten. Sie war voller Blut. Er hustete einen Schwall Blut aus, während der junge Amerikaner über ihm stand. »Und Sie werden sterben.«

»Dich werde ich auf jeden Fall überleben, du Arschloch«, erwiderte Jack.

Rehan zuckte die Achseln, dann fiel sein Kopf auf die rechte Schulter. Seine Augenlider blieben offen, aber seine Pupillen verdrehten sich nach oben.

Ryan hörte Polizeisirenen, die aus dem ein paar Hundert Meter entfernten Bahnhof zu kommen schienen. Er ließ den General liegen, wo er gestorben war, und begann quer über ein Dutzend Eisenbahngleise in Richtung Lagerhaus zu laufen.

Ryan rannte mit gezogener Pistole in das Lagerhaus hinein, steckte sie jedoch zurück ins Holster, als er sah, wie sein Cousin und al-Darkur in eine große Verpackungskiste blickten. Mit der einen Hand hielt sich Dom sein Telefon ans Ohr, in der anderen hielt er eine Taschenlampe, mit der er in die Kiste hineinleuchtete.

Ryan nahm al-Darkur kurz beiseite. »Hören Sie. In einer Minute werden fünfzig Polizisten draußen vorfahren. Könnten Sie und Ihr Hauptmann hinausgehen und sie bitten, uns noch ein paar Minuten Zeit zu geben?«

»Natürlich.« Mohammed und sein Adjutant verließen das Lagerhaus.

Jack stellte sich neben Dom. »Wie sieht's aus?« Während er das sagte, sah er, wie die rote Countdown-Uhr von 07:50 auf 07:49 Minuten umsprang.

»Ich habe ein Bild von der Bombe gemacht und es an Clark geschickt. Er hat Experten bei sich, die es sich ansehen werden und mir dann mitteilen, ob wir bald im Dunkeln glühen werden.«

»Sehr witzig.«

»Wer macht denn hier Witze?«

»Alles in Ordnung mit dir?« Ryan bemerkte auf Carusos Hosenboden einen großen Blutfleck.

»Ich glaube, die haben meinen Arsch erwischt. Was ist mit Rehan?«

»Tot.«

Beide Männer nickten. In diesem Moment meldete sich der Nuklearexperte von Rainbow über Satellitentelefon und erklärte Caruso ganz genau, wie er den Höhenzünder wieder aktivieren konnte, was den manuellen Countdown sofort stoppen würde.

Als Dom damit fertig war, waren gerade noch zwei Minuten und vier Sekunden übrig. Die Uhr blieb stehen, und die beiden Männer stießen einen Seufzer der Erleichterung aus und umarmten sich.

Zwanzig Minuten später traf al-Darkurs SSG-Einheit in Begleitung einiger PAEC-Ingenieure ein, die die Bombe endgültig sicherten.

Zu dieser Zeit waren Ryan und Caruso schon längst verschwunden.

Epilog

In Baltimore war es 17 Uhr, als der designierte Präsident Jack Ryan das Fernsehgerät in seinem Arbeitszimmer ausschaltete. Er hatte die Nachrichtensendungen aus dem Kosmodrom Baikonur verfolgt und gleichzeitig in zwei Telefonkonferenzen mit seinen Beratern und seinen zukünftigen Kabinettsmitgliedern diese Angelegenheit ausführlich besprochen.

Ein weiteres Thema war die sich ständig verschlechternde Lage zwischen Pakistan und Indien gewesen. Entlang der Grenze wurden bereits bewaffnete Auseinandersetzungen gemeldet. Einige Berichte deuteten jedoch an, dass die Artillerieangriffe in Lahore und Umgebung gar nicht von indischen Truppen, sondern von Einheiten der pakistanischen Armee durchgeführt worden seien, die sich mit abtrünnigen ISI-Offizieren verbündet hätten.

Ryan würde in weniger als einem Monat sein Amt antreten. Offiziell war das alles also immer noch Ed Kealtys Problem, aber Ryan hörte ständig Klagen von Kealtys Leuten – viele von ihnen nahmen Kontakt zum Ryan-Lager auf in der Hoffnung, irgendeinen Job im Raum Washington zu ergattern –, dass der abgewählte Präsident die Lichter im Oval Office bereits ausgemacht habe. Bildlich gesprochen, natürlich.

Sein Telefon klingelte, und er hob ab, ohne zu überlegen. »Hallo?«

»Hi, Dad.«

»Wo bist du?«

»Auf dem Heimflug.«

»Auf dem Heimflug woher?«

»Deshalb rufe ich dich an. Ich muss dir eine Geschichte erzählen. Ich brauche deine Hilfe bei dieser Krise in Pakistan.«

Ryan sr. runzelte die Stirn. »Was hast du damit zu tun?«

In den nächsten zwanzig Minuten erzählte er seinem Vater von Rehan, dem ISI und dem Diebstahl der Atombomben, vom Haqqani-Netzwerk und den dagestanischen Rebellen. Ryan sr. unterbrach seinen Sohn nur einmal, um ihn zu fragen, welches Verschlüsselungssystem sein Telefon benutze. Jack jr. erklärte ihm, dass er sich im Privatflugzeug des Campus befinde und Hendley darauf achten würde, dass sie nur die besten und modernsten Kommunikationsmittel hätten.

Als er fertig war, fragte Senior seinen Sohn noch einmal: »Bist du in Ordnung?«

»Mir geht es gut, Dad. Nur ein paar Kratzer und blaue Flecken. Dom hat eine Kugel in den Hintern abgekriegt, aber das wird wieder.«

»O mein Gott.«

»Wirklich, zwanzig Minuten später hat er bereits Witze darüber gemacht.«

Jack sr. rieb sich die Schläfen unter seinen Brillenbügeln. »Okay.«

»Schau mal, Dad. Ich weiß, dass wir den Campus von dir fernhalten müssen, aber ich dachte mir, dass du vielleicht mit der Staatsführung in Indien reden und sie dazu bringen könntest, nichts zu überstürzen. Wir glauben, dass der Mann, der hinter dieser ganzen Operation steckt, tot ist, also wird die ganze Sache im Sande verlaufen, wenn keiner eine Dummheit macht.«

»Ich bin froh, dass du angerufen hast. Ich werde mich gleich darum kümmern.«

Kaum hatte er aufgelegt, klingelte das Telefon erneut. Ryan sr. glaubte, sein Sohn habe noch etwas vergessen. »Ja, Jack?«

»Ähm, es tut mir leid, Mr. President. Hier ist Bob Holtzman von der *Post*.«

Ryan wurde wütend. »Wie zum Teufel sind Sie an diese Nummer gekommen, Holtzman? Das ist eine Privatleitung.«

»John Clark hat sie mir gegeben, Sir. Ich habe gerade mit ihm gesprochen, nachdem ich ein interessantes Treffen mit einem russischen Geheimdienstoffizier hatte.«

Ryan beruhigte sich etwas, blieb jedoch weiterhin wachsam. »Ein Treffen in welcher Angelegenheit?«

»Mr. Clark wollte nicht direkt mit Ihnen sprechen. Er glaubte, das könnte Sie in eine kompromittierende Lage bringen. Deshalb, Mr. President, bin ich in der eigentümlichen Position, Ihnen einige Dinge erklären zu müssen. Mr. Clark hat mir erzählt, Sie hätten keine Ahnung von der Verschwörung des russischen Geheimdiensts und Paul Laskas gegen Sie.«

Wenn Jack Ryan sr. etwas in seinen vielen Jahren der Zusammenarbeit mit Arnie van Damm gelernt hatte, dann dies: Wenn du es mit einem Journalisten zu tun hast, gib *niemals* zu, dass du nicht weißt, worüber er spricht.

Aber Arnie war im Moment nicht da, und Jack hatte keine Lust, den Allwissenden zu spielen.

»Wovon zum Teufel sprechen Sie, Holtzman?«

»Wenn Sie eine Minute Zeit haben, kann ich es Ihnen erläutern, Sir.«

Jack Ryan sr. bewaffnete sich mit Notizblock und Bleistift und lehnte sich in seinen Stuhl zurück. »Ich habe immer Zeit für einen angesehenen Pressevertreter, Bob.«

Eine Woche später knallte Charles Alden im Arbeitszimmer seines Reihenhauses in Georgetown kurz nach acht Uhr morgens den Telefonhörer auf die Gabel. Ihm war klar, dass dies einer von mehreren heutigen Anrufen nach Rhode Island sein würde. Er versuchte bereits seit drei verdammten Tagen, Laska zu erreichen, aber der alte Bastard hob weder ab noch rief er zurück.

Alden war entschlossen, den Mann so lange zu behelligen, bis er sich rührte. Seiner Meinung nach war ihm Laska für die Risiken, die er in den vergangenen Monaten eingegangen war, noch etwas schuldig.

Der stellvertretende Direktor der CIA schäumte, als er sein Arbeitszimmer verließ und in die Küche hinunterging, um sich noch eine Tasse Kaffee zu besorgen. Er hatte heute Morgen nicht einmal einen Anzug angezogen, was für einen Dienstag ausgesprochen selten war. Stattdessen würde er in seinem Trainingsanzug dasitzen, Kaffee trinken und den verdammten Paul Laska anrufen, bis dieser Hurensohn endlich ans Telefon ging.

Ein Klopfen an seine Tür lenkte Alden von seinem Weg zur Küche ab. Er schaute durch den Türspion. Auf seiner Veranda standen zwei Anzugträger mit Trenchcoats. Hinter ihnen parkte ein Regierungs-Chrysler auf der verschneiten Straße in zweiter Reihe.

Er hielt die Männer für Sicherheitsleute der CIA, konnte sich jedoch nicht vorstellen, was sie von ihm wollten.

Charles öffnete die Tür.

Die Männer traten schnell ein, ohne auf eine Einladung zu warten. »Mr. Alden, ich bin Special Agent Caruthers, und das ist Special Agent Delacort. Wir sind vom FBI. Ich muss Sie bitten, sich umzudrehen und mit dem Gesicht zur Wand aufzustellen.«

»Wa… Was zum Teufel geht hier vor?«

»Ich werde es Ihnen sofort erklären. Für Ihre und meine

Sicherheit, bitte stellen Sie sich mit dem Gesicht zur Wand, Sir.«

Alden drehte sich ganz langsam um. Ihm wurden plötzlich die Beine weich. Sie legten ihm Handschellen an. Delacort filzte dann höchst professionell die Taschen seiner Trainingshose. Caruthers stand derweil in der Tür und beobachtete die Straße.

»Was zum Teufel tun Sie da?«

Sie führten Alden durch die Tür in die Kälte hinaus. »Sie sind verhaftet, Mr. Alden«, sagte Caruthers, als sie die vereiste Verandatreppe hinunterstiegen.

»Was zum Teufel … Wie lautet die Anklage?«

»Vier Fälle von unerlaubter Weitergabe für die nationale Sicherheit relevanter Informationen und vier Fälle von unerlaubter Zurückbehaltung für die nationale Sicherheit relevanter Informationen.«

Alden zählte im Kopf das Strafmaß blitzschnell zusammen. Er musste mit mehr als dreißig Jahren hinter Gittern rechnen.

»Schwachsinn! Das ist doch Schwachsinn!«

»Wie Sie meinen, Sir«, sagte Caruthers, als er seine Hand auf Aldens Kopf legte und ihn auf den Rücksitz des Chryslers bugsierte. Delacort saß bereits hinter dem Lenkrad.

»Ryan!«, rief Charles Alden. »Da steckt Ryan dahinter! Jetzt verstehe ich. Die Hexenjagd hat angefangen, stimmt's?«

»Keine Ahnung, Sir«, sagte Caruthers, und der Chrysler machte sich in Richtung Innenstadt auf den Weg.

Am gleichen Tag verließ Judith Cochrane um 9.30 Uhr ihr Hotel in Pueblo, Colorado, um wieder einmal den gewohnten Weg zum ADX Florence zurückzulegen.

Ihr Klient unterlag ab jetzt nicht mehr den Sonderverwaltungsmaßregeln und würde bald in ein besseres Gefängnis an der Ostküste verlegt werden. Wohin genau hatten sie ihr aus Sicherheitsgründen noch nicht mitgeteilt, aber sie wusste, es würde irgendwo im Großraum Washington, also in der Nähe ihres Zuhauses sein.

Ohne diese Sondermaßregeln könnten sie und Saif Rahman Yasin zusammen in einem Raum sitzen und den Prozess vorbereiten. Zwar würden immer Gefängniswärter und manchmal auch andere Anwälte anwesend sein, aber trotzdem würde es ein gewisses Maß an Privatheit zwischen ihr und ihrem Klienten geben. Judith konnte seit einiger Zeit an nichts anderes mehr denken.

Zu schade, dass eheliche Besuche auf keinen Fall erlaubt sein würden. Judith lächelte, als ihr dieser Gedanke durch den Kopf ging.

Nun, eine Frau wird ja wohl noch träumen dürfen, oder?

Der Mietwagen machte plötzlich ein seltsames Geräusch, das sie noch nie zuvor gehört hatte. »Verdammt«, sagte sie, als es immer lauter wurde. Es war ein dumpfes Pochen, aber sie hatte keine Ahnung von Autos. Sie wusste nur, wo der Tankstutzen lag.

Als das Geräusch immer lauter wurde, begann sie, langsamer zu fahren. Sie war ganz allein auf der Straße, und um sie herum war weites, flaches Land. Nur am westlichen Horizont war die Schneekette der Rocky Mountains zu sehen. Sie entschloss sich, rechts ranzufahren. Gerade als sie das tun wollte, erschreckte sie ein riesiger Schatten, der über ihr Auto hinwegglitt.

Dann sah sie ihn, einen großen schwarzen Hubschrauber direkt vor ihrem Fahrzeug. Er flog noch hundert Meter die Straße entlang, drehte sich dann seitwärts und versperrte ihr den Weg.

Sie hielt ihren Mietwagen mitten auf der Straße an.

Der Hubschrauber landete, und Männer mit Gewehren sprangen heraus. Sie rannten mit ihren Waffen im Anschlag zu ihrem Auto zurück. Als sie näher kamen, hörte sie sie schreien. Sie zogen sie aus ihrem Wagen, drehten sie um und stießen sie auf die Motorhaube. Dann spreizten sie ihr mit den Füßen die Beine und durchsuchten sie.

»Was wollen Sie?«

»Judith Cochrane. Sie sind verhaftet.«

»Was wirft man mir vor?«

»Spionage, Ms. Cochrane.«

»Oh, das ist doch lächerlich! Ich werde jeden Einzelnen von Ihnen morgen früh vor einen Richter zerren, und Ihre beschissene Karriere wird vorbei sein!«

»Wie Sie meinen, Ma'am.«

Judith schrie die Beamten an und wollte ihre Dienstmarkennummer sehen, aber sie ignorierten sie. Sie legten ihr Handschellen an, und sie schimpfte sie Faschisten, Roboter, Geschmeiß und Hurensöhne, als sie sie zum Hubschrauber führten und ihr an Bord halfen.

Sie schrie immer noch, als der Hubschrauber abhob, nach Osten abdrehte und davonflog.

Sie würde erst einige Zeit später erfahren, dass sie von Paul Laska im Versuch, sich selbst zu retten, verraten und verkauft worden war.

Der Emir saugte zum ersten Mal seit vielen Monaten frische Luft in seine Lungen. Es war noch dunkel, als man ihn aus dem ADX Florence zu einem Kleinbus der Bundesgefängnisbehörde führte. Der heftige Schneefall verschlechterte die Sichtverhältnisse noch weiter.

Er hatte seit Monaten auf diesen Tag gewartet, seitdem ihm Judith Cochrane versprochen hatte, ihn aus seiner winzigen Zelle herauszuholen und für seine Verlegung in ein Bundesgefängnis in der Nähe von Washington zu sorgen. In diesem Gefängnis würde er körperlich trainieren und fernsehen können. Außerdem würde man ihm mehr

Bücher erlauben und auch anderen Mitgliedern seines Verteidigungsteams den Zugang zu ihm gestatten, mit deren Hilfe er die Ryan-Regierung bekämpfen würde.

Als der Kleinbus durch das Eingangstor eines kleinen Flugplatzes rollte, musste der Emir ein Lächeln unterdrücken. Die nächste Phase seiner Gefangenschaft würde zur nächsten Phase seiner Mission werden, den Ungläubigen Schaden zuzufügen. Judy hatte ihm versichert, dass er vor Gericht alles sagen könne, was er wolle. Zuerst hatte man ihm verboten, irgendetwas über seine Gefangennahme zu erzählen, aber jetzt ermunterte ihn Judy sogar, möglichst laut und oft über die Umstände seines Kidnappings zu sprechen. Obwohl er in den Vereinigten Staaten gefangen genommen worden war, gedachte er, bei der Geschichte zu bleiben, man habe ihn auf einer Straße in Riad überfallen und in ein Auto gezerrt. Er hatte das Ganze Judy so oft erzählt, dass er es inzwischen beinahe selbst glaubte.

Judy glaubte es auf jeden Fall. Diese fette Närrin würde ihm alles glauben.

Der Kleinbus hielt an, und die FBI-Männer halfen ihm hinaus. Draußen empfing sie ein heftiger Schneesturm, der ihm völlig die Sicht nahm. Als sie ihn durch das Schneetreiben führten, erkannte Yasin den Geruch von Kerosin, als sie sich einem riesigen Flugzeug näherten. Er hatte eigentlich eine Art Privatjet erwartet, stattdessen stand er jetzt vor einer großen Frachtmaschine.

Die FBI-Leute führten ihn die Frachtrampe hinauf. Oben erwarteten ihn mehrere Männer.

Sie trugen Tarnuniformen.

Es waren Soldaten. Amerikanische Soldaten.

Der FBI-Agent klopfte Yasin auf die Schulter. »Viel Spaß in Guantánamo, Arschloch.«

Was? Yasin versuchte umzukehren, aber die Männer

hielten ihn fest. »Nein! Ich werde nicht gehen. Ich gehe nach Washington zu meinem Prozess. Das hier ist nicht richtig. Wo ist Judith?«

Der FBI-Mann lächelte. »Im Moment in einer Gefängniszelle in Denver.«

Sie forderten ihn noch einmal auf weiterzugehen. Als er sich weigerte, hoben ihn zwei muskulöse junge Männer hoch und trugen ihn in die Maschine. Sekunden später hob sich die Rampe, und seine Protestschreie waren im Schneesturm von Colorado nicht mehr zu hören.

Jack und Melanie genossen ihr Essen, ihren Wein und ihre Unterhaltung. Sie hatten sich mehrere Wochen nicht gesehen. Obwohl ihre gegenseitige Verabschiedung damals etwas seltsam gewesen war, schien die Chemie zwischen ihnen beiden immer noch zu stimmen.

Ryan war froh, dass ihm Melanie nicht zu viele Fragen über die Schrammen in seinem Gesicht gestellt hatte. Er erzählte ihr, er habe sein Kampfsporttraining wieder aufgenommen, und ein neuer Schüler sei bei einer Übung etwas übereifrig gewesen. Sie schien ihm zu glauben, und sie wechselten das Thema. Anstatt über sein Gesicht sprachen sie jetzt über die kommende Amtseinführung seines Vaters, die Beinahe-Katastrophe in Russland und den gerade noch verhinderten Krieg zwischen Indien und Pakistan.

Melanie erzählte Jack von Rehan, über den die Presse nur wenig berichtet hatte. Die Analystin der CIA und des NCTC achtete dabei strikt darauf, keine vertraulichen Informationen weiterzugeben. Ryan spielte den Ahnungslosen. Er zeigte sich von ihrer Arbeit fasziniert, passte jedoch seinerseits auf, nichts zu sagen, das bei ihr den Verdacht erregen könnte, er wisse mehr, als er zugeben wolle.

Aber dann sagte sie etwas, was ihn seinen höflichen, aber mäßig interessierten Blick verlieren ließ.

»Zu schade, dass ihnen sein Stellvertreter durch die Lappen gegangen ist.«

»Was meinst du damit?«, fragte Jack.

»Ich glaube, es war in den Nachrichten, zumindest in Pakistan. Ja, ich bin mir sicher, dass ich es heute im *Dawn,* ihrer wichtigsten Zeitung, gelesen habe. Es ging um einen Oberst, der für ihn gearbeitet hat, Saddiq Khan. Er hat überlebt und ist jetzt auf der Flucht. Man weiß allerdings in diesen Fällen nie, was wirklich bedeutsam ist und was nicht.«

Jack nickte, dann sagte er: »Wie wäre es mit einem Nachtisch?«

Sie bestellten sich beide ein Dessert. Dann entschuldigte sich Jack, er müsse kurz auf die Toilette gehen. Als er außer Sicht war, sprang Melanie auf und verließ das Restaurant. Sie hielt sich ihr Handy bereits ans Ohr, als sich die Glastür hinter ihr schloss.

Sie musste einen Moment warten, bis jemand am anderen Ende antwortete. In dieser Zeit schaute sie ständig in das Lokal hinein und achtete auf irgendwelche Anzeichen, dass Jack an ihren Tisch zurückkam.

»Ich bin's. Er war dort, in Pakistan ... Ja. Ich bin mir völlig sicher. Als ich ihm erzählt habe, dass Khan noch lebt, hat es ihn richtig umgehauen. Nein, natürlich ist das nicht wahr, aber im Moment ist er auf der Toilette und ruft bestimmt gerade jemand an, um dafür die Bestätigung zu erhalten.«

Die junge Frau hörte ihren Anweisungen zu, bestätigte sie und legte auf. Sie eilte ins Restaurant zurück, um an ihrem Tisch auf die Rückkehr ihres Freundes zu warten.